S' Ruiber

GOLDMANN

Buch

Dunkle Schatten der Vergangenheit drängen sich immer wieder in das Leben von Cathy und Chris, deren Söhne Jory und Bart auf seltsame Weise mit dem schrecklichen Geheimnis der Jugend ihrer Eltern konfrontiert werden.
Der kleine Bart fühlt sich zu einer alten Dame aus der Nachbarschaft hingezogen, die merkwürdig der Großmutter ähnelt, die ihre Enkelkinder Cathy und Chris jahrelang im Dunkel eines Dachbodens versteckt gehalten hatte.
Verzweifelt und fast wahnsinnig muß er beobachten, wie seine ratlosen, verängstigten Eltern, sein hilfloser Bruder und die besessene alte Dame einander ins Unglück zu treiben drohen...

Autorin

V. C. Andrews wuchs im amerikanischen Bundesstaat Virginia auf. Sie arbeitete jahrelang als Modezeichnerin und Gebrauchsgrafikerin und errang mit der Familiensaga »Das Erbe von Foxworth Hall« einen Welterfolg. Sie starb im Jahre 1987.

Von V. C. Andrews sind außerdem
bei Goldmann erschienen:

Das Erbe von Foxworth Hall:
Gärten der Nacht. Roman (9163)
Blumen der Nacht. Roman (6617)
Wie Blüten im Wind. Roman (6618)
Schatten der Vergangenheit. Roman (8841)

Die Casteel-Saga:
Dunkle Wasser. Roman (8655)
Schwarzer Engel. Roman (8964)

Das Netz im Dunkel. Roman (6764)

V. C.
Andrews

Dornen des Glücks

Das Erbe von Foxworth Hall III

Roman

Aus dem Amerikanischen
von Michael Görden

GOLDMANN VERLAG

Deutsche Erstausgabe

Titel der Originalausgabe: If There Be Thorns
Originalverlag: Pocket Books, New York

Der Goldmann Verlag
ist ein Unternehmen der Verlagsgruppe Bertelsmann

Made in Germany · 5/89 · 8. Auflage

Umschlagentwurf: Design Team München
Umschlagfoto: Hubertus Mall, Stuttgart
Satz: Fotosatz Glücker, Würzburg
Druck: Elsnerdruck, Berlin
Verlagsnummer: 6619
Lektorat: Elga Sondermann/UK
Herstellung: Sebastian Strohmaier/Voi
ISBN 3-442-06619-0

Für Mary,
Für Joan

Prolog

Am späten Abend, wenn die Schatten lang werden, sitze ich still und reglos bei einer von Pauls Marmorstatuen. Ich höre, wie die Statuen mir etwas von einer Vergangenheit zuflüstern, die ich nie vergessen kann, und wie sie mir eine Zukunft andeuten, die ich mich zu ignorieren bemühe. Im blassen Licht des aufgehenden Mondes funkeln vor mir jeden Tag aufs neue die Irrlichter meiner Schuldgefühle, sagen mir, daß ich mein Leben anders hätte gestalten können und sollen. Aber ich bleibe, was ich schon immer war – ein Mensch, der von seinen Instinkten beherrscht wird. Es scheint mir, daß ich mich niemals ändern kann.

Heute habe ich eine silberne Strähne in meinem Haar entdeckt, die mich daran erinnerte, daß auch ich bald eine Großmutter sein kann, und mich schauderte. Was für eine Art von Großmutter würde ich wohl sein? Was für eine Mutter war ich? In der linden Dämmerung wartete ich darauf, daß Chris sich zu mir gesellte und mir mit seinen ehrlichen blauen Augen versicherte, ich würde nie dahinschwinden; ich bin nicht eine von den verblassenden Papierblumen, ich bin eine wirkliche Blume.

Er legte den Arm um meine Schulter, und ich legte den Kopf an seine Seite – dorthin, wo er schon immer am besten hinzupassen schien. Wir beide wissen, daß unsere Geschichte nun fast zu Ende ist, und daß Bart und Jory sie fortsetzen – im guten oder schlechten Sinne.

Von nun an wird es Jorys und Barts Geschichte sein, und sie werden sie so erzählen, wie sie sie erlebt und verstanden haben.

ERSTER TEIL

Jory

Wann immer Dad mich nicht von der Schule abholte, setzte mich ein gelber Schulbus an einer einsamen Stelle ab, wo ich mein Fahrrad aus dem Gebüsch im Straßengraben zog, in dem ich es jeden Morgen versteckte, bevor ich in den Bus stieg.

Um nach Hause zu kommen, mußte ich dann eine kurvenreiche schmale Straße entlangradeln, bis ich zu einem großen, verlassenen Anwesen kam, das jedesmal unweigerlich meine Blicke auf sich zog. Ich fragte mich dann immer, wer hier wohl gelebt haben mochte, und warum sie dieses große Haus wohl verlassen hatten? Wenn ich es sah, fuhr ich automatisch langsamer, denn ich wußte dann, daß ich bald zu Hause war.

Fünfzig Meter weiter lag unser Zuhause, ein isoliertes und einsames Haus an einer Straße, die mehr Kurven und Abzweigungen hatte als eines von den Labyrinthen in unseren Spielbüchern. Wir lebten in Fairfaix, Marin County, etwa zwanzig Meilen nördlich von San Francisco. Auf der anderen Seite der Berge gab es einen Mammutbaum-Wald, und dahinter lag das Meer. Wir lebten an einem kühlen Ort, der manchmal wie eine richtige Einöde wirkte. Der Nebel wallte in großen feuchten Wogen durch das Tal und hüllte oft den ganzen Tag die Landschaft ein, so daß alles kalt und unheimlich wirkte. Der Nebel war gespenstisch, aber auch romantisch und geheimnisvoll.

So sehr ich unser Zuhause liebte, hatte ich doch noch vage und verwirrende Erinnerungen an einen südlichen Garten voller riesiger Magnolienbäume und Rosenbüsche. Ich erinnerte mich an einen großen Mann mit dunklem Haar, das grau zu werden begann; ein Mann, der mich seinen Sohn nannte. Ich konnte mich kaum noch an sein Gesicht erinnern, aber an das schöne Gefühl von Wärme und Sicherheit, das er mir gab. Ich glaube, eine der traurigsten Sachen am Erwachsenwerden ist, daß keiner mehr groß oder stark genug sein kann, dich auf den Arm zu nehmen und an sich zu drücken und dir so wieder ein Gefühl von Sicherheit zu geben.

Chris war der dritte Mann meiner Mutter. Mein eigener Vater starb, bevor ich auf die Welt kam. Sein Name war Julian Marquet, und jeder, der sich für Ballett interessiert, hat von ihm gehört. Kaum jemand außerhalb von Clairmont, South Carolina, hat jemals von Dr. Paul Sheffield gehört, dem zweiten Mann meiner Mutter. In demselben südlichen Bundesstaat, in der Stadt Greenglenna, lebte auch meine Großmutter väterlicherseits, Madame Marisha.

Sie schrieb mir jede Woche einen Brief, und wir besuchten sie jeden Sommer. Es schien, daß sie sich fast genausosehr wie ich selbst wünschte, daß ich einmal der berühmteste Tänzer würde, den die Welt je gesehen hat. So würde ich ihr und allen anderen beweisen, daß mein Vater nicht umsonst gelebt hat und gestorben ist.

Meine Großmutter war alles andere als einfach nur eine gewöhnliche alte Dame, die bald vierundsiebzig wurde. Einmal war sie sehr berühmt gewesen, und keine Sekunde lang erlaubte sie irgend jemandem, das zu vergessen. Es war ausgemacht, daß ich sie niemals Großmutter nannte, solange jemand anders uns zuhörte und so vielleicht ihr Alter hätte erahnen können. Sie flüsterte mir einmal ins Ohr, es wäre in Ordnung, wenn ich sie Mutter nennen würde, aber das schien mir irgendwie nicht richtig zu sein, denn ich hatte ja schon eine Mutter, die ich sehr liebte. So nannte ich sie Madame Marisha, wie alle anderen es auch taten.

Unser alljährlicher Besuch in South Carolina wurde den ganzen Winter über geplant und besprochen und war dann schnell wieder vergessen, wenn wir erst sicher in unserem kleinen Tal zurück waren, an dessen Hang sich unser langgezogenes Holzhaus schmiegte. »Sicher im kleinen Tal, wo der Wind niemals heult«, sagte meine Mutter oft. Eigentlich etwas zu oft – als wäre es ihr ganz besonders unangenehm, wenn der Wind heulte.

Ich kam am Ende unserer kurvenreichen Auffahrt an, stellte

mein Fahrrad ordentlich ab und ging ins Haus. Von Bart oder Mam nichts zu sehen! So was! Ich rannte in die Küche, wo Emma das Abendessen vorbereitete. Sie verbrachte ihre meiste Zeit in der Küche, und das war wohl der Grund für ihre rundliche Figur. Sie hatte ein langes, ernstes Gesicht, wenn sie nicht lächelte; glücklicherweise lächelte sie die meiste Zeit. Sie konnte einem sagen, tu dies und tu das, und mit ihrem Lächeln nahm sie ihren Befehlen die Schärfe, so daß es einem nicht mehr so weh tat, selbst etwas tun zu müssen – was mein Bruder Bart jedoch nie wollte. Ich vermute, daß Emma sich viel mehr um Bart kümmerte als um mich, und ihn mehr bediente, denn er verschüttete alles, wenn er sich selbst die Milch eingießen sollte. Wenn er ein Glas Wasser trug, ließ er es fallen. Es gab nichts, was er vernünftig anfassen konnte, und nichts, worüber er nicht stolperte. Tische fielen um, Lampen wurden heruntergerissen. Wenn es irgendwo im Haus eine Verlängerungsschnur gab, dann konnte man sicher sein, daß Bart daran hängenblieb, und schon lag er da – oder der Toaster, der Mixer oder das Radio fielen mit Getöse auf den Boden.

»Wo ist Bart?« fragte ich Emma, die gerade Kartoffeln schälte für das Roastbeef im Ofen.

»Ich sag' dir was, Jory. Ich bin froh, wenn dieser Junge endlich jeden Tag so lange in der Schule ist wie du. Mir wird schon angst und bange, wenn ich ihn nur in die Küche kommen sehe. Ich muß dann sofort alles stehen und liegen lassen und nur noch sehen, was er jetzt wohl wieder umwirft, runterreißt oder verschüttet. Gott sei Dank hat er diese Mauer draußen, wo er immer draufsitzt. Aber sag mir trotzdem mal, was ihr eigentlich immer da oben auf der Mauer macht?«

»Nichts«, sagte ich. Ich wollte ihr nicht davon erzählen, wie oft wir uns heimlich zu dem verlassenen Haus auf der anderen Seite der Mauer schlichen und dort spielten. Das Betreten des Nachbargrundstücks war für uns streng verboten, aber Eltern brauchen ja nicht alles zu wissen und zu sehen. Als nächstes fragte ich: »Wo is' Mam?“ Emma erzählte mir, sie sei früh nach Hause gekommen, weil sie ihre Ballettklasse abgesagt hatte, was ich längst wußte. »Die halbe Klasse ist erkältet«, erklärte ich.

»Aber wo ist sie denn jetzt?«

»Jory, ich kann doch nicht ständig hinter jedem her sein und dabei auch noch Kartoffeln schälen. Vor ein paar Minuten sagte sie etwas davon, sie wolle auf dem Dachboden ein paar alte Bilder suchen. Warum gehst du nicht auch rauf und hilfst ihr dabei?«

Das war Emmas freundliche Art, mir zu sagen, daß ich ihr im Weg sei. Ich lief also zur Dachbodentreppe, die ganz hinten in unserem großen Wäscheraum am hinteren Flur versteckt lag. Gerade als ich durch das Wohnzimmer kam, hörte ich, wie sich die Haustür öffnete.

Zu meiner Überraschung sah ich unseren Dad dann völlig reglos in der Vorhalle stehen, mit einem seltsamen Blick in den Augen, sehr nachdenklich, so daß ich mich nicht traute, ihn anzusprechen und bei seinen Gedanken zu stören. Ich blieb unentschlossen stehen.

Er ging dann in Richtung seines Schlafzimmers, nachdem er seinen schwarzen Arztkoffer abgesetzt hatte. Dabei kam er an der Wäschekammer vorbei, deren Tür ein wenig offenstand. Er blieb stehen und lauschte wie ich auf die ferne Ballettmusik, die über die Treppe herunterklang. Warum war meine Mutter da oben? Tanzte sie wieder dort? Jedesmal, wenn ich sie gefragt hatte, warum sie an einem so staubigen Ort tanzen würde, erklärte sie mir, sie fände es »unwiderstehlich« dort oben zu tanzen, trotz der Hitze und des Staubes, manchmal jedenfalls. »Aber erzähl deinem Vater nichts davon«, warnte sie mich mehrere Male. Nachdem ich sie gefragt hatte, hörte sie damit auf, auf dem Dachboden zu tanzen – und nun tat sie es doch wieder.

Dieses Mal wollte ich nach oben gehen. Ich wollte die Entschuldigungen anhören, die sie ihm gab. Denn jetzt würde Dad sie dabei erwischen! Auf Zehenspitzen folgte ich ihm die steile, schmale Treppe hinauf. Er blieb direkt unter der nackten Glühbirne stehen, die vom Giebel des Dachbodens herunterhing. Seine Augen verfolgten Mam, die einfach weiter tanzte, als würde sie ihn gar nicht dort stehen sehen. Sie hielt einen Staubwedel in der Hand und wischte damit spielerisch hier und dort herum; sie tanzte das Aschenputtel und sicher nicht die Prinzessin aus *Dornröschen*, dessen Musik aus dem alten Plattenspieler ertönte.

Puh! Man sah meinem Stiefvater deutlich an, was in ihm vorging. Er sah erschrocken aus, und ich merkte, daß sie ihm sehr weh tat, einfach nur durch dieses Tanzen auf dem Dachboden. Wie komisch. Ich verstand nicht, was sich da zwischen den beiden abspielte. Ich war vierzehn, Bart war neun, und wir waren beide noch sehr, sehr weit davon entfernt, erwachsen zu sein. Die Liebe zwischen den beiden kam mir ganz anders vor als die Liebe, wie ich sie zwischen den Eltern meiner wenigen Schulfreunde hin und wieder sah. Ihre Liebe schien viel intensiver zu sein, gefühlvoller und leidenschaftlicher. Wann immer sie sich unbeobachtet glaubten, starrten sie sich tief in die Augen, und sie mußten sich immer berühren und streicheln, wenn sie einander nahe kamen.

Seit ich etwas älter wurde, begann ich mich immer mehr dafür zu interessieren, was zwischen den beiden wichtigsten Vorbildern, die ich in meinem Leben hatte, vorging. Ich wunderte mich oft über die verschiedenen Facetten im Erscheinungsbild meiner Eltern. Da gab es ein Bild für die Öffentlichkeit, ein anderes für Bart und mich, und dann gab es noch eine dritte, verborgene Seite an ihnen, die sie sich nur zeigten, wenn sie alleine waren. Aber warum waren sie bloß so sicher, daß ihre Söhne immer genug Diskretion aufbrachten, sich umzudrehen und hinauszugehen, wenn sich das gehörte?

Vielleicht waren alle Erwachsenen einfach so und Eltern besonders.

Dad starrte Mam weiter an, die jetzt in schnellen Pirouetten herumwirbelte, so daß ihr langes blondes Haar zu einem schimmernden Halbkreis verschwamm. Ihr Kostüm und ihre Ballettschuhe waren weiß, und ich fühlte mich richtig verzaubert, als ich ihr beim Tanzen zusah, wie sie den Staubwedel gleich einem Schwert schwang und mit ihm nach den alten Möbeln hieb, die für Bart und mich zu klein geworden waren. Auf dem Boden und in den Regalen lagen zerbrochene Spielsachen, Tretautos und Dreiräder, Porzellan, das sie oder Emma zerbrochen hatte und das sie eines Tages wieder zusammenkleben wollten. Mit jedem Schwung ihres Staubwedels wirbelte sie Millionen goldener Staubteilchen auf. Sie glitzerten wild und mühten sich verzweifelt, wieder auf ihren Platz zurückzusinken, bevor Mam sie erneut angriff und emporjagte.

»Hinweg!« rief Mam wie eine Königin zu ihren Sklaven. »Geht und verschwindet für immer. Nie wieder sollt ihr mich quälen!« – Und weiter und weiter wirbelte sie so schnell, daß ich mich umdrehen mußte, um sie im Auge behalten zu können, und mir schon vom Zusehen ganz schwindelig wurde. Sie schlug mit den Beinen und den Armen und tanzte Pirouetten vollendeter, als ich es je auf der Bühne gesehen hatte. Wild und besessen drehte sie sich schneller und schneller, blieb dabei jedoch immer im Rhythmus der Musik, machte den Staubwedel zu einem Teil ihrer Vorführung und das Staubwischen zu einer so dramatischen Bühnen-Show, daß ich am liebsten meine Schuhe von den Füßen gerissen und mit ihr getanzt hätte, um ihr der Partner zu sein, der mein richtiger Vater einmal gewesen war. Aber ich konnte nur in dem dämmrigen rötlichen Schatten stehen und bei etwas zusehen, von dem ich das Gefühl hatte, daß es nicht für meine Augen bestimmt war.

Mein Dad schluckte den Kloß herunter, den er im Hals hatte. Mam sah so schön aus, so jung und zart. Sie war siebenunddreißig. So alt und doch so jung im Aussehen und so leicht zu verletzen durch ein einziges unbedachtes Wort, genauso leicht wie eine von den sechzehnjährigen Tänzerinnen in ihrer Ballettklasse.

»Cathy!« rief Dad und riß die Nadel von der Platte, so daß die Musik schlagartig verstummte. »Hör auf! Was machst du?«

Sie hörte ihn und beschrieb mit ihren blassen schlanken Armen eine Geste gespielter Furcht, tanzte dann mit winzigen, gleichmäßigen Schritten, die man *bourrées* nennt, schwebend auf ihn zu. Aber nur für eine Sekunde oder zwei, denn schon wirbelte sie wieder in einer Serie von Pirouetten um ihn herum, kreiste ihn ein – und schlug spielerisch mit dem Staubwedel nach ihm!

»Schluß damit!« schrie er, griff nach dem Wedel und warf ihn fort. Er umschlang ihre Taille und drückte ihr die Arme an die Seite, während eine tiefe Röte ihre Wangen überzog. Er löste seinen Griff ein wenig, so daß sie mit ihren Armen zucken konnte wie ein Vogel mit gebrochenen Flügeln und ihre Hände an den Hals legen. Über diesen verschränkten Händen wurden ihre blauen Augen groß und sehr dunkel. Ihre vollen Lippen begannen zu zittern, und langsam, langsam, mit schmerzhaftem Widerstreben, zwang sie sich schließlich dorthin zu sehen, wohin Dads Finger wies.

Ich folgte ihrem Blick und war überrascht, zwei Doppelbetten dort in dem Teil des Dachbodens stehen zu sehen, der bald umgebaut werden sollte. Dad hatte mir versprochen, daß wir hier oben einen Hobbyraum einrichten würden. Aber Doppelbetten in all diesem Gerümpel? Warum?

Dann sprach Mam, und ihre Stimme klang heiser und erschrocken: »Chris? Du bist schon zurück? Du kommst doch sonst nicht so früh nach Hause...«

Er hatte sie also erwischt, und ich war erleichtert. Jetzt konnte er ihr den Kopf zurechtsetzen und ihr sagen, daß sie nicht mehr hier oben in dieser trockenen, staubigen Luft tanzen durfte, von der sie in Ohnmacht fallen konnte. Selbst ich merkte, daß sie Schwierigkeiten hatte, eine Erklärung für ihr Verhalten zu finden.

»Cathy, ich weiß, daß ich selbst Bettgestelle hier heraufgebracht habe, aber wie hast du es geschafft, sie zusammenzubauen?« brach es aus Dad heraus. »Wie hast du es geschafft, die Matratzen drauf zu bekommen?“ Dann schluckte er zum zweiten Mal heftig, als er den Picknickkorb zwischen den Betten entdeckte. »Cathy!« brüllte er und funkelte sie an. »Muß sich unsere Geschichte wiederholen? Können wir aus den Fehlern der anderen denn gar nichts lernen? Müssen wir alles noch einmal durchmachen?«

Noch einmal? Wovon redete er da?

»Catherine«, fuhr Dad mit der gleichen kalten, harten Stimme fort, »sieh mich nicht so unschuldig an wie ein böses Kind, das man beim Stehlen erwischt hat. Warum sind diese Betten hier, alle frisch bezogen mit neuer Wäsche? Warum der Picknickkorb? Haben wir von dieser Sorte Picknickkorb nicht schon genug gesehen für den Rest unseres Lebens?«

Ich dachte mir damals, daß sie die Betten wohl dort aufgebaut hatte, damit sie und ich uns darauf werfen und ausruhen konnten, wenn wir hier oben tanzten, wie wir es einige Male zusammen getan hatten. Und was war an einem Picknickkorb schon Besonderes? Hier stand jede Menge alter Kram herum.

Ich schlich mich näher, vor den Blicken der beiden durch einen der Dachbalken verborgen. Etwas Trauriges und Schmerzhaftes ging da zwischen Dad und Mam vor; etwas noch Junges, Frisches, wie eine kaum verheilte Wunde, die immer wieder aufbrach. Meine Mutter sah beschämt aus. Ihr schien das alles plötzlich peinlich zu sein. Der Mann, den ich Dad nannte, wirkte verwirrt; ich merkte, daß er sie am liebsten in seine Arme gezogen und ihr verziehen hätte. »Cathy, Cathy«, flehte er in einem verzweifelten Ton, »sei doch nicht in allem wie *sie*!«

Mam riß den Kopf hoch, hob die Schultern und funkelte ihn mit arrogantem Stolz an. Sie warf ihr langes Haar aus dem Gesicht und lächelte ihn betörend an. Tat sie das alles nur, damit er aufhörte, ihr Fragen zu stellen, die sie nicht beantworten wollte?

Mich fröstelte seltsam in dem staubigen Zwielicht des Dachbodens. Ein kalter Schauer lief mir über den Rücken, so daß ich am liebsten davongelaufen wäre und mich versteckt hätte. Und ich schämte mich dafür, daß ich hier spionierte – das war Barts Art, nicht meine.

Aber wie sollte ich mich zurückziehen, ohne daß sie mich bemerkten? Ich mußte in meinem Versteck bleiben.

»Sieh mich an, Cathy. Du bist nicht mehr die süße junge Unschuld, und dies ist kein Spiel. Es gibt keinen Grund, diese Betten dort aufzustellen. Und der Picknickkorb bestätigt nur meine Befürchtungen. Was, zum Teufel, hast du vor?«

Sie öffnete weit ihre Arme, als wollte sie ihn an sich ziehen, aber er stieß sie zurück und redete weiter: »Versuch so was nicht. Wenn ich dich sehe, wird mir ganz flau im Magen. Jeden Tag frage ich mich, warum ich mich immer noch auf dich freue, wenn ich nach Hause komme. Und ich überlege mir, warum ich für dich nach all den Jahren und allem, was geschehen ist, noch immer dasselbe empfinde. Aber Jahr für Jahr liebe ich dich, brauche dich und vertraue dir. Ich bitte dich, mißbrauche meine Liebe nicht.«

Auf ihrem Gesicht erschien ein Ausdruck des Erstaunens. Ich bin sicher, meines sah nicht viel anders aus. Liebte er sie denn nicht wirklich? Wollte er das damit sagen? Mam starrte wieder die Betten an, als wäre sie völlig überrascht, sie an diesem Platz zu sehen.

»Chris, hilf mir!« schluchzte sie, trat näher zu ihm und öffnete wieder ihre Arme. Er schob sie noch einmal von sich und schüttelte den Kopf. Sie drängte: »Bitte, schüttle nicht den Kopf und tu so, als würdest du nichts verstehen. Ich kann mich nicht daran erinnern, diesen Korb gekauft zu haben, wirklich nicht! Letzte Nacht hatte ich einen Traum, daß ich hier heraufgekommen wäre und die Betten aufgebaut hätte, aber als ich heute heraufkam und sie sah, dachte ich, du müßtest sie da hingestellt haben.«

»Cathy! Ich habe diese Betten nicht da hingestellt!«

»Los, kommt aus den Schatten. Ich kann euch nicht sehen, wo ihr jetzt seid.« Sie hob ihre kleinen blassen Hände und schien unsichtbare Spinnweben davon abwischen zu wollen. Dann starrte sie ihre Hände an, als wäre sie von ihnen verraten worden – oder sah sie wirklich Spinnweben, die ihre Finger fesselten?

Genau wie mein Dad sah ich jetzt genauer in die Runde. Noch nie war der Dachboden so sauber gewesen. Der Fußboden war abgeschrubbt. Die Kartons mit dem alten Gerümpel waren ordentlich aufgeschichtet. Sie hatte versucht, den Dachboden etwas gemütlicher zu machen, indem sie hübsche Blumenbilder an die Wände gehängt hatte.

Dad musterte Mam, als wäre sie verrückt geworden. Ich fragte mich, was er wohl dachte und warum er nicht sagen konnte, was Mam fehlte, denn er war doch der beste Arzt weit und breit. Versuchte er zu entscheiden, ob sie nur so tat, als hätte sie alles vergessen? Verriet ihm dieser verwirrte, sorgenvolle Blick ihrer ängstlichen Augen etwas anderes? So mußte es wohl sein, denn er sagte sanft und freundlich: »Cathy, du brauchst mich nicht so verängstigt anzusehen, du schwimmst nicht mehr in einem Meer von Betrug und kämpfst hilflos gegen den Sog der Lüge. Du ertrinkst nicht. Du gehst nicht unter. Keine Alpträume mehr. Du brauchst dich nicht an Strohhalme zu klammern, solange du mich hast.« Dann zog er sie in seine Arme, und sie klammerte sich an ihn, als wäre sie wirklich gerade am Ertrinken. »Alles ist in Ordnung mit dir, Liebes«, flüsterte er, streichelte ihr den Rücken, berührte ihre Wangen und trocknete ihr die Tränen ab. Sanft hob er ihr Kinn zu seinem Mund, bevor er seine Lippen auf ihre senkte. Der Kuß dauerte und dauerte. Ich hielt die Luft an.

»Die Großmutter ist tot. Foxworth Hall ist bis auf die Grundmauern abgebrannt.«

Foxworth Hall? Was war denn das?

»Nein, das stimmt nicht, Chris. Vor kurzem habe ich sie die Treppe heraufsteigen gehört, und du weißt doch, welche Angst sie vor engen, schmalen Gängen hat – wie kann sie da die Treppe heraufsteigen?«

»Hast du geschlafen, als du sie gehört hast?«

Mich schauderte. Zum Teufel, wovon redeten sie da eigentlich. Welche Großmutter?

»Ja«, murmelte sie, während ihre Lippen über sein Gesicht wanderten. »Ich denke mir, daß ich irgendwie in einen Alptraum geraten bin, als ich mich nach dem Bad auf der Schlafzimmerveranda ausgestreckt habe. Ich kann mich gar nicht daran erinnern, hier heraufgestiegen zu sein. Ich weiß nicht, warum ich hierher komme oder warum ich hier tanze, außer daß ich den Verstand verliere. Manchmal fühle ich, daß ich *sie* bin, und dann hasse ich mich!«

»Nein, du bist nicht sie, und Mammi ist Hunderte von Meilen weit weg, wo sie uns nie wieder verletzen kann. Virginia liegt dreitausend Meilen entfernt, und das Gestern ist ein für allemal vorbei. Und wenn du jemals zweifelst, dann stell dir diese eine Frage – wenn wir das Schlimmste überlebt haben, können wir dann nicht erwarten, daß wir auch das Beste ertragen werden?«

Ich wollte weglaufen, ich wollte nichts mehr hören. Ich fühlte, daß auch ich in ihrem Meer der Lüge zu ertrinken drohte, selbst wenn ich nicht wirklich verstand, wovon sie eigentlich redeten. Ich sah zwei Menschen vor mir, meine Eltern, die wie Fremde wirkten, von denen ich nichts wußte – jünger, weniger stark, weniger verläßlich.

»Küß mich«, murmelte Mam. »Weck mich auf und verjage die Gespenster. Sag mir, daß du mich liebst und immer lieben wirst, ganz egal, was ich tue.«

Bereitwillig erfüllte er ihr diese Wünsche. Nachdem er sie überzeugt hatte, wollte sie, daß er mit ihr tanzte. Sie legte den Arm des Plattenspielers wieder auf, und die Musik erfüllte den Raum. Klein und verkrampft an den Balken gepreßt, sah ich ihm dabei zu, wie er die schwierigen Ballettschritte versuchte, die für mich so einfach waren. Er hatte einfach nicht genügend Übung oder Grazie, um einer so guten Tänzerin wie meiner Mutter der Partner zu sein. Es war peinlich, ihn es auch nur versuchen zu sehen. Es dauerte nicht lange, und sie legte eine andere Platte auf, bei der er sie führen konnte.

Wir tanzen in die Nacht,
bis das Lied verweht, tanzen, bis der Tag vergeht...

Jetzt war Dad sicher, hielt sie dicht an sich gezogen, und sie schwebten Wange an Wange über den Dachboden.

»Ich vermisse die Papierblumen, die uns sonst immer in den Weg flatterten«, flüsterte sie zärtlich.

»Und die Treppe hinunter saßen die Zwillinge still vor dem kleinen Schwarzweißfernseher in der Ecke.« Er hatte die Augen geschlossen, und seine Stimme klang weich und verträumt. »Du warst erst vierzehn, und ich liebte dich schon damals so sehr, muß ich zu meiner Schande gestehen.«

Zu seiner Schande? Wieso? Er hat sie doch nicht einmal gekannt, als sie vierzehn gewesen war.

Ich runzelte die Stirn und versuchte mich daran zu erinnern, wann und wo sie sich zum ersten Mal getroffen hatten. Mam und ihre jüngere Schwester Carrie waren von zu Hause weggelaufen, kurz nachdem Mams Eltern bei einem Autounfall ums Leben gekommen waren. Sie waren mit dem Bus nach Süden gefahren, und eine freundliche Negerfrau namens Henny hatte sie aufgelesen und zu ihrem Hausherrn Dr. Paul Sheffield gebracht, der sie großzügig bei sich aufgenommen und ihnen ein wunderbares neues Zuhause gegeben hatte. Meine Mam hatte wieder mit ihrem Ballettunterricht begonnen, und in der Ballettschule hat sie Julian Marquet getroffen – den Mann, der mein Vater war. Ich kam auf die Welt, kurz nachdem er ums Leben gekommen war. Dann heiratete Mam Daddy Paul und Daddy Paul war Barts Vater. Das war lange, lange Zeit, bevor sie Chris traf, der Daddy Pauls jüngerer Bruder war. Wie konnte er sie also schon geliebt haben, als sie vierzehn war? Hatten sie uns angelogen? Mann, o Mann...

Aber nachdem der Tanz vorüber war, begann der Streit von neuem: »So, jetzt fühlst du dich also wieder besser und ganz du selbst«, sagte Dad. »Ich will, daß du mir hoch und heilig versprichst, falls mir jemals etwas zustoßen sollte, ob morgen oder in einigen Jahren, daß du niemals, schwöre es bei Gott, Bart und Jory auf dem Dachboden versteckst, damit du ohne Ballast in eine andere Ehe gehen kannst!«

Schockiert sah ich zu, wie meine Mam daraufhin den Kopf hochriß und keuchte: »Ist es das, was du von mir denkst? Verdammt sollst du sein, daß du glaubst, ich wäre ihr so ähnlich! Vielleicht habe ich die Betten aufgebaut. Vielleicht habe ich den Korb hier heraufgebracht. Aber es ist mir niemals in den Sinn gekommen, daß ich... daß ich... Chris, du weißt, ich würde so etwas nie tun!«

Was nie tun, was?

Er ließ sie es schwören. Er zwang sie wirklich dazu, ihm die Worte nachzusprechen, während sie ihn dabei mit ihren blauen Augen heißblütig und wütend anstarrte.

Schwitzend und verletzt fühlte ich mich zugleich wütend und furchtbar von meinem Dad enttäuscht, der es besser wissen sollte. Mam würde so etwas nie tun. Sie konnte es nicht! Sie liebte mich. Sie liebte Bart auch. Selbst wenn sie ihm manchmal so dunkle Blicke zuwarf, würde sie uns doch nie und niemals auf diesem Dachboden verstecken.

Mein Dad ließ sie in der Mitte des Dachbodens stehen und holte den Picknickkorb zwischen den Betten hervor. Dann riß er eine der Dachluken auf und warf den Korb mit Schwung hinaus. Er sah ihm nach, wie er draußen über die Erde rollte, bevor er sich wieder wütend meiner Mam zuwandte:

»Vielleicht wiederholen wir tatsächlich die Sünde unserer Eltern, indem wir so zusammenleben, wie wir es tun. Vielleicht werden Jory und Bart beide darunter zu leiden haben – deshalb flüstere mir nachts nichts mehr von einem Adoptivkind ins Ohr, wenn wir zusammen im Bett liegen. Wir können es uns nicht leisten, noch ein anderes Kind in dieses Chaos mit hineinzuziehen! Begreifst du nicht, Cathy, daß du, als du diese Betten aufgebaut hast, unbewußt Vorbereitungen für den Fall getroffen hast, daß unser Geheimnis aufgedeckt wird?«

»Nein«, wandte sie ein und streckte hilflos die Hände aus. »Das habe ich nicht. Das könnte ich gar nicht ...«

»Aber das mußt du damit vorgehabt haben!« fuhr er sie an. »Egal, was passiert, wir werden nie, oder du wirst nie deine Kinder auf diesem Dachboden verstecken, um dich selbst zu retten oder mich.«

»Ich hasse dich dafür, daß du mir das zutraust!«

»Ich versuche Geduld mit dir zu haben. Ich versuche an dich zu glauben. Ich weiß, daß du noch immer Alpträume hast. Ich weiß, daß dich noch immer all das quält, was uns zugefügt worden ist, als wir jung und unschuldig waren. Aber du mußt, verdammt noch mal, jetzt alt genug sein, um dir selbst gegenüber ehrlich zu sein. Hast du nicht gelernt, wie das Unterbewußtsein oft Dinge hervorbringt, die dann tatsächlich zur Realität werden?«

Er nahm sie noch einmal fest in den Arm, um sie zu küssen und zu trösten, während sie sich verzweifelt an ihn klammerte. Warum war sie denn nur so verzweifelt?

»Cathy, mein Herz, leg endlich all diese Ängste ab, die eine grausame Großmutter dir eingegeben hat. Sie wollte, daß wir an die Hölle und ihre ewige Rache glauben. Es gibt keine Hölle außer der, die wir selbst uns bereiten. Es gibt keinen Himmel außer dem, den wir selbst für uns bauen. Verrate mein Vertrauen nicht, Geliebte, mit deinen ›unbewußten‹ Taten. Ohne dich gibt es kein Leben für mich.«

»Dann fahre diesen Sommer nicht zu deiner Mutter.«

Er hob den Kopf und starrte über sie hinweg mit Schmerz in den Augen. Ich ließ mich lautlos auf den Flur sinken, wo ich saß und zu ihnen hinaufstarrte. Was ging eigentlich vor? Warum hatte ich plötzlich solche Angst?

Bart

»Und am siebten Tag ruhte Gott«, las Jory vor, während ich die Erde über den Stiefmütterchen-Samen festklopfte. Die Stiefmütterchen sollten zur Ehre von meiner Tante Carrie und meinem Onkel Cory wachsen, denn die hatten am 5. Mai Geburtstag. Onkel und Tanten, die ich nie gesehen hatte. Beide schon lange, lange tot. Sie waren schon tot, als ich auf die Welt kam. In unserer Familie starben die Menschen schnell. Ich frage mich immer, warum die wohl Stiefmütterchen so gern gemocht haben? Sind doch so komische langweilige kleine Blumen. Ich hätte auch gern gehabt, daß Mammi die Geburtstage von toten Leuten nicht so verdammt wichtig genommen hätte.

»Weißt du, wie es weitergeht?« fragte Jory, denn mit neun war man ja wohl noch richtig blöd, und er war der große Erwachsene. »Am Anfang, als Gott Adam und Eva erschaffen hatte, lebten sie ganz ohne Kleider im Garten Eden. Dann erzählte ihnen eines Tages eine böse sprechende Schlange, daß es eine Sünde sei, nackt herumzulaufen, und Adam band sich ein Feigenblatt um.«

Puh... nackte Leute, die nicht wußten, daß Nacktsein böse war. »Und was band sich Eva um?« fragte ich, während ich mich in unserer Umgebung nach einem Feigenblatt umsah. Er las mir weiter auf so eine Art vor, daß ich mich richtig in die alten Zeiten versetzt fühlte, als Gott sich noch selbst um jeden kümmerte – selbst um nackte Leute, die mit Schlangen reden konnten. Jory sagte, er könne biblische Geschichten im Kopf in Musik verwandeln, und das fand ich ganz verrückt und unheimlich – daß er da so zu einer Kopf-Musik tanzte, die ich nicht hörte! Ich fühlte mich richtig dumm. »Jory, wo kriegt man denn Feigenblätter?«

»Warum?«

»Wenn ich eins hätte, dann würde ich mir alle Kleider ausziehen und mich nur damit bedecken.«

Jory lachte. »Gütiger Himmel, Bart, für einen Jungen gibt es nur eine ganz bestimmte Art, ein Feigenblatt zu tragen – und das wär' dir wohl ganz schön peinlich.«

»Wär's mir nicht!«

»Aber klar doch!«

»Mir ist nie etwas peinlich!«

»Woher weißt du dann, was das überhaupt ist? Und mal abgesehen davon, hast du Dad jemals ein Feigenblatt tragen sehen?«

»Nein ...« Aber ich dachte mir, wo ich doch nie ein Feigenblatt gesehen hatte, woher sollte ich da wissen, ob Dad je eins trug? Das sagte ich Jory. »Junge, Junge, das wär' dir schon aufgefallen!« antwortete er und lachte mich wieder aus.

Dann grinste er, sprang auf und war mit einem riesigen wunderbaren Satz, den ich einfach bewundern mußte, am oberen Ende der Marmortreppe. Ich mußte wie immer hinter ihm herrennen. Wünschte mir, ich könnte auch einmal so elegant hüpfen. Wünschte mir, daß ich tanzen könnte und jeden so verzaubern, daß er mich gern hatte. Jory war größer, älter, klüger – aber Moment mal. Vielleicht konnte ich doch klüger sein als er, wenn schon nicht größer. Mein Kopf war groß. Mußte doch also auch ein großes Hirn drin sein. Und dann wuchs ich auch höher und höher, hatte Jory fast eingeholt und würde ihn sicher eines Tages überholen. Ja, einmal würde ich größer als Daddy sein. Größer sogar als der Riese in *Der kleine Däumeling* – und dieser Riese war größer als alle anderen!

Neun Jahre alt ... Ich wünschte mir so, ich wäre vierzehn.

Da saß Jory auf der obersten Treppenstufe und wartete, daß ich ihn einholte. Ich fand das ungerecht. Das war gemein. Gott hatte es wirklich nicht gut mit mir gemeint, als er die Gaben verteilte. Ich erinnere mich noch, wie das vor fünf Jahren war. Da war ich vier, und Emma gab jedem von uns ein frisch geschlüpftes Küken, ganz aus weichem gelbem Flaum, das zirpte und piepte. Hatte vorher noch nie in meinem Leben so was Schönes in der Hand gefühlt. Da hatte ich es lieb, hielt es schön fest, roch seinen Kükengeruch, bevor ich es vorsichtig wieder auf den Boden setzte – und verdammt, da fiel das Hühnchen doch einfach tot um.

»Da hast du zu fest gedrückt«, erklärte mir Daddy, der sich mit solchen Sachen auskannte. »Ich hab' dir ja gesagt, daß du es nicht zu sehr festhalten darfst. Küken sind sehr zart und zerbrechlich, und man muß sie ganz vorsichtig auf der Hand halten. Ihre kleinen Herzen liegen ganz dicht unter der Haut – nächstes Mal also schön vorsichtig anfassen, klar?«

Ich dachte mir, Gott müßte mich eigentlich für so was auch tot umfallen lassen, obwohl er ja selbst hauptsächlich daran schuld war. Konnte ja nicht mein Fehler sein, daß er meine Nerven nicht bis ganz in die Haut hatte wachsen lassen, daß sie so tief drinnen endeten, und ich nicht richtig fühlen konnte. Konnte ich doch nicht dafür, daß ich keine Schmerzen fühlte wie alle anderen – das war es doch! Dann bekam ich eine Gänsehaut und fürchtete, er würde mir was tun. Aber als er mir einfach vergab, da ging ich eine Stunde später zu dem kleinen Hühnerstall, in dem Jorys lebendes Hühnchen jetzt ganz allein rumlief. Es war so einsam. Ich nahm es hoch und erzählte ihm, daß es jetzt einen Freund hatte. Junge, was hatten wir für einen Spaß, als wir uns dann gegenseitig jagten und nachliefen, bis ganz plötzlich, nachdem wir kaum zwei Stunden zusammen gespielt hatten, auch dieses Hühnchen einfach tot umfiel!

Ich haßte kalte steife Sachen. Warum ging es nur so leicht kaputt? »Was ist denn los mit dir?« schrie ich es an. »Ich hab' dich nicht gedrückt! Meine Hände haben dich doch gar nicht angefaßt! Ich war vorsichtig – also hör doch auf, tot zu spielen und steh wieder auf, sonst denkt mein Daddy, ich hätte dich absichtlich tot gemacht!« Ich hatte mal gesehen, wie mein Daddy einen Mann aus dem Wasser gezogen hatte und ihm dann das Leben rettete, indem er das ganze Wasser aus ihm rauspumpte und Luft in ihn reinbließ. Deshalb versuchte ich das auch mit dem Küken. Es blieb tot. Ich massierte sein Herz, dann betete ich, und es blieb noch immer tot.

Ich war nicht gut. Ich war zu nichts gut. Ich konnte auch

nie sauber bleiben. Emma sagte immer, mir saubere Sachen anzuziehen sei reine Zeitverschwendung. Konnte auch nie einen Teller festhalten, den ich abtrocknen sollte. Neue Spielsachen gingen immer sofort kaputt, wenn ich sie in die Finger bekam. Neue Schuhe sahen zehn Minuten, nachdem sie meine Füße kennengelernt hatten, schon ganz alt aus. War aber doch nicht mein Fehler, wenn sie sich so leicht abschürften. Die Leute wußten einfach nicht, wie man gute, strapazierfähige Schuhe herstellte. Es gab auch nie 'nen Tag, an dem meine Knie nicht aufgeschlagen oder die Hosen zerrissen waren. Beim Ballspielen rutschte ich immer aus. Meine Hände wußten auch nie, wie man richtig etwas fängt oder sich festhält. Deshalb bogen sich meine Finger immer so leicht nach hinten, und zweimal hatte ich schon einen Finger gebrochen. Dreimal war ich von einem Baum gefallen. Einmal habe ich mir den rechten Arm gebrochen, einmal den linken. Beim dritten Mal kriegte ich nur Schrammen ab. Jory brach sich nie irgendwas.

Kein Wunder, daß meine Mam uns immer sagte, wir dürfen nicht in das große alte Haus mit den vielen Treppen nebenan hinter der Mauer. Sie wußte genau, daß ich sonst irgendwann eine von den alten Treppen runterfiel und mir alle Knochen brach.

»Was für ein Pech, daß du so wenig Koordinationsvermögen hast«, murmelte Jory. Dann stand er auf und schrie: »Bart, hör auf, wie ein Mädchen zu laufen! Beug dich doch mal vor und benutz deine Beine fürs Gleichgewicht. Vergiß einfach alles andere, denk nicht immer daran, du könntest fallen! Du fällst nicht hin, außer wenn du ständig darauf wartest. Wenn du mich fängst, dann geb' ich dir meinen Gummiball!«

Junge, in der ganzen weiten Welt gab's nichts, was ich so gerne haben wollte, wie diesen Ball. Jory konnte ihn so richtig angeschnitten werfen, daß er 'ne Kurve flog. Wenn er damit nach Blechbüchsen auf der Mauer warf, dann schoß er sie eine nach der anderen runter, und der Ball kam jedesmal zu ihm zurück. Ich traf nie, worauf ich zielte – aber dafür traf ich eine ganze Menge, was ich überhaupt nicht treffen wollte, Blumenvasen, Fenster und Menschen.

»Behalt deinen ollen Gummiball!« keuchte ich, obwohl ich

ihn gerne haben wollte. Es war ein besserer Ball als meiner; sie gaben ihm immer die besseren Sachen.

Er sah mich so richtig mitleidig an, daß ich am liebsten geweint hätte. Mitleid haßte ich! »Du kannst ihn auch haben, wenn du das Wettrennen verlierst. Du gibst mir dann deinen dafür. Ich möchte dir nicht weh tun oder dich verletzen. Ich möchte doch nur, daß du endlich damit aufhörst, immer Angst zu haben, etwas falsch zu machen, und dann machst du vielleicht gar nichts mehr falsch – manchmal bringt es wirklich was, wenn man einfach nur ganz feste will.« Er lächelte, und ich dachte mir, wenn Mammi jetzt da wäre, dann fände sie seine weißen Zähne, die so strahlten, bestimmt zauberhaft. Mit meinem Gesicht konnte man nur gut einen Flunsch ziehen.

»Kannst deinen blöden Ball behalten!« wiederholte ich und lehnte es entschieden ab, jemanden nett zu finden, der hübsch, graziös und der Vierzehnte einer langen Reihe von russischen Ballettänzern war, die Ballerinas geheiratet hatten. Was war so großartig an Tänzern? Nichts, gar nichts! Gott hatte Jorys Beine angelächelt und sie hübsch gemacht, meine dagegen sahen aus wie knorrige Äste und knickten bei jeder Gelegenheit ab.

»Du haßt mich im Grunde! Am liebsten wäre dir, wenn ich schon tot wäre, stimmt's?«

Er sah mich komisch und sehr lange an. »Quatsch, ich hasse dich nicht, und ich will auch nicht, daß du stirbst. Irgendwie habe ich dich gern als Bruder, auch wenn du immer so rumstolperst und so ein Schreihals bist.«

»Ganz herzlichen Dank.«

»Klar doch ... Mach dir nichts draus. Komm, sehen wir uns das Haus an.«

Nach der Schule gingen wir jeden Tag zu der weißen hohen Mauer und setzten uns oben auf die Mauerkrone. An manchen Tagen schlichen wir uns sogar in das alte Haus auf der anderen Seite. Bald war das Schuljahr zu Ende, und dann gab es für uns den ganzen Tag nichts anderes zu tun als zu spielen. Da war es schön zu wissen, daß dieses alte Haus auf uns wartete. So'n richtiges altes Spukschloß mit vielen Zimmern, verwinkelten Gängen, Truhen voller versteckter Schätze, hohen Decken und komisch geformten Räumen, von denen kleine, verborgene Nebenräume abgingen, manchmal ganze Reihen von kleinen Räumen, die sich einer hinter dem anderen versteckten.

Spinnen lebten dort und webten ihre Netze von den alten Leuchtern an den Decken. Mäuse rannten überall herum, die Hunderte von kleinen Mäusebabys hatten. Aus dem Garten krabbelten Insekten ins Haus, krochen überall an den Wänden und auf den hölzernen Böden herum. Vögel flatterten die Kamine herunter und schossen wild durch die leeren Zimmer, um wieder nach draußen zu finden. Manchmal schlugen sie gegen die Fenster oder Wände, und wenn wir kamen, fanden wir sie jämmerlich tot auf dem Boden liegen. Manchmal schafften Jory und ich es aber auch, rechtzeitig Türen und Fenster aufzureißen, so daß die kleinen Vögel nach draußen konnten.

Jory behauptete, daß dieses alte Haus von jemandem sehr schnell verlassen worden war – daß die Leute von einem Tag auf den anderen ausgezogen sein müßten. Mindestens die Hälfte der Möbel war noch da, verstaubte und verschimmelte, und wenn Jory den modrigen Geruch bemerkte, rümpfte er die Nase. Ich schnüffelte und versuchte herauszufinden, was mir dieser Geruch erzählte. Ich konnte ganz ruhig so dastehen und fast hören, wie die Geister sich unterhielten, und wenn wir ruhig auf einem der verstaubten alten Samtsofas saßen, dann drang aus dem Keller ein fernes Rascheln und Huschen zu uns herauf, als ob die Geister uns Geheimnisse ins Ohr flüstern wollten.

»Erzähl bloß nie jemandem, daß die Geister sich hier unterhalten, sonst hält man dich noch für verrückt«, hatte Jory mich gewarnt. Wir hatten schon eine Verrückte in unserer Familie – die Mutter von unserem Daddy, die in einer Klapsmühle in Virginia saß. Einmal jeden Sommer fuhren wir in den Osten, um sie und die alten Gräber zu besuchen. Mammi wollte nie mitgehen in das lange Ziegelgebäude. Leute in schönen Kleidern wanderten über grüne Wiesen hinter der hohen Mauer, und niemand würde auf den Gedanken kommen, sie hätten nicht mehr alle Tassen im Schrank, wenn nicht überall Wärter in weißen Kitteln rumgelaufen wären.

Jeden Sommer fragte Mammi, wenn Daddy von dem Besuch

bei seiner Mutter zurückkam: »Na, geht es ihr besser?« Und Daddy blickte ganz traurig, bevor er antwortete: »Nein, keine großen Fortschritte... Aber es würde ihr bestimmt besser gehen, wenn du ihr vergeben könntest.«

Dann ging Mammi immer richtig hoch. Sie tat so, als wäre ihr am liebsten, wenn diese Großmutter für immer da eingeschlossen bliebe.

»Hör mir genau zu, Christopher Meißner!« fuhr Mammi unseren Daddy an. »Sie ist diejenige, die auf den Knien um Verzeihung bitten muß – Sie muß *uns* um Verzeihung bitten!«

Letzten Sommer waren wir nicht in den Osten gefahren. Ich haßte die ollen Gräber, die olle Madame Marisha mit ihren schwarzen, steifen Kleidern, ihrem hohen Turm aus weißem und schwarzem Haar – und es machte mir auch gar nichts aus, wenn zwei alte Damen da unten im Osten nie wieder Besuch von uns bekamen. Und was die in den Gräbern da unten anging – sollten sie ohne Blumen auskommen! Zu viele tote Leute in unserer Familie, die uns das Leben mies machten.

»Los, Bart!« rief Jory. Er war schon an dem Baum auf unserer Seite der Mauer hochgeklettert und wartete nun oben auf der Mauer auf mich. Ich schaffte den Aufstieg glatt, dann suchte ich mir einen Platz neben Jory, der darauf bestand, daß ich mich gegen den Baumstamm gelehnt setzte – nur vorsichtshalber. »Weißt du was?« meinte Jory. »Eines Tages, da werde ich Mam ein Haus kaufen, das genauso groß ist. Ich höre immer mal wieder, wie sie mit Dad über große Häuser redet. Deshalb denke ich mir, sie will ein noch größeres, als wir es jetzt schon haben.«

»Stimmt, sie reden 'ne Menge über große Häuser.«

»Mir gefällt unser Haus besser«, sagte Jory, während ich damit begann, mit den Fersen gegen die Mauer zu hämmern, unter deren abbröckelndem weißen Verputz Ziegelsteine zum Vorschein kamen. Mammi hatte mal gemeint, sie fände, die durchscheinenden Ziegel gäben der Sache einen »interessanten Farbkontrast.« Ich tat, was ich konnte, um die Mauer noch interessanter zu machen.

Aber ganz bestimmt konnte man sich in einem großen Haus wie dem von nebenan im Dunkeln verlaufen und tagelang umherirren. Keines der Badezimmer funktionierte. Kein Wasser. Verrückte Spülsteine ohne Wasser und blöde Kartoffelkeller ohne Kartoffeln und Weinkeller ohne Wein.

»Mensch, wär' es nicht toll, wenn hier nebenan eine große Familie einziehen würde?« meinte Jory, der sich wie ich wünschte, es wären endlich viele Kinder in der Nähe, mit denen wir Freundschaft schließen und spielen konnten. Wir hatten niemanden außer uns selbst, sobald wir aus der Schule nach Hause kamen.

»Und wenn sie zwei Jungs und zwei Mädchen hätten, das wäre genau richtig«, meinte Jory und träumte weiter. »Wäre doch hübsch, nette Mädchen gleich nebenan wohnen zu haben.«

Klar, wäre das hübsch. Ich könnte wetten, er wünschte sich, daß Melodie Reicharm nebenan einziehen würde. Dann könnte er sie jeden Tag treffen und in den Arm nehmen und küssen, wie ich das ein paarmal gesehen hatte. Mädchen! Wurde mir schlecht von. »Ich hasse Mädchen! Ich will nur Jungs nebenan!« knurrte ich. Jory lachte und erklärte mir, ich wäre erst neun und würde noch früh genug Mädchen viel mehr mögen als Jungen.

»Was ist eigentlich an Melodies Arm so reich?«

»Merkst du gar nicht, was für eine blöde Frage das ist? Das ist doch nur ihr Nachname und hat überhaupt nichts zu bedeuten.«

Gerade als ich ihm sagen wollte, daß alle Namen etwas zu bedeuten hätten, warum würde man sie sonst denn überhaupt haben, kamen zwei Lastwagen die lange Auffahrt zum Nachbarhaus herauf. He! Was war das? Außer uns kamen dort nie Menschen hin.

Wir saßen auf der Mauer und sahen den Arbeitern zu, die sich bald überall am Haus zu schaffen machten. Einige kletterten auf das Dach, von dem Mammi uns gesagt hatte, das wäre eine ›Pantile‹ und suchten nach Schäden. Andere liefen mit Leitern und Farbsprühdosen und Eimern ins Haus. Einige hatten große Tapetenrollen unter dem Arm. Ein anderer Trupp begann die Fenster zu untersuchen, und einige sahen sich auch im Garten mit seinen verwilderten Büschen und Bäumen um.

»Das ist ja was!« sagte Jory und sah sehr aufgeregt aus. »Irgend jemand muß das Anwesen gekauft haben. Jede Wette, da zieht jemand ein, sobald alles repariert ist.«

Ich wollte aber keine Nachbarn, die Mammis und Daddys »Zurückgezogenheit« störten. Die ganze Zeit redeten sie davon, wie schön es sei, keine Nachbarn in der Nähe zu haben, die die »Zurückgezogenheit störten«.

Wir blieben auf der Mauer, bis es dunkel wurde, dann gingen wir in unser Haus und sagten unseren Eltern kein Wort davon – denn wenn man etwas erst mal laut aussprach, dann war es auch wirklich wahr. Gedanken zählten nicht.

Der nächste Tag war ein Sonntag, und wir fuhren zu einem Picknick an den Strand. Dann kam der Montagnachmittag, und Jory und ich saßen wieder auf der Mauer, um uns die Aktivitäten nebenan anzusehen. War ganz schön nebelig und kalt, aber wir konnten genug sehen, um traurig davon zu werden. Wir würden nicht mehr rübergehen können und dort einen Platz für uns alleine haben. Wo sollten wir jetzt spielen?

»He, ihr Kinder!« rief uns an einem der nächsten Tage, als wir wieder zusahen, ein stämmiger Mann zu. »Was macht ihr denn da oben?«

»Nichts!« schrie Jory. Ich redete nie mit Fremden. Jory zog mich immer auf, weil ich mit niemandem viel sprach, nur mit mir selbst.

»Kommt, kommt, Burschen, erzählt mir nichts. Ich hab' euch hier schon öfter gesehen! Das Haus hier ist Privatbesitz – also verschwindet hier, oder ihr bekommt es mit mir zu tun!«

Er sah richtig böse und wütend aus. Sein Arbeitsanzug war alt und schmutzig. Als er näher kam, sah ich die größten Füße meines Lebens und die schmutzigsten Stiefel. Ich war froh, daß die Mauer mehr als drei Meter hoch war, und wir uns so außerhalb seiner Reichweite befanden.

»Klar, wir spielen da drüben schon manchmal ein bißchen«, sagte Jory, der sich vor niemandem fürchtete, »aber wir machen nichts kaputt. Wir lassen alles so, wie wir es vorfinden.«

»So! Von nun an habt ihr hier überhaupt nichts mehr zu suchen!« fuhr er uns an und starrte erst Jory und dann mich an. »Eine reiche Dame hat dieses Haus gekauft, und sie will hier keine Kinder rumstrolchen sehen. Und glaubt ja nicht, ihr kämt hier mit irgendwas durch, weil sie eine alte Frau ist, die allein lebt. Sie bringt nämlich ihre Diener mit.«

Diener! Puh!

»Reiche Leute können sich alles so machen lassen, wie sie Lust haben«, murmelte der Riese am Fuß der Mauer, während er davonmarschierte. »Tu dies, tu das, und gestern muß schon alles fertig gewesen sein. Das verdammte Geld – Gott, was tät ich nicht alles, damit ich auch mal was davon abbekäme.«

Wir hatten nur Emma, deshalb waren wir wohl nicht wirklich reich. Jory sagte, Emma wäre so was wie eine Haustante, keine richtige Verwandte und auch keine richtige Hausangestellte. Für mich war sie einfach jemand, den ich schon mein ganzes Leben lang kannte, jemand, der mich nicht halb so gern hatte wie den schönen Jory. Ich mochte sie auch nicht, deshalb machte ich mir nicht viel daraus.

Wochen vergingen. Das Schuljahr ging zu Ende. Noch immer wurde nebenan gearbeitet. Inzwischen hatten Mammi und Daddy die Veränderungen nebenan mitbekommen, und sie waren nicht besonders glücklich über Nachbarn, auf deren Besuch sie keinen Wert legten. Jory und ich hatten uns schon immer gefragt, warum sie nie wollten, daß Freunde in unser Haus zu Besuch kamen.

»Das ist die Liebe«, flüsterte Jory. »Sie sind noch immer wie ganz frisch Verheiratete. Denk daran. Chris ist der dritte Mann von unserer Mam, und da ist alles noch in voller Blüte.«

Was für 'ne Blüte? Konnte da nirgendwo Blumen sehen.

Jory kam mit besten Noten auf die Highschool. Ich schaffte nur haarscharf die Versetzung in die fünfte Klasse. Haßte die Schule. Haßte das alte Haus, das jetzt wie ein neues aussah. Die schönen, unheimlichen Zeiten, als wir da drüben so viel Spaß mit den alten Gespenstern hatten, war nun vorbei.

»Wir müssen jetzt Geduld haben, damit wir die richtige Zeit erwischen, um rüberzuschleichen und uns die alte Lady anzusehen«, meinte Jory flüsternd, so daß es die Gärtner, die da unten an den Büschen und Bäumen trimmten und schnitten, nicht hören konnten. Ihr gehörte eine Menge Land, bestimmt ein paar Hektar. Da gab es verdammt viel aufzuräumen und sauberzumachen. Und die Arbeiter auf dem Dach warfen einfach alles in den Hof, der schon ganz voll mit Kartons, Dachpappe, Nägeln, zerbrochenen Ziegeln und jeder Menge anderem Müll war, der durch den eisernen Zaun an der Auffahrt hereingeweht wurde, von der Straße, die Jory die »Liebesstraße« nannte.

Der widerwärtige Vorarbeiter sammelte Bierdosen auf, während er zu uns an die Mauer kam. Schon unser Anblick ließ ihn die Stirn runzeln, obwohl wir doch überhaupt nichts angestellt hatten. »Wie viele Male muß ich euch das eigentlich noch erzählen, Burschen?« brüllte er. »Zwingt mich nicht, es noch einmal zu sagen!« Er stemmte seine riesigen Fäuste in die Hüften und starrte zu uns herauf. »Ich habe euch doch schon oft genug davor gewarnt, euch auf dieser Mauer herumzutreiben – also haut ab, aber schnell!«

Jory hatte keine Lust, von der Mauer zu verschwinden, wo wir doch einfach nur da saßen und niemandem etwas taten.

»Seid ihr taub?« schrie er uns an.

Blitzartig wurde Jorys Gesicht, das sonst so hübsch war, richtig gemein. »Nein, wir sind nicht taub! Wir leben hier. Diese Mauer steht genau auf der Grenze, und sie gehört *uns* genauso wie *ihr*. Unser Dad sagt das. Also sitzen wir hier oben und sehen uns alles an, solange wir Lust dazu haben. Und wagen Sie ja nicht noch einmal, uns anzuschreien und zu sagen, wir sollten hier abhauen!«

»Kluges Kerlchen, was?« murmelte er und verzog sich, ohne mich auch nur eines Blickes zu würdigen, wo ich doch mindestens genauso klug war – auch wenn ich es nicht jeden merken ließ.

Kennenlernen

Es war Frühstückszeit. Mam erzählte Dad von einer ihrer Ballerinas. Bart saß mir gegenüber am Tisch und stocherte in seinen Cornflakes herum. Er mochte eigentlich überhaupt nichts gerne, außer solchen Knabbersachen, von denen Dad sagt, sie wären nicht gut für ihn.

»Chris, ich glaube nicht, daß Nicole es schafft«, sagte Mam mit einem besorgten Stirnrunzeln. »Ist es nicht furchtbar, wie viele Menschen bei Autounfällen zu Schaden kommen? Und sie hat ein kleines Mädchen, das erst zwei Jahre alt ist. Ich hab' die Kleine noch vor ein paar Wochen gesehen. Weißt du, sie erinnerte mich sehr an unsere Carrie, als sie zwei Jahre alt war.«

Dad nickte abwesend, während sein Blick sich irgendwo in der Morgenzeitung verlor. Die Szene damals zwischen den beiden auf dem Dachboden verfolgte mich noch immer, besonders nachts, wenn ich nicht schlafen konnte. Manchmal saß ich einfach allein in meinem Zimmer und versuchte mich zu erinnern, was da tief unten unter all meinen Erinnerungen versteckt sein mußte. Etwas sehr Wichtiges, da war ich sicher, aber ich kam und kam nicht darauf, was es war.

Auch jetzt, als ich ihnen zuhörte, wie sie sich über Nicole und ihre Tochter unterhielten, ging mir die Dachbodengeschichte wieder durch den Kopf, und ich fragte mich, was das alles wohl zu bedeuten gehabt hatte und wer denn diese Großmutter war, vor der sie sich fürchteten. Und wie konnten sie sich bloß gekannt haben, schon als Mam erst vierzehn war?

»Chris«, drängte Mam in einem Ton, der Dad zwingen sollte, die Sportseite endlich aus der Hand zu legen. »Du hörst mir nicht zu, wenn ich mit dir rede. Nicole hat überhaupt keine Angehörigen – hast du das mitbekommen? Nicht einmal einen

Onkel oder eine Tante, die sich um Cindy kümmern können, wenn ihre Mutter stirbt. Und du weißt, daß sie nie mit dem Jungen verheiratet war, den sie damals liebte.«

»Hmmm«, antwortete er und biß in seinen Toast. »Vergiß nicht, daß heute der Garten gesprengt werden muß.«

Sie runzelte die Stirn noch mehr und wirkte jetzt richtig verärgert. Er hörte ihr viel weniger zu als ich. »Ich glaube, daß es ein großer Fehler war, Pauls Haus zu verkaufen und hierher zu ziehen. Seine Statuen passen einfach nicht in diese Gegend.«

Das sicherte ihr seine Aufmerksamkeit.

»Cathy, wir haben uns geschworen, daß wir nie irgend etwas bedauern wollen, und es gibt wichtigere Dinge im Leben, als einen großen Garten zu haben, in dem alles wild wuchert.«

»Wild wuchert? Paul hatte den gepflegtesten Garten, den ich je gesehen habe!«

»Du weißt, was ich meine.«

Für ein paar Sekunden war sie stumm, dann redete sie wieder von Nicole und dem kleinen Mädchen, das in ein Waisenhaus kommen würde, wenn seine Mutter starb. Daddy meinte, daß die kleine Cindy in diesem Fall wohl schnell von jemandem adoptiert würde. Er stand auf, um sich sein Sportjackett überzuziehen. »Hör doch auf, alles immer von der finstersten Seite zu sehen. Nicole kann doch auch wieder gesund werden. Sie ist jung, stark, hat keine Krankheiten gehabt. Aber wenn du dir solche Sorgen machst, sehe ich heute mal bei ihr vorbei und rede mit ihren Ärzten.«

»Daddy«, meldete sich Bart, der schon den ganzen Morgen finster vor sich hin starrte. »Niemand hier kann mich zwingen, diesen Sommer in den Osten zu fahren! Ich will nicht weg, und da kann mich auch keiner zwingen!«

»Sicher doch«, sagte Dad, streichelte Bart unter dem Kinn und fuhr ihm spielerisch über das schon wieder strubbelige dunkle Haar. »Niemand kann dich zwingen, mit uns zu fahren – ich hoffe nur, daß du dich doch noch dazu entschließt, weil du sonst wochenlang hier ganz alleine bleiben mußt.« Er gab Mam einen Abschiedskuß.

»Fahr vorsichtig.« Mam mußte das jeden Morgen sagen, wenn er aufbrach. Er lächelte, sagte, er werde sich bemühen, und ihre Blicke trafen sich und erzählten sich etwas, das ich inzwischen auf gewisse Art verstand.

»Der Friederich, der Friederich, das war ein arger Wüterich. Den Fliegen riß er gar, o Graus, die kleinen Fliegenbeinchen aus...« Bart grinste Mam an und stand vom Tisch auf. Das war seine Art, sich bei Tisch zu verabschieden. Ob er gehen durfte, fragte er so gut wie nie.

Fast zehn Jahre alt, und er redete noch immer in Kinderreimen. Er schnappte sich seinen alten Lieblingspullover, warf ihn über die Schulter und stieß dabei einen Karton mit Milch um. Die Milch floß auf den Boden, wo Clover sofort begann sie aufzulecken wie eine Katze. Mam war so mit einem Foto von Nicoles kleiner Tochter beschäftigt, daß sie die Milch auf dem Boden gar nicht bemerkte.

Es war Emma, die dann die Milch aufwischte und Bart anfunkelte, der die Zunge herausstreckte und hinausrannte.

»Entschuldige mich, Mam«, sagte ich und sprang auf, um Bart nach draußen zu folgen. Bald saßen wir wieder oben auf der Mauer und besahen uns das Nachbargrundstück. Beide wünschten wir uns, die Lady würde sich mit dem Einziehen etwas beeilen. Wer konnte schon wissen, vielleicht hatte sie sogar Enkelkinder.

»Mir fehlt das alte Haus richtig«, beklagte sich Bart. »Hasse die Leute, die in unser Spukschloß einziehen.«

Der Tag zog sich so dahin, wir säten ein bißchen, jäteten ein bißchen Unkraut, und bald begann ich mich ernsthaft zu fragen, wie wir den ganzen langen Sommer hier aushalten sollten, ohne jemals mehr eine Expedition nach nebenan machen zu können.

Beim Abendessen war Bart schlechter Laune, weil auch er den Gang nach nebenan so vermißte. Er starrte dumpf seinen vollen Teller an. »Iß tüchtig, Bart«, sagte Dad, »sonst fehlt dir nachher die Kraft, dich in Disneyland richtig zu vergnügen.«

Bart blieb der Mund offen stehen. »Disneyland?« Seine dunklen Augen wurden groß vor Begeisterung. »Wir fahren da wirklich hin! Nicht nach Osten, die ollen Gräber besuchen?«

»Disneyland gehört zu deinen Geburtstagsgeschenken«, erklärte Dad. »Du wirst damit deinen Geburtstagsausflug bekommen, und dann fliegen wir nach South Carolina. Nun jammer nicht rum. Außer dem, was du gerne machst, müssen wir auch noch an andere Leute denken. Jorys Großmutter möchte ihn wenigstens einmal im Jahr sehen, und da wir letzten Sommer nicht gefahren sind, erwartet sie uns jetzt natürlich ganz besonders. Dann ist da auch noch meine Mutter, die auch eine Familie braucht.«

Ich bemerkte, daß ich Mam erwartungsvoll anstarrte. Sie schien innerlich zu kochen. Sie war jedes Mal so, wenn es daran ging, »seine« Mutter zu besuchen. Wie dumm, dachte ich mir, daß sie einfach nicht verstand, warum Mütter so wichtig waren. Sie war so lange eine Waise gewesen, daß sie es vergessen haben mußte, oder vielleicht war sie auch eifersüchtig.

»Junge, Disneyland ist mir lieber als alles andere!« sagte Bart. »Von Disneyland kriege ich niemals genug.«

»Das wissen wir«, meinte Dad auf seine trockene Art.

Aber kaum hatte Bart die erste Freude über die Erfüllung seines »Herzenswunsches« hinter sich, da begann er schon wieder zu maulen, daß er nicht in den Osten wollte. »Mammi, Daddy, ich fahr' da nicht hin! Zwei Wochen ist viel zu lang, um olle Gräber und olle Großmütter zu besuchen!«

»Bart!« sagte Mam scharf. »Wie kannst du den Toten gegenüber so respektlos sein! Dein eigener Vater ist einer von diesen Leuten, deren Gräber du nicht besuchen willst. Deine Tante Carrie ist auch dabei. Und du wirst ihre Gräber besuchen und auch Madame Marisha, ob du nun willst oder nicht. Und wenn ich noch ein Wort von dir höre, dann wird Disneyland gestrichen!«

»Mammi«, bemühte sich der zurechtgewiesene Bart jetzt das Thema zu wechseln, »warum sieht dein toter Daddy aus Gladstone, Pan ...«

»Sag Pennsylvania, nicht Pan.«

»Wie kommt es, daß sein Foto fast genauso aussieht wie Daddy, unser Daddy heute?«

Man sah ihren Augen an, daß ihr die Frage weh tat. Ich mischte mich ein, weil ich es haßte, wie Bart es jedesmal schaffte, ihr Innerstes schmerzhaft zu treffen. »Mensch, Dollanganger ist wirklich ein komischer Name. Jede Wette, daß du froh warst, ihn los zu werden.«

Sie wandte sich zu dem großen Foto von Dr. Paul Sheffield um und sagte dann leise: »Ja, es war ein wunderbarer Tag, als ich Mrs. Sheffield wurde.«

Jetzt sah Dad irgendwie verärgert aus. Ich kauerte mich tief in die samtbezogenen Polster des Eßzimmerstuhls. Überall um mich herum, in der Luft, auf dem Boden kriechend, in den Schatten lauernd, waren die Erinnerungen an jene Vergangenheit, von der sie wußten, aber ich nicht. Vierzehn Jahre alt, und noch immer wußte ich nicht, was eigentlich mit dem Leben los war – oder mit meinen Eltern.

Schließlich kam der Tag, an dem das Haus fertig renoviert war. Putzfrauen erschienen, schrubbten die Böden und putzten die Fenster. Wir waren die ganze Zeit drüben, schlichen um das Haus herum, spähten durch Fenster und rannten schnell zurück zur Mauer, um über einen Baum hinaufzuklettern, bevor man uns erwischte. Oben auf der Mauer saßen wir dann ganz ruhig und harmlos, als könnten wir niemals etwas tun, was uns unsere Eltern ausdrücklich verboten hatten. »Sie kommt, sie kommt!« flüsterte Bart ganz aufgeregt. »Da kommt die alte Lady und zieht ein!«

Das Haus war so toll hergerichtet worden, daß wir erwarteten, eine Filmschauspielerin müßte hineinziehen oder eine Präsidentengattin, jedenfalls jemand sehr Wichtiges. Eines Tages, als Dad bei seiner Arbeit war, Mam zum Einkaufen und Emma wie immer in ihrer Küche, sahen wir eine große schwarze Limousine langsam in die nachbarliche Auffahrt einbiegen. Dahinter folgte ein älterer Wagen, aber auch der sah noch ganz schön teuer aus. Zwei Wochen vorher hatte die Auffahrt noch aus gesprungenem und eingesunkenem Beton bestanden, jetzt war alles glatter Asphalt. Ich stieß Bart an, damit er seine Aufregung etwas bremste. Wenn wir uns ruhig verhielten, gaben die Blätter um uns herum ein perfektes Versteck ab, aus dem heraus wir alles sehen konnten, ohne selbst gesehen zu werden.

Langsam, sehr langsam brachte der Chauffeur den großen mysteriösen Wagen zum Halten. Dann stieg er aus, ging um den Wagen herum und öffnete die hintere Seitentür. Wir sahen mit angehaltenem Atem zu. Jetzt würden wir sie sehen – diese furchtbar reiche Frau, die sich alles leisten konnte!

Der Chauffeur war jung und machte einen munteren Eindruck. Selbst aus dieser Entfernung konnten wir sehen, daß er gut aussah. Aber der alte Mann, der jetzt aus dem Fond des Wagens stieg, sah alles andere als gut aus. Er überraschte mich. Hatten die Arbeiter nicht von einer Lady und ihren Dienstboten gesprochen? »Sieh mal«, flüsterte ich Bart zu, »das muß der Butler sein. Ich wußte gar nicht, daß Butler mit ihren Herrschaften in einem Wagen fahren.«

»Hasse alle Leute, die in unser Haus ziehen!« knurrte Bart.

Der hagere alte Butler streckte seine Hand aus, um einer alten Frau aus dem Wagen zu helfen. Sie ignorierte sie und nahm statt dessen den Arm des Chauffeurs. Oh, Mann! Sie trug von Kopf bis Fuß schwarz. So stellte ich mir die Frau eines Araberscheichs vor. Sogar über ihrem Kopf und Gesicht lag ein schwarzer Schleier. War sie eine Witwe? Eine Mohammedanerin? Sie sah so geheimnisvoll aus.

»Hasse schwarze Kleider, die über den Boden schleifen. Hasse alte Ladys, die schwarze Schleier über dem Kopf haben. Hasse Gespenster!«

Alles, was ich tun konnte, war, fasziniert zuzusehen, wobei mir auffiel, daß die Frau sich unter ihren schwarzen Kleidern sehr elegant und graziös bewegte. Selbst aus meinem Versteck war es nicht schwer zu beobachten, daß sie für diesen hageren alten Butler ganz und gar nichts übrig hatte. Meine Güte, was für Intrigen und Geheimnisse!

Sie sah sich lange alles an. Am längsten starrte sie in unsere Richtung zu der weißen Mauer hin, hinter der man das Dach unseres Hauses aufragen sehen konnte. Ich wußte, daß sie nicht viel sehen konnte. Ich hatte selbst oft genug da gestanden, von wo aus sie jetzt zu uns herüberblickte. Von dort aus konnte man nur den Kamin und den Dachfirst erkennen. Nur wenn sie in ihrem Haus im zweiten Stock aus dem Fenster sah, würde sie in einige unserer Fenster sehen können. Besser ich sagte Mam, sie sollte noch mehr große Bäume entlang der Mauer pflanzen.

Dann kam mir ein Gedanke, warum zwei der Arbeiter eine Reihe der großen Eukalyptus-Bäume abgesägt hatten. Vielleicht wollte sie einen freien Blick auf unser Haus haben, weil sie neugierig auf ihre Nachbarn war. Aber wahrscheinlich wollte sie wohl doch nur einfach keine so hohen Bäume nahe bei ihrem Haus haben.

Jetzt fuhr der zweite Wagen vor. Ihm entstieg eine Hausdame in einer schwarzen Uniform mit einer weißen Spitzenschürze und einer Haube. Ihr folgten zwei Diener in grauen Uniformen. Diese Diener machten sich jetzt an die Arbeit. Sie waren die einzigen, die die vielen Koffer, Hutschachteln, Topfpflanzen und alles mögliche ins Haus schafften, während die Lady in Schwarz die ganze Zeit dastand und auf unseren Kamin starrte. Ich fragte mich, was sie wohl dort so Bemerkenswertes sah.

Als nächstes kam ein großer gelber Möbelwagen, von dem elegante Möbel abgeladen wurden, während die Lady noch immer draußen vor dem Haus blieb und es dem Hauspersonal überließ, wohin die Möbel zu stellen waren. Schließlich kam eines der Mädchen zu ihr gelaufen und fragte sie etwas. Und erst dann wandte sie ich um und verschwand im Haus. Das Personal folgte ihr.

»Bart, sieh dir mal das Sofa an, das die Männer da schleppen! Hast du schon einmal so ein tolles Sofa gesehen?«

Er hatte schon lange das Interesse an den Möbelpackern verloren. Er starrte jetzt auf eine schwarz-gelbe Raupe, die an einem dünnen Zweig nicht weit von seiner schmutzigen Jeans entlang kroch. Überall sangen schöne Vögel in den Bäumen. Der tiefblaue Himmel war voll von weißen Federwölkchen. Die Luft fühlte sich frisch und kühl an, erfüllt vom Duft der Fichten- und Eukalyptus-Bäume – und Bart starrte das einzige häßliche Ding an, das es weit und breit zu sehen gab. Eine arme kleine Raupe mit Hörnern!

»Hasse häßliche kriechende Dinger mit Hörnern auf dem Kopf«, murmelte er zu sich selbst. Ich wußte, daß er die unangenehme Angewohnheit hatte, immer wissen zu wollen, wie solche »Dinger« von innen aussahen. »Wetten, daß du ganz fiesen grünen Matsch unter dem schönen gelben Fell hast. Du fieser kleiner Drachen auf dem Zweig, komm mir nicht näher. Noch ein bißchen weiter, dann bist du tot.«

»Hör mit diesem dummen Gequatsche auf. Sieh dir doch mal den Tisch an, den die Männer da ins Haus tragen. Junge, jede Wette, daß dieser Stuhl da aus einem europäischen Schloß ist.«

»Noch 'n kleines Stückchen, dann geht es dir an den Kragen!«

»Weißt du was? Jede Wette, daß die Lady, die da einzieht, 'ne ganz nette Dame sein muß. Jeder, der so einen guten Geschmack bei Möbeln hat, muß schon ein toller Typ sein.«

»Ein Zentimeter noch ... und tot bist du!« verkündete Bart der Raupe.

Als die Sonne unterging, färbte sich der Himmel rötlich, und durch diese Röte zogen sich breite violette Streifen, die den Sonnenuntergang noch schöner machten.

»Bart, sieh dir den Sonnenuntergang an. Hast du schon mal irgendwo noch großartigere Farben gesehen? Farben sind für mich wie Musik. Ich kann sie singen hören. Jede Wette, wenn Gott mich jetzt im Augenblick taub und blind machen würde, dann könnte ich noch immer die Musik der Farben hören und sie hinter meinen Augen sehen. Und ich würde in der Dunkelheit tanzen und nie erfahren müssen, daß gar kein Licht mehr da ist.«

»Verrücktes Zeug«, murmelte mein Bruder, die Blicke noch immer auf die pelzige Raupe gerichtet, die näher und näher zu dem tödlichen Stiefel kroch, der über ihr drohte. »Blind sein heißt: alles pechschwarz. Keine Farben. Keine Musik. Kein gar nichts. Tot sein, das heißt Stille.«

»Taub ... t-a-u-b – nicht tot!«

Genau in diesem Augenblick stampfte Bart mit seinem Stiefel auf die Raupe. Dann sprang er vom Baum auf den Boden, und dort wischte er sich auf dem frischen Rasen der Lady den grünen Matsch vom Stiefel.

»Das war eine Gemeinheit, was du da getan hast, Bart Winslow. Raupen entwickeln sich auf eine Art, die man Metamorphose nennt. Aus der Sorte, von der du da gerade eine umgebracht hast, werden die schönsten Schmetterlinge. Du hast keinen Drachen getötet, sondern eine Elfenkönigin – die süßeste Braut der Rosen.«

»Blödes Ballettgerede«, meinte er dazu, obwohl er es schaffte, ein wenig betroffen auszusehen. »Ich kann es wieder gutmachen«, meinte er unsicher und sah sich nervös nach allen Seiten um. »Ich baue eine Falle auf und fang' eine lebende Raupe. Die halt' ich mir dann, bis sie sich in eine Elfenkönigin verwandelt, und dann laß' ich sie fliegen.«

»He, das war doch nur ein Scherz. Aber von jetzt an bring keine Insekten mehr um außer denen, die an den Rosen sitzen.«

»Wenn ich welche an den Rosen finde, darf ich dann alle tot machen?«

Es war schon komisch, wie sehr Bart dahinter her war, alle Insekten umzubringen. Einmal erwischte ich ihn dabei, wie er einer Spinne ein Bein nach dem anderen ausriß und sie dann zwischen Daumen und Zeigefinger zerquetschte. Dabei schien ihn das schwarze Blut sehr zu interessieren. »Fühlen solche Dinger Schmerzen?«

»Ja«, sagte ich, »aber mach dir nichts daraus. Früher oder später wirst du auch Schmerzen spüren. Also wein nicht. Es war nur eine kleine Raupe, keine Elfenkönigin. Komm, gehen wir nach Hause.« Er tat mir leid, weil ich wußte, wie viel es ihm ausmachte, daß er keine Schmerzen fühlen konnte wie ich, obwohl er ja eigentlich froh darüber hätte sein können.

»Nein! Will nicht nach Hause! Ich will sehen, was da drüben im Haus jetzt los ist.«

In diesem Moment kam Emma aus unserem Haus und schlug den Gong, so daß wir uns, hungrig wie wir waren, sofort auf den Heimweg begaben.

Am nächsten Tag saßen wir wieder auf der Mauer. Die Möbelpacker waren am gestrigen Abend noch fertig geworden, nachdem wir schon zu Bett gegangen waren. Keine großen Lastwagen kamen mehr vorgefahren. Den Vormittag und den frühen Nachmittag hatte ich mit Mam in der Ballettschule verbracht, während Bart zu Hause geblieben war und allein gespielt hatte. Sommertage waren lang. Er lächelte und war glücklich darüber, mich wieder bei sich zu haben. »Fertig?« fragte ich.

»Fertig!« bestätigte er. Nachdem wir unsere Pläne bereits geschmiedet hatten, ließen wir uns jetzt von der Mauer gleiten und kletterten auf der anderen Seite an einem Baum herunter. Wir betraten Boden, der uns streng verboten worden war, aber wir fanden, ob zu Recht oder zu Unrecht, daß dieses Grundstück uns gehörte, denn wir waren zuerst hier gewesen. Wie zwei Schatten huschten wir zwischen den Bäumen hindurch. Bart sah sich Hecken an, deren Büsche man in der Form von Tieren geschnitten hatte. Wie unheimlich! Ein krähender Hahn neben einer fetten Henne auf einem Nest. Hübsch, alles ganz ordentlich geschnitten. Wer hätte gedacht, daß dieser alte mexikanische Gärtner so toll mit seinen Scheren umgehen konnte!

»Mag keine Büsche, die wie Tiere aussehen«, beschwerte sich Bart. »Mag keine grünen Augen. Grüne Augen sind gemeine Augen. Jory – die gucken hinter uns her!«

»Psst, flüster nicht. Paß auf, wo du hintrittst. Bleib genau in meinen Fußstapfen.« Ich blickte über die Schulter und sah, daß der Himmel sich mit einem dunklen Blau überzog, in dem die letzten dunkelroten Streifen wie frisch vergossenes Blut hingen. Die Nacht senkte sich bald herab, und der Mond zeigte nicht immer ein freundliches Gesicht.

»Jory«, erklang Barts Flüstern, während er mich am Hemdzipfel zog, »hat Mammi uns nicht gesagt, wir müssen zu Hause sein, wenn es dunkel wird?«

»Noch ist es nicht dunkel.« Aber es war beinahe dunkel. Aus dem milchigen Weiß, in dem die frisch verputzten Wände des Hauses bei Tageslicht strahlten, wurde in der Dämmerung ein bläuliches Weiß, das irgendwie bedrohlich wirkte.

»Ich mag keine knochenfarbenen alten Häuser, die man auf neu rausgeputzt hat.«

Bart und seine Ideen.

»Muß doch jetzt schon Zeit sein, daß Mammi auf uns wartet.«

Ich ließ mich von seinem Zupfen am Ärmel nicht beeindrukken. Da wir nun schon einmal so weit waren, konnten wir auch noch ganz bis zum Haus schleichen. Ich legte meinen Finger auf die Lippen, flüsterte: »Bleib, wo du bist« und stahl mich dann lautlos unter das einzige erleuchtete Fenster dieses riesigen Hauses mit seinen vielen Fenstern.

Anstatt zu bleiben, wie ich es ihm gesagt hatte, folgte Bart mir auf den Fersen. Ich ermahnte ihn noch einmal, leise zu sein, dann kletterte ich eine kleine Eiche hinauf, die gerade kräftig genug war, mein Gewicht zu tragen. Ich kletterte, bis ich einen Blick durch das Fenster werfen konnte. Zuerst konnte ich nichts weiter erkennen als einen großen, schwach beleuchteten Raum voller noch nicht ausgepackter Kartons. Eine hohe, dicke Lampe versperrte mir die Sicht, und ich mußte mich vom Baum weg zur Seite beugen, damit ich um sie herumsehen konnte. Undeutlich sah ich eine in dunkle Kleider gehüllte Gestalt, die auf einem harten hölzernen Lehnstuhl saß, sehr unbequem, verglichen mit den weichen luxuriösen Sofas und Sesseln, die wir gestern gesehen hatten. War das die Frau mit dem schwarzen Schleier? Dieselbe, die ich draußen gesehen hatte?

Araber trugen auch solche langen Gewänder, also hätte es auch der hagere Butler sein können. Aber dann sah ich eine blasse, schlanke Hand mit vielen funkelnden Ringen, und ich wußte, daß ich die Herrin des Hauses vor mir hatte. Um besser sehen zu können, verlagerte ich mein Gewicht noch weiter vom Stamm weg, und als ich das tat, knarrte der Ast unter mir bedenklich. Die Frau im Zimmer hob den Kopf und sah in meine Richtung.

Ihre Augen wirkten groß und furchterregend. Ich beruhigte mich, indem ich mir sagte, daß Leute aus einem hellen Zimmer nicht in die Dunkelheit vor dem Fenster sehen können. Mein Herzschlag verdreifachte sich, während ich den Atem anhielt. Kleine Nachtinsekten schwärmten um meinen Kopf und begannen auf meiner verschwitzten Stirn herumzukrabbeln.

Unter mir wurde Bart ungeduldig. Er rüttelte an meinem dünnen Baum. Ich versuchte, mich festzuklammern und gleichzeitig Bart mit Zeichen klarzumachen, daß er damit aufhören sollte. Glücklicherweise kam im selben Moment ein Mädchen in das Zimmer und trug ein großes Silbertablett, beladen mit mehreren abgedeckten Tellern.

»Beeil dich!« quäkte mein kleiner Angsthase. »Ich will nach Hause!«

Wovor hatte er bloß Angst? Ich war es doch, der gerade von einem Baum zu fallen drohte. Das Geklapper der Teller und Bestecke, die von dem Tablett auf einen kleinen Tisch gesetzt wurden, übertönte den Lärm, den Bart veranstaltete. Kaum war das Dienstmädchen aus dem Zimmer, da hob die verschleierte Frau ihre Hände und nahm den Schleier ab.

Sie begann zu essen. Ganz allein stocherte sie in ihrem Abendessen herum. Als ich schon fast sicher war, daß sie von mir nichts gehört haben konnte, gab der schwache Ast unter mir ein splitterndes Geräusch von sich.

Sie wandte den Kopf. Jetzt bekam ich meine Chance, sie endlich ohne den schwarzen Schleier zu sehen, und ich sah sie. Sah ihr wirklich ins Gesicht! Aber ich sah gar nicht wirklich auf ihre Nase, ihre Lippen, ihre Augen; ich sah nur die langen Reihen von Narben in ihrem Gesicht. Hatte eine Katze sie so zerkratzt? Plötzlich empfand ich Mitleid für eine alte Frau, die dort so ganz allein zu Abend essen mußte, ohne Appetit und Spaß daran. Es kam mir unfair vor, daß jemand ein einsames, ungeliebtes Leben führen mußte. Und es erschien mir auch unfair vom Schicksal, daß es mir hier so gnadenlos zeigte, wie das Alter den Menschen jede Schönheit stehlen konnte, eine Frau, die einmal genauso schön gewesen sein mußte wie meine Mutter – früher.

»Jory . . .?«

»Psst . . .«

Sie starrte auf das Fenster und zog dann schnell wieder den Schleier über ihr Gesicht. »Wer ist da draußen?« rief sie. »Verschwinden Sie, wer immer Sie sind! Ich rufe sonst die Polizei!«

Ich sprang vom Baum, packte Bart bei der Hand und rannte los. Er stolperte und fiel und hielt mich wie üblich auf. Ich stellte ihn immer wieder auf seine Füße, lief weiter und zwang ihn schneller zu rennen, als er das ohne meine Hilfe je geschafft hätte. Er keuchte: »Jory! Nicht so schnell. Was hast du gesehen? Schnell, sag es mir – war es ein Gespenst?«

Viel schlimmer. Ich hatte gesehen, wie meine Mutter in dreißig Jahren aussehen mochte, wenn sie lange genug lebte, um vom Alter so zugerichtet zu werden.

»Wo seid ihr beiden denn gewesen?« Mam verstellte uns den Weg, als wir gerade ins Bad huschen wollten, um uns zurechtzumachen, bevor sie den Schmutz an unseren Kleidern bemerken konnte.

»Wir kommen ganz hinten aus dem Garten«, antwortete ich mit einem schlechten Gewissen. Sie sah es mir sofort an und schöpfte Verdacht. »Wo seid ihr wirklich gewesen?«

»Na, hinten im Garten ...«

»Jory, wirst du jetzt auch so einsilbig wie Bart?«

Ich nahm sie in den Arm und preßte mein Gesicht an ihre weiche Brust. Für so was war ich eigentlich schon zu alt, aber ich hatte plötzlich das Bedürfnis, mich sicher und geborgen zu fühlen.

»Jory, mein Schatz, was ist denn los mit dir?«

Nichts war los. Ich hätte nicht sagen können, was mich eigentlich so beunruhigte. Es war ja nicht zum ersten Mal, daß ich einen alten Menschen gesehen hatte. Da war meine eigene Großmutter Marisha, aber die hatte ich schon immer nur als alte Frau gekannt.

In dieser Nacht träumte ich, Mammi käme zu mir und sie war ein lieblicher Engel, der einen Zauber über die ganze Welt legte, daß alle Leute nicht mehr älter wurden. Ich sah zweihundert Jahre alte Frauen, die noch so jung und hübsch waren, wie an ihrem zwanzigsten Geburtstag – alle außer einer alten Lady in Schwarz, die alleine in ihrem Schaukelstuhl wippte, ganz alleine.

Gegen Morgen kroch Bart zu mir ins Bett und kuschelte sich an meinen Rücken, um mit mir gemeinsam dem grauen Nebel zuzusehen, der sich über die Bäume legte, das goldene Gras verschluckte und alle Zeichen von Leben auslöschte, bis die ganze Welt draußen tot zu sein schien.

Bart redete wie so oft leise vor sich hin. „Die Erde ist voll von toten Menschen, toten Tieren und toten Pflanzen. Daraus wird all der Dünger, den Daddy im Garten braucht.«

Tod. Mein Halbbruder Bart war von Gedanken an den Tod besessen, und er tat mir leid. Ich spürte, wie er sich noch enger an mich kuschelte, während wir beide in den Nebel draußen starrten, der so sehr Teil unseres Lebens geworden war.

»Jory, niemand mag mich«, klagte er.

»Doch, alle mögen dich.«

»Nein, das tun sie nicht. Sie mögen dich viel mehr.«

»Das ist, weil du sie nicht magst und es jeden merken läßt.«

»Warum magst du denn jeden?«

»Tu' ich gar nicht. Aber ich kann ein Lächeln aufsetzen und so tun als ob, auch wenn es nicht stimmt. Vielleicht solltest du auch besser lernen, eine Maske aufzusetzen, wenn es nötig ist.«

»Warum? Wir spielen doch nicht Theater.«

Er machte mir Sorgen. Genau wie diese Betten auf dem Dachboden mir Sorgen bereiteten. Wie diese seltsame Sache zwischen meinen Eltern, die ich so oft spürte und die mich daran erinnerte, daß sie etwas wußten, was ich nicht wußte.

Ich schloß die Augen und sagte mir, daß irgendwie schon alles am Ende zum Besten sein würde.

Auf Jagd

Sie sahen mich an, aber sie erkannten mich nicht wirklich. Sie wußten nicht, wer ich war. Für sie war ich bloß so ein Ding, das an ihrem Tisch saß und versuchte das Zeug zu schlucken, das sie mir auf meinen Teller legten. Meine Gedanken waren überall unterwegs, aber sie konnten nicht in meinen Gedanken lesen, wußten gar nichts über mich. Ich ging gleich zu dem Haus nebenan, denn da hatte man mich eingeladen. Und ich würde nicht vergessen, dort alle Worte richtig auszusprechen und keine Endung zu verschlucken, wie sie mich immer ermahnten. Ich würde es richtig machen, alles würde ich richtig machen für die alte Lady nebenan.

Ich sah mir ihren Garten noch einmal ganz lange an, dann machte ich die Augen zu, damit ich nicht sah, wie ich mir mal wieder was verknackste, und sprang. Noch mehr Kratzer und Schrammen für meine Sammlung. Ich landete der Länge nach in einem ihrer Rosenbüsche. Ich duckte mich tief, kniff die Augen vor dem grellen Sonnenlicht zusammen und versuchte all die gefährlichen wilden Tiere zu erspähen, die an solchen dunklen, geheimnisvollen Plätzen lauerten – wie diesem hier! Da, da drüben. Hinter dem großen Busch – ein Tiger! Ich hob mein Gewehr und zielte sorgfältig. Er peitschte mit seinem langen Schwanz, und seine gelben Augen funkelten. Dann leckte er sich das Maul, dachte sich wohl, er bekäme mich gleich zum Lunch. Hart zog ich den Abzug. Peng – Peng – Peng erwischt! Blattschuß!

Ich schulterte mein Gewehr und suchte mir vorsichtig einen Pfad durch den gefährlichen Dschungel. Dabei ignorierte ich ein orange-weißes Kätzchen, das »frustriert« miaute. »Frustriert« war eins von den neuen Wörtern, die ich benutzen mußte. Ein neues Wort jeden Tag, denn Daddy gab uns, Jory und mir, immer eine Liste mit sieben Worten und verlangte, daß wir das Wort des Tages mindestens fünfmal benutzten, wenn wir uns unterhielten. Ich brauchte aber keinen größeren Wortschatz. Wußte schon gut genug, wie man was erzählt.

Da fiel mir eine Melodie ein. War aus einem Film, den ich am Tag zuvor im Fernsehen gesehen hatte – so 'n Film über Soldaten. Das Lied war genau richtig:

»Denn ich bin, denn ich bin ein Soldat, Soldat...«

Ich marschierte zu der Melodie in meinem Kopf, das Gewehr richtig geschultert, wie es sich gehört, Brust raus, Kinn hoch. Direkt vor ihre Vordertür marschierte ich. Dann klopfte ich hart mit dem kupfernen Türklopfer, der ein Löwenkopf war mit losem Kiefer. Allein ging ich, und Jory erfuhr gar nichts davon. Jory brauchte sowieso keine neuen Freunde. Er hatte seine olle Ballettklasse mit all den hübschen Mädchen, und das reichte ja wohl. Mit Melodie, das war mehr als genug. Ich – ich hatte niemanden außer Eltern, die mich nicht verstanden. Sobald ich mich bei Tisch entschuldigen konnte, verschwand ich schnell in unseren Garten, während Jory noch drinnen saß und seine Pfannkuchen mit Zuckerrübensirup aß. Ein Schwein, das war er... ein Rübenschwein!

Heiß draußen. Die Sonne schien zu hell. Überall lange Schatten. Die weiße Mauer reckte sich so gemein weit hoch – wußte diese Mauer schon im voraus, daß ich jetzt kam und mich »dumm anstellen« würde, und wollte es mir extra schwer machen? Der Baum, auf den ich kletterte, war da hilfsbereiter.

So ein großer Garten auf der anderen Seite, daß meine Beine müde wurden, während ich so marschierte. Ich wünschte mir, ich hätte so lange schöne Beine wie Jory. Immer fiel ich hin, immer verletzte ich mich, aber Schmerzen fühlte ich keine. Daddy war ganz aufgeregt, als er das zum ersten Mal richtig herausfand. »Bart, weil deine Nervenenden nicht ganz bis in die Haut reichen, mußt du doppelt so vorsichtig wegen Infektionen sein. Du kannst dich ernsthaft verletzen, ohne überhaupt etwas davon zu merken. Deshalb wasch dir deine Schrammen und Kratzer immer gründlich, und dann sagst du deiner Mutter oder mir Bescheid, damit wir dir ein Desinfektionsmittel geben.« Und wenn man sich wusch, das hielt wohl die Bakterien ab. Frage mich, wo die dann wohl bleiben. Landen tote Bakterien im Himmel oder in der Hölle? Wie sehen sie wohl aus, die Bakterien? Monster, hatte Jory gesagt, häßliche, winzig kleine Monster. Millionen davon konnten auf einer Bleistiftspitze sitzen. Wünschte mir, ich hätte Augen wie ein Mikroskop.

Meine perfekte militärische Haltung war so bewundernswürdig, daß die alte Lady einfach beeindruckt sein mußte. Ärzte waren gar nicht so was Besonderes. Tänzer auch nicht. Aber ein Fünfsterne-General – das war schon was! Niemand hatte einen längeren Namen als ich: General Bartholomew Scott Winslow Sheffield. Selbst Jory Janus Marquet Sheffield war nicht so lang, und so gut klang es auch nicht. Wenn der Feind erst mal wußte, wer hier den Krieg führte...

Eigentlich hätte ja wohl der unheimliche alte Butler die Tür öffnen müssen, aber es war die alte Lady selbst. Ich hatte sie ein paarmal im Hof gesehen. Sie hielt die Tür nur einen Spalt offen und erlaubte nur einem schmalen Sonnenstrahl auf ihr Parkett zu fallen. „Bart...?« flüsterte sie, wobei ihre Stimme erstaunt und glücklich klang. War sie wirklich so froh, mich zu sehen? O Mann, und sie kannte mich ja noch nicht einmal.

»Bart, wie wunderbar! Ich habe gehofft, daß du kommst.«

»Treten Sie zur Seite, Madame«, befahl ich. »Meine Männer haben das Haus umstellt.« Machte meine Stimme ganz tief und rauh, damit sie einen anständigen Schreck bekommen sollte. »Widerstand ist zwecklos. Ergeben sie sich besser und hissen Sie die weiße Fahne. Sie haben keine Chance mehr.«

»Oh, Bart«, sagte sie mit einem albernen Kichern. »Es ist so lieb von dir, daß du meine Einladung angenommen hast. Setz dich zu mir und rede mit mir. Erzähl mir von dir und deinem Leben. Sag mir, ob du glücklich bist, ob dein Bruder glücklich ist, ob du gern hier wohnst und deine Eltern gern hast. Ich möchte alles wissen!« Mit einem kräftigen Tritt beförderte ich die Tür hinter mir ins Schloß, wie das alle guten Generäle tun. Peng! Ihre blauen Augen lächeln zu sehen, während ihre Lippen von diesem scheußlichen schwarzen Schleier verdeckt wurden, war schon sehr grauslig. Meine zackige militärische Haltung verflog ganz schnell. Warum mußte sie nur so einen unheimlichen Schleier tragen? »Lady«, sagte ich schwach, fühlte mich jung und furchtsam dabei, »Sie haben gestern über die Mauer gerufen. Sie haben gesagt, Sie würden gerne haben, daß ich zu Ihnen komme, wenn ich mich allein fühle. Ich bin also herübergeschlichen ...«

»Geschlichen?« fragte sie mit einem komischen Ton. »Mußt du dich heimlich von deinen Eltern davonstehlen? Bestrafen sie dich oft?«

»Nein«, sagte ich. »Hätten sie bei mir auch nicht viel von. Schläge tun mir nämlich nicht weh. Und wenn man mir nichts zu Essen gibt, macht mir auch nichts, weil ich sowieso nie was essen mag.« Ich senkte den Kopf und flüsterte: »Mammi und Daddy meinen, ich sollte nicht reichen alten Ladys auf den Nerv fallen, die in großen Spukschlössern nebenan wohnen.«

»Oh!« sagte sie mit einem Seufzer. »Hast du viele große Spukschlösser nebenan mit reichen alten Damen drin?«

»Überhaupt nicht, Lady«, knurrte ich und lief zu einem hübschen Erker, aus dessen Fenster man gut sehen konnte, wer kam und wer ging. Ich lehnte mich gegen die Wand, drehte mir eine anständige Zigarette und zündete sie mir an, während sie sich in einen Schaukelstuhl setzte und mir zusah. Sie beobachtete still, wie ich Rauchringe in ihre Luft blies, und lächelte schwach, während die Ringe um ihren Kopf tanzten. Der blöde Schleier stülpte sich bei jedem ihrer Atemzüge vor und zurück. Frage mich, ob die mit diesem Ding über dem Kopf schläft.

»Bart, ich hör' dich und deinen Bruder oft drüben bei euch im Garten reden. Manchmal nehme ich eine Stufenleiter, um einen Blick über die Mauer zu werfen – ich hoffe, das macht dir nichts aus.« Dazu wollte ich nichts sagen. Blies ihr weiter Rauchringe genau ins Gesicht. »Bitte erzähl was, Bart ... Setz dich, und entspann dich, mach es dir bequem, fühl dich ganz wie zu Hause. Ich möchte, daß mein Haus für dich wie dein eigenes Zuhause ist, offen für dich und Jory. Mein Leben ist so einsam, ich habe nur mich selbst und John Amos, meinen Butler. Eine richtige Familie nebenan wohnen zu haben ist ein so angenehmes Gefühl. Irgendwie tröstet es mich. Du kannst mir alles erzählen, was du gerne möchtest, absolut alles.«

Gab nur nichts zu sagen – aber da war ein Erwachsener, der zuhören wollte. Worüber konnte man sich also unterhalten? »Man sollte nicht hinter mir und meinem Bruder herspionieren.«

»Ich habe nicht spioniert«, sagte sie rasch, »ich habe nur meine Rosen beschneiden wollen, die sich an der Mauer hochranken – da kann ich nichts dafür, wenn ich euch drüben gehört habe, oder?«

Spion. Das war es. Sie war ein Spion. Trat meine Zigarette mit meinem Stiefelabsatz aus. Die Sonne stach mir wieder in die Augen, so daß ich meinen Hut tiefer zog. Die Sonne machte mich durstig. »Lady, aus mir kriegen Sie nichts raus, da gibt's nichts zu erzählen ... also kommen Sie zur Sache.«

»Bart, wenn du dich auf einen der Stühle da setzt, könnten wir eine kleine Erfrischung bestellen. Siehst du diesen Klingelknopf da? Mein Mädchen bringt Eis und Kuchen. Es ist noch eine ganze Weile bis zum Mittagessen, deshalb wirst du dir nicht den Appetit verderben.«

Da konnte ich ruhig noch etwas länger bleiben. Ließ mich in einen weichen Armstuhl fallen und fixierte ihre Füße, die man kaum sehen konnte. Trug sie hohe Absätze? Geschnürte Sandaletten? Hatte sie lackierte Zehennägel? Dann kam ein hübsches mexikanisches Mädchen zur Tür herein mit einem Tablett voll guter Sachen. Mann, o Mann! Das Mädchen lächelte mich an, nickte der Lady zu und verschwand dann wieder. Ich nahm höflich an, was sie mir auf den Teller legte – natürlich von nichts genug – und haute rein. Mag kein Essen, das gut für mich ist, weil das immer so schlecht schmeckt. Sobald ich meine Appetithappen herunter hatte, stand ich auf, um zu gehen.

»Danke, Lady, daß Sie so nett zu einem alten Cowboy sind, der an solche Gastfreundschaft nicht gewöhnt ist. Nun muß ich aber leider weiter ...«

»Nur zu, wenn du gehen mußt«, sagte sie traurig, und sie tat mir leid, weil sie hier so allein nur mit ihren Dienern leben mußte, ohne ein Kind wie mich. »Komm morgen wieder, wenn du möchtest und bring Jory mit. Hier bekommt ihr alles, was ihr euch wünscht.«

»Will aber Jory nicht mitbringen!«

»Warum denn nicht?«

»Sie sind mein Geheimnis. Er kriegt immer alles, er tut immer alles. Und ich bekomme nie etwas! Niemand mag mich.«

»Ich find' dich aber nett.«

Mann, das ging mir aber gut runter. Sie machte, daß ich mich richtig wohl fühlte. Ich spähte nach ihrem Gesicht, aber ich konnte nichts sehen als ihre blauen Augen. »Warum finden Sie mich nett?« fragte ich ganz erstaunt – das tat doch sonst niemand.

»Ich finde dich nicht nur nett, Bart Winslow«, sagte sie richtig komisch, »ich liebe dich.«

»Warum?« Ich konnte ihr nicht glauben. Ladys verliebten sich immer auf Anhieb in Jory, nie in mich.

»Einmal hatte ich zwei Söhne, jetzt habe ich keinen mehr«, erzählte sie mit gesenkten Augen und einer zögernden, traurigen Stimme. »Dann wollte ich einen anderen Sohn von meinem zweiten Mann haben, aber das war nicht möglich.« Sie blickte auf und mir direkt in die Augen. »Deshalb möchte ich, daß du den Platz des dritten Sohnes einnimmst, den ich nie haben konnte. Ich bin sehr reich, Bart. Ich kann dir alles geben, was du willst.«

»Was ich mir am meisten wünsche – all meine richtigen Herzenswünsche?«

»Ja, alles was man mit Geld kaufen kann, bekommst du von mir.«

»Kann man nicht alles kaufen?«

»Es ist traurig, aber das kann man nicht. Ich habe gedacht, man könnte es, aber jetzt weiß ich, daß man mit Geld die wichtigsten Dinge nicht kaufen kann. Dinge, die ich für selbstverständlich hielt und deshalb so leichtfertig mit ihnen umging – oh, wenn ich mein Leben noch einmal leben könnte, wie anders würde ich dann sein! Ich habe so viele Fehler gemacht, Bart. Ich möchte für dich alles richtig machen, für dich und mit dir ... und wenn du aus mir ein Geheimnis machen möchtest, können wir vielleicht eines Tages ... Nun, heben wir uns das für später auf. Du kommst wieder?«

Sie klang so mitleiderregend, und ich fühlte mich ganz seltsam. Ich scharrte mit den Füßen und dachte mir, besser wäre es wohl, jetzt zu verschwinden, sonst versucht sie noch, mich zu küssen. »Lady, muß jetzt wieder zurück ins Camp. Meine Männer werden sich schon fragen, ob es mich erwischt hat oder ob ich verwundet bin. Aber vergessen Sie nicht, ich habe Sie eingekesselt und Sie können diesen Krieg nicht gewinnen!«

»Ich weiß«, sagte sie mit einer so traurigen Stimme. »Ich habe noch niemals ein Spiel gewonnen, das ich gespielt habe. Ich bin immer geschlagen worden, selbst wenn ich dachte, ich hätte alle Trümpfe in der Hand.«

Genau wie ich! Sie tat mir richtig leid. »Lady, Sie spielen Ihre Karten richtig aus, und ich komme jeden Tag vorbei und besuche Sie – vielleicht auch zwei- oder dreimal am Tag.«

»Ich danke dir, Bart. Du erzählst mir einfach, was für Karten ich spielen muß, und ich habe sie auf dem Tisch für dich bereit.«

Dann kam mir die Idee. So viele Dinge, die ich mir wünschte und die ich nie bekam. Wollte keine Bücher, Spiele oder solches gewöhnliches Zeug. Aber eine Sache gab es schon – das wollte ich unbedingt haben. Hoffnungsvoll starrte ich sie an ... Vielleicht würde sie es mir geben. »Wie heißen Sie?«

»Komm wieder vorbei, und ich erzähl' es dir.«

Ich kam wieder. Verdammt noch mal, wie hätte ich da wegbleiben können.

Ab nach Hause, und niemand merkte, wo ich gewesen war. Mammy redete noch immer von diesem Baby, das sie haben wollte, wenn ihre Lieblingsschülerin Nicole starb. Lieber Gott, laß Nicole nicht sterben, betete ich stumm.

»Jory, laß uns Ballspielen.«

»Geht jetzt nicht. Mam fährt mich gleich in die Ballettschule für den Nachmittagskursus. Und heute abend bin ich von Melodies Eltern zum Essen eingeladen, und später gehen wir ins Kino.«

Mich lud nie irgend jemand irgendwohin ein – außer meinen Eltern. Keine Freunde. Kein eigenes Tier. Der blöde Clover mochte Jory mehr als mich, jaulte jedesmal, wenn ich ihm versehentlich auf den Schwanz trat oder über ihn stolperte, als ob ich ihm weh tun wollte, wo er mir doch dauernd zwischen den Beinen rumlief.

Ein paar Tage später war ich mal wieder auf dem Weg zur Hintertür. »Wo gehst du hin?« fragte Mammy, die sich gerade ein Bild von dem kleinen Mädchen ansah, das sie so gerne adoptieren wollte. Reichte ihr nicht, daß sie zwei Jungen hatte – mußte sie auch noch eine Tochter dazu haben? So 'n albernes blödes kleines Mädchen.

»Bart, gib mir Antwort. Wo gehst du hin?«

»Nirgends.«

»Jedesmal, wenn ich dich frage, was du tust und wohin du gehst, höre ich von dir, daß du nirgendwo gewesen bist und nichts getan hast. Jetzt will ich endlich die Wahrheit hören.«

Jory lachte und legte den Arm um sie. »O Mam, du solltest ihn nun doch wirklich kennen. Wenn Bart in den Garten geht, ist er überall. Es gibt kein Kind, das so einen Spaß daran hat, sich etwas einzubilden, wie er. Er ist dies, er ist das, und das einzige, was er nie ist... ist er selbst.«

Die Macht meines bösen stechenden Blickes hätte Jory das Maul verschließen sollen – aber er redete einfach weiter. »Er zieht seine Phantasiespiele jeder Wirklichkeit vor, Mam, das ist alles.«

Stimmte gar nicht. Langweilte mich nur, das war alles. Im wirklichen Leben bekam ich nie genug von dem, was ich wollte, und in meinen Phantasiespielen machte ich alles richtig – und bekam alles. Dann lachten er und Mammi, und ich war wieder ausgeschlossen. Verrückt. Sie machten einen Verrückten aus mir.

Konnte Leute nicht ausstehen, die sich ihren Spaß mit mir machten! Aber alle Leute zu hassen, das war auch ein mieses Gefühl, und sich etwas einfach vorzustellen, das war ein glückliches Gefühl. Was hatte ich schon zu verlieren, wenn ich hinüber zu *ihr* ging? Nichts, gar nichts.

Riskierte mein Leben im dunklen Herz gefährlicher Dschungel, während ich mich zu ihrem Haus durchkämpfte. Tapfer schlug ich mich durch das Dickicht und blickte immer wieder dem Tod ins Auge, um zu ihr zu gelangen... erkletterte diesen gefährlich glatten Baum, der immer wollte, daß ich von ihm runterfiel. Erklomm die hohe Mauer, um zu ihr zu gelangen. Durch Wind und Schnee, durch Sturm und Regen mit erfrorenen Füßen und fast erblindeten Augen kämpfte ich mich weiter und weiter zu ihr.

Zum fünften Mal in drei Tagen erreichte ich mit letzter Kraft ihr Haus. Und da war sie, lächelte hinter ihrem Schleier, liebte mich wie niemand sonst. Ich fühlte mich glücklich und ganz warm am Körper, als sie mich rief und ihre Arme weit öffnete. Ich warf mich hinein, drückte sie und war ganz wild, auf ihrem Schoß zu sitzen, gestreichelt und verwöhnt zu werden. Sie brauchte mich. Sie wollte mich lieben wie ihr eigenes Kind. Ihr Schoß verbrannte mich nicht, wie ich befürchtet hatte. Es fühlte sich auch nicht so furchtbar an, von ihr auf die Wangen geküßt zu werden – aber trocken fühlte es sich an. Widerlicher Schleier!

Weil sie mich liebte, und weil ich sie jetzt auch liebte, hatte sie mir ein eigenes Zimmer in ihrem Haus gegeben für all die Sachen, die ich von ihr bekam. Zwei elektrische Eisenbahnen mit allem Zubehör, Spielzeugautos, ganze Lastzüge und tolle Spiele. All die Sachen waren für mich zum Spielen – in ihrem Haus, nicht in unserem.

Die Zeit verging. Ich hatte sie von Tag zu Tag mehr lieb. Dann, an einem Dienstag, fand ich diesen schauderhaften alten Butler John Amos in ihrem Lieblingszimmer, wie er an ihren Sachen rumfummelte und etwas murmelte von einer Närrin und ihrem Geld, das sie bald nicht mehr haben würde. Gefiel mir nicht, daß er ihre Sachen anfaßte. Gefiel mir auch nicht, daß er hinter ihrem Rücken schlecht über sie redete.

»Verschwinden Sie hier!« sagte ich mit meiner kräftigsten Männerstimme. »Sagen Sie meiner Lady, daß ich hier bin und sagen Sie ihrer Küche, daß ich heute Schokoladeneis mit Keksen haben will und nicht wieder mit diesen komischen Waffeln.«

Er war schon ein furchterregender Anblick. »Einigen kann man für eine Zeitlang trauen, den meisten überhaupt nie. Man kann von Glück sagen, wenn man einen hat, dem man die ganze Zeit trauen kann.«

Was sollte das denn heißen? Ich runzelte die Stirn und versuchte, mich davonzumachen. Ich mochte seine falschen Zähne nicht, die ihm immer nach vorne rutschten, so daß er sie wieder nach hinten stoßen mußte, und sie klackten auch immer, als ob sie nicht in seinen Mund passen würden.

»Du magst sie, nicht wahr?« fragte er und lächelte schwach, nickte dabei mit dem Kopf rauf und runter und von einer Seite zur andern, so daß ich ganz durcheinander davon geworden wäre, wenn ich gewollt hätte. »Wenn du die ganze Wahrheit darüber wissen willst, wer du bist – und wer sie ist – dann komm zu mir.« Die Schritte der Lady auf der Treppe sorgten dafür, daß er sich eilig zurückzog.

Unheimlich. Wegen ihm fühlte ich mich richtig unheimlich und erschrocken. Ich wußte doch, wer ich war – meistens jedenfalls.

Ganz allein war ich jetzt. Nichts los. Ich setzte mich und legte die Beine übereinander, wie mein Daddy es tat, dann lehnte ich mich zurück, um mir eine teure Zigarre anzuzünden, was Daddy nie tat. Mammi mochte Männer nicht, die rauchen. War nichts Schlimmes am Rauchen, soweit es nach mir ging, dachte ich, während ich vier perfekte Rauchringe in die Luft blies ... und fort segelten sie, über den Pazifik bis nach Japan.

»Guten Morgen Bart, mein Liebling. Ich bin so glücklich, daß du hier bist.« Sie kam herein und setzte sich in den Schaukelstuhl.

»Hast du jetzt das Pony für mich?«

Ihre Stimme klang traurig. »Liebling, ich weiß, daß ich dir ein Pony versprochen habe, weil das einer deiner Herzenswünsche ist. Aber ich tat das, ohne zu wissen, wieviel Arbeit so ein Pony machen kann.«

»Du hast es versprochen!« schrie ich. Hatte ich der falschen Person mein Vertrauen geschenkt? Jemandem, der nicht halten konnte, was er versprach?

»Liebling, ein Pony braucht einen Stall, und von Ponys riecht man streng. Wenn du dann nach Hause zu deinen Eltern gehst, werden sie und Jory an dem Geruch erkennen, daß du hier bei mir ein Tier hast.«

Anstatt zu antworten, begann ich zu weinen. »Mein ganzes Leben wollte ich immer nur ein Pony haben«, schluchzte ich.

»Mein ganzes, ganzes Leben lang, und jetzt muß ich alt werden, ohne je eines zu kriegen...« Schluchzte und schluchzte, dann machte ich mich mit hängendem Kopf auf den Weg zur Tür, um niemals wiederzukommen.

»Bart... Es gibt einen wunderschönen großen Hund, der hätte keinen Stallgeruch und würde dein Geheimnis nicht verraten. Einen Bernhardiner – ein Hund, so groß, daß du ihn wie ein Pony reiten kannst. Wenn du ihn sauber und gut gebürstet hältst, dann wird er dich nicht mit seinem Tiergeruch verraten...« Langsam drehte ich mich um und starrte sie an. »Gibt gar keinen Hund so groß wie ein Pony!«

»Nein?«

»Nein! Du willst mich nur auf den Arm nehmen. Ich mag dich überhaupt nicht mehr! Ich geh' nach Hause und komm' nie mehr wieder – nicht eher, bis du ein Pony für mich hast, das ich Apfel nennen kann.«

»Schatz, du kannst deinen jungen Hund Apfel nennen – auch wenn er bestimmt keine frißt – und überleg doch mal, wie neidisch Jory sein würde, wenn du einen viel größeren und tolleren Hund hättest als er.«

Wandte mich wieder zur Tür. Gefiel mir nicht.

»Nur die Superreichen haben genug Geld, um auch nur das Futter für einen Bernhardiner zu bezahlen, Bart!«

Als wäre ich ein Nagel und sie wäre der Magnet, drehte ich mich gegen meinen Willen wieder zu ihr. Sie hob mich auf ihren Schoß und drückte mich an sich, und das war trotz allem so furchtbar lieb. »Du kannst Großmutter zu mir sagen.«

»Großmutter.« War ein gutes Gefühl, eine Großmutter zu haben. Ich kuschelte mich enger an sie und wartete, daß sie mich ihr Baby nannte, aber sie schaukelte nur weiter mit dem Stuhl und sang mir ein Kinderlied vor. Ich steckte den Daumen in den Mund. Schön in den Arm genommen und geküßt zu werden, daß man sich hilflos und klein und geborgen fühlt. Und sie roch schließlich auch überhaupt nicht nach Mottenkugeln.

»Bist du häßlich unter diesem Schleier?« fragte ich, denn ich war immer neugierig, wie sie wohl aussah. Der Schleier war fast durchsichtig, aber eben nur fast.

»Ich nehme an, dir würde es so vorkommen, aber einmal war ich sehr schön – wie deine Mutter.«

»Du kennst meine Mutter?« fragte ich.

Die Tür öffnete sich, und mein hübsches Lieblingsdienstmädchen kam mit einem Teller voll Eiscreme und frisch gebakkener Schokoladenkekse herein. »Iß jetzt aber nur einen Keks und laß es mit diesem bißchen Eiscreme genug sein. Du kannst nach dem Mittagessen wiederkommen und noch mehr haben.« Sie redete weiter und sagte mir, ich solle mir nicht so viel in den Mund stopfen, das wären keine guten Manieren, und für meinen Magen wäre es auch nicht gut.

Ich hatte aber gute Manieren. Meine Mammi brachte sie mir den ganzen Tag bei. Ich wurde so wütend, daß ich von ihrem Schoß sprang, und da fiel mir ein, was dieser John Amos mir wohl erzählen wollte. Während ich nach unten zur Tür rannte, entdeckte ich plötzlich John Amos, der in der großen Eingangshalle im Schatten stand und mich anlächelte wie ein Gespenst. Er verbeugte sich leicht und drückte mir ein kleines Buch in die Hand, das einen tollen roten Ledereinband hatte. »Ich spüre, daß du dir nicht sehr sicher bist über dich selbst«, flüsterte er mit einer Stimme, die zischte wie eine Schlange. »Es ist an der Zeit, daß du erfährst, wer du wirklich bist. Diese Lady, die dir gesagt hat, du sollst sie Großmutter nennen, ist wirklich deine richtige Großmutter.«

O Mann! Ich wußte gar nicht, daß ich eine eigene richtige Großmutter hatte. Ich dachte, meine Großmütter wären alle tot oder in der Klapsmühle.

»Ja, Bart, sie ist deine Großmutter und nicht nur das. Einmal war sie sogar mit deinem Vater verheiratet. Deinem richtigen Vater.«

Wußte gar nicht, was ich denken sollte, außer daß ich furchtbar glücklich war, jetzt eine richtige, eigene, echte Großmutter zu haben, ganz für mich allein, genau wie Jory seine eigene hatte. Und sie war nicht tot oder verrückt.

»Nun hör mir genau zu, Junge, und dann wirst du dich nie wieder schwach und unbeholfen fühlen. Lies jeden Tag ein wenig in diesem Buch, und es wird dich lehren, so zu sein, wie dein Urgroßvater Malcolm Neal Foxworth. Niemals hat auf dieser Erde ein Mann gelebt, der größer, klüger und härter war als dein Urgroßvater – der Vater deiner Großmutter, die oben in ihrem Schaukelstuhl sitzt und diesen häßlichen Schleier trägt.«

»Sie ist schön unter dem Schleier«, sagte ich. Es gefiel mir nicht, was er redete und wie er mich ansah. »Hab' ihr Gesicht nie gesehen, aber von ihrer Stimme weiß ich, daß sie schön ist – sie sieht jedenfalls schöner aus als Sie!«

Er verzog den Mund, dann lächelte er wieder.

»Nun gut, wie du es gerne haben möchtest. Aber wenn du erst dieses Buch gelesen hast, geschrieben von deinem eigenen Urgroßvater, wirst du verstehen, daß man Frauen nicht vertraut, besonders schönen Frauen nicht. Sie haben ihre besondere Art, ihre bösen Tricks, Männer das tun zu lassen, was sie von ihnen wollen. Du wirst das noch früh genug herausbekommen, wenn du ein Mann wirst. Ein Mann, so gutaussehend, wie es dein Vater war, den sie zu ihrem Sklaven gemacht hat. Einen Schoßhund hat sie aus deinem Vater gemacht, wie sie ihn auch aus dir machen will.«

War kein Schoßhund, würde nie einer sein!

»Er war ihr zweiter Mann, Bartholomew Winslow und acht Jahre jünger als sie, und er wußte es wohl nicht besser. Er dachte wohl, er könne sie ausnutzen – aber sie benutzte ihn. Ich will dich davor bewahren, so von ihr benutzt zu werden, damit du nicht endest wie dein Vater – tot.«

Tot. Fast jeder in unserer Familie war tot. War eigentlich nicht sehr überrascht von dem, was er erzählte, außer daß ich nicht gewußt hatte, wie schlecht Frauen wirklich waren. Vermutet hatte ich so was ja immer schon, aber genau gewußt hatte ich es nicht. Ich sollte Jory warnen.

»Wenn du also deine unsterbliche Seele vor dem Fegefeuer retten willst, dann lies dieses Buch und du wirst stark und mächtig wie dein Großvater. Dann werden dich nie wieder Frauen beherrschen können. Du wirst sie beherrschen.«

Ich sah in sein langes, hageres Gesicht hinauf, sah seinen dünnen Schnurrbart und seine gelblichen Zähne, durch die er nicht nur zischte, sondern manchmal richtig pfeifen konnte. Er war häßlicher als alle Menschen, die ich je gesehen hatte. Aber ich hatte Emma schon mehr als einmal sagen hören, daß Schönheit nichts mit dem Charakter zu tun hatte. Deshalb dachte ich mir, ich könnte es ruhig einmal mit meinem mächtigen Urgroßvater versuchen und in seinem kleinen roten Buch mit der großen, deutlichen Handschrift lesen.

Bücherlesen lag mir eigentlich nicht so. War nicht gerade meine Lieblingsbeschäftigung. Aber als ich in der alten Scheune, neben dem Stall, in dem bald mein Pony wohnen sollte, im Heu lag, nahm ich mir das Buch mal vor. Wollte dieses Pony so sehr, daß es richtig weh tat. Machte ja auch gar nichts aus, wenn es schlecht roch, und ich deswegen Ärger bekam. Ganz egal. Ich schlug also das Buch auf, das wirklich mächtig alt aussah. Was da stand, ließ meinen Atem stocken:

> Ich beginne dieses Tagebuch mit dem bittersten Tag meines Lebens: dem Tag, an dem meine geliebte Mutter fortlief und mich wegen eines anderen Mannes verließ. Sie verließ auch meinen Vater. Ich erinnere mich genau, was ich fühlte, als er mir erzählte, was sie getan hatte, wie sehr ich weinte, wie verloren ich mich ohne sie fühlte. Wie einsam war es, ins Bett zu gehen und keine Mutter zu haben, von der ich einen Gutenachtkuß bekam und die mit mir zusammen das Nachtgebet sprach. Fünf Jahre war ich damals alt. Und bis sie mich verließ, hatte sie mir immer gesagt, ich wäre die wichtigste Person in ihrem Leben. Wie konnte sie mich verlassen, ihren einzigen Sohn? Was für eine Sache konnte es sein, von der sie so besessen war, daß sie deshalb dem Sohn den Rücken zukehrte, der sie so liebte?
>
> Ich war damals so unschuldig, wußte noch so wenig. Als ich dann in den Worten des Herrn las, begann ich zu begreifen, daß schon seit Eva Frauen die Männer betrogen, auf die verschiedenste Art, selbst Mütter. Corinna, Corinna, wie ich diesen Namen zu hassen begann.

Komisch. Ich fühlte mich seltsam, als ich wieder von dem roten Buch aufsah mit seiner gedrängten Handschrift, die manchmal am Ende der Seite immer kleiner wurde, als ob er jedes bißchen Platz hätte ausnützen müssen.

Auch ich hatte immer Angst gehabt, meine Mammi würde eines Tages einfach verschwinden ohne jeden Grund, außer daß sie einfach nicht mehr bei mir sein wollte. Und ich wäre dann alleine mit einem Vater, der mich vielleicht gar nicht so liebhaben konnte wie einen eigenen Sohn. Mit Jory würde immer alles in Ordnung sein, denn er hatte seine Tanzerei, und die war alles, was für ihn wirklich zählte.

»Gefällt dir dieses Buch?« fragte John Amos, der sich in die Scheune geschlichen hatte und still im Schatten stand, während er mich mit seinen kleinen, schimmernden Augen anstarrte.

»Sicher, es ist ein gutes Buch«, brachte ich leise heraus, obwohl ich mich im Inneren von dem Gelesenen unwohl fühlte. Ich fürchtete mich davor, daß Mammi auch mit einem Mann fortlaufen würde, einem, der kein Arzt war. Die ganze Zeit wünschte sie sich, Daddy wäre kein Arzt und könnte mehr zu Hause bei ihr sein.

»Von jetzt an liest du jeden Tag in diesem Buch«, empfahl mir John Amos, der mich vielleicht wirklich mochte, auch wenn er so ein gemeines Gesicht hatte, »und du wirst alles über Frauen lernen und wie man sie beherrscht.« Ich konnte ihm besser zuhören, wenn ich sein Gesicht nicht so deutlich sah. »Und du wirst nicht nur lernen, wie man Frauen beherrscht, sondern auch alle anderen Menschen. Dieses kleine rote Buch in deinen Händen wird dich davor bewahren, die Fehler zu begehen, wie sie so viele Männer begehen. Denk daran, falls du müde wirst, es zu lesen. Denk daran, daß es die gottgewollte Pflicht des Mannes ist, die Frauen zu beherrschen, denn sie sind im Grunde schwach und dumm.«

O Mann, ich hätte gar nicht gedacht, daß Mammi schwach und dumm war. Ich dachte immer, sie wäre stark und wunderbar. Genau wie meine Großmutter großzügig und lieb war... und auf bestimmte Art viel besser als meine eigene Mutter, die immer zu viel zu tun hatte, um sich richtig mit mir zu beschäftigen.

»Malcolm war ein Mann, zu dem die anderen Menschen aufsahen, Bart. Die Art von Mann, den jeder respektiert und fürchtet. Wenn es dir gelingt, anderen diese Art von Ehrfurcht vor dir einzuflößen, dann wird man dich verehren – wie einen Gott. Du mußt deiner Großmutter nichts von diesem Buch erzählen. Es wäre jedenfalls besser, wenn du das nicht tätest und einfach weiter den Eindruck erwecktest, du würdest sie genausosehr lieben wie bisher. Laß niemals eine Frau wissen, was du wirklich denkst. Behalte deine wahren Gedanken für dich selbst.«

Vielleicht hatte er recht. Vielleicht würde ich, wenn ich dieses Buch bis ganz zu Ende las, noch cleverer werden als Jory, und die ganze Welt würde zu mir aufsehen.

In dieser Nacht lächelte ich in meinem Bett und drückte das Tagebuch von Malcolm an meine Brust. Hier hatte ich etwas für mich ganz allein, das mir zeigen würde, wie ich der reichste Mann der Welt würde – genau wie Malcolm Neal Foxworth, der an einem fernen Ort mit Namen Foxworth Hall gelebt hatte.

Jetzt hatte ich zwei Freunde. Meine Großmutter-Lady in Schwarz und John Amos, der mehr mit mir redete, als mein Daddy es je tat. Junge, das war schon komisch, wie da auf einmal Fremde in meinem Leben auftauchten und mir mehr zu geben begannen als meine eigenen Eltern.

Gemischte Gefühle

Mam hatte eine Ballettschule übernommen, die noch immer den Namen der früheren Besitzerin trug. Sie hatte diesen Namen mit übernommen, Marie DuBois Ballettschule, und ließ ihre Schüler glauben, sie wäre Marie DuBois. Später erklärte sie Bart und mir einmal, es wäre so viel einfacher gewesen und würde ihr auch mehr Schüler bringen, als wenn sie den Namen geändert hätte, denn dann wäre es eine ganz neue Ballettschule geworden. Dad schien das auch so zu sehen.

Ihre Schule war im obersten Stockwerk eines zweistöckigen Gebäudes in San Rafael, nicht weit entfernt von Dads Praxis. Oft aßen sie zusammen zu Mittag oder verbrachten die Nacht in San Francisco, um ein Ballett zu besuchen oder ins Kino zu gehen. Sie brauchten dann nicht erst nach Hause und dann wieder zurück zu fahren. Emma war ja bei uns, deshalb machten wir uns eigentlich nicht viel daraus, auch wenn ich mich manchmal ausgeschlossen fühlte, wenn sie glücklich und begeistert von etwas nach Hause kamen. Dann kam es mir vor, als wären wir nicht so wichtig für sie, wie wir es uns wünschten.

Eines Nachts, als ich keine Ruhe fand und nicht einschlafen konnte, schlich ich mich leise aus meinem Zimmer, um mir noch eine Kleinigkeit aus dem Kühlschrank zu besorgen, nichts anderes hatte ich im Kopf. In dem Augenblick, als ich an der Wohnzimmertür vorbeikam, hörte ich die Stimmen meiner Eltern. Sehr laut. Sie stritten sich, und das kam sehr selten bei ihnen vor.

Ich wußte nicht, wie ich mich verhalten sollte, sollte ich zuhören oder leise in mein Zimmer zurückgehen. Dann erinnerte ich mich an die Szene auf dem Dachboden, und ich fühlte, daß ich zu meinem und Barts Schutz wissen mußte, was zwischen unseren Eltern los war.

Mam trug noch immer das hübsche blaue Kleid, in dem sie von Daddy zum Dinner ausgeführt worden war. »Ich verstehe einfach nicht, warum du weiter so dagegen bist!« kochte sie, während sie auf und ab rannte und Dad wütende Blicke zuwarf. »Du weißt so gut wie ich, daß Nicole nicht wieder gesund wird. Und wenn wir warten, bis sie begraben ist, dann ist Cindy erstmal unter staatlicher Vormundschaft. Bis wir sie dann adoptiert haben, dauert es eine Ewigkeit. Wir müssen jetzt sofort etwas unternehmen. Wenn wir eine anständige Pflege des Kindes nachweisen können, sieht alles ganz anders aus, und die Vermieterin von Nicole weiß sowieso schon nicht mehr, wie sie sich weiter um die Kleine kümmern soll. Chris, bitte entscheide dich jetzt!«

»Nein«, sagte er hart. »Wir haben zwei Kinder, und das reicht. Es gibt andere junge Paare, die entzückt sein werden, ein Mädchen wie Cindy zu adoptieren. Paare, die nicht so viel zu verlieren haben wie wir, wenn die Adoptionsstelle erst anfängt, Ermittlungen über sie anzustellen ...«

Mam hob die Hände. »Das sage ich doch die ganze Zeit! Wenn Cindy schon bei uns ist, bevor Nicole stirbt, gibt es für das Adoptionsamt gar keinen Grund, überhaupt zu ermitteln. Ich rede noch heute abend mit Nicole und erkläre ihr, was ich vorhabe. Ich bin sicher, sie ist einverstanden und unterschreibt alle gesetzlich vorgeschriebenen Erklärungen.«

»Catherine«, sagte mein Stiefvater mit fester Stimme, »du kannst nicht erwarten, daß alles immer so läuft, wie du es gerne hättest. Nicole kann durchaus in einigen Wochen über die Krise hinweg sein, und falls sie wieder gesund wird, selbst wenn sie ein Krüppel bleibt, wird sie ihr Kind zurückhaben wollen.«

»Aber was für eine Mutter kann sie dann schon sein?«

»Es steht uns nicht an, darüber zu entscheiden, wer für Cindy die bessere Mutter ist.«

»Sie wird nicht wieder gesund! Du weißt das, und ich weiß es – und was noch viel wichtiger ist, Christopher Meißner, ich bin längst im Krankenhaus bei Nicole gewesen und habe mit ihr gesprochen, und sie will, daß ich ihre Tochter bekomme.

Sie hat alle nötigen Papiere unterschrieben, und ich war mit Simon Daughtry bei ihr. Er ist Anwalt, seine Sekretärin hat alle Erklärungen von Nicole mitgeschrieben – wie willst du mich also jetzt noch aufhalten?«

Offenbar schockiert, schlug mein Stiefvater die Hände vors Gesicht, während es aus meiner Mutter weiter und weiter sprudelte:

»Christopher, hör auf, dich hinter deinen Händen zu verstecken. Sieh mich an, damit du erkennst, wozu du mich gezwungen hast. Du warst bei mir in der Nacht, als Bart geboren wurde – mit deinen flehenden Augen, die mir versicherten, Paul würde nie genug sein für mich, und am Ende würdest du gewinnen. Wenn du nicht dagegen wärst und mit diesen verdammten blauen Augen gefleht hättest, dann hätte ich mich nicht von den Ärzten dazu überreden lassen, die Einwilligung für meine Sterilisation zu unterschreiben! Ich hätte noch ein anderes Kind zur Welt gebracht, und wenn ich dabei gestorben wäre. Aber du warst da, und deshalb gab ich nach – deinetwegen, verdammt! Für dich ganz allein!«

Schluchzend sank sie auf den Boden und rollte sich zusammen. Ihre Finger wühlten sich in unseren dichten, flauschigen Teppich. Ihr langes blondes Haar hatte sich wie ein Fächer um sie ausgebreitet und versteckte ihr Gesicht, als sie schluchzte und schluchzte, und sich und ihn dafür verfluchte, was sie taten.

Was taten sie eigentlich?

Sie rollte sich auf den Rücken und breitete die Arme weit aus. Daddy nahm die Hände vom Gesicht und starrte sie an. Er sah sehr verletzt aus.

»Du hast recht, Christopher! Du hast immer recht! Nur ein einziges Mal habe ich recht gehabt, aber dieses eine Mal hätte ich Corys Leben retten können.« Schluchzend drehte sie ihren Kopf von Dad weg, der sich neben sie kniete und sie in seine Arme ziehen wollte. Sie schlug nach ihm. Ich hielt die Luft an.

»Du hattest auch recht, als du mir gesagt hast, ich sollte Julian nicht heiraten! Ich wette, du hast regelrecht frohlockt, als sich unsere Ehe als elende Katastrophe herausstellte. Ich wette, du warst entzückt, als Julian schließlich dafür sorgte, daß Jolanda Lange uns alles kaputt machte. Alles ist genauso gekommen, wie du es vorausgesagt hast. Du konntest dich richtig freuen. Dann erstickte Bart beim Brand von Foxworth Hall. Hast du da auch im Inneren gelacht? Warst du froh, ihn los zu sein? Dachtest du, ich würde direkt in deine Arme laufen und alles vergessen, was ich Paul schuldete? Hast du an meiner Liebe zu Paul gezweifelt?« Ihre Stimme wurde zu einem schrillen Schrei. »Als Paul und ich uns liebten, dachte ich nie daran, er wäre zu alt, bis du immer wieder von seinem Alter anfingst. Vielleicht hätte ich nie geglaubt, was diese Amanda mir erzählte, wenn du mich nicht immer so bedrängt hättest, weil ich einen fünfundzwanzig Jahre älteren Mann heiraten wollte.«

Ich preßte mich eng gegen den Türrahmen und fühlte mich sehr klein. Ich schämte mich, zu bleiben und weiter zuzuhören; ich fürchtete mich aber gleichzeitig, jetzt zu gehen, nachdem ich schon so viel mitbekommen hatte. Mam wirkte, als hätte sie sich das alles schon lange Zeit aufgehoben, um es ihm bei der richtigen Gelegenheit ins Gesicht schleudern zu können – und das war wohl die Gelegenheit. Er wich vor der Wut und der Gemeinheit dieses Angriffs zurück.

»Erinnerst du dich noch an den Nachmittag, als ich Paul geheiratet habe?« schrie sie. »Erinnerst du dich? Denk an den Augenblick, als du mir den Ring gabst, den er mir auf den Finger schob. Du hast so lange gezögert, daß der Pfarrer dir etwas zuflüstern mußte. Und die ganze Zeit hast du mich mit deinen Augen angefleht. Damals hast du mich nicht herumbekommen, und nach seinem Tod hätte ich es dir auch nicht erlauben dürfen. Hast du dir gewünscht, daß er bald starb, damit du endlich deine Chance bekamst? Ein Wunsch, der sich von selbst erfüllte, Christopher Meißner! Du gewinnst! Du gewinnst immer. Du setzt dich bequem hin und wartest ab, während du nach Kräften jede andere Beziehung in meinem Leben ruinierst! Hier bin ich also! Genau da, wo du mich immer haben wolltest! In deinem Bett, ganz so, als wäre ich deine Frau! Gefällt es dir so? Ja, gefällt es dir?« Sie schluchzte, dann schlug sie ihn hart ins Gesicht.

Er stolperte weg von ihr, aber er sagte kein einziges Wort. Noch immer war sie nicht mit ihm fertig. »Begreifst du denn nicht, daß ich am Anfang nie zu Bart gegangen wäre, wenn du dich nicht immer zwischen Paul und mich gedrängt hättest, so daß ich mich immer schämen mußte, was Mammi dir angetan hatte – dir und mir? Ich mußte ihr Bart einfach wegnehmen – es war der einzige Weg, wie ich sie für das bestrafen konnte, was sie uns angetan hat. Und nun, nach allem, was Paul für uns getan hat, besitzt du nicht einmal genug ehrliche Großzügigkeit, ein kleines armes Mädchen bei uns aufzunehmen, das bald ein Waisenkind sein wird. Selbst nachdem ich die Sache juristisch schon so abgesichert habe, daß die Behörden überhaupt keine Fragen mehr stellen können. Noch immer willst du mich immer für dich selbst und denkst, zwei Söhne würden unsere Intimität genug stören, und ein weiteres Kind könnte unser Kartenhaus einstürzen lassen.«

»Cathy, bitte...«, stöhnte er.

Sie schlug mit kleinen, geballten Fäusten auf ihn ein, dann keuchte sie: »Vielleicht hast du mir sogar deshalb erzählt, daß Paul noch ein wenig Sex haben dürfte, damit er den nächsten Herzinfarkt bekam!«

Dann sank sie keuchend zurück, Tränen liefen über ihr Gesicht, während sie mit verweinten blauen Augen zu Daddy hinaufstarrte, aber der hockte nur still da, saß auf den Knien, als wäre er von dem, was sie gesagt hatte, zu Stein erstarrt.

Ich hätte weinen können – für ihn, für sie, für Bart und für mich. Auch wenn ich noch immer nicht genug von alldem begriff.

Mein Dad begann unkontrolliert zu zittern, als wäre es plötzlich in unserem Wohnzimmer Winter geworden. Hatte Mam die Wahrheit gesagt? War er derjenige, der hinter den vielen Toten in unserem Leben steckte? Ich war so erschrocken wie er, denn ich liebte ihn.

»Großer Gott, Catherine«, sagte er schließlich, stand auf und wollte aus dem Zimmer gehen. »Ich packe meine Sachen und ziehe noch in dieser Stunde aus, wenn es das ist, was du willst. Und ich hoffe, dann bist du zufrieden. Diesmal gewinnst du!«

Mit einem einzigen eleganten Sprung war sie auf den Beinen und hatte ihn eingeholt. Sie griff nach seinen Armen und wirbelte ihn zu sich herum, dann schlang sie die Arme um seine Hüfte und drückte ihn an sich. »Chris!« rief sie, »es tut mir leid! So furchtbar leid. Ich habe kein Wort davon ernst gemeint. Es war grausam. Ich weiß, daß es gemein war. Ich liebe dich; ich habe dich immer geliebt; ich lüge, ich betrüge, ich sage alles, was mir nur schaden kann, nur damit ich meinen Willen bekomme. Ich gebe jedem anderen die Schuld, nur nie mir selbst. Ich kann Schuldgefühle nicht ertragen. Bitte, sieh mich nicht so verletzt an, fühl dich nicht so verraten. Du hast recht, wenn du Nicoles Tochter von mir fernhalten willst, denn ich verletze am Ende jeden, den ich liebe. Ich zerstöre immer das, was mir am meisten am Herzen liegt. Wenn ich die richtige Art von Frau gewesen wäre, dann hätte ich die richtigen Worte für Carrie finden müssen, aber ich fand nie die richtigen Worte, ihr zu helfen, und für Julian habe ich sie auch nie gefunden.«

Sie klammerte sich noch immer an ihn, während er stocksteif in ihrer Umarmung blieb und nichts tat, die Leidenschaft zu erwidern, mit der sie ihn küßte, streichelte, drückte und zu überreden versuchte. Sie nahm einen seiner willenlos herunterhängenden Arme und versuchte, sich mit seiner Hand ins Gesicht zu schlagen. Als ihr das nicht gelang, schlug sie sich mit ihrer freien Hand selbst.

»Warum schlägst du mich nicht, Chris? Gott weiß, daß ich dir heute nacht allen Grund dafür gegeben habe. Und ich brauche Cindy wirklich nicht, nicht solange ich dich habe und meine Söhne...«

Ich konnte leicht erkennen, daß mein Stiefvater sich angesichts dieses Ausbruchs machtlos fühlte. Ihr hysterischer Anfall hatte ihn in eine Ecke gejagt, in der er jetzt so lange zu bleiben versuchte, bis er seine Lage selbst richtig einschätzen konnte. Aber sie ließ nicht locker, bedrängte ihn weiter, bis sie wieder zu schreien begann: »Was ist jetzt los, Christopher Meißner? Da stehst du, versteinert, sagst nichts, versuchst, mich nach deiner eigenen Ethik abzuurteilen. Sieh doch endlich die Wahrheit – für mich gibt es keine Ethik, deine nicht und auch keine andere! Du möchtest gerne glauben, daß ich nur Rollen spiele wie eine Schauspielerin, wie meine Mutter ihre Rolle gespielt hat. Selbst jetzt, nach all diesen Jahren weißt du nicht, wann ich spiele und wann ich wirklich ich bin. Weißt du, warum du das nie erkennst?« Ihre Stimme wurde jetzt boshaft und kühl.

»Da du dir niemals die Mühe gemacht hast, meine Krankengeschichte zu analysieren, werde ich das jetzt für dich tun. Christopher, du hast Angst, mich ehrlich so zu sehen, wie ich bin. Du willst gar nicht wissen, was für ein Mensch ich wirklich bin. Falls ich nicht die große Schauspielerin bin, und was ich dir gerade von mir gezeigt habe, das ist mein wahres Selbst – dann müßtest du dir eingestehen, was für ein Narr du die ganze Zeit gewesen bist. Du müßtest dann erkennen, daß du deine ganze große, selbstlose Liebe an eine Frau verschwendet hast, die skrupellos, herrschsüchtig und nur an sich selbst interessiert ist. Los, sieh dir die Wahrheit an! Ich bin keine heilige Göttin, bin es nie gewesen und werde es nie sein! Chris, du bist dein ganzes Leben lang ein Narr gewesen, der aus mir etwas machen wollte, was ich nicht bin – und das macht auch aus dir jemanden, der verlogen ist, nicht wahr?« Sie lachte, als er erblaßte.

»Sieh mich an, Christopher. An wen erinnere ich dich?« Sie wich zurück und sah ihn schweigend lange Zeit an, während sie auf seine Antwort wartete. Als er diese Antwort verweigerte, sagte sie: »Los schon, sag es – ich bin wie sie, stimmt das nicht? So war sie in der letzten Nacht in Foxworth Hall, als die Gäste um den riesigen Weihnachtsbaum in der großen Halle schwärmten, während sie in der Bibliothek schrie, so wie ich jetzt schreie! Wie sie schrie, daß ihr Vater sie mit Schlägen zu allem gezwungen hätte, was sie tat. Wie schade, daß du da noch nicht dabei warst. Also schrei mich an, Chris! Hol aus und schlag mich. Schrei, wie ich dich anschreie, und zeig mir endlich, daß du auch nur ein Mensch bist!«

Langsam aber sicher begann er die Beherrschung zu verlieren. Ich hatte furchtbare Angst, was wohl als nächstes passieren würde. Ich wäre am liebsten zu den beiden gelaufen und hätte mich zwischen sie gestellt, denn wenn er die Hand hob, sie zu schlagen, wußte ich, daß ich ihr zu Hilfe kommen würde. Ich würde niemals zulassen, daß er meine Mutter schlug.

Hörte sie mein stummes Flehen? Sie ließ von ihm ab und sank wieder zu Boden. Ich war so verwirrt, meine Eltern in einem bösen Streit zu erleben. Und warum rührte der Name Foxworth Hall solche verborgenen, halb vergessenen Ängste in mir auf, die ich mir nicht einzugestehen wagte? Und wer war diese *sie*, über die Mam so herzog? Wo war denn Daddy Paul die ganze Zeit gewesen? Wo war er in dieser fernen vergangenen Zeit gewesen, als Mam seinen jüngeren Bruder noch gar nicht gekannt hatte? So hatten sie es mir doch erzählt, oder? Konnte man von den eigenen Eltern angelogen werden?

Foxworth Hall, warum hatte dieser Name einen so erschrekkend vertrauten Klang?

Wieder ließ er sich neben ihr auf die Knie sinken, und diesmal nahm er sie voller behutsamer Zärtlichkeit in die Arme, und sie wehrte sich nicht. Er bedeckte ihr blasses Gesicht mit schnellen Küssen, versuchte mit seinen Lippen, ihre Worte zu besänftigen, die noch immer ohne Unterbrechung aus ihr heraussprudelten. »Chris, wie kannst du mich nur lieben, wo ich so ein Miststück bin? Wie kannst du nur immer wieder Verständnis dafür aufbringen, daß ich mich so häßlich benehme? Ich weiß, daß ich genauso ein Aas bin wie *sie*, nur daß ich mein Leben dafür geben würde, wenn ich ungeschehen machen könnte, was sie uns angetan hat.«

Wortlos starrte er sie an, sie hielten sich mit ihren Blicken gefangen, bis ihr Atmen zu einem leisen, schnellen Keuchen wurde. Zwischen ihnen war wieder jene Leidenschaft aufgeflammt, die ständig unter der Oberfläche glühte, und auch ich spürte etwas wie elektrische Spannung im Raum.

Bevor ich zuviel sah, schlich ich mich leise zurück in mein Zimmer. Im Geist hatte ich noch immer dieses peinliche letzte Bild von ihnen vor Augen, wie sie sich zusammen auf dem Teppich wälzten. Sie drehten und wandten sich, preßten sich aneinander, verkrallten sich regelrecht, beide ganz außer sich – und das letzte, was ich hörte, war, wie ein Reißverschluß aufgerissen wurde. Ob ihrer oder seiner, wußte ich nicht. Doch ich mußte darüber nachdenken. Riß eine Frau tatsächlich jemals aus freiem Willen einem Mann die Hose auf – selbst wenn sie verheiratet waren?

Ich rannte hinaus in den Garten. In der Dunkelheit warf ich mich neben der großen weißen Mauer nahe bei einer bleichen, nackten Marmorstatue auf die Erde und weinte. Rodins Statue

„Der Kuß“ war das erste, was mir in die Augen fiel, als ich schließlich aufblickte. Nur eine Kopie, aber sie erzählte mir eine ganze Menge über die Gefühle und Leidenschaften der Erwachsenen.

Ich war so naiv gewesen zu glauben, meine Eltern seien ohne jeden Fehler, ihre Liebe immer ein schimmerndes, sauberes Band reinster Seide. Nun war dieses Band zerrissen, befleckt und schimmerte nicht mehr. Hatten sie sich schon oft gestritten, ohne daß ich etwas davon bemerkt hatte? Ich versuchte mich zu erinnern. Es kam mir vor, als hätten sie einen so furchtbaren Streit tatsächlich noch nie gehabt, nur kleine Konflikte, die schnell zu lösen waren.

Zum Weinen war ich zu alt, sagte ich mir. Vierzehn, da war man schon fast ein junger Mann. Längst wuchsen mir ein paar Haare auf der Oberlippe und an anderen Stellen. Ich schluckte meine Tränen runter, lief zur Gartenmauer und kletterte die Eiche hinauf. Oben auf der Mauer setzte ich mich auf meinen Lieblingsplatz und starrte zu dem großen weißen Herrenhaus hinüber, das im Mondlicht geisterhaft glänzte. Ich grübelte und grübelte über Bart und wer nun sein Vater war. Warum hieß er nicht nach Daddy Paul? Ein Sohn sollte doch den Namen seines Vaters bei seinen Vornamen haben. Warum Bart statt Paul?

Während ich so saß und überlegte, rollte der Nebel vom Meer ins Tal, türmte sich Schwade über Schwade, bis er das Nachbarhaus völlig verhüllt hatte. Überall um mich her sah ich nur noch dichten grauen Nebel. Unheimlich, furchterregend und geheimnisvoll.

Vom Nachbargrundstück klangen seltsame, gedämpfte Laute an mein Ohr. Weinte dort drüben jemand? Große, elende Schluchzer wurden von klagendem Stöhnen und kurzen Gebeten um Vergebung unterbrochen.

O Gott! Weinte diese arme alte Frau etwa genau, wie meine Mutter gerade geweint hatte? Was hatte *sie* getan? Hatte denn jeder eine dunkle Vergangenheit zu verbergen? Würde ich als Erwachsener auch so werden?

»Christopher«, hörte ich sie schluchzen. Überrascht zuckte ich zusammen und versuchte, zu entdecken, wo sie sich befand.

Woher kannte sie den Namen meines Dad's? Oder hatte sie einen eigenen Christopher?

Eines wußte ich. In unser Leben war etwas Dunkles und Bedrohliches getreten. Bart benahm sich noch eigenartiger als früher. Etwas oder jemand begann ihn auf subtile Art zu beeinflussen, so unmerklich, daß man es mehr spüren als genau benennen konnte. Aber was immer hinter Barts Veränderung steckte, mit Mam und Dad hatte es nichts zu tun. Aber wenn ich die schon nicht verstand, was sollte ich dann mit Bart anfangen. Was immer mit meinen Eltern und mit Bart los sein mochte, ich fühlte mich, als trüge ich die Last der ganzen Welt auf meinen Schultern, und diese Schultern waren noch recht schwach.

Eines Nachmittags beeilte ich mich, nach der Ballettklasse früh zu Hause zu sein. Ich hatte mir vorgenommen herauszufinden, was Bart wohl tat, wenn er sich allein beschäftigen mußte. In seinem Zimmer war er nicht, im Garten auch nicht, also blieb nur noch ein Ort, an dem er sich aufhalten konnte. Das Nachbargrundstück.

Ich fand ihn ohne Schwierigkeiten. Zu meiner größten Überraschung war er im Haus nebenan und saß auf dem Schoß der alten Dame, die immer schwarze Kleider trug.

Ich holte tief Luft. Der kleine Lausebengel kuschelte sich gemütlich in ihren schwarzen Schoß. Ich schlich mich näher zu dem Fenster, hinter dem ihr Lieblingszimmer lag. Sie sang ihm sanft etwas vor, während er in ihr verschleiertes Gesicht hinaufblickte. Seine großen dunklen Augen blickten ganz unschuldig, bis ihr Ausdruck sich urplötzlich zu einer abgebrühten Verschlagenheit wandelte. »Du hast mich doch eigentlich gar nicht lieb, oder?« fragte er auf sehr eigenartige Weise.

»Oh, aber sicher doch«, sagte sie sanft. »Ich liebe dich mehr, als ich jemals irgend jemand anderen geliebt habe.«

»Mehr als du Jory lieben könntest?«

Warum, zum Teufel, sollte sie mich lieben? Sie zögerte, sah zur Seite und antwortete: »Ja ... du bist etwas sehr, sehr Besonderes für mich.«

»Du wirst mich immer von allen am meisten liebhaben?«

»Immer, immer ...«

»Du wirst mir alles geben, was ich haben will, ganz egal was?«

»Alles, immer ... Bart, mein lieber Schatz, wenn du das nächste Mal zu mir kommst, dann wirst du hier etwas finden – deinen Herzenswunsch.«

»Das wird aber auch langsam Zeit!« sagte Bart auf eine harte Art, die mich überraschte. Urplötzlich klang er um Jahre älter. Aber er änderte immer wieder seinen Tonfall, selbst wenn er mit sich selbst sprach, spielte etwas vor, war ein Teil von irgendeinem seiner Phantasiespiele.

Ich mußte nach Hause und Mam und Dad davon erzählen. Bart brauchte wirklich Freunde in seinem eigenen Alter, nicht ein alte Lady in Schwarz. Es war nicht gut für einen Jungen, wenn er keine Gleichaltrigen zum Spielen hatte. Dabei mußte ich mich wieder fragen, warum meine Eltern eigentlich niemals einen unserer Schulkameraden zu uns nach Hause einluden, wie das alle anderen Eltern gelegentlich taten. Wir lebten hier ganz für uns allein, isoliert von allen Nachbarn – bis diese Mohammedanerin, oder was immer sie sein mochte, nebenan einzog und offenbar das Herz meines kleinen Bruders gewonnen hatte. Ich hätte mich für ihn freuen sollen; statt dessen hatte ich ein ungutes Gefühl.

Schließlich stand Bart auf und sagte: »Auf Wiedersehen, Großmutter.« Einfach so mit seiner alltäglichen Kinderstimme – aber was, bei allen guten Geistern, meinte er mit Großmutter?

Ich wartete geduldig ab, bis ich sicher sein konnte, daß Bart sich außer Sicht auf unserem Grundstück befand, bevor ich zu dem großen alten Haus lief und hart an der Vordertür klopfte. Ich erwartete, den alten Butler durch die lange Eingangshalle schlürfen zu hören, aber es war die alte Lady selbst, die an dem kleinen Türfenster auftauchte und fragte, wer da sei.

»Jory Marquet Sheffield«, sagte ich stolz, genau wie es mein Dad getan hätte.

»Jory«, flüsterte sie. Im nächsten Augenblick hatte sie die Tür weit aufgerissen. »Komm herein«, lud sie mich glücklich ein und trat zur Seite, um mich eintreten zu lassen. Weiter hinten im Dunkel glaubte ich jemanden zu sehen, der sich schnell in eine Tür duckte. »Ich bin so glücklich, daß du mich einmal besuchst. Dein Bruder war hier und hat unseren Eisvorrat schon geplündert, aber ich kann dir ein Cola anbieten und etwas Kuchen oder Kekse.«

Kein Wunder, daß Bart nichts von Emmas gutem Essen aß. Diese Frau fütterte ihn mit Süßigkeiten durch. »Wer sind Sie?« fragte ich aufgebracht. »Sie haben kein Recht, meinem Bruder Süßigkeiten zu geben.«

Sie wich zurück und wirkte unbeholfen und verletzt. »Ich habe versucht, ihn dazu anzuhalten, die Süßigkeiten nur nach den Mahlzeiten zu essen, aber er bedrängt mich immer so. Bitte verurteile mich nicht gleich, ohne mir eine Chance zu geben, dir alles zu erklären.« Mit einer Geste lud sie mich ein, mich in einer der Nischen neben der Halle in einen Sessel zu setzen. Obwohl ich eigentlich ablehnen wollte, wurde ich jetzt neugierig. Von dort aus blickte ich in einen der größten Räume, die ich mir außerhalb eines französischen Schlosses auch nur vorstellen konnte! Ein riesiger Konzertflügel stand darin, Sofas, Brokatstühle, ein mächtiger Schreibtisch und ein breiter marmorner Kamin. Schließlich wandte ich mich der alten Frau zu und sah sie mir genauer an. »Haben Sie einen Namen?«

Unsicher brachte sie mit leiser Stimme heraus: »Bart nennt mich ... Großmutter.«

»Sie sind nicht seine Großmutter«, sagte ich. »Wenn Sie ihm erzählen, Sie wären es, dann bringen Sie ihn durcheinander, und der Himmel weiß, wenn es etwas gibt, was mein Bruder absolut nicht gebrauchen kann, dann ist es, noch mehr durcheinandergebracht zu werden.«

Sie lief leicht rot an auf der Stirn. »Ich habe keine eigenen Enkelkinder. Ich bin einsam. Ich brauche jemanden ... und Bart scheint mich zu mögen ...«

Mitleid für sie überwältigte mich, so daß ich kaum noch herausbekam, was ich eigentlich hatte sagen wollen, aber dann schaffte ich es doch. »Ich glaube nicht, daß es gut für Bart ist, wenn er Sie besucht, Madame. Wenn ich Sie wäre, würde ich versuchen, ihn davon abzuhalten. Er braucht Freunde in seinem eigenen Alter ...« Und hier versagte mir die Stimme, denn wie sollte ich ihr sagen, daß sie zu alt für ihn war? Und zwei Großmütter, eine als Närrin in der Klapsmühle, die andere Ballettnärrin, das war wirklich mehr als genug.

Gleich am nächsten Tag erfuhren Bart und ich, daß Nicole in der letzten Nacht gestorben war und ihre kleine Tochter Cindy von nun an unsere Schwester sein würde. Mein Blick traf sich mit dem von Bart. Dad blickte starr auf seinen Teller, aber er aß nichts. Ich blickte überrascht auf, als ich ein kleines Kind schreien hörte. »Das ist Cindy«, meinte Dad, »eure Mutter und ich waren an Nicoles Bett, als sie starb. Mit ihren letzten Worten bat sie uns, sich um ihr Kind zu kümmern. Als ich darüber nachdachte, daß ich wohl auch erst in Frieden sterben könnte, wenn ich wüßte, daß ihr beiden Jungs ein gutes Zuhause ohne mich hättet... Na, also ich erlaubte eurer Mutter, Nicole das zu versprechen, was sie schon die ganze Zeit so gerne wollte.«

Mam kam in die Küche. Auf dem Arm trug sie ein kleines Mädchen mit blonden Ringellocken und großen blauen Augen, deren Farbe sehr der von Mammis Augen glichen. »Ist sie nicht hinreißend, Jory, Bart?« Sie küßte eine der runden, rosigen Wangen, während die großen blauen Augen sich einen nach dem anderen von uns ansahen. »Cindy ist genau zwei Jahre, zwei Monate und fünf Tage alt. Nicoles Vermieterin war ganz begeistert, endlich loszuwerden, was sie ›diese schwere Verantwortung‹ nannte.« Sie lächelte uns glücklich an. »Weißt du noch, wie du dir eine Schwester gewünscht hast, Jory? Ich mußte dir erzählen, daß ich keine Kinder mehr bekommen kann. Na, wie du jetzt siehst, hat Gott manchmal seine eigenen Wege in solchen Dingen. Das mit Nicole tut mir natürlich sehr weh. Sie hätte achtzig Jahre alt werden müssen. Aber ihr Rückgrat war gebrochen, und sie hatte schwere innere Verletzungen...«

Sie ließ den Rest ungesagt. Ich wußte, daß es furchtbar traurig war, wenn jemand so jung und hübsch wie die neunzehnjährige Nicole sterben mußte, damit wir die Schwester bekamen, die ich mir irgendwann mal halbherzig gewünscht hatte.

»War Nicole deine Patientin?« fragte ich Dad.

»Nein, Jory, das war sie nicht. Aber weil sie eine Freundin von uns war und die Schülerin deiner Mutter, hat man uns von ihrer aussichtslosen Lage berichtet. Man benachrichtigte uns auch, als es mit ihr zu Ende ging. Wir fuhren sofort ins Krankenhaus zu ihr. Ich nehme an, ihr habt beide nicht gemerkt, daß heute nacht um vier Uhr das Telefon geklingelt hat.«

Ich starrte meine neue Schwester an. Sie sah sehr hübsch aus in ihrem rosa Schlafanzug. Ihre weichen Locken ringelten sich niedlich um ihr Gesicht. Sie klammerte sich an meine Mutter, starrte zurück und versteckte dann den Kopf an ihrer Brust vor dem fremden Blick. »Bart«, sagte Mam mit ihrem süßesten Lächeln, »du warst genauso in diesem Alter. Du dachtest, wenn du dein Gesicht versteckst und uns nicht mehr siehst, dann könnten wir dich auch nicht sehen.«

»Bring sie weg hier!« schrie er und lief rot an im Gesicht vor Wut. »Bring sie weg! Leg sie zu ihrer Mutter ins Grab! Will nie eine Schwester haben. Ich hasse sie, ich hasse sie!«

Sprachloses Schweigen. Niemand konnte nach diesem Ausbruch etwas sagen. Daddy griff nach Bart, während Mam zu schockiert war, um Luft zu holen, als er versuchte, Cindy ins Gesicht zu schlagen! Dann kreischte Cindy, und Emma sah meinen Bruder ganz außer sich an.

»Bart, ich habe noch nie etwas so Gemeines und Grausames gehört, wie das, was du gerade gesagt hast«, erklärte Dad und hob Bart zu sich auf die Knie. Bart wand sich und strampelte und versuchte von Daddy freizukommen, aber das gelang ihm nicht. »Du gehst jetzt in dein Zimmer und bleibst da, bis du gelernt hast, Mitgefühl für andere Menschen aufzubringen. Wenn du an Cindys Stelle wärst, könntest du von Glück sagen, neue Eltern zu finden.«

Lautlos die Lippen bewegend stürmte Bart hinauf in sein Zimmer und schlug die Tür hinter sich zu.

Daddy griff nach seinem schwarzen Arztkoffer und machte Anstalten, in die Praxis aufzubrechen. Er warf meiner Mutter einen strafenden Blick zu. »Begreifst du jetzt, warum ich dagegen war, Cindy zu adoptieren? Du weißt so gut wie ich, daß Bart schon immer eifersüchtig war. Ein Kind so niedlich wie Cindy wäre keine zwei Tage im Waisenhaus gewesen und es hätte sich ein kinderloses Ehepaar gefunden, das glücklich gewesen wäre, die Kleine zu bekommen.«

»Ja, Chris, du hast recht wie immer. Wenn Cindy erst unter Vormundschaft gekommen wäre, dann hätte sie bald jemand adoptiert – und du und ich, wir wären unser Leben lang ohne eine Tochter geblieben. Aber jetzt ist es so, daß ich ein kleines Mädchen habe, ein Mädchen, das mich so sehr an Carrie erinnert.«

Mein Vater verzog das Gesicht, als täte ihm etwas sehr weh. Er ließ Mam mit Cindy auf dem Schoß vor dem Tisch sitzen, und zum ersten Mal, jedenfalls soweit ich mich erinnern konnte, gab er ihr keinen Abschiedskuß. Und sie rief ihm nicht nach: »Sei vorsichtig.«

Im Handumdrehen hatte Cindy mich um den Finger gewikkelt. Sie krabbelte in allen Ecken herum, wollte alles anfassen und von allem etwas in den Mund stecken. Ein schönes warmes Gefühl stieg in mir auf, als ich zusehen und mithelfen durfte, ein kleines Mädchen so zu versorgen, zu lieben und zu verwöhnen. Die beiden zusammen sahen aus wie Mutter und Tochter. Beide trugen rosa Kleider, hatten rosa Schleifen im Haar, nur daß Cindy weiße Söckchen trug.

»Jory wird dir das Tanzen beibringen, wenn du alt genug bist.« Ich lächelte Mam zu, während ich zu meinem Ballettunterricht aufbrach. Mam sprang schnell auf und gab Cindy an Emma weiter, dann lief sie mir nach und holte das Auto aus unserer Garage, um mit mir zur Ballettschule zu fahren. »Jory, glaubst du nicht, daß Bart bald lernen wird, Cindy wenigstens ein kleines bißchen zu mögen?«

Ich wollte sagen, daß Bart genau dies nie lernen würde, aber ich nickte, weil ich sie nicht spüren lassen wollte, wie sehr ich mir um meinen Bruder Sorgen machte.

»Jory, was hast du da gerade vor dich hin gemurmelt?«

O Mensch, mir war gar nicht aufgefallen, daß ich gemurmelt hatte. »Nichts, Mam. Ich hab' nur wiederholt, was Bart gestern nacht im Schlaf gemurmelt hat. Er weint manchmal im Schlaf, Mam. Er ruft nach dir und jammert, weil du mit deinem Geliebten fortgegangen bist.« Ich grinste und versuchte es auf die leichte Schulter zu nehmen. »Und ich wußte überhaupt nicht, daß du überhaupt einen hast.«

Sie ignorierte meine etwas anzügliche Bemerkung. »Jory,

warum hast du mir nie davon erzählt, daß Bart Alpträume hat?«

Wie sollte ich ihr die Wahrheit erzählen? Sie war doch viel zu sehr mit Cindy beschäftigt, um sonst noch jemand genug Aufmerksamkeit entgegenzubringen. Und niemals, niemals hätte sie jemand anderem mehr Aufmerksamkeit entgegenbringen dürfen als Bart. Nicht einmal mir.

»Mammi, Mammi!« hörte ich Bart in dieser Nacht im Schlaf rufen. »Wo bist du? Laß mich nicht allein! Mammi, bitte verlaß mich nicht. Du darfst ihn nicht mehr liebhaben als mich. Ich bin nicht schlecht, wirklich nicht schlecht ... kann nur manchmal nicht dafür, was ich immer anstelle. Mammi ... Mammi!«

Nur Verrückte konnten nicht für das, was sie taten. Eine verrückte Person in unserer Familie war mehr als genug. Wir brauchten nicht noch einen Verrückten, der mit uns unter einem Dach lebte.

Also – war es wohl meine Sache, Bart vor sich selbst zu retten. Ich mußte das wieder geradebiegen, was sich bei ihm schon vor langer Zeit zu verdrehen begonnen hatte. Und weit hinten, hinter den dunkelsten Schatten meiner Erinnerung, waren jene vagen, beunruhigenden Bilder von etwas, das mich verängstigt hatte, als ich noch viel zu jung war, es zu begreifen. Zu jung, die Puzzleteile dieses schrecklichen Ereignisses richtig zusammenzufügen.

Das Schlimme war, ich hatte jetzt so lange über die Vergangenheit nachgegrübelt, daß sie langsam lebendig zu werden begann, und ich konnte mich jetzt wieder an einen Mann mit dunklen Haaren erinnern, einen Mann, der ganz anders aussah als Daddy Paul. Einen Mann, den Mam Bart Winslow genannt hatte – und das waren die beiden ersten Namen meines Halbbruders.

Mein Herzenswunsch

Verdorbenes kleines Mädchen, diese Cindy. Machte sich so gar nichts daraus, wer sie nackt sah. Kümmerte sich auch nicht, ob ihr jemand zusah, wenn sie auf dem Töpfchen saß. Machte sich nichts daraus, ob sie sauber und anständig war. Nahm meine Spielzeugautos und kaute einfach darauf rum.

War nicht mehr viel los mit diesem Sommer. Hatte nichts zu tun. Konnte nirgendwohin gehen, außer nach nebenan. Die alte Lady versprach mir immer das Pony, aber es tauchte nie auf. An der Nase führte sie mich herum, zum Narren hielt sie mich. Würde es ihr schon zeigen. Sollte sie doch wieder ganz alleine da drüben sitzen, würde sie nicht mehr besuchen. Zur Strafe. Letzte Nacht hörte ich, wie Mammi Daddy erzählte, daß sie die alte Lady in Schwarz auf einer Leiter an der Mauer hätte stehen sehen. »Und sie starrte zu mir herüber, Chris. Sie starrte richtig das Haus an!«

Daddy lachte. »Wirklich, Cathy, was kann das schon schaden? Sie ist eine Fremde in einer fremden Umgebung. Wäre es nicht eine freundliche Geste gewesen, wenn du ihr zugewinkt und ›Guten Tag‹ gesagt hättest – du hättest dich vielleicht auch vorstellen können?« Ich kicherte lautlos. Großmutter hätte doch nie geantwortet. Bei Fremden war sie ganz schüchtern, nur bei mir nicht. Ich war der einzige, dem sie vertraute.

Nachdem ich es Cindy wieder einmal einen Tag lang richtig gezeigt hatte, durfte ich zur Strafe fast nirgendwo mehr hingehen. Aber ich war schlau, schlich mich aus dem Haus und, husch, husch, über die Mauer nach nebenan, wo die Leute mich mochten.

»Wo ist mein Pony!« wetterte ich, als ich sah, daß die Scheune noch immer leer war. »Du hast mir ein Pony versprochen –

wenn du mir nicht bald eins gibst, dann erzähl' ich Mammi und Daddy, daß du mich ihnen wegnehmen willst!«

Sie schien unter ihrer häßlichen schwarzen Robe richtig zusammenzuschrumpfen, während ihre bleichen, dünnen Hände an ihren Hals flogen, wo sie eine Perlenkette, die sonst meist unter dem Kleid versteckt war, herauszerrten und kneteten.

»Morgen, Bart. Morgen wird dir dein Herzenswunsch erfüllt.«

Auf dem Heimweg traf ich John Amos. Er führte mich in sein geheimes Schlupfloch und flüsterte mir etwas von »Männersachen« zu. »Frauen wie sie sind reich geboren und haben nie nötig gehabt, ihr Hirn anzustrengen«, sagte John Amos, die wäßrigen Augen hart und zusammengekniffen. »Hör auf mich, Junge, und verlieb dich nie in eine dumme Frau. Und alle Frauen sind dumm. Wenn du mit Frauen umgehst, dann mußt du sie gleich von Anfang an wissen lassen, wer der Boß ist – und sie dürfen das nie wieder vergessen. So, jetzt zu deiner täglichen Lektion. Wer ist Malcolm Neal Foxworth?«

»Mein Urgroßvater, der tot und begraben ist, aber selbst jetzt noch mächtig«, antwortete ich, ohne es richtig zu verstehen, als ich es sagte.

»Was war Malcolm Neal Foxworth noch?«

»Ein Heiliger. Ein Heiliger, der einen Ehrenplatz im Himmel verdient hat.«

»Richtig. Aber erzähl alles, laß nichts aus.«

»Niemals gab es einen klügeren Mann als Malcolm Neal Foxworth.«

»Das ist nicht alles, was ich dich gelehrt habe. Wenn du das Tagebuch liest, solltest du mehr über ihn wissen. Liest du täglich darin? Er vertraute sein ganzes Leben diesem Buch an. Ich habe es ein dutzend Mal und mehr gelesen. Es zu lesen heißt, zu lernen und daran zu wachsen. Deshalb hör niemals auf, im Tagebuch deines Urgroßvaters zu lesen, bis du genau so clever und klug bist wie er.«

»Ist clever nicht das gleiche wie klug?«

»Nein, natürlich nicht! Clever ist, wenn du die Leute nicht ahnen läßt, wie klug du bist.«

»Warum mochte Malcolm seine Mammi nicht?« fragte ich,

denn auch wenn ich wußte, daß seine Mutter weggelaufen war – würde mich das meine Mutter etwa hassen lassen?

»Großer Gott, Junge, Malcolm war ganz verrückt nach seiner Mutter, bis sie mit ihrem Geliebten durchbrannte und Malcolm mit seinem Vater alleine ließ, der zu beschäftigt war, um sich um seinen Sohn zu kümmern. Wenn du weiter liest, Junge, wirst du schon bald herausfinden, weshalb Malcolm bald gegen alle Frauen eingestellt war. Lies weiter und vertiefe dein Wissen. So wird Malcolms Weisheit zu deiner eigenen werden. Er wird dich lehren, niemals einer Frau zu vertrauen und zu glauben, sie wäre da, wenn man sie wirklich braucht.«

»Aber meine Mammi ist eine gute Mammi«, verteidigte ich sie schwach, auch wenn ich mir nicht mehr sehr sicher war, ob das stimmte. Das Leben war so »hinterhältig«. Das neue Wort für den heutigen Tag lautete »hinterhältig«.

»Also, Bart«, hatte Daddy heute morgen erklärt, als er das Wort sorgfältig geschrieben und verdeutlicht hatte, was es hieß. »Ich will, daß ihr, du und Jory, es heute schafft, das Wort ›hinterhältig‹ mindestens fünfmal im Gespräch zu verwenden. Es bedeutet, daß etwas mit böser Absicht nicht so ist, wie es scheint.«

Sagte mir das Wort immer leise auf. Kein schönes Gefühl, in einer hinterhältigen Welt zu leben. Diese verdammten neuen Lernworte brachten mir erst richtig bei, wie hinterhältig alle sein konnten.

»Ich werde dich jetzt allein lassen, damit du noch mehr von Malcolms Erkenntnissen lesen kannst«, meinte John Amos und schlurfte davon, wie immer mit leicht zitterndem Oberkörper und hin und her pendelndem Kopf.

Ich öffnete das Buch auf der Seite, wo ich das lederne Lesezeichen eingelegt hatte.

> Heute wollte ich einfach einmal ein bißchen von Vaters Tabak probieren, deshalb stopfte ich von dem, was ich in seinem Arbeitszimmer fand, etwas in seine Pfeife, schlich mich dann damit nach draußen und rauchte hinter der Garage.
>
> Ich weiß nicht, wie er dahintergekommen ist – es sei

denn, jemand vom Personal hat es ihm erzählt. Er wußte es jedenfalls. Seine harten Augen funkelten mich an und er befahl mir, mich nackt auszuziehen. Ich duckte mich und schrie, als er mich mit der Rute auspeitschte, und dann schickte er mich auf den Dachboden, damit ich dort blieb, bis ich die Wege des Herrn verstand und meine Sünden bereute. Während ich dort oben war, fand ich alte Fotografien von meiner Mutter, als sie ein junges Mädchen war. Wie schön sie war, so unschuldig und süß. Ich haßte sie! Ich wünschte mir, daß sie noch im gleichen Augenblick starb, wo immer auf der Welt sie gerade sein mochte. Ich wollte, daß sie genauso zu leiden hatte wie ich, mit blutigen Striemen auf dem Rücken, während ich in der stickigen Hitze des Dachbodens fast erstickte.

Ich fand solche Sachen auf dem Dachboden, Korsetts mit Spitzen, die so geschnürt wurden, daß eine Frau vorne anschwoll, um den Männern vorzutäuschen, sie hätte mehr zu bieten, als die Natur ihr mitgegeben hatte. Es war Schönheit, wegen der ich auf diesem Dachboden saß, und Schönheit war es auch gewesen, wegen der ich den Stock bekommen hatte. Eigentlich war es nicht die Schuld meines Vaters, daß er das getan hatte. Er war verletzt und verzweifelt, genau wie ich auch.

Ich wußte jetzt, daß es stimmte, was er mir die ganze Zeit erzählt hatte: Man durfte keiner Frau trauen und ganz besonders nicht solchen mit schönen Gesichtern und verführerischen Körpern.

Ich blickte vom Buch auf, aber ich sah nicht die Scheune mit dem Heu vor mir, sondern das dunkle, schöne Gesicht meiner Mutter. War sie hinterhältig? Würde sie eines Tages mit ihrem Liebhaber davonlaufen und mich mit meinem Stiefvater allein lassen, der mich viel weniger lieb hatte als Jory und Cindy?

Was sollte ich dann tun? Würde meine Großmutter mich bei sich aufnehmen?

Später fragte ich sie danach. »Ja, mein Schatz, ich werde dich bei mir aufnehmen. Ich werde mich um dich kümmern, für dich kämpfen, alles für dich tun, was ich kann, denn du bist der wahre Sohn meines zweiten Mannes, Bart Winslow. Hab' ich dir das eigentlich schon erzählt? Vertraue mir, glaub an mich und halte dich von diesem John Amos fern. Er ist nicht die Art von Freund, die du haben solltest.«

Sohn ihres zweiten Mannes. Hieß das, meine Mammi war mit diesem Mann auch noch verheiratet gewesen? Sie schien ständig irgend jemand gerade geheiratet zu haben. Ich schloß die Augen und dachte über Malcolm nach, der schon lange in seinem Grab liegen mußte. Schaukel, schaukel, schaukel machte ihr Stuhl. Knirsch, knirsch, knirsch machte die Erde auf meinem Grab. Alles dunkel. Feucht. Steif und kalt. Der Himmel ... wo war der Himmel?

»Bart, deine Augen sind ganz glasig.«

»Müde, Großmutter, bin so müde.«

»Bald geht dein Herzenswunsch in Erfüllung.« Geld, wollte Geld, viele Bündel grüner Scheine. In diesem Augenblick hämmerte jemand an die Vordertür. Ich sprang von ihrem Schoß und versteckte mich schnell.

Jory kam hereingerannt, gefolgt von John Amos, der ihn wohl hereingelassen hatte. »Wo ist mein Bruder?« fragte er und sah sich im Zimmer um. »Ich mag nicht, was hier mit ihm geschieht. Er hat sich in der letzten Zeit sehr verändert, und ich habe den Eindruck, das hängt mit seinen Besuchen hier zusammen ...«

»Jory«, sagte meine Großmutter und streckte ihre Hand mit den funkelnden, juwelenberingten Fingern aus. »Starr mich nicht so an. Ich tu' ihm doch nichts Böses. Ich gebe ihm nur ein wenig Eiscreme, aber nur nach den Mahlzeiten. Setz dich her und rede ein wenig mit mir. Ich lasse uns ein paar Erfrischungen bringen.« Er ignorierte sie völlig und machte mich mit der Nase eines Bluthundes in meinem Versteck aus. Mit einem Satz war er bei mir und zerrte mich hinter den Topfpalmen hervor. »Nein, vielen Dank, Lady«, sagte er kalt. »Meine Mutter gibt mir alles, was ich brauche – was sie hier drüben mit meinem Bruder machen, verändert seinen Charakter, also lassen Sie ihn bitte nicht mehr zu Ihnen kommen.«

Ihre kaum sichtbaren Lippen preßten sich zusammen, und ich sah Tränen in ihren Augenwinkeln, als ich fortgezerrt wurde. Zurück in unserem Garten schüttelte Jory mich wild. »Geh niemals wieder in dieses Haus, Bart Sheffield! Sie ist nicht deine Großmutter! Du schaust sie mit Blicken an, als hättest du sie lieber als unsere Mam!«

Es gab welche, die behaupteten, Bart Winslow Scott Sheffield wäre nicht so groß wie andere Jungs mit neun. Aber ich wußte genau, sobald ich zehn würde, da würde ich in die Höhe schießen wie Unkraut nach dem Regen. Sobald ich erst wieder in Disneyland gewesen war, bekäme ich solchen Auftrieb, daß ich so groß werden würde wie ein Riese.

»Warum siehst du so traurig aus, Liebling?« fragte Großmutter, als ich mich am nächsten Tag wieder auf ihren Schoß gekuschelt hatte. Das Pony war noch immer nicht da.

»Ich komm' jetzt überhaupt nie wieder zu dir«, erklärte ich knurrig. »Daddy wird mir ein Pony zum Geburtstag schenken, wenn ich ihm noch einmal richtig sage, wie sehr ich eines haben möchte. Brauche deines dann nicht mehr.«

»Bart, du hast doch deinen Eltern nichts von mir erzählt?«

»Nein, Großmutter.«

»Wenn du lügst, wird Gott dich strafen.«

Würde er das? Wieso eigentlich? Die andern logen doch auch alle. »Erzähle niemals irgend etwas«, murmelte ich. »Mammi und Daddy mögen mich sowieso nicht mehr. Sie haben Jory. Jetzt haben sie auch noch Cindy dazu. Das reicht ihnen.«

Sie warf einen schnellen Blick umher und vergewisserte sich besonders, daß alle Türen fest geschlossen waren. Dann flüsterte sie: »Bart, ich habe dich mit John reden sehen. Ich habe dich gebeten, dich von ihm fernzuhalten. Er ist ein böser alter Mann, der sehr grausam sein kann. Denk immer daran.«

Mensch, wem sollte ich nun eigentlich trauen? Er sagte von ihr ja dasselbe. Früher mal hatte ich geglaubt, man könne jedem in meiner Familie trauen. Nun mußte ich erkennen, daß die Leute nicht immer das waren, was sie oberflächlich besehen zu sein schienen. Liebten einen gar nicht wirklich, kümmerten sich nie genug um einen, besonders wenn ich derjenige war. Vielleicht war es nur die Großmutter, die sich echt um mich kümmerte – und John Amos. Dann fühlte ich mich wieder verwirrt.

War John Amos nun ein richtiger Freund? Wenn er das war, dann konnte meine Großmutter es nicht sein. Mußte wählen zwischen ihnen. Aber welchen? Wie konnte ich eine so große, schwere Entscheidung treffen? Dann, als Großmutter mich in ihrem Arm hielt und mein Gesicht an ihren warmen, weichen Busen zog, wußte ich, sie war diejenige, die mich am meisten liebte. Sie war meine eigene, einzig echte Großmutter.

Aber ... was, wenn sie es nun doch nicht war?

Meine Großmutter hatte ich schon Dutzende oder mehr Male gesehen. John Amos war erst seit wenigen Tagen mein Freund. Wenn er siebenmal hintereinander auf mich warten würde, dann hieß das vielleicht, daß er gut für mich war und mir Glück brachte. Siebenmal bedeutete bei allem Glück. Fünf Gespräche mit ihm an seinem unheimlichen Versteck hatten mich schon gelehrt, daß Frauen verlogen und hinterhältig waren.

»Bart, mein Liebling«, flüsterte meine Omi und drückte mir ihre trockenen Lippen dicht unter meinem Ohr auf die Wange. »Schau nicht so verängstigt drein, halt dich einfach von diesem John Amos fern und glaube nicht alles, was er dir erzählt.« Sie streichelte mir das Gesicht, dann spürte ich ihr Lächeln. »So, wenn du jetzt in die Scheune läufst und dich umsiehst, dann wirst du etwas finden, das jeden Jungen begeistern muß, und alle Kinder, die so etwas nicht haben, werden dich beneiden.«

Sie wollte noch etwas sagen, aber ich sprang von ihrem Schoß, rannte aus dem Zimmer, rannte so schnell ich konnte direkt zur Scheune. O Mann, jeden Tag trug ich einen Apfel in der Tasche und hoffte einfach darauf. Jeden Tag steckte ich hoffnungsvoll ein paar von Mammis Zuckerstücken ein. Jede Nacht betete ich um das Pony, das ich haben mußte. Dieses Pony würde mich mehr lieben, als irgend jemand sonst mich liebte! Ich rannte zur Scheune und fiel unterwegs kein einziges Mal hin. Dann stand ich wie festgenagelt und starrte. *Das* war *kein* Pony!

Es war nur ein Hund. Ein großer, langhaariger Hund stand da und wedelte mit dem Schwanz, und seine Augen sahen mich bereits hingebungsvoll an, obwohl ich doch noch gar nichts getan hatte, um mir seine Liebe zu erobern. Mir war zum

Weinen. Der Hund trug ein Halsband und war an einen Pfahl gekettet, der in den Scheunenboden gerammt war. Er sprang hin und her, als wäre er richtig glücklich, mich zu sehen – und ich mochte diesen Hund überhaupt nicht.

Hinter mir kam sie angerannt, ganz atemlos und keuchend. »Bart, mein Schatz, sei nicht enttäuscht. Ich hätte dir wirklich gerne ein Pony geschenkt, wie ich es dir gesagt habe. Aber wenn ich das täte, kämst du mit Pferdegeruch nach Hause, und Jory und deine Eltern fänden schnell alles heraus, und dann würden sie dich nie wieder zu mir kommen lassen.«

Ich sank auf die Knie und ließ den Kopf hängen. Ich wollte sterben. Ich hatte alles über mich ergehen lassen, all diese Küsse und Streicheleien ausgehalten... und trotzdem hatte sie mir kein Pony geschenkt. »Du hast mich angelogen.« Ich schluchzte mit Tränen in den Augen. »Deinetwegen habe ich meine ganzen Ferientage mit Besuchen hier verschwendet, wo ich doch etwas viel Besseres hätte tun können.«

»Bart, mein Schatz, du weißt ja gar nicht, was ein Bernhardiner für ein tolles Tier ist!« rief sie und nahm mich auf den Arm. »Dieser Hund ist noch gar nicht ausgewachsen. Er ist erst wenige Monate alt, und sieh mal, wie groß er schon ist. Später wird er so groß sein wie ein Pony. Du kannst ihm einen Sattel überlegen und auf ihm herumreiten. Und wußtest du, daß man diese Hunde in den Bergen dafür einsetzt, Vermißte im Schnee zu suchen? Solche Hunde tragen ein Fäßchen mit Branntwein um den Hals, und so ein Hund wie dieser hier kann ganz alleine einen Vermißten finden und ihm das Leben retten. Der Bernhardiner ist der berühmteste und tapferste Hund der Welt.«

Ich glaubte ihr nicht. Trotzdem sah ich mir den jungen Hund etwas genauer an – war das wirklich noch ein Welpe? Er zerrte an seiner Leine und versuchte, zu mir zu kommen. Deswegen mochte ich ihn gleich ein wenig mehr. »Wird er wirklich einmal so groß wie ein Pony?«

»Bart, er ist erst 6 Monate alt und schon jetzt fast so groß wie ein Zwergpony!« lachte sie, nahm mich bei der Hand und zog mich in die Scheune. »Schau mal«, sagte sie und deutete auf einen roten Sattel mit Zaumzeug und Zügel, und danach zeigte sie mir einen kleinen, roten zweirädrigen Karren. »Du kannst ihn reiten oder ihn vor seine Kutsche spannen – so hast du einen Hund oder ein Pony, was immer du gerade haben möchtest. Alles was du brauchst, ist deine Phantasie, und von der hast du ja genug.«

»Wird er mich beißen?«

»Nein, natürlich nicht. Sieh ihn dir an, Liebling, wie glücklich er ist, seinen kleinen Herrn zu sehen. Halt ihm deine Hand hin und laß ihn daran schnuppern. Behandle ihn freundlich, füttere ihn gut und halte seine langen Haare sauber, dann wirst du nicht nur den schönsten Hund der Welt haben, sondern auch den besten Freund deines Lebens.«

Vorsichtig näherte ich mich ihm mit meiner Hand, ganz langsam – und er leckte daran wie an einem Eis. Feuchte Küsse. Ich lachte, weil sie so kitzelten. »Geh weg, Großmutter«, befahl ich.

Widerwillig zog sie sich zurück, während ich mich vor meinem Pony niederkniete, damit ich ihm erklären konnte, was es war. »Also jetzt sieh mich an«, sagte ich fest, »und vergiß nicht, was ich dir sage: Du bist kein Hund, sondern ein Pony. Du bist nicht dazu da, Fässer voll Branntwein zu Leuten zu tragen, die in Lawinen verschüttet sind – du bist nur dazu da, mich zu tragen. Du bist mein Pony, ganz alleine meines!« Er sah mich an, als wäre er erstaunt, legte dabei seinen großen, zottligen Kopf auf die Seite und setzte sich auf die Hinterbeine. »Du sollst nicht so sitzen!« schrie ich. »Ponys sitzen nicht so auf den Hinterbeinen, sondern nur Hunde!«

»Bart«, hörte ich die weiche Stimme meiner Großmutter, »sei freundlich zu ihm, denk daran.«

Ich achtete nicht auf sie. Frauen zählten nicht bei Männersachen wie dieser hier. John Amos hatte mir das erklärt. Die Männer beherrschten die Welt, und die Frauen hatten sich herauszuhalten und schön still zu sein.

Ich mußte eine Zauberformel sprechen, um einen Welpen in ein Pony zu verwandeln. Die bösen Hexen auf der Bühne wußten immer genau, wie man das machte. Ich überlegte und überlegte, erinnerte mich an jede einzelne Hexe, die ich je bei einer Ballettaufführung gesehen hatte, und schließlich dachte ich, ich wüßte genau, was zu tun war.

Brauchte eine lange, krumme Nase und ein vorspringendes, spitzes Kinn, ganz tiefliegende, böse Augen und lange Knochenfinger mit Nägeln, die mindestens fünf Zentimeter waren. Aber das einzig Brauchbare, was ich hatte, waren böse, schwarze, stechende Augen – vielleicht reichte das. Wußte jedenfalls, wie man richtig böse Augen macht.

Ich warf die Arme über den Kopf, krümmte meine Finger zu schrecklichen Klauen, zog die Schultern hoch und hexte los: »Ichhh taufe dichhhh Apple! Mit diesem Zauberapfel, den ich dir gebe, und mit diesem Hexenspruch verwandle ich dich in ein Pony.« Ich gab ihm den magischen Zauberapfel. »Jetzt gehörst du mir, ganz allein mir! Niemals wirst du fressen oder trinken, wenn ich dir nicht dein Futter und dein Wasser gebe. Niemals wirst du jemanden anderes lieben als mich. Wenn ich sterbe, dann kommst du zu mir und stirbst mit mir. Apple, du bist mein! Jetzt und immer ... mein!"

Die Macht meines Zauberspruches ließ Apple an der Frucht schnuppern, die ich ihm reichte. Er winselte unglücklich und wandte die Nase ab, interessierte sich offenbar für den Zucker, den ich mir aber noch für später aufhob. »So, jammer hier nicht rum und iß, was du zu essen bekommst«, schimpfte ich und biß selbst in den Apfel, um ihm zu zeigen, wie man so etwas aß. Wieder streckte ich meinem Pony den Apfel entgegen. Wieder wandte es seinen riesigen, weißen und goldenen Kopf zur Seite. An seinem Fell schimmerte es an vielen Stellen rotgolden. Sah richtig hübsch aus. Ich biß noch einmal in den Apfel und kaute genüßlich, damit Apple sah, was für leckeres Fressen ihm gerade entging.

»Bart«, rief die Großmutter mit einer irgendwie komischen Stimme, »vielleicht habe ich einen Fehler gemacht. Ich werde den Hund zurück in die Tierhandlung bringen und dir das Pony kaufen, das du haben möchtest.«

Ich sah von ihr zu meinem neuen Freund hinüber, dann zu unserem Haus und überlegte. Sie würden bei uns drüben wirklich den Pferdegeruch riechen, wenn Ponys nach Pferden stanken. Aber Hundegeruch wäre gar nichts Besonderes. Sie würden einfach glauben, daß Clover schließlich doch etwas Vertrauen zu mir gefaßt hätte – obwohl er mich ja nie in seine

Nähe ließ. »Großmutter, ich werde dieses Hunde-Pony hier behalten. Ich werde ihm alles beibringen, was es wissen muß, um Pferd zu spielen. Wenn er nicht genug gelernt hat, bevor wir nach Disneyland fahren, kannst du ihn zurückbringen – und dann werde ich dich nicht wieder besuchen kommen.«

Lachend und glücklich warf ich mich dann ins Heu und schmuste mit meinem Hunde-Pony, dem einzigen Hunde-Pony auf der ganzen Welt. Und sein großer, warmer Körper fühlte sich schön an in meinen Armen, richtig gut.

Als ich sie dann ansah, wußte ich, daß John Amos nicht recht hatte. Frauen waren nicht böse und verdorben, und ich war richtig erleichtert, am Ende herausgefunden zu haben, daß es John Amos war, der hinterhältig sein mußte, und Mammy und meine Großmutter waren das Beste in meinem ganzen Leben – direkt nach Apple.

»Großmutter, bist du wirklich meine richtige Großmutter und war mein richtiger Daddy wirklich dein zweiter Mann?«

»Ja, das ist wirklich so«, sagte sie mit gesenktem Kopf, »aber es ist ein Geheimnis. Nur wir beide dürfen davon wissen. Du mußt mir versprechen, niemandem davon zu erzählen.« Sie schien den Kopf hängen zu lassen, sah richtig traurig aus, aber ich war so glücklich, daß ich hätte platzen können. Ein Hunde-Pony und eine richtige Großmutter, die mit meinem wirklichen Vater verheiratet gewesen war. O Mann, endlich hatte ich auch einmal Glück.

Bald fand ich heraus, daß Fressen und Liebe sehr viel miteinander zu tun haben. Je mehr Futter ich Apple gab, desto mehr liebte er mich. Und ganz ohne die Hilfe weiterer Zaubersprüche blieb er mein, mein Freund allein. Wenn ich morgens zu ihm kam, lief er mir entgegen, sprang hoch, umkreiste mich schwanzwedelnd und leckte mir Gesicht und Hände. Als ich ihn vor die neue Pony-Kutsche spannte, bäumte er sich auf wie ein richtiges Pferd. Er versuchte alles, um sich den kleinen Sattel abzustreifen, den ich ihm auf den Rücken gebunden hatte. Junge, die sollten bloß warten, bis ich Jory mal eine Ladung von meinen Zaubersprüchen verpaßte, die so gut wirkten.

»Bin bald elf«, sagte ich der Großmutter eines Tages in der

Hoffnung, daß es sie auf ein paar neue Geschenkideen bringen könnte. »Zehn«, verbesserte sie. »An deinem nächsten Geburtstag wirst du zehn.«

»Elf!« rief ich entschieden. »Ich bin doch schon das ganze Jahr dabei, zehn zu werden. Inzwischen muß ich mindestens elf sein.«

»Bart, du solltest dir nicht wünschen, daß dein Leben so schnell vergeht. Die Zeit vergeht auch so schnell genug. Sei froh, jung zu sein, und bleibe es, solange du kannst.«

Ich streichelte weiter Apples Kopf. »Oma, erzähl mir etwas von deinen kleinen Jungen.«

Sie sah wieder traurig aus. Am Gesicht merkte ich es nicht, denn das sah ich ja nicht richtig, aber ich erkannte es immer daran, wie sie die Schultern hängen ließ. »Der eine ist im Himmel«, flüsterte sie heiser, »der andere ist weggelaufen.«

»Wo ist der andere denn hin?« fragte ich und dachte mir, daß ich vielleicht auch dahin gehen wollte.

»Nach Süden«, sagte sie einfach und ließ auch noch den Kopf hängen.

»Ich geh' auch nach Süden. Aber mir gefällt es da nie – ist alles voll oller Gräber und oller Großmütter. Eine ist in eine Klapsmühle gesperrt. Die andere ist eine böse alte Hexe mit ganz schwarzen Augen. Du bist meine beste Großmutter.« Denn jetzt wußte ich, daß sie auf keinen Fall Daddys verrückte Mutter sein konnte. Sie mußte die Mutter meines richtigen Vaters sein. Und Frauen änderten ihren Namen, wenn sie ihre Männer wechselten, also ... und da fiel mir auf, daß ich nicht einmal ihren Vornamen oder ihren Nachnamen kannte. »Corinna Winslow«, erzählte sie mir, als ich sie fragte. Dabei war ihr Kopf noch immer traurig gesenkt. Ich konnte ein wenig von ihrem Gesicht sehen, wo die Nase den schwarzen Schleier vom Gesicht hob. Auch von ihrem Haar war ein bißchen zu sehen. Graues Haar mit Strähnen von schimmerndem Gold, weißes Haar. Sie tat mir leid. Sie würde wirklich darunter leiden, wenn ich fortführe.

»Fahr jetzt bald nach Disneyland, Großmutter. Da bleibe ich dann eine Woche und habe eine Geburtstagsfeier, auf der ich noch viel mehr Geschenke bekomme von Daddy, Mammi, Jory und Emma, und dann fliegen wir alle nach Osten und bleiben da zwei ekelhafte Wochen, bloß um ...«

»Ich weiß«, unterbrach sie mich mit einem Lächeln in ihrer Stimme, »zwei vergeudete Wochen bei ollen Gräbern und ollen Großmüttern. Aber es wird bestimmt eine schöne Zeit werden.« Sie beugte sich über mich, küßte mich und drückte mich fest. »Und während du fort bist, werde ich gut für Apple sorgen.«

»Nein!« schrie ich entsetzt, denn dann würde Apple sie bestimmt mehr lieben als mich, wenn ich zurückkam. »Du läßt mein Hunde-Pony in Ruhe. Apple gehört nur mir. Füttere ihn ja nicht und mach, daß er dich mehr liebt als mich.«

Sie versprach, alles so zu tun, wie ich es wollte. Als nächstes erklärte ich ihr, daß ich vor hatte, nur nach Disneyland zu fahren, und danach würde ich einen Weg finden, mich abzusetzen, damit ich zurück hierher zu Apple kommen konnte. Wie ich das schaffen würde, wußte ich noch nicht so richtig – und aus ihrem Blick sah man deutlich, daß sie auch keine gute Idee dazu hatte.

Später war ich mit Apple in der Scheune. John Amos ragte groß und hager vor mir auf, während ich auf dem Heu ausgestreckt lag. Er unterrichtete mich wieder darin, wie böse Frauen waren und wie sie die Männer zur »Sünde« verführten.

»Niemand tut etwas umsonst«, sagte er. »Denkst du denn keine Sekunde daran, welche bösen Pläne sie mit dir hat, Bart Winslow?«

»Warum nennen Sie mich so?«

»Es ist doch dein richtiger Name, oder nicht?«

Ich grinste und war richtig stolz darauf, ihm erzählen zu können, daß ich den längsten Namen der Welt hatte.

»Das ist jetzt nicht wichtig«, sagte er ungeduldig. »Paß genau auf, Junge. Du hast mich gestern nach ›Sünde‹ gefragt, und ich wollte es dir genau erklären, aber ich mußte mir erst einmal sorgfältig überlegen, wie. Sünde ist, was Männer und Frauen zusammen tun, wenn sie ihre Schlafzimmertür hinter sich schließen.«

»Und was ist so schlecht an Sünde?«

Er runzelte die Stirn und leckte die Zähne. Ich kroch tiefer ins Heu. Wünschte mir, er wäre weg und ließe mich mit Apple allein.

»Sünde ist, was die Frauen benutzen, um einen Mann schwach zu machen. Es gibt bestimmte Tatsachen über das Leben, die du einfach lernen mußt. Jeder Mann hat eine schwache, weiche Stelle, und Frauen wissen, wie man sie findet und sich zunutze macht, indem sie ihre Kleider ausziehen und dem Mann mit Hilfe der Fleischeslust seine Stärke aussaugen. Achte auf deine eigene Mutter, sieh dir an, wie sie deinen Vater anlächelt, wie sie ihr Gesicht und ihre Nägel bemalt und enge Kleider trägt, und beobachte, wie die Augen deines Stiefvaters dann aufleuchten – beide sind sie dabei zu sündigen, wenn du das siehst.«

Ich schluckte. Tat mir irgendwie weh, so etwas zu hören. Wollte nicht, daß meine Eltern böse Sachen machten, für die Gott sie bestrafen mußte.

»Hör noch einmal, was Malcolm geschrieben hat: ›Ich weinte und weinte fünf Jahre lang, nachdem meine Mutter fortgegangen war und mich bei meinem Vater zurückließ, der mich dafür haßte, daß ich ihr Sohn war. Er erzählte mir, daß sie während der ganzen Ehe mit ihm untreu war und ihn mit vielen Liebhabern betrogen hatte. Deshalb könnte er mich nicht wie ein Vater lieben. Konnte es nicht einmal ertragen, wenn ich in seiner Nähe war. Es war sehr einsam, so in diesem großen Haus eingeschlossen zu leben, ohne daß sich jemand richtig um einen kümmerte. Wieder und wieder erzählte Vater mir, er könne meinetwegen keine andere Frau mehr finden. Keine seiner Freundinnen mochte mich. Aber sie hatten Angst vor mir. Bei Gott, ich ließ sie wissen, was ich von ihnen dachte. Ich wußte, daß sie in den ewigen Höllenfeuern schmoren würden.«

»Was ist ein Verhältnis?« fragte ich. Manchmal war Malcolm richtig langweilig.

»Der direkteste Weg in die ewige Verdammnis.« Seine Augen brannten sich in mein Gesicht. »Und ich glaube nicht, daß du einfach in Ferien fahren und die Pflege von Apple jemand anderem überlassen kannst. Wenn du die Liebe eines Tieres annimmst, dann bist du das ganze Leben dieses Tieres lang dafür verantwortlich. Du fütterst es, gibst ihm Wasser, streichelst es und dressierst es – oder Gott wird dich für deine Nachlässigkeit strafen!«

Mich schauderte und ich sah mir mein Hunde-Pony an, das mit dem Schwanz wedelte.

»Du hast Macht in deinen dunklen Augen, Bart. Die gleiche Macht, die auch Malcolm besaß. Gott hat dich gesandt, um eine unerfüllte Aufgabe zu vollenden. Malcolm wird niemals Ruhe in seinem Grab finden, bevor die Satansbrut nicht in den ewigen Feuern der Hölle schmort!«

»Feuern der Hölle«, wiederholte ich gelangweilt.

»Zwei sind schon dort ... drei müssen noch hinab.«

»Drei müssen noch hinab.«

»Die Brut des Satans vermehrt sich sonst weiter und weiter.«

»Weiter und weiter.«

»Und wenn du deine Pflicht erfüllt hast, findet Malcolm endlich Ruhe in seinem Grab.«

»Ruhe in meinem Grab.«

»Was hast du da gesagt?«

Ich war verwirrt. Manchmal tat ich so, als ob ich Malcolm war. John Amos lächelte aus irgendeinem Grund und schien zufrieden. Ich durfte dann nach Hause gehen.

Jory kam angelaufen, um mich auszufragen. »Wo bist du gewesen? Was machst du immer da drüben? Ich habe dich mit diesem alten Butler reden sehen. Was erzählt er dir?«

Er gab mir ein Gefühl, als sei ich eine Maus, die vor einem Löwen steht. Dann erinnerte ich mich an Malcolms Buch und wie er mit so einer Situation fertig geworden wäre. Ich setzte ein kaltes Gesicht auf. »John Amos und ich haben Geheimnisse, die dich nicht das geringste angehen.«

Jory starrte mich an. Ich ließ ihn stehen und marschierte weiter.

Unter einem großen Baum schaukelte Mammi Cindy in ihrer Babyschaukel. So blöde kleine Mädchen mußten extra an der Schaukel festgebunden werden, damit sie nicht runterfielen. »Bart«, rief sie, »wo bist du gewesen?«

»Nirgends!« fuhr ich sie an.

»Bart, ich mag solche frechen Antworten nicht.«

Ich blieb stehen und entschloß mich, es wie Malcolm zu machen, und sie mit meinem bösen Blick zur Schnecke zu machen – statt dessen mußte ich zu meiner Überraschung entdecken, daß sie eine enge blaue Bluse trug, die ihr nicht ganz bis zu den weißen Shorts reichte, so daß man ihren Bauchnabel sah. Sie zeigte ihre nackte Haut! Nackte Haut bedeutete Sünde. In der Bibel hatte der Herr Adam und Eva befohlen, sich Kleider anzuziehen und damit ihr sündiges Fleisch zu verhüllen. War meine Mammi genauso sündig wie diese böse Corinna, die mit ihrem »Verhältnis« fortgelaufen war?

»Bart, starr mich nicht so an, als würdest du mich nicht kennen.«

Plötzlich kam mir ein Bibelwort in den Sinn, das John Amos immer aufsagte. Stückchen für Stückchen lernte ich, was Gott von den Menschen erwartete, die er erschaffen hatte. »Sei gewarnt, Mammi, der Herr sieht, was ich nicht sehe, und ER wird dich strafen.«

Mammi zuckte richtig zusammen. Dann schluckte sie und fragte mit rauher Stimme: »Warum hast du das gesagt?« Sieh nur, wie sie zittert, dachte ich mir. Ich wandte den Kopf und ließ meinen Blick über all die nackten Statuen in diesem bösen Garten der Sünde wandern. Verdorbene nackte Menschen waren es, die Malcolm keine Ruhe in seinem Grab finden ließen.

Aber ich liebte sie. Sie war meine Mutter. Manchmal kam sie abends und gab mir einen Gutenachtkuß und blieb bei mir, um mein Nachtgebet mit mir zu sprechen. Bevor Cindy kam, verbrachte sie viel Zeit bei mir. Sie schien auch nicht in ein »Verhältnis« verliebt zu sein.

Wußte nicht, was ich tun sollte. »Müde, Mammi«, sagte ich und schlenderte davon. Ich fühlte mich mit mir selbst und dem Rest der Welt unzufrieden. Was, wenn Malcolms Tagebuch und John Amos' Worte die Wahrheit waren? War sie böse und sündig, verführte Männer dazu, wie Tiere zu sein? War es schlecht, wie ein Tier zu sein? Apple war nicht schlecht oder sündig. Selbst Clover nicht, obwohl er mich nicht mochte.

In Jorys Zimmer blieb ich vor seinem Fünfzig-Liter-Aquarium stehen. Ein beständiger Strom kleiner Luftblasen schwebte darin und blubberte leise auf der Oberfläche, ein bißchen wie der Champagner, an dem Mammi mir einmal zu nippen erlaubt hatte.

In meinem Aquarium wollten keine schönen Fische wohnen. In Jorys fühlten sie sich wohl und starben nie. Mein Aquarium war leer – nur Wasser war drin und ein Spielzeugpiratenschiff auf dem sandigen Grund, in dem ein versunkener Schatz verborgen war. In Jorys Aquarium wuchsen Tangpflanzen, die sich aus einem kleinen versunkenen Schloß herausschlängelten. Seine Fische huschten zwischen winzigen Korallenriffen hin und her.

Jory machte alles schöner und besser als ich. Ich mochte gar nicht mehr Bart sein. Bart mußte zu Hause bleiben und mußte Disneyland vergessen, denn er trug jetzt Verantwortung.

Ein Tier konnte eine schwere Last sein.

Ich warf mich auf mein Bett und starrte zur Decke hinauf. Malcolm brauchte seine Macht und seine Stärke nicht mehr oder seinen klugen Kopf, mit dem er auch noch raffiniert war. Er war tot, und sein ganzes Können war verschwendet. Niemand hatte Malcolm je irgend etwas tun lassen, was Malcolm nicht gewollt hatte. Nicht, nachdem Malcolm erst einmal erwachsen gewesen war. Wollte kein Junge mehr sein. Wollte ein Mann sein wie der mächtige Malcolm, das Finanzgenie.

Ich würde die Menschen springen lassen, wenn ich auch nur den Mund aufmachte. Sie mußten rennen, wenn ich auch nur ein Wort sagte. Zittern, wenn ich sie nur ansah. Sich verstecken, wenn ich aufstand. Der Tag war nicht mehr fern. Ich spürte es.

Schatten

»Jory«, sagte Mam, als wir aus der Ballettschule kamen und zu ihrem Wagen gingen. »ich begreife nicht, was diesen Sommer eigentlich mit Bart los ist. Er ist nicht mehr das gleiche Kind. Was, glaubst du, macht er eigentlich die ganze Zeit allein draußen im Garten?«

Ich fühlte mich ungemütlich. Ich wollte Bart schützen und ihm die alte Lady nebenan, die ihm so ans Herz gewachsen war, nicht wegnehmen. Deshalb konnte ich Mam schlecht erzählen, daß diese Frau behauptete, sie wäre Barts Großmutter. »Mach dir keine Sorgen wegen Bart, Mam«, beruhigte ich sie. »Kümmere du dich nur um Cindy, an der hat man wirklich Freude. Sie ist wirklich ein süßes Kind und klug dazu.«

Sie lächelte und küßte mich auf die Wange. »Wenn meine Augen mich nicht täuschen, gibt es da noch ein anderes süßes Kind, das du bewunderst.«

Ich fühlte, wie mir das Blut in die Wangen schoß. Ich mußte Melodie Reicharm einfach immer anstarren. Sie war so verdammt hübsch mit ihrem Haar, das von etwas dunklerem Blond war als Mammis, und blauen Augen, die so weich und strahlend wie die meiner Mutter blickten. Ich dachte, daß ich niemals ein Mädchen mit einer anderen Augenfarbe lieben könnte. Genau in diesem Augenblick tauchte Melodie auf und lief an uns vorbei zum Wagen ihres Vaters. Wieder starrte ich sie an, und es faszinierte mich, wie sie sich in eine Frau zu verwandeln begann. Es war schon eine irre Sache, wie flachbrüstige kleine Mädchen eines Tages plötzlich mit Brüsten, schmalen Taillen und schwellenden Hüften auftauchten und dann zehnmal interessanter wurden.

Kaum waren wir zu Hause angekommen, schickte Mam mich auf die Jagd nach Bart. »Wenn er drüben im Nachbargarten ist, sagst du mir Bescheid. Ich will nicht, daß ihr Kinder eine alte Einsiedlerin stört, auch wenn ich dem Himmel danken würde, wenn sie endlich damit aufhörte, auf ihrer Leiter über die Mauer zu mir herüber zu starren.«

Ich stieg und kletterte überall herum, suchte und rief nach ihm, bis ich Bart dann schließlich in der alten Scheune des Nachbarhauses aufstöberte. Früher mußte das der Stall für die Kutschpferde gewesen sein, denn es gab noch leere Pferdeboxen. In einer davon war Bart damit beschäftigt, mit einem Besen schmutziges Heu herauszukehren. Ich stand da und wollte meinen Augen nicht trauen. Neben Bart entdeckte ich einen jungen Bernhardiner. Der Hund war fast so groß wie er. Trotzdem merkte man schnell, daß es noch ein junges Tier war, denn es spielte herum, winselte und rollte sich im Heu.

Bart warf den Besen zur Seite und schimpfte mit dem Hund. »Hör auf, so herumzutoben, Apple! Ponys springen nicht so herum. Sie springen nur über Hürden – und jetzt friß dein Heu oder du bekommst morgen kein frisches von mir.«

»Bart ...«, rief ich leise. Ich lehnte mich gegen die Scheunenwand und mußte lächeln, als Apple jetzt in die Höhe sprang. »Hunde fressen doch kein Heu.«

Sein Gesicht wurde rot vor Wut. »Du gehst hier weg! Raus hier! Du gehörst hier nicht hin!«

»Du auch nicht.«

»Du gehst hier sofort weg«, schluchzte er, sank auf die Knie und zog den riesigen Hund in seine Arme. »Das ist mein Hund. Er sollte eigentlich ein Pony sein – deshalb habe ich jetzt beides aus ihm gemacht, einen Hund und ein Pferd. Lach jetzt bloß nicht und halt mich für verrückt.«

»Ich denke doch gar nicht, daß du verrückt bist«, sagte ich. Es schnürte mir die Kehle zusammen, daß er sich so aufregte. Es war wirklich ein Jammer, daß ich so viel besser mit Tieren zurechtkam als er. Sie schienen schon im voraus zu wissen, daß er ihnen auf den Schwanz trat oder über sie stolperte, und machten einen großen Bogen um ihn. Um die Wahrheit zu sagen, selbst mir wurde es ungemütlich, wenn ich auf dem Boden lag und Bart in der Nähe auftauchte.

»Von wem hast du diesen Hund?«

»Von meiner Großmutter«, sagte Bart, einen furchtbar stolzen Blick in den Augen. »Sie liebt mich, Jory, sie liebt mich mehr, als Mammi das je konnte. Und sie hat mich sogar mehr lieb, als deine olle Madame Marisha dich lieb hat!«

Das war das Schlimme mit Bart. Kaum daß ich mich etwas mit ihm verbunden fühlte, bekam ich schon wieder eins auf die Nase. Immer tat es mir gleich wieder leid, für ihn Mitgefühl empfunden zu haben.

Ich streichelte den schönen jungen Hund nicht, auch wenn er sich jetzt an mich schmiegte. Ich wollte Bart nicht dazwischenfunken. Vielleicht hatte er schließlich doch noch einen Freund gefunden.

Er lächelte mich glücklich an, als wir uns auf den Heimweg machten.

»Du bist nicht sauer auf mich?« fragte er. Natürlich war ich das nicht.

»Du erzählst doch nichts weiter, Jory? Es ist wichtig, daß Mammi oder Daddy nichts davon erfahren.«

Es gefiel mir nicht, Geheimnisse vor meinen Eltern zu haben, aber Bart bestand so verzweifelt darauf, und was konnte es schon schaden, wenn eine nette alte Dame Bart ein paar Geschenke und einen jungen Hund zum Spielen gab? Sie sorgte dafür, daß er sich glücklich und geliebt fühlte.

In der Küche löffelte Emma Cindy Babybrei in den offenen Mund. Cindy trug einen neuen babyblauen Overall mit einer weißen Bluse darunter, auf die Mammi eigenhändig rosa Kaninchen gestickt hatte. Cindys Haar war gebürstet worden, bis es wie silbriges Gold schimmerte. Ein blaues Seidenband hielt ihren Pferdeschwanz hoch am Kopf zusammen. Sie wirkte so hübsch sauber und frisch, daß ich sie am liebsten in den Arm genommen hätte, aber ich lächelte sie nur an. Ich wußte inzwischen, daß es besser war, Bart nicht noch demonstrativ eifersüchtig zu machen. Erstaunlicherweise war Cindy von Bart viel mehr fasziniert als von mir. Vielleicht weil er nicht so viel größer war.

Mein Bruder warf sich schwungvoll auf einen Küchenstuhl, der dabei fast umgekippt wäre. Emma strafte ihn mit einem bösen Blick. »Geh dir die Hände und das Gesicht waschen, Bart Winslow, wenn du an meinem Tisch etwas zu essen bekommen willst.«

»Ist gar nicht dein Tisch«, knurrte er, während er sich auf den Weg ins Bad machte. Dabei strich er mit seinen schmutzigen Händen über die Wand, auf der deutliche Spuren zurückblieben.

»Bart! Laß deine dreckigen Hände von den Tapeten!« rief Emma heftig.

»Nicht deine Tapeten«, murmelte er. Er brauchte eine Ewigkeit, um sich die Hände zu waschen, und als er endlich zurückkam, waren nur die Handflächen sauber. Angeekelt starrte er auf die Suppe und die Sandwiches, die Emma ihm vorsetzte.

»Iß Bart, oder es geht dir wie dem Suppenkasper«, sagte Emma.

Ich war schon bei meinem zweiten Sandwich, dem zweiten Teller Gemüsesuppe und fast beim Dessert, während Bart noch immer an der ersten Sandwichhälfte herumkaute, ohne die Suppe auch nur anzurühren.

»Was haltet ihr von eurer neuen Schwester?« fragte Emma, wischte Cindy den Mund ab und band das vollgekleckerte Lätzchen los. »Ist sie nicht ein richtiges Püppchen?«

»Ein ganz süßes Ding«, stimmte ich zu.

»Cindy ist nicht unsere Schwester!« explodierte Bart. »Sie ist bloß noch so ein dreckiges kleines Baby, das niemand außer unserer Mutter hat haben wollen!«

»Bartholomew Winslow ... So etwas will ich nie wieder aus deinem Mund hören!« Emma verpaßte ihm einen langen, strafenden Blick. »Cindy ist ein reizendes Kind, das deiner Mutter so ähnelt, als wäre es ihre eigene Tochter.«

Bart starrte Cindy, mich und Emma nacheinander finster an. »Hasse blonde Haare und rote Lippen, die immer feucht und verschmiert sind«, murmelte er tonlos, bevor er Cindy die Zunge herausstreckte. Sie lachte und schlug die Hände zusammen. »Wenn Mammi nicht so viel an ihr herummachen, die

Haare kämmen und Locken reindrehen und ständig neue Kleider anziehen würde, wäre sie potthäßlich.«

»Cindy wird nie häßlich sein«, widersprach Emma und sah die Kleine voller Bewunderung an. Dann küßte sie das hübsche kleine Kindergesicht.

Diesen Kuß quittierte Bart mit einem noch finstereren Blick.

Ich saß stocksteif da und bekam Angst. Jeden Morgen wurde ich mit dem Gedanken wach, daß ich mit einem Bruder unter einem Dach lebte, der von Tag zu Tag seltsamer wurde. Und ich liebte ihn doch. Ich liebte meine Eltern, und ich begann auch Cindy liebzuhaben. Irgendwie wußte ich, daß ich sie alle beschützen mußte – aber wovor, das wußte ich nicht und konnte es mir nicht einmal vorstellen.

Wechselbalg

Blöder Jory, blöde Emma, dachte ich, während ich mich durch die heiße Arizona-Wüste kämpfte. Gut, daß ich Apple und dazu meine Großmutter hatte, die mich liebten, sonst wäre ich arm dran gewesen. Da stand meine Lady in Schwarz mit weit offenen Armen, um mich in Empfang zu nehmen, und ich wurde geküßt und gedrückt – viel mehr als Cindy je gedrückt und geküßt wurde.

Sie ließ mir einen Teller Suppe servieren. Was für eine leckere Suppe, mit Käse obendrauf! »Warum kann ich meinen Eltern nicht endlich erzählen, wie sehr ich dich mag und wie sehr du mich liebhast? Das wäre dann alles so schön.« Ich sagte ihr nichts davon, daß ich mir dachte, sie könne nicht wirklich meine richtige Großmutter sein, sondern wolle mir mit dieser Geschichte nur einen Gefallen tun. Dachte wohl, ihre Liebe würde mir so besser gefallen, weil sich in einer Familie alle liebhaben mußten. Fremde brauchten das nicht.

Mitten auf einen ihrer Tische stellte sie einen großen Spielzeugmüllwagen für mich, und erst dann beantwortete sie meine Frage. Komisch, daß sie so traurig und auch irgendwie erschrocken dabei wirkte, wo sie doch vor einem Augenblick noch richtig glücklich gewesen war.

»Deine Eltern hassen mich jetzt, Bart«, flüsterte sie mit dünner Stimme. »Bitte, erzähl ihnen nichts von mir. Behalte mich als dein Geheimnis.«

Ich bekam große Augen. »Hast du sie denn einmal gekannt?«

»Ja, vor langer, langer Zeit, als sie noch sehr jung waren.«

So was, Mensch. »Was hast du denn gemacht, daß sie dich jetzt so hassen?« Mich haßte ja auch fast jeder, deshalb wunderte es mich nicht besonders, daß sie auch von jemandem gehaßt wurde.

Sie griff nach meiner Hand. »Bart, manchmal machen selbst Erwachsene Fehler. Ich habe einen furchtbaren Fehler begangen, für den ich jetzt schwer bezahlen muß. In jeder Nacht bete ich zu Gott, daß er mir vergibt, bete zu meinen Kindern, daß sie mir verzeihen. Ich finde keinen Frieden, wenn ich in den Spiegel blicke, deshalb verberge ich mein Gesicht vor mir selbst und vor anderen und sitze in diesen unbequemen Stühlen, damit ich keine Sekunde lang all das Leid vergesse, das ich jenen zugefügt habe, die ich am meisten liebte.«

»Wohin sind deine Kinder denn?«

»Hast du vergessen?« schluchzte sie, Tränen in den Augen. »Sie sind von mir weggelaufen. Bart, das tut sehr weh. Du darfst niemals von deinen Eltern fortlaufen.«

Hatte ich auch gar nicht vor. Die Welt draußen war einfach zu groß. Gab zu viele schlimme Sachen darin. Brauchte Sicherheit, wollte immer da bleiben, wo ich sicher war. Ich rannte zu ihr, nahm sie in den Arm und spielte dann mit meinem neuen Auto – bis plötzlich John Amos hereinhinkte, einen wütenden Blick in den wäßrigen Augen. »Madame! Es ist nicht gut für die Entwicklung der Charakterstärke bei Kindern, wenn man ihnen jeden Wunsch von den Augen abliest. Sie sollten das doch inzwischen wissen.«

»John«, sagte sie heftig, »wagen Sie nicht, hier noch einmal ohne anzuklopfen einzudringen – bleiben Sie auf Ihrem Zimmer!«

Stark. Meine Großmutter konnte richtig stark sein. Ich lächelte John Amos zu, der sich zurückzog und vor sich hin murmelte, sie gäbe ihm kaum das, was er verdiene. Ich vergaß ihn, kaum daß er nicht mehr zu sehen war, und geriet völlig in den Bann meines tollen neuen Müllwagens mit zwanzig verschiedenen Spielfunktionen. Bald würde ich sie alle herausgefunden haben – aber vielleicht war meine Neugier irgendwie nur etwas Böses, denn alles, was man mir gab, war schon nach einer Stunde auseinandergenommen und kaputt.

Meine Großmutter seufzte und sah unglücklich aus, als mein neues Auto zerbrach.

Langsam vergingen die langen Sommertage, und John Amos brachte mir jeden Tag neue wichtige Details darüber bei, wie man mächtig und furchterregend wie Malcolm wurde, der alles darüber gewußt hatte, clever und verschlagen zu sein. Auf seine besondere Art war John Amos richtig spannend, mit seinem komischen schlurfenden Gang, seinen dürren Beinen, die noch knotiger waren als meine, seinem pfeifenden Atem, seinen gezischelten Worten, seinem dünnen Schnurrbart und seiner Glatze, auf der ich noch ein einziges weißes Haar entdecken konnte. Eines Tages würde ich ihm das ausreißen. Fragte mich, warum meine Großmutter ihn wohl nicht ausstehen konnte. Sie war der Boß hier, sie konnte ihn rauswerfen, aber sie tat es nicht. Irgendwas Böses und Bedeutsames verband die beiden.

Ich führte ein glückliches Leben zwischen den beiden, auf der einen Seite von meiner Großmutter mit all ihren schönen Geschenken, Streicheleien und Küssen gesegnet, und auf der anderen Seite von John Amos, der mir beibrachte, wie man ein mächtiger Mann wird, der den Frauen seinen Willen aufzwingt. Und jetzt, nachdem ich jemanden hatte, der mich wegen meiner selbst liebte, egal wie böse oder tölpelhaft ich war, begann ich diese besondere Art von Zauber zu begreifen, mit der Mammi und Jory verbunden waren. Es kam mir vor, als könne ich auch die Musik des Sonnenuntergangs hören. Ich dachte, der Zitronenbaum gab irgendwie leise Harfenklänge von sich. Ich hatte Apple, mein Hunde-Pony. Und, das allerbeste war, Disneyland wartete auf mich, und mein Geburtstag kam immer näher.

Nachdem ich jetzt so ein kluger Bursche wie Malcolm wurde, versuchte ich einen Weg zu finden, wie ich mir Apples Liebe sichern konnte, während ich drei Wochen weg war. Nachts wachte ich über diesen Gedanken auf. Grübelte den ganzen Tag deshalb. Wer würde Apple füttern und mir seine Liebe damit stehlen, während ich fort war? Wer?

Ich ging zur Gartenmauer und sah nach einem Pfirsichkern, der bisher aber noch keine einzige Wurzel zeigte. Er hätte eigentlich längst wachsen müssen – aber er tat es nicht. Danach schaute ich, was meine Bohnen machten. Die feuchten Samen lagen bloß da rum, es rührte sich nichts.

Verhext. Ich war verhext. Ein Fluch lag auf mir. Ich starrte zu dem Gartenstück, das Jory gehörte. All seine Blumen standen in voller Blüte. War nicht fair, wie selbst die Blumen nicht für mich wachsen wollten. Ich kroch zu Jorys Stockrosen hinüber. Mit den Knien mußte ich dabei die Petunien zerdrücken. Was würde Malcolm an meiner Stelle tun? Er würde Jorys Blumen alle abreißen, Löcher in seinem eigenen Garten graben und die Stengel da reinstecken.

Eins nach dem andern füllte ich meine Löcher mit Jorys Stockrosen. Sie wollten nicht mehr richtig aufrecht stehen, aber ich steckte sie so zusammen, daß sie sich gegenseitig stützten – und jetzt hatte ich in meinem Garten auch blühende Blumen. Clever. Hinterhältig und verschlagen – raffiniert sogar auch noch.

Da fiel mein Blick auf meine schmutzigen Knie, und ich sah, daß ich mir meine neue Hose an der Hundehütte aufgerissen hatte, die ich gerade für Clover baute. Ich wollte ihn auf diese Art um Verzeihung bitten, daß ich ihm so oft auf den Schwanz getreten war. Im Augenblick lag er oben auf der Veranda und hatte immer ein waches Auge auf mich gerichtet. Traute sich nicht zu schlafen, solange ich in Sicht war. Brauchte ihn jetzt nicht mehr. Früher war das anders gewesen, aber jetzt hatte ich meinen eigenen, viel schöneren Hund.

Mich juckte es im Gesicht, weil ich da immer Mückenstiche hatte. Ich kratzte daran und kümmerte mich nicht darum, daß meine Hände voll Schmiere aus Dads Garage waren. Emma würden die schwarzen Flecken überall gar nicht gefallen, und selbst Mammi konnte den Riß in meinem Hemd nicht mehr nähen, der quer über den Rücken ging. Ich kaute auf meinen Lippen.

Samstage waren dafür da, daß man Spaß hatte, aber ich hatte überhaupt keinen. Für mich gab es nie irgendwas Besonderes wie für Jory. War nicht dazu geboren, irgendwo aufzutreten und zu tanzen, sondern nur um schmutzig zu werden und verkratzt auszusehen. Mammi hatte Cindy, Daddy seine Patienten. Emma hatte ihre Küche. Ob ich mich langweilte, war allen egal. Ich warf Clover einen haßerfüllten Blick zu. »Mein Hund ist viel schöner als du!« Clover wich weiter zum Haus hin zurück und versteckte sich unter einem Stuhl. »Du bist ja bloß ein schlechtgewachsener Zwergpudel!« schrie ich. »Du weißt nicht, wie man in den Bergen Vermißte rettet! Du weißt auch nicht, wie man einen roten Sattel trägt oder wie man Heu frißt!« Jeden Tag gab ich Apple ein bißchen mehr Heu, das ich ihm unter sein Hundefutter mischte, damit er es irgendwann lieber fressen sollte als Fleisch. Clover sah aus, als schäme er sich. Er drückte sich noch mehr unter den Stuhl und warf mir noch einen von seinen traurigen Blicken zu, die mir so auf die Nerven fielen. Apple sah mich nie so dumm an.

Ich seufzte, stand auf und wischte mir Knie und Hände ab. Zeit, um Apple zu besuchen. Auf dem Weg zu ihm wurde ich von der weißen Mauer abgelenkt, die immer noch nicht schön genug war. Ich nahm einen Stein und hämmerte damit auf den weißen Verputz, damit die Mauer für Mammi noch interessanter wurde. Mann, was wäre, wenn so eine Mauer nun immer weiter liefe? Sie könnte bis China gehen und dort die mongolischen Horden abschrecken. Fragte mich, was Mongolen wohl waren? Affen? Klar, klang wie nach Affen – 'ne Sorte von bösen, riesigen Affen, die Menschen fraßen. Wäre toll, so riesig zu sein wie King Kong, so daß ich auf allem herumtrampeln könnte, was ich haßte.

Erst würde ich auf die Lehrer treten, dann auf die Schulen – aber über die Kirchen würde ich einen großen Schritt machen. Malcolm respektierte Gott, und ich wollte nicht, daß Gott böse auf mich wurde. Ich würde die Sterne vom Himmel nehmen und mir als Diamantringe auf die Finger stecken – solche wie Großmutter sie hatte. Den Mond würde ich als Hut aufsetzen. Nur von der Sonne würde ich die Finger lassen, denn daran könnte ich mir die Hände verbrennen. Aber ich könnte das größte Hochhaus nehmen, als Cricketschläger, und die Sonne damit aus dem Universum raushauen. Dann wäre alles pechschwarz. Es gäbe keinen Tag mehr, es wäre für immer Nacht. Schwarz war wie blind sein – oder tot.

»Bart«, erklang eine weiche Stimme, die mich zusammenzukken ließ.

»Geh weg!« befahl ich. Ich hatte alleine meinen Spaß. Und was machte sie denn wieder da oben auf ihrer Leiter! Spionierte mir nach? Ich setzte mich auf den Boden und stocherte in der Erde herum.

»Bart«, rief sie wieder. »Apple wartet darauf, daß du ihn fütterst, und er braucht frisches Wasser. Du hast versprochen, ihm ein guter Herr zu sein. Wenn ein Tier dich erst einmal liebt und dir vertraut, bist du ihm verpflichtet.«

Heute waren ihre Augen frei, der Schleier bedeckte ihr Gesicht nur von der Nase an abwärts. »Ich will Cowboystiefel, einen neuen richtigen Cowboysattel aus richtigem Leder, keinen nachgemachten, und einen Hut, Sporen, dazu Bohnen, die ich über einem Lagerfeuer kochen kann.«

»Was gräbst du denn da aus?« Sie reckte ihren Kopf vor, um besser sehen zu können. Sah komisch aus, als läge da oben ein Kopf ohne Rumpf auf der Mauer.

Mensch ... Sieh an, was da vergraben war. Ein Skelett. Wo war das Fell geblieben? Und die weichen weißen Ohren?

Ich begann zu zittern, hatte richtige Angst, es nicht richtig erklären zu können. »Ein Tiger. Bin letzte Nacht hier gewesen, oder vielleicht vorige Woche, ganz hilflos, hatte nur meinen Schlafanzug an, als aus der Dunkelheit dieser menschenfressende Tiger mit den grünen Augen gesprungen kam. Er knurrte, dann fiel er mich an. Wollte mich auffressen. Aber ich riß rechtzeitig das Gewehr hoch und traf ihn genau zwischen die Augen!«

Schweigen. Schweigen hieß, daß sie mir nicht glaubte. Ihre Stimme klang mitleidig, als sie dann zu sprechen anfing. »Bart, das ist nicht das Skelett eines Tigers. Ich seh' da noch ein bißchen vom Fell. Ist das nicht das Kätzchen, das ich hatte? Das braun-gelbe, das mir zugelaufen ist? Bart, warum hast du mein Kätzchen umgebracht?«

»Nein!« schrie ich. »Bring' kein Kätzchen um! Würde ich nie tun! Ich hab' kleine Kätzchen gern. Das ist ein Tiger, einer von den nicht so großen. Sind alte Knochen, die hier schon unheimlich lange liegen.« Aber es sah wirklich nach einem Kätzchen aus. Ich rieb mir die Augen, damit sie die Tränen nicht sehen konnte.

Malcolm hätte nicht so geweint. Er wäre hart gewesen. Wußte immer, was zu tun war. Der alte John Amos erzählte mir, wie man ein Malcolm wurde und alle Frauen haßte. Ich entschied, daß es besser war wie Malcolm zu handeln als wie ich, der ich ein jämmerliches Ding war. War keine besondere Sache so zu tun, als wäre man King Kong, Tarzan oder sogar Superman.

Malcolm zu sein war viel besser, denn ich hatte sein Buch mit Anleitungen, wie man das wurde.

»Bart, es ist schon sehr spät. Apple ist hungrig und wartet auf dich.«

Müde, war so müde. »Ich komme«, sagte ich erschöpft. Puh, so zu tun, als wäre man ein alter Mann, machte richtig müde. War auch nichts, so alt zu sein, war lieber wieder ein Junge. Alt sein hieß, keine Zeit außer für Arbeit und Geldverdienen zu haben, was überhaupt keinen Spaß machte. Brauchte so unheimlich lange, nach drüben zu kommen, weil meine Beine so müde waren. Neblig überall. Wenn man alt war, war der Sommer sicher nicht so heiß. Mammi, Mammi, wo bist du? Warum kommst du nicht, wenn ich dich brauche? Wenn ich dich rufe, warum antwortest du nicht? Hast du mich nicht mehr lieb? Mammi, warum hilfst du mir nicht?

Ich stolperte weiter und versuchte zu überlegen. Dann fand ich die Antwort. Niemand konnte mich liebhaben, denn ich gehörte icht hierhin, und ich gehörte nicht dorthin. Ich gehörte nirgendwohin.

ZWEITER TEIL

Geschichten des Bösen

Ich schlang meinen Schinken herunter, die Rühreier mit Schnittlauch und war schon bei meiner dritten Scheibe Toast, während Bart noch an seinem Frühstück herumnibbelte, als hätte er überhaupt noch keine Zähne. Sein Toast war längst kalt – und Bart schlürfte an seinem Orangensaft herum, als wäre er vergiftet. Ein alter Mann auf dem Sterbebett hatte mit Sicherheit mehr Appetit. Er warf mir einen feindseligen Blick zu und fixierte dann Mam. Ich wußte, daß er sie liebte. Aber wie konnte er sie nur so anstarren?

Irgend etwas Unheimliches ging in Barts Kopf vor. Wo war der schüchterne, introvertierte kleine Bruder geblieben, wie ich ihn früher gekannt hatte? Nach und nach verwandelte er sich in einen aggressiven, mißtrauischen, grausamen Burschen. Jetzt musterte er Dad scharf, als hätte unser Vater etwas Schlechtes getan – aber es war Mam, die am häufigsten Ziel seiner finsteren Blick wurde.

Wußte er denn nicht, daß wir die beste Mutter von der Welt hatten? Am liebsten hätte ich ihm das laut an den Kopf geschrien und ihn wieder so werden lassen, wie er früher war, als er in seinen Phantasiespielen mit sich selbst sprach und im Garten auf Großwildjagd ging, Indianerkrieg spielte oder Viehherden nach Texas trieb. Wo war all seine Liebe und Bewunderung für Mam geblieben? Sobald ich eine Gelegenheit hatte, schnappte ich ihn mir draußen bei der Gartenmauer. »Was, zum Kuckuck, stimmt nicht mit dir, Bart? Warum starrst du Mam immer so böse an?«

»Mag sie nicht mehr.« Er beugte sich vor, streckte die Arme waagrecht von sich und verwandelte sich in ein menschliches Flugzeug. Das war nichts Besonderes – bei Bart jedenfalls.

»Die Startbahn frei!«, befahl er. »Mach Platz für meinen Jet, ich fliege weit weg! In Australien fängt jetzt die große Känguruhjagd an!«

»Bart Sheffield, warum willst du immer irgendwas jagen und erschießen?«

Seine Flügel sanken herab, das Flugzeug blieb stehen und der Motor lief aus. Bart starrte mich verstört an. Das liebe, unbeholfene Kind, das er zu Anfang dieses Sommers gewesen war, tauchte wieder in seinen Augen auf. »Will doch keine richtigen Känguruhs umbringen. Fang mir bloß eines, was noch klitzeklein ist, und steck es mir in meinen Beutel. Dann warte ich, bis es groß wird.«

So ein Quatsch! »Erstens hast du überhaupt keinen Beutel mit einem Nippel, an dem ein Junges saugen kann, und überhaupt ...« Ich drückte ihn hart auf eine Gartenbank. »Bart, es ist Zeit, daß wir zwei mal ein Gespräch von Mann zu Mann führen. Was ist los mit dir, Junge?«

»In einem großen, wunderbaren Haus, hoch, hoch auf einem Hügel, in tiefer, tiefer Nacht, als es schneite und schneite, da schlugen die roten Flammen hoch in den Himmel, hoch und immer höher! Die Schneeflocken wurden ganz rosa. Und in dem großen alten Haus war eine alte, alte Frau, die konnte nicht mehr laufen und konnte nicht mehr sprechen, und mein richtiger Daddy, der ein Rechtsanwalt war, rannte los, um sie zu retten. Aber er schaffte es nicht! Und er verbrannte! Brannte! Brannte!«

Unheimlich. Verrückt. Er tat mir leid. »Bart«, begann ich vorsichtig, »du weißt, daß Daddy Paul nicht auf diese Art gestorben ist.« Warum mußte ich es so anfangen? Bart war nur ein paar Jahre vor Daddy Pauls Tod geboren worden, wieviele Jahre? Fast konnte ich mich daran erinnern, was ich damals dabei gefühlt und gedacht hatte. Ich hätte Mammi fragen können, aber irgendwie fand ich es nicht gut, ihr jetzt noch mehr Ärger zu bereiten, deshalb führte ich Bart zum Haus. »Bart, dein richtiger Daddy starb, während er auf der Veranda saß und die Zeitung las. Er starb nicht in einem Feuer. Er hatte ein krankes Herz und starb an einem Schlaganfall. Dad hat uns das doch alles erklärt, erinnerst du dich denn nicht?«

Ich beobachtete, wie seine braunen Augen dunkler wurden, seine Pupillen zogen sich zusammen, und dann tobte er wütend los. »Ich meine nicht den Daddy! Rede von meinem richtigen Daddy! Einem großen, starken Rechtsanwalt, der nie ein schwaches Herz hatte!«

»Bart, wer hat dir solche Lügen erzählt?«

»Verbrannt!« schrie er und stolperte herum wie ein Mann, der in dichtem Rauch verzweifelt einen Weg aus den Flammen sucht. »John Amos hat mir erzählt, wie es war. Die ganze Welt brannte an diesem Weihnachtsabend, als der Weihnachtsbaum in Flammen stand. Leute kreischten und schrien, rannten durcheinander, trampelten sich gegenseitig zu Boden – und das größte, großartigste Haus der Welt lockte meinen Vater in die Irre, meinen wirklichen Vater, und er starb, starb, starb!«

Junge, Junge, ich hatte genug gehört. Ich würde schnurstracks zu meinen Eltern gehen und ihnen alles erzählen. »Bart, hör mir genau zu. Wenn du nicht sofort damit aufhörst, nach nebenan zu gehen und dir solche Lügen und verrückte Geschichten anzuhören, dann erzähle ich Mam und Dad von dir – und was da nebenan los ist.«

Er hatte die Augen fest geschlossen, als versuchte er, sich eine bestimmte Szene vorzustellen. Er schien nach innen zu blicken, während er mir alles noch detaillierter beschrieb. Dann riß er seine dunklen Augen weit auf. Sein Blick war wild und irre. »Kümmere dich um deinen eigenen Kram, Jory Marquet, sonst passiert dir was.« Er stürzte zu einem auf der Terrasse herumliegenden Baseballschläger. Der wilde Hieb hätte mir den Schädel einschlagen können, wenn ich mich nicht geduckt hätte. »Wage es, etwas von mir und der Großmutter zu erzählen, und ich bringe dich um, während du schläfst.« Er sagte das laut, kalt und flach, sein Blick maß sich mit meinem. Ich schluckte und spürte, daß es mir kalt über den Rücken lief. Hatte ich Angst vor ihm? Nein. Das konnte nicht sein. Während ich ihn anstarrte, schmolz seine Tollkühnheit plötzlich dahin. Er schnappte keuchend nach Luft und griff sich an die Brust. Ich mußte grinsen, denn ich kannte diese Art, mit der er jedem echten Konflikt auswich. »Also gut, Bart«, sagte ich kalt. »Jetzt setzt es was. Ich werde nach nebenan gehen, und ich werde mit diesen alten Leuten sprechen, die dir diesen Mist in den Kopf gesetzt haben.«

Sein altkluger Auftritt war schnell wieder zu Ende. Sein Mund stand weit offen. Er starrte mich flehend an, aber ich drehte mich auf dem Absatz um und marschierte los, ohne auch nur im geringsten daran zu denken, er könne versuchen, mich aufzuhalten. Rums! Da lag ich der Länge nach auf dem Gesicht, und etwas zappelte auf meinem Rücken. Bart hatte mich angesprungen. Bevor ich ihm dazu gratulieren konnte, seinen Körper so geschickt in den Kampf zu führen, begann er mit seinen kleinen Fäusten mein Gesicht zu bearbeiten.

»Wenn ich fertig bin, siehst du nicht mehr sehr hübsch aus!« Ich hielt ihn mir, so gut ich konnte, vom Leib, bevor ich merkte, daß er seine Schläge mit fest zugekniffenen Augen austeilte, blind drauflosschlug wie ein kleines Kind, und dabei lautlos weinte. Und ich schwöre, sosehr ich es auch wollte, ich konnte meinem kleinen Bruder einfach nicht den notwendigen Widerstand leisten, geschweige denn, ihm die entsprechende Prügel zurückgeben.

»Angst vor mir?« Er zog die Oberlippe zurück und zischte verächtlich, während er mit sich selbst zufrieden wirkte. »Nehme an, jetzt weißt du, wer der Boß ist, was? Haste wohl gedacht, du wärst clever, aber jetzt weißte, wer hier clever ist, nicht?«

Ich schüttelte ihn ab. Er stolperte rückwärts, aber, verdammt, ich konnte mich doch nicht mit einem Kind wie ihm prügeln, das nur stark war, wenn es in Wut geriet. »Du brauchst eine ordentliche Tracht Prügel, Bart Sheffield, und ich könnte durchaus derjenige sein, der sie dir verabreicht. Wenn du dich das nächste Mal mit mir anlegst, überleg es dir lieber zweimal vorher, sonst siehst du nachher nicht mehr so gut aus.«

»Du bist nicht mein Bruder«, schluchzte er. Sein Kampfgeist war völlig geschwunden. »Du bist bloß ein Halbbruder und das zählt so gut wie gar nicht.« Er preßte die Hände vor die Augen, weinte lauter.

»Da hast du es! Diese alte Frau setzt dir einen Floh nach dem anderen in den Kopf. Das fehlt uns gerade noch. Sie hetzt dich gegen deine eigene Familie auf – und genau das werde ich ihr jetzt austreiben.«

»Wage es nicht!« Er kreischte, die Tränen waren weg, seine Wut kam zurück. »Sonst tue ich etwas ganz Furchtbares. Wenn du zu ihr gehst, wird es dir leid tun.«

Mein Lächeln war gelangweilt. »Du und wer sonst noch wird dafür sorgen, daß es mir leid tut?«

»Ich weiß, was du willst«, sagte er, jetzt wieder ganz ein kleiner Junge. »Du willst mein Hunde-Pony. Aber es wird dich nicht mögen, dich nicht! Du willst, daß meine Großmutter dich mehr liebt, aber das tut sie nicht! Du willst mir alles wegnehmen – aber das schaffst du nicht!«

Er tat mir leid, aber ich hatte schon zu lange meine Pflicht vernachlässigt. »Komm, such dir deinen Schnuller!« Und damit ging ich los. Er schrie hinter mir her, brüllte, wie er mir es heimzahlen würde, indem er jemandem weh tat, der sich nicht wehren konnte. »Du wirst genauso weinen, Jory!« warnte er. »Du wirst mehr weinen, als du je geweint hast!«

Über der Straße lag ein Muster aus Sonnenlicht und Schatten. Bald waren Bart und sein Wutausbruch weit hinter mir. Die Sonne brannte mir heiß auf den Kopf, und hinter mir hörte ich kleine Füße tapsen. Ich sah mich um. Clover lief hinter mir her. Ich kniete mich hin und wartete auf ihn, so daß er mir in die Arme springen konnte. Er leckte mir mit der gleichen hingebungsvollen Begeisterung das Gesicht, mit der er mich liebte, seit ich drei Jahre alt war.

Drei Jahre alt. Ich erinnerte mich, wo Mam und ich damals gewohnt hatten – in den Blue Ridge Mountains in Virginia, in einem kleinen Haus, dicht unter den steilen Berghängen. Ich erinnerte mich an einen großen Mann mit dunklen Augen, der mir nicht nur Clover geschenkt hatte, sondern auch eine Katze namens Calico und einen Wellensittich. Calico kam eines Tages nicht von ihren nächtlichen Ausflügen zurück, und der Wellensittich starb, als ich sieben Jahre alt war. »Würdest du gerne mein Sohn sein?« hörte ich die Stimme des Mannes in meinem Gedächtnis fragen. Dieser Mann, wie hieß er noch ... wie war sein Name? Bart? Bart Winslow? O Mann, fing ich gerade an, etwas zu begreifen, das mir bisher noch eine Nummer zu groß gewesen war? War mein Halbbruder Bart der Sohn von diesem Mann und nicht von Daddy Paul? Warum hätte Mam ihrem Kind den Namen eines Mannes geben sollen, mit dem sie nicht verheiratet war?

»Du mußt jetzt nach Hause, Clover«, sagte ich, und er schien mich zu verstehen. »Du bist elf Jahre alt und nicht mehr in der Verfassung, durch die Mittagshitze zu rennen. Geh brav nach Hause, leg dich auf deinen kühlen Lieblingsplatz und warte dort auf mich, okay?« Schwanzwedelnd wandte er sich gehorsam um und trottete zurück. Von unterwegs warf er mir aber immer wieder einen Blick zu, um zu prüfen, ob ich mich nicht umgedreht hatte und er mir wieder heimlich folgen konnte. Ich sah hinter ihm her, bis er um die Kurve der Auffahrt verschwunden war. Dann machte ich mich wieder auf den Weg zu dem großen, alten Anwesen nebenan. In meinem Kopf rumorte die ferne Vergangenheit wie gedämpfter Trommelschlag und erinnerte mich an Ereignisse, die ich lange vergessen hatte. Die Ballettaufführung am Weihnachtsabend, der gutaussehende Mann, von dem ich meine erste elektrische Eisenbahn bekommen hatte. Ich unterdrückte die Erinnerungen. Ich wollte, daß meine Mutter etwas Heiliges blieb, daß meine Liebe für Daddy Paul wie früher blieb und mein Respekt für Chris auch. Nein, ich würde nicht zulassen, daß ich mich an zuviel erinnerte.

Liebesgeschichten kamen und gingen im Leben von jedem, sagte ich mir. Jedenfalls war das so, wenn man davon ausging, daß Ballettstücke wirkliche Geschichten waren, nur etwas übertrieben. Und wie mein Dad es tun würde, marschierte ich hochaufgerichtet zum eisernen Tor und verlangte über die Gegensprechanlage eingelassen zu werden. Die eisernen Torflügel sprangen geräuschlos auf, wie vor einem Gefängnis, das mich hereinlocken wollte. Ich rannte fast die gewundene Auffahrt hinauf, bis ich vor dem doppeltürigen Vordereingang stand, und dort schlug ich auf den Klingelknopf und hämmerte dann, so laut ich konnte, mit dem Messingtürklopfer.

Ungeduldig wartete ich darauf, daß der hinterhältige alte Butler angekrochen kam. Hinter mir hatte sich das eiserne Tor wieder geschlossen. Ich kam mir vor, als wäre ich dabei, in eine

Falle zu laufen. Puh, genau wie Bart und seine Phantasiespiele, mit denen er sich immer amüsierte, hatte ich mir jetzt in Gedanken aus meinen Ballettgeschichten ein Drehbuch für meinen Auftritt geschrieben. Ich fühlte mich wie ein heruntergekommener, unerwünschter Prinz, der das magische Einlaßwort nicht kannte. Nur Bart wußte es.

Verwirrung und Bedauern traten an Stelle meiner vorherigen Entschlossenheit. Dies war nicht das Schloß einer bösen Feenkönigin, nur das große, altmodische Haus einer einsamen alten Frau, die Bart genausosehr brauchte wie er sie. Aber sie konnte nicht seine Großmutter sein, das war einfach unmöglich. Diese Großmutter war weit weg in Virginia, wo sie für irgend etwas Schreckliches eingesperrt gehalten wurde, das sie vor langer Zeit begangen hatte.

Um mich her war alles still. Das beunruhigte mich und gab mir das Gefühl, alt zu sein. Mein Zuhause war voller Lärm. Aus der Küche, aus dem Radio, Clover bellte, Cindy quängelte, Bart brüllte und Emma schimpfte. Nicht der geringste Laut drang aus diesem Hause hier. Nervös trat ich von einem Fuß auf den anderen und überlegte mir schon, ob ich die ganze Sache nicht abblasen sollte. Da erspähte ich den dunklen Schatten hinter einem der verhangenen Fenster. Mich schauderte. Fast wäre ich wieder gegangen. Aber gerade da öffnete sich die Tür einen Spalt, gerade weit genug, daß der Butler mit einem abschätzenden, wäßrigen Auge durch den Schlitz sehen konnte. »Du kannst hereinkommen«, sagte er unfreundlich, »aber bleib nicht zu lange. Unsere Lady ist geschwächt und wird schnell müde.« Ich fragte nach ihrem Namen, weil ich von ihr nicht länger nur als »Frau in Schwarz« reden und denken wollte. Die Frage wurde ignoriert. Der Butler faszinierte mich irgendwie mit seinem schlurfenden Gang, mit seinem angedeuteten Hinken, seinem Ebenholzstock, der über das harte Parkett pochte, seiner rosa schimmernden Glatze. Aber so alt er auch war, und so schwach er auch wirkte, er schaffte es trotzdem, sich mit einer furchterregenden, dunklen Aura zu umgeben.

Er winkte mich weiter, aber ich zögerte. Dann lächelte er zynisch und zeigte seine zu großen, zu gleichmäßigen und zu gelben Zähne. Ich schob die Schultern vor und folgte ihm tapfer in dem Glauben, ich könnte jetzt endlich alles zurechtrücken, so daß unser Leben wieder so glücklich sein würde, wie es gewesen war, bevor sie in dieses Haus gekommen waren, das einmal ganz allein uns Kindern gehört hatte.

Ich wußte nicht, daß ich im Grunde bereits voller Mißtrauen war. Ich hielt es für bloße Neugier.

Das Zimmer, in dem sie sich fast immer aufhielt, überraschte mich auch diesmal wieder, auch wenn ich nicht genau sagen konnte, warum. Vielleicht war es, weil sie auch an einem so schönen Sommertag die Vorhänge zugezogen hielt. Hinter den Gardinen waren die Fensterläden geschlossen, durch deren Schlitze schmale Lichtbalken über das Fenster flimmerten. Die Fensterläden und die Vorhänge hielten die Hitze draußen, so daß ihr Zimmer unerwartet kühl war. In unserer Gegend brauchte man eigentlich keine Klimaanlage. Der nahe Pazifik sorgte dafür, daß unser Wetter nie zu heiß wurde, und am Abend mußte man immer etwas überziehen, selbst im Hochsommer. Aber dieses Haus war unnatürlich kalt.

Wieder saß sie in dem hölzernen Schaukelstuhl und starrte mich an. Ihre dünne Hand winkte in einer Begrüßungsgeste, ich solle näher kommen. Instinktiv wußte ich, daß sie eine Gefahr für meine Eltern war, für meine eigene Sicherheit und vor allem für Barts geistige Gesundheit.

»Du brauchst keine Angst vor mir zu haben, Jory«, sagte sie mit sanfter Stimme. »Mein Haus gehört genauso dir wie Bart. Du bist mir hier immer willkommen. Setz dich und unterhalte dich ein wenig mit mir. Möchtest du eine Tasse Tee mit mir trinken und ein Stück Kuchen mit mir essen?«

»Fasziniert«, um dieses Wort hatte Daddy gestern unseren wachsenden Wortschatz erweitert, auf dessen Pflege er so bestand. »Die Welt gehört denen, die sich gut auszudrücken verstehen, und wer gut schreiben kann, ist schon fast ein gemachter Mann«, sagte er immer.

Ich gebe zu, sie faszinierte mich, diese alte und stolze Frau in ihrem unbequemen Schaukelstuhl. »Warum öffnen Sie nicht die Läden, ziehen die Vorhänge zurück und lassen ein wenig Licht und Luft herein«, fragte ich.

Ihre nervösen Gesten ließen den vielen Schmuck aufleuchten,

den sie trug. Rubine, Smaragde und Diamanten funkelten an ihren Fingern, alle Farben des Spektrums. Ihre Juwelen wirkten so völlig fehl am Platz, wo sie doch ständig nur ihre schlichten schwarzen Kleider trug und ihren Kopf hinter mehreren Lagen schwarzer Seidenschleier versteckte. Aber heute hatte sie ihre Augen nicht verhüllt. Diese blauen, so vertraut wirkenden Augen!

»Zuviel Licht schmerzt mir in den Augen«, erklärte sie in einem schwachen Flüstern, als ich sie weiter anstarrte.

»Warum?«

»Warum Licht meinen Augen weh tut?«

»Ja.«

Ihr Seufzer war leise. »Lange Zeit habe ich vor der Welt versteckt gelebt, in einem kleinen Zimmer eingeschlossen, ja sogar noch schlimmer als das, in mir selbst eingeschlossen. Wenn du zum ersten Mal in deinem Leben gezwungen wirst, dir selbst gegenüberzutreten, dann zuckst du vor dir zurück. Ich schauderte, als ich zum ersten Mal tief in mich selbst hineinblickte, damals, als ich in den Spiegel sah, den sie in meinem Zimmer aufgehängt hatten. Ich fürchtete mich vor mir. Deshalb lebe ich nun in einem Zimmer voller Spiegel, aber ich halte mein Gesicht bedeckt, damit ich nicht zuviel sehe. Ich sorge dafür, daß es hier immer dämmrig bleibt, weil ich nicht länger das Gesicht bewundere, von dem ich früher so angetan war.«

»Dann nehmen Sie doch die Spiegel ab.«

»Wie einfach das für dich alles ist. Aber du bist jung. Die Jugend glaubt immer, daß alles einfach ist. Ich will die Spiegel nicht abhängen. Ich will, daß sie bleiben, wo sie sind, damit sie mich ständig daran erinnern, was ich getan habe. Die geschlossenen Fenster, die stickige Atmosphäre sind meine Strafe, nicht deine. Wenn du willst, Jory«, fuhr sie fort, während ich mich leise setzte, »öffne die Fenster, reiße die Läden auf, laß den Sonnenschein herein, und ich werde meine Schleier abnehmen und dich einen Blick auf das Gesicht werfen lassen, das ich verstecke – aber es wird dir nicht gefallen. Meine Schönheit ist dahin, doch das ist ein kleiner Verlust verglichen mit all dem anderen, das ich hatte, all den Dingen, die ich heldenmütig hätte verteidigen müssen.«

»Heldenmütig?« fragte ich. Das war ein Wort aus Märchenbüchern oder Abenteuerfilmen, aber nichts, worunter ich mir im alltäglichen Leben viel vorstellen konnte, außer der Tapferkeit, jemanden vor dem Ertrinken zu retten.

»Ja, Jory, ich hätte heldenmütig schützen müssen, was einmal mein war. Ich war alles, was sie hatten, und ich ließ sie im Stich. Ich dachte, ich wäre im Recht, sie wären im Unrecht. Ich überzeugte mich jeden Tag davon, redete es mir immer wieder selbst ein. Ich ließ mich von ihren verzweifelten Bitten nicht erweichen, ja schlimmer noch, ich dachte, diese Bitten wären völlig grundlos. Ich dachte mir, ich würde alles für sie tun, was ich tun könnte, weil ich ihnen doch alles gebracht habe. So begannen sie schließlich den Glauben an mich zu verlieren, begannen mich zu verabscheuen, und das tut weh, mehr weh als jeder Schmerz, den ich je gefühlt habe. Ich hasse mich dafür, daß ich so schwach war, so feige, so leicht zu erschrecken. Ich hätte mich wehren müssen, mich behaupten müssen und sie verteidigen. Ich hätte nur an sie denken dürfen und vergessen müssen, was meine eigenen Sehnsüchte waren. Ich habe nur die Entschuldigung, daß ich damals jung war, und in der Jugend ist man selbstsüchtig, selbst wenn es auf Kosten der eigenen Kinder geht. Ich dachte, meine Bedürfnisse wären größer als ihre. Ich dachte mir, daß ihre Zeit noch kommen würde, und dann würden sie alles bekommen. Es schien mir, es wäre meine letzte Chance gewesen, glücklich zu sein. Ich mußte schnell diese Chance ergreifen, bevor ich in ein unattraktives Alter kam, und da war dieser viel jüngere Mann, den ich liebte. Ich konnte ihm einfach nicht von ihnen erzählen.«

Von ihnen? Von wem redete sie da überhaupt?

»Wer?« fragte ich schwach, denn irgendwie wünschte ich mir, sie würde mir besser nichts davon erzählen – oder jedenfalls nicht zuviel.

»Meine Kinder, Jory. Meine vier Kinder, die ich von meinem ersten Ehemann hatte, den ich mit achtzehn geheiratet habe. Es war mir streng verboten worden, aber ich wollte ihn trotzdem um jeden Preis haben. Ich dachte, ich würde niemals einen besseren Mann bekommen ... und doch fand ich später einen, der genauso liebenswert war.«

Ich wollte mir ihre Geschichte nicht anhören. Aber sie flehte mich an zu bleiben. So saß ich dann auf der Kante eines ihrer teuren Stühle.

»So kam es«, fuhr sie fort, »daß ich mich meinen Ängsten unterwarf, erlaubte, daß meine Liebe für einen Mann mich gegenüber ihren Bedürfnissen blind machte, und ich ignorierte, was sie so dringend brauchten – ihre Freiheit – und nun, als Ergebnis, muß ich mich jede Nacht in den Schlaf weinen.«

Was konnte ich sagen? Ich verstand nicht, wovon sie da redete. Ich überlegte mir, daß sie verrückt sein mußte, und man sich nicht zu wundern brauchte, daß Bart schon genauso einen Vogel hatte. Sie beugte sich vor, um mich genau ansehen zu können.

»Du bist ein ungewöhnlich hübscher Junge. Ich nehme an, du hast das bereits selbst gemerkt.«

Ich nickte. Mein ganzes Leben hatte ich Bemerkungen über mein gutes Aussehen, mein Talent, meinen Charme zu hören bekommen. Aber was zählte, war allein das Talent, nicht das Aussehen. Für mich bedeutete gutes Aussehen ohne besondere Talente überhaupt nichts. Ich wußte auch, daß die Schönheit mit den Jahren verging, doch trotzdem liebte ich Schönheit in allen Dingen.

Ein Blick in die Runde sagte mir, daß diese Frau Schönheit genauso liebte wie ich, und doch... »Was für eine Schande, daß sie hier im Dunkeln sitzt und sich weigert, all das zu genießen, was getan worden ist, um dieses Haus so schön zu machen«, murmelte ich in Gedanken. Sie hörte es und erwiderte tonlos: »So kann ich mich nur noch besser selbst strafen.«

Ich erwiderte nichts, saß nur auf meinem Stuhl, während sie weiter und weiter redete von ihrem Leben als bemitleidenswertes kleines Mädchen reicher Eltern, das den Fehler gemacht hatte, sich in seinen Halbonkel zu verlieben, der drei Jahre älter war und dafür enterbt wurde. Warum erzählte sie mir ihre Lebensgeschichte? Was ging mich das an? Was hatte ihre Vergangenheit mit Bart zu tun? Und nur seinetwegen war ich hier.

»Ich heiratete zum zweiten Mal. Dafür haßten meine vier Kinder mich.« Sie starrte auf ihre Hände, die sie im Schoß gefaltet hatte und begann dann, einen Ring nach dem anderen zu drehen. »Kinder glauben immer, Erwachsene hätten es so einfach. Das ist aber nicht immer so. Sie denken, eine verwitwete Mutter braucht nur noch ihre Kinder.« Sie seufzte. »Sie glauben, sie könnten ihr genug Liebe geben, weil sie nicht begreifen, daß es andere Arten von Liebe gibt, und es ist hart für eine Frau, ohne einen Mann zu leben, wenn sie lange verheiratet war.«

Dann wandte sie sich mir so plötzlich zu, als hätte sie mich ganz vergessen gehabt. »Oh! Ich bin eine schlechte Gastgeberin. Jory, was möchtest du trinken oder essen?«

»Nein, vielen Dank. Ich bin nur gekommen, um Ihnen zu sagen, daß Sie Bart nicht weiter bitten sollen, zu Ihnen zu kommen. Halten Sie ihn davon ab. Ich weiß nicht, was Sie ihm erzählt haben oder was er hier macht, aber er kommt mit beunruhigenden Ideen nach Hause und wirkt völlig konsterniert.«

»Konsterniert? Du gebrauchst für einen Jungen in deinem Alter ungewöhnliche Worte.«

»Mein Vater verlangt, daß wir jeden Tag ein neues, ausgefallenes Wort lernen.«

Ihre nervösen Hände zuckten an ihren Hals, um mit der Kette großer Perlen zu spielen, die sie unter ihrem Schleier trug. »Jory, wenn ich dir eine hypothetische Frage stellen würde, würdest du sie mir beantworten – ehrlich beantworten?«

Ich stand auf, um zu gehen. »Ich möchte eigentlich keine Frage beantworten.«

»Wenn deine Mutter und dein Vater dich jemals enttäuschen sollten, dir Unrecht täten, großes Unrecht sogar – hättest du das Herz, es ihnen zu verzeihen?«

Sicher, sicher, dachte ich schnell, obwohl ich mir nicht vorstellen konnte, daß sie mir, Bart oder Cindy jemals etwas Schlimmes tun könnten. Ich zog mich bis zur Tür zurück, durch die ich mich davonmachen wollte, während sie noch auf meine Antwort wartete. »Ja, Madam, ich glaube, ich würde ihnen alles verzeihen.«

»Mord?« fragte sie schnell und stand plötzlich im Zimmer. »Könntest du ihnen auch das verzeihen? Keinen vorsätzlichen Mord, aber einen fahrlässigen?«

Sie war verrückt, genauso wie ihr Butler. Ich wollte hier raus und zwar schnell! Ich trug ihr noch einmal auf, meinen Bruder in Zukunft nach Hause zu schicken. »Wenn Sie wollen, daß Bart nicht vollends verrückt wird, dann lassen Sie ihn in Ruhe!«

Tränen liefen aus ihren Augen, bevor sie nickte und bestätigend den Kopf senkte. Ich hatte sie verletzt, ich wußte es. Ich mußte mich zusammenreißen, damit ich ihr nicht sagte, wie leid es mir tat. Dann, gerade als ich gehen wollte, klopfte jemand vom Personal an die Tür, und ich öffnete, so daß er eine große, längliche Kiste hereintragen konnte. Zwei Mann wurden gebraucht, um die fest vernagelte Oberseite zu öffnen.

»Geh nicht, Jory«, bettelte sie. »Bleib hier! Ich möchte gerne, daß du siehst, was in dieser Kiste ist.«

Was für einen Unterschied machte das schon? Also blieb ich noch. Schließlich war ich, wie die meisten Menschen, schlicht neugierig, was es in vernagelten Kisten zu entdecken gab.

Der alte Butler kam den Gang entlang gehinkt, aber sie scheuchte ihn sofort weg. »John! Ich habe nicht nach Ihnen geläutet. Bitte bleiben Sie in Ihrem Teil des Hauses, solange ich nicht nach Ihnen rufe.«

Er warf ihr einen bösen Blick zu und kroch zurück in sein Schlupfloch, wo immer das sein mochte.

Inzwischen war die Kiste offen, und die beiden Männer holten das Verpackungsstroh heraus. Dann hoben sie ein großes Ding heraus, das in grauen Filz eingeschlagen war.

Es war, als würde man auf den Stapfellauf eines Schiffes warten. Ich hielt vor Spannung richtig die Luft an, besonders weil meine Gastgeberin einen so eigentümlichen Gesichtsausdruck bekam ... als ob sie es gar nicht erwarten könnte, mir den Inhalt dieser Kiste zu zeigen. Wollte sie mir ein Geschenk machen, wie sie Bart alles schenkte, was er sich wünschte? Er war der gierigste kleine Junge der Welt und brauchte mindestens doppelt soviel Zuneigung, als die meisten anderen Menschen verlangt hätten.

Ich keuchte und trat einen Schritt zurück. Was die Männer da enthüllten war ein Ölgemälde.

Da stand meine wunderschöne Mutter in einem weißen Abendkleid am Fuß einer Treppe, die zarte schlanke Hand auf einen großartig verzierten Treppenpfosten gelegt. Hinter ihr zog sich die weiße Schleppe Meter um Meter die Prachttreppe hinauf. Die geschwungenen Stufen erhoben sich elegant in einen wirbelnden Nebel, durch den der Künstler so geschickt goldene Verzierungen und funkelnde Juwelen leuchten ließ, daß man den Eindruck eines riesigen Palastes erhielt.

»Weißt du, wessen Porträt das ist?« fragte sie, während die beiden Männer das Bild an einer freien Stelle der Wand aufhängten. Ich nickte, überwältigt und sprachlos.

Was machte sie mit dem Porträt meiner Mutter?

Sie wartete, bis die beiden Männer gegangen waren. Sie lächelten angenehm beeindruckt von dem Trinkgeld, das sie ihnen auf den Weg gab. Ich keuchte. Ich konnte meinen eigenen schweren Atem hören und wunderte mich, warum sich meine Glieder so taub anfühlten. »Jory«, sagte sie weich und wandte sich wieder mir zu, »das ist ein Porträt von mir, das mein zweiter Mann in Auftrag gab, kurz nachdem wir geheiratet hatten. Ich war siebenunddreißig, als ich dafür Modell stand.«

Auf dem Gemälde sah sie genauso aus wie meine Mutter heute. Ich schluckte und wollte weglaufen. Plötzlich mußte ich dringend auf die Toilette, aber irgendwie wollte ich auch bleiben. Ich wollte hören, wie sie das erklärte, selbst wenn ich fast gelähmt war vor Angst, was sie mir darüber erzählen könnte.

»Mein zweiter Mann, der jünger war, hieß Bartholomew Winslow, Jory«, sagte sie schnell, als wolle sie sichergehen, daß ich es mitbekam, bevor ich hinauslief. »Später, als meine Tochter alt genug war, verführte sie ihn, stahl mir seine Liebe, damit sie mir mit dem Kind weh tun konnte, das sie von ihm empfing. Das Kind, das ich nicht haben konnte. Ahnst du, wer dieses Kind ist, ahnst du es?«

Ich wich mehrere Schritte zurück, dabei streckte ich die Hände aus, als könne ich mich so vor weiteren Enthüllungen schützen, die ich nicht wissen wollte.

»Jory, Jory, Jory«, begann sie in einem eigentümlichen Singsang. »Erinnerst du dich denn gar nicht mehr an mich? Denk doch an damals, als du in den Bergen von Virginia gelebt hast.«

»Nein!« schrie ich viel entschiedener, als ich eigentlich empfand. »Ich habe Sie noch niemals vorher in meinem Leben gesehen, nicht bevor Sie hergezogen sind! Und alle Blondinen mit blauen Augen sehen sich irgendwie ähnlich!«

»Ja«, sagte sie gebrochen, »ich nehme an, du hast recht. Ich habe bloß gedacht, es wäre ganz nett, deine Reaktion zu sehen. Ich hätte das nicht tun sollen. Es tut mir leid, Jory. Verzeih mir.«

Ich konnte in diese blauen Augen nicht länger blicken. Ich mußte dort weg.

Als ich dann auf dem Heimweg war, fühlte ich mich elend. Wenn ich nur nicht dortgeblieben wäre. Wenn nur das Porträt nicht gerade gebracht worden wäre, als ich da war. Warum spürte ich so deutlich, daß diese Frau für meine Mutter eine viel größere Bedrohung war als mein Stiefvater? Was hatte ich herausbekommen? Warst du es, Mam, die ihr den zweiten Mann gestohlen hatte? War es so? Paßte das nicht alles genau zusammen, wo Bart doch den gleichen Namen hatte wie er? Alles, was sie gesagt hatte, bestätigte den Verdacht, der schon so lange tief in meinem Innern rumort hatte. Die Türen waren aufgerissen und ließen Erinnerungen frisch herein, die mir fast wie Feinde vorkamen.

Ich stieg die Stufen zur Veranda hinauf, die Mam im Scherz gerne Pauls Südstaatenveranda nannte. Mit Sicherheit war sie nicht die übliche kalifornische Gartenterrasse. Heute war dort etwas anders als sonst. Wenn ich weniger verstört gewesen wäre, hätte ich wahrscheinlich sofort gemerkt, was fehlte. Aber so brauchte ich ein paar Minuten, bis mir auffiel, daß Clover nicht da war. Erstaunt sah ich mich nach ihm um, ein wenig enttäuscht, und schließlich begann ich ihn zu rufen.

»Um Himmels willen«, rief Emma aus dem Küchenfenster, »brüll nicht so herum. Ich habe Cindy gerade hingelegt, und du weckst sie mir gleich wieder auf. Ich habe Clover vor ein paar Minuten in den Garten laufen sehen. Er war hinter einem Schmetterling her.«

Natürlich. Ich fühlte mich erleichtert. Wenn es irgend etwas gab, das in meinem alten Pudel den jungen Hund zutage brachte, dann war es ein flatternder, gelber Schmetterling. Ich ging zu Emma in die Küche und fragte: »Emma, ich wollte dich schon lange etwas fragen. In welchem Jahr hat Mam eigentlich Dr. Paul geheiratet?«

Sie hing gerade halb in der Gefriertruhe und murmelte zu sich selbst: »Ich könnte schwören, daß hier noch etwas gefrorenes Huhn war, das ich gestern abend übriggelassen habe. Heute abend gibt es Leber mit Zwiebeln, und da wollte ich deinem pingeligen kleinen Bruder lieber Hähnchenkeulen geben, damit er überhaupt etwas ißt.«

»Kannst du dich nicht mehr erinnern, in welchem Jahr sie geheiratet haben?«

»Du warst noch ganz klein«, sagte sie und wühlte weiter in der Truhe herum.

Bei einem Datum war sich Emma nie besonders sicher. Sie konnte sich kaum an ihren eigenen Geburtstag erinnern. Vielleicht mit Absicht. »Erzähl mir noch einmal, wie meine Mutter damals Dr. Pauls jüngeren Bruder kennengelernt hat... na du weißt schon, unseren Stiefvater.«

»Ja, ich erinnere mich an Chris, er war sehr gutaussehend, groß und sonnengebräunt. Aber er sah kein bißchen besser aus als Dr. Paul auf seine besondere Art... Ein wunderbarer Mann, dein Stiefvater Paul. So herzlich und freundlich.«

»Es ist komisch, daß Mam sich nicht in den jüngeren Bruder verliebt hat, sondern in den älteren, findest du das nicht auch?«

Sie richtete sich auf und legte eine Hand auf den Rücken, der ihr immer weh tat, dann wischte sie sich die Hände an ihrer fleckenlosen Schürze ab. »Ich bin sicher, daß deine Eltern heute abend nicht so spät kommen. Jetzt rennst du los und sammelst Bart ein, bevor es zu spät für ihn wird, noch ein Bad zu nehmen. Ich mag es nicht, wenn er deiner Mutter so verdreckt unter die Augen tritt.«

»Emma, du hast meine Frage nicht beantwortet.«

Sie wandte mir den Rücken zu und begann, eine grüne Paprika zu schneiden. »Jory, wenn du Antworten haben willst, dann geh zu deinen Eltern und frag die. Komm nicht zu mir damit. Ich komme dir vielleicht wie ein Familienmitglied vor, aber ich weiß, daß mein Platz der eines Freundes ist. Also lauf los und laß mich in Ruhe das Abendessen vorbereiten.«

»Bitte, Emma, es ist nicht nur meinetwegen, sondern auch wegen Bart. Ich muß etwas unternehmen, damit Bart wieder auf den rechten Weg kommt, und ich kann das nicht tun, wenn ich nicht über alles Bescheid weiß.«

»Jory«, sagte sie und schenkte mir ein warmes Lächeln, »sei einfach glücklich, daß du so wunderbare Eltern hast, du und Bart, ihr seid sehr gut dran. Ich hoffe, Cindy wird später einmal merken, was für ein Segen es für sie war, daß deine Mutter sie angenommen hat.«

Draußen begann es dunkel zu werden. Sosehr ich auch suchte, von Clover fand ich keine Spur. Ich saß auf der Verandatreppe und starrte unglücklich in den Abendhimmel, der sich rötete, von leuchtenden Streifen orange und violett durchzogen. Ich fühlte eine überwältigende Traurigkeit und Schwere in mir. Wie wünschte ich mir doch, daß all diese Geheimnisse und Verwirrungen verschwinden würden. Clover, wo war Clover? Bis zu diesem Augenblick hatte ich gar nicht gewußt, wieviel er mir doch bedeutet hatte und wie sehr ich ihn vermissen würde, wenn er einmal sterben würde. Bitte, laß ihn nicht sterben, lieber Gott, bitte.

Ich sah mich noch einmal im Garten um, dann entschied ich mich, daß es wohl besser war, die Zeitung anzurufen. Ich würde eine Belohnung für einen vermißten Hund aussetzen – so eine große Belohnung, daß man ihn mir einfach zurückbringen mußte. »Clover!« schrie ich. »Komm, es gibt Essen!«

Mein Geschrei lockte Bart aus den Hecken hervor, die Hosen wie immer zerrissen und verdreckt. Seine dunklen Augen wirkten seltsam gequält. »Was brüllst du so rum?«

»Ich kann Clover nicht finden«, antwortete ich, »und du weißt, daß er nie irgendwo hinläuft. Er ist ein richtiger Haushund. Vor kurzem habe ich von Leuten gelesen, die Hunde stehlen und sie an Laboratorien als Versuchstiere verkaufen. Bart, ich würde sterben wollen, wenn jemand so etwas Furchtbares mit Clover machen würde.«

Er starrte mich betroffen an. »So was würde doch niemand tun . . . nicht wahr?«

»Bart, ich muß Clover einfach finden. Wenn er nicht bald zurückkommt, geht es mir furchtbar schlecht, sterbenselend wird mir dann. Stell dir vor, man hätte ihn überfahren.«

Ich sah, wie mein Bruder schluckte und dann zu zittern

begann. »Was fehlt dir?«

»Ich habe da hinten einen Wolf erlegt. Habe mir einen Wolf geschossen, einen großen, bösen, schwarzen Wolf. Genau zwischen die bösen roten Augen habe ich ihn getroffen. Er leckte sich das Maul und sprang auf mich zu, aber ich war clever und sprang schnell zur Seite und schoß ihn mausetot.«

»Oh, hör doch endlich auf, Bart!« sagte ich ungeduldig. Es ging mir langsam wirklich auf den Nerv, von ihm ständig nur Phantasiegeschichten zu hören zu bekommen. »Es gibt hier in der ganzen Gegend keine Wölfe, und du weißt das.«

Fast bis Mitternacht suchte ich die ganze Gegend ab und rief nach Clover. Tränen traten mir in die Augen und erstickten meine Rufe. Ich hatte das sichere Gefühl, daß ich Clover niemals wiedersehen würde.

»Jory«, sagte Dad, der mir bei der Suche half, »geben wir es für heute auf, und versuchen wir es morgen früh noch einmal, wenn er bis dahin noch nicht nach Hause gekommen ist. Und lieg nicht die ganze Nacht voll Sorgen im Bett wach; Clover mag ein alter Hund sein, aber selbst in seinem Alter können ihn in einer Mondlichtnacht romantische Gefühle überkommen haben.«

O Mann! Das klang nicht gerade sehr überzeugend. Clover hatte schon vor längerer Zeit aufgehört, hinter Hündinnen herzulaufen. Alles, was er noch wollte, war ein ruhiger Platz im Schatten, wo Bart nicht über ihn stolperte oder ihm auf den Schwanz trat.

Er nahm mich kurz in den Arm und verschwand. Eine Stunde später entschied auch ich, daß es keinen Zweck hatte. Clover war tot. Das konnte der einzige Grund sein, warum er nicht wieder auftauchte.

Ich entschloß mich, daß ich meinen Eltern erzählen mußte, was ich vermutete.

Ich stand neben ihrem Bett und blickte auf sie herab. Durch das Fenster strömte Mondlicht und fiel auf ihre Körper. Mam lag halb auf der Seite, so daß sie sich eng an Dad kuscheln konnte, der auf dem Rücken lag. Ihr Kopf lehnte gegen seine nackte Brust, während sein linker Arm sie umschlungen hielt, so daß seine Hand ihre Hüfte hielt. Die Decke war gerade hoch genug gezogen, um ihre Blöße zu bedecken. Ich bekam ein schlechtes Gewissen und wich einige Schritte zurück. Ich hatte hier nichts zu suchen. Der Schlaf ließ sie so verwundbar aussehen, jünger. Der Anblick ging mir nahe, gab mir aber auch ein tiefes Gefühl von Scham. Ich wunderte mich selbst, daß ich diese Scham empfand. Dad hatte mich schon lange aufgeklärt, so daß ich wußte, was Männer und Frauen zusammen taten, um Kinder zu bekommen – oder einfach zum Vergnügen.

Ich schluchzte und wandte mich ab.

»Chris, bist du das«, fragte meine Mutter halb im Schlaf und rollte sich auf den Rücken.

»Ich bin hier, Liebes. Schlaf weiter«, murmelte er im Schlaf. »Die Großmutter kann uns jetzt nichts anhaben.«

Ich erstarrte. Sie klangen beide wie Kinder. Und wieder diese Großmutter. »Ich habe Angst, Chris, ich mache mir solche Sorgen. Wenn sie es jemals herausfinden, was sollen wir dann sagen, wie können wir es erklären?«

»Psssst«, kam sein Wispern, »das Leben wird von nun an immer gut zu uns sein. Glaube fest an Gott. Wir sind beide schon genug bestraft worden. Er wird uns nicht weiter strafen.«

Ich mußte schnell in mein Zimmer laufen und mich aufs Bett werfen. Ich fühlte mich innerlich ausgehöhlt, nur noch Leere um mich her statt des Vertrauens und der Liebe, die ich sonst empfunden hatte. Clover war fort. Mein armer, kleiner, harmloser Pudel, der nie irgend etwas Böses getan hatte. Und Bart hatte einen Wolf erschossen.

Was würde Bart als nächstes tun? Wußte er, was ich wußte? Benahm er sich deshalb so sonderbar? Sah Mam so böse an, als ob er sie verletzen wollte. Tränen stiegen mir wieder in die Augen, denn ich konnte mich nicht für immer gegen meine Erinnerungen wehren. Ich wußte jetzt, daß Bart nicht der Sohn von Dr. Paul war. Bart war der Sohn des zweiten Mannes dieser alten Lady, der den gleichen Namen wie mein Halbbruder getragen hat – dieser große, schlanke Mann, der manchmal meine Träume heimsuchte, gemeinsam mit Dr. Paul und meinem wirklichen Vater, den ich nur von Fotos kannte.

Unsere Eltern hatten uns beide belogen. Warum hatten sie

uns nicht die Wahrheit erzählt? War diese Wahrheit so häßlich, daß sie sie uns nicht sagen konnten? Hatten sie so wenig Vertrauen in unsere Liebe zu ihnen?

O Gott, ihr Geheimnis mußte etwas so Furchtbares sein, das wir ihnen nie verzeihen würden!

Und Bart, er konnte gefährlich sein. Ich wußte, daß er es sein konnte. Von Tag zu Tag merkte man es immer deutlicher. Am Morgen würde ich sofort zu Mam und Dad laufen und ihnen alles erzählen. Aber als der Morgen dann kam, konnte ich nichts sagen. Jetzt begriff ich, warum Dad so darauf bestand, daß wir jeden Tag ein neues Wort lernten. Man brauchte besondere Worte, um anderen Menschen schwierige Gedanken zu erklären, und bis jetzt besaß ich noch nicht den richtigen Wortschatz, um auf eine erträgliche Weise auszudrücken, was mich quälte. Und wie hätte ich auch bei ihnen Trost suchen können, wenn Bart da vor mir stand und mich mit seinen dunklen Augen so hart und böse ansah.

O Gott, wenn du da oben irgendwo bist und auf uns herabsiehst, dann höre mein Gebet. Gib meinen Eltern den Frieden, den sie brauchen, damit sie keine Träume von bösen Großmüttern mehr haben in der Nacht. Was immer sie auch getan haben, Gut oder Böse, ich weiß, daß es zu ihrem Besten gewesen ist.

Warum sah ich die Dinge jetzt so?

Sicherheit war für mich ein Wort ohne Bedeutung geworden. Wie die Toten waren sie nur noch Schatten in meiner Erinnerung, nichts war so konkret und wirklich wie Barts Haß, der jeden Tag wuchs und wuchs.

Lektionen

Juli. Mein Monat. »Gezeugt in Feuer, geboren in Glut«, sagte John Amos, als ich ihm erzählte, daß ich bald meinen zehnten Geburtstag hatte. Wußte nicht, was er damit meinte, und es interessierte mich auch nicht. In ein paar Tagen hatte mich Disneyland wieder. Hipp, hipp, hurra! Blöder Jory, daß er nicht auch glücklich aussah, verdarb mir die Freude mit seinem langen traurigen Gesicht, bloß weil so ein blöder kleiner Hund nicht nach Hause kam, wenn er ihn rief.

Ich schmiedete Pläne, was mit Apple geschehen sollte, bis ich mich nach dem Disneyland-Ausflug wieder zu ihm zurückstehlen konnte. John Amos schnappte mich, als ich wieder mal nach drüben ging und schleppte mich in sein Zimmer über der Garage. Ich sah mich um und fand, daß es hier sauer roch, alt, nach Medizin.

»Bart, du setzt dich dort auf den Stuhl und liest laut aus Malcolms Tagebuch vor, denn der Herr wird dich strafen, wenn du sagst, du hättest in seinem Buch gelesen, obwohl du es nicht getan hast.«

Ich brauchte John Amos nicht mehr so sehr wie früher, deshalb sah ich ihn verächtlich an. Mit jener Art von Verachtung, die Malcolm für einen krummen, lahmen alten Mann gezeigt hätte, der nicht sprechen konnte, ohne zu zischen, zu krächzen oder zu sabbern. Aber ich setzte mich hin und las aus Malcolms rotem Buch.

> Meine Jugend hatte ich in irdischen Vergnügen verschwendet, und als ich mich den Dreißigern näherte, erkannte ich, daß mir in meinem Leben etwas fehlte, was eine größere Bestimmung war als Geld. Religion. Ich

brauchte die Religion und die Erlösung von meinen Sünden, denn trotz der Schwüre meiner Kindheit war ich doch dem Verlangen nach Frauen verfallen, und je schlechter sie waren, desto mehr schienen sie mir Lust zu bereiten. Es gab für mich kein größeres Vergnügen, als eine arrogante schöne Frau gedemütigt zu sehen und gezwungen, obszöne Dinge zu tun, die gegen jeden Anstand verstießen. Ich fand großes Gefallen daran, sie zu schlagen und ihre helle, zartgepflegte Haut mit roten Striemen zu bedecken. Ich sah Blut, ihr Blut, und es erregte mich. Da wußte ich, daß ich Gott brauchte. Ich mußte meine ewige Seele vor der Hölle retten.

Ich wandte mich ab und gab ermüdet auf, einen Sinn in all diesen langen Worten zu finden, die mir nicht viel sagten.

»Verstehst du, was Malcolm dir da erzählt? Er erzählt dir, wie sehr du die Frauen auch hassen magst, es gibt doch Freuden, die du durch sie wirst haben wollen – aber dafür mußt du zahlen, Junge, einen hohen, hohen Preis. Unglücklicherweise schuf Gott die Menschheit mit fleischlichen Begierden – du mußt versuchen, deine zu kontrollieren, während du zum Mann reifst. Merk dir: Die Frauen werden am Ende dein Untergang sein. Ich weiß das. Sie haben mich zerstört und dafür gesorgt, daß ich immer ein Bediensteter blieb, obwohl ich viel mehr hätte sein können.«

Ich stand auf und ging. Ich hatte es satt, von John Amos belehrt zu werden. Ich ging jetzt zu meiner Großmutter, die mich mehr liebte als alle anderen. Mehr als je jemand mich lieben würde. Sie liebte mich wegen meiner selbst. Sie liebte mich so sehr, daß sie sogar deshalb Lügen erfand, genau wie ich, mit denen sie mir erzählte, sie wäre meine richtige Großmutter, obwohl ich wußte, daß sie das einfach nicht sein konnte.

Samstag war der beste Tag der Woche. Mein Stiefvater blieb zu Hause und machte Mammi glücklich. Sie hatte einen dämlichen Helfer eingestellt, der samstags ihre Ballettklasse unterrichtete, weil sie jetzt so viel Zeit brauchte, Cindy herzurichten

– als ob es nichts Wichtigeres auf der Welt gäbe als Cindys Aussehen. Jory mußte samstags in die Ballettstunde, wo er sich dann mit seiner Freundin treffen wollte. Mittags kam er dann nach Hause, um mir wie immer meine schönen Pläne zu versauen. Hatte viele Pläne, mir die Zeit zu vertreiben. Mußte mich um Apple kümmern. Saß bei meiner Großmutter auf dem Schoß und ließ mir ein Lied vorsingen. Bei dem, was ich alles zu tun hatte, war der Morgen vorbei, kaum daß er angefangen hatte.

John Amos erteilte mir weitere Lektionen, wie man wie Malcolm wurde, und das hatte verdammten Erfolg. Ich fühlte, daß seine Macht in mir größer und stärker wurde.

An diesem Nachmittag war Cindy in einem brandneuen Swimmingpool aus Plastik. Der alte war natürlich nicht gut genug für sie. Das freche Balg mußte alles neu haben, selbst einen kleinen Badeanzug mit roten und weißen Streifen und kleinen roten Trägern, die ihr über der Schulter zusammengebunden waren, um das Ding oben zu halten. Die kleinen Schleifen wollte sie immer aufmachen.

Jory sprang auf und lief ins Haus, um seinen Fotoapparat zu holen. Dann fotografierte er Cindy. Klick, klick. Er warf Mammi die Kamera zu, die sie geschickt auffing. »Mach ein Bild von mir mit Cindy«, sagte er.

Klar, sie war froh, daß sie ein Bild mit Cindy und ihm machen konnte. Mich fragte man erst gar nicht. Vielleicht hatte ich zu oft ein Gesicht gezogen, die Zunge herausgestreckt oder den Kopf verdreht. Alle sagten immer, Bart weiß genau, wie er einen netten Schnappschuß verdirbt.

Um mich rum waren all die blöden Büsche, kratzten mich an Armen und Beinen. Mücken krabbelten auf mir rum. Haßte Mücken! Klatschte nach ihnen, kniff die Augen dabei zusammen, um mir nicht ansehen zu müssen, wie dieses zickige Mädchen im Wasser rumplantschte und mehr Spaß hatte, als ich jemals in einem Bassin gehabt hab'.

Wenn sie mich von Disneyland wieder in den blöden Osten schleppen wollten, würde ich mich davonstehlen und nach Hause trampen und mich um Apple kümmern – so hätte Malcolm es gemacht. Die toten Leute würden mich nicht vermissen. Sie würden sich nichts daraus machen, wenn ich nicht dabei war, wenn sie ihre Blumen auf die Gräber gelegt bekamen. Jorys fiese Großmutter war bestimmt sogar froh, wenn ich nicht mitkam.

Lief zu dem Baum an der Mauer, kletterte rüber und rein in die Scheune zu Apple, der immer größer wurde. Ich schob Apple einen Hundekuchen ins Maul, der in Sekundenschnelle verschwand. Er sprang an mir hoch, und ich fiel um. »So, jetzt ißt du diese Rübe – das ist wie eine Zahnbürste, damit du saubere Zähne bekommst!« Apple schnupperte an der Mohrrübe, wedelte mit dem Schwanz. Sprang hoch und schlug mit der Pfote nach der Rübe. Apple wußte noch immer nicht, wie man vernünftig Pony spielte.

Schnell hatte ich Apple vor meinen neuen Ponywagen gespannt, und wir galoppierten überall herum. »Hossa«, schrie ich. »Noch vor dem güldenen Abend müssen wir über Berg und Tal. Lauf schneller du lahmes Wunderpferd, denn des Königs Festmahl wartet auf uns!«

Da war eine Bewegung vor mir in den Hügeln. Fuhr herum und erspähte überall herangaloppierende Indianer – Indianer auf dem Kriegspfad. Die Indianer lieferten uns eine wilde Jagd, bis wir sie in den Hügeln verloren, die bald zu einer Wüste wurden. Müde und durstig hielten mein Hengst und ich nach einer Oase Ausschau. Da, eine Fata Morgana!

Dort stand sie, die Frau der wunderbaren Oasen-Fata Morgana.

Trug ihre flatternden schwarzen Lumpen, ihre nackten Füße waren sandig, glücklich hieß sie uns beide im Land der Lebenden willkommen...

»Wasser«, keuchte ich. »Brauche kaltes, klares Wasser.« Ich streckte mich in einem gemütlichen Stuhl aus und dehnte meine langen dünnen Beine, an denen ich staubige, abgetragene Stiefel trug. Ich klopfte mir den Sand von den Hosen. »Mach mir ein Bier«, sagte ich zu dem Saloonmädchen. Sie brachte mir das Bier, braun und mit viel Schaum und kalt, zu kalt. Biß mir wie eine eisige Klapperschlange in den Bauch, zuckte hoch und verpaßte ihr einen speziellen Blick. »Was hat ein nettes Mädchen wie du in einer so miesen Kneipe verloren?«

»Ich bin doch die Dorflehrerin, Buffalo Bill, erinnerst du dich nicht mehr an mich?« Hinter ihrem Schleier senkte sie den Blick und klapperte mit den Augenlidern. »Aber in so harten Zeiten muß eine Lady sehen, wie sie sich durchschlägt.« Sie spielte mein Spiel mit. Niemand spielte je meine Spiele mit. Es war ein so tolles Gefühl, jemand zum Spielen zu haben.

Ich lächelte, ein echt freundliches Lächeln. »Sorge gut für Apple. Er ist so sauber, daß er einfach nicht sterben darf.«

»Liebling, du machst es dir zu schwer. Es ist einfach ungesund, immer so viel ans Sterben zu denken. Komm, setz dich auf meinen Schoß und laß mich dir ein Lied vorsingen.«

Schön. Mochte es, wie ein Baby behandelt zu werden. War so kuschelig in ihrem weichen Schoß mit meinem Gesicht an ihrer Brust und ihrem Lied in meinen Ohren. Jedes Schaukeln des Stuhls versetzte mich mehr und mehr in Trance. Ich sah auf und versuchte, durch ihren Schleier zu sehen. Begann ich schon sie mehr lieb zu haben als Mammi? Ich bemerkte, daß ihre Schleier mit kleinen Spangen an ihrem Haar befestigt waren, denn heute hatte sie ihr Haar nicht bedeckt. Das meiste war silbern mit goldenen Strähnen darin.

Wollte nicht, daß Mammi alt wurde und graue Haare bekam. Schon jetzt verließ sie mich jeden Tag ein wenig mehr, um sich um Cindy zu kümmern; ließ andere an ihre Stelle treten. Warum mußte Cindy auftauchen und mein Leben verderben?

»Mehr, mehr«, flüsterte ich, als sie zu schaukeln aufhörte. »Liebst du mich mehr, als Madam M. Jory liebt?« fragte ich. Wenn sie ja sagte, viel mehr, würde ich vielleicht bei ihr einziehen.

»Liebt Jorys Großmutter ihn sehr?« War da Neid in ihrer Stimme? Ich fühlte, daß ich verrückt und böse wurde – und sie saß und begann, mein Gesicht mit Küssen zu bedecken, waren trockene Küsse, wegen des Schleiers.

»Omi, muß dir was erzählen.«

»Schön ... erzähl mir alles, was du willst, ich habe den ganzen Rest meines Lebens, dir zuzuhören.« Sie strich mir das Haar aus dem Gesicht und versuchte, dafür zu sorgen, daß es ordentlich aussah. Ging natürlich nicht.

»Zwei Tage vor meinem Geburtstag fahren wir nach Disneyland. Da bleiben wir 'ne Woche, und dann fliegen wir zu den alten Gräbern. Muß Friedhöfe besuchen, Blumen kaufen, Blumen in die Sonne stellen auf die Gräber, wo sie bloß sterben. Hasse Gräber. Hasse Jorys Großmutter, die mich nicht mag, weil ich nicht tanzen kann.«

Wieder küßte sie mich. »Bart... erzähl deinen Eltern, daß es in deinem Leben zu viele Gräber gibt. Erzähl ihnen noch einmal, wie unglücklich du dich dabei fühlst.«

»Hören die nicht drauf«, sagte ich dumpf. »Sie fragen nicht, was ich gerne tun möchte. Sie sagen mir einfach, was ich tun muß.«

»Ich bin sicher, sie hören dir zu, wenn du ihnen von deinen Träumen erzählst, in denen du tot bist. Dann werden sie begreifen, daß sie dich zu oft auf Friedhöfe mitgenommen haben. Erzähl ihnen einfach die Wahrheit.«

»Aber... aber...«, stotterte ich unglücklich. »Ich will ins Disneyland!«

»Erzähl ihnen, was ich gesagt habe, und ich kümmere mich um Apple.«

Wurde ganz verrückt. Wenn ich die Sorge für Apple erst jemand anders übertrug, würde er nie wieder mir gehören. Ich schluchzte, weil das Leben so unmöglich war. Und mein Fluchtplan mußte klappen, das würde er, mußte er...

Wir schaukelten und schaukelten, und sie erzählte mir, wir wären auf einem Segelschiff, das über kupferne Wogen zu einer Insel namens Frieden glitt. Ich verlor meine festen Standbeine von der See, so daß ich keine Balance mehr halten konnte, als ich dort ankam. Sie verschwand. Allein, ganz alleine. Wie auf dem Mars – und weit zurück auf der Erde wartete Apple darauf, daß ich bei ihm auftauchte. Armer Apple. Am Ende würde er sterben müssen.

Ich wachte auf, dachte – wo bist du hier? Warum waren alle so alt? Mammi... warum hast du denn dein Gesicht hinter schwarzen Schleiern versteckt?

»Wach auf, kleiner Liebling. Ich glaube, du mußt jetzt besser nach Hause laufen, bevor deine Eltern sich Sorgen machen. Du hast ein bißchen geschlafen, jetzt fühlst du dich bestimmt besser.«

Am nächsten Morgen baute ich im Garten weiter an der Hundehütte für Clover. Der arme Clover sollte sein eigenes Haus bekommen, dann würde er nicht mehr weglaufen, um sich eines zu suchen. Aus Daddys Werkzeugkiste holte ich mir einen Hammer, Nägel, eine Säge, dazu altes Holz und schaffte alles in den Hof hinter der Veranda. Dann ging es ans Werk. Blöde Säge, man konnte gar nicht gerade damit sägen. Gab es eben ein schiefes Haus. Wenn Clover was daran auszusetzen hatte, bekam er einen Tritt. Ich legte mein krumm ausgesägtes Brett auf das Dach. Mistnägel! Blieben nicht geradestehen, so daß mir der Hammer auf die Finger schlug. Blöder Hammer sah meine Finger nicht! Hämmerte aber einfach weiter. Gute Sache, daß ich so kleine Schmerzen nicht spürte, sonst wäre ich dauernd am Weinen. Dann erwischte ich meinen Daumen voll, und es tat richtig weh. Mann, ich fühlte ja Schmerzen wie ein ganz normaler Junge.

Jory kam aus dem Haus gelaufen und schrie mich an: »Warum baust du ein Haus für Clover, wenn er doch schon seit zwei Wochen weg ist? Niemand hat auf unsere Anzeige geantwortet. Er ist bestimmt längst tot, und falls er doch noch nach Hause kommt, schläft er vor meinem Bett, weißt du das nicht mehr?«

Ich warf ihm einen schnellen Blick zu und bemerkte, daß Jory sich Tränen aus den Augen wischte. »Übermorgen fahren wir nach Disneyland, da solltest du froh sein«, sagte er heiser. War ich deshalb froh? Mein geschwollener Daumen begann ein wenig zu pochen. Apple würde vor Einsamkeit sterben.

Dann kam mir eine Idee. John Amos hatte mir erzählt, daß Gebete Wunder bewirken konnten, und Gott war da oben in seinem Himmel und paßte auf dumme Tiere hier unten auf und auch auf Leute. Mammi und Daddy hatten mir immer gesagt, ich sollte in meinen Gebeten nicht um Dinge bitten, nicht für mich selbst, nur Segen für andere Menschen. Sobald Jory verschwunden war, warf ich deshalb meinen Hammer weg und rannte in eine stille Ecke, wo ich mich niederknien konnte und für mein Pferdepony und Clover beten konnte. Als nächstes ging ich zu Apple, rollte mich mit ihm im goldenen Gras, ich lachte dabei, er versuchte ein Winselgebell. Seine Zunge schlabberte mir nasse Küsse über das Gesicht. Ich küßte ihn zurück. Als er sein Bein hob und auf die Rosen zielte – zog ich die Hose runter und pinkelte auch los. Wir machten alles zusammen.

Da fiel mir ein, was ich tun konnte. »Mach dir keine Sorgen, Apple. Ich verbringe nur eine Woche in Disneyland, dann komme ich zurück zu dir. Ich versteck dir deine Ponyhundekuchen unter dem Heu und häng dir eine Wasserflasche über deinen Napf. Aber wage ja nichts zu fressen oder zu trinken, was John Amos dir gibt oder meine Großmutter. Laß dich von niemandem mit leckeren Sachen bestechen.« Er wedelte mit dem Schwanz, sagte mir, daß alles gut war und er meinen Befehlen folgen würde.

Dann machte er einen großen Haufen. Ich nahm ihn in die Hand und zermatschte ihn mit den Fingern, damit Apple wußte, daß ich ein Teil von ihm war und er wirklich zu mir gehörte. Ich wischte meine Hände am Gras ab und sah, wie die Ameisen angerannt kamen und die Fliegen mit der Arbeit begannen. Kein Wunder, daß nichts von Dauer war.

»Zeit für deine Lektionen, Bart«, rief John Amos aus der Scheune. Seine Glatze schimmerte in der Sonne. Ich fühlte mich gefangen, als ich dann im Heu lag und zu ihm hinaufstarrte. Er roch alt und ungelüftet.

»Liest du Malcolms Tagebuch pünktlich?« fragte er.

»Ja, Sir.«

»Lernst du die Wege des Herrn zu verstehen und sagst deine Gebete pflichtgemäß auf?«

»Ja, Sir.«

»Jene, die in seine Fußstapfen treten, werden demgemäß beurteilt werden, wie es auch solche werden, die ihm nicht nachfolgen. Laß mich dir ein Beispiel geben. Einmal gab es eine wunderschöne junge Frau, die auf Rosen gebettet zur Welt gekommen war, und sie hatte alles, was man mit Geld kaufen konnte – aber schätzte sie das, was sie hatte? Wußte sie es zu würdigen? Nein, das tat sie nicht! Als sie älter wurde, begann sie die Männer mit ihrer Schönheit zu versuchen. Sie tanzte halbnackt vor den Augen herum. Sie war hochgeboren und mächtig, aber der Herr sah es, und er strafte sie, auch wenn er sich damit seine Zeit ließ. Der Herr sorgte durch Malcolm dafür, daß sie auf dem Boden kroch und jammerte, um Erlösung flehte, und am Ende richtete Malcolm die Dinge, ihre Dinge. Malcolm richtete am Ende alle – und so mußt du es auch tun.«

Junge, er konnte einem schon langweilige Geschichten erzählen. Wir hatten nackte Statuen in unserem Garten, und ich fühlte mich nie versucht von denen. Ich seufzte und wünschte mir, er hätte noch ein paar andere Themen, als immer nur Gott und Malcolm ... und irgendwelche verdammten hübschen Mädchen.

»Hüte dich vor der Schönheit der Frauen, Bart. Hüte dich vor der Frau, die dir ihren Körper unbekleidet zeigt. Hüte dich vor all den Frauen, die auf dich lauern, um dich zu verderben, und sei wie Malcolm, clever!«

Schließlich ließ er mich ziehen. Ich war froh, es wieder hinter mir zu haben, so zu tun, als wäre ich wie Malcolm. Alles, was ich brauchte, um mich gut zu fühlen, war wie ein Indianer über den Boden zu kriechen, auf die Dschungelgeräusche zu hören, die aus dem dichten Blattwerk drangen, und die wilden Tiere zu beobachten. Gefährliche Tiere, die nur darauf warteten, mich zu verschlingen. Ich zuckte zurück. Sprang auf. Nein! Das konnte doch nicht möglich sein, was ich da vor mir zu sehen glaubte. Es war einfach nicht fair von Gott, mir einen Dinosaurier zu schicken. Höher als ein Wolkenkratzer. Länger als ein Eisenbahnzug. Ich mußte sofort losrennen und Jory finden, um ihm zu erzählen, was wir da hinten in unserem Garten herumstehen hatten.

Ein Geräusch im Dschungel vor mir! Ich blieb auf der Stelle stehen und schnappte nach Luft.

Stimmen. Sprechende Schlangen?

»Chris, es interessiert mich nicht, was du sagst. Du hast es nicht nötig, sie diesen Sommer wieder zu besuchen. Genug ist genug. Du hast getan, was du kannst, um ihr zu helfen, aber du kannst es nicht. Also vergiß sie und konzentriere dich auf uns, deine Familie.«

Ich spähte um einen Busch. Da waren meine Eltern im schönsten Teil unseres Gartens, wo die richtig hohen Bäume wuchsen. Mammi kniete am Boden und arbeitete an den Rosen.

»Cathy, mußt du denn immer ein Kind bleiben?« fragte Daddy sie. »Kannst du denn niemals lernen, zu vergessen und zu verzeihen? Vielleicht kannst du so tun, als gäbe es sie gar nicht, aber ich kann das nicht. Für mich sind wir immer noch ihre letzten überlebenden Familienangehörigen.« Er zog sie auf die Füße, dann legte er ihr die Hand über den Mund, als sie ihn unterbrechen wollte. »Gut, dann klammer du dich weiter an deinen Haß, aber ich bin ein Arzt und habe mir geschworen, kranken Menschen zu helfen. Die Krankheiten des Geistes können viel furchtbarer sein als einfache körperliche Krankheiten. Ich will, daß sie wieder gesund wird. Ich will, daß sie diesen Ort irgendwann wieder verlassen kann. Also starr mich nicht wütend an und erzähl mir nicht wieder, sie wäre nie geistesgestört gewesen und würde ihre Krankheit nur vortäuschen. Sie muß verrückt gewesen sein, um das tun zu können, was sie getan hat. Und soweit wir wissen, ist es durchaus möglich, daß die Zwillinge auch unter anderen Bedingungen nie richtig gewachsen wären. Wie Bart. Er hat auch nicht die normale Größe für einen Jungen seines Alters.«

Oh, hatte ich die nicht?

»Cathy, wie kann ich mich selbst wohl fühlen und ein ruhiges Gewissen haben, solange ich meine eigene Mutter mißachte?«

»Na gut!« stürmte Mammi los. »Dann los, besuch sie! Fahr doch alleine hin! Jory, Bart, Cindy und ich werden bei Madame Marisha bleiben. Oder wir können weiter nach New York fliegen, so daß ich mich mit einigen alten Freunden treffen könnte, bis du zurückkommst.« Sie schenkte ihm ein böses Lächeln. »Das heißt, falls du wieder zu uns kommen willst.«

»Wohin sonst sollte ich wohl gehen als zurück zu euch? Wen sonst kümmert es, ob ich lebe oder sterbe, außer dich und deine Kinder? Cathy, denk an eins – der Tag, an dem ich meiner Mutter den Rücken zukehren werde, wird auch der Tag sein, an dem ich allen Frauen den Rücken zukehre, auch dir.«

Sie warf sich in seine Arme und überhäufte meinen Daddy mit all diesem schlapprigen Liebesgetue, das ich so haßte. Ich schlich mich wieder davon und fragte mich unterwegs, wovon

Mammi da gesprochen hatte, und warum sie seine Mutter so sehr haßte. Irgendwie war mir ein wenig flau im Magen. Was, wenn meine Großmutter nebenan nun wirklich die Stiefmutter meines Vaters war, eine echte Verrückte, und mich nur liebte, weil sie mußte? Was, wenn John Amos mir tatsächlich die Wahrheit erzählte?

Es war so schwierig, sich in dieser ganzen Geschichte zurecht zu finden. War Corinna wirklich Malcolms Tochter, wie John Amos mir erzählt hatte? War sie diejenige, die John Amos in »Versuchung geführt« hatte? Oder war das Malcolm gewesen, der jemanden Hübsches und Halbnacktes gehaßt hatte? Manchmal geriet ich regelrecht durcheinander, wenn ich in Malcolms Buch gelesen hatte. Er versetzte sich immer wieder zurück in seine Kindheit und schrieb über seine Erinnerungen daran, selbst nachdem er ein Erwachsener geworden war, so als wäre die Kindheit für ihn immer wichtiger gewesen als sein Leben als Erwachsener. War schon komisch. Ich dagegen konnte es kaum erwarten, erwachsen zu sein. Wieder hörte ich sie, als sie in meine Richtung kamen. Schnell kroch ich unter die nächste Hecke.

»Ich liebe dich, Chris, genauso wie du mich liebst. Manchmal glaube ich, daß wir beide zu viel lieben. Ich werde nachts wach, wenn du nicht bei mir bist. Ich hätte am liebsten, wenn du kein Arzt wärst, sondern einen Job hättest, bei dem du jede Nacht zu Hause sein könntest. Ich möchte, daß meine Söhne erwachsen werden, aber jeder Tag macht es wahrscheinlicher, daß sie hinter unser Geheimnis kommen, und ich habe solche Angst davor, daß sie uns hassen werden und uns nicht verstehen.«

»Sie werden es verstehen«, sagte er. Woher wußte er, daß ich so etwas verstehen würde, wenn ich doch sonst gar nicht besonders gut im Begreifen selbst der einfachsten Dinge war, und ganz bestimmt nicht beim Verstehen von etwas, das Mammi nachts sogar aus dem Schlaf schreckte.

»Cathy, sind wir schlechte Eltern gewesen? Haben wir nicht das Beste getan, was wir tun konnten? Nachdem sie mit uns von Kindheit an zusammengelebt haben, wie sollten sie uns da nicht verstehen können? Wir werden ihnen sagen, wie es gewesen ist, ihnen alles Nötige erklären, so daß sie es so sehen müssen, wie wir selbst es erlebt haben. So werden sie sich selbst fragen müssen, wie ich das auch immer wieder getan habe, wie wir überhaupt überlebt haben, ohne den Verstand zu verlieren.«

John Amos hatte recht. Sie mußten irgendwelche Sünden begangen haben und noch immer begehen oder sie würden sich nicht so sehr fürchten, daß wir sie nicht verstehen könnten. Und was für ein Geheimnis? Was verbargen sie da vor uns?

Ich blieb noch lange unter der Hecke, nachdem meine Eltern ins Haus gegangen waren. Ich hatte mir dort ein paar Lieblingshöhlen eingerichtet, und wenn ich in einer von ihnen unter dem dichten grünen Blattwerk hockte, fühlte ich mich wie ein kleines Waldtier, das Angst vor jedem Menschen haben mußte, daß er es sofort umbringen könnte.

Malcolm ging mir durch den Kopf, er und sein Verstand, der so weise und raffiniert war. Ich dachte an John Amos, der mich über Gott, die Bibel und die Sünde aufgeklärt hatte. Erst als ich schließlich an Apple und meine Großmutter dachte, begann ich mich langsam besser zu fühlen, nicht richtig gut, nur ein bißchen besser.

Ließ mich ganz zu Boden sinken und begann herumzuschnüffeln, um etwas zu finden, das ich letzte Woche, oder waren es ein paar Monate gewesen, dort vergraben hatte. Warf einen Blick in den kleinen Fischteich, den Daddy für uns hatte haben wollen, damit wir erleben konnten, wie kleine Fischbabys geboren wurden. Ich hatte die kleinen, klitzekleinen Fischchen aus den Eiern schlüpfen sehen und dann auch gesehen, wie ihre Eltern ganz aufgeregt durch die Gegend schossen, um ihre eigenen Kinder in Massen herunterzuschlingen!

»Jory! Bart!« rief Mammi von der offenen Küchentür her. »Abendessen!«

Ich spähte in das Wasser. Da war mein Gesicht, sah schon komisch aus, bißchen krumm und kantig, die Haare standen nach allen Seiten ab und waren nicht lockig und hübsch wie bei Jory. Etwas Dunkelrotes lag über meinem Gesicht – ein häßliches Gesicht, das nicht in einen hübschen Garten gehörte, wo die kleinen Vögel kamen, um in ihrem niedlichen kleinen

Teich zu baden. Tränen liefen mir übers Gesicht. Ich tauchte meine Hände in das Fischwasser und wusch mir Stirn und Wangen. Dann setzte ich mich und dachte nach. Dabei sah ich das Blut an meinem Bein zum ersten Mal. Jede Menge Blut, das bereits in einer dicken dunklen Kruste an meinem Knie trocknete. Machte wirklich nicht viel, tat ja auch kaum weh.

Fragte mich, wo es wohl hergekommen war? Ich folgte meinem Weg zurück mit den Augen. Dieses Brett mit dem rostigen Nagel – hatte ich mir den ins Knie gerammt? Ich kroch zu dem Brett hinüber und fühlte klebriges Blut an seinem Ende. Daddy nannte Löcher, die man sich von Nägeln in der Haut holte, »Punkturen«. Bei »Punkturen« war es wichtig, daß sie sich frei »ausbluten« konnten, sonst bekam man leicht eine »Blutvergiftung« oder so was Ähnliches.

Ich stieß meinen Finger in die Wunde und brach die Kruste auf, damit das Blut wieder frei laufen konnte. Kleine Monster wie ich konnten solche furchtbaren Dinge wie so was Blutiges machen, während solche empfindlichen Leute wie Mammi das nicht schafften, ohne daß es ihnen schlecht wurde. War heißes, dickes Blut in meiner Wunde, genau wie das Zeug, das Apple gestern gemacht hatte, und das ich mit den Fingern zerdrückt hatte, damit er noch mehr mein wurde, aber auch weil es sich gut anfühlte.

Vielleicht war ich aber doch kein richtiges Monster, denn ganz plötzlich begann ich richtige Schmerzen zu spüren. Böse Schmerzen.

»Bart!« brüllte Daddy von der Veranda. »Du kommst jetzt sofort ins Haus, sonst setzt es was!«

Da sie schon im Eßzimmer saßen, konnten sie nicht sehen, wie ich mich ins Haus schlich. Im Badezimmer wusch ich mir die Hände, zog mir eine lange Hose an, um mein schlimmes Knie zu verstecken. Dann setzte ich mich still und brav zu meiner Familie an den Tisch.

»So, das wurde aber auch Zeit«, sagte Mammi, die sehr hübsch aussah.

»Bart, warum veranstaltest du jedes Mal einen solchen Zirkus, wenn wir dich zu Tisch rufen?« fragte Daddy. Ich ließ den Kopf hängen, nicht weil es mir leid getan hätte, mir ging es einfach mies. Knie pochte wild, tat böse weh, und was John Amos da gesagt hatte, daß Gott jene strafen würde, die ihm nicht gehorchten, mußte wohl stimmen. Ich war verurteilt worden, und eine Knieverletzung war mein spezielles Höllenfeuer.

Am nächsten Tag war ich wieder im Garten und versteckte mich an einem meiner besonderen geheimen Plätze. Den ganzen Tag saß ich da und genoß meinen Schmerz, der mir deutlich sagte, daß ich normal war und kein Monster. Ich war gestraft worden, wie alle anderen Sünder auch, die ja auch Schmerzen empfanden. Wollte nicht zu Abend essen. Mußte rüber und nach Apple sehen. Konnte mich gar nicht erinnern, ob ich schon bei ihm gewesen war. Trank ein bißchen Wasser aus dem Fischteich. Schlapper, schlapper, wie eine Katze.

Mammi hatte schon den ganzen Tag über gepackt. Selbst früh am Morgen hatte sie schon gestrahlt, als sie meine Sachen in einen Koffer gepackt hatte. »Bart, versuche doch heute zur Abwechslung einmal ein guter Junge zu sein. Sei rechtzeitig beim Essen da, dann braucht Daddy dich nicht abends zu schlagen. Er bestraft dich gar nicht gerne, aber irgendwie muß er dir doch ein kleines bißchen Disziplin beibringen. Und versuch wenigstens etwas zu essen. Wenn du dich schwach fühlst, wirst du an Disneyland keinen Spaß haben.«

Der Sonnenuntergang färbte den Himmel mit hübschen Farben. Jory kam aus dem Haus gelaufen, um sich die Farben anzusehen, von denen er immer sagte, sie seien für ihn wie Musik. Jory konnte Farben »fühlen«. Sie machten ihn froh, traurig, einsam oder »mystisch«. Mammi gehörte auch zu denen, die Farben fühlen konnten. Nachdem ich jetzt offenbar herausgefunden hatte, wie man richtig Schmerzen fühlt, würde ich vielleicht auch bald lernen, wie man Farben fühlen kann.

Jetzt wurde es richtig dunkel. Nacht würde die Geister rauslocken. Emma klingelte mit ihrer kleinen Kristallglocke, um mich zum Essen zu rufen. Wäre jetzt doch sehr gerne gegangen, aber ich konnte nicht.

Etwas Verwesendes steckte in dem hohen Baum hinter mir. Ich drehte mich um und kroch aus meiner Heckenhöhle und spähte in das dunkle Loch in dem Baum. Mußten faule Eier drin sein! Puh! Ich streckte meine Hand langsam hinein und tastete nach dem, was ich nicht sehen konnte. Etwas Steifes und Kaltes, mit Fell Bedecktes. Ein totes Ding, das ein Halsband trug, dessen Zacken mir in die Hände schnitten – war das Stacheldraht? War dieses tote Ding Clover?

Ich schluchzte, ganz wild vor Furcht.

Sie würden glauben, daß ich es getan hatte.

Sie glaubten immer, daß ich an allem schuld war, an allen schlimmen Sachen. Und ich hatte Clover immer geliebt! Wollte doch immer, daß er mich mehr mochte als Jory. Nun würde der arme Clover niemals in der wunderbaren Hundehütte leben können, die ich eines Tages für ihn zu Ende bauen wollte.

Jory kam über den Hauptweg durch den Garten gelaufen, rief und suchte nach mir. »Komm raus, wo du dich versteckt hast, Bart! Mach doch jetzt kein Theater, wo wir alle für den Aufbruch fertig sind.«

Suchte mir einen neuen Platz, von dem er noch nichts wußte und legte mich flach auf den Bauch.

Jory verschwand, als nächstes kam meine Mutter. »Bart!« rief sie. »Wenn du jetzt nicht sofort reinkommst ... Bitte, Bart. Es tut mir leid, daß ich dir heute morgen eine Ohrfeige gegeben habe.« Ich zog meine Tränen des Selbstmitleids hoch. Ich hatte doch nur versehentlich eine Schachtel mit Waschpulver in die Geschirrspülmaschine rutschen lassen. Woher sollte ich auch wissen, daß eine solche Schachtel diese Unmenge Schaum produzierte, von der dann die ganze Küche überlief. Diesmal kam Daddy. »Bart«, rief er mit normaler Stimme, »komm jetzt rein und iß dein Abendessen. Kein Grund, dich zu verstecken. Wir wissen, daß du da in der Küche nichts Böses wolltest. Wir haben dir längst verziehen. Du wolltest ja Emma bestimmt nur helfen. Komm jetzt rein.«

Weiter und weiter kauerte ich da, und ich fühlte mich schuldig, weil sie meinetwegen solche Sorgen hatten. Richtige Angst hatte in Mammis Stimme mitgeklungen, als würde sie mich richtig liebhaben, aber wie konnte sie, wenn ich doch nie etwas richtig machte? War einfach nicht der Richtige zum Liebhaben. Der Schmerz in meinem Knie war noch viel schlimmer geworden. Vielleicht hatte ich einen Wundstarrkrampf. Die Kinder an der Schule hatten mir alles davon erzählt, wie es einem die

Zähne so zusammenpreßt, daß man nicht mehr essen kann, so daß die Ärzte einem die Zähne ausschlagen müssen, damit sie einem so ein Ding reinschieben können, durch das man Luft bekommt. Bald würde der Krankenwagen in unsere Straße geheult kommen, und dann würde er mich unter vollen Sirenen den ganzen Weg in Daddys Krankenhaus fahren. Sie würden mich sofort in den Operationssaal rollen, da würde ein Arzt mit einer Maske stehen und rufen: »Ab mit diesem verfaulten, stinkenden Bein!« Sie würden es sofort abschneiden, und dann hätte ich nur noch einen Stumpf voller Gift, der mich trotzdem schnell ins Grab bringen würde.

Dann würden sie mich in einen Sarg packen und auf diesen Friedhof nach Clairmont, South Carolina, schaffen. Tante Carrie würde neben mir liegen, und dann hätte sie schließlich doch noch jemand so Kleines wie sie selbst, der ihr Gesellschaft leisten konnte. Aber es würde nicht Cory sein. Ich war es, das schwarze Schaf der Familie.

Auf dem Rücken lag ich, die Arme über der Brust verschränkt, ganz wie Malcolm Neal Foxworth, starrte nach oben, wartete darauf, daß der Winter kam und ging und der Sommer mir Mammi, Jory, Daddy, Cindy und Emma an mein Grab brachte. Aber mir würden sie keine hübschen Blumen bringen. Unten in meinem Grab würde ich mit meinem steifen Lächeln liegen, und sie würden nicht wissen, daß ich den erstickenden Efeu viel lieber mochte als diese stinkenden Rosen mit ihren Dornen.

Meine Familie würde fortgehen. Ich war da unten unter der Erde im Dunkeln gefangen für immer und ewig. Wenn ich dann endlich in der kalten Erde lag, und über mir lag überall Schnee, dann brauchte ich auch nicht mehr so zu tun, als wäre ich wie Malcolm Foxworth. Ich stellte mir Malcolm vor, wie er alt gewesen war, zerbrechlich, mit dünnem Haar und humpelnd wie John Amos. Und nur ein bißchen besser aussehend als John Amos, der sehr häßlich war.

Ein kleines bißchen noch, dann hatte ich alle Probleme von Mammi gelöst, und Cindy konnte in Zukunft in Frieden leben.

Jetzt, nachdem ich tot war.

Kriegsverletzung

Das Abendessen kam und ging. Es wurde Zeit, ins Bett zu gehen, und Bart tauchte noch immer nicht auf. Wir hatten alles nach ihm abgesucht, jeder von uns hatte sich daran beteiligt, aber ich suchte am längsten. Ich war derjenige, der ihn am besten kannte. »Jory«, sagte Mam, »wenn du ihn in zehn Minuten nicht gefunden hast, rufe ich die Polizei an.«

»Ich finde ihn«, erwiderte ich, ohne mir dessen jedoch so sicher zu sein, wie ich mich bemühte auf Mammi zu wirken. Es gefiel mir nicht, was Bart mit unseren Eltern anstellte. Sie bemühten sich, für ihn immer das Beste zu tun. Es machte ihnen bestimmt keinen besonderen Spaß, Disneyland zum vierten Mal zu besuchen. Alles nur für Bart, und er war zu stur, um es auch nur zu begreifen.

Er benahm sich einfach schlecht. Schlecht und böse. Dad und Mam sollten ihn schwer bestrafen und nicht länger so viel Nachsicht mit ihm haben. Dann wüßte er wenigstens, daß er ihnen wichtig genug war, ihn für seine Schlechtigkeiten zu bestrafen.

Doch jedesmal wenn ich versucht hatte, mit ihnen darüber zu sprechen, hatten sie mir beide erklärt, daß sie selbst mit strengen und grausamen Eltern die furchtbarsten Erfahrungen gemacht hätten. Manchmal kam es mir schon komisch vor, daß sie alle beide die gleiche Art von herzlosen Eltern gehabt haben mußten, aber mein Lehrer sagte mir oft, daß sich Gleiches mehr anzieht als Gegensätzliches. Ich brauchte sie mir nur anzusehen, um die Richtigkeit dieses Gedankens vor mir zu haben. Beide hatten sie die gleiche Art von hellblondem Haar, die gleichen blauen Augen und die gleichen dunklen Augenbrauen mit langen, schwarzen, gebogenen Augenwimpern – auf die

Mammi immer noch Maskara auftrug, weswegen Daddy sie regelmäßig aufzog, denn seiner Ansicht nach hatte sie das wirklich nicht nötig.

Nein, sie würden Bart niemals hart bestrafen, selbst wenn er noch so bösartig war, denn sie hatten am eigenen Leibe erfahren müssen, welche Schäden so etwas anrichten konnte.

Junge, was hatte Bart einen Spaß daran, sich über Sünde und Böses zu unterhalten. Eine ganz neue Art von Gesprächsthema für ihn, als hätte er sich die Bibel durchgelesen und dabei diese Sorte von Dingen herausgefischt, über die sich eine bestimmte Art von Predigern auf der Kanzel in Rage redet. Er konnte sogar einige Bibelstellen auswendig – etwa aus dem Lied des Predigers Salomo und so etwas über eines Bruders Liebe zu seiner Schwester, deren Brüste wie …

O Mann, über solche Sachen mochte ich nicht mal nachdenken. Irgendwie bekam ich dabei immer so ein beängstigendes Gefühl. Es war mir noch unangenehmer, als wenn Bart immer davon anfing, wie sehr er Gräber, alte Damen, Friedhöfe und überhaupt alles andere auch haßte. Haß war ein Gefühl, das er sehr oft empfinden mußte, der arme Kerl.

Ich sah noch einmal in seine kleine Höhle unter der Hecke und entdeckte einen Fetzen von seinem Hemd. Aber von ihm keine Spur. Ich hob ein Brett auf, das wohl für die Hundehütte bestimmt war, an der Bart seit einiger Zeit baute, und starrte auf den rostigen, blutigen Nagel, der an einem Ende herausragte.

Hatte er sich mit diesem Nagel verletzt und irgendwo verkrochen, um zu sterben? Das Sterben war in der letzten Zeit fast sein einziges Gesprächsthema gewesen, wenn man von Gesprächen über diejenigen, die es bereits hinter sich hatten, einmal absah. Immer kroch er irgendwo auf dem Boden herum, schnupperte herum wie ein Hund, ja manchmal hob er sogar wie ein Hund das Bein. Junge, er war schon ein verdrehter kleiner Bursche.

»Bart, ich bin es, Jory! Wenn du die ganze Nacht draußen bleiben willst, lasse ich dich in Ruhe und erzähl unseren Eltern nichts … Gib doch nur einen Laut von dir, damit ich weiß, daß du noch lebst.«

Nichts.

Unser Garten war groß, voller Büsche, Hecken und Bäume, die Mam und Dad gepflanzt hatten. Ich sah hinter einen Kamelienbusch. O Gott – war das nicht Barts nackter Fuß?

Da war er, halb unter der Hecke, nur die Beine ein Stück vorgestreckt. Ich hatte ihn bisher dort übersehen, weil er sich sonst immer an anderen Plätzen versteckte. Inzwischen war es richtig dunkel, und der Nebel ließ alles noch schwieriger erkennen.

Sanft zog ich ihn unter den Büschen vor und wunderte mich, warum er nicht protestierte. Ich starrte in sein gerötetes, flekkiges Gesicht. Seine Augen blickten stumpf und teilnahmslos. »Faß mich nicht an«, stöhnte er. »Bin jetzt fast tot ... fast hinter mir ...«

Ich nahm ihn auf die Arme und rannte mit ihm ins Haus. Er weinte und sagte mir, sein Bein täte so weh ... »Jory, ich möchte wirklich nicht sterben, überhaupt nicht.«

Als Daddy ihn dann in sein Auto verfrachtete, war er schon ohne Bewußtsein. »Ich kann es nicht glauben«, erklärte Dad. »Dieses Bein, es ist schon fast auf den dreifachen Umfang angeschwollen. Wir können nur beten, daß er keinen Wundstarrkrampf hat.«

Darüber wußte ich Bescheid – daran konnte man sterben.

Im Krankenhaus wurde Bart sofort in ein Bett gepackt, und andere Ärzte kamen, sein Bein zu untersuchen. Sie versuchten Dad aus dem Zimmer zu schicken, weil es wohl bei Ärzten so eine Art Berufsethos ist, niemand aus der eigenen Familie zu behandeln. Ich nehme an, weil man dabei zuviel eigene Emotionen in die Behandlung einbringen könnte.

»Nein!« wehrte Dad sich wild. »Er ist mein Sohn, und ich bleibe hier, damit ich sehen kann, was für ihn getan wird!« Mam weinte die ganze Zeit, kniete neben dem Bett und hielt Barts schlaffe kleine Hand. Innerlich war mir auch ganz schlecht, weil ich immer denken mußte, daß ich für Bart nicht genug getan hatte.

»Apple, Apple«, wimmerte Bart, sobald er einmal kurz die Augen aufschlug. »Muß Apple haben.«

»Er phantasiert«, meinte Dad zu Mam.

Er befand sich wirklich in einem furchtbaren Zustand.

Schweiß tropfte von seiner Stirn, und der kleine, dünne Körper schwamm förmlich in Schweiß. Mam schluchzte wild los. »Bring deine Mutter hier raus«, befahl Dad. »Ich möchte nicht, daß sie sich das alles ansieht.«

Während Mammi mit verweinten Augen im Wartezimmer am Ende des Flures saß, stahl ich mich zurück in Barts Krankenzimmer und sah Dad dabei zu, wie er Bart Penizillin in den Arm spritzte. Ich hielt den Atem an. »Hat er irgendwelche Anzeigen für eine Penizillinallergie?« fragte einer der Ärzte. »Ich weiß nicht«, sagte Dad auf seine ruhige Art. »Er hat noch nie eine ernste Infektion gehabt. So wie es im Augenblick aussieht, müssen wir es einfach riskieren. Halten Sie alles bereit, falls es zu einem Schock kommen sollte.« Er entdeckte mich in einer Ecke, wo ich mich bemühte, nicht im Weg zu sein. »Jory, geh zu deiner Mutter. Du kannst uns hier nicht helfen.«

Ich konnte mich nicht von der Stelle bewegen. Aus irgendeinem Grund – vielleicht empfand ich Bart gegenüber Schuldgefühle – mußte ich bleiben und sehen, was aus ihm wurde. Sein Zustand schien sich zu verschlechtern. Dad runzelte die Stirn, gab einer Krankenschwester ein Zeichen, und zwei weitere Ärzte kamen. Einer von ihnen schob Bart einen Tubus in die Nase. Danach passierte etwas so Furchtbares, daß ich meinen Augen nicht traute. Am ganzen Körper bekam Bart plötzlich große, rotverschwollene Ausschläge. Sie mußten brennen und jucken, denn seine Hände zuckten von einer roten Schwellung zur nächsten. Dad hob Bart schnell auf eine Bahre, so daß er aus dem Zimmer gerollt werden konnte.

»Dad!« schrie ich, »wo fahren sie ihn hin? Sie müssen ihm doch nicht das Bein amputieren?«

»Nein«, sagte er ruhig. »Dein Bruder hat eine heftige Penizillinallergie. Wir müssen ihm schnell einen Luftröhrenschnitt machen, bevor die allergischen Schwellungen ihn ersticken.«

»Chris«, rief einer der Ärzte, die die Bahre hinausschoben, »das geht okay. Tom hat bereits die Maßnahmen zur künstlichen Beatmung getroffen – wir brauchen keinen Schnitt mehr zu machen.«

Ein Tag verging, ohne daß Barts Zustand sich besserte. Es

schien, daß Bart sich blutig kratzte und nur noch weitere Infektionen bekam. Mit grausiger Faszination stand ich neben seinem Bett und beobachtete, wie seine plumpen, geschwollenen Finger in dem vergeblichen Bemühen, den quälenden Juckreiz zu lindern, konvulsisch zuckten. Sein ganzer Körper glühte scharlachrot. Daß sein Zustand sehr ernst sein mußte, konnte ich an Dads Gesicht und dem Benehmen der anderen Ärzte erkennen. Schließlich bekam Bart die Hände so bandagiert, daß er sich nicht mehr kratzen konnte. Als nächstes schwollen seine Augen so aus den Höhlen, daß sie wie zwei große rote Gänseeier wirkten. Seine Lippen waren fast doppelt so dick wie normal, so daß man sein Gesicht kaum noch wiedererkannte.

Ich konnte gar nicht glauben, daß dies alles lediglich Ergebnis einer Allergie war.

Mam klammerte sich jedesmal fest an Dad, wenn sie Bart besuchte. Es kam uns so vor, als wäre er schon ewig so krank. Zwei Tage vergingen, und noch immer ging es Bart nicht besser. Er verbrachte seinen zehnten Geburtstag im Krankenhaus, von Fieberträumen gequält und ohne uns zu erkennen, der Ausflug nach Disneyland mußte ausfallen, und unsere Reise nach South Carolina mußte um ein weiteres Jahr verschoben werden.

»Seht mal«, sagte plötzlich Daddy und deutete mit einem hoffnungsvollen Zwinkern seiner müden Augen in Barts Richtung. »Die Schwellungen gehen zurück.«

Es schien, als wäre er aus dem Gröbsten heraus. Ich dachte, jetzt müsse es Bart schnell besser gehen. Das war ein Irrtum. Sein Bein schwoll sogar noch mehr an – und er erwies sich gegen praktisch jedes Antibiotikum allergisch, das sie an ihm ausprobierten. »Was sollen wir denn jetzt machen?« schrie Mam so erregt, daß ich mir auch um ihre Gesundheit ernsthafte Sorgen zu machen begann.

»Wir tun alles, was in unserer Macht steht« war alles, was Dad antwortete.

»Oh, mein Gott, warum hast du mich verlassen?« murmelte Bart in seinem Delirium. Tränen liefen mir über die Wangen.

»Gott hat dich nicht verlassen«, sagte Dad. Er kniete neben Barts Bett und betete mit ihm, drückte ihm fest die kleine Hand, während Mam auf einer Liege dicht dabei schlief, die man extra für sie in das Zimmer gestellt hatte. Sie hatte gar nicht gemerkt, daß Dad ihr kein Aspirin für ihre Kopfschmerzen, sondern ein starkes Beruhigungsmittel gegeben hatte. Sie war viel zu aufgeregt gewesen.

Dad strich mir über den Kopf. »Geh jetzt nach Hause und schlaf, Jory, du hast hier wirklich alles getan, was man tun kann, und das ist leider nicht viel.« Langsam stand ich auf, ganz steif von dem langen Sitzen, und ging zur Tür. Als ich Bart einen letzten langen Blick zuwarf, sah ich, wie er sich ruhelos hin und her warf, während mein Vater sich neben meiner Mutter auf der Liege ausstreckte.

Am nächsten Tag eilte Mam direkt nach dem Ballettunterricht ins Krankenhaus, während ich mich noch für ein weiteres Training zur Klaviermusik aufwärmte. »Das Leben geht weiter, Jory. Denk eine Weile mal nicht an die Probleme deines Bruders, wenn du es schaffst, und komm dann später wieder zu uns.« Kaum war sie mir aus den Augen, als mir urplötzlich etwas dämmerte. Apple! Natürlich! Bart phantasierte nicht ... er sorgte sich um seinen Hund. Sein geliebtes Hundepony!

In zehn Minuten war ich aus meinem Trikot und in der nächsten Telefonzelle, um Dad anzurufen. »Wie geht es Bart?« fragte ich.

»Nicht sehr gut. Jory, ich weiß noch gar nicht, wie ich es deiner Mutter sagen soll, aber die Spezialisten hier wollen Barts Bein amputieren, bevor die Infektion ihn noch weiter schwächt. Ich kann das nicht zulassen – aber wir können auch nicht riskieren, daß Bart uns unter den Händen stirbt.«

»Laß um Himmels willen keine Amputation zu!« schrie ich ihn fast an. »Erzähl Bart – und sorge dafür, daß er es auch hört – ich kümmere mich um seinen Apple. Ich fahre deshalb jetzt nach Hause. Bitte sorg dafür, daß Bart kein Bein verliert.« Mit nur einem Bein würde Bart sich nur noch viel schlimmer benachteiligt und unterlegen fühlen.

»Jory, dein Bruder liegt einfach da und will nicht gesund werden. Er lehnt unsere Hilfe irgendwie ab. Es scheint, als wolle er sterben. Wir können ihm keine Antibiotika geben, und seine Temperatur steigt ständig. Aber du hast recht. Es muß etwas geben, womit wir ihm wieder Mut machen können.«

Zum ersten Mal in meinem Leben trampte ich nach Hause. Eine nette alte Dame nahm mich bis zur Abzweigung am Fuß der Hügel mit, und den Rest des Weges legte ich im Laufschritt zurück. Sobald Bart erst wußte, daß mit Apple alles in Ordnung war, würde es ihm besser gehen. Er bestrafte sich selbst, genau wie er mit den Fäusten gegen die Wand hämmerte, wenn er etwas zerbrochen hatte. Mir wurde schmerzhaft bewußt, daß mein kleiner Bruder mir viel wichtiger war, als ich je geahnt hätte. Ein dummer kleiner Bursche, der sich nicht einmal selbst gern hatte. Versteckte sich in seinen Phantasiespielen, erzählte Lügengeschichten, nur um irgend jemand zu beeindrucken. Dad hatte mir vor langer Zeit einmal gesagt: »Gönne ihm seine Phantasieabenteuer, Jory.« Aber vielleicht hatten wir ihm zuviel davon gegönnt.

Ich atmete tief durch, als ich Apple in der Scheune des Nachbarhauses entdeckte. Er war an einen Pfahl gekettet, der mitten in der Scheune in den Boden gerammt war. Ein Napf mit verdorbenem Hundefutter stand knapp außerhalb der Reichweite seiner Kette.

Sein Hunger ließ sich leicht an seinem struppigen, lose herunterhängenden Fell ablesen. Er sah erschöpft aus, hechelte und sah mich aus großen, flehenden Augen an. Wer hatte ihm das angetan? Er hatte den Boden in dem verzweifelten Versuch, sich zu befreien, aufgewühlt, aber nun lag er, noch immer nicht viel mehr als ein großes Hundebaby, hechelnd und am Ende seiner Kräfte in der Scheune, deren Türen und Fensterläden alle dicht geschlossen gewesen waren.

»Alles in Ordnung, mein Junge«, beruhigte ich ihn, bevor ich ihm erst einmal frisches Wasser holte. Er fiel so gierig darüber her, daß ich es ihm gleich wieder wegnehmen mußte. Ein wenig wußte ich von Dad, wie man sich in solchen Fällen zu verhalten hatte. Hunde durften, genau wie Menschen, nach langem Durst nicht zuviel auf einmal trinken. Als nächstes löste ich ihn von der Kette und ging zu dem Regal mit dem Hundefutter. Ich suchte mir unter der Vielzahl von Büchsen aus, was den schmackhaftesten Eindruck machte. Apple verhungerte sozusagen im Überfluß. Ich konnte seine Rippen fühlen, als ich ihm das abgerissene Fell streichelte.

Nachdem er gefressen und noch einmal getrunken hatte, bürstete ich ihm sein verfilztes Fell. Dann setzte ich mich auf den schmutzigen Scheunenboden und nahm seinen Kopf in meinen Schoß. »Bart kommt bald zu dir zurück, Apple. Er wird zwei gesunde Beine haben, das verspreche ich dir. Ich weiß nicht, wer dir das hier angetan hat und warum, aber du kannst dich darauf verlassen, daß ich es herausfinde.« Was mich am meisten beunruhigte, war der furchtbare Verdacht, daß gerade die Person, die Apple am meisten liebte, auch diejenige war, die ihn fast hatte verhungern lassen. Bart dachte immer mit so verdrehter Logik. Ihm kam es wahrscheinlich in den Sinn, Apple darunter schwer leiden zu lassen, daß sein Herr fort war, nur damit Apple noch zehnmal dankbarer war, wenn sein Bart endlich wieder zu ihm zurückkehrte.

Konnte Bart wirklich so herzlos grausam sein?

Draußen herrschte eine für einen Julitag milde Hitze. Als ich mich dem großen Haupthaus näherte, hörte ich zwei gedämpfte Stimmen. Diese alte Frau in Schwarz und ihr unheimlicher Butler saßen im kühlen Schatten einer Veranda unter riesigen Topfpalmen und großen Farnen, die aus alten Steinurnen wuchsen.

»John, ich meine, ich sollte noch einmal nach Barts Hund sehen. Er wirkte heute morgen so froh, mich zu sehen. Ich begreife gar nicht, warum er so ausgehungert ist. Müssen Sie ihn wirklich so anketten? Es kommt mir an einem so schönen Tag einfach grausam vor für das arme Tier.«

»Madam, es ist kein so schöner Tag«, sagte der boshaft blikkende Butler, während er auf einem ihrer Gartensessel ausgestreckt ein Bier schlürfte. »Da Sie darauf bestehen, Schwarz zu tragen, empfinden Sie es natürlich immer wärmer als irgend jemand sonst.«

»Ich bin nicht daran interessiert, was Sie von meiner Garderobe denken. Ich will wissen, warum Sie Apple angekettet halten.«

»Weil der Hund fortlaufen könnte, um seinen jungen Herrn zu suchen«, erwiderte John sarkastisch. »Dieser Gedanke ist Ihnen wohl noch nicht gekommen.«

»Sie könnten doch die Scheune verriegeln. Ich gehe

jetzt noch einmal zu ihm. Er wirkte so abgemagert und verzweifelt.«

»Madam, wenn Sie sich schon um etwas Sorgen machen, dann heben Sie sich Ihre Sorgen für ernstere Dinge auf. Machen Sie sich lieber Gedanken um Ihren Enkel, der gerade sein Bein verliert!«

Sie hatte sich halb aus ihrem Sessel erhoben, aber bei diesen Worten sank sie zurück in die Polster. »Oh. Es geht ihm schlechter? Haben Emma und Marta heute wieder miteinander geredet?«

Ich seufzte, weil ich wußte, daß Emma zum Klatschen neigte, was nicht gut war. Ich bin aber ehrlich überzeugt, daß sie nie etwas Wichtiges über uns weitererzählte. Sie erzählte auch uns Kindern nie etwas über unsere Eltern. Es war wohl nur der übliche Alltagsklatsch.

»Natürlich haben sie«, knurrte der Butler. »Haben Sie je von Frauen gehört, die nicht klatschen? Diese beiden schwätzen auf Leitern über die Mauer. Aber wenn man dieser Emma zuhört, sind der Doktor und seine Frau einfach perfekt.«

»John, was hat Marta über Bart erfahren? Erzählen Sie es mir!«

»Nun, Madam, es scheint, das Bürschchen hat es geschafft, sich einen rostigen Nagel ins Knie zu schlagen, und eine Blutvergiftung bekommen – eine böse Blutvergiftung, bei der man das Bein amputieren muß, um den Patienten zu retten.«

Ich starrte aus meinem Versteck auf die beiden, die dort saßen und redeten, sie völlig aufgelöst, er absolut unberührt und amüsiert über die Reaktionen seiner Herrin.

»Sie lügen!« schrie die Frau und sprang auf. »John, Sie erzählen mir Lügen, nur um mich noch mehr zu quälen. Ich weiß, daß Bart wieder gesund wird. Sein Vater wird es schon schaffen, ihn über den Berg zu bringen. Da bin ich sicher. Er ist doch Arzt...« Und dann brach sie in Tränen aus. Sie nahm den Schleier ab und wischte sich die Tränen ab. Diesmal fielen mir die Narben in ihrem Gesicht nicht so sehr auf, aber ihr tiefer Schmerz war unübersehbar. Empfand sie wirklich so viel für Bart? Warum bedeutete er ihr soviel? Konnte sie wirklich Barts Großmutter sein? Unsinn! Seine Großmutter lebte in einer Nervenheilanstalt in Virginia.

Ich trat einen Schritt vor, so daß die beiden mich sehen konnten. Sie schien überrascht, dann dachte sie an ihr unverhülltes Gesicht und warf sich eilig den Schleier wieder über.

»Guten Morgen«, sagte ich an die Dame gewandt und ignorierte den Alten, der mir einfach widerwärtig war. »Ich habe gehört, was Ihr Butler erzählte, Madam, aber er hat Ihnen nur einen Teil der Wahrheit erzählt. Mein Bruder ist sehr krank, aber seine Blutvergiftung ist nicht lebensbedrohend, und er wird sein Bein nicht verlieren.«

»Jory, bist du sicher, daß Bart gesund wird?« fragte sie voller ehrlicher Anteilnahme. »Er liegt mir sehr am Herzen... ich kann dir gar nicht sagen wie sehr.« Sie schluchzte und senkte den Kopf, während ihre dünnen, beringten Finger sich nervös ineinander verkrampften.

»Ja, Madam«, erwiderte ich. »Wenn Bart nicht gegen die meisten Medikamente allergisch wäre, hätten die Ärzte seine Infektion längst unter Kontrolle – aber letzten Endes wird mein Dad einen Weg finden, ihm zu helfen. Mein Vater weiß immer eine Lösung.«

Dann wandte ich mich an den Butler und bemühte mich, meiner Stimme die Autorität eines Erwachsenen zu geben. »Was Apple angeht, er braucht keinesfalls in einer heißen Scheune, deren Fenster alle verschlossen sind, angekettet zu sein. Und man muß ihm auch nicht sein Futter und sein Wasser gerade außer Reichweite stellen. Ich weiß nicht, was hier eigentlich los ist und warum Sie das arme Tier so quälen – aber Sie kümmern sich besser anständig um den Hund, wenn Sie nicht wollen, daß ich den Tierschutzverein anrufe.« Ich drehte mich auf dem Absatz herum und marschierte ab nach Hause.

»Jory!« rief die Lady in Schwarz. »Bleib hier! Geh jetzt nicht weg. Erzähl mir doch noch mehr von Bart!«

Ich wandte mich noch einmal zu ihr: »Wenn Sie meinem Bruder helfen wollen, gibt es nur eines, was Sie tun können – lassen Sie ihn in Ruhe. Wenn er zurückkommt, erklären Sie ihm auf eine nette Art, warum er nicht mehr zu Ihnen kommen soll – so daß es ihm nicht weh tut.«

Sie redete weiter und weiter, bettelte, ich solle bei ihr bleiben und ihr mehr erzählen, aber ich ging ohne ein weiteres Wort und glaubte, etwas zu Barts Schutz getan zu haben. Wovor ich ihn da eigentlich schützte, wußte ich aber selbst nicht genau.

In der folgenden Nacht stieg Barts Fieber noch höher. Die Ärzte ließen ihn in ein Kühltuch wickeln, das wie so eine Art Eisschrank wirkte. Ich beobachtete meinen Vater, beobachtete meine Mutter, sah die Blicke, die sie austauschten, wie sie sich sanft berührten und sich gegenseitig Kraft spendeten. Als wären sie nur eine einzige Person, ohne daß irgendein Wort zwischen ihnen nötig gewesen wäre, rieben sie Bart immer wieder mit Eiswürfeln ein. Ich schluckte ein Schluchzen herunter und senkte den Kopf, seltsam bewegt von ihrer Art der Liebe und des Verständnisses. Dann wollte ich ihnen eigentlich von der Frau im Nachbarhaus erzählen, aber ich hatte Bart versprochen, nichts zu sagen. Er hatte dort zum ersten Mal in seinem Leben eine eigene Freundin, dazu noch ein Tier, das ihn liebte, nachdem alle anderen immer einen Bogen um ihn gemacht hatten. Doch je länger ich mich mit dieser Geschichte zurückhielt, desto mehr mochten meine Eltern letzten Endes darunter zu leiden haben. Wie kam ich auf diesen Gedanken? Wie sollte diese alte Lady meinen Eltern weh tun können? Irgendwie wußte ich, daß sie es konnte. Irgendwie wußte ich, daß sie es tun würde. Ich wünschte mir, ein Mann zu sein, mit der Fähigkeit, allein die richtigen Entscheidungen zu treffen.

Während ich übermüdet einnickte, fiel mir ein, was Dad so oft sagte: »Gott hat seine eigenen geheimen Wege, die Dinge zum Besten zu ordnen.«

Das nächste, an das mich erinnern kann, war, daß Dad mich wachrüttelte.

»Bart ist über den Berg«, rief er. »Bart behält sein Bein und wird wieder gesund.«

Langsam, Tag um Tag, ging die furchtbare Schwellung des Beines zurück. Nach und nach nahm es wieder seine natürliche Farbe an, doch Bart wirkte lustlos und abwesend, während er mit leeren Augen zur Decke starrte, ohne je zu irgend jemandem etwas zu sagen.

Wir saßen gerade noch am Frühstückstisch, als Dad eines Morgens seine müden Augen rieb und uns etwas Unglaubliches mitteilte. »Cathy, du wirst es mir nicht glauben, aber im Labor hat man etwas sehr Eigenartiges entdeckt, als man die Kulturen von Barts Wunde untersuchte. Wir erwarteten eine Tetanusinfektion, wie sie von Rost verursacht werden kann. Aber was man dann außerdem noch fand, war eine bestimmte Art von Staphylokokken, wie man sie im frischen Hundekot antrifft. Es ist wirklich ein Wunder, daß Bart noch beide Beine hat.«

Mam sah blaß und müde aus, als sie ihren Kopf auf seine Schulter legte. »Wenn Clover noch hier wäre, wüßte ich schon woher...«

»Du weißt, wie unser Bart ist. Wenn irgend etwas Schmutziges im Umkreis von einer Meile zu finden ist, trampelt er darauf herum, kriecht darüber oder hebt es sogar auf und untersucht es eingehend.« Mam schloß die Augen, während er weiterredete und ihr den Rücken streichelte. »Als ich ihm erzählt habe, daß wir nicht in den Osten fliegen, schien ihm das sehr zu gefallen.« Dad sah mich an. »Ich hoffe, du bist nicht zu sehr enttäuscht? Wir werden bis zum nächsten Sommer warten müssen, bevor wir deine Großmutter wieder besuchen können. Vielleicht schaffe ich es auch, über Weihnachten ein paar Tage frei zu nehmen.«

Meine Gedanken waren böse. Bart bekam am Ende immer, was er wollte. Er hatte es geschafft, einen sicheren Weg zu finden, an dem Besuch bei den »ollen Gräbern« und den »ollen Großmüttern« vorbeizukommen. Dafür hatte er sogar auf Disneyland verzichtet. Aber es war nicht Barts Art, auf irgend etwas zu verzichten.

An diesem Abend war ich alleine bei Bart, während Mam und Dad sich irgendwo im Krankenhaus mit Freunden unterhielten. Ich erzählte Bart von dem Gespräch zwischen der alten Lady und dem Butler, das ich mitgehört hatte. »Da waren sie, Bart, saßen auf ihrer Terrasse und sie machte sich solche furchtbaren Sorgen um dich.«

»Sie liebt mich«, wisperte er stolz, trotz seiner kaum hörbaren Stimme. »Sie liebt mich mehr, als das irgend jemand sonst tut«, und hier wurde sein Blick nachdenklich, »außer vielleicht Apple.«

Bart, dachte ich, denk doch nicht so etwas. Aber ich konnte nichts sagen und ihm seinen Stolz darauf nehmen, daß er außerhalb seiner eigenen Familie solche Zuneigung gefunden hatte. Mit gemischten Gefühlen beobachtete ich seinen vielsagenden Gesichtsausdruck, innerlich verunsichert wie selten zuvor. Was für eine Art von kleinem Bruder hatte ich da eigentlich? Er mußte doch eigentlich wissen, daß niemand ihn so sehr liebte wie seine Eltern.

»Großmutter hat Angst vor diesem ollen Butler«, sagte er, »aber ich werde schon mit ihm fertig. Ich habe eine geheime Macht über ihn.«

»Bart, warum gehst du immer wieder dort hinüber?«

Er zuckte die Achseln und starrte zur Wand. »Weiß nicht. Geh' einfach gern.«

»Du weißt, daß Dad dir einen Hund kaufen würde, jede Art von Hund, den du gerne haben möchtest. Du brauchst ihn nur darum zu bitten, und er gibt dir genauso einen Hund wie Apple.«

Sein wütender, brennender Blick schien mich durchbohren zu wollen. »Es gibt keinen anderen Hund auf der Welt wie meinen Ponyhund. Apple ist etwas Besonderes.«

Ich wechselte schnell das Thema.

»Woher weißt du, daß die Frau sich vor ihrem Butler fürchtet? Hat sie dir das erzählt?«

»Sie brauchte es mir nicht zu erzählen. Konnte ich selber sehen. Er sieht sie böse an und sie ihn verschreckt.«

Und ich begann auch, alles und jeden verschreckt anzusehen.

Heimkehr

War schön, wie sich Mammi um mich kümmerte und sorgte. War aber nicht von Dauer. Änderte sich bald, als es mir wieder besser ging. Zwei lange, lange Wochen in diesem stinkigen Krankenhaus, wo sie mir das Bein abhacken und in ihren Ofen werfen wollten. Machte mich richtig glücklich, an mir herunterzusehen und mein Bein zu erblicken. Da war es noch. Junge, was würde ich denen erst in der Schule alles erzählen. Die würden alle schwer beeindruckt sein, wenn sie erst erfuhren, daß ich fast ein Bein amputiert bekommen hätte. War offenbar aus gutem Material, das nicht verfaulte und abstarb. Und ich hatte nicht geweint. Tapfer war ich auch.

Ich erinnerte mich, wie Daddy sich über mich gebeugt hatte. Traurig und sorgenvoll hatte er ausgesehen. Vielleicht liebte er mich wirklich, auch wenn ich nicht sein richtiger Sohn war. »Daddy!« rief ich, als ich ihn sah. »Du hast gute Neuigkeiten, seh' ich dir an.«

»Schön, daß du so strahlend und fröhlich aussiehst.« Er setzte sich neben mich auf das Bett und nahm mich in die Arme, bevor er mir einen dicken Kuß gab. Toll. »Bart, ich habe große Neuigkeiten. Deine Temperatur ist normal. Dein Knie heilt gut. Der Sohn eines Arztes zu sein hat seine Vorteile. Ich nehme dich ab heute in meine eigene Pflege. Wenn du weiter hier bleibst, löst du dich noch in Nichts auf. Sobald du erst wieder zu Hause bist, bekommst du von Emmas herrlichem Essen schon wieder etwas Fleisch auf die Knochen.«

Er sah mich auf eine liebe Art an, als wäre ich ihm wirklich so wichtig wie Jory. Ich hätte am liebsten geweint. »Wo ist Mammi?«

»Ich mußte heute morgen schon früh aus dem Haus, deshalb

blieb sie bei den anderen und bereitet eine ganz besondere Willkommensfeier für dich vor – deshalb kannst du ihr doch nicht böse sein.«

Ich konnte! Hier wollte ich sie haben! Konnte wetten, sie kam nicht, weil sie wieder an der kleinen ollen Cindy rumfummeln mußte, Schleifchen ins Haar, Schleifchen hier, Schleifchen da. Ich hielt den Mund und erlaubte Daddy, mich in den Wagen zu tragen. Ein gutes Gefühl, wieder die Sonne auf der Haut zu spüren und nach Hause zu fahren.

Im Flur stellte Daddy mich auf meine weichen Knie. Ich starrte Mammi an, die erst zu Daddy lief und ihn auf die Wange küßte – wo ich doch da war und zuerst geküßt werden wollte. Ich wußte, warum sie das nicht tat. Sie hatte jetzt Angst vor mir. Sie sah meinen knochigen Körper, mein häßliches knochiges Gesicht. Sie mußte sich zu einem Lächeln zwingen, als sie mich sah. Ich zuckte zurück, als sie schließlich auf mich zukam, um die Pflicht an ihrem Sohn zu erfüllen, der nicht gestorben war. Man brauchte sich nur ihre falsche Fröhlichkeit anzusehen. Ich wußte, daß sie mich nicht mehr liebte, nicht mehr wirklich haben wollte. Und da war auch noch Jory, lächelte und tat so, als freute er sich über meine Rückkehr, wo ich doch wußte, daß sie alle mich viel lieber unter der Erde gesehen hätten. Ich fühlte mich wie Malcolm, als er ein kleiner Junge gewesen war, unerwünscht und ungeliebt und so verdammt elend.

»Bart, mein Liebling!« sagte Mammi. »Warum siehst du so unglücklich aus? Freust du dich nicht, wieder zu Hause zu sein?« Sie zog mich in ihre Arme und versuchte mich zu küssen, aber ich wich ihr aus. Sah den Schmerz in ihrem Gesicht, aber das zählte nicht. Sie machte mir nur etwas vor, wie ich immer allen etwas hatte vormachen müssen.

»Es ist so wunderbar, dich wieder hier zu haben, mein Schatz«, ging es weiter mit ihren Lügen. »Emma und ich haben den ganzen Morgen geplant, was wir tun können, damit du dich freust und glücklich zu Hause bist. Weil du immer so über das furchtbare Krankenhausessen geklagt hast, haben wir all deine Lieblingsspeisen zubereitet.« Sie lächelte wieder und versuchte noch einmal, mich an sich zu drücken. Aber ich würde sie mit ihren »Weiberkünsten«, von denen John Amos so viel erzählt hatte, nicht an mich heran lassen, gutes Essen und lächeln und Küsse gehörte alles zu den »Weiberkünsten«.

»Bart, sieh mich nicht so skeptisch an, Emma und ich haben wirklich alle deine Lieblingsspeisen für dich parat.«

Sie überhäufte mich weiter mit ihrer gezwungenen Freundlichkeit, bis Daddy hereinkam und mir einen kurzen Stock reichte. »Stütz dich beim Gehen so viel wie möglich darauf, bis dein Knie wieder kräftiger ist.«

Es machte irgendwie Spaß so rumzuhumpeln, mit einem Stock wie ein alter Mann, wie Malcolm Foxworth. Gefiel mir, daß sie sich wegen mir so anstellten, sich Sorgen machten, wenn ich nichts aß. Nichts von den Geschenken, die sie da für mich hatten, war so gut wie das, was ich von meiner Großmutter nebenan bekommen würde. »Großer Gott«, flüsterte mir Jory während des Essens zu, »mußt du dich wirklich so undankbar aufführen? Alle haben sich jede Menge Mühe gemacht, um dir eine Freude zu bereiten.«

»Hasse Apfelkuchen.«

»Früher hast du gesagt, Apfelkuchen sei dein Lieblingskuchen.«

»Habe ich nie gesagt! Hasse Huhn auch, mag Kartoffelbrei nicht und grünen Salat nicht – hasse alles!«

»Das glaube ich«, sagte mein angewiderter Bruder, der mir danach den Rücken zudrehte, um mich fortan zu ignorieren. Doch plötzlich nahm er mir die Hühnerkeule von meinem Teller. »Na ... da du das ja doch nicht ißt, brauchen wir es so wenigstens nicht wegzuwerfen.«

Er aß das Huhn bis auf den letzten Bissen. Jetzt konnte ich mich nicht mehr spät in der Nacht in die Küche schleichen und mich heimlich vollstopfen, wenn es keiner sah. Sollten sie nur alle traurig sein, wenn sie mit ansehen mußten, wie ich langsam zu Haut und Knochen wurde und schließlich in einem feuchten, kalten Grab lag. Würden sie schon merken, wie sehr ich ihnen dann fehlte.

»Bart, bitte versuch doch wenigstens ein kleines bißchen zu essen«, bettelte Mammi. »Was stimmt denn mit dem Apfelkuchen nicht?«

Ich runzelte die Stirn und schlug Jory so fest ich konnte auf die Hand, als er nach meinem Kuchen greifen wollte. »Kann Kuchen nur essen, wenn obendrauf Eis ist.«

Sie lächelte mich strahlend an und rief: »Emma, bring das Eis auf den Tisch.«

Ich schob meinen Teller von mir und rekelte mich im Stuhl. »Fühle mich nicht so gut. Möchte allein sein. Mag nicht, wenn man sich wegen mir so anstellt. Verdirbt mir den Appetit.«

Daddy sah aus, als würde er bald die Geduld mit mir verlieren. Er hinderte Jory aber auch nicht daran, mir noch den Kuchen zu klauen. So lange dauerte das also – eine Stunde, und schon waren die mich satt und wünschten, ich wäre gestorben.

»Cathy«, sagte Daddy, »dränge Bart nicht mehr. Wenn er nichts essen möchte, kann er gerne aufstehen. Er ißt schon, wenn er Hunger hat.«

Der Magen begann mir gerade zu knurren. Konnte aber das Zeug vor mir jetzt nicht mehr essen, nachdem Jory mir weggenommen hatte, was ich am liebsten mochte. Da saß ich und verhungerte, während alle mich vergaßen und zu reden begannen und zu lachen und so zu tun, als wäre ich noch im Krankenhaus. Ich stand auf und wollte in mein Zimmer hinken. Daddy rief mir nach: »Bart, ich möchte nicht, daß du draußen spielst, bevor dein Bein nicht ganz ausgeheilt ist. Leg dich ein wenig hin und leg das Bein dabei hoch. Nachher kannst du fernsehen.«

Fernsehen. Was war das schon für ein Begrüßungsgeschenk? Bemühte mich, gehorsam zu wirken. Ging in mein Zimmer und blieb an der Tür stehen, so daß ich denen im Eßzimmer noch zurufen konnte: »Daß mich keiner stört! Ich will meine Ruhe haben!«

Zwei Wochen hatten sie mich in diesem Krankenhaus festgehalten, und jetzt, wo ich wieder zu Hause war, hielten sie mich hier drinnen im Haus gefangen, ich würde es ihnen zeigen! Niemand hielt mich noch eine verdammte Woche lang irgendwo fest! Aber irgendwie schafften sie es, daß mich Tag und Nacht jemand im Auge behielt, bevor ich schließlich durch ein Fenster entkam, nachdem ich sechs Tage als Gefangener gehalten worden war. Hatte schon viel zuviel vom Sommer verpaßt und dazu auch noch meinen Disneylandausflug. Würde nichts mehr verpassen.

Der große, alte Baum neben der Mauer war nicht sehr nett zu mir und machte mir das Klettern nicht gerade leicht. Als ich nebenan war, begann mir das Bein weh zu tun. Schmerzen waren wirklich nicht so etwas Tolles, wie ich es mir gedacht hatte. »Normal« zu sein war auch keine große Sache. Jory hatte sich einmal den Knöchel verstaucht und tanzte trotzdem weiter, ignorierte die Schmerzen einfach. Ich konnte auch die Schmerzen ignorieren.

Als ich oben auf der Mauer saß, warf ich schnell einen Blick zurück, ob mir jemand folgte. Niemand. Niemand kümmerte es, was ich mir an weiteren Verletzungen holte. Ich rümpfte die Nase – was war das für ein ekliger, stinkender Geruch, der mir da aus der hohlen Eiche entgegenwehte? Ah, da fiel es mir wieder ein. Etwas Totes steckte in dem hohlen Baum da; was war es noch? Konnte mich gar nicht mehr richtig an alles erinnern. Im Kopf war es mir irgendwie ständig schwindelig, steckte voller Nebelschleier, die umherzogen, wie die bei uns zwischen den Hügeln.

Apple, besser an Apple zu denken. Vergaß das steife, schmerzende Knie, tat einfach so, als gehörte es zu einem gebrechlichen alten Mann, wie Malcolm einer geworden war. Mein junges Bein wollte laufen, aber mein altes gewann die Kontrolle über mich, ernannte sich zum Chef über mein Gehirn und zwang mich, mich schwer auf meinen Stock zu lehnen.

Oh! Was für ein trauriger Anblick würde es sein, den toten Apple in der Scheune liegen zu sehen. Ein jämmerlicher Haufen Fell, Haut und Knochen. Ich würde schreien und weinen und diejenigen hassen, die versucht hatten, mich zu zwingen, in den Osten zu fliegen und meinen allerbesten Freund im Stich zu lassen. Tiere waren die einzigen, die wirklich wissen, wie man mit Hingebung liebt.

Hundert Jahre waren vergangen, seit ich zum letzten Mal diesen Weg entlanggegangen war. Es schien, daß noch ein paar weitere Jahre vergingen, während ich langsam zur Scheunentür humpelte. Reiß dich zusammen, dachte ich mir, stähle deinen Willen, wie Malcolm den seinen gestählt hat. Bereite deine

Augen auf einen grausigen Anblick vor, denn Apple hat dich zu sehr geliebt und mußte mit dem Leben dafür bezahlen. Nie, nie wieder würde ich solch einen wahren Freund finden wie mein Hundepony, mein Apple.

Mein Gleichgewichtsgefühl, auch sonst schon nicht besonders gut, machte mir zu schaffen bei dieser Hinkerei, schwankte von einer Seite zur anderen, und mir wurde ganz schummerig vor Augen. Hatte das Gefühl, etwas wäre hinter mir. Ich spähte über die Schulter, sah aber niemanden. Nichts außer diesen furchteinflößenden Tiergestalten, die eigentlich nur grüne Büsche waren. Blöde Gärtner, sollten eigentlich etwas Besseres zu tun haben, als ihre Zeit damit zu verschwenden, ständig an den Büschen rumzuschnippeln, wenn überall echtes Geld rumlag und nur auf einen echten Mann wartete, der es sich schnappte. Dachte jetzt genau wie Malcolm, John Amos würde zufrieden sein. Mußte John Amos finden, so daß er mir half, noch etwas cleverer zu werden.

Mit den schlimmsten Befürchtungen näherte ich mich dem Platz, den Apple am liebsten mochte. Nun konnte ich nichts mehr sehen. Blind! Mein Stock tappte vor mir durch die Dunkelheit. Dunkel. Warum war es so dunkel? Ich tastete mich weiter und spähte hierhin und dorthin – die Läden der Scheune waren alle geschlossen. Armer Apple, hatte im Dunkeln verhungern müssen. Ich spürte einen Kloß in der Kehle, während ich in meinem Inneren um ein Haustier weinte, das mich mehr geliebt hatte als sein eigenes Leben.

Ich mußte mich zwingen, weiter zu suchen. Apple zu sehen, verhungert und tot, würde meine Seele furchtbar verwunden, meine unsterbliche Seele, von der John Amos sagte, daß sie sauber und rein bleiben müßte, wenn sie zu den schimmernden Toren des Himmels aufsteigen wollte, zu denen auch Malcolm gegangen war.

Noch ein Schritt weiter. Ich erstarrte. Da war mein Apple – und er war nicht tot! Er war in einer alten Stallbox, deren Fenster weit offen war und jagte einen roten Ball, schlug mit seinen großen, pfotenähnlichen Hufen danach – und neben ihm stand sein Freßnapf mit Futter. Sauberes Wasser war auch da. Ich stand da und zitterte am ganzen Körper, während Apple mich ignorierte und weiterspielte, als wäre ich gar nicht da. Er hatte mich überhaupt nicht vermißt!

»Du, du!« schrie ich. »Du hast hier gefressen und getrunken und dir eine schöne Zeit gemacht! Und ich stand die ganze Zeit an der Schwelle des Todes, und du hast dir gar nichts daraus gemacht. Ich dachte, du liebst mich. Ich dachte, du würdest mich furchtbar vermissen. Und jetzt wieherst du nicht einmal vor Freude, daß ich zurück bin. Ich hasse dich, Apple! Hasse dich, weil du dir nicht genug aus mir machst!«

Doch dann sah Apple mich und rannte zu mir, legte mir seine großen Hufpfoten auf die Schultern, während er mir das Gesicht zu lecken versuchte. Sein Schwanz wedelte wild, aber damit konnte er mich nicht täuschen. Er mußte einen anderen gefunden haben, der ihn besser versorgt hatte als ich – bei mir hatte sein Fell nie so verdammt hübsch ausgesehen. »Warum bist du nicht vor Einsamkeit gestorben?« Ich funkelte ihn haßerfüllt an und wollte, daß ihn mein Blick sofort sterben ließ. Er spürte meine Wut und zog sich zurück. Er klemmte den Schwanz zwischen die Beine und ließ den Kopf hängen, die Augen schuldbewußt gesenkt.

»Fort von mir! Du sollst genauso leiden, wie ich gelitten habe! Dann wirst du froh sein, wenn ich zurückkomme!« Ich nahm sein ganzes Fressen, sein Wasser und warf alles in die große Regentonne. Seinen roten Ball warf ich so weit weg, daß er ihn nie finden würde. Die ganze Zeit stand Apple da, schaute zu und wagte nicht, mit dem Schwanz zu wedeln. Er wollte mich zurück als Herren, aber jetzt war es zu spät.

»Jetzt wirst du mich vermissen«, schluchzte ich und stolperte davon, nachdem ich alle Fensterläden und Türen der Scheune fest verschlossen hatte. »Im Dunkeln sollst du da drinnen verhungern!« Niemals würde ich zurückkommen, niemals!

Kaum stand ich draußen im Sonnenlicht, da fiel mir das gemütliche, weiche Heu ein, auf dem er immer lag. Ich ging sofort zurück in die Scheune, schnappte mir eine Heugabel und nahm ihm alles Heu weg. Er winselte jetzt und versuchte, mich mit der Nase zu stupsen, ließ ihn aber nicht an mich heran. »Du liegst da, auf dem kalten, harten Boden! Alle Knochen werden dir davon weh tun, aber das macht mir nichts, denn ich liebe dich jetzt nicht mehr!« Wütend wischte ich mir die Tränen weg und kratzte mir die Augen.

In meinem ganzen Leben hatte ich nur drei Freunde gefunden: Apple, meine Großmutter und John Amos. Apple hatte meine Liebe zerstört, und einer der anderen mußte mich verraten haben, indem er ihn gefüttert und mir seine Liebe gestohlen hatte. John Amos machte sich nichts aus einem Hund – mußte die Großmutter gewesen sein.

Torkelte ganz benommen nach Hause. In der Nacht tat mein Bein so weh, daß Daddy kommen mußte, um mir eine Tablette zu geben. Er saß neben mir auf dem Bett und hielt mich in den Armen. Er gab mir ein Gefühl der Sicherheit, während er mir sanft von süßen Träumen erzählte, in die ich bald fallen würde.

Fiel aber in häßliche Träume. Überall tote Knochen. Blut strömte in großen Flüssen durch das Land. Darauf trieben Stücke von Menschen hinab in ein Feuermeer. Tot, ich war tot. Kränze vor dem Altar. Leute, die mich nie gekannt hatten, schickten Blumen für mich. Wollten mir damit sagen, daß sie froh über meinen Tod waren. Hörte wie das Feuermeer Teufelsmusik spielte. Deshalb haßte ich die Musik, und das Tanzen noch viel mehr, als ich es schon immer gehaßt hatte.

Die Sonne schien durch mein Fenster und fiel auf mein Gesicht. Sie entriß mich dem Griff der Hölle. Als ich die Augen aufschlug, war ich entsetzt, was ich wohl sehen würde. Es war nur Jory, der am Fußende meines Bettes stand und mich mitleidig ansah. Brauchte kein Mitleid. »Bart, du hast die letzte Nacht geweint, es tut mir leid, daß dein Bein immer noch so weh tut.«

»Das Bein tut überhaupt nicht weh!« schrie ich.

Stand auf und humpelte in die Küche, wo Mammi gerade Cindy fütterte. Emma briet gerade Speck für mein Frühstück. »Nur Kaffee und Toast«, fauchte ich. »Was anderes will ich nicht zu essen.«

Mammi zuckte zusammen und blickte mich dann mit einem seltsam blassen Gesicht an, richtig bleich war sie geworden. »Bart, bitte schrei nicht rum, du trinkst doch sonst keinen Kaffee, warum willst du Kaffee haben?«

»Wird Zeit, daß ich anfange, mich meinem Alter entsprechend zu benehmen«, knurrte ich zurück. Vorsichtig hob ich mich in Daddys Stuhl mit den Armlehnen. Daddy kam herein und sah mich in seinem Stuhl, aber er ließ mich sitzen. Er nahm einfach meinen armlosen Stuhl, dann goß er eine halbe Tasse Kaffee ein. Dazu schüttete er jede Menge Sahne und gab sie mir dann.

»Hasse Sahne im Kaffee!«

»Wie willst du es wissen, wenn du es noch nie probiert hast?«

»Weiß es eben.« Ich weigerte mich, den Kaffee zu trinken, den er verdorben hatte. Malcolm liebte seinen Kaffee schwarz – und so würde ich ihn von nun an auch trinken. Alles, was ich jetzt vor mir hatte, war kalter Toast – und wenn ich wie Malcolm werden und einen cleveren Kopf bekommen wollte, durfte ich mir keine Butter und Erdbeermarmelade auf den Toast schmieren. Verdauungsstörungen. Wie Malcolm, mußte aufpassen, daß ich keine Verdauungsstörungen bekam.

»Daddy, was sind Verdauungsstörungen?«

»Etwas, das du nicht zu bekommen brauchst.«

War schon eine harte Sache, immer so sein zu wollen wie Malcolm. Sekunden später kniete Daddy neben mir und untersuchte mein krankes Bein. »Es sieht heute schlimmer aus als gestern«, sagte er, als er mich mit mißtrauisch gerunzelter Stirn ansah. »Bart, du bist doch nicht irgendwo auf deinem kranken Knie herumgekrochen?«

»Nein!« schrie ich. »Ich bin doch nicht verrückt! Habe mich an den Decken wundgescheuert. Ist so rauhes Zeug. Hasse Baumwollbettzeug. Mag eigentlich nur Seidendecken.« Malcolm hätte nie auf etwas anderem geschlafen.

»Woher willst du das wissen?« fragte Daddy. »Du hast doch noch nie in Seidendecken geschlafen.« Er beschäftigte sich weiter mit meinem Knie, wusch es mir, streute irgendein weißes Zeug darauf und befestigte dann mit Pflastern ein Gazestück auf der Wunde. »Ich meine das jetzt sehr ernst, Bart. Paß gut auf dieses Knie auf. Du bleibst im Haus oder auf der Veranda. Keinesfalls gehst du in den Garten oder kriechst irgendwo im Dreck herum.«

»Das ist keine Veranda, sondern ein Patio.« Ich runzelte die Stirn, damit er merkte, daß er auch nicht alles wußte.

»In Ordnung, ein Patio – macht dich das glücklich?«

Nein, war nie glücklich, dann dachte ich etwas genauer darüber nach. Doch, manchmal war ich glücklich – wenn ich so tat, als wäre ich Malcolm, der Allmächtige, der Reichste und der Cleverste. Die Rolle von Malcolm zu spielen war leicht und besser als die von irgendwem sonst. Irgendwie wußte ich, daß ich, wenn ich es nur schaffte, mich daran zu halten, am Ende wie Malcolm sein würde – reich, mächtig, geliebt.

Der Tag zog sich endlos langweilig dahin, während mich ständig irgendwer im Auge behielt. Als es dämmerte, begann Mammi sich für Daddy hübsch zu machen, der jeden Moment nach Hause kommen konnte. Emma bereitete das Abendessen vor. Jory war in seiner Ballettschule und ich schlüpfte ungesehen vom Patio. Schnell in den Garten, bevor irgend jemand mich aufhalten konnte.

Abends war es gespenstisch dort, mit langen, bösen Schatten. All die kleinen, summenden und brummenden Nachtkreaturen kamen heraus und schwärmten über meinem Kopf. Ich verscheuchte sie mit den Händen und ging zu John Amos. Er saß alleine in seinem Zimmer und las ein Magazin, das er schnell versteckte, als ich ohne anzuklopfen eintrat. »So etwas solltest du nicht tun«, sagte er verstimmt, ohne auch nur einmal zu lächeln und mir zu sagen, daß er froh sei, mich lebend auf zwei Beinen zu sehen.

Es war einfach, Malcolms drohenden Blick aufzusetzen und ihn zu erschrecken. »Haben Sie Apple Wasser und Futter gegeben, während ich krank war?«

»Natürlich nicht«, sagte er eilfertig. »Es war deine Großmutter, die ihn gefüttert und verwöhnt hat. Ich habe dir erzählt, daß man Frauen niemals trauen kann. Sie halten nicht Wort. Corinna Foxworth ist nicht besser als andere Frauen mit ihren Liebeskünsten, die nur dazu dienen, sich die Männer zu Sklaven zu machen.«

»Corinna Foxworth, heißt sie so?«

»Natürlich, ich habe dir das doch schon erzählt. Sie ist Malcolms Tochter. Er gab ihr den Namen seiner Mutter, damit er immer daran erinnert wurde, wie falsch die Frauen sind und wie leicht ihn selbst seine Tochter betrügen könnte – auch wenn er sie sehr liebte, meiner Meinung nach zu sehr.«

Diese Geschichten über Frauen und ihre »Künste« hingen mir zum Hals heraus. »Warum lassen Sie sich nicht die Zähne machen?« fragte ich. Ich mochte die Art nicht, wie er so durch sein loses Gebiß zischte und pfiff.

»Gut! Das hast du genau wie Malcolm gesagt, du lernst. Die Krankheit war gut für deine Seele – wie sie es auch für seine gewesen ist. Nun hör genau zu, Bart. Corinna ist deine wirkliche Großmutter und war früher mit deinem richtigen Vater verheiratet. Sie war Malcolms Lieblingskind, aber sie hat ihn verraten, indem sie eine furchtbare Sünde beging, eine so schlimme Sünde, daß sie dafür bestraft werden muß.«

»Bestraft werden muß?«

»Ja, schwer bestraft, aber du läßt sie nicht wissen, daß sich deine Gefühle für sie geändert haben. Tu so, als würdest du sie noch immer lieben und verehren. Denn auf diese Art wird sie für dich verwundbar sein.«

Wußte, was verwundbar hieß. War eines von den Worten, die ich gelernt und über die ich nachgedacht hatte. Schwach. Schwach zu sein war schlecht. John Amos holte seine Bibel und legte meine Hand auf den abgegriffenen schwarzen Einband. »Malcolms eigene Bibel«, sagte er, »er hinterließ sie mir in seinem Testament... obwohl er mir eigentlich hätte mehr hinterlassen können...«

Ich erkannte, daß John Amos die einzige Person auf der Welt war, die mich bis jetzt nie enttäuscht hatte. Hier war der wahre Freund, den ich brauchte. Alt – aber alt sein, konnte ich auch, wenn ich das wollte. Nur meine Zähne aus dem Mund nehmen und in eine elfenbeinerne Büchse legen, das konnte ich nicht.

Ich starrte auf die Bibel und hätte meine Hand gern lieber weggezogen, fürchtete mich aber davor, was dann wohl passierte. »Schwöre auf diese Bibel, daß du tun wirst, was Malcolm sich von seinem Urenkel gewünscht hätte – ihn an jenen rächen, die ihn am meisten verletzt haben.«

Wie konnte ich so etwas versprechen, wenn ein kleiner Teil von mir sie noch immer liebte? Konnte ja auch sein, daß John Amos log, vielleicht hatte Jory Apple gefüttert.

»Bart, warum zögerst du? Bist du ein Schwächling? Hast du kein Rückgrat, sieh dir deine Mutter an, wie sie ihren Körper benutzt, ihr hübsches Gesicht, ihre sanften Küsse und Umarmungen, damit dein Vater alles tut, was sie will. Sieh nur, wie lange er nachts arbeitet, und wie müde er ist, wenn er nach Hause kommt. Frage dich nach dem Grund. Tut er das etwa für sich selbst – oder für sie, damit er ihr neue Kleider kaufen kann, Pelzmäntel, Schmuck und ein großes luxuriöses Haus? Auf diese Art benutzen Frauen Männer, sie lassen sie für sich Geld verdienen, während sie selbst sich vergnügen.«

Ich schluckte. Mammi hatte einen Job. Sie gab Ballettunterricht, aber das war eigentlich mehr Vergnügen als Arbeit. Kaufte sie jemals etwas von ihrem Geld? Konnte ich mich nicht daran erinnern.

»Nun gehst du zu deiner Großmutter und bist so, wie du gerade warst, und dann wirst du schnell herausfinden, wer dich betrogen hat. Ich war es nicht. Geh hinein und sei Malcolm. Nenne sie Corinna – dann kannst du beobachten, wie ihr Schuld und Scham ins Gesicht steigen. Sieh dir die Angst in ihren Augen an und dann weißt du, wer von uns loyal und vertrauenswürdig ist.«

Ich schwor denen, die Malcolm verraten hatten, Rache, aber ich war nicht sehr glücklich mit mir, als ich dann in ihr Lieblingszimmer humpelte. Ich blieb in der Tür stehen und starrte sie mit klopfendem Herzen an, denn ich hätte mich so gerne in ihre Arme gestürzt und auf den Schoß nehmen lassen. War es richtig von mir, zu tun, als wäre ich Malcolm, solange ich ihr nicht einmal eine Chance für eine Erklärung gegeben hatte?

»Corinna«, sagte ich mit barscher Stimme. Oh, das Spiel war einfach so toll, ich konnte einfach nicht Bart sein und mich gleichzeitig so gut und sicher fühlen. Nur wenn ich Malcolm war, fühlte ich mich stark und im Recht.

»Bart«, rief sie glücklich und streckte mir ihre Arme entgegen. »Du bist also endlich gekommen! Ich bin so froh, dich wieder gesund und stark zu sehen.« Dann zögerte sie. »Wer hat dir meinen Namen gesagt?«

»John Amos hat ihn mir gesagt. Er hat mir auch erzählt, daß du Apple gefüttert hast und ihm Wasser gegeben hast, während ich fort war. Ist das wahr?«

»Ja, natürlich habe ich für Apple getan, was ich konnte, er

hat dich so vermißt, daß er mir richtig leid tat, sicher bist du mir deshalb nicht böse.«

»Du hast ihn mir gestohlen«, heulte ich los wie ein Baby. »Er war der beste Freund, den ich je hatte. Der einzige, der mich wirklich geliebt hat. Und du hast ihn mir gestohlen, so daß er dich jetzt lieber mag als mich.«

»Nein, das tut er doch nicht. Bart, er mag mich, aber er liebt nur dich.« Nun lächelte sie nicht mehr und sah nicht mehr aus, als ob sie sich freute. Genau wie Amos gesagt hatte, sie wußte, daß sie mich mit ihren Weiberkünsten in der Hand hatte. Jetzt würde sie mir noch mehr Lügen erzählen. »Sprich doch nicht so streng mit mir«, bettelte sie. »Das paßt doch nicht zu einem Jungen von zehn Jahren. Liebling, du bist so lange fort gewesen, und ich habe dich so sehr vermißt. Hast du denn gar kein bißchen Zuneigung für mich übrig behalten?«

Und plötzlich, trotz meines Schwurs, rannte ich los und warf mich in ihre Arme. »Großmutter! Ich habe mir wirklich böse das Knie verletzt gehabt! Ich habe so geschwitzt, daß mein ganzes Bett naß war, sie mußten mich in eine Kühldecke wikkeln, und Mammi und Daddy haben mich mit Eis eingerieben. Da war ein böser Arzt, der mir das Bein abschneiden wollte, aber Daddy hat es nicht zugelassen. Dieser Arzt hat gesagt,er wäre froh, daß ich nicht sein Sohn sei.« Ich machte eine Pause, um Luft zu holen. Malcolm vergaß ich ganz. »Großmutter, ich habe herausgefunden, daß mein Daddy mich am Ende doch wirklich lieb hat – sonst wäre er froh gewesen, daß dieser Arzt mir das Bein abschneiden wollte.«

Sie wirkte schockiert. »Bart, um Himmels willen! Wie kannst du auch nur den kleinsten Zweifel daran haben, daß er dich liebt? Natürlich tut er das. Er muß dich doch liebhaben, und Christopher war immer ein lieber, zärtlicher Junge.«

Woher wußte sie, daß mein Daddy den Namen Christopher trug? Ich kniff die Augen zusammen. Sie hatte die Hand auf den Mund geschlagen, als hätte sie gerade ein Geheimnis verraten. Dann weinte sie.

Tränen. Eine dieser besonderen Arten, wie Frauen die Männer in den Griff bekamen.

Ich wandte mich ab. Ich haßte Tränen. Haßte Leute, die

schwach waren. Ich legte meine Hand auf mein Hemd und fühlte darunter den Ledereinband von Malcolms Buch auf meiner nackten Brust. Dieses Buch gab mir seine Stärke, übertrug sie aus den Seiten direkt in mein Blut. Was machte es schon, wenn ich den schwachen, unfertigen Körper eines Kindes hatte. Was war das schon für ein Unterschied, wenn sie doch bald lernen würde, wer ihr Herr war?

Nach Hause, mußte nach Hause, bevor sie mich dort vermißten. »Gute Nacht, Corinna.«

Ich ließ sie weinend zurück und wunderte mich noch immer, woher sie wohl den Namen meines Dad kannte.

In meinem Garten sah ich mir noch einmal das Pfirsichbeet an, keine Wurzeln an den Kernen. Keine Keimlinge, nichts wuchs. Ich hatte kein Glück mit Blumen, mit Pfirsichen nicht und mit anderen auch nicht. Mit nichts, außer wenn ich Malcolm den Mächtigen spielte. Aber darin wurde ich immer besser. Lächelnd und glücklich ging ich zu Bett.

Böse Aussichten

Nie war Bart in unserem Garten, wo er hingehörte. Ich kletterte am Baum hoch und setzte mich auf die Mauer, und dann entdeckte ich Bart drüben auf dem Grundstück der Lady, wie er auf den Knien herumkroch. Er schnupperte wie ein Hund auf der Erde entlang. »Bart!« schrie ich. »Clover ist nicht mehr da, und du kannst nicht seinen Platz einnehmen.«

Ich wußte, was er tat – er hatte einen Knochen vergraben und schnüffelte so lange herum, bis er ihn fand. Er blickte auf, und seine Augen wirkten verschleiert und irritiert – und dann begann er zu bellen.

Ich schrie ihn an, er solle sich aufrecht halten, aber er spielte weiter den jungen Hund, bevor er sich plötzlich in einen alten Mann verwandelte, der das Bein nachzog. Und es war nicht einmal sein verletztes Bein. O Gott, was hatte ich für einen verrückten Bruder. »Wenn du immer auf so eine krumme Art herumläufst, dann wirst du noch ganz krumm wachsen.«

»Früh krümmt sich, was ein Haken werden will.«

»Red nicht so einen Blödsinn.«

»Und der Herr spricht: Sei so zu anderen, wie sie zu dir gewesen sind.« Falsch. In der Bibel steht nur, daß du zu anderen so sein sollst, wie du selbst gerne behandelt werden möchtest. Ich stützte ihn, als er da wie ein alter Mann angehumpelt kam. Bart zog die Augenbrauen hoch, keuchte, riß mich an die Brust und jammerte dann etwas über sein schwaches Herz, dem man das Erklettern hoher Mauern nicht zumuten dürfe.

»Bart, ich habe die Nase voll von dir. Du machst allen nur Ärger. Hab doch ein wenig Mitgefühl mit Mam und Dad, und auch mit mir. Ich muß mich ja schämen, so etwas wie dich zum Bruder zu haben, wenn ich wieder zur Schule gehe.«

Er hinkte hinter mir her zu unserem Haus, stöhnte noch immer und murmelte dazwischen, daß er bereits ein Meister der Hochfinanz sei. »Nie hat diese Welt ein klügeres und clevereres Hirn erlebt als meines«, brummte er.

Jetzt hat er wirklich nicht mehr alle Tassen im Schrank – war alles, was mir bei solch einer Bemerkung einfiel. Aber als er sich dann seine dreckigen Hände sorgfältig mit einer Bürste abschrubbte, hielt ich den Atem an. Das war ganz und gar nicht Barts Art. Er mußte noch immer jemand anderen spielen. Schnell putzte er sich auch noch die Zähne und verschwand ins Bett.

Ich rannte, so schnell ich konnte, um meinen Eltern die Geschichte zu erzählen. Sie tanzten gerade im Wohnzimmer zu leiser Musik. Wie jedes Mal stiegen zärtliche, romantische Gefühle in mir auf, als ich sie so sah. Ihr liebevoller Blick, seine zärtliche Art, sie zu berühren. Ich räusperte mich laut, damit sie nicht zu intim wurden. Ohne sich voneinander zu lösen, sahen sie mich beide fragend an. »Ja, Jory?« sagte Mam, einen verträumten Blick in den Augen.

»Ich möchte mit euch über Bart sprechen«, sagte ich. »Ich glaube, es gibt da ein paar Dinge, die ihr wissen müßt.«

Dad sah erleichtert aus, Mam schien ein wenig in sich zusammenzusinken, als sie sich still neben Dad auf das Sofa setzte. »Wir haben schon lange gehofft, daß du eines Tages etwas über Bart erzählst.«

Was ich zu sagen hatte, fiel mir nicht leicht. »Also«, begann ich langsam und hoffte, die richtigen Worte zu finden, »zunächst einmal solltet ihr wissen, daß Bart oft Alpträume hat, von denen er schreiend aufwacht. Er spielt zu oft seine Phantasierollen, dieses auf Großwildjagdgehen und das übliche Kinderzeug. Es sind nicht diese Spiele selbst, sondern die Intensität, mit der er seine Rolle spielt, ich habe ihn erwischt, wie er am Boden herumschnupperte, einen alten widerlichen Knochen ausgrub, mit den Zähnen davontrug und anderswo wieder vergrub. Das geht einfach zu weit.« Ich hielt inne und wartete darauf, daß sie etwas dazu sagten. Mam hielt den Kopf auf die Seite gelegt, als lausche sie auf den Wind. Dad beugte sich vor und beobachtete mich eindringlich. »Weiter, Jory«, drängte er.

»Hör jetzt nicht auf, erzähl uns alles, wir sind nicht blind. Wir sehen, welche Veränderung mit Bart vor sich geht.«

Mich innerlich dazu zwingend redete ich mit gesenktem Kopf und sehr leiser Stimme weiter. »Ich habe schon ein paarmal vorgehabt, euch davon zu erzählen. Aber ich fürchtete mich davor. Ihr habt euch beide schon solche Sorgen um Bart gemacht, daß ich einfach nicht damit anfangen wollte.«

»Bitte, behalte nichts für dich«, sagte Dad.

Ich sah nur meinen Vater an, denn den furchtsamen Blick in Mammis Augen konnte ich nicht ertragen. »Die Dame von nebenan macht Bart alle möglichen teuren Geschenke. Sie hat ihm einen jungen Bernhardiner geschenkt, den er Apple nennt, zwei elektrische Eisenbahnen mit Bahnhöfen, Häusern, Tunnels und allem Zubehör. Dazu noch jede Menge anderes Spielzeug. Sie hat einen großen Raum in ihrem Haus extra als Spielzimmer für ihn eingerichtet. Sie wollte mir auch Geschenke geben, aber Bart hat das nicht zugelassen.«

Erstaunt sahen sich die beiden an. Schließlich meinte Dad: »Was noch?«

Ich schluckte und lauschte meiner eigenen fremden, heiseren Stimme. Jetzt kam der schlimmste Teil, jetzt kam das, was wirklich weh tat. »Gestern war ich hinten im Garten bei der Mauer ... ihr wißt, da wo dieser hohle alte Baum ist. Ich beschnitt die Büsche, wie du es mir gesagt hast, Dad, als ich einen starken Verwesungsgeruch bemerkte. Er schien aus dem Loch in diesem Baum zu kommen. Als ich nachsah ... fand ich ...« Ich mußte noch einmal schlucken, bevor ich es endlich herausbrachte. »Ich fand Clover. Er war tot und schon halb verwest, ich habe ihn begraben.« Ich wandte mich schnell ab, weil ich mir eine Träne aus dem Augenwinkel wischen mußte. »Um seinen Hals war eine Drahtschlinge geschlungen. Jemand hat meinen Hund umgebracht!«

Sie saßen auf dem Sofa und sahen schockiert und erschrocken aus. Mam kämpfte mit Tränen. Sie hatte Clover auch gern gehabt. Ihre Hände zitterten, als sie nach einem Taschentuch griff. Dann faltete sie ihre nervösen Finger im Schoß. Weder sie noch Dad fragten, wer Clover getötet hatte. Ich nahm an, daß sie den gleichen Gedanken hatten wie ich.

Bevor Dad ins Bett ging, kam er noch in mein Zimmer und unterhielt sich über eine Stunde mit mir. Er stellte mir alle möglichen Fragen über Bart, wie er seine Zeit verbrachte, wohin er ging, und über die Frau nebenan und auch über ihren merkwürdigen Butler. Ich fühlte mich besser, nachdem ich sie jetzt gewarnt hatte. Sie konnten jetzt etwas unternehmen. In dieser Nacht weinte ich zum letzten Mal um Clover, der mein erstes und einziges Spieltier gewesen war. Bald wurde ich fünfzehn, fast schon erwachsen, und Tränen waren etwas für kleine Jungen – nicht für jemand, der fast 1,70 Meter groß war.

»Laß mich in Ruhe!« brüllte Bart, sobald ich von ihm verlangte, nicht mehr nach nebenan zu gehen. »Du hörst auf damit, Geschichten über mich zu erzählen, oder es wird dir noch leid tun.«

Jeden Tag rückte der September und damit der Schulbeginn näher. Soweit ich sehen konnte, reagierte Bart auf die liebevolle Besorgnis meiner Eltern und ihre zärtliche Aufmerksamkeit ihm gegenüber nicht im geringsten. Meiner Meinung nach hatten sie zuviel Verständnis. »Hör zu, Bart, laß es endlich sein, diesen alten Mann namens Malcolm Neal Foxworth zu spielen, wer immer das sein soll!« Aber Bart wollte nicht von seinem künstlichen Hinken und seinem gespielten schwachen Herzen lassen, wegen dem er ständig keuchen und stöhnen mußte. »Niemand wartet darauf, daß du stirbst, um dein Vermögen zu erben. Lieber kleiner Bruder, du hast doch gar kein Vermögen!«

»Habe zwanzig Milliarden, zehn Millionen, fünfundfünfzigtausendsechshundert Dollar und zweiundvierzig Cent!« Er zählte es mir an den Fingern vor. »Aber ich kann mich nicht erinnern, was ich an Aktien und Wertpapieren habe, deshalb nehme ich an, daß sich diese Summe damit noch etwa verdreifacht. Ein Mann ist nicht reich, solange er noch aufzählen kann, was er besitzt.«

Ich hatte gar nicht gewußt, daß er überhaupt eine solch große Zahl kannte. Gerade als ich eine sarkastische Antwort loslassen wollte, kreischte Bart auf und brach zusammen. Er wand sich stöhnend auf dem Boden. »Schnell ... meine Pillen, ich sterbe! Mein linker Arm ist schon ganz taub! Rette mich, rufe sofort die Ärzte!«

Ich ließ ihn liegen und ging auf die Veranda. Draußen machte ich es mir auf einem Gartenstuhl bequem und begann einen Roman zu lesen. Bart schaffte mich wirklich. Es war, als ob man mit Dr. Jekyll und Mr. Hyde zusammenleben würde. Wenn er einem schon etwas vorspielen mußte, warum, zum Teufel, suchte er sich dann keine bessere Rolle, als die eines hinkenden alten Burschen mit einem schwachen Herzen?

»Jory, macht es dir nichts aus, wenn ich sterbe?« Bart stand schon wieder neben mir.

»Nee.«

»Du hast mich nie gemocht!«

»Auf jeden Fall habe ich dich mehr gemocht, als du noch ein Junge in deinem eigenen Alter warst.«

»Würdest du glauben, daß Malcolm Neal Foxworth der Vater von der Lady nebenan ist, und daß sie meine richtige Großmutter ist, tatsächlich meine eigene echte Großmutter?«

»Hat sie dir das erzählt?«

»Nein. John Amos hat mir einiges erzählt, und sie hat dann noch ein paar Sachen hinzugefügt. John Amos erzählte mir eine ganze Menge. Er hat mir erzählt, daß Daddy Paul und Daddy Chris gar keine Brüder waren und daß meine Mammi uns so etwas nur erzählt, damit wir nicht hinter ihre Sünde kommen. Er sagt, ein Mann namens Bartholomew Winslow war mein richtiger Daddy. Er starb bei einem großen Feuer, unsere Mutter hat ihn verführt.«

Verführt? Ich musterte ihn scharf. »Weißt du denn, was dieses Wort bedeutet?«

»Nee!«

»Aber ich weiß, daß es etwas Schlechtes ist, etwas ganz Schlechtes!«

»Liebst du unsere Mutter?« Seine dunklen Augen blickten gequält. Er setzte sich schwerfällig und betrachtete ausgiebig seine Turnschuhe. Er hätte schnell und spontan antworten müssen. »Bart, tu mir einen großen Gefallen und dir selbst auch – geh ins Haus und erzähl Mam und Dad, was dir Sorgen macht. Sie werden alles verstehen. Ich weiß, daß du glaubst, Mam liebt mich am meisten, aber das stimmt nicht. Sie hat für mindestens zehn Kinder Platz in ihrem Herzen.«

»Zehn?« schrie er. »Du meinst, Mammi will noch mehr Kinder adoptieren?« Er sprang auf und rannte davon, aber mit so unsicheren Bewegungen, als ob ihn dieses ständige Spiel, ein alter Mann zu sein, den letzten Rest von Körperbeherrschung gekostet hätte. Dieser Krankenhausaufenthalt hatte ihm meiner Ansicht nach alles andere als gutgetan.

Es war nicht sehr anständig von mir, aber ich mußte einfach belauschen, was Bart unserer Mutter zu erzählen hatte, sobald er sich allein mit ihr fühlte. Sie saß auf der anderen Seite des Hauses. Cindy schlief auf ihrem Schoß, während Mam ein Buch las. Als Bart angelaufen kam, ließ sie sofort das Buch sinken und legte Cindy in einen neben ihr stehenden Stuhl. Bart starrte sie mit seltsam flehenden Augen an. Dann stellte er ausgerechnet die Frage: »Wie ist dein Name?«

»Du weißt, wie ich heiße«, sagte sie.

»Fängt dein Name mit einem C an?«

»Ja, natürlich.« Sie sah jetzt verwirrt aus.

»Aber ... aber ...«, stotterte er, »ich kenne jemanden, der weint, nachdem du weggegangen bist. Jemand Kleines wie mich, der in Abstellkammern und anderen schrecklichen Plätzen von seinem Vater eingeschlossen wird, weil der Vater ihn nicht mehr mag. Einmal sperrte der Vater ihn zur Strafe auf den Dachboden. Großer düsterer, unheimlicher Dachboden mit Mäusen und gespenstischen Schatten und Spinnen überall.«

Sie schien eine Gänsehaut zu bekommen. »Wer hat dir das alles erzählt?«

»Seine Stiefmutter hatte dunkelrotes Haar, bis er dann herausfand, daß sie nur das Verhältnis seines Vaters war.«

Selbst von meinem Versteck aus konnte ich hören, wie Mammi schnell und keuchend atmete, als ob der kleine Junge, den sie sich auf den Schoß hob, plötzlich ein gefährliches Wesen wäre. »Liebling, du weißt doch gar nicht, was ein Verhältnis ist, oder?«

Er starrte über sie hinweg ins Leere. »Da war eine Lady, schlank und wunderbar, die hatte rote Streifen in ihrem dunklen Haar. Und mit ihr lebte der Vater in Sünde, kümmerte sich nicht um des Sohnes Seelennot und sah ihn am liebsten krank oder tot.«

Ihre Lippen zitterten, aber sie zwang sich zu einem Lächeln. »Bart, ich glaube, du bist ein richtiger kleiner Dichter, ein Poet. Das ist ja richtig gereimt und rhythmisch.«

Er zog die Augenbrauen hoch und wandte ihr seine dunklen, brennenden Augen zu. »Ich verachte Dichter, Künstler, Musiker und Tänzer!«

Sie schauderte, und das konnte ich ihr gut nachfühlen. Er ließ es auch mir kalt über den Rücken laufen. »Bart, ich muß dich etwas fragen, und du mußt mir eine ehrliche Antwort geben. Denk daran, egal was du antwortest, du wirst nicht bestraft werden. Hast du Clover etwas angetan?«

»Clover ist doch weggelaufen. Kann jetzt nicht mehr kommen und in meiner Hundehütte leben.«

Sie stieß ihn von sich und stand schnell auf, um ins Haus zu gehen. Dann fiel ihr Cindy ein und sie rannte zurück, um sie mitzunehmen. Was sie tat, beruhigte meine unruhigen Gefühle nicht, denn ich beobachtete Barts Augen dabei.

Wie fast immer nach einem seiner bösen »Anfälle« wurde Bart müde und schläfrig und ging ohne Abendessen ins Bett. Meine Mutter lächelte, strahlte und machte sich für einen Empfang im Krankenhaus zurecht, der zu Ehren meines Vaters gegeben wurde, den man zum Chefarzt ernannt hatte. Ich stand am Fenster und sah Dad zu, wie er sie stolz zu seinem Wagen führte.

Spät in der Nacht, es mußte schon nach zwei Uhr sein, hörte ich sie zurückkommen. Ich konnte noch immer nicht einschlafen. Die Türen standen alle offen, und ich konnte ihr Gespräch im Wohnzimmer deutlich mithören.

»Chris, ich verstehe Bart überhaupt nicht. Ich kann nichts anfangen mit dem, was er redete, wie er sich bewegt, ja selbst wie er mich ansieht. Mir ist das ein Rätsel. Ich beginne Angst vor meinem eigenen Sohn zu haben. Und das ist etwas Krankhaftes.«

»Nun komm, mein Schatz«, sagte er gutgelaunt, »mir

scheint, du übertreibst. Bart wird einmal ein großartiger Schauspieler werden, wenn er so weitermacht.«

»Chris, ich weiß, daß langanhaltendes hohes Fieber bei Kindern Gehirnschäden verursachen kann. Hat das Fieber etwas an ihm verändert?«

»Barts Untersuchungen haben keinerlei Befund dieser Art ergeben. Du solltest dir nichts einreden, nur weil wir ihn auf Gehirnschäden untersuchen mußten. Solche Untersuchungen nehmen wir an allen unseren Patienten vor, die so hohes Fieber gehabt haben.«

»Aber habt ihr denn überhaupt nichts Ungewöhnliches festgestellt?« beharrte sie.

»Nein«, erwiderte Dad nachdrücklich, »er ist nichts anderes als ein ganz gewöhnlicher kleiner Junge mit sehr vielen emotionalen Problemen, und wir, wenn überhaupt irgend jemand, sollten gut verstehen können, was er durchmacht.«

Was sollte das heißen?

»Aber Bart hat doch alles! Er muß doch nicht so aufwachsen wie wir. Er sollte glücklich sein. Tun wir denn nicht alles für ihn, was wir können?«

»Ja, aber manchmal ist selbst das nicht genug. Jedes Kind ist anders, jedes hat seine eigenen Bedürfnisse. Offensichtlich können wir Bart nicht alles geben, was er braucht.«

Mam neigte sonst zu schnellen, emotionalen Antworten. Aber jetzt schwieg sie lange, während ich erstaunt auf weitere Informationen wartete. Dad forderte sie auf, ins Bett zu gehen. Aber sie schien nicht darauf zu reagieren. Dann berichtete sie mit stockender Stimme von ihrer Frage nach Clovers Tod.

»Es kann nicht Bart gewesen sein«, sagte sie langsam, als wollte sie sowohl sich selbst als auch Dad nachdrücklich davon überzeugen. »Es muß einer von diesen Sadisten gewesen sein, die Tiere quälen – hast du in der Zeitung davon gelesen, wie einer Tiere im Zoo verstümmelt hat? So ein Verrückter muß unseren armen Clover erwischt haben.« Ihre Stimme wurde zu einem vagen Flüstern und verstummte ganz. Auf unserer Straße bekam man nur ein paarmal im Jahr einen Fremden zu sehen. Hierher verirrte sich kein Tierquäler.

»Chris«, fügte sie dann hinzu, und ihre Stimme hatte einen

erschreckenden Unterton echten Entsetzens, »heute hat mich Bart völlig schockiert. Er hat mir von einem kleinen Jungen erzählt, der auf dem Dachboden eingesperrt wurde, später hat er mir dann noch gesagt, der Name dieses Jungen sei Malcolm. Wie kann er etwas davon wissen? Wer kann ihm diesen Namen gesagt haben? Chris, glaubst du, Bart hat irgendwie etwas über uns herausgefunden?«

Ich zuckte zusammen. Was gab es über sie zu erfahren, was ich nicht längst schon wußte? Sie mußten irgendein schreckliches Geheimnis haben. Ich zog mir die Decke über die Ohren und wickelte mich fest hinein. Irgend etwas stimmte nicht mit unserem Leben, das spürte ich bis in die letzten Knochen – und Bart mußte etwas Ähnliches fühlen.

Die Schlange

Sonne und Nebel spielten miteinander. Sie hatten einander ständig zur Gesellschaft. Ich mußte alleine in unserem Garten sitzen. Zum Spaß sah ich mir die dicken Krusten an meinem Knie einmal genau an. Daddy hatte mich gewarnt, sie nicht abzukratzen, weil ich sonst Narben behalten würde – aber wer machte sich schon etwas aus ein paar Narben? Vorsichtig riß ich die Ecke einer Kruste ab, bloß um zu sehen, was darunter war. Ich sah aber nichts außer diesem verdammten, zart und rosa aussehenden Fleisch, das jeden Augenblick wieder zu bluten anfangen wollte.

Die Sonne hatte das Spiel am Himmel gewonnen und schien mir jetzt heiß auf den Kopf. Ich bekam Kopfweh. Ich biß mir fest genug auf die Unterlippe, daß sie zu bluten begann. Tat nicht weh, aber später würde es so anschwellen, daß Mammi sich deshalb sorgen würde. Das wäre prima. Sie sollte sich nur Sorgen machen, was mit mir passierte.

War immer Mammis Kleiner gewesen, um den man sich immer besonders kümmerte, bis dieses bescheuerte kleine Mädchen kam, um mir meinen Platz zu stehlen. Bald würden Mammi und Jory von der Ballettschule zurück sein. Das war alles, was ihnen wichtig war – tanzen und Cindy. Ich wußte inzwischen über die wirklich wichtigen Dinge im Leben Bescheid. Es zählte nur eins – Geld. Hatte man viel davon, dann brauchte man sich nie mehr Gedanken darüber zu machen, wieviel man brauchte und woher man es bekam. Das hatte ich von John Amos und aus Malcolms Buch gelernt.

»Bart«, sagte Emma, die sich von hinten angeschlichen hatte. »Es tut mir so leid, daß du deinen Geburtstagsausflug nach Disneyland verpaßt hast. Um dir eine kleine Entschädigung dafür zu geben, habe ich einen kleinen Geburtstagskuchen ganz für dich allein gebacken.« Sie hielt einen winzigen Kuchen in den Händen, mit einer einzigen Kerze mitten auf der Schokolade. Ich war doch nicht erst ein Jahr alt geworden! Ich schlug ihr den Kuchen aus der Hand, so daß er auf den Boden klatschte. Sie schrie auf und sah tatsächlich so aus, als wollte sie gleich losheulen. »Das war nicht sehr nett oder dankbar von dir«, sagte sie mit einem unterdrückten Schluchzen. »Bart, warum mußt du immer so gemein sein? Wir geben uns doch alle solche Mühe.«

Ich streckte ihr die Zunge heraus. Sie seufzte und ließ mich allein.

Später kam Emma wieder raus und trug dieses blöde Balg auf dem Arm. War nicht meine Schwester. Wollte gar keine Schwester. Ich versteckte mich hinter einem Baum und spähte hinter dem Stamm vor. Emma setzte Cindy in den Plastikswimmingpool. Sie begann in dem niedrigen Wasser zu treten und zu planschen. Blöd, blöd, blöd... konnte nicht mal schwimmen. Und was Emma für einen Spaß hatte. Daß ich einen Kopfstand machen konnte, interessierte keinen. Wenn ich in diesem Becken gesessen und mit Händen und Füßen geplanscht hätte, wäre ihr das bestimmt nicht so lustig vorgekommen.

Ich wartete darauf, daß Emma wegging, aber sie holte sich einen Stuhl, setzte sich neben das Becken und begann Erbsen zu schälen. Platsch, platsch, platsch fielen die grünen Erbsen in die blaue Schüssel. »So ist's schön, Schätzchen«, ermunterte Emma das Balg. »Tritt das Wasser mit deinen schönen kleinen Beinchen, schlag mit deinen süßen Armen, dann bekommst du viel Kraft und kannst bald richtig schwimmen.«

Ich sah zu und wartete. Jede Erbse erzählte mir, daß bald der Augenblick gekommen sein mußte, an dem Emma aufstehen und in die Küche gehen würde. Dann blieb Cindy allein zurück. Ganz allein. Und sie konnte nicht schwimmen. Katzen preßten sich an den Boden, wenn sie sich an einen Vogel heranpirschten. Wünschte mir, könnte mit einem Schwanz peitschen. Die letzte grüne Erbse plumpste in die Schüssel. Emma stand auf. Ich spannte meine Muskeln. Genau in diesem Augenblick kam Mammi mit ihrem leuchtend roten Wagen die Auffahrt herauf und hielt vor der Garage. Emma wartete, um Hallo zu sagen. Als erster kam Jory über die Wiese gerannt. »Tag, Emma!« rief er. »Was gibt's zum Abendessen?«

»Dir schmeckt doch alles, was ich koche«, antwortete Emma und grinste ihren hübschen Liebling über beide Backen an. Anders als bei mir – dem Mistbalg! »Was Bart angeht«, fuhr sie fort, »weiß ich natürlich, daß er die Erbsen genauso hassen wird wie die Lammkoteletts und den Nachtisch. Der Himmel weiß, wie schwer es ist, diesem Jungen eine Freude zu machen.«

Mammi kam und unterhielt sich mit Emma, als wäre sie gar kein Dienstpersonal. Dann nahm sie sich ihre Cindy vor, küßte und drückte sie, als hätte sie ihr Knutschtier zehn Jahre nicht gesehen. »Mam«, zwitscherte Jory, »warum ziehen wir keine Badesachen an und spielen mit Cindy im Becken?«

»Wer als erster im Haus ist!« stimmte Mammi begeistert zu, und schon rannten sie los wie die kleinen Kinder.

»Nun sei mal ein artiges kleines Mädchen und spiel schön mit deinem Boot und deinem Gummientchen«, sagte Emma zu Cindy. »Emma ist gleich wieder da.«

Mein Kopf hob sich, und dann begann sich mein Körper über den Boden zu schieben. Das Balg in dem Becken stand auf und zog seinen Badeanzug aus. Splitternackt und dreist warf sie das nasse Ding nach mir. Dann neckte sie mich lachend und quälte mich mit ihrem nackten Fleisch. Als würde sie meine Reaktion langweilen, setzte sie sich schließlich ins Wasser und starrte ihre eigene Nacktheit mit einem verschwörerischen kleinen Lächeln an. Verdorben! Schamlos! Man stelle sich vor, sie zeigte mir doch tatsächlich ihre intimsten Stellen.

Mütter sollten ihren Töchtern beibringen, wie man sich schamhaft, anständig und folgsam benimmt. Meine Mutter war genau wie Corinna, von der John Amos sagte, daß sie schwach sei und ihre Kinder nie genug bestraft habe. »Ja, Bart, deine Großmutter hat ihre eigenen Kinder verdorben, und nun leben sie in Sünde und spotten Gott und seinen Geboten!«

Ich nahm an, daß es meine Aufgabe war, Cindy eine Lektion

in Scham und Anstand zu erteilen. Ich wand mich vorwärts, jetzt bekam ich ihre ganze Aufmerksamkeit. Sie riß ihre blauen Augen weit auf. Ihre rosigen vollen Lippen öffneten sich. Zuerst schien sie glücklich zu sein, daß ich endlich einmal mit ihr zu spielen anfing. Doch dann hatte sie einen hellen Moment, und in ihren Augen tauchte die Angst auf. Sie erstarrte und erinnerte mich an ein furchtsames Kaninchen, das im Bann einer bösen Schlange steht. Eine Schlange. War viel besser eine Schlange zu sein als eine Katze. Die Schlange im Garten Eden, die mit Eva jetzt machte, was schon viel früher hätte geschehen müssen. Wehe, sprach der Herr, als er Eva in ihrer Nacktheit entdeckte, gehe fort aus meinem Garten und laß die Welt ihre Steine nach dir werfen.

Zischend und züngelnd schob ich mich näher. Der Herr sprach, und ich hatte zu gehorchen. Eine schlechte Mutter, die nicht strafte, wie es sich gehörte, hatte mich zu dem gemacht, was ich war, zu einer bösen Schlange, die dem Herrn zu gehorchen hatte, auch wenn ich selbst es mir vielleicht anders gewünscht hätte. Ich bemühte mich, durch pure Willenskraft meinen Kopf klein, flach und reptilienhaft zu machen. Tränen quollen aus Cindys großen, furchtsamen Augen, und sie begann zu wimmern, während sie versuchte über den Rand des Plastikbeckens zu klettern. Das Wasser war nicht tief genug, daß ein kleines Mädchen darin hätte ertrinken können, sonst hätte Emma sie nicht allein gelassen.

Aber ... wenn eine Boa Constrictor aus Brasilien los war – was für eine Chance hatte eine Zweijährige da schon?

Ich kroch über den Rand und schlängelte mich in das Wasser, sie kreischte: »Barrrr-tiiiiiii! Geh weg, Barr-tiii!«

»Ssssssss« machte ich und wand meinen Körper um ihren kleinen nackten Leib und schlang meine Beine um ihren Nakken. Dann zog ich sie ins Wasser hinunter. Konnte nicht wirklich ertrinken, aber der Herr wollte jene warnen, die sündigten. Ich hatte im Fernsehen gesehen, wie Dschungelschlangen ihre Kiefer aushängten. Versuchte meine auszuhängen. Dann konnte ich Cindy am Stück verschlingen.

Urplötzlich packte mich eine andere Schlange! Ich japste und mußte meinen Griff um Cindy lösen, damit ich nicht ertrank ...

oder bei lebendigem Leibe gefressen wurde! O Herr, warum hast du mich verlassen?

»Was, zum Teufel, glaubst du, was du da machst?« schrie Jory rot vor Wut im Gesicht, während er mich schüttelte, daß mir schwindelig wurde. »Ich habe dich herumkriechen sehen und wollte sehen, was du vor hattest. Bart – hast du versucht Cindy zu ertränken?«

»Nein!« keuchte ich. »Wollte sie nur ein bißchen bestrafen, nicht sehr.«

»Klar«, schnaubte er, »wie du Clover ein kleines bißchen bestraft hast.«

»Hab' Clover überhaupt nie etwas getan. Sorge auch immer gut für Apple. Ich bin kein schlechter Junge ... nein, nein, nein!«

»Warum schreist du so, wenn du so unschuldig bist? Du hast ihn umgebracht! Ich sehe es in deinen Augen!«

Ich starrte Jory wild an, und Wut übermannte mich. »Du haßt mich! Jetzt weiß ich es genau!« Ich holte aus und versuchte ihn zu schlagen. Schaffte es nicht. Ich senkte den Kopf, holte aus und rammte ihm den Schädel, rums, in den Bauch, er knickte zusammen und sackte auf den Boden, dabei schrie er vor Schmerz. Bevor er mich umbringen konnte, trat ich schnell kräftig zu, ohne zu wissen, was ich traf. Konnte nie gut zielen. Mann ... das mußte weh getan haben.

»Unfair, zwischen die Beine zu treten«, japste er, sein Gesicht so blaß, als ob er gleich in Ohnmacht fallen wollte. »Das ist ein schmutziger Trick, Bart, eine Gemeinheit!«

Inzwischen hatte sich Cindy von ihrem Abenteuer so weit erholt, daß sie nackt ins Haus tapste und aus vollem Halse brüllte.

»Böses, verdorbenes Mädchen«, schrie ich, »alles ist ihre Schuld!«

Aus der Haustür kam Emma angelaufen, die Hände mit Mehl bedeckt und die Schürze hinter ihr her flatternd. Dicht dahinter folgte Mammi, die inzwischen einen winzigen blauen Bikini trug. »Bart, was hast du gemacht?«

Sie riß Cindy in ihre Arme und griff nach einem herumliegenden Badetuch.

»Mammi«, schluchzte Cindy. »Große Schlange will mich fressen, große Schlange!«

Wer hätte das gedacht. Sie wußte, was ich gewesen war. War doch gar nicht so blöd. Mammi wickelte Cindy in das Handtuch und stellte sie auf den Boden. Sie funkelte mich an, gerade als ich den Fuß hob, um Jory noch einmal kräftig zu treten, der immer noch vor Schmerz nach Luft schnappte. »Bart... wenn du es wagst, Jory noch mal zu treten, wird es dir leid tun!« Emma starrte mich richtig haßerfüllt an. Ich sah von einem zum anderen, jeder haßte mich und war froh, wenn ich endlich unter der Erde lag.

Schmerzerfüllt und lahm versuchte Jory aufzustehen, seine ganze Eleganz war dahin. Wirkte jetzt genauso unbeholfen wie ich. So besonders hübsch war er auch nicht mehr. Aber er konnte noch rufen: »Du bist verrückt, Bart! Du hast nicht mehr alle Tassen im Schrank!«

»Bart, wage es nicht, diesen Stein nach deinem Bruder zu werfen«, kreischte Mammi, als sie sah, wie ich mich nach einem anständigen Brocken bückte.

»Du schrecklicher Bengel! Laß den Stein fallen!« brüllte Emma. Ich wirbelte herum und rannte los, um Emma mit meinen Fäusten zu bearbeiten. »Hör auf, mich so zu nennen!« brüllte ich. »Ich bin kein Bengel, ich bin nicht schlecht!«

Mammi war mit einem Satz bei uns, packte mich und warf mich auf den Boden. »Solange du lebst, wirfst du nicht noch einmal einen Stein oder schlägst nach einer Frau!« brüllte Mammi, während sie meine Schultern auf den Boden preßte.

Rasende Wut stieg in mir auf und sorgte dafür, daß ich sie als eine von all den anderen Frauen erkannte mit ihren verführerischen Kurven und Weiberkünsten. Malcolm wußte alles über sie und erzählte alles, wie er ihnen allen am liebsten die Brüste flach gequetscht hätte. Ich füllte meine Augen mit Malcolms gnadenloser Bosheit, und das funktionierte. Mammi zitterte, während sie mich festhielt. »Bart, was ist los mit dir? Du weißt ja gar nicht mehr, was du sagst und tust. Selbst deine Augen sind nicht mehr wie früher, so als wärst du gar nicht mehr du selbst.«

Ich bleckte die Zähne, als wollte ich sie beißen – dann versuchte ich es. Sie schlug mich hart ins Gesicht, immer wieder, bis ich zu weinen begann.

»Du gehst jetzt auf den Dachboden und bleibst da, Bart Sheffield, bis ich komme und zusehe, wie man dich wieder zurechtbiegen kann!«

Unheimlich auf dem Dachboden. Ich saß auf der Kante von einem dieser kleinen Betten und wartete auf sie. Sie hatte mich noch nie verprügelt. Ein paarmal ein Klaps, außer den Ohrfeigen heute, war alles, was ich an Strafe je erhalten hatte ... und jetzt wollte sie mir genau das gleiche antun, was man mit Malcolm gemacht hatte. Ich war genau wie Malcolm.

Die Tür zum Dachboden öffnete sich, und ich hörte sie die steile, schmale Treppe heraufsteigen. Ihr Mund war zu einem grimmigen Strich zusammengepreßt, als sie dann vor mir aufragte und auf mich heruntersah, als müsse sie sich dazu zwingen, mich überhaupt anzusehen. Ich hätte nie geglaubt, daß sie so gemein aussehen konnte.

»Zieh deine Hose runter, Bart.«

»Nein!«

»Tu, was ich dir gesagt habe, oder deine Strafe wird noch viel schlimmer.«

»Nein! Du kannst mich nicht schlagen. Lege auch nur einmal Hand an mich, und ich warte, bis du in deiner blöden Ballettschule bist und dann schnappe ich mir Cindy – und Emma wird mich nicht aufhalten können! Ich kann von tausend Seiten kommen, bevor sie sich auch nur einmal bewegt hat – und die Polizei kann mich nicht ins Gefängnis sperren, weil ich noch ein Kind bin!«

»Bart, ich verliere die Geduld mit dir.«

»Du wirst noch ganz was anderes verlieren, wenn du wagst, mich zu schlagen!« brüllte ich.

Sie blieb einen Meter vor mir neben dem Bett stehen. Ihre kleine, blasse Hand fuhr an ihre Kehle, und sie sagte leise: »Oh, mein Gott!« Es war nur ein heiseres Flüstern. »Ich hätte wissen müssen, daß so etwas aus einem Kind wird, das man unter solchen Umständen empfangen hat. Bart, es tut mir so leid, daß dein Sohn ein Ungeheuer ist.«

Ein Ungeheuer? War ich ein Monster?

Nein – sie war das Ungeheuer! Sie tat mir genau das gleiche an, was Malcolms Mutter getan hatte. Das, weswegen man ihn auf den Dachboden gesperrt und ihn so bestraft hatte. Da haßte ich sie, genausosehr wie ich sie vorher geliebt hatte.

Ich schrie los: »Ich hasse dich, Mammi! Ich wünsche mir, daß du tot umfällst!«

Daraufhin wich sie mit Tränen in den Augen von mir zurück, dann drehte sie sich herum und rannte raus. Aber sie schloß die Speichertür fest hinter sich ab, bevor sie die Treppe hinunterlief, um mich in diesem elenden, stinkenden Dachboden gefangen zu halten, den ich haßte und fürchtete. Doch sie machte mich nur so stark wie Malcolm und auch so böse. Eines Tages würde sie dafür bezahlen. Ich würde sie bitter für das bezahlen lassen, was sie mir heute antat, als ich nur gut sein wollte und von ihr ein kleines bißchen mehr geliebt werden wollte als Cindy oder Jory. Ich begann zu weinen. Nie klappte etwas so, wie ich es mir gewünscht hatte.

Es war Daddy, der mir dann den nackten Hintern verprügelte, nachdem er nach Hause gekommen war und alles gehört hatte, was sie ihm über mich erzählen mußten. Ich bewunderte ihn dafür, wie er meine Bitten und Entschuldigungen ignorierte.

»Hast du etwas davon gespürt?« fragte er mich, als er fertig war, und ich meine Hose hochzog.

Ich lächelte. »Nein. Um mir weh zu tun, mußt du mir schon die Knochen brechen, und dann verhaftet dich die Polizei wegen Kindesmißhandlung.« Er studierte mich mit diesen festen blauen Augen. »Du glaubst also, du hast uns im Griff?« fragte er auf seine ruhige, rationale Art. »Du glaubst, weil du noch ein Kind bist, stehst du außerhalb der Gesetze, aber da irrst du dich, Bart. Wir leben in einer zivilisierten Gesellschaft, in der alle Menschen sich an Regeln halten müssen. Niemand steht außerhalb des Gesetzes, nicht einmal ein Staatsoberhaupt. Und eine der schlimmsten Bestrafungen für ein Kind ist es, eingeschlossen zu werden, so daß es nicht mehr frei kommen und gehen kann, wann es will.« Er sah traurig aus, als er das sagte. »Das kann eine sehr traumatische Erfahrung sein.«

Ich sagte nichts dazu. Er redete weiter. »Deine Mutter und ich haben entschieden, daß wir dein Benehmen nicht länger tolerieren können. Sobald ich eine entsprechende Behandlung arrangieren kann, wirst du deshalb täglich zu einem Psychiater gehen. Wenn wir müssen, wenn du dich uns weiterhin in dieser Form widersetzt, werden wir dich ganz bei solchen Ärzten lassen, damit sie dir helfen können, zu lernen, wie man sich normal verhält.«

»Ihr könnt mich zu nichts zwingen«, keuchte ich, erschrokken darüber, daß so ein Klapsdoktor mich für immer irgendwo einsperren würde. »Wenn ihr das versucht, bringe ich mich um!«

Er sah mich fest an. »Du wirst dich nicht umbringen, Bart. Sitz hier nicht und glaube, du könntest es mit deiner Mutter oder mir aufnehmen. Deine Mutter und ich sind schon mit anderen Dingen fertig geworden als mit einem aufsässigen Zehnjährigen – vergiß das nicht.«

Als ich später an diesem Abend in meinem Bett lag, hörte ich, wie Mammi und Daddy sich regelrecht anbrüllten, lauter als ich sie jemals vorher hatte schreien hören.

»Warum mußtest du Bart auf den Dachboden schicken, Catherine? War das nötig? Konntest du ihm nicht einfach befehlen, in seinem Zimmer zu bleiben, bis ich nach Hause kam?«

»Nein! In seinem Zimmer gefällt es ihm. Er hat dort alles, um es sich schön zu machen – und wie du ja sehr gut weißt, ist es auf einem Dachboden nicht schön. Ich habe getan, was ich tun mußte.«

»Was du tun mußtest? Cathy – begreifst du eigentlich, wie du dich anhörst, wenn du so etwas sagst?«

»Klar«, erwiderte sie mit Eis in der Stimme, »habe ich dir nicht schon die ganze Zeit erzählt, was ich wirklich bin – ein Luder, das nur an sich selbst denkt und an sonst niemanden?«

Schon am nächsten Tag schleppten sie mich zum Psychiater, pflanzten mich in einen Stuhl und befahlen mir stillzusitzen. Sie setzten sich neben mich und warteten darauf, daß die Tür aufging und wir hereingerufen wurden. Drinnen saß eine Ärztin hinter einem großen Schreibtisch. Sie hätten sich ja für mich wenigstens einen Mann aussuchen können. Ich konnte sie gleich nicht ausstehen, weil ihr Haar glatt und schwarz war wie Madame Marishas Haar, jedenfalls sah es auf ihren alten Ballettfotos so aus. Ihre weiße Bluse wölbte sich unschicklich an der Brust auf, so daß ich meine Augen abwenden mußte.

»Dr. Sheffield, Sie und Ihre Frau warten bitte draußen. Wir unterhalten uns dann später.« Ich sah zu, wie meine Eltern durch die Tür verschwanden. Nie hatte ich mich so allein gefühlt wie in diesem Augenblick, als diese Frau sich jetzt mir zuwandte und mich mit freundlichen Augen musterte, hinter denen sie ihre gemeinen Gedanken verbarg. »Du bist nicht gerne hier?« fragte sie.

Ich wollte ihr nicht den Gefallen tun, sie wissen zu lassen, ob ich ihr zuhörte.

»Mein Name ist Dr. Mary Oberman.«

Na und?

»Dort drüben auf dem Tisch sind Spielsachen... Bediene dich.«

Spielsachen... Ich war doch kein Baby. Ich funkelte sie an. Sie wandte den Kopf ab, und ich wußte, daß ihr nicht geheuer war, auch wenn sie sich bemühte, es sich nicht anmerken zu lassen. »Deine Eltern haben mir erzählt, daß du gerne spielst, du wärst jemand anders. Tust du das, weil du nicht genug Spielkameraden hast?«

Hatte keine. Aber das würde diese blöde Frau verdammt nicht von mir erfahren. Ich wäre ein Dummkopf, ihr zu erzählen, daß John Amos mein bester Freund war. Früher war das meine Großmutter, aber sie hatte mich verraten.

»Bart, du kannst da sitzen und schweigen, aber damit schaffst du es nur, denen noch mehr weh zu tun, die dich am meisten lieben, und dir selbst tust du mehr weh als jedem anderen. Deine Eltern wollen dir helfen. Deshalb haben sie dich zu mir gebracht. Du mußt dir ein wenig Mühe geben und mitarbeiten. Erzähl mir, ob du glücklich bist, erzähl mir, ob du dich verzweifelt fühlst, ob du mit deinem Leben zufrieden bist oder nicht.«

Sagte nicht ja, sagte nicht nein. Würde überhaupt nichts sagen, und sie konnte gar nichts machen. Dann redete sie über Leute, die sich vor der Welt verschlossen und wie das diese Leute emotional zerstörte. All ihre Worte waren nur wie Regen auf dem Dach, das ich mir selbst über meinen Kopf gebaut hatte.

»Haßt du deine Mutter und deinen Vater?«

Wollte nicht anworten.

»Deinen Bruder Jory, magst du den?«

Jory war o.k. Er wäre mir noch lieber, wenn er etwas unbeholfen wäre und häßlicher.

»Deine Adoptivschwester Cindy ... Was hältst du von der?«

Vielleicht verrieten ihr meine Augen etwas, denn sie schrieb sich eifrig was auf den Notizblock. »Bart«, begann sie, als sie den Stift zur Seite legte und sich bemühte, ihr Gesicht mütterlich und freundlich aussehen zu lassen. »Wenn du dich weigerst mitzuarbeiten, haben wir keine andere Wahl, als dich in ein Krankenhaus zu stecken, wo viele Ärzte versuchen werden, dir dabei zu helfen, deine Gefühle wieder unter Kontrolle zu bekommen. Man wird dich nicht schlecht behandeln, aber es ist dort natürlich nicht so schön wie zu Hause. Du wirst kein eigenes Zimmer mehr haben, keine eigenen Spielsachen, und deine eigenen Eltern können dich nur einmal in der Woche für eine Stunde besuchen. Glaubst du nicht, es wäre viel besser, dir ein wenig Mühe zu geben und dir selbst zu helfen, bevor wir so weit gehen müssen? Was ist es, das dich so verändert hat letzten Sommer?«

Wollte nicht in einer Klapsmühle mit lauter Knallköpfen eingeschlossen werden, die vielleicht größer und gemeiner als ich selbst waren, und dann würde ich auch John Amos und Apple nicht mehr besuchen können.

Was konnte ich tun? Ich erinnerte mich an Stellen aus Malcolms Buch und daran, wie er es verstanden hatte, die Leute glauben zu machen, er »gäbe nach«, während er die ganze Zeit weiter seine eigenen Ziele verfolgte.

Ich weinte und sagte, wie leid mir alles täte, und als ich damit angefangen hatte, glaubte ich sogar selbst, daß es mir ernst sei. Ich sagte: »Es ist Mammi ... sie liebt Jory mehr als mich. Sie liebt auch Cindy mehr. Ich habe überhaupt niemanden. Ich hasse es, niemanden zu haben.«

Ich legte richtig los, und es ging weiter und weiter. Selbst nachdem ich endlos plapperte, mußte sie aber meinen Eltern erzählen, daß ich regelmäßig mindestens ein Jahr oder länger zu ihr kommen sollte. »Er ist ein sehr verwirrter kleiner Junge.« Sie lächelte und streichelte meiner Mutter die Schultern. »Machen Sie sich keine Vorwürfe. Bart scheint darauf programmiert zu sein, sich selbst zu hassen, und obwohl er den Eindruck erwecken mag, daß er Sie dafür haßt, ihn nicht genug zu lieben, mag er selbst sich doch am allerwenigsten. Deshalb glaubt er, jeder, der ihn liebt, ist ein furchtbarer Dummkopf. Es ist wirklich eine Krankheit. So real wie jede körperliche Krankheit auch, und auf eine gewisse Art sogar noch viel schlimmer, denn Bart kann nicht zu sich selbst finden.«

Ich hörte heimlich sehr genau zu und war überrascht, was ich da zu hören bekam.

»Er liebt Sie, Mrs. Sheffield, mit einer fast religiösen Verehrung. Deshalb erwartet er, daß Sie in jeder Beziehung perfekt sind, aber gleichzeitig fühlt er, daß er selbst Ihrer Zuneigung gar nicht würdig ist. Und trotzdem, so paradox das klingt, will er, daß Sie in ihm Ihren einzigen und besten Sohn sehen.«

»Aber ich verstehe das nicht«, sagte Mammi und legte den Kopf gegen Daddys Schulter. »Wie kann er mich lieben und mir gleichzeitig so sehr weh tun?«

»Die menschliche Natur ist sehr komplex. Ihr Sohn ist auch sehr komplex. Das Gute und das Schlechte kämpfen in ihm um seine Persönlichkeit. Im Unterbewußtsein weiß er um diesen Kampf und hat dafür eine sehr faszinierende Lösung gefunden. Er identifiziert seine böse Seite mit einem alten Mann, den er Malcolm nennt. Das ist eine von den vielen Rollen, die er sich selbst vorspielt, um mit sich besser zurecht zu kommen.«

Meine beiden Eltern saßen mit großen Augen ganz still da und wirkten irgendwie hilflos.

Stunden später zu Hause, bevor ich mein Nachtgebet sagte, schlich ich den langen Flur entlang bis zur Tür des Schlafzimmers meiner Eltern und lauschte. Mammi sagte gerade: »Es ist, als würden wir immer noch auf dem Dachboden sein und nie, nie wieder frei werden.«

Was hatte der Dachboden mit Malcolm und mir zu tun? War es nur, weil wir beide dort oben als Strafe eingesperrt wurden?

Auf allen vieren kroch ich zurück in mein Bett und lag dort lange wach, erschrocken über mich selbst und mein »Unterbewußtsein«.

Unter meinem Kopfkissen lag Malcolms Tagebuch, das ich Tag für Tag und Nacht für Nacht in mich aufnahm. Wurde stärker dabei und immer cleverer.

Düstere Wolken

Am nächsten Abend saßen wir gemeinsam im Wohnzimmer. Mam und Dad machten es sich vor dem Kaminfeuer bequem, das ich angezündet hatte. Stumm und von ihnen vergessen, kauerte ich neben der Tür an die Wand gelehnt und hoffte, sie würden mich nicht entdecken und glauben, ich wäre nach draußen gegangen, was ich auch eigentlich hätte tun sollen. Ich fühlte mich nicht wohl dabei, sie nun mit Absicht heimlich zu beobachten, aber manchmal ist es besser, etwas sicher zu wissen, als auf Vermutungen angewiesen zu sein.

Zunächst sagte Mam nicht viel, aber dann kam sie auf den Besuch bei Dr. Oberman zu sprechen. »Bart haßt mich, Chris. Er haßt dich auch, und Jory und Cindy. Ich nehme an, Emma hat er auch auf seiner Liste, aber mehr als jeden anderen verachtet er mich. Er wirft mir vor, daß ich nicht meine ganze Liebe allein für ihn aufbringe.« Dad zog sie in seine Arme und hielt sie an seine Brust gedrückt, während sie redeten und redeten. Als sie dann auf den Gedanken kamen, in Barts Zimmer zu gehen und nachzusehen, ob er dort sei, drückte ich mich schnell hinter die Türe, so daß sie mich nicht sehen konnten, als sie an mir vorbeigingen.

»Hat er schon etwas zu Abend gegessen?« wollte Dad wissen.

»Nein.« Sie sagte das, als wäre es ihr lieber, wenn er schon schlafen würde und ihr so die Probleme ersparen würde, die ein wacher Bart beim Abendessen mit sich brachte. Aber schon ihre Anwesenheit in seinem Zimmer weckte Bart, der tatsächlich bereits im Bett lag, wieder auf, und er folgte ihnen, ohne im geringsten auf ihre freundlichen Worte zu reagieren, stumm ins Eßzimmer. Abendessen mußte es selbst dann geben, wenn ein Zehnjähriger stumm und stirnrunzelnd in seinem Stuhl saß und sich weigerte, die Anwesenheit von irgend jemandem außer ihm selbst zur Kenntnis zu nehmen.

Es war ein furchtbar gezwungenes Abendessen, bei dem sich niemand wohl fühlte. Allen fehlte der Appetit, und selbst Cindy war schlechter Laune. Emma sagte kein Wort und trug alles schweigend auf. Selbst der Wind, der sonst ohne Unterlaß um unser Haus wehte, erstarb, und die Bäume standen lautlos da, die Blätter wie versteinert an den Zweigen hängend. Ich spürte eine Kälte, die mich an die Gräber denken ließ, über die Bart ständig redete.

Ich saß da und fragte mich, wie Mam und Dad es wohl schaffen könnten, Bart zu seinen Sitzungen mit Dr. Oberman zu zwingen. Wie konnte irgend jemand ihn zu einem Gespräch zwingen, wo er doch so verdammt stur war? Und Dad hatte schon mit seinen Patienten so viel zu tun, daß ihm für so etwas eigentlich die Zeit fehlte – allein daran hätte Bart schon sehen müssen, wie sehr man sich um ihn kümmerte.

»Geh' jetzt ins Bett«, sagte Bart kalt und stand auf, ohne jemanden um Erlaubnis zu fragen. Er verließ das Eßzimmer. Wir saßen da, wie in einem bösen Zauber gefangen, mit dem Bart uns gebannt hatte.

Dad brach schließlich das Schweigen. »Bart ist nicht mehr er selbst. Offensichtlich quält ihn irgend etwas so sehr, daß er nicht mal mehr essen kann. Wir müssen herausfinden, was es ist.«

»Mam«, sagte ich. »Ich glaube, wenn du zu ihm gehst und dich heute als erste an Barts Bett setzt und sehr lange bei ihm bleibst und dann nicht mehr zu mir oder Cindy kommst, das könnte für ihn sehr viel bedeuten.«

Sie warf mir einen seltsamen, langen Blick zu, als ob sie nicht glauben wollte, daß es so einfach sein könnte. Dad stimmte mir zu und meinte, es würde keinesfalls schaden.

Bart tat nur so, als ob er schliefe, das sah man ihm sofort an. Ich zog mich mit Dad in den Flur zurück, wo wir uns in den Schatten der Türe stellten, damit Bart uns nicht sehen konnte. Ich war bereit, sofort vorzuspringen und Mam zu retten, falls Bart wieder durchdrehte. Dad legte mir beruhigend seine Hand auf die Schulter und flüsterte sanft: »Er ist nur ein Junge, Jory, ein sehr verstörter kleiner Junge. Ein bißchen kleiner als die meisten anderen Zehnjährigen, auch ein bißchen weniger kräftig, und vielleicht ist das ein Teil seines Problems. Bart hat mehr Schwierigkeiten, groß zu werden, als die meisten anderen Jungen.«

Gespannt wartete ich darauf, daß er mir mehr erklärte. »Es ist erstaunlich, daß er so unbeholfen ist, während seine Mutter sich so graziös bewegen kann.«

Ich sah dorthin, wo Mam Bart eindringlich betrachtete, der im Schlaf finster und trotzig aussah – wenn er überhaupt schlief. Dann rannte sie plötzlich aus seinem Zimmer und warf Dad einen wilden, verstörten Blick zu. »Chris, ich habe Angst vor ihm! Geh du zu ihm rein. Wenn er wach wird und mich anschreit, wie er es schon getan hat, schlage ich ihn. Ich fühle mich, als könnte ich mir nur noch helfen, wenn ich ihn in einen Schrank sperre oder auf den Dachboden.« Sie schlug die Hände vor den Mund. »Das habe ich nicht sagen wollen«, flüsterte sie schwach.

»Natürlich wolltest du das nicht. Ich hoffe, er hat dich nicht gehört. Cathy, ich glaube, du nimmst besser zwei Aspirintabletten und gehst ins Bett. Ich kümmere mich um Bart und Jory.« Er schenkte mir ein breites, verschwörerisches Lächeln, und ich grinste zurück. Unsere Nachtgespräche waren seine Art von Betthupferln ... In ihnen brachte er mir bei, wie man mit schwierigen Situationen fertig wurde. Männergespräche, über die eine Frau nichts zu wissen brauchte.

Es war dann Dad, der die Nerven hatte, sich Bart zu nähern und sich neben ihn auf das Bett zu setzen. Ich wußte, daß Bart immer schon einen leichten Schlaf gehabt hatte, und als Dad sich setzte, rollte Bart vom Niederdrücken der Matratze auf die Seite. Davon wäre selbst jemand wie ich wach geworden, der gewöhnlich tief und fest schlief.

Vorsichtig stahl ich mich näher und wollte selbst sehen, ob Bart nur so tat, als sei er bereits eingeschlafen. Hinter seinen geschlossenen Augenlidern zuckten die Augäpfel wild hin und her, als würde er sich ein Tennisspiel ansehen. Vielleicht aber auch etwas viel Schrecklicheres.

»Bart... wach auf.«

Als hätte Dad die Worte mit einer riesigen Kanone direkt neben seinem Ohr abgefeuert, zuckte Bart hellwach hoch. Er setzte sich kerzengerade auf, die dunklen Augen entsetzt aufgerissen. Er starrte Dad an.

»Bart, es ist noch nicht acht Uhr. Emma hat einen Zitronenkuchen zum Dessert gebacken, der erst noch im Kühlschrank kalt werden mußte. Erzähl mir nicht, daß du davon kein Stück magst. Es ist ein wunderbarer Abend draußen. Als ich in deinem Alter war, kam es mir immer vor, als wäre die Dämmerung die beste Zeit überhaupt, um draußen zu spielen. Verstecken und Fangen, und was man sonst so spielt...«

Bart starrte Dad an, als ob er in einer fremden Sprache redete.

»Komm, Bart, brüte hier nicht herum. Ich liebe dich, und deine Mutter liebt dich auch. Es macht nichts, wenn du manchmal ein bißchen weniger elegant in deinen Bewegungen bist. Es gibt andere Dinge, die viel mehr zählen, Ehrlichkeit und Respekt zum Beispiel. Hör auf damit, etwas sein zu wollen, das du nicht bist. Du brauchst nichts Besonderes zu sein. Für uns bist du schon immer jemand ganz Besonderes gewesen.«

Bart saß einfach in seinem Bett und starrte Dad weiter feindselig an. Warum konnte Dad ihn nicht so sehen wie ich? Konnte ein so kluger Mann wie Dad, wenn es darum ging, seinen eigenen Sohn ehrlich zu sehen, blind sein? Hatte Bart vorhin die Augen geöffnet, als Mam sich über ihn beugte, und hatte sie den Haß darin erkannt? Sie durchschaute Menschen oft mehr als Dad, obwohl er ein Arzt war.

»Der Sommer ist fast vorbei. Zitronenkuchen werden auch von anderen aufgegessen. Was du heute nicht genießt, ist morgen vielleicht schon nicht mehr da.«

Warum war er so nett zu einem Jungen wie diesem, der ihn mit seinen Blicken am liebsten getötet hätte?

Gehorsam trottete Bart hinter Dad her aus dem Zimmer. Ich folgte als Barts unsichtbarer Schatten. Plötzlich rannte Bart an Dad vorbei, als sie auf die hintere Veranda kamen, und stürzte dabei fast die Verandastufen hinunter, weil er versuchte, rückwärts mit Daddy Schritt zu halten. »Du bist nicht mein Vater«, rief er, »und du kannst mich nicht reinlegen. Du haßt mich und willst, daß ich sterbe!«

Daddy ließ sich schwerfällig in den Stuhl neben Mam fallen, die Cindy auf dem Schoß hielt. Bart setzte sich auf die Schaukel, stieß sich aber nicht mit den Füßen ab, sondern saß einfach da und klammerte sich fest an die Seile, als könne er jeden Augenblick von dem Brett stürzen.

Wir aßen alle ein Stück von Emmas köstlichem Zitronenkuchen. Alle außer Bart, der weiter auf der Schaukel saß und alles ablehnte. Dann stand Daddy auf und erklärte, er müsse noch nach einem Patienten sehen. Er warf Bart einen besorgten Blick zu und redete zärtlich mit Mam. »Nimm es nicht so schwer, mein Schatz. Schau nicht so verzweifelt drein. Ich bin bald wieder zu Hause. Vielleicht ist Mary Oberman nicht die beste Psychiaterin für Bart. Er scheint Frauen gegenüber besonders feindlich eingestellt zu sein. Ich suche für ihn einen Mann als Psychiater.« Er beugte sich vor, um ihr einen Kuß zu geben. Ich hörte das zarte Geräusch ihrer Lippen. Dann sahen sie sich tief in die Augen, und ich fragte mich, was sie wohl darin erblickten. »Ich liebe dich, Cathy. Mach dir nicht solche Sorgen. Es wird alles am Ende gut ausgehen. Wir werden es alle überleben.«

»Ja«, sagte sie dumpf und warf Bart einen zweifelnden Blick zu, »aber ich muß mir wegen Bart einfach Sorgen machen ... er wirkt so furchtbar verstört.«

Er richtete sich auf und warf Bart einen langen, harten, forschenden Blick zu. »Ja«, sagte Dad dann ohne jeden Zweifel. »Auch Bart gehört zu denen, die überleben. Schau dir nur an, wie er sich an die Seile klammert, obwohl er doch kaum einen halben Meter über dem Boden hängt. Er traut auch sich selbst einfach nicht. Er hat keinen Glauben an seine eigenen Fähigkeiten. Ich denke, er versucht stärker zu sein, indem er vorgibt, älter und klüger zu sein. Daher seine Rolle als alter Mann. Bei sich selbst kann er keine Sicherheit finden. Als Zehnjähriger traut er sich nichts zu. Wir müssen jemanden finden, der ihm helfen kann, auch wenn es im Augenblick nicht so aussieht, als könnten wir das schaffen.«

»Fahr vorsichtig«, sagte sie wie immer, und blickte ihm nach – ein Blick, in dem ihr ganzes Herz mitschwang.

Trotz meiner Entschlossenheit, wach zu bleiben und auf Mam und Cindy aufzupassen, merkte ich, wie mir langsam die Augen zufielen. Jedesmal, wenn ich hinschaute, saß Bart noch immer auf der Schaukel, die dunklen Augen leer in den Himmel starrend, während er sanft hin und her pendelte, aber nicht mehr als der Wind sein Gewicht bewegen konnte.

»Ich bringe Cindy jetzt ins Bett, Jory«, sagte Mam zu mir und rief dann Bart zu: »Zeit ins Bett zu gehen ... in ein paar Minuten komm' ich zu dir ans Bett. Putz dir die Zähne und wasch dir Hände und Gesicht. Wir haben dir noch ein Stück Zitronenkuchen aufgehoben, das du vor dem Zähneputzen essen kannst.«

Keine Antwort von der Schaukel, aber er rutschte unbeholfen von seinem Brett, hielt dann inne, um seine nackten Füße anzusehen, betrachtete seine Hände, fingerte an seinem Schlafanzug herum und blickte schließlich in den Himmel und zu den fernen Hügeln.

Im Haus wanderte Bart ziellos umher, nahm im Wohnzimmer ein Ding nach dem anderen in die Hand, drehte es um und sah sich die Unterseite an, bevor er es wieder an seinen Platz stellte. Ein kleines Segelboot aus venezianischem Glas schien ihn für einen Augenblick zu fesseln, dann fixierte er eine hübsche Porzellanballerina. Diese Figur hatte Mam Dr. Paul geschenkt, nachdem sie meinen Vater geheiratet hatte. Als Mam jung gewesen war, mußte sie dieser Porzellantänzerin sehr ähnlich gesehen haben.

Mit spitzen Fingern nahm er die zerbrechliche Figur auf, deren Kostüm und elegant gespreizten Arme und Beine wunderbar nachgearbeitet waren. Er drehte sie um und starrte auf das, was auf die Unterseite gedruckt war. *Limoges* stand dort, denn ich hatte selbst schon einmal darunter gesehen. Als nächstes strich er über die goldenen Haare, die mit winzigen Röschen verziert waren.

Dann ließ er sie mit Absicht aus der Hand rutschen.

Sie fiel auf die harten Dielen und zerbrach in mehrere Stücke. Ich stürzte vor und hoffte, ich könnte sie wieder zusammenkleben, so daß es Mam vielleicht nicht auffiel – aber Bart hob den Fuß und zerstampfte mit der blanken Ferse den kleinen Porzellankopf.

»Bart!« schrie ich. »Das war eine Gemeinheit! Du weißt, wie sehr Mutter an dieser Figur hängt. Das durftest du nicht tun.«

»Erzähl mir nicht, was ich zu tun oder zu lassen habe! Du läßt mich in Ruhe und sagst nichts von dem, was du gerade gesehen hast. Es war ein Mißgeschick, Junge, ein Unfall.«

Wessen Stimme war das? Nicht die von Bart. Er spielte wieder die Rolle dieses alten Mannes.

Ich rannte los, um Besen und Kehrschaufel zu holen, um die Reste der wunderbaren Ballerina zusammenzukehren. Ich hoffte, Mam würde es nicht so bald auffallen, daß die Figur auf dem Regal fehlte.

Als mir Bart dann wieder einfiel, rannte ich hinter ihm her und fand ihn, wie er heimlich Mam beobachtete, die Cindy auf dem Schoß hielt und ihr die Haare bürstete.

Mam blickte auf, und ihr Blick fiel zufällig auf Bart. Ich sah, wie sie blaß wurde und zu lächeln versuchte, aber sie sah etwas, das ihr Lächeln im Keim erstickte.

Mit einem Satz war Bart bei ihr und stieß Cindy von Mams Schoß. Cindy kreischte auf, als sie auf den Boden fiel – dann sprang sie schreiend auf. Sie rannte zu Mam, die sie in die Arme nahm und außer Barts Reichweite hielt. Dann baute sie sich vor Bart auf. »Bart, warum hast du das getan?«

Er spreizte die Beine und starrte zornig zu ihr hinauf. Plötzlich fuhr er herum und verließ den Raum, ohne noch einmal zurückzusehen.

»Mam«, sagte ich, während sie Cindy beruhigte und ins Bett legte, »Bart ist wirklich sehr krank. Laß Dad ihn zu dem Psychiater bringen, den er haben will, aber sorg dafür, daß man ihn dabehält, bis er wieder gesund ist.«

Ich hörte ihr Schluchzen, aber erst später brach sie richtig in Tränen aus.

Diesmal mußte ich sie in den Arm nehmen, mußte sie an meiner Schulter Trost finden lassen. Ich fühlte mich so erwachsen und verantwortlich.

»Jory, Jory«, schluchzte sie und klammerte sich fest an mich. »Warum haßt Bart mich? Was habe ich getan?«

Was sollte ich sagen? Ich wußte keine Antwort darauf.

»Vielleicht solltest du versuchen herauszufinden, warum Bart so anders ist wie ich, denn ich würde lieber sterben als dich unglücklich machen.«

Sie hielt mich fest und blickte ins Leere. »Jory, mein Leben ist eine ganze Reihe von schweren Schicksalsschlägen gewesen. Ich spüre, wenn noch eine furchtbare Sache mehr passiert, dann drehe ich durch ... und das darf ich nicht zulassen. Die Menschen sind so kompliziert, Jory, besonders die Erwachsenen. Als ich zehn Jahre alt war, dachte ich mir, die Erwachsenen hätten es so einfach mit ihren Rechten und Möglichkeiten, zu tun, was sie gerade wollten. Ich hätte mir nie vorgestellt, daß es so schwierig sein kann, Kinder zu haben. Aber nicht mit dir, Liebling, mit dir nicht...«

Ich wußte, daß ihr Leben viel Trauriges gebracht hatte, erst der Verlust der Eltern, dann Cory, Carrie, meinen Vater und schließlich noch ihr zweiter Mann.

»Das Kind meiner Rache«, flüsterte sie wie zu sich selbst. »Die ganze Zeit, während der Bart in mir wuchs, litt ich unter meiner Schuld. Ich liebte seinen Vater so sehr ... und doch habe ich auf gewisse Art geholfen, ihn umzubringen.«

»Mam«, kam mir plötzlich eine Einsicht, »vielleicht spürt Bart, daß du Schuldgefühle hast, wenn du ihn ansiehst – könnte es das sein?«

[illegible]

[illegible] ich gehen?

Was sollte ich sagen? Ich wollte [illegible]

[illegible]

[illegible]

[illegible]

[illegible] nicht [illegible]

[illegible] Blut [illegible]

[illegible]

[illegible]

[illegible] Mutter [illegible]

[illegible]

Die [illegible] ich [illegible]

[illegible]

[illegible]

DRITTER TEIL

Malcolms Wut

Sonnenlicht fiel mir auf das Gesicht und weckte mich auf. Als ich angezogen war, fühlte ich mich plötzlich nicht so alt wie Malcolm und war froh darüber. Auf der anderen Seite war ich aber irgendwie traurig, denn Malcolm war so verletzlich.

Warum hatte ich keine Freunde in meinem Alter wie die anderen Jungen? Warum mochten mich nur alte Leute? Es spielte keine Rolle mehr, daß meine Großmutter mir gesagt hatte, wie sehr sie mich liebte, denn sie hatte mir ja Apple gestohlen. Ich mußte der Tatsache ins Auge sehen, daß mein einziger Freund John Amos war.

Ging nach draußen und kroch vor dem Frühstück schon in der Gegend herum, schnupperte am Boden, roch die wilden Dinge, die sich bei Tag vor mir verbargen. Ein kleines Kaninchen raste ganz verrückt los, aber ich würde ihm nicht weh tun, würde ich nicht.

Sie beobachteten mich am Frühstückstisch ständig, als ob sie erwarteten, ich würde jeden Moment etwas Schreckliches tun. Mir fiel auf, daß Daddy Jory nicht danach fragte, wie es ihm heute ging, er fragte nur mich. Ich starrte finster auf mein Frühstücksmüsli. Haßte Rosinen! Sahen aus wie kleine tote Käfer.

»Bart, ich habe dich gerade etwas gefragt.«

Wußte ich doch. »Mir geht es gut«, sagte ich, ohne Daddy anzusehen, der morgens immer gleich mit guter Laune aufwachte und nicht verschlafen wirkte wie ich – oder Mammi. »Ich wünschte mir bloß, du würdest mal eine wirklich gute Köchin einstellen. Oder noch besser, daß Mammi zu Hause bliebe und unsere Mahlzeiten kochen würde wie andere Mütter. Emmas Zeug ist einfach ungenießbar.«

Jory fixierte mich hart und trat mir unter dem Tisch gegen das Bein, als wollte er mich warnen, besser meinen Mund zu halten.

»Emma hat dein Müsli nicht gekocht, Bart«, sagte Daddy. »Es kommt fertig im Karton, das weißt du doch, und bis heute morgen hast du immer gerne viele Rosinen gegessen. Du wolltest sogar Jorys noch dazu haben. Aber wenn du heute morgen keine Rosinen vertragen kannst, dann iß sie einfach nicht. Und warum blutet deine Unterlippe?«

Blutete sie? Ärzte sahen immer irgendwo Blut, weil sie ständig Leute aufschnitten.

Jory übernahm meine Antwort. »Er spielte heute morgen Wolf, Dad, das ist alles. Ich nehme an, als er das Kaninchen ansprang und ihm den Kopf abbeißen wollte, hat er sich selbst gebissen.« Er grinste mich an, als hätte er Spaß an meiner Dämlichkeit.

Etwas stimmte nicht. Merkte es sofort, weil niemand mich fragte, warum ich Wolf spielte. Sie sahen mich nur an, als rechneten sie damit, daß ich mich ständig wie ein Verrückter aufführte.

Hörte Mammi und Daddy in der Küche flüstern – redeten über mich. Ärzte wurden erwähnt, neue Klapsdoktoren. Würde ich nicht hingehen! Konnten mich nicht zwingen!

Dann kam Mam wieder ins Eßzimmer und redete mit Jory, während Dad in die Garage ging und den Wagen herausfuhr.

»Mam, ziehen wir heute nacht wirklich die Vorstellung wie geplant durch?«

Sie warf mir einen besorgten Blick zu, dann zwang sie sich zu einem Lächeln und meinte: »Natürlich, ich kann meine Schüler nicht enttäuschen und erst recht nicht die Eltern und ihre Gäste, die bereits die Eintrittskarten gekauft haben.«

Ich dachte, Dummköpfe, denen man das Geld aus der Tasche ziehen konnte, starben nie aus.

Jory sagte: »Ich glaube, dann sollte ich Melodie anrufen, gestern habe ich ihr erzählt, wir müßten die Aufführung vielleicht absagen.«

»Jory, wie bist du denn darauf gekommen?«

Er sah mich an, als wäre ich für alles verantwortlich, selbst für abgesagte Ballettaufführungen – obwohl ich sie mir nicht einmal ansehen wollte, auch dann nicht, falls sie mich fragen sollten, ob ich mitkäme. Hatte keinen Spaß an diesem albernen Ballettgehopse, wo immer alle nur tanzen und niemand ein Wort redet. Sie tanzten nicht einmal *Schwanensee*, sondern das ödeste und langweiligste Ballett von allen – *Coppelia*.

Daddy kam wieder ins Haus, weil er wie üblich etwas vergessen hatte. »Ich nehme an, du bist heute abend der Prinz«, sagte er zu Jory, der ihn verärgert ansah.

»Mensch, Dad, lernst du es denn nie? In Coppelia gibt es überhaupt keinen Prinzen! Die meiste Zeit tanze ich nur in der Gruppe, aber Mam wird in ihrer Rolle einfach toll sein. Sie hat sie selbst für sich choreographiert.«

»Was sagst du da?« rief Daddy wild und starrte Mammi aufgebracht an. »Cathy, du weißt, daß du mit deinem angeschlagenen Knie nicht tanzen darfst! Du hast mir versprochen, daß du nie wieder professionell auftrittst. Dieses Knie kann jeden Augenblick unter dir nachgeben und schon liegst du da. Noch ein Sturz, und du bist vielleicht für dein Leben ein Krüppel.«

»Nur noch ein einziges Mal«, flehte sie, als ob ihr Leben davon abhing, noch einmal zu tanzen. »Ich spiele doch lediglich die mechanische Puppe, die in einem Stuhl sitzt – über so eine kleine Rolle brauchst du dich wirklich nicht aufzuregen.«

»Nein!« stürmte er wieder. »Wenn du heute abend nun tatsächlich nicht stürzt, dann hältst du dein Knie wieder für ganz in Ordnung. Du wirst deinen Erfolg wiederholen wollen, und beim nächsten Mal würdest du dir einen bleibenden Schaden holen. Nur ein einziger ernsthafter Sturz, und du kannst dir die Beine brechen, den Rücken, das Genick ... das hat es schon gegeben, und das weißt du.«

»Zähl mir nicht sämtliche Knochen in meinem Körper auf«, schrie sie zurück, und ich überlegte und überlegte: Wenn sie sich die Knochen brach und nicht mehr tanzen konnte, dann mußte sie die ganze Zeit mit mir zu Hause sein.

»Ehrlich, Chris, manchmal führst du dich auf, als wäre ich deine Sklavin! Sieh mich an. Ich bin siebenunddreißig Jahre alt, und schon bald werde ich zu alt sein, um überhaupt noch zu tanzen. Gönne mir das Gefühl, zu etwas zu taugen – genau wie du. Ich habe nur meinen Tanz. Nur noch ein einziges Mal! Ich muß einfach tanzen.«

»Nein«, wiederholte er, aber schon weniger entschieden. »Wenn ich jetzt nachgebe, wird es nicht das letzte Mal sein. Du wirst es wieder tun wollen...«

»Chris, ich werde dich nicht anbetteln. Ich habe keinen Schüler, der in der Lage wäre, meine Rolle zu übernehmen – und ich tue, was ich mir vorgenommen habe, ob es dir nun gefällt oder nicht!« Sie warf mir einen schnellen Blick zu, als sorge sie sich mehr darum, was ich denken würde, als um Daddys Einwände. Ich war glücklich, sehr glücklich... denn sie würde stürzen! Tief in meinem Inneren wußte ich, daß ich sie mit meinen Wünschen allein zu Fall bringen konnte. Ich würde im Publikum sitzen und meinen bösen Blick auf sie richten. Dann würde ich sie als Spielkamerad zu Hause haben. Ich würde ihr beibringen, wie man herumkriecht und am Boden schnuppert wie ein Hund oder ein Indianer, und sie würde überrascht sein, was man mit der Nase alles herausfinden konnte.

»Ich rede nicht von einer kleinen Verletzung, Catherine«, bohrte dieser widerwärtige Ehemann weiter. »Du hast dein ganzes Leben lang deine Gelenke extrem belastet – und jeden Schmerz mißachtet. Es wird Zeit, daß du dir klar machst, das Wohlbefinden deiner ganzen Familie hängt von deiner eigenen Gesundheit ab.«

Ich starrte Dad wütend an und bedauerte, daß er etwas vergessen haben mußte und deswegen zu viel gehört hatte. Mammi schien nicht einmal darüber überrascht zu sein, daß er wieder seine Brieftasche liegengelassen hatte, obgleich er doch ein Arzt war, der ja wohl ein gutes Gedächtnis brauchte. Sie gab ihm die Brieftasche, die er neben seinem Frühstücksteller vergessen hatte und lächelte ihn dabei schief an. »Das machst du jeden Tag. Du gehst raus in die Garage, läßt den Wagen an, und dann fällt dir ein, daß du deine Brieftasche nicht dabei hast.«

Sein Lächeln war genauso schief wie ihres. »Ja, natürlich. Es gibt mir eine Gelegenheit, noch einmal zurückzukommen und all die Dinge zu hören, die du mir nicht erzählst.« Er stopfte sich die Brieftasche ins Jackett.

»Chris, ich widersetze mich deinen Wünschen nur ungern, aber ich kann keine zweitklassige Vorstellung zulassen, und heute abend ist Jorys große Chance, sich mit einem ersten Solo zu präsentieren ...«

»Catherine, hör mir jetzt zum ersten Mal in deinem Leben richtig zu. Dein Knie ist geröntgt worden, das Gelenk ist angebrochen, und du selbst klagst noch immer über wiederkehrende Schmerzen. Du hast seit Jahren nicht mehr professionell getanzt. Chronische Schmerzen sind schlimm genug – willst du permanente haben?«

»Oh, ihr Ärzte«, spottete sie. »Ihr habt alle so furchtbar komische Vorstellungen, wie zerbrechlich der menschliche Körper ist. Mein Knie tut weh, na und? Alle meine Tänzer jammern über Schmerzen und Wehwehchen. Als ich in South Carolina war, haben die Tänzer gejammert, in New York haben sie gejammert, in London ... Schmerzen gehören beim Tanzen eben dazu! Was ist also Schmerz für eine Tänzerin? Nichts, Herr Doktor, absolut nichts, mit dem ich nicht fertig werden könnte.«

»Cathy!«

»Mein Knie hat mir schon mehr als zwei Jahre lang nicht mehr ernsthaft weh getan. Hast du mich über irgendwelche Schmerzen jammern hören? Nein, das hast du nicht!«

Nach diesen Worten marschierte Dad aus der Küche und zurück zur Garage.

Wie der Blitz rannte sie hinter ihm her, und ich lief hinter ihr her – hoffte noch mehr von diesem Streit mitzubekommen, und daß sie gewann. Dann würde ich sie bald für mich ganz zu Hause haben.

»Chris«, rief sie, riß die Seitentür auf und schwang sich neben ihn ins Auto, wo sie ihm sofort die Arme um den Hals schlang. »Fahr nicht im Zorn weg. Ich liebe dich, respektiere dich und gebe dir mein Ehrenwort, daß dies meine allerletzte Vorstellung ist. Ich schwöre, ich werde nie, nie wieder auf der Bühne tanzen, ich weiß, warum ich zu Hause bleiben muß ... ich weiß es ...«

Sie küßten sich. Hatte nie Leute getroffen, die sich so gerne küßten wie meine Eltern. Dann machte sie sich von ihm los und sah ihm zärtlich in die Augen, strich ihm über die Wange und murmelte: »Das ist meine Gelegenheit zu einem gemeinsamen öffentlichen Auftritt mit Julians Sohn, Liebling. Sieh dir Jory an, wie sehr er Julian gleicht. Ich habe einen besonderen *Pas de deux* choreographiert, in dem ich die Puppe bin, und Jory ist ein mechanischer Soldat. Es ist das Beste, was ich je in dieser Beziehung geschaffen habe. Ich möchte, daß du im Publikum sitzt und auf deine Frau und deinen Sohn stolz bist. Ich will nicht, daß du da sitzt und dir nur um mein Knie Gedanken machst. Mein Ehrenwort, es ist schon seit Monaten besser, und ich habe keine Schmerzen mehr!«

Sie streichelte ihn und küßte ihn noch einmal, und ich konnte sehen, daß er sie mehr liebte als alles andere, mehr als uns, sogar mehr als sich selbst. Dummkopf! Verdammter Narr, eine Frau so zu lieben!

»In Ordnung«, sagte er. »Aber das muß wirklich das letzte Mal sein. Dein Knie hält diese jahrzehntelange Belastung nicht viel länger durch. Selbst beim Unterricht benutzt du das Knie viel zu oft, so daß du die Bänder ständig überdehnst.«

Ich beobachtete, wie sie sich von ihm abwandte und wieder aus dem Wagen stieg. Als sie dann sprach, klang ihre Stimme sehr traurig. »Vor vielen Jahren hat mir Madame Marisha erzählt, für mich gäbe es kein Leben ohne den Tanz, und ich habe das von mir gewiesen. Jetzt werde ich die Gelegenheit bekommen, es herauszufinden.«

Gut!

Offenbar mußte er genau diese Worte hören, um auf eine neue Idee zu kommen. Er streckte den Kopf aus dem Fenster und rief ihr zu: »Cathy, was ist mit dem Buch, das du schreiben wolltest? Jetzt ist der richtige Moment, um damit anzufangen ...« Er warf auch mir einen langen Blick zu, und ich fühlte mich sehr durchschaut. »Bart, denk daran, daß du sehr geliebt wirst. Wenn du über irgend etwas oder über irgend jemanden unglücklich bist, dann brauchst du es nur mir oder deiner Mutter zu erzählen, wir hören dir immer zu und werden tun, was wir können, um dir zu helfen. Zu helfen, daß du wieder glücklich wirst.«

Glücklich? Ich würde nur glücklich sein, wenn er endlich

aus ihrem Leben verschwand. Glücklich war ich nur, wenn ich sie ganz für mich allein hatte. Und dann erinnerte ich mich an diesen alten Mann ... an zwei alte Männer. Keiner von diesen beiden wollte sie am Leben lassen ... keiner von beiden. Ich wollte sein wie sie, besonders wie Malcolm, deshalb tat ich so, als wäre er in der Garage und wartete darauf, daß Daddy endlich wegfuhr und ich allein war. Ihm gefiel es, wenn ich allein war, wenn ich mich traurig fühlte, einsam, böse, zornig ... und er lächelte jetzt gerade.

Kaum waren Mammi und Jory auch gefahren, da hatte ich schon wieder Emma am Hals. Sie nörgelte an mir herum, beschimpfte und haßte mich.

»Bart, kannst du dir nicht das Blut von der Lippe wischen? Mußt du dir unbedingt immer auf die Unterlippe beißen? Die meisten Leute verletzen sich nicht mit Absicht, das ist unnatürlich.«

Was wußte sie schon, wie es war, ich zu sein? Ich fühlte keinen Schmerz, wenn ich auf meiner Lippe kaute, mochte den Geschmack des Blutes.

»Ich erzähl' dir was, Bartholomew Scott Winslow Sheffield. Wenn du mein Junge wärest, dann bekämst du anständig was auf den Hintern. Ich glaube, du hast einfach Spaß daran, die anderen zu quälen. Und du machst all diese Gemeinheiten, um Aufmerksamkeit zu erregen. Um das herauszufinden, braucht man keinen Psychiater mit zehn Diplomen.«

»Halt den Mund!« schrie ich.

»Wage bloß nicht, mich noch einmal anzuschreien und mir den Mund zu verbieten. Ich kann es dir hier verdammt ungemütlich machen. Für alle schrecklichen Dinge, die hier im Haus passieren, bist allein du verantwortlich. Du hast auch die teure Figur zerbrochen, an der deine Mutter so hing. Ich habe sie im Mülleimer gefunden, in Zeitungspapier eingewickelt. Sitz nur da und funkel mich mit deinen häßlichen schwarzen Augen an, aber ich habe keine Angst vor dir. Du warst es auch, der den armen Clover erwürgt hat. Du solltest dich schämen! Du bist ein gemeiner, widerwärtiger kleiner Junge, Bart Sheffield, und es ist kein Wunder, daß du keine Freunde hast, überhaupt kein

Wunder! Ich werde deinen Eltern Tausende von Dollar ersparen, wenn ich dich einmal anständig übers Knie lege und deinen Hintern grün und blau prügele. Am besten so, daß du zwei Wochen nicht mehr richtig sitzen kannst!«

Sie baute sich riesig vor mir auf und gab mir das Gefühl, sehr klein und hilflos zu sein. Ich wollte jeder andere sein außer mir, jeder andere, der stark war.

»Rühr mich an, und ich bring' dich um«, sagte ich mit einer kalten Stimme. Ich richtete mich steif von meinem Stuhl auf, spreizte die Beine breit und legte meine Hände auf die Tischplatte, um besser das Gleichgewicht halten zu können. In meinem Inneren kochte es vor Wut. Ich wußte jetzt, wie ich mich in Malcolm verwandeln konnte und skrupellos genug sein, um das zu bekommen, was ich wollte, wann immer ich es wollte.

Man brauchte sich nur anzusehen, wie furchtsam sie jetzt dreinschaute, jetzt blickten ihre Augen groß und erschrocken. Ich verzog die Oberlippe und zeigte meine Zähne, dann setzte ich ein böses Lächeln auf. »Emma, geh mir auf der Stelle aus den Augen, bevor ich die Beherrschung verliere!«

Stumm wich Emma zurück, und dann rannte sie durch das Eßzimmer in den Flur, um die arme Cindy vor mir zu schützen.

Ich wartete den ganzen Tag. Emma dachte, ich würde mich in meiner Höhle unter der Hecke verstecken, deshalb ließ sie Cindy allein in ihrem Sandkasten im Schatten einer riesigen alten Eiche spielen. Nichts war zu gut für diese Cindy, und sie war doch nur ein Adoptivkind.

Sie kicherte, als sie mich heranhinken sah, so als würde ich komisch aussehen und nur einen alten Mann für sie spielen. Man brauchte sich nur ihr Lächeln anzusehen und wie sie versuchte, mich mit ihrem Charme um den Finger zu wickeln. Saß da halbnackt, nichts außer ihren kleinen Shorts an. Sie würde erwachsen werden, noch hübscher und wie alle anderen Frauen auf ihre sündige Art die Männer zum Schlechten verführen. Und sie würde den Mann betrügen, der sie liebte, ihre Kinder betrügen. Aber ... aber ... wenn sie häßlich wäre, welcher Mann würde sie dann noch haben wollen? Würde keine Babys bekommen, wenn sie häßlich war. Würde dann keine

Männer um den Finger wickeln können. Ich würde alle Kinder vor dem retten, was sie ihnen sonst später antat. Die Kinder retten, das war wichtig.

»Barrrtii«, sagte sie, lächelte mich an und setzte sich mit überkreuzten Beinen, so daß ich ihr Höschen unter den Shorts sehen konnte. »Spielen, Barrtiii? Spielen mit Cindy?«

Plumpe kleine Hände griffen nach mir. Sie versuchte mich zu »verführen«. Erst zwei Jahre und ein paar Monate alt, und schon kannte sie die verdorbene Art der Frauen.

»Cindy«, rief Emma aus der Küche, aber ich duckte mich so tief, daß sie mich hinter den Büschen nicht sehen konnte, »alles in Ordnung mit dir?«

»Cindy spielt Sandkuchen!« antwortete die Kleine, als wollte sie mich schützen. Dann hob sie ihre rote Lieblingssandform auf und bot sie mir an – und dazu auch noch die gelbe Schaufel.

Mein Griff schloß sich noch fester um mein Taschenmesser. »Hübsche Cindy«, säuselte ich, während ich näher kroch und mein süßestes Lächeln aufsetzte, über das sie begeistert kicherte. »Möchte die hübsche Cindy gerne Friseur spielen?«

Sie klatschte in die Hände. »Oh«, flötete sie. »Schön.«

Das blonde Haar fühlte sich seidig und sauber in meiner Hand an. Sie lachte, als ich leicht daran zog und ihr die Schleife aus dem Pferdeschwanz löste. »Ich tue dir nicht weh«, sagte ich und zeigte ihr mein Taschenmesser. »Also schrei nicht rum ... sitz ruhig beim Friseur, der dich jetzt ganz fein macht.«

In meinem Zimmer hatte ich meine Liste mit neuen Wörtern. Mußte sie aussprechen, sie buchstabieren lernen und wenigstens fünfmal täglich in einem Satz benutzen – und von da an immer weiter. Mußte große Worte kennen, um die Leute zu beeindrucken, damit sie begriffen, daß ich cleverer war als sie.

Terrorisieren. Verstand ich inzwischen – hieß, daß man den Leuten Angst einjagte, und zwar vor einem selbst.

Ultimativ – hatte ich mir auch aufgeschrieben. Bedeutete, jemandem zum letzten Mal eine Chance geben.

Sinnlich – war ein böses Wort. Sinnlich waren Menschen, die sich der Fleischeslust hingaben. Mußte wie Malcolm jene züchtigen, die so etwas taten.

Nach einer Weile wurden die großen Worte langweilig, die man zu lernen hatte, um Respekt zu erringen. Wurde es auch satt, Malcolm zu spielen. Aber das Problem war, ich verlor langsam den richtigen Bart. Ich war gar nicht mehr ganz Bart. Und wo er jetzt langsam irgendwohin verschwand, schien mir dieser Bart gar nicht mehr so dumm und armselig wie früher.

Ich las noch einmal eine bestimmte Seite aus Malcolms Buch, wo er sich beschrieb, wie er in meinem Alter gewesen war. Er hatte hübsche blonde Haare wie die seiner Mutter und seiner Tochter immer gehaßt – aber von seiner kleinen »Corinna« hatte er noch nichts gewußt, als er schrieb:

> Ihr Name war Violett Blue, und ihr Haar erinnerte mich an das meiner Mutter. Ich haßte ihr Haar, wir gingen zusammen in die Sonntagsschule, und ich saß hinter ihr und starrte die ganze Zeit auf dieses Haar, das eines Tages einen Mann verführen und ihr so gefügig machen würde, wie es bei diesem Liebhaber meiner Mutter gewesen war. Eines Tages lächelte sie mich an und erwartete wohl ein Kompliment. Aber ich legte sie herein und sagte, ihr Haar sei häßlich. Zu meiner Überraschung lachte sie und sagte: »Aber es ist doch die gleiche Art Haar, wie du auch hast.«
>
> An diesem Tag schnitt ich mir all meine Haare ab – und am nächsten Tag packte ich mir Violett Blue und zerrte sie zu Boden. Als sie weinend nach Hause lief, war sie so kahl wie ich.

All das hübsche blonde Haar, was einmal Cindy gehört hatte, wehte der Wind davon. Sie weinte in der Küche. Nicht weil ich sie verängstigt hatte oder ihr weh getan hatte. Es war Emmas Geschrei, das ihr gesagt hatte, etwas Schlimmes müsse passiert sein. Jetzt sah Cindys Haar aus wie meines. Struppig, kurz und häßlich.

Der letzte Tanz

»Jory«, rief Mam erleichtert, als sie mich hereinkommen sah, »Gott sei Dank, daß du zurück bist, hat dir dein Mittagessen geschmeckt?«

»Klar«, versicherte ich, »war ein schönes Mittagessen«, und sie beachtete mich nicht weiter, weil ich selbst keinen großen Wert darauf legte. Sie war schon völlig mit den letzten Vorbereitungen für die Aufführung beschäftigt. So war es immer an Aufführungstagen; am Morgen der Unterricht, am Nachmittag noch einmal eine Generalprobe und am Abend dann die Vorstellung. Schnell, schnell, schnell, während man sich ständig einreden mußte, daß die Welt stillstehen würde, wenn man seine Rolle nicht besser tanzte, als man selbst es für möglich halten würde. Wenn die Welt nun aber nicht stillstand . . .

»Weißt du, Jory«, sprudelte Mam glücklich in der Garderobe hervor, die wir teilten – sie stand hinter einem Umkleideschirm, so daß wir uns nicht sehen konnten – »das Ballett hat mich mein ganzes Leben lang in Atem gehalten. Es war immer spannend, aber heute nacht ist für mich die größte Nacht von allen, weil ich mit meinem eigenen Sohn tanzen werde! Ich kenne dich, und ich habe schon viele Male mit dir getanzt, aber diese Nacht ist etwas Besonderes. Jetzt bist du gut genug, ein richtiges Solo zu tanzen. Bitte, bitte, tu dein Bestes, damit Julian im Himmel auf seinen einzigen Sohn stolz sein kann.«

Klar, ich würde mein Bestes tun, ich tat immer mein Bestes. Die Ouvertüre verklang, und der Vorhang hob sich. Es gab einen kleinen Augenblick der Stille, bevor die Musik des ersten Aktes begann. Die Harmonie unserer Bewegungen versetzte uns beide in dieses glückliche Märchenland, in dem alles passieren konnte, sogar ein Happy-End.

»Mam, du siehst wunderbar aus – hübscher als jede andere Tänzerin!« Sie lachte freudig und erzählte mir, ich wüßte wirklich, wie man einer Frau gefällt, und wenn ich so weitermachen würde, dann wäre ich irgendwann der Herzensbrecher des Jahrhunderts. »Hör jetzt genau auf die Musik, Jory. Verlier dich nicht dabei, daß du ständig konzentriert mitzählst, während du die Musik darüber vergißt – denn nur so schaffst du es, die Magie wirklich zu empfinden und die Musik in deinem Blut zu fühlen!«

Ich war so angespannt und konzentriert, daß ich jeden Augenblick hätte explodieren können. »Mam, ich hoffe, der Vater, den ich am meisten liebe, sitzt vorn in der Mitte.«

Da rannte sie schnell noch einmal zum Seitenausgang, spähte zwischen den Vorhängen durch und musterte das Publikum. An bestimmten Stellen konnte man den ganzen Saal überblikken. »Er ist nicht da«, verkündete sie enttäuscht, »und Bart auch nicht ...«

Keine Zeit für eine Antwort. Ich hörte meinen Auftakt und tanzte mit den anderen zehn der Gruppe auf die Bühne. Alles klappte wunderbar. Mam stand oben auf dem Balkon als die schöne Puppe Coppelia, lebensecht genug, daß sich jeder sofort in sie verlieben konnte.

Aber als der erste Akt vorüber war, keuchte sie außer Atem und schnappte nach Luft. Sie hatte Dad nicht erzählt, daß sie auch noch die Rolle des Dorfmädchens Schwanhilde tanzte, die den Franz liebte, der sich so närrisch in eine mechanische Puppe verliebt hatte. Zwei Rollen für Mam – schwierige Rollen waren das, die sie sich selbst choreographiert hatte. Dad hätte es ihr mit Sicherheit verboten, heute abend aufzutreten, wenn er die ganze Wahrheit über ihren letzten Tanz gewußt hätte. War es falsch von mir gewesen, ihr dabei zu helfen, ihn zu täuschen?

»Mam, was macht dein Knie?« fragte ich, als ich ihr schmerzverzogenes Gesicht sah. Es war mir auch schon während des ersten Aktes ein- oder zweimal aufgefallen.

»Jory, mit meinem Knie ist alles prima!« antwortete sie

scharf, während sie noch einmal versuchte, Dad oder Bart im Publikum auszumachen. »Warum sind sie nicht da? Wenn Chris nicht auftaucht, sich meinen letzten Tanz anzusehen, werde ich ihm das nie verzeihen!«

Ich entdeckte Dad und Bart gerade vor Anfang des zweiten Aktes. Sie saßen in der zweiten Reihe, und ich sah Bart deutlich an, daß er nicht freiwillig mitgekommen war. Seine Oberlippe war schmollend verzogen, während er wütend den Vorhang anstarrte, der sich gleich hob und Eleganz und Schönheit enthüllte, über die er nur wütend die Stirn runzeln würde. Schönheit und Eleganz brachten in Barts Leben nicht die gleiche Freude wie in meines.

Der dritte Akt. Mam und ich tanzten zusammen, Puppen, die mit großen Schlüsseln auf ihrem Rücken aufgezogen wurden. Hölzern begannen wir unsere Bewegungen, zuckten mit unseren quietschenden Gelenken. Der große Raum, in dem Dr. Coppelius seine Erfindungen verbarg, war in ein geheimnisvolles Zwielicht getaucht und durch ein paar blaue Strahler noch dramatischer ausgeleuchtet. Ich merkte deutlich, daß Mam Schwierigkeiten hatte, aber sie verfehlte keinen einzigen Schritt, als wir beide uns im Takt mit der Musik bewegten und all die mechanischen Spielzeuge aufzogen, so daß sie zum Leben erwachten, um mit uns zu tanzen. »Mam, bist du okay?« fragte ich flüsternd, als sie in meine Nähe kam. »Sicher«, sagte sie ständig lächelnd, denn sie konnte nichts anderes als lächeln, weil ein Lächeln auf ihr Holzgesicht gemalt war.

Ich ängstigte mich um sie, während ich gleichzeitig ihren Mut bewunderte. Ich wußte, daß Bart uns aus dem Publikum anstarrte, uns für dumme Narren hielt und eifersüchtig auf unsere Eleganz und Schönheit war.

Plötzlich erkannte ich an Mams gezwungenem Lächeln, daß sie furchtbare Schmerzen haben mußte. Ich versuchte näher an sie heranzutanzen, aber einer der Clowns kam mir ständig in den Weg. Es würde passieren. Ich wußte, daß es passieren mußte – genau wie Dad befürchtet hatte.

Als nächstes kam eine Serie von wirbelnden Pirouetten, die sie im Kreis um die ganze Bühne herumführten. Um diesen Wirbel zu tanzen, mußte sie exakt wissen, wo jeder andere sich aufhielt, selbst die Statisten. Als sie an mir vorbeikam, griff ich zu, um ihr die Balance zu sichern, während sie weiterschwebte. Oh, mein Gott, ich konnte gar nicht mehr hinsehen. Dann erkannte ich, daß sie es schaffen würde. Schmerz oder nicht, sie tanzte, ohne zu stürzen. Froh sprang ich in die Luft und landete auf dem Knie, während ich spielerisch der Puppe meiner Träume mit einer großartigen Geste die Heirat anbot. Dann blieb mir das Herz stehen. Eines der Bänder ihrer Ballettschuhe hatte sich gelöst.

»Deine Schleife, Mam, paß auf die Schleife an deinem linken Schuh auf!« rief ich über die Musik, aber sie hörte mich nicht. Das baumelnde Band schleifte über die Bühne und schon trat ein anderer Tänzer darauf. Mam verlor die Balance. Sie breitete die Arme aus, um sich wieder zu fangen und hätte vielleicht Erfolg dabei gehabt – aber dann sah ich, wie ihr aufgemaltes Lächeln sich in eine lautlose Grimasse des Schmerzes verzog, als ihr Knie unter ihr nachgab, und schon lag sie da. Genau in der Mitte der Bühne.

Das Publikum schrie auf. Einige sprangen von den Plätzen, um besser sehen zu können. Wir auf der Bühne tanzten weiter, so gut wir konnten, während man Mam nach hinten trug. Ihr Ersatz wirbelte auf die Bretter, und das Ballett ging weiter.

Endlich senkte sich der Vorhang. Ich wartete den Applaus nicht ab und ging nicht mehr nach vorn. Ich konnte Mam gar nicht schnell genug finden. Mit schrecklicher Angst im Herzen raste ich dorthin, wo Dad mit ihr in den Armen stand, während Notärzte in weißen Kitteln ihr Bein untersuchten, um herauszufinden, ob etwas gebrochen war.

»Chris, hab' ich es gut gemacht?« fragte sie, das Gesicht schmerzverzerrt. »Ich habe es nicht wirklich verdorben, oder? Die Show war doch gut? Hast du Jory und mich in unserem *Pas de deux* gesehen?«

»Ja, ja«, antwortete er, überhäufte ihr Gesicht mit Küssen und half ihr zärtlich dabei, sie auf die Bahre zu legen. »Du und Jory, ihr wart großartig. Ich habe dich niemals besser tanzen sehen – und Jory war brillant.«

»Und diesmal mußte ich auch kein Blut sehen«, flüsterte sie, bevor sie erschöpft die Augen schloß. »Ich brauchte mir nur ein Bein zu brechen.«

Was sie da sagte, gab für mich nicht viel Sinn. Ich wandte meine Gedanken dem Ausdruck von Barts Gesicht zu, als er sie jetzt ansah. Er schien froh zu sein, fast frohlockend. War ich in meiner Beurteilung unfair gewesen? Oder war das Schuld, was ich da in seinen Augen schimmern sah?

Ich schluchzte, als Mam auf ihrer Bahre hinaus zum Krankenwagen getragen wurde, in dem sie und Dad ins nächste Krankenhaus fuhren. Melodies Vater versprach, mich beim Krankenhaus vorbeizufahren, danach wollte er Bart nach Hause bringen. »Auch wenn ich sicher bin, daß Jory nach Melodies Wünschen lieber nach Hause fahren sollte, und es für Bart besser wäre, bei seiner Mutter im Krankenhaus zu bleiben.«

Als Mam viel später aus dem Schlaf aufwachte, in den man sie mit den vielen Beruhigungsmitteln versetzt hatte, starrte sie auf ein Blumenmeer in ihrem Krankenzimmer. »Oh, das sieht ja wie ein Garten aus«, stöhnte sie. Sie lächelte Dad schwach zu, streckte ihm die Arme entgegen, um erst ihn und dann mich an sich zu drücken. »Ich weiß, du wirst jetzt sagen, daß du mich genau davor gewarnt hast, Chris. Aber bis ich gestürzt bin, habe ich doch gut getanzt, nicht wahr?«

»Es war dein loses Schuhband«, sagte ich, um sie in jedem Fall, so gut es ging, vor seinem Ärger in Schutz zu nehmen. »Wenn es sich nicht gelöst hätte, wärst du nie gestürzt.«

»Mein Bein ist doch nicht gebrochen?« fragte sie Dad.

»Nein, Liebling, du hast nur eine Gelenkprellung und einen Muskelriß, den man dir bei der Operation schon geflickt hat.« Dann setzte er sich neben sie auf das Bett und erklärte ihr ihre Verletzungen im einzelnen, die doch nicht so leicht waren, wie sie es sich gewünscht hatte.

Mam überlegte laut: »Ich kann mir wirklich nicht vorstellen, wie diese Schleife sich lösen konnte. Ich verstehe das nicht. Ich binde mir die Schleifen immer sorgfältig selbst, weil ich mich auf niemand anderen verlassen will ...« Sie unterbrach sich und starrte ins Leere.

»Wo tut es dir im Augenblick weh?«

»Nirgendwo«, antwortete sie heftig, als fühle sie sich angegriffen, »wo ist Bart? Warum ist er nicht mit euch gekommen?«

»Du weißt, wie Bart ist. Er haßt Krankenhäuser und kranke Menschen, genauso wie er ja auch alles andere haßt. Emma kümmert sich gut um ihn und Cindy. Aber wir möchten dich bald wieder zu Hause haben, deshalb halte dich an die Anweisungen deiner Ärzte und Schwestern – und sei nicht so verdammt stur, daß du auf niemanden hören willst.«

»Was fehlt mir denn nun eigentlich?« fragte sie genauso alarmiert wie ich. Ich setzte mich unwillkürlich gerader, weil ich spürte, daß uns jetzt eine schwere Neuigkeit treffen würde.

»Dein Knie ist in einem bösen Zustand. Ohne jetzt in die anatomischen Details zu gehen, du wirst im Rollstuhl sitzen müssen, bis es ganz ausgeheilt ist.«

»In einem Rollstuhl?« Sie sah so schockiert aus, als hätte er von einem elektrischen Stuhl gesprochen. »Was ist wirklich los? Du sagst mir nicht alles. Du versuchst, mir etwas zu ersparen!«

»Wenn deine Ärzte sich sicher sind, wirst du alles erfahren. Aber eins ist gewiß, du kannst nie wieder tanzen. Und sie haben mir auch erzählt, daß du nicht einmal mehr deinen Schülern vortanzen darfst. Kein einziger Tanzschritt mehr, nicht einmal mehr ein Walzer.« Er sagte das so hart, aber in seinen Augen standen Schmerz und tiefes Mitgefühl.

Sie sah überrascht aus und schien nicht glauben zu wollen, daß so ein kleiner Sturz ihr eine so schwere Verletzung zugefügt hatte. »Nicht tanzen? Überhaupt nicht?«

»Überhaupt nicht«, wiederholte er. »Es tut mir leid, Cathy, aber ich habe dich gewarnt. Erinnere dich und zähle nach, wie oft du schon auf dieses Knie gestürzt bist. Was glaubst du, wieviel Verletzungen so ein Knie aushalten kann? Selbst das Gehen wird für dich nicht mehr so mühelos sein, wie du es gewohnt bist. Wein dich jetzt aus, soviel du willst. Du mußt dich damit abfinden.«

Sie weinte in seinen Armen, und ich saß daneben auf einem Stuhl und schluchzte innerlich mit. Es kam mir vor, als wäre ich es, der von nun an seine Beine nie wieder für den Tanz gebrauchen konnte.

»Ist in Ordnung, Jory«, sagte sie, als sie sich die Tränen schließlich abtrocknete und ein etwas mühsames Lächeln aufsetzte. »Wenn ich nicht tanzen kann, dann werde ich etwas Besseres zu tun finden müssen – der Himmel weiß, was das sein könnte.«

Noch eine Großmutter

Ein paar Tage später fühlte Mam sich schon viel besser, und als ihre Stimmungslage es zuließ, brachte Dad ihr eine Schreibmaschine ins Krankenhaus, dazu einen dicken Stapel Papier und andere Schreibutensilien. Er baute alles auf dem Tisch auf, den man über Mams Bett schieben konnte und lächelte ihr breit und aufmunternd zu. »Das ist der richtige Zeitpunkt, an deinem Buch weiterzuarbeiten, an dem du schon vor so langer Zeit angefangen hast«, sagte er. »Nimm dir deine alten Tagebücher noch einmal vor und pack alles aus – und zeig es all denen, die es verdient haben! Laß es dir verdammt egal sein, ob du sie verletzt. Verletze sie so, wie sie dich verletzt haben, wie ich verletzt worden bin. Stich auch noch ein paarmal für Cory und Carrie zu. Und wenn du schon dabei bist, teil auch noch ein paar Hiebe für mich, Jory und Bart aus, denn auch sie leiden darunter.«

Wovon redete er da?

Sie sahen sich lange stumm an, dann nahm sie unglücklich ein altes Tagebuch aus seinen Händen und schlug es auf, so daß ich ihre große, mädchenhafte Handschrift erkennen konnte. »Ich weiß nicht, ob ich das tun soll«, murmelte sie mit einem seltsamen Blick in den Augen. »Es wäre so, als müßte ich alles noch einmal durchleben. All die Schmerzen kämen zurück.«

Dad schüttelte den Kopf. »Cathy, tu das, was du glaubst, tun zu müssen. Es muß einen guten Grund für dich gegeben haben, aus dem du die Arbeit an diesen Büchern irgendwann einmal begonnen hast. Wer weiß, vielleicht bist du schon auf dem Weg zu einer neuen Karriere, die dich noch mehr befriedigt als deine letzte.«

Es schien mir unmöglich, daß Schriftstellerei jemals so etwas wie den Tanz ersetzen könnte. Aber als ich sie am nächsten Tag im Krankenhaus besuchte, schrieb sie bereits wie verrückt drauflos. Auf ihrem Gesicht lag ein fremder, angespannter Ausdruck, und auf eine gewisse Art beneidete ich sie.

»Wie lange muß ich hier noch bleiben?« wollte sie von Dad wissen, der mich zu ihr gefahren hatte.

Wir warteten alle auf sie, Emma mit Cindy auf dem Arm, und ich hatte Bart fest an der Hand. Dad hob Mam aus dem Vordersitz und setzte sie in den faltbaren Rollstuhl, den er gemietet hatte. Bart starrte den Stuhl angewidert an, während Cindy begeistert rief: »Mammi, Mammi!« Es kümmerte sie nicht, wie Mam nach Hause kam, solange sie nur überhaupt wieder da war. Aber Bart wich zurück und musterte Mam von Kopf bis Fuß, als würde er eine Fremde betrachten, die er nicht besonders mochte.

Danach drehte Bart sich einfach um und ging ins Haus. Er hatte nicht einmal guten Tag gesagt. Einen verletzten Ausdruck auf dem Gesicht, rief Mam ihm nach: »Bart! Lauf doch nicht weg, bevor ich dir nicht wenigstens guten Tag sagen konnte. Freust du dich denn nicht, mich wiederzusehen? Du weißt gar nicht, wie sehr ich dich vermißt habe. Ich weiß ja, daß du Krankenhäuser nicht ausstehen kannst, aber ich hätte mir doch gewünscht, du wärst einmal zu mir gekommen. Ich weiß auch, daß du diesen Stuhl nicht magst, aber ich werde ihn ja nicht für immer benutzen müssen. Eine Dame in meiner Übungsklasse bei der Rehabilitierung hat mir gezeigt, was man alles Tolles mit so einem Stuhl machen kann und wie beweglich man darin ist...« Ihre Stimme versagte ihr den Dienst, weil sein düsterer, häßlicher Blick jedes weitere Wort ersticken ließ.

»Du siehst komisch aus in diesem Stuhl«, sagte er mit zusammengezogenen Augenbrauen. »Mag dich nicht in diesem Stuhl!«

Mam lachte nervös. »Na, um ehrlich zu sein, das ist auch nicht mein Lieblingsthron, aber denk doch daran, daß es kein dauernder Bestandteil unseres Lebens ist, sondern nur bis mein Knie verheilt ist. Komm, Bart, sei ein bißchen nett zu deiner

Mutter. Ich verzeih' dir gerne, daß du mich nicht im Krankenhaus besucht hast, aber ich kann es dir nicht verzeihen, wenn du mir nicht einmal ein kleines bißchen Liebe zeigen kannst.«

Stirnrunzelnd wich er zurück, als sie auf ihn zufuhr. »Nein! Faß mich nicht an!« schrie er laut los. »Du brauchtest nicht zu tanzen und dir das Knie zu brechen! Du bist nur gestürzt, weil du nicht mehr nach Hause kommen wolltest und mich nicht wiedersehen willst! Du haßt mich jetzt, weil ich Cindys Haar abgeschnitten habe. Und nun willst du mich damit bestrafen, daß du in diesem Stuhl sitzt, den du gar nicht brauchst!«

Er machte auf den Fersen kehrt und raste ums Haus herum in den Garten. Die paar Treppenstufen reichten aus, ihn schon wieder zu Fall zu bringen. Angeschlagen raffte er sich auf, rannte wieder weiter, prallte gegen einen Baum und heulte laut. Ich konnte sehen, daß seine Nase blutete. Junge, wenn einer ungeschickt war, dann mein Bruder!

Dad ging über Barts Aufruhr leicht hinweg, während er Mam ins Haus schob. Und Cindy war entzückt, auf ihrem Schoß mitfahren zu dürfen. »Mach dir keine Sorgen wegen Bart... Er kommt schon zurück und ist dann zerknirscht... Er hat dich sehr vermißt, Cathy. Ich habe ihn nachts oft weinen hören. Und sein neuer Psychiater, Dr. Hermes, meint, daß er Fortschritte macht, wenn er seine Feindseligkeit erst einmal offen zu zeigen beginnt.«

Sie erwiderte nichts darauf und streichelte nur über Cindys kurzgeschnittenen Haarschopf. In ihrer Latzhose sah Cindy mehr wie ein kleiner Junge aus, obwohl Emma ihr irgendwie eine Schleife in das kurze Haar gebunden hatte. Ich nahm an, Dad müsse Mam erzählt haben, was Bart mit Cindy gemacht hatte, denn sie stellte keine Fragen.

Später an diesem Abend, als Bart schon im Bett lag, ging ich noch mal ins Wohnzimmer, um ein liegengelassenes Buch zu holen, und hörte dabei Mams Stimme aus »ihrem« Zimmer. »Chris, was soll ich nur mit Bart machen? Ich habe mir Mühe gegeben, ihm Liebe und Zuneigung zu zeigen, aber er lehnt mich ab. Schau dir doch an, was er Cindy angetan hat, einem hilflosen Kind, das jedem vertraut. Hast du ihn verprügelt? Hast du irgend etwas getan, um ihn zu bestrafen? Zeigt er überhaupt noch für irgend jemand von uns den geringsten Respekt? Ein paar Wochen auf dem Dachboden würden ihm schon beibringen, was Gehorsam ist.«

Mam so reden zu hören war furchtbar deprimierend für mich. Es war so traurig, daß sie so etwas auch nur überlegte, daß ich nur noch weglaufen und mich auf mein Bett werfen konnte. Verzweifelt starrte ich die Wände mit den Postern von Julian Marquet an, der mit Catherine Dahl tanzte. Es war nicht zum ersten Mal, daß ich mich fragte, was für ein Mensch mein wirklicher Vater wohl gewesen war. Hatte er meine Mutter sehr geliebt? Hatte sie ihn geliebt? Würde mein Leben glücklicher sein, wenn er nicht schon vor meiner Geburt ums Leben gekommen wäre?

Dann war da Daddy Paul, der nach dem großen Mann mit dem dunklen Haar und den dunklen Augen gekommen war. War Bart wirklich Dr. Pauls Sohn – oder war er ...? Ich traute mich nicht einmal in Gedanken die Frage zu beenden, denn ich fühlte mich bei solchen Zweifeln furchtbar unloyal gegenüber meinen Eltern.

Ich schloß die Augen und spürte in der Luft um mich herum eine schreckliche Anspannung, als schwebe irgendwo ein unsichtbares Schwert, das jeden Augenblick auf uns stürzen könnte.

Früh am nächsten Abend schnappte ich mir Dad in seinem Arbeitszimmer und rückte mit allem heraus, was ich bis jetzt an Fragen zurückgehalten hatte.

»Dad, du mußt etwas wegen Bart unternehmen. Er jagt mir Angst ein. Ich sehe keine Möglichkeit, wie wir weiter in diesem Haus leben sollen, mit ihm zusammen, während er offenbar völlig verrückt wird – wenn er das nicht schon längst ist.«

Mein Dad stützte den Kopf in die Hände. »Jory, ich weiß nicht, was ich tun soll. Es würde deine Mutter umbringen, wenn wir Bart in eine Anstalt schicken müßten. Du weißt nicht, was sie schon alles mitgemacht hat. Viel mehr kann sie nicht ertragen... Wenn sie noch ein Kind verliert, übersteht sie es nicht.«

»Wir werden sie retten!« rief ich leidenschaftlich. »Aber wir müssen Bart endlich daran hindern, diese Leute nebenan zu besuchen, die ihm lauter Lügen erzählen. Er geht die ganze Zeit weiter dort hinüber, Dad, und die alte Dame nimmt ihn auf ihren Schoß und erzählt ihm Geschichten, die dann dazu führen, daß er sich hier zu Hause verrückt aufführt, die Spiele, als wäre er ein alter Mann oder sein Haß auf Frauen bezeugen dies. Es ist alles ihre Schuld, Dad, diese alte Frau in Schwarz steckt dahinter. Wenn sie Bart in Ruhe läßt, wird er wieder so werden, wie er war, bevor sie dort eingezogen ist.«

Er starrte mich auf die merkwürdigste Art an, als hätte das, was ich gesagt hatte, ihn auf einen ganz bestimmten Gedanken gebracht. Wie immer hatte er noch Termine und Patienten zu besuchen. Aber diesmal rief er im Krankenhaus an und sagte alles ab, weil er einen Notfall zu Hause hätte. Und den hatte er. Darauf konnte man wetten!

Ich sah oft den dritten Ehemann meiner Mutter an und wünschte mir, er wäre mein richtiger Vater, aber in dem Augenblick, als er an diesem Abend alles absagte, um Bart zu retten – und Mam – wußte ich, daß er in jeder Beziehung tatsächlich mein einziger und wirklicher Vater war.

Nach dem Abendessen ging Mam in ihr Zimmer, um an ihrem Buch weiterzuarbeiten. Cindy lag im Bett, und Bart war draußen im Garten, als Dad und ich uns warme Pullover überzogen und unbemerkt aus der Vordertür schlüpften.

Es war diesig vom Nebel, kalt und feucht, während wir Seite an Seite zu dem großen, schattigen Anwesen mit seinem eindrucksvollen schwarzen Eisentor hinüberschritten. »Dr. Christopher Sheffield«, sagte Dad in die schwarze Box der Gegensprechanlage neben dem Tor. »Ich möchte gerne die Dame des Hauses sprechen.« Als die riesigen Tore leise aufschwangen, fragte er mich, warum ich nie den Namen der Frau in Erfahrung gebracht hatte. Ich zuckte die Achseln, als hätte sie überhaupt keinen Namen, und soweit es mich anging, brauchte sie keinen. Bart hatte sie nie anders genannt als Großmutter.

An der Vordertür klopfte Dad mit dem schweren kupfernen Türklopfer. Endlich hörten wir aus der Ferne schlurfende Schritte näher kommen, und dann ließ John Amos Jackson uns herein.

»Die Dame ermüdet schnell«, sagte John Amos mit seinem dünnen, langen, hohlwangigen Gesicht, den tückischen Augen, die Hände zitternd und den Rücken gebeugt. »Sagen Sie bitte nichts, was unsere Herrin aufregen könnte.«

Ich beobachtete die Art, mit der Dad ihn ansah, stirnrunzelnd und verblüfft. Er starrte dem kahlköpfigen Mann nach, nachdem er uns zu einem Raum geführt hatte, dessen Tür er uns öffnete, bevor er davonschlurfte.

Die Lady in Schwarz saß in ihrem Schaukelstuhl.

»Es tut mir leid, Sie stören zu müssen«, begrüßte Dad sie und musterte sie eindringlich. »Mein Name ist Dr. Christopher Sheffield und ich wohne nebenan. Das ist mein ältester Sohn, Jory, den Sie schon kennengelernt haben.«

Sie wirkte aufgeregt und nervös, als sie uns heranwinkte und uns Stühle zuwies. Wir setzten uns nur zögernd, da wir nicht vorhatten, lange zu bleiben. Sekunden dehnten sich wie Stunden, bevor Dad sich vorbeugte und zu sprechen begann: »Sie haben ein schönes Haus.« Er blickte in die Runde auf all die kunstvollen Stühle und Sessel und das andere teure Mobiliar. Sein Blick blieb lange an den Gemälden hängen. »Ich habe hier ein ganz eigenartiges Gefühl des *déjà vu*«, murmelte er zu sich selbst.

Ihr schwarzverschleierter Kopf senkte sich tief. Ihre Hände streckte sie weit aus, als wolle sie, so schien es jedenfalls, um sein Verständnis dafür bitten, daß sie schwieg. Ich wußte, daß sie ausgezeichnet Englisch sprach. Warum tat sie jetzt so sprachlos?

Außer ihren aristokratischen Händen mit all den schimmernden Ringen saß sie völlig still, aber ihre Hände zuckten umher und kneteten die Perlenkette, von der ich wußte, daß sie sie unter ihrem schwarzen Kleid trug. Sein Blick schoß zu ihr, und sie ließ die Hände schnell sinken.

»Sie sprechen nicht Englisch?« fragte Dad mit angespannter Stimme.

Sie nickte heftig und deutete mit Gesten an, sie könne Englisch verstehen. Er zog die Augenbrauen zusammen. Sah fragend auf. »Also, um auf den Anlaß unseres Besuchs zu kommen, mein Sohn Jory hat mir erzählt, daß Sie und mein jüngster

Sohn Bart sehr vertraut miteinander sind. Jory sagt, Sie gäben Bart teure Geschenke und fütterten ihn zwischen den Mahlzeiten mit Süßigkeiten. Es tut mir leid, Mrs...?« Er unterbrach sich und wartete darauf, daß sie ihm ihren Namen mitteilte. Als sie das nicht tat, fuhr er fort: »Wenn Bart wieder zu Ihnen kommt, wünsche ich, daß Sie ihn ohne solche Geschenke sofort wieder nach Hause schicken. Er hat in letzter Zeit eine Reihe von sehr häßlichen Dingen getan, die bestraft werden müssen. Seine Mutter und ich können nicht zulassen, daß sich eine fremde Person zwischen unsere elterliche Autorität und Bart schiebt. Wenn Sie ihn hier verwöhnen, haben wir drüben die Konsequenzen davon zu tragen.« Während der ganzen Zeit versuchte er sein Möglichstes, einen Blick auf ihre Hände zu erhaschen, während sie sich verzweifelt bemühte, sie vor ihm zu verstecken.

Was hatte das alles zu bedeuten? Warum wollte Dad so gern ihre Hände sehen? Faszinierten ihn ihre kostbaren Ringe so sehr? Ich wäre nie auf den Gedanken gekommen, daß ihn solcher Schmuck überhaupt interessierte, denn Mam hatte eine Abneigung gegen jede Art von Juwelen außer Ohrringen.

Und dann, als Dad seinen Blick scheinbar einem weiteren ihrer echten Ölgemälde zugewandt hatte, tauchten ihre Hände tatsächlich einmal auf und fuhren an ihre Kehle, magnetisch von den verborgenen Perlen angezogen.

Sein Kopf zuckte herum. Dad redete dann völlig zusammenhanglos, überraschte mich ebenso wie sie. »Diese Ringe, die Sie da tragen – ich habe diese Ringe schon einmal gesehen!«

Als sie zu offensichtlich ihre Hände sofort in die weiten Ärmel schob, sprang Dad wie vom Donner gerührt auf. Er starrte sie an, drehte sich einmal um sich selbst, um den kostbar ausgestatteten Raum scharf zu mustern und nagelte sie dann mit seinen Blicken fest. Sie sank in sich zusammen.

»Das... Beste..., das... man... für... Geld... kaufen... kann«, sagte Dad sehr langsam und trennte jedes Wort. Ich empfand deutlich seine Bitterkeit, ohne sie jedoch im geringsten zu begreifen. In der letzten Zeit kam es mir so vor, als würde ich überhaupt nie etwas verstehen.

»Nichts ist zu gut für die elegante und aristokratische Mrs.

Bartholomew Winslow«, sagte er. »Diese Ringe, Mrs. Winslow – warum hatten Sie nicht wenigstens so viel Verstand, sie zu verstecken? Dann hätte Ihre Verkleidung Ihnen vielleicht geholfen, obwohl ich das anzweifle. Ich kenne Ihre Stimme und Ihre Gesten zu gut. Sie tragen schwarze Trauerkleider, aber an ihren Fingern funkeln Ihre alten Statussymbole. Glaubst du, wir hätten vergessen, was wir dieser Symbole wegen haben leiden müssen? Glaubst du, ich hätte die endlosen Tage vergessen, in denen wir unter der Kälte oder der Hitze zu leiden hatten, oder vor Einsamkeit fast zugrunde gingen – all unsere Schmerzen wurden von einer Perlenkette und diesen Ringen an deinen Fingern symbolisiert!«

Ich war verstört und verwirrt. Niemals zuvor hatte ich Dad so aufgeregt erlebt. Er war nicht einfach zu provozieren – und wer war diese Frau, die er kannte und ich nicht? Warum hatte er sie Mrs. Bartholomew Winslow genannt – der Name meines Halbbruders? Konnte es sein, daß sie tatsächlich Barts Großmutter war – und Bart vielleicht nicht der Sohn von Daddy Paul?

Dad legte los. »Warum, Mrs. Winslow, warum? Hast du geglaubt, du könntest dich hier verstecken, und wir würden es nie herausfinden? Wie kannst du jemanden hinters Licht führen, wenn schon die Art, wie du sitzt und den Kopf hältst, deine wahre Identität verrät? Hast du noch nicht genug getan, um mich und Cathy zu verletzen? Mußtest du hierherkommen, um noch mehr anzurichten? Ich hätte mir denken sollen, daß du hinter Barts Verstörtheit steckst, hinter seinem unheimlichen Benehmen. Was hast du unserem Sohn angetan?«

»Unserem Sohn?« fragte sie. »Meinst du nicht etwas korrekter, *ihrem* Sohn?«

»Mutter!« stürmte er, bevor er mich schuldbewußt ansah.

Von einem zum anderen sehend, dachte ich mir, wie wunderbar und wie merkwürdig diese Szene doch war. Jedenfalls war seine Mutter jetzt wenigstens aus der Irrenanstalt frei, und sie war tatsächlich Barts richtige Großmutter. Aber warum nannte er sie Mrs. Winslow? Wenn sie seine Mutter und Dr. Pauls Mutter war, dann müßte sie doch Mrs. Sheffield sein, oder nicht?

All das ging mir durch den Kopf, als sie sagte: »Sir, meine Ringe sind nicht so außergewöhnlich oder einmalig. Bart hat mir erzählt, daß Sie nicht sein richtiger Vater sind, also verlassen Sie bitte mein Haus. Ich verspreche, daß ich Bart nicht wieder zu mir kommen lasse. Ich wollte weder ihm noch irgend jemandem sonst etwas Böses tun.« Es kam mir vor, als werfe sie meinem Vater einen warnenden Blick zu. Ich ahnte, daß sie ihm einen Weg zum Rückzug baute, den er meinetwegen brauchte.

»Liebe Mutter, das Spiel ist aus.« Sie schluchzte und schlug ihre Hände vor ihr verschleiertes Gesicht. Ohne Rücksicht auf ihre Tränen fuhr er sie an: »Wann haben deine Ärzte dich entlassen?«

»Letzten Sommer«, flüsterte sie. Sie senkte die Hände, damit ihre Stimme deutlicher zu hören und zu verstehen war und besonders der flehende Unterton: »Schon bevor ich hierher gezogen bin, habe ich veranlaßt, daß meine Rechtsanwälte alles taten, um euch unbemerkt zu helfen, jedes Stück Land zu kaufen, was ihr euch ausgesucht hattet. Ich wies sie an, anonym zu bleiben und mich aus allem herauszuhalten, denn ich wußte, daß ihr meine Hilfe nicht annehmen würdet.«

Dad ließ sich wieder in den Stuhl fallen. Er beugte sich vor und stützte die Ellbogen schwer auf die Knie.

Warum freute er sich nicht, daß seine Mutter endlich aus dieser Anstalt heraus war? Sie lebte nebenan, und er hatte sie doch immer regelmäßig besuchen wollen. Liebte er seine eigene Mutter nicht? Oder hatte er Angst davor, sie könnte jeden Augenblick wieder verrückt werden? Glaubte er vielleicht, Bart hätte ihren Wahnsinn geerbt? Oder dieser Wahnsinn könnte Bart anstecken wie eine Infektionskrankheit? Und warum mochte meine Mutter sie nicht? Ich sah von einem zum andern, wünschte mir Antworten auf meine unausgesprochenen Fragen, und hatte gleichzeitig Angst, ich würde am Ende erfahren, daß Paul gar nicht Barts Vater war.

Als Dad den Kopf hob, sah ich ein verändertes Gesicht mit tief eingeschnittenen Linien um die Nase und den Mund, wie ich sie nie zuvor gesehen hatte.

»Ich kann dich nie wieder guten Gewissens Mutter nennen«,

sagte er dumpf. »Wenn du geholfen hast, daß wir das Land kaufen konnten, auf dem wir heute leben, danke ich dir. Morgen werde ich eine Verkaufsannonce in die Zeitung setzen und wir werden weit fort von hier ziehen, falls du dich weigerst wegzuziehen. Ich werde nicht zulassen, daß du meine Söhne ihren Eltern entfremdest.«

»Ihrer Mutter«, korrigierte sie.

»Den einzigen Eltern, die sie haben«, erwiderte er. »Ich hätte wissen müssen, daß du hierherkommen würdest. Ich habe deinen Arzt angerufen, und er hat mir von deiner Entlassung erzählt, aber er sagte nicht, wann und wohin du gegangen bist.«

»Wohin sonst hätte ich gehen sollen?« schluchzte sie mitleiderregend und rieb sich ihre juwelengeschmückten Hände nervös. Es war, als hätte sie ihn irgendwie angerührt, obwohl sie selbst wirkte, als könne sie seine Nähe kaum ertragen. Doch jedes Wort, das sie sagte, jeder Blick, den sie ihm zuwarf, sagte, wie sehr sie ihn liebte – selbst ich konnte das sehen.

»Christopher«, flehte sie, »ich habe keine Freunde, keine Familie, kein Zuhause – und ich kann nirgendwo hingehen, außer zu dir und den deinen. Alles, was mir geblieben ist, bist du und Cathy und die Söhne, die sie geboren hat – meine Enkel. Willst du mir die auch wegnehmen? Jede Nacht bete ich auf den Knien, daß du und Cathy mir verzeihen und mich wieder aufnehmen und lieben, wie ihr das früher getan habt.«

Er schien aus Stahl zu sein, so unnahbar, daß ich selbst dicht vor den Tränen stand.

»Mein Sohn, mein geliebter Sohn, nimm mich wieder auf und sag mir, daß du mich liebst. Und wenn du das schon nicht tun kannst, dann laß mich wenigstens dort leben, wo ich hin und wieder meine Enkel sehen kann.«

Sie unterbrach sich dann und schien auf seine Antwort zu warten. Als keine erfolgte, fuhr sie schließlich fort: »Ich hoffte, du könntest wenigstens tolerieren, daß ich hier drüben wohne und würdest sie nie wissen lassen, wer ich bin. Aber ich habe sie gesehen und ihre Stimme gehört, deine auch. Ich verstecke mich hinter der Mauer und höre euch zu. Das Herz klopft mir. Meine Brust schmerzt vor Sehnsucht. Tränen steigen mir in die Augen, weil ich mich dazu zwingen muß, nicht laut zu rufen und euch wissen zu lassen, wie leid mir alles tut! So furchtbar leid!«

Noch immer sagte er nichts. Er hatte sein unbeteiligtes Arztgesicht aufgesetzt.

»Christopher, ich würde gerne zehn Jahre von meinem Leben geben, um meine Fehler wieder gutzumachen! Ich würde noch weitere zehn Jahre geben, nur um an eurem Tisch sitzen zu dürfen und mich bei meinen Enkeln willkommen zu fühlen!«

Tränen standen in ihren Augen und in meinen auch. Das Herz tat mir weh für die Mutter meines Vaters, während ich mich fragte, warum er und Mam sie wohl so furchtbar haßten.

»Christopher, Christopher, verstehst du denn nicht, warum ich diese schwarzen Lumpen trage? Ich verhülle mein Gesicht, mein Haar, meine Figur, damit sie nichts merkt! Aber die ganze Zeit hoffe ich und bete, daß ihr beide früher oder später in der Lage seid, mir soweit zu verzeihen, um mich wieder in eure Familie aufzunehmen. Bitte, bitte, akzeptiere mich doch wieder als Mutter! Wenn du es kannst, kann sie es vielleicht auch.«

Wie konnte er da sitzen und nicht das gleiche Mitleid für sie empfinden, das ich spürte? Warum weinte er nicht wie ich?

»Cathy wird dir niemals verzeihen«, sagte er tonlos.

Merkwürdig, denn sie rief daraufhin glücklich: »Dann wirst du es? Bitte sag es – du vergibst mir!«

Ich wartete zitternd auf seine Antwort.

»Mutter, wie kann ich sagen, daß ich dir vergeben würde? Wenn ich das sage, verrate ich Cathy, und ich kann sie niemals verraten. Wir stehen zusammen und wir fallen zusammen, und wir glauben noch immer, daß wir recht gehandelt haben, während du schuldig und allein dastehst. Nichts, was du sagst oder tust, kann die Toten aufwecken. Und jeder Tag, den du länger hierbleibst, verstört Bart nur noch mehr. Begreifst du, daß es schon so schlimm mit ihm ist, daß er unsere Adoptivtochter Cindy angefallen hat?«

»Nein!« schrie sie und schüttelte ihren Kopf so wild, daß die Schleier flatterten. »Bart würde niemals seiner Schwester weh tun!«

»Das würde er nicht? Er hat ihr mit einem Messer die Haare

abgeschnitten, Mrs. Winslow. Und er hat selbst seine Mutter bedroht.«

»Nein!« schrie sie noch leidenschaftlicher als zuvor. »Bart liebt seine Mutter! Ich verwöhne Bart ein wenig, weil ihr so beschäftigt seid, daß ihr ihm nicht die Aufmerksamkeit geben könnt, die er braucht. Seine Mutter ist einfach manchmal zu sehr mit ihrem eigenen Leben beschäftigt, um sich darum zu kümmern, ob er genug Liebe bekommt. Aber ich sorge mich um ihn. Ich versuche den Platz der Erzieher einzunehmen, die er nicht hat. Ich tue alles, was ich kann, um ihn glücklich zu machen. Und wenn ich ihm Süßigkeiten gebe und Geschenke mache, damit er sich ein wenig besser fühlt, was kann ihm das schon Böses tun? Abgesehen davon, wenn ein Kind erst mal mehr Süßigkeiten hat, als es essen kann, verliert es bald den Appetit darauf. Ich weiß das. Früher war ich selbst wie Bart, habe Eis gegessen, Süßigkeiten, Plätzchen und Schokolade in Mengen ... und jetzt kann ich das alles nicht mehr sehen.«

Dad stand auf und kam zu mir. Ich erhob mich und trat an seine Seite, während er seine Mutter voller Mitleid ansah.

»Es ist eine Schande, daß du zu spät gekommen bist, um deine früheren Sünden zu sühnen. Früher wäre ich von jedem süßen Wort gerührt gewesen, das du gesagt hättest, jetzt zeigt schon allein deine Anwesenheit hier, wie wenig es dir ausmacht, uns noch einmal tief zu verletzen, wie du es tun wirst, wenn du hierbliebst.«

»Bitte, Christopher«, bettelte sie, »ich habe keine andere Familie, und ich habe niemanden anderes, der sich darum kümmert, ob ich lebe oder sterbe. Versage mir nicht deine Liebe. Du tötest damit das Beste in dir, den Teil von dir, der dich zu dem macht, was du bist. Du warst nie wie Cathy. Du konntest immer zu jemandem halten, den du liebtest – halte auch jetzt daran fest, Christopher. Halte so fest und so ehrlich zu mir, daß du am Ende vielleicht sogar Cathy helfen kannst, wieder ein bißchen Liebe für mich aufzubringen!« Sie schluchzte und senkte die Stimme. »Oder wenn schon keine Liebe, hilf ihr wenigstens, mir zu vergeben, denn ich gestehe, daß ich meinen Kindern eine bessere Mutter hätte sein müssen.«

Nun wirkte Dad tatsächlich gerührt, aber das hielt nicht

lange vor. »Ich habe zunächst an Barts Wohl zu denken. Er hat nie viel Selbstvertrauen gehabt. Deine Geschichten haben ihn so sehr verwirrt, daß er Alpträume hat. Laß ihn in Ruhe, laß uns alle in Ruhe! Geh fort, bleibe fort, wir gehören nicht länger zu dir. Vor vielen, vielen Jahren gaben wir dir eine Chance nach der anderen, uns deine Liebe zu beweisen, selbst als wir fortgelaufen sind, hättest du dem Gerichtsaufruf folgen können und uns den Schmerz ersparen, zu wissen, daß wir nicht einmal genug von unserer Mutter geliebt wurden, um sie zu veranlassen, irgendein Interesse an unserer Zukunft zu zeigen. Also verschwinde aus unserem Leben! Bau dir ein eigenes Leben auf mit deinen Reichtümern, denen du uns geopfert hast. Laß Cathy und mich das Leben leben, das wir uns so hart erarbeitet haben.«

Ich war verblüfft – wovon redete er da überhaupt? Was hatte seine Mutter ihren beiden Söhnen angetan, Christopher und Paul – und was hatte meine Mutter mit der Jugend von Christopher und Paul zu tun?

Auch sie stand jetzt auf und reckte sich kerzengerade. Dann, ganz langsam, nahm sie den Schleier ab, der ihren Kopf und ihr Gesicht bedeckte. Ich schnappte nach Luft. Mein Dad atmete tief durch. Niemals zuvor hatte ich eine Frau gesehen, die so häßlich und so schön zur gleichen Zeit aussehen konnte. Ihre Narben sahen aus, als hätte ihr eine Katze das Gesicht zerkratzt. Ihre Wangen waren vom Alter leicht eingefallen, ihr schönes blondes Haar zeigte viele graue Strähnen. Ich war immer furchtbar neugierig gewesen, was sie wohl unter ihrem Schleier verbarg – nun wünschte ich mir, es nie gesehen zu haben.

Dad senkte den Kopf: »Mußtest du das tun?«

»Ja«, sagte sie. »Ich wollte, daß du siehst, was ich getan habe, um nicht länger wie Cathy aussehen zu müssen.« Sie deutete auf ihren hölzernen Schaukelstuhl. »Siehst du den Stuhl? Ich habe in jedem Zimmer dieses Hauses so einen.« Sie deutete auf all die komfortablen Sessel mit den weichen Polstern. »Ich sitze auf harten, hölzernen Stühlen, um mich selbst zu bestrafen. Ich trage jeden Tag dasselbe schwarze Kleid. Ich habe überall Spiegel an den Wänden, damit ich sehen kann, wie alt und häßlich

ich jetzt bin. Ich möchte für die Sünden leiden, die ich an meinen Kindern begangen habe. Mich widert dieser Schleier an, aber ich trage ihn. Ich kann durch ihn nicht einmal richtig sehen, aber ich verdiene auch das. Ich tue, was ich kann, um mir selbst die gleiche Art Hölle zu bereiten, wie ich sie meinem eigenen Fleisch und Blut einst bereitet habe. Und ich werde immer weiter glauben, daß doch einmal der Tag kommt, an dem du und Cathy anerkennen, wie sehr ich mich um eine Sühne für meine Sünden bemühe, so daß ihr mir verzeihen könnt und zu mir zurückkehrt und wir wieder eine richtige Familie sein können. Und wenn du und Cathy das tun, dann kann ich friedlich sterben. Wenn ich da oben irgendwann euren Vater treffe, wird er mich vielleicht nicht so hart verurteilen.«

»Dad«, schrie ich spontan, »ich vergebe ihr, was immer sie getan hat! Es tut mir leid, daß Sie Schwarz tragen müssen und immer einen Schleier vor dem Gesicht haben!« Ich wandte mich direkt an Dad und zog an seinem Arm. »Sag, daß du ihr verzeihst. Bitte, laß sie nicht noch mehr leiden! Sie ist deine Mutter, und ich könnte meiner Mutter immer verzeihen, was immer sie auch getan hat.«

Er sagte zu meiner Großmutter, als hätte er mich nicht einmal gehört: »Du hast es schon immer verstanden, deinen Willen durchzusetzen.« Ich hatte ihn noch nie mit so kalter Stimme sprechen hören. »Aber ich bin kein kleiner Junge mehr«, fuhr er fort. »Heute weiß ich, wie ich deinem Charme widerstehen kann, denn ich habe eine Frau, die mich kein einziges Mal in meinem Leben im Stich gelassen hat. Sie hat mir beigebracht, nicht mehr so leicht an andere zu glauben, wie ich das einst getan habe. Du willst Bart, weil du glaubst, er hätte dir gehören müssen. Aber du kannst Bart nicht bekommen. Bart gehört uns. Ich habe früher gedacht, daß Cathy im Unrecht war, als sie sich rächen wollte und dir Bart Winslow gestohlen hat. Aber sie hatte recht – sie tat, was sie tun mußte. Und so haben wir zwei Söhne statt einem.«

»Christopher«, weinte sie und schaute verzweifelt. »Du wirst doch nicht wollen, daß die Welt von deinen Geheimnissen erfährt. Das kannst du doch nicht riskieren.«

»Du auch nicht«, erwiderte er kalt. »Wenn du uns bloßstellst, dann stellst du dich selbst genauso bloß. Und vergiß nicht, wir waren nur Kinder, was glaubst du, wem ein Richter und eine Jury wohl mehr Sympathie entgegenbringen werden – dir oder uns?«

»Zu deinem eigenen Besten!« rief sie hinter uns her, als wir das Zimmer verließen und uns auf den Weg zur Tür begaben. »Hab mich wieder lieb, Christopher! Laß mich sühnen, bitte, laß mich Verzeihung finden!« Er mußte mich vor sich her stoßen, denn mein Mitleid für sie hielt mich zurück.

Dad wirbelte herum, wild und rot im Gesicht. »Ich kann dir nie verzeihen! Du denkst nur an dich selbst. Du hast schon immer nur an dich selbst gedacht. Ich kenne Sie nicht, Mrs. Winslow. Ich wünschte, ich wäre Ihnen nie begegnet!«

O Dad, dachte ich, das wird dir irgendwann leid tun. Vergib ihr bitte.

»Christopher«, rief sie noch einmal, ihre Stimme war so schwach und dünn, daß sie alt und hinfällig klang, »wenn du und Cathy mich wieder lieben könnt, dann werdet ihr auch ein besseres Leben für euch selbst und eure Kinder finden. Es gibt so viel, das ich tun könnte, um euch zu helfen, wenn ihr mich nur ließet.«

»Geld?« fragte er wütend. »Willst du uns bestechen? Wir haben genug Geld. Wir haben genug Glück. Wir haben es geschafft zu überleben, und geschafft zu lieben, und wir haben niemanden getötet, um das zu erreichen, was wir heute haben.«

Getötet? Hatte sie getötet?

Dad zog mich an der Hand hinter sich her, während er zur Tür marschierte. Auf dem Weg vor dem Haus sagte ich zu ihm: »Dad, es kam mir so vor, als hätte ich Bart in diesem Zimmer riechen können. Er könnte sich versteckt und alles mit angehört haben. Er war dort, ich bin mir ganz sicher.«

»Geh zurück und sieh nach ihm«, antwortete er müde.

»Dad, warum kannst du ihr nicht verzeihen? Ich glaube, daß ihr wirklich leid tut, was immer sie getan hat und weswegen ihr sie so haßt – sie ist deine Mutter.« Ich lächelte und zupfte an seinem Arm. Ich wollte, daß er mit mir zurückkam und ihr sagte, daß er sie liebte. »Wäre es nicht nett, wenn wir zu Weihnachten beide Großmütter hier hätten?«

Er schüttelte den Kopf und lief los. Ich blieb zurück, um noch einmal in das große Haus zu laufen. Aber er hatte kaum ein paar Schritte gemacht, da drehte er sich noch einmal um. »Jory, versprich mir, deiner Mutter nichts von diesem Erlebnis zu erzählen.«

Ich versprach es, aber ich war nicht glücklich dabei, war unglücklich über alles, was ich an diesem Abend gehört hatte. Ich wußte nicht, ob ich die ganze Wahrheit über meinen Dad und seine Mutter wußte oder nur den Teil einer langen, geheimnisvollen Geschichte, die man mir nie erzählt hatte. Ich wollte am liebsten hinter Dad herlaufen und ihn fragen, warum er seine Mutter so sehr haßte, aber ich wußte vom Ausdruck seines Gesichts, daß er es mir nicht erzählen würde. Auf seltsame Weise war ich sogar ganz froh, nicht mehr darüber zu wissen.

»Wenn Bart dort drüben ist«, sagte er noch, »dann bring ihn nach Hause und schmuggle ihn in sein Zimmer, ohne daß jemand etwas davon merkt, Jory. Bitte, laß deine Mutter um Himmels willen nichts über die Frau von nebenan wissen. Erwähne nie etwas über sie. Ich kümmere mich um die Sache. Sie wird hier wegziehen, und alles wird wieder so sein wie vorher.«

Als sein Sohn glaubte ich ihm, obwohl mir seine Mutter leid tat. Ich schuldete ihr nicht die Loyalität, die ich ihm schuldete, aber ich schaffte es einfach nicht, mir meine drängendste Frage zu verkneifen: »Dad, was hat deine Mutter getan, daß du sie so haßt? Und wenn du sie so haßt,warum hast du immer so darauf bestanden, sie zu besuchen, obwohl Mam es doch nie wollte?«

Er blickte ins Leere, und seine Stimme kam wie aus weiter Ferne zu mir. »Jory, ich fürchte, du wirst die ganze Wahrheit noch früh genug erfahren. Laß mir Zeit, die richtigen Worte zu finden, damit ich dir alles so erklären kann, daß deine verständliche Neugier befriedigt wird. Aber glaub mir eins: Deine Mutter und ich hatten immer vor, dir diese Geschichte zu erzählen. Wir haben nur darauf gewartet, daß ihr erwachsen genug seid, um unsere Lebensgeschichte zu hören, die euch klarmachen würde, warum ich meine Mutter zugleich liebe und hasse.

Es ist traurig, aber es gibt viele Kinder, die sehr widersprüchliche Gefühle ihren Müttern und Vätern gegenüber haben.«

Ich küßte ihn, selbst wenn das nicht sehr männlich wirken mochte. Ich liebte ihn von ganzem Herzen. »Mach dir keine Sorgen um Bart, Dad«, sagte ich, »ich bringe ihn sicher nach Hause.«

Ich schaffte es gerade noch, zwischen den sich schließenden Torflügeln durchzuschlüpfen. Leise klickten sie hinter mir ins Schloß. Dann ... Stille. Falls es irgendwo auf der Welt einen stilleren Platz gab als dieses Anwesen, war ich niemals dort gewesen.

Ich sprang schnell hinter einen Baum, John Amos Jackson führte Bart an der Hand aus dem Haus.

»Jetzt weißt du, was du zu tun hast, nicht wahr?«

»Ja, Sir«, intonierte Bart, als wäre er in Trance.

»Du weißt, was geschehen wird, wenn du nicht so handelst, wie ich es dir gesagt habe.«

»Ja, Sir. Furchtbare Dinge werden jedem geschehen, selbst mir.«

»Ja, bösssse Dinge, furchtbar bössssse Dinge, die dir leid tun werden.«

»Böse Dinge, die mir leid tun werden«, wiederholte er flach.

»Aus dem Leib der Frau wird der Mensch sündig geboren ...«

»Aus dem Leib der Frau wird der Mensch sündig geboren.«

»Und jene, die solche Sünde geschaffen ...«

»Müssen sühnen.«

»Und wie müssen sie sühnen?«

»Auf jede Art, in jeder Form, doch der Tod wird sie schließlich erlösen.«

Ich erstarrte schaudernd, wo ich stand, und konnte meinen Ohren nicht trauen. Was tat dieser Mann dort mit Bart?

Sie verschwanden, und ich spähte gerade noch rechtzeitig um den nächsten Busch, um Bart über die Mauer zu unserem Haus klettern zu sehen. Ich wartete, bis John Amos Jackson zurück ins Haus geschlurft war und alle Lampen ausgeschaltet hatte.

Dann begriff ich plötzlich, was ich vermißte. Ich hatte Apple nicht bellen gehört. War ein Hund, so alt und so groß wie

Apple, nicht dazu da, mit seinem Gebell über jeden Fremden auf dem Grundstück Bescheid zu geben? Ich schlich mich in die Scheune und rief Apple beim Namen. Er kam nicht zu mir gerannt, mir das Gesicht zu lecken und mit dem Schwanz zu wedeln. »Apple«, rief ich noch einmal laut. Ich zündete eine Kerosinlampe an, die neben der Tür hing, und dann leuchtete ich mit ihr in die alte Pferdebox, in der Apple untergebracht war.

Ich hielt die Luft an! Oh, nein, nein!

Wer konnte so grausam sein, einen wunderbaren Hund wie diesen verhungern zu lassen? Wer konnte dann noch eine Heugabel in dieses armselige Bündel Haut und Knochen stoßen... Jetzt war hier alles voll Blut. Dunkles Blut, das schon lange getrocknet war und die Farbe schwarzen Rosts angenommen hatte. Ich rannte nach draußen und übergab mich. Eine Stunde später gruben Dad und ich ein Grab für einen riesigen Hund, der nicht einmal die Chance gehabt hatte, richtig auszuwachsen. Beide wußten wir, daß man Bart für immer irgendwo einsperren würde, falls das jemals herauskam.

»Ich kann nicht glauben, daß er so etwas tut«, sagte Dad, als wir wieder zu Hause waren. Ich konnte inzwischen alles glauben.

Ich konnte mich nur noch wundern, was diese Frau von nebenan wohl meiner Mam und meinem Dad Furchtbares angetan haben mochte. Dad hatte mir noch nicht alles erzählt, wie er es versprochen hatte. Doch ich hatte bereits den Schimmer einer Lösung all dieser Rätsel entdeckt – ich gab mich ein wenig meinen Gefühlen hin, und für einen Augenblick schien es mir, daß sie meine richtige Großmutter war, denn Chris war für mich im Grunde meines Herzens mein richtiger Vater.

Aber in Wirklichkeit war es Bart, der Pauls Sohn war, und ich wußte, warum seine Großmutter ihn so sehr brauchte und mich nicht. Ich gehörte zu Madame Marisha, wie Bart zu ihr gehörte. Es war die Blutsverwandtschaft, wegen der die beiden sich liebten. Und ich seufzte, weil ich nur der Stiefenkel einer so geheimnisvollen und beeindruckenden Frau war, die sich selbst solche Sühne für ihre Fehler auferlegte. Ich dachte mir, daß ich mich noch mehr um Bart kümmern mußte – ihn beschützen, ihn anleiten und ihn auf den rechten Weg bringen.

Jetzt sofort mußte ich aufstehen und nach Bart sehen, der zusammengerollt auf der Seite in seinem Bett lag, den Daumen im Mund. Er sah aus wie ein Baby. Genau wie der kleine Junge, der immer in meinem Schatten gestanden hatte, immer versucht hatte, all das auch zu schaffen, was ich in seinem Alter gekonnt hatte und doch niemals erreichte, was ich ihm vorgegeben hatte. Er hatte später laufen gelernt, später gesprochen. Es war, als hätte er von Geburt an gewußt, daß er immer nur der Zweite sein würde und niemals der Erste. Nun hatte er die eine Person auf der Welt gefunden, für die er immer an erster Stelle kam. Ich war glücklich, daß Bart seine ganz eigene Großmutter hatte. Auch wenn sie nur Schwarz trug, wußte ich doch, daß sie einmal sehr schön gewesen sein mußte. Viel schöner, als meine Großmutter Marisha in ihrer Jugend jemals gewesen war.

Und doch ... und doch ... einige Steine in dem Puzzle fehlten noch.

John Amos Jackson – wie paßte er in dieses Bild? Warum mußte eine liebende Großmutter und Mutter, die wieder mit ihrem Sohn und seiner Frau und ihren Enkeln vereint sein wollte ... warum mußte sie diesen widerwärtigen alten Mann mit sich bringen?

Ehre deine Mutter

Er scherte sich niemals groß um mich. Er glaubte, ich würde fest schlafen in diesem kleinen Bett, in das sie mich immer steckten. Aber ich sah Daddy mit ihm aus dem Haus gehen. Gingen sie meine Großmutter besuchen? Wünschte, daß alle sie in Ruhe ließen, damit ich sie wieder so haben konnte, wie sie für mich immer war, ganz allein mein.

Apple war nun fort. Dorthin gegangen, wo alle Hunde und Ponys irgendwann hingehen müssen. »Auf die große, schöne Weide im Himmel«, sagte John Amos mit glitzernden blassen Augen und beobachtete mich dabei scharf, als denke er sich, ich wäre derjenige gewesen, der mit der Heugabel zugestochen hatte. »Du hast Apple tot gesehen? Du hast ihn wirklich tot da liegen sehen?«

»Mausetot.«

Ich schlich die gewundenen Dschungelpfade entlang, die mich direkt hinab in die Hölle führten. Tiefer, tiefer und tiefer, Höhlen und Schluchten und tiefe Abgründe, und früher oder später würden wir die Tür finden. Rot. Die Tür zur Hölle würde rot sein – vielleicht auch schwarz.

Schwarze Tore. Magische Tore, die weit aufschwangen, um Daddy einzulassen, sie wollte ihn. Schöner Sohn war er, steckte seine Mutter in eine Klapsmühle, und als nächstes würde er mich zu so einer Irrenanstalt schicken, wo sie einen in Zwangsjacken steckten. Wie so eine Zwangsjacke wohl funktionierte? Furchtbare Sache war das auf jeden Fall.

Die Tore schlugen zu. Wußte, daß Mam in ihrem Zimmer geblieben war, wo sie ihre Seiten heruntertippte, als wäre ihr das so wichtig wie das Tanzen. Schien ihr nicht viel auszumachen, in diesem Rollstuhl zu sitzen, machte ihr wohl überhaupt nichts, außer wenn sie Jory Ballettmusik spielen hörte. Dann hob sie den Kopf. Sie starrte ins Leere, und ihre Füße begannen wie im Takt zu zucken.

»Was ist kompliziert, Mammi?« fragte ich, als sie sagte, daß Jory sich jetzt darauf konzentrieren müsse, komplizierte Tänze zu lernen.

»Schwierig, verwickelt«, hatte sie geantwortet, genau wie ein Wörterbuch. Sie hatte überall Wörterbücher in ihrem Zimmer, kleine, mittelgroße und ein Riesenlexikon, das extra seinen eigenen Ständer hatte.

Mußte meine Füße irgendwie dazu bekommen, daß sie komplizierte Dinge konnten. Ich versuchte es, während ich hinter Daddy herschlich, der sich kein einziges Mal nach mir umsah. Ich blickte immer über meine Schulter, sah nach rechts oder nach links, überlegte mir etwas, überlegte mir immer etwas. Verdammter Schnürsenkel! Au, da lag ich mal wieder. Wenn er mich aufschreien gehört hätte, hätte er sich umgedreht, prima... mußte das alles wie ein guter Spion erledigen. Oder ein Dieb, ein Juwelendieb. Reiche Ladys hatten immer jede Menge Juwelen. Würde ein wenig üben, während sie mit ihrem Sohn schwatzte, heulte und ihn immer wieder um Verzeihung anflehte, hab Gnade mit ihr, nimm sie wieder auf und liebe sie wieder. Langweilig. Mochte Daddy nicht so sehr, war jetzt wieder so wie früher, bevor er mein Bein davor gerettet hatte, »amputiert« zu werden. Verdammter Kerl, wollte doch die einzige Großmutter verjagen, die ich hatte. Welches andere Kind hatte schon eine Großmutter, die so reich war, daß sie ihm alles geben konnte?

»Wohin gehst du, Bart?«

John Amos tauchte aus dem Nichts auf, seine Augen glühten in der Dunkelheit. »Das geht dich verdammt wenig an!« fuhr ich ihn an, wie Malcolm es getan hätte. Hatte Malcolms Tagebuch direkt unter dem Hemd auf der nackten Haut. Das rote Leder klebte. Ich lernte gerade, wie man aus Wut Geld macht.

»Dein Vater ist im Haus und redet mit deiner Großmutter. Geh jetzt rein und erfülle deine Aufgabe, damit du mir jedes Wort berichten kannst, was sie sagen, hast du verstanden?«

Verstanden? Schließlich war er es, der ein Hörgerät brauchte. Sonst würde er selber durch das Schlüsselloch spionieren. Aber er konnte nur noch alles ausspähen, hören konnte er nicht mehr viel. Bücken konnte er sich auch kaum noch, und manchmal schaffte er nicht einmal mehr, das aufzuheben, was ihm runtergefallen war.

»Bart... hast du mich gehört? Warum, zum Teufel, gehst du zum Hintereingang?« Wandte mich um, um ihn anzustarren, auf der fünften Stufe war ich sogar größer. »Wie alt bist du, John Amos?«

Er zuckte die Achseln und runzelte die Stirn. »Warum willst du das wissen?«

»Hab' nie irgend jemand gesehen, der älter war, das ist alles.«

»Der Herr hat seine Wege, solche zu bestrafen, die den Alten gegenüber nicht den nötigen Respekt aufbringen.« Er knirschte mit den Zähnen.

»Ich bin jetzt größer als du.«

»Ich bin einen Meter achtzig groß – oder war das jedenfalls mal, Junge, diese Größe wirst du nie erreichen, es sei denn du stehst auf einer Treppe.«

Ich kniff die Augen zusammen und schaute hart und böse, wie Malcolm es getan hätte. »Es wird der Tag kommen, John Amos, an dem ich einen Kopf größer bin als du. Und dann wirst du auf den Knien zu mir gerutscht kommen, um mich anzuflehen, zu betteln und zu betteln. Sir, Sir, wirst du sagen, lassen Sie uns doch endlich diese Mäuse auf dem Dachboden wegschaffen. Und ich werde dann zu dir sagen, woher soll ich wissen, ob du meines Vertrauens würdig bist, und du wirst zu mir sagen, Ihrem Weg will ich folgen und in Ihre Fußstapfen treten, selbst wenn Sie einst unter der Erde liegen.«

Was ich sagte, ließ mich verhalten lächeln.

»Bart, du lernst wirklich, so clever zu sein wie dein Urgroßvater Malcolm. Aber nun verzichte auf deine augenblicklichen Pläne. Geh zurück zu deinem Vater, der gerade jetzt bei deiner Großmutter ist. Merke dir jedes Wort, das du hörst, und berichte mir alles.«

Wie ein Spion kroch ich durch den Speiseaufzug, der hinter

einem hübschen orientalischen Wandschirm versteckt war, in das Zimmer. Von dort schlich ich mich zu einem besonderen Versteck hinter den riesigen Töpfen der Zimmerpalmen, von wo ich alles überblicken konnte.

Da waren sie, alle beide, und taten wieder, was sie immer taten. Großmutter flehte, Daddy weigerte sich. Ich machte es mir bequem, bevor ich mir eine Zigarette drehte. Zigaretten waren immer noch das Beste, wenn es irgendwann im Leben langweilig wurde wie jetzt. Nichts zu tun, außer zu lauschen. Spione hatten nie irgend etwas zu sagen, und ich brauchte eigentlich Rollen mit Aktion.

Daddy sah in seinem hellgrauen Anzug sehr gut aus, so wie ich aussehen wollte, wenn ich groß war – aber nicht würde – ich hatte nicht seine Art von gutem Aussehen. Ich seufzte, und ich wünschte mir, daß ich sein richtiger Sohn wäre.

»Mrs. Winslow, du hast mir versprochen, hier weg zu gehen, aber wenn ich mich umsehe, stelle ich fest, daß noch kein einziger Koffer gepackt ist. Um Barts geistiger Gesundheit willen und Jory zuliebe, von dem du ja sagst, daß du ihn auch liebst, und vor allem wegen Cathy – geh fort. Ziehe nach San Francisco. Das ist nicht zu weit von hier. Ich schwöre, daß ich dich so oft besuchen werde, wie ich kann. Ich werde Möglichkeiten finden, zu dir zu fahren, ohne daß Cathy irgendwelchen Verdacht schöpft.«

Langweilig. Warum konnte er nicht mal was anderes sagen? Warum machte er sich so viel daraus, was meine Mammi von seiner Mutter hielt? Falls ich jemals so unglücklich sein sollte, eine Ehe eingehen zu müssen, dann würde ich meiner Frau schon sagen, wie sie mit meiner Mutter umzugehen hätte, oder sie einfach rauswerfen. Zum Teufel mit ihr, wie Malcolm es gesagt hätte.

»Oh, Christopher«, schluchzte sie und zog schon wieder eins von diesen Spitzentaschentüchern aus dem Ärmel, mit denen sie sich ständig die Tränen abwischte. »Ich möchte so sehr, daß Cathy mir verzeiht, damit ich hier einen kleinen Platz an eurer Seite finde. Ich bleibe nur noch immer hier, weil ich die Hoffnung nicht aufgeben kann, daß sie am Ende doch einsieht, daß ich euch nichts Böses will ... Ich bin nur hierhergekommen, um euch all das zu geben, was ich euch noch geben kann.«

Daddy lächelte bitter. »Ich nehme an, du hast da gerade wieder von materiellen Dingen gesprochen, aber das ist es nicht, was ein Kind braucht. Cathy und ich haben getan, was wir konnten, um Bart das Gefühl zu geben, daß er gebraucht, geliebt und gewünscht ist – aber er scheint die Beziehung zu mir nicht richtig begreifen zu können. Er ist sich nicht sicher, was er selbst ist, wer er ist oder wohin sein Weg führt. Er hat keine Karriere als Tänzer vor sich wie Jory, die ihm den Weg in die Zukunft weist. Nun versucht er verzweifelt, sich selbst zu finden, und du bist ihm keine Hilfe dabei. Er versteckt sein eigentliches Ich, verschließt es vor allen. Er verehrt seine Mutter, und gleichzeitig mißtraut er ihr. Er vermutet, daß sie Jory mehr liebt als ihn. Er weiß, daß Jory hübsch ist, talentiert und vor allem elegant in jeder Bewegung. Bart ist nicht besonders talentiert, außer in seinen Phantasiespielen. Wenn er Vertrauen zu uns gewinnen würde oder wenigstens zu seinem Psychiater, könnte man ihm helfen – aber er verschließt sich vor jedem.«

Ich mußte mir eine Träne aus dem Auge wischen. War schon hart, über mich selbst so etwas zu hören, was ich war, und schlimmer, was ich nicht war – so als würden sie mich von innen und außen genau kennen, aber sie kannten mich nicht. Sie konnten mich nicht kennen.

»Haben Sie irgend etwas davon begriffen, was ich Ihnen gerade gesagt habe, Mrs. Winslow?« schrie Daddy. »Bart mag sein eigenes Spiegelbild nicht, weil es nur seine eigenen Schwächen widergibt – keine Begabungen, keine Eleganz und keine Autorität. Deshalb borgt er sich andere Bilder von sich selbst, aus allen Büchern, die er liest, aus dem Fernsehen und manchmal übernimmt er sogar die Rolle von Tieren, tut so, als wäre er ein Wolf, ein Hund, eine Katze.«

»Warum, warum?« stöhnte sie. Er erzählte all meine Geheimnisse. Und ein Geheimnis, das herumerzählt wurde, hatte keinen Wert mehr.

»Kannst du dir nicht vorstellen, warum? Jory hat Tausende von Fotografien von seinem Vater, Bart keine. Nicht eine einzige.«

Bei diesen Worten richtete sie sich kerzengerade auf. Sie wurde richtig wütend. »Und woher sollte er auch Fotos seines Vaters haben? Ist es mein Fehler, daß mein zweiter Mann seiner Geliebten keine Fotos geschenkt hat?«

Ich fühlte mich irgendwie sehr verblüfft. Was war denn das? Sicher, John Amos hatte mir verrückte Geschichten erzählt, aber ich hatte geglaubt, er würde sie sich nur ausdenken, genau wie ich mir Geschichten ausdachte, um mir die Zeit zu vertreiben. War es wirklich wahr, daß meine eigene Mammi eine schlechte Frau gewesen war, die den zweiten Mann meiner eigenen Großmutter verführt hatte? War ich tatsächlich der Sohn eines Rechtsanwaltes namens Bartholomew Winslow? Oh, Mammi, wie kann ich je wieder aufhören, dich zu hassen?

Daddy lächelte wieder auf diese komische Art. »Vielleicht hat dein geliebter Bart gedacht, er brauchte ihr kein Foto von sich zu geben, wo sie doch ihn selbst bei sich zu Hause und in ihrem Bett als rechtmäßigen Ehemann haben würde. Sie hat ihm vor seinem Tod erzählt, daß sie sein Kind erwartete, und er hatte die Absicht, sich scheiden zu lassen, um der Vater dieses Kindes sein zu können und seine Cathy zu haben. Daran zweifle ich nicht im geringsten.«

Ich war innerlich ganz verkrampft, gelähmt von dem, was ich da zu hören bekam. Mein armer, armer Daddy, der in einem Feuer in Foxworth Hall gestorben war. John Amos war ein wahrer Freund, der einzige Mensch, der mich wie einen Erwachsenen behandelte und mir die Wahrheit erzählt hatte. Und Daddy Paul, dessen Bilder in meinem Schlafzimmer auf dem Nachttisch standen, war nur ein anderer Stiefvater gewesen, genau wie Christopher. Weinte innerlich, daß ich jetzt auch noch einen zweiten Daddy verloren hatte. Meine Augen wanderten von Daddy zu ihr, während ich mich anstrengte, irgendwie herauszufinden, was ich von den beiden jetzt halten sollte – und von Mammi. Es war nicht richtig, daß Eltern die Leben von kleinen Babys, die noch nicht einmal auf die Welt gekommen waren, so durcheinander brachten, so furchtbar kaputtmachten, daß ich nie mehr richtig herausfinden würde, wer ich nun eigentlich wirklich war.

Hoffnungsvoll starrte ich meine Großmutter an, die sehr

verletzt von dem zu sein schien, was ihr Sohn da gesagt hatte. Ihre weißen Hände fuhren ihr über die Stirn, die von Schweißtropfen glitzerte. Sah aus, als hätte sie schlimme Kopfschmerzen. Oh, wie leicht sie Schmerzen fühlen konnte, fragte mich nur, warum ich es nie richtig konnte?

»Nun gut, Christopher«, sagte sie, als ich schon dachte, sie würde nie wieder ein Wort herausbringen, »du hast deine Rede gehalten, jetzt laß mich auch etwas sagen. Wenn es zu einem Ultimatum gekommen wäre, einer Entscheidung zwischen Cathy und ihrem ungeborenen Kind oder mir und meinem Vermögen – Bart wäre bei mir geblieben, seiner angetrauten Frau. Es mag wohl so gewesen sein, daß er auch weiterhin eine Geliebte gehabt hätte, jedenfalls bis er sie satt gewesen wäre, aber dann hätte er einen seiner raffinierten Rechtswege gefunden, mit dem er sich in den Besitz seines Kindes gebracht hätte – und dann wäre mein Mann mit einer Verbeugung aus Cathys Leben verschwunden und hätte seinen Sohn mitgenommen. Ich wußte, daß er immer bei mir bleiben würde, auch wenn er schnell einen Blick auf jedes hübsche Gesicht und jeden jungen Körper geworfen hat, der in seine Reichweite kam.«

Mein eigener Daddy. Mein richtiger leiblicher Vater, er hätte meine Mammi am Ende gar nicht haben wollen. Tränen liefen mir über die Wangen. Mein Hals tat mir weh, was mir wenigstens bewies, daß ich am Ende ein Mensch war und nicht das Monster, für das ich mich schon gehalten hatte. Ich konnte meine eigene Art von Schmerz spüren. Aber ich konnte mich nicht glücklich fühlen, nie glücklich fühlen; warum konnte ich mich nie glücklich und zugleich als richtiger Mensch fühlen? Dann erinnerte ich mich an einige ihrer Worte... Mein leiblicher Vater würde mich auf dem »Rechtsweg« in seinen Besitz gebracht haben. Sollte das heißen, er hätte mich meiner eigenen Mutter gestohlen? Dieser Gedanke machte mich auch nicht glücklicher.

Großmutter saß da und rührte sich nicht. Ich schrumpfte immer kleiner zusammen, hatte solche Angst, was ich wohl als nächstes zu hören bekam. Daddy, bitte, enthülle keine weiteren bösen Geheimnisse, damit ich nicht etwas Furchtbares tun muß. John Amos würde mich zwingen, etwas zu tun. Ich spähte hinter mich, weil ich schon den Verdacht hatte, er würde irgendwo hinter einer Ecke lauschen, vielleicht auch nebenan mit einem Glas an der Wand, damit er besser hören konnte.

»Gut«, sagte mein Vater, der jetzt auch verletzt schien. »Barts Psychiater hat unglaubliches Interesse an dir, er hält dich allerdings nur für meine Mutter. Ich frage mich schon, warum er immer wieder auf dich zu sprechen kommt. Er scheint zu glauben, daß du der Schlüssel zu Barts geheimem Innenleben bist. Er glaubt, daß auch du ein geheimes inneres Leben führst – tust du das, Mutter? Als dein Vater dich in deiner Kindheit verletzt hat und dir das Gefühl der Minderwertigkeit gab, hast du dich da hingesetzt und Pläne geschmiedet, wie du deine Rache haben könntest, um ihn leiden zu lassen?«

Was war das denn jetzt noch?

»Hör auf!« flehte sie. »Bitte hör auf. Hab Gnade mit mir, Christopher. Ich tat das Beste, was ich unter den gegebenen Umständen tun konnte. Ich schwöre dir, ich tat mein Bestes!«

»Dein Bestes?« Er lachte und es klang wie Mammi, wenn sie einen ihrer hinterhältigen Scherze machte. »Als deines Vaters jüngerer Halbbruder nach Foxworth Hall kam, gerade siebzehn Jahre alt, hattest du da nicht sofort eine großartige Eingebung? Erkanntest du in ihm nicht das ideale Mittel, deinen Vater dafür zu bestrafen, daß er dich gezwungen hatte, dir selbst schlecht vorzukommen? Hast du dich nicht mit voller Absicht daraufhin an unseren Vater herangemacht, um ihn für dich zu bekommen? War es nicht so? Hast du ihn vielleicht auch gleichzeitig auf gewisse Art gehaßt, weil er Malcolm so ähnlich sah? Ich glaube, so war es. Ich glaube, du hast Pläne geschmiedet und intrigiert, um deinen Vater auf die Art zu treffen, die sein Ego am meisten verletzen würde, so daß er sich vielleicht nie wieder davon erholen konnte. Und ich glaube auch, daß du sehr erfolgreich warst! Du branntest durch und heiratetest den jüngeren Halbbruder, den er so ablehnte, und du dachtest, so hättest du sogar in zweierlei Hinsicht gewonnen. Du hattest ihn da verwundet, wo es ihm am meisten weh tat. Und dazu hattest du auch noch die Macht, durch unseren Vater an sein gewaltiges Vermögen zu kommen! Aber es lief nicht, wie du es dir vorgestellt hast. Ich habe jene Tage nie vergessen, als wir noch in Gladstone lebten, als ich immer wieder deine Bitten mitbekam, unser Vater möge doch endlich das fordern, was ihm rechtmäßig zustand. Aber unser Vater hat nicht mitgespielt. Er hat dich geliebt und geheiratet, weil er dich so haben wollte, wie du warst, und weil er dich deiner selbst wegen liebte, nicht wegen des Geldes, auf das du so scharf warst.«

Noch schockierter starrte ich jetzt meine Großmutter an. Sie weinte laut. Ihr zerbrechlicher Körper wurde von ihrem Schluchzen geschüttelt. Selbst der Schaukelstuhl schien unter ihr zu zittern. Auch ich zitterte, auch ich weinte – lautlos in meinem Inneren.

»Du bist im Unrecht, Christopher, so im Unrecht!« schluchzte sie mit bebender Brust. »Ich habe deinen Vater geliebt! Du weißt, wie sehr ich ihn geliebt habe! Ich gab ihm vier Kinder und die besten Jahre meines Lebens – das Beste, was ich überhaupt irgend jemand geben konnte, das Beste, was in mir war.«

»Dein Bestes ist eben sehr wenig, Mrs. Winslow, so sehr, sehr wenig.«

»Christopher!« schrie sie auf und zwang sich unter Schmerzen aufzustehen. Sie streckte die Arme auf eine hilflose Art aus und trat auf ihn zu, um in sein Gesicht hinaufzusehen. Der schwarze Schleier wehte um ihr Gesicht. Sie warf einen furchtsamen Blick durch das Zimmer und zwang mich, in meiner dunklen Ecke noch mehr zusammenzuschrumpfen. Ihre Stimme senkte sich.

»Gut, wir haben jetzt genug von der Vergangenheit gesprochen. Lebe dein Leben mit Cathy, aber akzeptiere mich in eurem Leben. Laß mich Bart als meinen eigenen Sohn aufnehmen. Du hast Jory und dieses kleine Mädchen, das ihr adoptiert habt. Laßt mir Bart und ich gehe weit fort, so weit, daß ihr nie wieder etwas von mir zu hören oder zu sehen bekommt. Ich schwöre, daß ich nie irgend jemand etwas über dich und Cathy erfahren lasse. Ich werde tun, was ich kann, um euer Geheimnis zu schützen – aber laß mich Bart für mich selbst haben, bitte, bitte!«

Sie fiel auf die Knie und griff nach seinen Händen, und als er sie schnell aus ihrer Reichweite zog, zerrte sie an seinem Jackett.

»Mach es nicht noch peinlicher, Mutter«, sagte er unangenehm berührt, aber ich merkte, daß sie ihn irgendwo getroffen hatte. »Cathy und ich geben unsere Kinder nicht weg. Er ist im Augenblick nicht unsere größte Freude, aber wir lieben ihn, wir brauchen ihn, und wir werden tun, was nötig ist, um dafür zu sorgen, daß er wieder psychisch gesund wird.«

»Sag mir, was ich tun muß, und ich werde es tun«, bettelte sie. Tränen tropften aus ihrem Schleier, als sie es schaffte, seine ausweichenden Hände in den Griff zu bekommen und sich an die Brust preßte. »Sag mir, was zu tun ist, alles, nur laß mich bleiben. Ich brauche es so, ihn zu sehen und ihn dabei zu bewundern, wie er seine Rollen spielt. Er ist so wunderbar begabt dabei.« Sie begann, seine Hände zu küssen, während er versuchte, sich zu entziehen, aber er gab sich wohl nicht allzuviel Mühe, denn es gelang ihr mit ihren schwachen Kräften, beide Hände an ihre Lippen zu pressen.

»Mutter, bitte ...«, bettelte er und sah an ihr vorbei, bevor er sich in einen Sessel fallen ließ und sein Gesicht verbarg.

»Er braucht mich, Christopher, mehr als eines meiner eigenen Kinder mich je gebraucht hat. Und er liebt mich auch ... Ich weiß, daß er mich liebt. Er sitzt auf meinem Schoß und ich wiege ihn hin und her, und ich sehe ein Gefühl der Geborgenheit in seinem Gesicht. Er ist so jung, so verwundbar und so verstört von Dingen, die er nicht begreift. Und ich kann helfen. Ich weiß, daß ich ihm helfen kann.

Etwas in mir sagt mir, daß ich nicht mehr allzu lange dasein werde«, flüsterte sie, und ich mußte die Ohren spitzen, ihre Worte weiter zu verstehen. »Laß ihn mir doch noch so lange ... bitte, als ein letztes Geschenk an eine Mutter, die du einst so sehr geliebt hast ... die Mutter, die dich gepflegt hat, als du die Masern hattest, die Windpocken und all die Erkältungen, die du dir immer beim zu langen Spielen im Schnee geholt hast. Weißt du noch? Ich erinnere mich daran. Ohne meine Erinnerungen an die guten Zeiten hätte ich die schlechten niemals überstehen können ...«

Sie schien ihn langsam in den Griff zu bekommen. Er sah sie jetzt mit weichen Augen an.

»Du hast vorhin gesagt, ich hätte deinen Vater verführt und alles nur geplant, um meinen Vater durch unsere Heirat zu verletzen. Das ist nicht wahr. Ich habe deinen Vater vom ersten Augenblick an geliebt, als ich ihn sah. Ich konnte mich gegen diese Liebe genausowenig wehren, wie du gegen deine Liebe zu Cathy. Chris, mir ist nichts mehr von meiner Vergangenheit geblieben. Ich habe alles verloren. John ist der einzige, den ich noch von früher habe«, murmelte sie leise, als habe sie vor etwas Angst. »Er ist der einzige, den ich noch von den Tagen auf Foxworth Hall habe.«

»Dann muß er ja wissen, wer ich bin! Und wer Bart ist!«

Sie beugte sich vor und streckte ihre blasse Hand aus, an der wie immer die vielen Ringe funkelten, um sie auf sein Knie zu legen – ich sah, wie er unter ihrer Berührung schauderte. »Ich weiß nicht, was John weiß. Er glaubt, daß alle meine Kinder fortgelaufen sind und irgendwo in der weiten Welt leben. Soweit ich weiß, hat er nie erfahren, daß einer von Barts Namen Winslow ist... Aber er hat so etwas Verstohlenes an sich, er könnte auch alles wissen.« Sie zitterte und zog ihre Hand zurück, als wüßte sie, daß es ihm unangenehm war. »All das Land um uns herum hier gehörte meinem Vater. Deshalb hält John Amos es wohl für ganz natürlich, daß ich mich hier auf einem Anwesen niedergelassen habe, das schon lange, lange zum Familienbesitz gehört.«

Er schüttelte den Kopf. »Und du hast dafür gesorgt, daß ich das Land hier billiger kaufen konnte?«

»Christopher, meinem Vater gehörte überall Land. Nun gehört alles mir. Aber ich würde das alles sofort aufgeben, wenn ich nur Cathy und dich als meine Familie zurückbekäme. Niemand weiß über dich und Cathy Bescheid außer mir, und ich werde nie irgend etwas erzählen, wer ihr seid. Ich verspreche, daß ich euch nie unter Druck setzen werde – laß mich nur hierbleiben! Laß mich nur wieder deine Mutter sein.«

»Schaff diesen John aus dem Haus!«

Sie seufzte erst, dann beugte sie langsam den Kopf. »Ich wünschte, bei Gott, ich könnte das.«

»Was soll das heißen?«

»Kannst du dir das nicht denken?« fragte sie und hob ihr verschleiertes Gesicht, so daß sie ihm in die Augen blicken konnte.

»Erpressung?«

»Ja. Er hat auch keine Familie mehr. Er tut so, als wüßte er nichts über dich und Cathy, aber ich kann nicht sicher sein. Er hat geschworen, mir dabei zu helfen, meinen Aufenthaltsort vor jedem geheim zu halten, denn es gibt genügend Zeitungsreporter, die mich ständig belagern würden, wenn sie mich nur finden könnten. Deshalb gebe ich ihm ein komfortables Heim und jede Menge Geld, damit ich vor ihm sicher bin.«

»Bart ist nicht vor ihm sicher. Jory hat gesehen, wie John Amos mit ihm flüsterte. Ich glaube, der Alte weiß, wer wir sind.«

»Aber er wird nichts unternehmen«, rief sie. »Ich werde mit ihm sprechen und es ihm klarmachen. Er wird nichts erzählen ... Ich werde ihn dafür auszahlen.«

Daddy stand auf, um zu gehen. Für einen Augenblick legte er leicht die Hand auf ihren Kopf. Dann zog er sie schuldbewußt schnell zurück. »In Ordnung. Du redest mit John und befiehlst ihm, daß er Bart in Ruhe läßt. Laß Bart nicht wissen, daß du seine richtige Großmutter bist – laß ihn in dem Glauben, du seist nur eine freundliche alte Dame, die ihn gerne zur Gesellschaft hat. Kannst du mir diesen kleinen Gefallen tun?«

»Ja, natürlich«, stimmte sie schwach zu.

»Und fang bitte wieder damit an, ständig den Schleier zu tragen. Jory weiß, daß du meine Mutter bist ... Aber, nun, du kannst es dir ja denken. Und wer weiß, ob Cathy nicht irgendwann auf den Gedanken kommt, dir einen Nachbarschaftsbesuch abzustatten? Sie war bis jetzt immer mit ihrer Ballettschule beschäftigt. Doch jetzt hat sie viel mehr Zeit und ist nicht mehr so ausgefüllt. Sie wird Leute sehen wollen, mit jemandem sprechen wollen. Das war damals für uns mit das Härteste, als wir jung waren ... Jahrhundertelang, so lang erschien es uns jedenfalls, dort eingeschlossen zu sein, und nur eine Mutter und eine Großmutter, mit denen man sprechen konnte ... Deshalb fällt ihr das Alleinsein heute noch schwer.«

Wieder ließ sie den Kopf hängen. »Ich weiß. Ich habe mich an euch versündigt und bedaure es. Ich bete, daß ich die Uhr zurückdrehen könnte, aber dann wache ich wieder zu einem neuen einsamen Tag auf – und ich habe nur Bart, der mir ein wenig Hoffnung gibt.«

Oh, Mann, was mußte da alles schon los gewesen sein, bevor es mich überhaupt gegeben hatte.

»Ich habe eine Frage, die ich stellen muß«, sagte sie in einem schwachen Flüstern. »Liebst du sie wie ein Mann... seine Frau?«

Er drehte sich um, so daß sie nur seinen Rücken sehen konnte. »Das geht dich nichts an.«

»Aber ich würde es ja verstehen. Ich habe Bart gefragt, aber er weiß einfach nicht, was ich meine. Aber er hat mir erzählt, daß ihr ein gemeinsames Schlafzimmer habt.«

Wütend fuhr er herum und funkelte sie an: »Und ein gemeinsames Bett. Nun, bist du jetzt zufrieden?« Noch einmal drehte er sich auf dem Absatz herum, und diesmal eilte er hinaus.

Rätselhaft, war alles schon ganz verdammt rätselhaft. Warum haßte Mammi seine Mammi so? Und warum fragte meine Großmutter nach Schlafzimmern und Betten?

Rannte auch nach Hause. Erstattete John Amos keinen Bericht mehr. Mammi war wieder an ihrem blöden Barren und versuchte gerade, sich aus ihrem häßlichen Rollstuhl zu ziehen. Ich versteckte mich und sah zu. Komisch, sie einmal so unbeholfen zu sehen wie mich. Schwerfällig wie ich, doch langsam aber sicher schaffte es Mammi, auf die Beine zu kommen, und dann stand sie zitternd da. Ihr Gesicht im Spiegel war blaß und von ihren Haaren golden eingerahmt. Geschmolzenes Gold, heiß wie die Hölle, brennend wie strömende Lava.

»Bart, bist du das?« rief sie. »Warum siehst du mich so seltsam an? Ich fall' nicht um, falls du das denkst. Jeden Tag fühle ich mich besser und stärker. Komm, setz dich zu mir und erzähl mir was. Erzähl mir, was du die ganze Zeit so machst, wenn ich dich nicht sehen kann. Wo gehst du hin? Bring mir bei, wie ich deine Phantasiespiele mitspielen kann. Als ich in deinem Alter war, habe ich auch immer gerne fremde Rollen gespielt. Weißt du, ich habe damals immer geträumt, ich wäre die berühmteste Primaballerina der Welt, und das war für mich das Wichtigste in meinem ganzen jungen Leben. Jetzt weiß ich, daß es nie so wichtig gewesen sein kann. Jetzt weiß ich, daß es am meisten zählt, die glücklich zu machen, die man liebt. Bart, ich möchte dich gerne glücklicher machen...«

Ich haßte sie dafür, daß sie meinen leiblichen Vater »verführt« hatte und ihn dann auch noch meiner armen, einsamen Großmutter weggenommen, die ihre eigene Schwiegermutter war. Sie mußte damals mit Dr. Paul Sheffield verheiratet gewesen sein, der Chris' Bruder war, aber alles andere als mein wirklicher Vater. Man brauchte sie sich nur anzusehen, wie sie da stand und versuchte, meine Vernachlässigung wiedergutzumachen! Zu spät! Ich wäre am liebsten hingelaufen und hätte sie umgestoßen. Wollte hören, wie ihre Knochen brachen, alle Knochen. Sie war all ihren Männern untreu! Aber ich konnte nichts davon sagen. Meine Beine wurden weich und schwach, und sie klappten einfach unter mir zusammen, so daß ich zu Boden sank. Und in meinem Kopf hallten all diese stummen Schreie. Böse, sündige verdorbene Frau! Früher oder später würde sie mit irgendeinem Geliebten davonrennen – genau wie Malcolms Mutter. Genau wie alle Mütter es taten.

Und warum hatte mir meine Großmutter nicht von Anfang an alles erzählt und gesagt, wer sie war? Warum hatte sie ein Geheimnis daraus gemacht? Wußte sie denn nicht, daß ich eine richtige Großmutter brauchte? Selbst sie hatte mich darüber angelogen, wer mein Daddy wirklich gewesen war! Nur John Amos hatte mir die Wahrheit gesagt.

»Bart – was fehlt dir?«

Sah erschrocken aus im Gesicht. Hatte allen Grund erschrokken zu sein, diese Mammi. Nie, nie hatte sie mir etwas anderes erzählt als Lügen. Niemanden gab es, dem ich trauen konnte, außer John Amos. Während er durch die Gegend schlurfte und unheimlich und halb versteinert aussah, war er der einzige ehrliche Mensch, der sein Bestes tat, die Welt wieder in Ordnung zu bringen.

»Bart, was ist denn los? Kannst du es mir nicht erzählen, deiner eigenen Mutter?«

Starrte sie an. Sah ihre vielen, vielen Haare wie goldene

Schlangen züngeln, die die Männer ruinieren sollten. Nahm sich alle Männer und ließ sie leiden. Ihre Schuld. Alles ihre Schuld. Nahm meinen leiblichen Vater meiner Großmutter weg und »verführte« ihn.

»Bart, kriech nicht auf dem Boden herum. Steh auf und gebrauche deine Beine. Du bist doch kein Tier.«

Ich warf den Kopf zurück und heulte los. Heulte die ganze Wut und den Haß heraus, den ich empfand. Es war nicht fair von Gott gewesen, sie mir als Mutter zu geben. War nicht fair, wo er meinen richtigen Daddy doch schon verbrannt hatte. Mußte was unternehmen. Mußte es alles endlich in Ordnung bringen.

»Bart, bitte, sag mir doch, was nicht in Ordnung ist!«

Ich konnte sie kaum sehen. Sie versuchte, ein paar Schritte vom Barren weg zu mir zu machen, und ihre Hände griffen nach mir, als wollte sie mich in ihre Arme ziehen.

Ich würde mich nie wieder von ihr berühren lassen. Niemals, niemals wieder!

»Ich hasse dich!« schrie ich, sprang auf die Beine und wich zurück. »Ich hoffe, daß du nie wieder laufen kannst. Ich hoffe, du fällst jetzt hin und brichst dir den Hals. Ich hoffe, dein Haus brennt ab und du und Cindy mit!«

Rannte, rannte und rannte, bis mir die Seite weh tat und mein Kopf ganz leer war. In Apples Stall warf ich mich auf den Boden, um auszuruhen. Dort bewahrte ich Malcolms Tagebuch jetzt auf, hatte es unter dem alten Heu versteckt. Ich zog es heraus, um weiter darin zu lesen. Junge, er hatte die Frauen wirklich gehaßt, besonders, wenn sie hübsch waren. Häßliche schien er überhaupt nicht zu bemerken. Ich hob den Kopf und starrte ins Leere. Alicia. Hübscher Name – fragte mich, warum er Alicia wohl mehr liebte als Olivia? Bloß weil sie erst sechzehn war, als sie seinen alten Vater von fünfundfünfzig heiratete?

Alicia gab ihm eine Ohrfeige, als er sie zu küssen versuchte. Vielleicht war Malcolm nicht so gut im Küssen wie sein Vater.

Je mehr ich las, desto mehr lernte ich, wie Malcolm in allem, was er tat, erfolgreich war, außer in der Liebe zu Frauen. Bewies mir, daß ich besser von allen Frauen die Finger ließ, weil ich doch Malcolm so sehr ähnlich war. Immer wieder las ich seine Worte, so daß ich mich in ihn verwandeln konnte, in Malcolm, den Allmächtigen.

C-Namen. Wunderte mich, warum Frauen C-Namen so gerne haben. Catherine, Corinna, Carrie und Cindy – die ganze Welt steckte voller C-Namen. Wünschte mir, ich würde meine Großmutter noch so gern haben wie früher. Jetzt, nachdem ich wußte, daß sie meine richtige Großmutter war, gefiel mir die Sache nicht mehr so. Sie hätte es mir erzählen sollen. Sie war nur eine andere von den verlogenen, heimlichtuerischen, raffinierten Frauen. Genau wie John Amos mich gewarnt hatte.

Ich konnte Apple schwach riechen. Meine Ohren hörten, wie er sein Futter fraß. Ich fühlte seine kalte Nase an meine Hand stupsen – und ich weinte. Weinte so sehr, daß ich am liebsten gestorben und zu ihm gegangen wäre. Aber Apple hätte mich mehr vermissen müssen. Er hatte mich dazu gezwungen. Er hätte darunter leiden müssen, daß ich nicht da war, hätte leiden müssen, wie ich litt – und das hatte er nicht getan. Er war mein, und doch hatte er der Großmutter erlaubt, ihn zu füttern und ihm Wasser zu geben – also war es seine eigene Schuld. Und da war auch noch Clover, auch tot. Erwürgt und in die hohle Eiche gestopft.

Junge, war ich schlecht.

Über meine eigene Schlechtigkeit nachzudenken, machte mich müde. Schlief ein. Träumte von Apple, der mich liebte. Ich wachte auf, und es war fast dunkel. John Amos grinste auf mich herab und zwinkerte mir zu. »Hallo, Bart. Fühlst du dich einsam in Apples altem Stall?«

Vor mir aufragend, merkte John Amos nichts davon, daß ihm Heu vom Heuboden oben auf den struppigen Schnurrbart fiel, was ihm ein grausames Aussehen verlieh.

»Wie hat Malcolm all sein Geld gemacht, John Amos?« fragte ich, nur um zu sehen, ob das Heu ihm wieder aus dem Schnurrbart fiel, sobald er sprach.

»Indem er cleverer war als alle, die sich ihm in den Weg stellten.«

»Wobei in den Weg stellten?« Das Heu fiel nicht runter.

»Das zu bekommen, was er haben wollte.«
»Was wollte er denn?«
»Alles. Alles, was er noch nicht hatte, wollte er – und um alles zu bekommen, was anderen gehört, mußt du skrupellos und entschlossen sein.«
»Was ist skrupellos?«
»Zu tun, was man tun muß, um zu bekommen, was man haben will.«
»Alles zu tun?«
»Alles«, wiederholte er. Steif beugte er sich vor, um mir in die Augen zu sehen. »Und zögere nicht, über jene hinwegzuschreiten, die sich dir in den Weg stellen – auch über die Mitglieder deiner eigenen Familie. Denn sie würden es genauso machen, wenn du ihnen in den Weg kommst.« Er lächelte dünn. »Du weißt natürlich, daß der Arzt, der dein Ich Stückchen für Stückchen auseinandernimmt, dich am Ende in eine Anstalt sperren wird. Das ist es, was deine Eltern tun. Die Vorbereitungen dafür treffen, einen kleinen Jungen aus ihrem Leben zu entfernen, der sich zu einem großen Problem entwikkelt hat.«
Kindertränen stiegen mir in die Augen.
John Amos runzelte die Stirn. »Zeige keine Schwäche, indem du weinst wie eine Frau, Tränen gehören zu Frauen. Sei hart, wie es dein Urgroßvater Malcolm war.« Er unterbrach sich, um mich von Kopf bis Fuß zu mustern. »Ja, du hast viele von seinen Genen geerbt. Eines Tages, falls du deinen Weg wie bisher fortsetzt, wirst du genauso mächtig sein wie Malcolm.«

»Wo warst du, Bart«, fuhr Emma mich an, die mich immer ansah, als wäre sie von mir angewidert, selbst wenn ich gerade frisch gewaschen war. »Nie in meinem Leben habe ich einen Jungen gesehen, der sich schneller schmutzig machen konnte als du. Sieh dir dein Hemd an, deine Hose, dein Gesicht und deine Hände! Dreckig, überall dreckig. Was machst du eigentlich bloß, gräbst du dir Schlammlöcher und wälzt dich darin?«
Antwortete nicht. Machte mich auf den Weg zum Badezimmer am Ende des Flurs.
Kam an Mammis Zimmer vorbei. Sie sah von ihrem Schreib-

tisch auf. »Bart, ich hab' mich schon gewundert, wo du bist. Seit Stunden hab' ich dich nicht mehr gesehen.«

Ging sie gar nichts an.

»Bart ... Antworte mir.«

»War draußen.«

»Das weiß ich. Wo draußen?«

»Bei der Mauer.«

»Was hast du denn da getan?«

»Gegraben.«

»Wonach gegraben?«

»Nach Würmern.«

»Wozu brauchst du denn Würmer?«

»Geh' angeln.«

Sie seufzte. »Es ist zu spät, um angeln zu gehn, und du weißt, daß ich dich nur ungern allein vom Grundstück lasse. Frag deinen Vater, ob er mit dir am Samstag angeln geht.«

»Tut er nicht.«

»Woher weißt du das so bestimmt?«

»Er hat nie Zeit.«

»Er wird sich die Zeit nehmen.«

»Nein, wird er nicht. Er hat nie welche, und er nimmt sich auch nie welche.«

Wieder seufzte sie. »Bart, versuch doch, etwas verständnisvoller zu sein. Er ist ein Arzt, und er hat viele sehr kranke Patienten. Du willst doch nicht, daß er seine Patienten im Stich läßt, oder?«

War mir egal. Wäre lieber angeln gegangen. Gab in dieser Welt schon sowieso viel zu viele Leute ... Besonders Frauen. Ich rannte zu ihr und versteckte mein Gesicht in ihrem Schoß. »Mammi, bitte werd schnell wieder gesund. Du gehst mit mir angeln! Jetzt, wo du nicht mehr tanzen kannst, können wir doch all die Sachen machen, für die Daddy nie Zeit hat. Du kannst die ganze Zeit mit mir verbringen, in der du früher immer mit Jory getanzt hast. Mammi, Mammi, es tut mir so leid, was ich vorhin gesagt habe«, schluchzte ich, »ich hasse dich wirklich nicht! Ich möchte nicht, daß du dir den Hals brichst. Ich bin nur manchmal einfach böse und kann dann gar nicht damit aufhören. Mammi, sei mir bitte nicht böse.«

Weich und tröstend strichen ihre Hände durch mein Haar, während sie versuchte, es ein wenig zu ordnen, damit es nicht so kraus nach allen Seiten stand. Bürsten und Haarspray halfen nie bei mir, was wollte sie da mit ihren Händen? Ich vergrub mein Gesicht noch tiefer in ihrem Schoß und dachte daran, wie John Amos wohl die Stirn runzeln würde, wenn er das sehen könnte, obwohl er von mir bereits erfahren hatte, was ich ihr gerade gesagt hatte. Zugelächelt hatte er mir dann, denn es gefiel ihm sehr, daß ich wie Malcolm redete. »Du solltest ihr so etwas nicht sagen, Bart«, hatte er mir zunächst zu meiner Verwirrung gesagt. »Du mußt clever sein und sie glauben lassen, daß sie ihren Willen bekommt. Wenn du sie wissen läßt, was du wirklich fühlst, dann wird sie einen Weg finden, um unsern Plan zu durchkreuzen. Und wir müssen sie doch vor der Hölle retten, nicht wahr?«

Ich hob den Kopf und blickte in ihr hübsches Gesicht hinauf. Tränen liefen mir über das Gesicht, als ich diese lebende Lüge über mir sah. Dreimal war sie schon verheiratet gewesen, hatte John Amos mir erzählt. Machte mir aber eigentlich gar nichts, ob sie gut oder schlecht war, solange ich sie nur ganz allein für mich hatte. Ich würde sie schon bessern. Ich würde ihr beibringen, alle Männer in Ruhe zu lassen, sollte nur für mich dasein.

Um zu gewinnen, mußte ich meine Karten gut ausspielen, ein As nach dem andern, wie John Amos es mir beigebracht hatte. Täusche sie, täusche Daddy, laß sie glauben, du bist nicht mehr verrückt im Kopf. Aber jetzt kam ich durcheinander. Ich war ja gar nicht verrückt, ich spielte doch nur, wie Malcolm zu sein.

»Was überlegst du, Bart?« fragte sie, während sie mir noch immer über das Haar strich.

»Habe keine Spielkameraden. Habe nur die, die ich mir selbst ausdenke. Habe nichts, außer schlechten Genen von der Inzucht – und was meine Umgebung angeht, na, die ist auch nicht gut. Du und Daddy, ihr verdient keine Kinder. Ihr verdient nichts anderes als die Hölle, die ihr euch selbst schon bereitet habt!«

Ließ sie völlig schockiert da sitzen. Schön, sie so unglücklich zu machen, wo sie mich doch auch immer unglücklich machte.

Aber warum wurde ich jetzt nicht glücklich und lachte? Warum rannte ich in mein Zimmer und warf mich auf mein Bett, um zu weinen?

Dann erinnerte ich mich an den einen Menschen, der nie jemand anderen brauchte – Malcolm. Er wußte, daß er stark war. Malcolm zögerte nie, seine Entscheidungen zu treffen, selbst wenn sie falsch waren, denn er wußte, wie er sie wieder zurechtbiegen konnte, so daß sie am Ende doch brachten, was er haben wollte. Deshalb runzelte ich die Stirn, zog die Schultern hoch, stand auf und schlurfte den Flur entlang – wollte das, was Malcolm gewollt hätte. Ich sah Jory mit Melodie tanzen und ging zu Mammi, um es ihr zu berichten. »Sorge dafür, daß sie sofort damit aufhören!« schrie ich. »Jory und Melodie sündigen miteinander – sie küssen sich – machen ein Kind.«

Ihre Finger hielten über der Schreibmaschine inne. Sie lächelte. »Bart, um ein Baby zu machen, braucht es schon mehr als in den Arm nehmen und küssen. Jory ist ein Gentleman und wird ein unschuldiges junges Mädchen nicht ausnutzen, das zudem schicklich und klug genug ist, um zu wissen, wo die Grenze ist.«

Sie machte sich nichts daraus. Alles, was sie interessierte, war das verdammte Buch, das sie schrieb. Ich hatte bei ihr nicht mehr Chancen, als ich damals gehabt hatte, als sie noch tanzte. Immer, immer fand sie etwas Besseres, als mit mir zu spielen.

Ich ballte die Fäuste und schlug gegen den Türrahmen. Die Zeit würde kommen, wo ich ihr Boß sein würde und sie mir zuhören mußte. Dann würde sie wissen, mit wem sie besser gespielt hätte. Sie war sogar, als sie noch Ballettunterricht gab, eine bessere Mutter gewesen. Jedenfalls hatte sie da noch hin und wieder einen kleinen Moment Zeit für mich gehabt. Nun schrieb sie nur noch, schrieb und schrieb Berge und Berge von weißem Papier voll.

Wieder wandte sie ihre Aufmerksamkeit von mir ab und spannte eine neue Seite ein, sah dabei aus, als würde sie ein Gewehr laden, um die ganze Welt zu erschießen. Sie merkte gar nicht, daß ich eine der Schachteln, die sie schon mit fertigen

Sachen gefüllt und an die Seite gestellt hatte, mitnahm. Sie tippte wild drauflos.

John Amos würde sicher interessiert sein, was sie so schrieb. Aber vorher mußte ich selbst ein paar Seiten lesen. Ich würde es zuerst lesen. Selbst wenn ich jede Minute in einem Wörterbuch nachschlagen mußte, um zu verstehen, was sie für komische lange Worte benutzte. Adäquat... wußte, was das hieß. Dachte es mir jedenfalls.

»Gute Nacht, Mammi.«

Sie hörte mich nicht. Sie machte einfach weiter, als wäre ich gar nicht da.

Niemand hat je Malcolm ignoriert. Wenn er sprach, sprangen alle Leute, um ihm zu gehorchen. Ich würde mich zu Malcolm machen.

Eine Woche, oder so, später spionierte ich Mam und Jory nach. Sie standen vor dem langen Spiegel in unserem Hobbyraum, und Jory half Mammi, ihr krankes Bein zu üben. »Jetzt denke nicht an das Fallen. Ich bin direkt hinter dir und fange dich auf, falls dein Knie nachgibt. Mach es dir leicht, Mam, denk nicht viel darüber nach, und schon bald kannst du wieder prima laufen.«

Sie lief aber gar nicht prima. Jeder Schritt schien ihr weh zu tun. Jory hielt seine Hände dicht hinter ihrer Hüfte, dann nahm er sie fest in seinen Griff, damit sie nicht taumelte. Irgendwie schaffte sie es bis zum Ende des Barrens, ohne zu fallen. Erschöpft wartete sie darauf, daß Jory ihr den Rollstuhl hinschob, damit sie sich wieder setzen konnte. Er stellte ihr die Fußstützen bequem ein, während sie die Beine hochhielt. »Mam, du wirst jeden Tag stärker.«

»Aber es dauert so lange.«

»Du sitzt zu lange an der Schreibmaschine. Denk daran, daß dein Arzt dir gesagt hat, du sollst öfter aufstehen und weniger sitzen...«

Sie nickte und sah müde aus. »Was war das eigentlich vorhin für ein Ferngespräch? Warum wollte man nicht mit mir sprechen?«

Mit einem breiten Lächeln auf dem Gesicht begann Jory zu erklären: »Es war meine Großmutter Marisha. Ich habe ihr geschrieben und erzählt, was mit dir passiert ist, und jetzt fliegt sie zu uns, um dich in der Schule zu vertreten. Ist das nicht großartig, Mam?«

Sie sah kein bißchen glücklich aus. Was mich anging, ich haßte diese alte Hexe!

»Jory, du hättest vorher mit mir darüber reden sollen.«

»Aber Mam, sie wollte doch, daß es eine Überraschung wird. Ich hätte es dir eigentlich auch heute nicht erzählen sollen, aber mir kommt es nicht sehr höflich vor, wenn sie hier plötzlich hereingeschneit kommt. Ich weiß, daß du dich gerne fertigmachen möchtest, dich hübsch machen und das Haus aufräumen...«

Komischer Blick, den sie ihm da zuwarf. »Mit anderen Worten, ich sehe nicht besonders gut aus, und unser Haus ist eine Katastrophe?«

Jory lächelte mit all dem Charme, den ich nicht ausstehen konnte. »Mam, du bist immer hübsch, das weißt du, aber im Augenblick bist du zu abgemagert und zu blaß. Du mußt mehr essen und mehr nach draußen gehen, jeden Tag ein kleines bißchen mehr. Große Romane werden schließlich nicht in ein paar Wochen geschrieben.«

Später am gleichen Tag folgte ich Jory in den Garten, dann versteckte ich mich in meinem Spezialversteck, um Mammi und Jory zu beobachten, wie sie abwechselnd Cindy auf ihrer Babyschaukel schaukelten. Mich ließen sie nie Cindy schaukeln. Keiner traute mir. Der Psychiater kam auch nicht mit mir weiter, also warum ließen sie es dann nicht einfach sein und gönnten mir meine Ruhe?

»Jory, manchmal ist es eine richtige Qual, deiner Ballettmusik zuhören zu müssen, nicht tanzen zu können und all die Gefühle nicht ausdrücken zu dürfen, die in mir aufsteigen. Wenn ich jetzt eine Ouvertüre höre, dann krampft sich alles in mir zusammen. Ich sehne mich danach, zu tanzen. Und je mehr ich mich sehne, desto mehr muß ich schreiben. Das Schreiben rettet mich, aber es kommt mir vor, als wäre Bart meine Schriftstellerei noch viel mehr zuwider als früher meine Ballettschule. Es scheint, ich bin nie in der Lage, es meinem jüngsten Sohn recht zu machen.«

»Ach komm, Mam«, sagte Jory mit traurigen blauen Augen, »er ist nur ein kleiner Junge, der nicht weiß, was er will. Aber ich weiß, daß in seinem Kopf irgend etwas vorgeht, das nicht ganz geheuer ist.«

An mir war gar nichts nicht geheuer. Sie waren es, die nicht ganz geheuer waren, ihre seltsamen Geheimnisse hatten, und gleichzeitig glaubten, Tanzerei und dumme Märchengeschichten zählten, während doch jeder, der bei Verstand war, wußte, daß in dieser Welt nur eines zählte – Geld.

»Jory, ich versuche, Bart soviel zu geben, wie ich kann. Ich zeige ihm Zuneigung, aber er weicht davor zurück. Erst rennt er weg und dann kommt er angelaufen und steckt sein Gesicht in meinen Schoß. Er weint sich bei mir aus, und dann schreit er mich wieder an. Sein Psychiater sagt, daß er zwischen Liebe und Haß hin- und hergerissen ist. Und ich sage dir eins ganz im Vertrauen: Sein Verhalten macht es mir nicht gerade leichter, über den Unfall wegzukommen.«

Ging dann weg. Hatte genug gehört. Gute Gelegenheit, sich in ihr Zimmer zu schleichen und ein paar mehr von ihren Seiten zu stehlen. In meiner Hemdenschublade ganz unten hatte ich die, mit denen John Amos schon fertig war. Ich legte sie wieder zurück, als ich mir die neuen holte.

In meiner kleinen grünen Höhle unter der Hecke setzte ich mich hin, um zu lesen. Blöde Cindy! Lachte und kreischte, während ihre beiden hingebungsvollen Sklaven sie schaukelten und schaukelten. Junge, wünschte ich mir, daß ich sie einmal anstoßen dürfte. Ich würde ihr einen Stoß geben, daß sie direkt über die Mauer fliegen und im Schwimmbecken nebenan landen würde. Das Schwimmbecken, in dem nie Wasser war.

Mammis Buch zu lesen war sehr interessant. »Die Straße zum Reichtum« lautete der Titel eines ihrer Kapitel. War dieses Mädchen wirklich meine eigene Mutter? Hatte man sie und ihre beiden Brüder und die eine Schwester wirklich in einem winzigen Schlafzimmer eingeschlossen?

Las weiter, bis der Tag sich dem Ende zuneigte und der Nebel heranzog, so daß alles kalt und klamm wurde. Stand auf und lief ins Haus, während ich über ein anderes Kapitel in ihrem Buch nachdenken mußte: »Der Dachboden«. Was für ein wunderbarer Ort, etwas zu verstecken. Ich starrte Mammi an, die Daddy auf die Lippen küßte, ihn an der Nase zog und in spöttischem Ton fragte, was mit seinen hübschen Krankenschwestern sei, und ob er schon eine gefunden habe, die ihren Platz einnehmen würde. »Eine wunderschöne junge Blondine von zwanzig oder so?«

Er wirkte verletzt. »Ich wünschte mir, du würdest keine Scherze mit meiner Liebe zu dir machen. Cathy, provozier mich nicht mit solchen albernen Bemerkungen. Ich gebe dir alles, was ich habe, weil ich dich mit einer Leidenschaft liebe, die ich selbst nur noch als idiotisch bezeichnen kann.«

»Idiotisch?« fragte sie.

»Ja, das ist sie, wenn sie nicht genauso leidenschaftlich von dir erwidert wird! Ich brauche dich, Cathy. Laß deine Schriftstellerei nicht zwischen uns kommen.«

»Ich verstehe nicht.«

»Du verstehst sehr wohl! Unsere Vergangenheit wird wieder lebendig. Du durchlebst alles zum zweiten Mal, während du es niederschreibst. Ich habe dir von der Tür aus zugesehen. Ich habe die Tränen auf deinem Gesicht gesehen, die dir in die Schreibmaschine tropften. Ich habe gehört, wie du laut gelacht hast und laut die Worte wiederholt hast, die Carrie oder Cory gesagt haben. Du schreibst nicht nur, Cathy ... du durchlebst alles wie damals.«

Ihr Kopf senkte sich, und ihr offenes Haar fiel ihr über das Gesicht. »Ja, was du sagst, stimmt. Ich sitze vor meinem Schreibtisch und mache alles noch einmal durch. Ich sitze wieder im Zwielicht des Dachbodens, in diesem staubigen, riesigen Raum, höre die Stille, die lauter ist als der Donner. Die Einsamkeit, die ich so gut kenne, kehrt zu mir zurück und legt sich auf meine Schultern, so daß ich mich, wenn ich aufstehe, frage, wo ich eigentlich bin. Ich wundere mich, warum die Fenster nicht mit schweren Vorhängen verhangen sind und warum die Großmutter nicht hereinspringt, um uns bei zurückgezogenen Vorhängen zu ertappen. Manchmal bekomme ich einen richtigen Schock, wenn ich aufsehe und Bart dabei erwische, wie er in der Tür steht und mich anstarrt. Im ersten Augenblick halte ich ihn dann für Cory, dann fällt mir sein dunkles Haar auf, und ich sehe seine braunen Augen. Ich sehe Cindy an und denke, sie sollte größer sein und so alt wie der Junge mit den dunklen Haaren. Ich bin dann richtig verwirrt und kann die Vergangenheit nicht mehr von der Gegenwart unterscheiden.«

»Cathy.« Seine Stimme klang besorgt. »Du mußt damit aufhören.«

Sie schluchzte und fiel in seine Arme. Er preßte sie fest an seine Brust, murmelte ihr süße Liebesworte in die Ohren, die ich nicht verstehen konnte. Klammerten sich fest aneinander die beiden, wie ein richtiges sündiges Liebespaar. Sie sahen aus wie ein Pärchen, das ich manchmal heimlich beobachtete, wenn sie mit dem Auto auf dem einsamen Weg neben Großmutters Anwesen hielten.

»Wirst du das Buch lassen und warten, bis unsere Kinder erwachsen und sicher verheiratet sind...?«

»Das kann ich nicht!« Selbst ich konnte die Qual in ihrer Stimme spüren, als würde sie nur zu gerne damit aufhören, wenn es ihr nur möglich gewesen wäre. »Diese Geschichte ist in meinem Kopf und schreit, weil sie raus will, schreit danach, andere wissen zu lassen, wie Mütter sein können. Etwas, was du intuitive Weisheit nennen kannst, sagt mir, daß ich endlich darüber hinwegkomme, wenn ich das Buch fertig und an einen Verlag verkauft habe, so daß jeder es lesen kann. Erst dann werde ich von all dem Haß befreit sein, den ich immer noch für Mammi empfinde.«

Daddy konnte nicht antworten. Er hielt sie weiter in den Armen, schaukelte sie und seine blauen Augen starrten über sie hinweg. Ein Blick, der mir seltsam gequält erschien.

Schlich mich davon, um allein im Garten zu spielen. Jorys alte Hexengroßmutter kam. Wollte sie nie mehr sehen müssen. Mammi mochte sie auch nicht. Das merkte ich daran, wie sie in ihrer Gegenwart immer so angespannt und vorsichtig wurde, als hätte sie Angst, daß ein unbedachtes Wort sie verraten würde.

»Bart, mein Liebling«, rief mich meine eigene Großmutter leise von der anderen Seite der dicken weißen Mauer. »Ich habe den ganzen Tag auf dich gewartet. Wenn du nicht kommst, fange ich an, mir Sorgen zu machen, und dann bin ich unglücklich. Liebling, sitz nicht allein herum und schneide ein Gesicht.

Denk daran, daß ich hier drüben bin und alles für dich tun will, um dich glücklich zu machen.«

Ich lief los. So schnell mich meine Beine trugen. Ich kletterte den Baum hinauf, und auf der anderen Seite hatte sie eine Leiter für mich bereitgestellt, damit ich sicher auf ihr Grundstück kam. Es war die gleiche Leiter, die sie dazu nahm, über die Mauer zu uns herüberzuspähen.

»Ich lasse die Leiter jetzt immer für dich da stehen«, flüsterte sie, drückte mich an sich und überhäufte mein Gesicht mit ihren Küssen. Nett, daß sie diesen ekligen kratzigen Schleier vorher abnahm. »Ich möchte nicht, daß du hinfällst und dir weh tust. Ich liebe dich so sehr, Bart. Ich sehe dich an und denke daran, wie stolz dein Vater auf dich sein würde. Oh, wenn er doch nur seinen Sohn sehen könnte. Seinen gutaussehenden, fabelhaften Sohn!«

Gutaussehend? Fabelhaft? O Mann... Wußte gar nicht, daß ich das beides war. Sie ließ mich glauben, daß ich wirklich jeden Zentimeter so gut wie Jory aussah und auch mindestens so talentiert war. Das war eine Großmutter! Genau die Art, wie ich sie mir immer gewünscht hatte. Eine, die mich liebte und niemand sonst. Vielleicht hatte John Amos bei ihr doch nicht ganz recht.

Wieder saß ich auf ihrem Schoß und ließ mich mit Eis füttern. Dann gab sie mir noch Plätzchen, ein Stück Schokoladenkuchen, hielt mir ein Glas Milch zum Trinken an die Lippen, und dann kuschelte ich mich mit vollem Magen noch bequemer in ihren Schoß und legte meinen Kopf an ihren weichen, vollen Busen, der nach Lavendel roch. »Corinna benutzte auch immer Lavendel«, murmelte ich schläfrig mit dem Daumen im Mund. »Sing mir ein Schlafliedchen... Niemand hat mir je so Schlaflieder gesungen, wie Mammi sie für Cindy singt...«

»Schlafe mein Prinzchen, schlaf ein...«

Komisch. Während sie so lieb sang, kam es mir vor, als wäre ich nur zwei Jahre alt, und vor langer, langer Zeit saß ich wirklich genauso bei meiner Mutter auf dem Schoß und hörte sie genau dieses Lied singen.

»Wach auf, Schatz«, sagte sie und kitzelte mich mit ihrem Ärmel im Gesicht. »Zeit für dich, nach Hause zu gehen. Deine

Eltern machen sich bestimmt schon Sorgen – und sie haben schon genug durchzumachen, ohne noch dazu nach einem verschwundenen Bart suchen zu müssen.«

Oh! Drüben in der Ecke lauschte John Amos. Ich sah seine graublauen Augen wäßrig schimmern. Dann funkelten sie gefährlich. Er mochte meine Großmutter nicht oder meine Eltern oder Jory oder Cindy. Er mochte niemanden außer mir und Malcolm Foxworth.

»Großmutter«, flüsterte ich und versteckte mein Gesicht so, daß er die Bewegung meiner Lippen nicht sehen konnte. »Laß John Amos nicht hören, daß dir meine Eltern leid tun. Ich habe ihn gestern sagen hören, daß sie nicht die geringste Sympathie verdienen.« Ich spürte, wie sie zitterte und sich bemühte, daß er nichts von seiner Entdeckung merkte.

»Was bedeutet Sympathie eigentlich genau?«

Seufzend nahm sie mich noch fester in den Arm. »Es ist ein Gefühl, das du empfindest, wenn du die Schwierigkeiten anderer Menschen verstehst. Wenn du helfen möchtest, aber nichts tun kannst.«

»Wozu ist Sympathie dann gut?«

»Man kann nicht viel damit machen«, sagte sie mit traurigem Blick. »Sie ist nur dazu gut, dich selbst wissen zu lassen, daß du noch ein Mensch bist und mit anderen Menschen fühlst. Die beste Art der Sympathie ist die, durch die man dazu getrieben wird, Probleme zu lösen.«

John Amos flüsterte, als ich in die abendlichen Schatten hinaushuschte: »Der Herr hilft denen, die sich selbst helfen. Denk daran, Bart.« Bedeutungsvoll reichte er mir die Seiten von Mammis Manuskript zurück, die ich ihm zu lesen gegeben hatte. »Bring sie genau dahin zurück, wo du sie fortgenommen hast. Mach sie nicht schmutzig. Und wenn sie mehr geschrieben hat, bring es mir – und du wirst bald in der Lage sein, all deine Probleme zu lösen. Ihr Buch verrät dir wie. Verstehst du nicht, daß sie es deshalb schreibt?«

Seit Eva

Sie kam also, kam aus Greenglenna, South Carolina, wo die Gräber wie Unkraut wuchsen. Jeden Tag mußte ich damit rechnen, daß ich aufsah und in ihr häßliches, böses Gesicht starrte.

Meine eigene Großmutter war tausendmal besser. Manchmal ließ sie in der letzten Zeit ihren Schleier weg. Sie hatte sogar ein wenig Make-up aufgelegt, um mir zu gefallen – und das tat sie auch. Manchmal zog sie sich sogar ein hübsches Kleid an – aber nie, nie erlaubte sie John Amos, sie in irgend etwas anderem als ihrem schwarzen Kleid und dem Schleier vor dem Gesicht zu sehen. Nur für mich machte sie sich hübsch.

»Bart, verbring nicht so viel Zeit mit John.«

Er hatte mich schon mehrfach davor gewarnt, daß ihr das nicht gefallen würde. »Nein, Omi. John Amos und ich, wir verstehen uns nicht besonders.«

»Das freut mich. Er ist ein böser Mann, Bart – kalt, grausam und herzlos.«

»Ja, Omi. Er mag Frauen nicht sehr.«

»Hat er dir das erzählt?«

»Klar. Sagte auch, er fühle sich einsam. Sagt mir, du behandelst ihn wie den letzten Dreck und sprichst tagelang nicht mit ihm.«

»Meide John, wo du kannst – aber komm weiter zu mir. Du bist alles, was ich jetzt noch habe.« Sie klopfte das Kissen neben sich glatt, damit ich mich neben sie auf das Sofa setzte. Ich wußte jetzt, daß sie sich, sobald John Amos in die Stadt gefahren war, auch in bequeme Stühle setzte.

»Was macht er denn in San Francisco?« fragte ich. Er fuhr oft dorthin.

Stirnrunzelnd zog sie mich in ihre Arme und hielt mich eng an die weiche Seide ihres rosenfarbenen Kleides gepreßt. »John ist ein alter Mann, aber er hat noch manchen Appetit, den er sich befriedigen muß.«

»Was ißt er denn so?« fragte ich, begierig darauf, was ein alter Mann mit falschen Zähnen und Schwierigkeiten beim Kauen wohl noch so gerne aß, daß er deswegen nach San Francisco fuhr.

Sie kicherte und küßte mich auf den Scheitel.

»Wie geht es deiner Mutter? Kann sie schon wieder gut laufen?«

Wechselte das Thema. Wollte mir nicht erzählen, was er aß. Ich rutschte von ihr weg. »Es geht ihr Stückchen für Stückchen besser, sagt sie meinem Daddy jedenfalls. Aber toll ist das nicht mit ihr. Wenn er nicht zu Hause ist, nimmt sie manchmal einen Stock zum Gehen, aber sie will nicht, daß Daddy es erfährt.«

»Warum nicht?«

»Ich weiß nicht. Alles, was sie im Augenblick will, ist mit Cindy spielen oder schreiben. Mehr macht sie nicht, so ein Blödsinn! Das Bücherschreiben ist jetzt so aufregend für sie wie früher der Tanz ... Manchmal wirkt sie richtig mitgenommen davon.«

»Oh«, murmelte sie schwach, »ich hatte gehofft, sie würde es irgendwann aufgeben.«

Hoffte ich auch. Sah aber überhaupt nicht danach aus. »Jorys Großmutter kommt bald, sehr bald. Überleg mir schon, ob ich nicht weglaufen soll, falls sie sich entschließt, bei uns im Haus zu wohnen.«

Wieder sagte sie dieses »Oh«, als würde ihr die Überraschung die Sprache rauben. »Ist schon in Ordnung, Omi, mag sie gar nicht so wie dich, ganz im Gegenteil.«

Ging gegen Mittag nach Hause, bis obenhin voll mit Eis und Kuchen. Süßigkeiten hingen mir wirklich bald zum Hals raus. Mammi stand am Barren und machte ihre Übungen vor dem großen Spiegel, und ich mußte mich vorsichtig hinter einen Stuhl schleichen, damit sie mich nicht bemerkte. Ich nehme an, wir hatten den einzigen Hobbyraum auf der ganzen Welt mit einer Stange von einem Ende bis zum anderen und einen fünf Meter langen Spiegel dahinter.

»Bart, bist du das da hinter dem Stuhl?«

»Nein, Madame, das ist Henry Lee Jones ...«

»Wirklich? Ich warte schon eine ganze Weile auf Henry Lee. Bin doch froh, daß er endlich mal wieder reinschaut ... Hab' schon richtig Sehnsucht nach Henry Lee.«

Mußte kichern. Es war das Spiel, was wir immer miteinander spielten, als ich noch klein war, richtig klein. »Mammi, kannst du heute mit mir angeln gehn?«

»Tut mir leid, ich habe schon den ganzen Tag verplant. Vielleicht morgen.«

Morgen. Immer hieß es morgen.

Ich versteckte mich in einer dunklen Ecke und kauerte mich so klein zusammen, daß ich sicher wußte, niemand würde mich sehen können. Manchmal schlich ich auf Zehenspitzen hinter Mammi in ihrem Rollstuhl her, die Schultern hochgezogen, so daß ich aussah, wie John Amos mir Malcolm als alten Mann und auf der Höhe seiner Macht beschrieben hatte. Ich beobachtete sie. Beobachtete sie morgens, mittags und abends, um herauszufinden, ob sie denn nun wirklich so schlecht war, wie John Amos sagte.

»Bart.« Jory fand mich immer, egal wie gut ich mich versteckte. »Was machst du denn da?« wollte er wissen. »Früher haben wir immer zusammen Spaß gehabt und gespielt. Du hast dich mit mir unterhalten. Jetzt redest du mit niemandem mehr.«

So war es. Aber dafür sprach ich mit meiner Großmutter und mit John Amos. Ich grinste schief und verzog die Lippen so wie John Amos es tat, während ich mich umdrehte, um wieder Mammi zu beobachten, die inzwischen genauso unbeholfen herumlief wie ich sonst.

Jory ging und ließ mich in Ruhe, damit ich mich mit mir selbst amüsieren konnte, obwohl ich das ja eigentlich nur noch konnte, indem ich Malcolm spielte.

War Mammi wirklich so sündig? Wie sollte ich mit Jory reden können wie früher, wenn er mir nicht glauben würde, daß Mammi uns über meinen richtigen Vater angelogen hatte?

Jory glaubte noch immer, daß es Paul Sheffield war, aber das stimmte nicht, nein.

Später beim Abendessen saß ich da und starrte die gelbe Tischdecke an, während Mammi und Daddy Blicke tauschten und mit Jory Witze machten, über die alle lachten außer mir. Warum wollte Daddy, daß Mammi wenigstens einmal in der Woche ein gelbes Tischtuch auflegte? Warum redete er immer davon, daß sie endlich lernen müßte, zu vergessen und zu verzeihen?

Dann verkündete Jory: »Mam, Melodie und ich haben heute abend ein Rendezvous. Ich gehe mit ihr ins Kino und dann in eine Disco, wo es keine harten Sachen gibt. Ist es in Ordnung, wenn ich ihr einen Gutenachtkuß gebe?«

»Was für eine gewaltige Frage«, antwortete sie mit einem Lachen, während ich in meiner Ecke brütete. »Ja, gib ihr einen Gutenachtkuß und sag ihr, wie sehr dir der Abend mit ihr gefallen hat ... mehr nicht.«

»Ja, Mutter«, erklärte er mit spöttischem Gehorsam. »Ich habe mir deine Lektionen sehr zu Herzen genommen. Melodie ist ein süßes, nettes, unschuldiges Mädchen, das zutiefst verletzt sein würde, wenn ich ihre Unschuld ausnutzte, deshalb werde ich sie verletzen müssen, indem ich sie nicht ausnutze.«

Sie schnitt ihm eine Grimasse, er lächelte einfach zurück. »Was macht die Schriftstellerei?« trällerte Jory noch, bevor er in sein Zimmer ging, um über dem Bild von Melodie zu meditieren, das er auf dem Nachttisch stehen hatte.

Blöde Frage. Sie hatte ihm doch schon oft genug erzählt, daß ihr Buch jeden freien Augenblick brauchte, und sie wurde nachts mit neuen Ideen wach, so daß Daddy sich schon darüber beklagte, er könne bei dem ständigen Licht nicht schlafen. Was mich anging, ich konnte es gar nicht erwarten, die Fortsetzungen zu lesen. Manchmal kam es mir vor, als würde sie alles nur erfinden, und es wäre nicht ihr passiert. Das konnte gar nicht sein. Sie dachte es sich nur aus, wie ich mir meine Geschichten ausdachte.

»Jory«, rief sie hinter ihm her, »hast du mein Manuskript in der Hand gehabt? Mir fehlen ein paar Kapitel.«

»Hör mal, Mam, du weißt doch, daß ich kein Wort ohne deine Zustimmung lesen würde. Gibst du sie mir?«

Sie lachte. »Eines Tages, wenn du ein Mann bist, werde ich sogar darauf bestehen, daß du mein Buch liest oder meine Bücher. Es wächst und wächst, so daß am Ende zwei Bücher dabei herauskommen können.«

»Woher hast du eigentlich deine Ideen?«

Sie griff nach einem alten Notizbuch, das sie ständig mit sich herumschleppte. Selbst bei Tisch lag es neben ihr. »Aus diesem Buch und aus meinem Gedächtnis.« Sie blätterte es schnell durch. »Siehst du, wie groß ich schrieb, als ich zwölf war? Mit den Jahren wurde meine Handschrift dann deutlicher und viel kleiner.«

Kürzlich riß Jory ihr das alte Buch aus den Händen und rannte damit zum Fenster, wo er ein paar Zeilen las, bevor sie es ihm wieder abnahm. »Du hast eine ganze Menge Rechtschreibfehler gemacht, Mam«, zog er sie auf.

Ich haßte ihre Beziehung. Sie wirkten eher wie Freunde als wie Mutter und Sohn. Haßte diese Art, wie sie blitzschnell alles auf linierte Blätter kritzelte, bevor sie es dann abtippte. Haßte all dieses Zeugs, ihre Bleistifte, Kugelschreiber, Radiergummis und die neuen Bücher, die sie sich für ihr neuestes Projekt gekauft hatte. Hatte keine Mutter mehr; hatte keinen Vater. Hatte niemals einen richtigen Vater. Hatte niemanden, nicht einmal ein Spieltier.

Der Sommer wurde langsam alt, genau wie ich. Meine Knochen fühlten sich alt und zerbrechlich an, im Kopf aber war ich weise und zynisch. Und ich dachte, wie Malcolm in sein Tagebuch geschrieben hatte, daß nichts so gut war, wie es eigentlich sein sollte, und kein Spielzeug machte mir mehr so viel Spaß, wenn ich es erst einmal hatte. Selbst das Haus meiner Großmutter sah nicht mehr so riesig aus wie früher.

In Apples Stall, der zu meinem speziellen Platz für das Lesen von Malcolms Tagebuch geworden war, ließ ich mich ins Heu fallen und versuchte, die zehn Seiten pro Tag zu lesen, die John Amos mir aufgetragen hatte. Manchmal versteckte ich das Buch unter dem Heu, manchmal trug ich es unter dem Hemd auf der Haut. Während ich zu lesen begann, kaute ich auf einem Strohhalm und fand sofort die Stelle von gestern wieder, die ich mir mit einem von Mammis kleinen ledernen Lesezeichen markiert hatte:

> Ich erinnere mich noch gut des Tages, als ich achtundzwanzig war und nach Hause kam, um entdecken zu müssen, daß mein verwitweter Vater schließlich wieder geheiratet hatte. Ich starrte seine Frau an, die, wie ich später herausfand, erst sechzehn Jahre alt war. Auf den ersten Blick wußte ich, daß ein so junges und schönes Mädchen ihn nur wegen seines Geldes geheiratet haben konnte.
>
> Meine eigene Frau, Olivia, war niemals jemand gewesen, den man schön nennen konnte, aber sie hatte einige attraktive Seiten, als ich sie heiratete, und ihr Vater war sehr reich. Aber als sie mir zwei Söhne geboren hatte, fand ich plötzlich heraus, daß sie für mich nicht mehr die geringste Anziehung besaß. Sie wirkte so grimmig und verschlossen, wenn ich sie mit meiner sechzehnjährigen Stiefmutter Alicia verglich...

Ich las dieses jammervolle Liebeszeugs nicht zum ersten Mal. Hatte doch irgendwie den Anschluß verloren, mußte den ganzen Mist von vorne durchgehen. Aber ich hatte so meine besondere Technik, hier und dort im Buch zu lesen und es durchzublättern, bis ich irgendwo eine interessante Stelle fand, sobald in Malcolms Geschichte solche Sachen mit Küssen auftauchten. Es wirkte so komisch, daß er die Frauen immer küssen wollte, wo er sie doch so haßte.

So, jetzt war ich wieder da, wo ich aufgehört hatte.

> Alicia bekam ihr erstes Kind, von dem ich mir verzweifelt wünschte, daß es ein Mädchen wurde. Aber nein, es mußte ein weiterer Sohn sein, der sich mit mir um Vaters Vermögen streiten würde. Ich erinnere mich, wie ich da stand und sie ansah, während das Baby an ihrer Seite gekuschelt in dem großen Schwanenbett lag, und ich haßte sie beide.

Als sie mich dann unschuldig anlächelte, so stolz auf ihren Sohn, als würde ich mich über ihn genauso freuen müssen wie mein Vater, sagte ich zu ihr: »Meine liebe Stiefmutter, dein Sohn wird niemals lange genug leben, um das Vermögen deines Gatten zu erben, denn ich bin da, um das zu verhindern.«

Ihr selbstzufriedenes Glück widerte mich so an, daß ich sie am liebsten in das schöne, raffinierte Gesicht geschlagen hätte. »Ich will nicht das Geld deines Vaters, Malcolm. Auch mein Sohn wird es nicht wollen. Mein Sohn wird sich sein eigenes Geld verdienen und nicht erben, was andere Männer für ihn aufgebaut haben. Ich werde meinem Sohn die wirklichen Werte im Leben nahebringen – Werte, von denen du nicht das geringste weißt.«

Fragte mich, wovon sie da wohl redete? Was waren Werte eigentlich? Preise beim Einkaufen? Ich wandte meine Aufmerksamkeit wieder Malcolms Tagebuch zu. Er hatte fünfzehn Jahre übersprungen, bevor er wieder zu schreiben begann.

Meine Tochter Corinna ähnelt immer mehr der Mutter, die mich verlassen hat, als ich fünf war.

Ich sah ihre Veränderung, wie sie sich in eine Frau zu verwandeln begann, und ich ertappte mich selbst dabei, wie ich ihre knospenden Brüste anstarrte, mit denen sie bald einen Mann verführen würde. Als sie meinen Blick einmal bemerkte, errötete sie. Das gefiel mir – wenigstens war sie anständig. »Corinna, versprich mir, daß du niemals heiraten und deinen Vater verlassen wirst, wenn er alt und krank ist. Schwöre mir, daß du mich überhaupt nie verläßt.«

Ihr Gesicht wurde sehr blaß, so als hätte sie Angst, ich würde sie wieder auf den Dachboden schicken, wenn sie mir diesen einfachen Wunsch verweigerte. »Mein ganzes Vermögen, Corinna, wenn du es mir versprichst – jeden Cent, den ich hinterlasse, sollst du haben, wenn du nie von mir fortgehst.«

»Aber Vater«, sagte sie mit gesenktem Kopf und einem elenden Blick, »ich möchte doch heiraten und Kinder bekommen.«

Sie schwor mir, daß sie mich liebte, aber in ihren Augen konnte ich deutlich sehen, daß sie mich bei der ersten Gelegenheit verlassen würde. Ich mußte dafür sorgen, daß keine Jungen oder Männer in ihr Leben kamen. Sie besuchte eine Mädchenschule, eine streng religiöse Schule, die keine Verabredungen erlaubte.

Ich klappte das Buch zu und machte mich auf den Heimweg. So wie ich es sah, hätte Malcolm niemals Olivia heiraten und Kinder haben sollen. Aber als ich dann länger darüber nachdachte, fiel mir auf, daß ich unter diesen Umständen auch nie eine Großmutter gehabt hätte. Jedenfalls diese nicht. Und selbst wenn sie eine Lügnerin war und mich hintergangen hatte, wollte ich ihr doch wieder vertrauen und sie lieben.

An einem anderen Tag war ich in der Scheune und las über Malcolm, als er fünfzig war.

Zwischen meinem jungen Halbbruder und meiner Tochter geht etwas Sündiges vor. Ich habe getan, was ich kann, um sie bei einer Berührung zu erwischen, oder bei einem bedeutungsvollen Blick, aber sie sind beide zu raffiniert. Olivia erzählte mir, meine Befürchtungen seien grundlos und Corinna würde niemals für ihren Halbonkel irgendwelche Gefühle entwickeln, aber Olivia ist auch nur eine Frau, ganz Teil ihres heimtückischen Geschlechts. Verdammt der Tag, als sie mich dazu überredete, diesen Jungen aufzunehmen. Es war vielleicht der schwerste Fehler meines Lebens.

So, selbst Malcolm machte also Fehler, aber nur mit Menschen aus seiner eigenen Familie. Warum konnte er es nicht ertragen, daß seine Söhne Musiker werden wollten? Oder seine Tochter heiraten? Wenn ich Malcolm gewesen wäre, hätte ich mich gefreut, sie alle loszuwerden, genau wie ich mir heute den Tag herbeiwünschte, an dem Cindy endlich verschwand.

Ich warf Malcolms Tagebuch in eine Ecke und schob mit dem Fuß Heu darüber, dann marschierte ich zum Haus. Ich wünschte mir, Malcolm würde darüber schreiben, wie man Macht bekommt, und über Geld, wie man es verdient, und über den Einfluß, wie man einflußreich und geachtet wird. Aber er schrieb immer bloß darüber, was für miserable Söhne er hatte, wie er unter seiner Frau und seiner Tochter litt, ganz zu schweigen von diesem jungen Halbbruder, der Corinna gern hatte.

»Hallo, Liebling!« rief meine Großmutter, als ich in ihr Gemach hinkte. »Wo bist du denn gewesen? Wie geht es dem Knie deiner Mutter?«

»Schlecht«, sagte ich. »Die Ärzte sagen, Mammi wird nie wieder tanzen können.«

»Oh«, seufzte sie, »wie furchtbar. Das tut mir sehr leid.«

»Ich bin aber froh, daß sie nie wieder tanzt«, versicherte ich ihr. »Sie und Daddy können nicht mal mehr einen Walzer tanzen und das haben sie immer sehr oft in unserem Wohnzimmer gemacht, in dem wir nie spielen dürfen.«

Sie sah so traurig aus. Warum sollte sie denn deswegen traurig sein? »Großmutter, meine Mammi mag dir nicht.«

»Du sollst auf deine Grammatik aufpassen, Bart«, schluchzte sie, während sie sich die Tränen abputzte. »Das heißt, sie mag dich nicht – und wie kommst du überhaupt darauf, wo sie doch gar nicht weiß, wer ich bin?«

»Manchmal hörst du dich an wie sie.«

»Es tut mir leid, daß ich sie nie mehr auf der Bühne sehen kann. Sie war so wunderbar leicht und graziös, als wäre sie ein Teil der Musik selbst. Deine Mutter war zum Tanz geboren, Bart. Ich weiß, daß sie sich ohne das Ballett verloren und leer fühlen muß.«

»Nein, das tut sie nicht«, antwortete ich schnell. »Mammi hat ihre Schreibmaschine und ihr Buch, an dem sie fast den ganzen Tag und fast die ganze Nacht arbeitet. Und mehr braucht sie nicht. Sie und Daddy liegen stundenlang im Bett, besonders wenn es regnet, und sie unterhalten sich über ein großes altes Haus in den Bergen und über eine große alte Großmutter, die immer nur Grau trug, und ich versteck' mich schon mal im Kleiderschrank und hör' zu, denn es ist wie eins von den schaurigen Märchen für kleine Kinder.«

Sie wirkte richtig schockiert. »Spionierst du deinen eigenen Eltern nach, das ist aber nicht nett, Bart. Erwachsene brauchen ihre Privatsphäre – jeder braucht seine Privatsphäre. Das ist der Bereich, den man ganz für sich alleine hat.«

Ich lächelte und es machte mir Spaß, ihr zu erzählen, daß ich jedem nachspionierte – manchmal sogar ihr.

Ihre blauen Augen wurden groß, und sie starrte mich lange an, bevor sie zu lächeln begann. »Du willst mich auf den Arm nehmen, nicht? Ich bin sicher, daß dein Vater dich gut genug erzogen hat, so etwas nicht zu tun. Bart, wenn du möchtest, daß die Leute dich lieben und dich respektieren, dann mußt du sie so behandeln, wie du selbst gern behandelt werden möchtest. Würdest du es mögen, wenn man dir nachspionierte?«

»Nein!« brüllte ich.

Ein paar Tage später war wieder einer von diesen Besuchen bei dem grauhaarigen Doktor fällig, bei dem ich mich immer hinlegen und die Augen zumachen mußte, während er sich daneben setzte und dämliche Fragen stellte.

»Bist du heute Bart Sheffield oder Malcolm?«

Würde kein Wort sagen.

»Wie ist Malcolms Nachname?«

Ging ihn gar nichts an.

»Was denkst du darüber, daß deine Mutter jetzt nicht mehr Ballett tanzen kann?«

»Bin froh.«

War er ganz überrascht. Er fing an, ganz wild auf seinen Block zu kritzeln und wurde vor Aufregung ganz rot im Gesicht, als ich mal unter halboffenen Augenlidern zu ihm rüberschielte. Ich dachte mir, wenn ihm das so Spaß macht, konnte ich ihm noch mehr davon besorgen. »Ich wünschte mir, Jory würde hinfallen und sich beide Kniescheiben zerschmettern. Dann könnte ich schneller laufen als er, und ich würde alles schöner und eleganter machen. Wenn ich dann irgendwo hinkäme, würden alle mich ansehen, nicht ihn.«

Er wartete auf mehr. Als nichts mehr kam, sagte er freundlich: »Ich verstehe, Bart. Du hast Angst davor, daß dein Vater und deine Mutter dich nicht so sehr lieben wie Jory.«

Wut packte mich. »Ja, sie liebt mich doch! Sie liebt mich mehr, aber ich kann nicht tanzen. Es ist die Tanzerei, wegen der sie mit Jory so viel Spaß hat, während sie über mich die Stirn runzelt. Ich wollte eigentlich Arzt werden – aber das will ich jetzt auch nicht mehr. Denn mein richtiger Daddy war überhaupt kein Arzt, wie sie mir immer erzählt haben. Er war Rechtsanwalt.«

»Woher weißt du das?« wollte er wissen.

Bekam er aber nicht aus mir raus. Ging ihn überhaupt nichts an. John Amos hatte mir das erzählt. Hatte auch gehört, was Oma Dad erzählte. Rechtsanwälte waren clever, richtig clever. Deshalb würde ich auch clever werden. Tänzer hatten nicht viel im Kopf, nur in den Beinen.

»Gibt es noch irgend etwas, was du mir erzählen möchtest, Bart?«

»Ja, doch!« fuhr ich ihn an, sprang von der Couch und schnappte mir seinen Brieföffner. »Letzte Nacht war Vollmond. Ich sah aus dem Fenster und hörte ihn nach mir rufen. Ich wollte laut heulen. Dann brauchte ich den Geschmack von frischem Blut. Ich rannte in die Wälder hinaus und hinauf in die Hügel, als aus der Nacht eine Frau auftauchte, die wunderschön war mit langem, langem goldenem Haar.«

»Und was hast du getan?« fragte der Doktor, als ich schwieg.

»Ich hab' sie umgebracht und dann gefressen!«

Er kritzelte emsig, während ich ein paar von den Lutschern verschwinden ließ, die er für seine jungen Patienten bereithielt. Nahm noch einmal sechs dazu, weil ich mir dachte, daß meine Großmutter vielleicht auch wenigstens einen haben wollte.

Als ich wieder zu Hause war, rannte ich rüber zu Apples Stall und blätterte in Malcolms Tagebuch zurück. Ich mußte etwas Bestimmtes finden, eine bestimmte Stelle, auf die ich bei diesem Liebeszeug gestoßen war. Ich wollte wissen, was Malcolm so zu Frauen hinzog, die er verachtete.

Es war wieder Herbst, und die Bäume hatten sich mit ihren leuchtenden Farben geschmückt. Ich folgte Alicia in die Wälder, als sie ihr Pferd mit bemerkenswerter Geschicklichkeit vom Weg wegführte. Ich mußte meinem Pferd die Sporen geben, um hinter ihr her zu galoppieren und sie nicht zu verlieren. Sie war von der Schönheit der Jahreszeit so verzaubert, daß sie nicht einmal den Hufschlag hinter sich zu bemerken schien. Für eine kurze Sekunde verlor ich sie aus den Augen, als sie in einem Dickicht verschwand, dann kam mir der Gedanke, daß sie wohl zu dem Teich unterwegs war, in dem ich als Kind immer schwimmen gegangen war. Unser letzter Badeausflug für dieses Jahr war schon vorbei, denn der aufziehende Winter hatte das Wasser längst eisig werden lassen.

Kirsch-Lutscher waren meine Lieblingslutscher. Ich leckte und leckte, bis ich eine ganz rote Zunge bekam. Machte Spaß, zu lesen und dabei Süßigkeiten zu essen, während ich durch diese elende Galoppiererei blätterte, die seitenlang dauerte. Mein Gott, Malcolm mußte mit dem Geldverdienen und Mächtigwerden erst angefangen haben, als er viel älter war.

Genau wie ich mir gedacht hatte, war sie in dem Teich, ihr herrlicher Körper so makellos, wie ich ihn mir vorstellte. Und daran zu denken, daß mein Vater dies alles genießen konnte, während ich nur den frigiden Körper einer Frau hatte, die nur Unterwerfung kannte, aber niemals Freude.

Tropfend und schimmernd watete sie aus dem Wasser zu der grasigen Stelle, wo sie ihre Kleider abgelegt hatte. Der Atem stockte mir, als ich sie so im Sonnenlicht vor mir sah. Ihr wunderbares Haar glänzte rot, gold, mit dunkelbraunen Schatten, und das Vlies zwischen ihren Schenkeln lockte sich feucht und dunkel.

Dann entdeckte sie mich und stieß einen Überraschungsruf aus. Ich hatte gar nicht bemerkt, daß ich aus dem Schatten des Waldes getreten war.

Gott sei Dank schlug sie ihn ins Gesicht und schickte ihn zum Teufel. Jetzt, jetzt endlich fing er an, wie der Malcolm zu sein, als den ich ihn kannte: gemein, hart, skrupellos und reich.

»Du wirst dafür bezahlen, Alicia. Ihr beide. Du und dein Sohn werdet bitter dafür bezahlen. Niemand weist mich zurück. Keine Frau macht mich erst wild und läßt mich in dem Glauben...«

Klappte das Buch zu und gähnte.

Madame Marisha

Ein weiterer Brief von meiner Großmutter Marisha traf ein, in dem sie ankündigte, daß sie sich auf den Weg machte, die Ballettschule meiner Mutter zu übernehmen. »Und damit habe ich die Möglichkeit, meinen Enkel öfter zu sehen und kann ihm die Chance geben, von meiner Erfahrung zu profitieren.«

Mam war nicht besonders glücklich, denn sie und Madame Marisha hatten keine besonders enge oder warme Beziehung, worüber ich mir schon immer Sorgen gemacht hatte. Ich liebte sie beide, und ich wollte, daß sie sich auch gegenseitig mochten.

Wir warteten alle auf die Ankunft von Madame, alle halbverhungert, weil sie schon eine Stunde zu spät dran war. Sie hatte angerufen, um uns mitzuteilen, daß sie von niemandem abgeholt werden wollte, denn sie war unabhängig und es nicht gewohnt, daß man irgendwelche Umstände machte. Trotzdem hatte Mam Emma geholfen, ein Festessen vorzubereiten, das nun leider kalt wurde.

»Gott, was kann diese Frau für ein Theater machen«, beschwerte sich Dad, als er zum zehnten Mal auf die Uhr sah. »Wenn sie mir bloß erlaubt hätte, sie am Flughafen abzuholen, wär' sie längst hier.«

»Ist das nicht seltsam?« fragte Mam mit einem spöttischen Unterton, »daß sie bei ihren Schülern immer so darauf besteht, pünktlich zu sein.« Schließlich aß Dad alleine und raste ins Krankenhaus, um seine Abendvisite nicht zu verpassen, Mam zog sich in ihr Zimmer zurück, um an ihrem Buch weiterzuarbeiten, bis meine Großmutter schließlich ankommen würde. »Bart«, rief ich, »komm und laß uns etwas spielen. Monopoly?«

»Nein!« knurrte er und blieb in seiner dunklen Ecke, die

Augen schwarz und böse, während er sich dort zusammenkauerte. »Ich hoffe nur, daß die Alte unterwegs abgestürzt ist.«

»Das ist gemein, Bart. Warum sagst du immer solche Gemeinheiten?«

Er weigerte sich zu antworten und starrte mich nur an.

Es klingelte. Ich sprang auf und rannte zur Tür.

Da stand meine Großmutter lächelnd und etwas angeschlagen aussehend. Sie war mindestens vierundsiebzig, das wußte ich, verrunzelt, alt und grau. Manchmal war ihr Haar pechschwarz und manchmal hatte sie es so gefärbt, daß an den Wurzeln ein paar Zentimeter weiß waren. Bart meinte, sie sähe dann aus wie ein Stinktier oder ein greiser Seehund. Er glaubte, ihr Haar wäre so glatt, weil sie es ständig in Öl tauchte. Aber ich dachte, sie sah wundervoll aus, als sie ihre Arme um mich warf und mich fest drückte, Tränen auf ihren faltigen Wangen. Bart warf sie nicht einmal einen Blick zu.

»Jory, Jory, wie hübsch du doch bist«, sagte sie. Ihr Dutt war so riesig, daß ich mir nur vorstellen konnte, er sei falsch.

»Darf ich dich Großmutter nennen, wenn wir nicht in der Schule sind?«

»Klar, kannst du«, stimmte sie zu und nickte eckig wie ein Vogel. »Aber nur, wenn niemand in der Nähe ist, hast du verstanden?«

»Da ist Bart«, sagte ich, um sie an eine gewisse Höflichkeit zu erinnern – die ihr selten zu eigen war. Sie mochte Bart nicht, und er mochte sie nicht. Sie schenkte Bart ein kurzes Nicken, dann übersah sie ihn, als existiere er nicht.

»Ich bin so froh, daß ich ein paar Augenblicke mit dir allein habe«, sprudelte Madame und drückte mich wieder. Sie zog mich zu unserem Familiensofa, und wir setzten uns nebeneinander, während Bart in seiner dunklen Ecke blieb. »Ich erzähl' dir was, Jory: Als du geschrieben hast und mir mitteiltest, daß du in diesem Sommer nicht kommen könntest, fühlte ich mich krank, richtig krank. Ich begann mir zu überlegen, ob es nicht einfach unerträglich sei, so einen Einmal-im-Jahr-Enkel zu haben, und ich schmiedete Pläne, meine Ballettschule zu schließen und hierher zu euch zu kommen. Natürlich wußte ich, daß sie mich nicht gerne dahaben würde, aber was soll's? Ich kann es nicht aushalten, meinen einzigen Enkel nur einmal im Jahr zu Gesicht zu bekommen.«

»Der Flug war absolut grauenvoll«, fuhr sie fort. »Auf der ganzen Strecke Turbulenzen. Bevor ich an Bord ging, mußte ich mich auch noch wie ein Verbrecher durchsuchen lassen. Dann kreisten und kreisten wir um diesen verdammten Flughafen, bevor wir endlich Landeerlaubnis bekamen. Mir war so schlecht, daß ich mich am liebsten übergeben hätte. Schließlich, gerade bevor unser letzter Sprit verbraucht war, durften wir landen – die härteste Landung, die man sich vorstellen kann. Hätte mir bald das Genick gebrochen. Großer Gott im Himmel, du hättest hören sollen, was dieser Kerl für den Mietwagen haben wolle. Er muß gedacht haben, ich sei Millionärin. Da ich ja sowieso gekommen bin, um hierzubleiben, entschied ich mich dafür, gleich ein Auto zu kaufen. Kein neues, aber ein hübsches altes, das Julian begeistert hätte. Hab' ich dir schon irgendwann erzählt, daß dein Vater es liebte, an alten Autos zu basteln und sie wieder flott zu machen?«

Junge, das hatte sie mir schon so oft erzählt!

»Also habe ich diesen Halsabschneidern schließlich den exorbitanten Preis von achthundert Dollar gezahlt und bin in meinen neuen roten Wagen gestiegen, um mich auf den Weg zu euch zu machen. Während der Wagen kreischte und quietschte, mußte ich immer noch auf die Karte sehen, aber ich fühlte mich so glücklich, auf dem Weg zu dir zu sein, meinem geliebten Enkel, Georges einzigen Erben. Außerdem war es auch irgendwie so, als würde dein Vater noch ein junger Mann sein und mich in einem seiner selbst zusammengebauten Autos durch die Gegend fahren.«

Ihre funkelnden schwarzen Augen wirkten jung, und mit ihrer Zuneigung und ihren Lobessprüchen nahm sie mich sofort wieder für sich ein. »... und wie alte Damen das überall tun, wenn sie erst einmal anfangen, an die Vergangenheit zu denken, dann steigen in ihnen jede Menge Erinnerungen auf. Dein Großvater war so glücklich an dem Tag, als Julian geboren wurde, ich hielt deinen Vater auf dem Arm und starrte in das Gesicht meines Mannes, der so hübsch war, genau wie Julian, genau wie du, und ich hätte vor Stolz platzen können, daß ich in meinem Alter ohne jede Schwierigkeiten noch ein Kind zur Welt gebracht hatte. Und was für ein vollkommenes Kind dein Vater als Baby schon war, so wunderhübsch gleich von Anfang an.«

Fast hätte ich mich getraut, sie zu fragen, wie alt sie denn bei seiner Geburt war – aber dann hatte ich doch nicht den Mut. Irgendwie mußte sie mir die Frage aber von den Augen abgelesen haben. »Geht dich gar nichts an, wie alt ich bin«, fuhr sie mich an und küßte mich dann gleich wieder auf die Wange. »Du siehst ja sogar noch besser aus als dein Vater in deinem Alter, und das hätte ich nie für möglich gehalten. Ich habe Julian immer erzählt, daß er mit einer gesunden Bräune noch besser aussehen würde, aber er tat immer genau das Gegenteil von dem, was ich sagte, egal was, deshalb mußte er auch immer so unnatürlich blaß aussehen.« Traurigkeit stieg in ihren Augen auf. Zu meiner Überraschung sah sie dann zu Bart hinüber, der interessiert zuhörte, und das war wirklich eine Überraschung, denn eigentlich interessierte er sich für gar nichts.

Sie trug noch immer das gleiche schwarze Kleid, das schon ganz steif vom Alter schien, und darüber trug sie einen angefressenen alten Leopardenbolero, der seine besten Tage wirklich schon lange hinter sich hatte. »Niemand hat deinen Vater je wirklich gekannt, Jory, genau wie ihn auch nie jemand wirklich besessen hat. Das heißt, niemand außer deiner Mutter.«

Sie seufzte, dann redete sie schnell weiter, als ob sie alles sagen müßte, bevor meine Mutter erschien. »Deshalb bin ich entschlossen, Julians Sohn besser kennenzulernen als ihn. Ich habe auch entschieden, daß du mich lieben mußt, weil ich nie sicher war, ob Julian mich liebte. Ich habe mir immer gesagt, daß der Sohn aus der Verbindung zwischen meinem Sohn und deiner Mutter der wunderbarste Tänzer überhaupt werden müßte, ohne Julians Verrücktheiten. Deine Mutter liegt mir sehr am Herzen, Jory, wirklich sehr, auch wenn sie sich weigert, mir das zu glauben. Ich gebe zu, daß ich manchmal häßlich zu ihr gewesen bin. Sie sieht das als meine echten Gefühle für sie an, aber ich war nur wütend, weil sie meinen Sohn nie genug zu schätzen wußte.«

Solche Gespräche waren mir ungemütlich, und ich rückte von ihr ab. Meine oberste Loyalität galt meiner Mutter, niemals ihr. Sie bemerkte meine Haltung, aber sie redete ohne Rücksicht darauf weiter:

»Ich bin einsam, Jory, ich brauche deine Nähe. Ich will dicht bei dir sein, aber auch bei deiner Mutter.« Bedauern senkte sich wie abendliche Schatten über ihre dunklen Augen und machte ihr Gesicht um Jahre älter. »Das Schlimmste am Altwerden ist, daß man sich einsam fühlt, allein, nutzlos und verbraucht.«

»Oh, Großmutter!« rief ich und warf meine Arme um sie. »Du brauchst dich niemals wieder einsam oder nutzlos zu fühlen. Du hast uns.« Ich drückte sie fest und küßte sie noch einmal. »Ist das hier nicht das schönste Haus, was man sich vorstellen kann? Du kannst hier mit uns leben. Hab' ich dir erzählt, daß meine Mutter alles hier selbst entworfen hat?«

Madame sah sich sehr neugierig in unserem Wohnzimmer um. »Ja, das ist ein schönes Heim, wie es zu Catherine paßt. Wo ist sie?«

»Sie ist in ihrem Arbeitszimmer.«

»Schreibt sie Briefe?« Sie sah verletzt aus, als wäre Mam keine gute Gastgeberin, sich mit solchen Trivialitäten abzugeben.

»Großmutter, Mam schreibt ein Buch.«

»Ein Buch? Tänzerinnen können keine Bücher schreiben!«

Grinsend sprang ich auf und machte gewohnheitsmäßig ein paar Übungsschritte. »Großmutter, Tänzer können alles, was sie sich in den Kopf setzen. Wenn wir die Schmerzen unseres Trainings aushalten können, wovor sollen wir dann noch Angst haben?«

»Ablehnung«, schnappte Madame. »Tänzer sind sehr hochmütig. Ein Ablehnungsbrief zuviel, und Mammi klappt zusammen.«

Ich lächelte, denn ich dachte mir, das wäre schon ein Scherz. Mammi würde niemals zusammenklappen, selbst wenn der Briefträger ihr einen ganzen Sack voll Ablehnungsschreiben brachte.

»Wo ist dein Vater?« fragte sie als nächstes.

»Er hat seine Abendvisite im Krankenhaus. Er bat mich, ihn

bei dir zu entschuldigen. Er hat hier auf dich gewartet, um dich zu begrüßen, aber du kamst eben zu spät.«

Sie schnaufte, als wäre das irgendwie seine Schuld. »Gut«, sagte sie, stand auf und sah sich den Raum etwas kritischer an. »Ich nehme an, daß es jetzt Zeit ist, Catherine guten Tag zu sagen. Sie muß doch sicher schon meine Stimme gehört haben.«

Das sollte sie wirklich, die Stimme war ja schrill genug.

»Mam versinkt immer ganz in ihrer Arbeit, Großmutter. Manchmal reagiert sie nicht einmal, wenn man neben ihr steht und sie ruft.« Sie schnaubte wieder, dann folgte sie mir den Flur entlang. Ich klopfte sachte an Mams geschlossene Türe, und dann öffnete ich vorsichtig, als ich sie etwas murmeln hörte, das wie »Ja?« klang.

»Du bekommst Besuch, Mam.«

Für eine Sekunde leuchtete etwas wie Mißfallen in den Augen meiner Mutter auf, dann marschierte Madame arrogant in das Zimmer. Großmutter breitete sich, ohne eine Aufforderung abzuwarten, auf dem rosafarbenen kleinen Sofa aus.

»Madame Marisha«, rief Mam. »Schön, Sie wiederzusehen. Endlich haben Sie sich entschieden, herzukommen und uns zu besuchen, nachdem es sonst immer umgekehrt sein mußte.«

Warum war sie so nervös? Warum schielte sie immer wieder zu den Fotos auf ihrem Nachttisch? Alte Portraits von Dad und Daddy Paul. Selbst mein Vater stand dort, aber in einem kleinen ovalen Rahmen, nicht in einem großen aus Silber.

Madame musterte ebenfalls den Nachttisch und runzelte die Stirn.

»Ich habe viele wunderbar gerahmte Portraits von Julian«, erklärte Mam hastig, »aber Jory möchte sie alle bei sich im Zimmer haben.«

Wieder schnaubte Madame auf ihre leicht verächtliche Art. »Du siehst gut aus, Catherine.«

»Ich fühle mich auch wohl, vielen Dank. Sie sehen auch nicht schlecht aus.« Auf ihrem Schoß arbeiteten nervös ihre Hände, genau wie ihre Füße unter dem Schreibtisch ständig in Bewegung waren.

»Dein Mann, wie geht es ihm?«

»Gut, sehr gut. Er ist gerade im Krankenhaus zur Visite. Er

hat auf Sie gewartet, aber als Sie dann nicht wie angekündigt kamen...«

»Ich verstehe. Es tut mir leid, daß ich so spät kommen mußte, aber die Leute in diesem Bundesstaat sind echte Halsabschneider. Ich mußte achthundert Dollar für einen alten Wagen bezahlen, der auf dem ganzen Weg hierher Öl verloren hat.«

Mam senkte schnell den Kopf. Ich wußte, daß sie ein Grinsen verbergen wollte. »Was haben Sie denn für achthundert Dollar erwartet?« brachte Mam schließlich heraus.

»Wirklich, Catherine. Julian hat nie mehr für eines seiner Autos gezahlt, das weißt du.« Ihre entschiedene Stimme bekam einen nachdenklichen Ton. »Aber er wußte jedenfalls, wie man mit alten Autos umgeht, und ich weiß das leider nicht. Ich nehme an, daß meine sentimentalen Gefühle mit meinem gesunden Menschenverstand durchgegangen sind. Ich hätte besser das für tausend kaufen sollen, aber ich bin noch immer so geizig.« Dann kamen ihre Fragen über Mutters Knie. War es ausgeheilt? Wann würde sie wieder tanzen können?

»Es ist wieder prima«, sagte Mutter abwehrend. Sie mochte nicht, daß man sie nach ihrem Knie fragte. »Ich habe nur noch Schmerzen, wenn es regnet.«

»Und wie geht es Paul? Es ist solange her, seit ich ihn das letzte Mal gesehen habe. Ich kann mich noch gut daran erinnern, wie wütend ich nach eurer Heirat gewesen bin. Ich wollte euch beide nie wiedersehen und gab sogar den Ballettunterricht für ein paar Jahre auf.« Und wieder warf sie einen Blick auf das Portrait von Dad. »Lebt dein Bruder immer noch mit dir zusammen?«

Stille senkte sich schwer über das kleine Zimmer, während Mam stumm das lächelnde Portrait meines Stiefvaters Chris studierte. Von welchem Bruder war die Rede? Mam hatte doch überhaupt keinen Bruder mehr. Warum sah Madame auf Dads Bild, wenn sie nach Cory fragte?

»Ja, ja, natürlich«, meinte Mam, so daß ich mich verwirrt fragte, was das wohl heißen sollte. »Nun erzählen Sie mir aber von Greenglenna und Clairmont. Ich möchte von allen das Neueste hören. Wie geht es Lorraine Duval? Wen hat sie geheiratet? Oder ist sie wieder nach New York gegangen?«

»Er hat nie geheiratet, nicht wahr?« drängte Großmutter mit zusammengezogenen Brauen weiter.

»Wer?«

»Dein Bruder.«

»Nein, er hat bisher nicht geheiratet«, antwortete Mam, wieder irgendwie widerwillig. Dann lächelte sie. »Madame, jetzt habe ich eine große Überraschung für Sie. Wir haben jetzt eine Tochter und sie heißt Cindy.«

»Ha!« schnaubte Madame, »ich weiß bereits von Cindy.« Ein seltsamer Schimmer trat in ihre Augen. »Aber ich möchte sie noch immer sehen und mehr von diesem kleinen Traummädchen hören. Jory schrieb, sie könnte vielleicht sogar eine gewisse Begabung zum Ballett haben.«

»Oh, das hat sie, das hat sie! Ich wünschte, Sie würden sie bald mal in ihrem kleinen rosa Trikot sehen, wie sie versucht, Jory oder mich nachzuahmen – ich meine, falls ich wieder tanze.«

»Dein Mann müßte doch nach all den Jahren endlich etwas mehr Ruhe haben. Er hat sich überhaupt nicht verändert auf den Fotos.« Madame ignorierte Fotos von Cindy, die bereits im Bett lag, sondern interessierte sich nur für die Männer auf dem Nachttisch, obwohl Mam ihr ständig andere Bilder hinhielt.

»Hat Jory Ihnen nicht erzählt, daß ich ein Buch schreibe? Es ist wirklich eine faszinierende Sache. Ich hätte nicht gedacht, daß es mich so packen würde, als ich damit anfing, aber inzwischen habe ich zu einem neuen Leben gefunden und meine Behinderung zu meiner eigenen Überraschung gemeistert. Schreiben ist mir heute die liebste Arbeit. Genauso befriedigend wie das Ballett.« Sie lächelte und ließ ihre Hände umherwandern, zupfte an ihrer Bluse, legte eine Locke zurecht, hüstelte und fummelte dann auf ihrem Schreibtisch herum. »Mein Zimmer ist furchtbar unordentlich, ich muß mich dafür entschuldigen. Ich brauche ein richtiges Arbeitszimmer, aber in diesem Haus haben wir keinen Platz dafür ...«

»Hat dein Bruder auch im Krankenhaus zu tun?«

Ich saß da und begriff einfach nicht, wer dieser Bruder war. Cory lag schon lange unter der Erde, auch wenn in seinem

Grab niemand lag, überhaupt niemand, ein kleiner Grabstein neben Tante Carrie und niemand darunter...

»Sie müssen hungrig sein. Gehen wir doch ins Eßzimmer, dann kann Emma die Spaghetti für Sie aufwärmen. Beim zweiten Mal sind sie immer noch besser...«

»Spaghetti?« schnappte Madame. »Du glaubst, ich würde so einen Abfall essen? Du erlaubst meinem Enkel Mehlspeisen? Habe ich dich nicht schon vor Jahren gewarnt, mit Kohlehydraten vorsichtig zu sein! Wirklich, Catherine, lernst du es denn nie?«

Spaghetti war eines meiner Lieblingsgerichte, aber heute abend hatte es zu Ehren von Madame Lammkeule gegeben, extra so zubereitet, wie Madame sie Mammis Meinung nach am liebsten hatte. Warum erzählte sie da von Spaghetti? Ich gab meiner Mutter einen Wink und sah sie hart an. Sie wirkte außer Atem und verstört, fast sah sie so jung und erschrocken aus wie Melodie, als hätte sie furchtbare Angst, irgend etwas könnte furchtbar schiefgehen – aber was?

Madame Marisha wollte nicht bei uns essen, sie wollte nicht bei uns schlafen und sie wollte uns auch sonst auf keinen Fall »Umstände bereiten«. Sie hatte bereits ein Zimmer in der Stadt gemietet, das in der Nähe von Mams Tanzschule lag. »Und auch wenn du mich nicht darum gebeten hast, Catherine, bin ich entzückt darüber, hierzubleiben und deine Stelle einnehmen zu können. Ich habe meine Schule sofort verkauft, als ich Jorys Brief über deinen Unfall erhielt.«

Mam konnte nur nicken und sah eigenartig verstört aus.

Ein paar Tage später räumte Madame in dem Büro auf, das einmal Mam gehört hatte. »Bei ihr ist immer alles so schön aufgeräumt, bei mir nie. Aber hier sieht es bald wie bei Madame Marisha aus.«

Ich liebte sie auf eine merkwürdige Art, so wie man den Winter liebt, wenn es im Sommer heiß ist und wenn man dann vor Kälte im Winter zittert, wünscht man ihn sich schnell wieder fort. Sie bewegte sich so jung und sah so alt aus. Wenn sie tanzte, konnte man fast glauben, sie wäre achtzehn. Ihr Haar hatte täglich eine etwas andere Farbe. Irgendwo zwischen

Schwarz und Weiß. Ich mochte es am liebsten, wenn es weiß war und silbern im Licht schimmerte.

»Du bist alles, was mein eigener Julian gewesen ist!« rief sie und zog mich mit spontaner Zuneigung an sich. Die junge Lehrerin, die bei Mam gearbeitet hatte, war von ihr bereits vor die Tür gesetzt worden. »Aber was macht dich so arrogant, na? Deine Mammi erzählt dir, daß du ein guter Tänzer bist? Deine Mammi hat immer geglaubt, daß allein die Musik beim Ballett zählt, aber das ist nicht so, nie. Es ist die Vorführung eines wunderschönen Körpers, was die Essenz des Balletts ausmacht. Ich bin gekommen, dich zu retten, ich bin gekommen, dir beizubringen, wie du wirklich perfekt wirst. Am Ende wirst du eine makellose Technik haben.« Ihre schrille Stimme senkte sich um zwei Oktaven. »Ich bin auch gekommen, weil ich alt bin und bald sterben werde und meinen Enkel gar nicht richtig kenne. Außerdem muß ich ja meine Pflicht nicht nur als deine Großmutter, sondern auch als dein Vater und Großvater erfüllen. Catherine war sehr leichtsinnig zu tanzen, wo sie doch wußte, daß ihr Knie jeden Augenblick nachgeben konnte. Aber deine Mutter war immer schon so.« Sie machte mich zornig. »Rede nicht so von meiner Mutter. Sie ist nicht leichtsinnig und ist es nie gewesen. Sie tut, was sie tun muß. So hat sie es immer gehalten. Ich werde dir jetzt die Wahrheit erzählen, und du läßt sie dann in Ruhe. Sie hat diesen letzten Tanz getanzt, weil ich gebettelt und gebettelt habe, daß sie wenigstens einmal öffentlich mit mir auf der Bühne auftritt. Sie hat es für mich getan, für mich, Großmutter, für mich, nicht für sich selbst!«

Ihre kleinen dunklen Augen verschleierten sich. »Jory, hier hast du die erste Lektion in meinem Philosophiekurs: Kein Mensch tut jemals etwas für irgend jemand andern, es sei denn, er verspricht sich selbst etwas davon.«

Madame fegte all die kleinen Erinnerungsstücke von Mam in den Papierkorb, als wäre es Abfall. Dann schwang sie eine riesige Korbtasche auf den Tisch und hatte ihn in Minuten mit mehr Krimskrams vollgepackt, als je darauf gestanden hatte.

Sofort bückte ich mich, um Mammis Sachen aus dem Papierkorb zu fischen.

»Du liebst mich nicht so, wie du sie liebst«, klagte Madame

in ihrer selbstmitleidigen Tonart, in der sie immer schwach und alt klang. Überrascht von dem echten Schmerz, der darunter mitschwang, sah ich auf und entdeckte in ihrem Gesicht etwas, das ich nie zuvor gesehen hatte – eine alte Frau, einsam und armselig, die sich verzweifelt an das Letzte klammerte, was ihrem Leben noch Bedeutung gab – mich.

Mitleid überwältigte mich. »Ich bin froh, dich bei mir zu haben, Großmutter, und natürlich liebe ich dich. Bitte verlang nicht, daß ich dich mehr liebe als jeden anderen, sondern sei mit dem glücklich, was ich dir geben kann, genau wie ich über deine Liebe froh bin, welche Gründe auch immer dahinterstehen mögen. Wir müssen uns beide erst noch näher kennenlernen. Ich werde die Art Sohn sein, wie du sie dir von meinem Vater gewünscht hast. Weine nicht und fühl dich nicht allein. Meine Familie ist deine Familie.«

Trotzdem standen Tränen in ihren Augen, als sie mich mit zitternden Lippen an sich drückte. Ihre Stimme klang gebrochen und alt: »Nie ist Julian zu mir gelaufen, wie du das gerade getan hast. Er mochte es nicht, berührt zu werden. Ich danke dir, Jory, daß du mich ein bißchen lieb hast.«

Bis jetzt war sie immer nur im Urlaub in mein Leben getreten als jemand, der mich mit Lob verwöhnte und mir das Gefühl gab, etwas Besonderes zu sein. Sie jetzt ständig um mich zu haben, gab mir ein etwas beklemmendes Gefühl. Sie schien einen Schatten über unser Leben zu werfen. Alles lief mit unserem Leben in der letzten Zeit falsch. Vielleicht war an allem nur diese alte Frau im Haus nebenan schuld. Aber hier war noch eine andere Frau in Schwarz, die zehnmal fordernder und dominierender als Barts Großmutter war. »Großmutter, warum tragen eigentlich alle Großmütter schwarze Kleider?«

»Lächerlich!« fuhr sie mich an. »Das tun sie gar nicht!« Ihre pechschwarzen Augen wurden zu glühenden Kohlen.

»Aber ich habe dich nie eine andere Farbe tragen sehen.«

»Du wirst mich auch nie eine andere Farbe tragen sehen.«

»Das verstehe ich nicht. Ich habe von meiner Mutter gehört, daß du schon Schwarz getragen hast, bevor mein Großvater gestorben ist und bevor mein Vater starb. Bist du ständig in Trauer gewesen?«

Sie schnaubte mal wieder verächtlich. »Ach, so. Du fühlst dich wohl unbehaglich bei schwarzen Kleidern? Wirst traurig davon? Mir machen sie Spaß. Sie machen etwas Besonderes aus mir. Jede Frau kann schöne Farben tragen. Nur jemand wie ich kann es sich leisten, in Schwarz herumzulaufen – und abgesehen davon, ich spare viel Geld dabei.«

Ich lachte, wich ein paar Schritte zurück und war sicher, besonders letzteres war ihr dabei wichtig.

»Welche andere Großmutter kennst du, die Schwarz trägt?« fragte sie, die Augen zusammengezogen.

Ich lächelte und wich weiter zurück. Sie begann mich stirnrunzelnd zu verfolgen. Mein Lächeln wurde noch breiter, während ich mich der Tür näherte. »Es ist großartig, dich hier zu haben, Großmutter. Sei nett zu Melodie Reicharm. Ich werde sie eines Tages heiraten.«

»Jory!« schrie sie. »Sofort kommst du her zu mir! Glaubst du, ich bin um die halbe Welt geflogen, nur um deine Mutter zu ersetzen? Ich bin nur aus einem einzigen Grund hier, ich bin hier, um dafür zu sorgen, daß Julians Sohn in New York tanzen wird, in jeder Hauptstadt der Welt, und den Ruhm und den Ruf erringt, der seinem Vater zugestanden hätte. Catherine hat ihn darum gebracht!«

Sie machte mich wütend, daß ich sie am liebsten selbst mit Worten verletzt hätte, so wie ihre Worte mich verletzten, obwohl ich ihr doch gerade noch meine Liebe bewiesen hatte. »Was hilft mein Ruhm schon meinem toten Vater?« schrie ich zurück. Was sollte das überhaupt heißen? Ich war schon ein guter Tänzer, und meine Mutter war es, der ich das zu verdanken hatte. Ich brauchte sie nicht, um von ihr Ballett zu lernen – ich brauchte sie, um von ihr zu lernen, wie man jemanden Böses, Altes und Bitteres liebt. »Ich kann bereits tanzen, Madame, meine Mutter hat mich gut unterrichtet.«

Der mitleidige Ausdruck in ihrem Gesicht ließ mich erblassen, aber dann verblüffte sie mich, indem sie sich auf ihre Knie fallen ließ und ihre Hände wie zum Gebet ans Kinn hob. Sie warf ihr runzliges Gesicht zurück und schien direkt zu Gott hinaufzustarren.

»Julian!« schrie sie leidenschaftlich. »Wenn du da oben bist und herabsiehst, hör dir die Arroganz deines vierzehnjährigen Sohnes an. Ich schließe einen Pakt mit dir. Bevor ich sterbe, werde ich dafür sorgen, daß dein Sohn der berühmteste Tänzer der Welt wird. Ich werde aus ihm das machen, was du hättest sein können, wenn du dich nicht zuviel um deine verdammten Autos und Weiber gekümmert hättest, von deinen anderen Lastern ganz zu schweigen. Dein Sohn, Julian – durch ihn wirst du wieder tanzen!«

Ich starrte sie an, als sie sich dann erschöpft in den Drehstuhl vor dem Schreibtisch setzte und ihre kräftigen Beine von sich streckte. »Zur Hölle mit Catherine, daß sie einen Arzt, der so viele Jahre älter ist als sie, geheiratet hat. Wo blieb da ihr gesunder Menschenverstand? Und wo war seiner? Doch Ehre, wem Ehre gebührt! Er war damals ein gutaussehender Mann, aber sie hätte doch wissen müssen, daß er längst uralt sein würde, wenn sie noch sexuell aktiv war. Sie hätten einen Mann in ihrem eigenen Alter heiraten sollen.«

Ich stand vor ihr, verblüfft, zitternd, und mit dem Gefühl, daß sich in meinem Kopf knarrend Schranktüren öffneten – zögernd und beängstigend quietschend. Nein, nein, rief ich mir in meinem Inneren zu, sorge dafür, daß Madame den Mund hält. Ich beobachtete, wie sie hochfuhr und ihre dunklen, stechenden Augen mich festnagelten, daß ich nicht mehr in der Lage war, hinauszugehen, obwohl ich am liebsten so schnell gelaufen wäre, wie mich meine Beine trugen.

»Warum zitterst du?« fragte sie. »Warum blickst du mich so seltam an?«

»Seh' ich dich seltsam an?«

»Beantworte nicht Fragen mit Gegenfragen«, blaffte sie mich an. »Erzähl mir von Paul, deinem Stiefvater, wie es ihm geht und was er so macht. Er war fünfundzwanzig Jahre älter als deine Mutter und sie ist inzwischen immerhin siebenunddreißig. Dann müßte er ja wohl zweiundsechzig sein.«

Ich mußte einen riesigen Kloß schlucken, der mir die Kehle zuschnürte. »Zweiundsechzig ist ja kein Alter«, brachte ich schwach heraus, denn das sollte gerade sie ja wissen. Sie war mindestens siebzig.

»Für einen Mann ist das alt. Für eine Frau ist da die Jugend nur weiter fortgerückt.«

»Das ist grausam«, sagte ich und begann sie zu hassen.

»Das Leben ist grausam, sehr grausam, Jory. Man nimmt sich, was man kriegen kann, solange man jung ist, denn wenn man erst anfängt, auf bessere Zeiten zu warten – die kommen nie. Ich habe Julian wieder und wieder erzählt, für das Leben zu leben und Catherine zu vergessen, die einen älteren Mann liebte, aber er hat sich immer geweigert zu glauben, ein Mädchen könnte einen älteren Mann einem so hübschen, wilden Kerl wie ihm vorziehen. Und nun liegt er tot unter der Erde, wie du gerade sagtest. Dr. Paul Sheffield genießt die Liebe, die rechtmäßig meinem Sohn gehört, deinem Vater.«

Ich weinte unsichtbare Tränen. Heiße, brennende Tränen des Unglaubens. Hatte meine Mutter Madame angelogen und so getan, als wäre Daddy Paul noch am Leben? Warum nur? Was war denn falsch daran, Dr. Sheffields jüngeren Bruder Christopher geheiratet zu haben?

»Du siehst aus, als wäre dir schlecht, Jory. Warum?«

»Oh, es geht mir prächtig, Madame, danke.«

»Lüg mich nicht an, Jory. Ich kann eine Lüge kilometerweit riechen. Warum begleitete Paul Sheffield seine Familie nie in seine Heimatstadt? Warum bringt deine Mutter immer nur ihre Kinder und diesen Bruder mit, diesen Christopher?«

Mein Herz klopfte wild. Das Hemd klebte mir vor Schweiß an der Brust. »Großmutter, hast du nie Daddy Pauls jüngeren Bruder getroffen?«

»Jüngeren Bruder? Von wem redest du da?« Sie beugte sich vor und sah mir scharf in die Augen. »Habe nie von irgendeinem Bruder gehört, selbst damals bei dieser furchtbaren Geschichte nicht, als Pauls erste Frau seinen Sohn ertränkte. Die Zeitungen waren voll davon, aber nie wurde ein jüngerer Bruder erwähnt. Paul Sheffield hat nur eine Schwester. Keinen Bruder, keinen jüngeren und keinen älteren.«

Mir war so schlecht, daß ich mich hätte übergeben können. Am liebsten wäre ich weggelaufen und hätte mich irgendwo verkrochen, wie Bart es tat. Bart – zum ersten Mal konnte ich nachempfinden, was es bedeutete, wie Bart zu sein. Ich stand auf einem unsicheren Boden, mußte Angst haben, alles würde um mich herum zusammenfallen, wenn ich mich nur zu bewegen wagte.

Durch meinen Kopf rasten die Gedanken ... und Dad war nicht viel älter als Mam, nur zwei Jahre und ein paar Monate. Sie hatte im April Geburtstag, er im November. Und sie sahen sich so verdammt ähnlich, waren in allem gleich, von der Haarfarbe bis zu einer ähnlichen Kindheit. Sie verständigten sich, ohne ein Wort sprechen zu müssen, ein Blick genügte, und jeder wußte über den anderen Bescheid.

Madame saß da wie eine Schlange, die jeden Augenblick zustoßen konnte, mich anfallen – oder Mam? Tiefe Linien tauchten um ihre zusammengezogenen Augen auf. Ihre Lippen waren zu einem grimmigen Strich gepreßt. Dann wühlte sie in einer ihrer zahlreichen losen Taschen, um ihre Zigaretten zu finden.

»Also«, sagte sie, als würde sie mit sich selbst reden und meine Anwesenheit ganz vergessen, »was für eine Entschuldigung hatte Catherine beim letzten Mal, daß Paul nicht mitkommen konnte? Wollen sehen, sie rief extra bei mir an und erklärte mir, Chris käme an Pauls Stelle, weil Paul mit seinem schwachen Herz den Flug nicht machen könnte. Sie ließ ihn in der Obhut von Krankenschwestern zurück. Kam mir schon damals seltsam vor, daß sie ihn bei einer Krankenschwester ließ und mit Chris reiste, wenn Paul doch so pflegebedürftig war.« Sie biß sich auf ihre Unterlippen und begann abwesend darauf zu kauen. »Und letzten Sommer gab es keinen Besuch, weil Bart alte Gräber und alte Ladys haßte – und ich habe den Verdacht, mich ganz besonders. Verwöhntes Balg. Diesen Sommer kamen sie wieder nicht, weil Bart sich diesen rostigen Nagel ins Knie gestoßen hatte und eine Blutvergiftung oder so was bekam. Der verdammte kleine Kerl macht mehr Arbeit, als er wert ist. Was anderes hat sie auch nicht dafür verdient, gleich nach dem Tod meines Sohnes schon wieder was anzufangen. Und Paul hat Schwierigkeiten mit dem Herz, ständig hat er's am Herz, aber einen schlimmen Anfall hat er nie. Jeden Sommer habe ich dieselben Entschuldigungen zu hören bekommen. Paul kann wegen seines schwachen Herzens die Reise nicht riskieren – aber Chris, der kann immer reisen, Herz oder nicht.«

Abrupt unterbrach sie sich, denn ich hatte eine Bewegung auf die Tür zugemacht. Ich bemühte mich, einen leeren Blick aufzusetzen und all die bösen Ahnungen zu verbergen, von denen sie nichts sehen sollte. Nie hatte ich mich mehr gefürchtet als in diesem Augenblick, in dem ich nichts weiter erdulden mußte als ihre berechnenden, planenden Augen, hinter denen ich förmlich sah, wie es in ihrem Kopf arbeitete.

Im selben Augenblick sprang sie flink auf die Füße. »Zieh dir deinen Mantel an. Ich fahr mit dir nach Hause zu einem langen Gespräch mit deiner Mutter.«

Die schreckliche Wahrheit

»Jory«, begann Madame, als wir in ihrem schäbigen alten Auto zu uns nach Hause fuhren. »Deine Eltern vertrauen dir nicht viel über ihre Vergangenheit an, nicht wahr?«

»Sie erzählen uns genug«, sagte ich steif und versuchte mir die Ohren gegen ihre Art, weiter und weiter darauf herumzuhacken zu verschließen. Es spielte keine Rolle, nein, nein. »Sie sind gute Zuhörer, und jeder sagt, daß man sich mit ihnen wunderbar unterhalten kann.«

Sie schnaubte. »Ein guter Zuhörer zu sein ist die perfekte Art, um unangenehme Fragen zu vermeiden.«

»Jetzt hör mal zu, Großmutter. Meine Eltern legen großen Wert auf ihre Privatsphäre. Sie haben Bart und mich darum gebeten, mit niemandem über unser Familienleben zu reden, auch mit unseren Freunden nicht, und das ist ja wohl nichts Ungewöhnliches, daß eine Familie fest zusammenhält.«

»Fest zusammenhält . . . ist es wirklich das?«

»Ja!« schrie ich. »Ich habe auch gern mein Privatleben für mich allein!«

»Du bist in einem Alter, in dem man sein eigenes Leben braucht. Sie nicht.«

»Madame, meine Mutter war eine Art Berühmtheit, und Dad ist Arzt, und Mam ist schon zum dritten Mal verheiratet. Da mag man sicher keinen Klatsch. Ich kann mir nicht vorstellen, daß sie Spaß daran haben würde, wenn zum Beispiel ihre frühere Schwägerin Amanda dahinterkommt, wo wir leben.«

»Warum nicht?«

»Meine Tante Amanda ist nicht gerade das, was man eine sympathische Person nennen kann.«

»Jory, vertraust du mir?«

»Ja«, sagte ich, obwohl es nicht stimmte.

»Dann erzähl mir alles, was du über Paul weißt. Sag mir, ob er so krank ist, wie sie mir immer erzählt, oder ob er überhaupt noch am Leben ist. Erzähl mir, warum Christopher bei euch zu Hause wohnt und ob er der ist, den du und Bart Vater nennen.«

Oh, verdammt. Ich wußte nicht, was ich sagen sollte. Ich gab mir einfach alle Mühe, ein guter Zuhörer zu sein, damit sie einfach weiterredete und ich mir selbst die letzten Steinchen des Puzzles zusammensetzen konnte. Auf jeden Fall wollte ich nicht, daß sie das Bild früher zusammenbekam als ich.

Lange herrschte Schweigen, dann begann sie schließlich weiterzusprechen. »Du weißt, daß deine Mutter nach Julians Tod mit dir in Pauls Haus gelebt hat. Dann nahm sie dich und ihre jüngere Schwester Carrie mit in die Berge von Virginia. Ihre Mutter lebte dort in einem sehr reichen, alten Haus. Es scheint, daß Catherine entschlossen war, die zweite Ehe ihrer Mutter zu zerstören. Der zweite Mann der Mutter deiner Mutter hieß Bartholomew Winslow.«

Dieser verfluchte Kloß saß wieder in meiner Kehle und hinderte mich an jedem Wort. Ich würde ihr nicht erzählen, daß Bart der Sohn von einem anderen als Daddy Paul war, nie würde ich das!

»Großmutter, wenn du möchtest, daß ich dich weiter liebhaben kann, dann erzähl mir bitte keine häßlichen Dinge über meine Mutter.«

Ihre knochige Hand griff nach meiner und drückte sie fest. »In Ordnung, ich bewundere dich dafür, ein so loyaler Sohn zu sein. Ich wollte nur, daß du die Tatsachen kennst.«

Bei dieser Gelegenheit kam sie fast wieder von der Straße ab und wäre beinahe in den Graben gefahren.

»Großmutter, ich weiß, wie man ein Auto fährt; wenn du müde bist und nicht mehr auf die Straße achten kannst oder nicht gut siehst, setze ich mich gerne ans Steuer, und du kannst dich ein wenig ausruhen.«

»Ich soll mich von einem vierzehnjährigen Jungen durch die Gegend fahren lassen? Bist du verrückt? Sag bloß nicht, du fühlst dich mit mir am Steuer nicht sicher! Mein ganzes Leben lang bin ich herumgefahren worden, erst auf Heuwagen, dann in Kutschen, dann Taxis und Limousinen, aber vor drei Wochen, gleich nachdem ich deinen Brief bekam, habe ich Fahrunterricht genommen und mit vierundsiebzig noch den Führerschein gemacht... und du kannst jetzt sehen, wie gut ich damit zurechtkomme.«

Schließlich, nach dem vierten Versuch, schafften wir es, in unsere Auffahrt einzubiegen. Und vor dem Haus stand Bart. Er begann gerade, ein unsichtbares Tier mit seinem Taschenmesser zu jagen, hielt es wie einen Dolch und schlich sich zum Zustoßen bereit heran.

Madame ignorierte ihn, als sie vor dem Haus hart auf die Bremse trat. Rasch sprang ich aus dem Wagen und lief zu ihrer Tür, aber sie war schon draußen, bevor ich bei ihr ankam. Genau hinter ihr stand Bart und stach mit seinem Messer in die Luft. »Tod dem Feind! Tod allen alten Ladys mit schwarzen schäbigen Kleidern! Tod, Tod, Tod!«

Ruhig und ohne von ihm Notiz zu nehmen, schritt Madame ins Haus. Ich schob Bart zur Seite und flüsterte ihm zu: »Wenn du wirklich bald in einer Anstalt landen willst, dann mach nur weiter so wie grade.«

»Schwarz... hasse schwarz... werde all das schwarze Böse auslöschen!«

Aber er steckte das Messer zurück in die Tasche, nachdem er es sorgfältig zugeklappt und bewundernd den Perlmuttgriff gestreichelt hatte. Den sollte er nur bewundern. Dieses Geschenk hatte mich immerhin sieben Dollar gekostet.

Ohne eine Antwort auf ihr ungeduldiges Läuten abzuwarten, marschierte Madame ins Haus und warf ihre Handtasche auf den Garderobentisch im Foyer. Das schwache Hämmern einer Schreibmaschine klang durch den Flur.

»Sie schreibt«, sagte Madame. »Ich nehme an, sie geht genauso leidenschaftlich an die Schriftstellerei heran wie an das Ballett...«

Ich sagte nichts, aber ich wollte vorauslaufen und Mam warnen. Sie ließ das nicht zu. Mam sah sehr überrascht aus, als sie so plötzlich wieder Madame Marisha in ihrem Zimmer vor sich hatte.

»Catherine! Warum hast du mir nicht erzählt, daß Dr. Paul Sheffield tot ist?«

Mammis Gesicht wurde rot und dann weiß. Sie beugte den Kopf und legte die Hände vor die Augen. Dann fand sie aber schnell wieder zu ihrer Haltung zurück, hob den Kopf und warf Madame einen wütenden Blick zu. Eifrig begann sie, die Blätter auf ihrem Schreibtisch zu einem ordentlichen Stapel aufzuschichten. »Wie nett, Sie zu sehen, Madame Marisha. Es wäre noch netter, wenn Sie vorher kurz angerufen hätten. Trotzdem bin ich sicher, daß Emma die Lammkoteletts so aufteilen kann, daß Sie zwei abbekommen.«

»Weich meinen Fragen nicht mit solchem albernen Gerede über das Essen aus. Hast du auch nur einen Augenblick angenommen, ich würde meinen Körper mit deinen dummen Lammkoteletts vergiften? Ich esse nur Reformkost, streng vegetarisch!«

»Jory«, sagte Mam, »für den Fall, daß Emma Madame gesehen haben sollte, lauf doch bitte zu ihr und sag ihr, daß sie kein weiteres Gedeck aufzulegen braucht.«

»Was soll dieses idiotische Geschwätz von Lammkoteletts? Ich bin hierher gefahren, um mit dir eine wichtige Frage zu klären, und du redest ständig vom Essen. Catherine, beantworte meine Frage – ist Paul Sheffield tot?«

Mam sah mich an und winkte mich aus dem Zimmer, aber ich konnte mich nicht von der Stelle rühren. Ich blieb und reagierte nicht. Sie wurde noch blasser und schien verletzt, daß ich, ihr Liebling, nun auch nicht mehr gehorchte. Dann murmelte sie, als habe sie resigniert, auf eine vage Art: »Sie haben mich nie über mich selbst oder meinen Mann gefragt, deshalb nahm ich an, daß Sie an niemand anderem interessiert sind als an Jory.«

»Catherine!«

»Jory, bitte geh sofort hinaus. Oder muß ich aufstehen und dich rauswerfen?«

Ich wich zur Tür hinaus, gerade bevor sie aufstand und die Tür hinter mir zuschlug.

Ich konnte kaum verstehen, was sie weiter im Zimmer redeten, aber dann preßte ich mein Ohr gegen die Tür und lauschte.

»Madame, Sie wissen nicht, wie sehr ich jemanden brauche, dem ich vertrauen kann. Aber Sie waren immer so kalt und zurückgezogen, daß ich nie annahm, Sie würden Verständnis für mich aufbringen.«

Schweigen. Ein Schnauben.

»Ja, Paul starb vor vielen Jahren. Ich versuche, an ihn immer so zu denken, als wäre er noch immer bei uns, sozusagen unsichtbar. Wir brachten seine Marmorstatuen und Gartenbänke hierher und versuchten, seinen Garten hier neu zu erschaffen. Das mißlang. Aber wenn der Abend dämmert und ich draußen im Garten bin, scheint er mir noch immer nahe zu sein, spüre ich seine Liebe wie früher. Wir waren nur für so kurze Zeit verheiratet. Und er war in dieser Zeit niemals richtig gesund ... Als er dann starb, blieb ich so unerfüllt zurück, noch immer voller Sehnsucht, ihm die glückliche Ehe zu geben, all die schönen Jahre, die ich ihm schuldete. Ich wollte irgendwie an ihm wiedergutmachen, was ihm Julia, seine erste Frau, angetan hatte.«

»Catherine«, sagte Madame weich. »Wer ist der Mann, den deine Kinder Vater nennen?«

»Madame, was ich tue, geht Sie nichts an.« Ich konnte deutlich den Zorn hören, der sich in Mams Stimme anstaute. »Dies ist nicht die gleiche Welt, in der Sie aufgewachsen sind. Sie haben nicht mein Leben gelebt, kennen mich nicht und meine Gefühle nicht. Sie kennen die Art von Verlassenheit nicht, die ich erleiden mußte, als ich jung war und so viel Liebe brauchte. Verdammen Sie mich nicht mit ihren dunklen bösen Augen, denn Sie können mich nie verstehen.«

»O Catherine, warum traust du meinem Verstand nur so wenig zu. Glaubst du denn, ich wäre taub, blind und gefühllos? Ich weiß sehr gut, wer der Mann ist, den mein Enkel Dad nennt. Und es ist kein Wunder, daß du meinen Julian nie genug lieben konntest. Ich habe immer geglaubt, es wäre wegen Paul, aber jetzt sehe ich, daß es nicht Paul war, den du richtig liebtest. Es war auch nicht dieser Bartholomew Winslow, es war allein Christopher, dein Bruder. Es ist mir egal, was du und dein Bruder tun. Wenn du mit ihm schläfst und damit das Glück findest, das du seit so vielen Jahren vermißt, kann ich mich damit abfinden und mir sagen, daß jeden Tag viel schlimmere Dinge in der Welt vorgehen. Ich kann nichts besonders Verwerfliches daran finden. Aber ich muß meinen Enkel schützen. Er kommt an erster Stelle. Du hast kein Recht, deine Kinder dafür bezahlen zu lassen, daß du in einer verbotenen Beziehung lebst.«

Oh! Was sagte sie da?

Mam, tu etwas, sag etwas! Laß mich wieder ein Gefühl der Sicherheit und der Wirklichkeit haben! Sorg dafür, daß alles verschwindet, daß dieses Gerede von deinem Bruder aufhört, den du nie erwähnt hast.

Ich kauerte mich auf den Knien zusammen, legte den Kopf in die Hände, wollte nichts mehr hören und wagte doch nicht fortzugehen.

Mams Stimme klang jetzt gespannt und sehr heiser, als hätte sie Mühe, ein Schluchzen zu unterdrücken. »Ich weiß nicht, wie Sie es herausgefunden haben. Bitte, versuchen Sie, zu verstehen...«

»Wie ich schon gesagt habe, es ist mir völlig gleichgültig – und ich glaube, ich kann es sogar verstehen. Du konntest meinen Sohn lieben, wie du nie einen Mann lieben konntest, so wie du deinen Bruder liebst. Das verbittert mich. Ich weine innerlich um Julian, der dich für einen vollkommenen Engel hielt, seine Catherine, sein Dornröschen, das niemals aufwachen würde. Das warst du für ihn, Catherine, die Personifizierung all der Ballettprinzessinnen, jungfräulich und rein, süß und tugendhaft, und am Ende warst du nie besser als die anderen auch.«

»Bitte!« schrie Mam, »ich habe veruscht, mich Chris zu entziehen. Ich habe versucht, Julian mehr zu lieben. Das habe ich. Das habe ich wirklich getan.«

»Nein, du hast es nicht versucht. Wenn du es wirklich versucht hättest, wäre es dir auch gelungen.«

»Sie können es nicht wissen!« rief Mam verzweifelt.

»Catherine, du und ich sind viele Jahre lang den gleichen Weg gegangen, und unterwegs hast du hier und da immer wieder ein kleines Stückchen Informationen fallen lassen. Und dann ist da Jory, der sein Bestes versucht, dich zu schützen...«

»Er weiß es nicht? Bitte sagen Sie, daß er es nicht weiß!«

»Er weiß es nicht«, beruhigte Madame sie mit einer Stimme, die sehr weich klang. »Aber er redet und gibt damit mehr preis, als er selbst weiß. Die Jugend ist immer so. Die Jungen denken, daß die Alten so senil sind, nicht mehr zwei und zwei zusammenzählen zu können. Sie glauben, die Alten könnten siebzig werden und wüßten noch immer nicht mehr, als sie mit vierzehn wissen. Sie glauben, sie hätten ein Monopol auf Erfahrung, weil sie uns Alte nie viel tun sehen, während jeder Augenblick ihres jungen Lebens mit Neuem angefüllt ist. Darüber vergessen sie dann, daß auch wir einmal jung waren. Und wir haben all unsere Spiegel zu Fenstern gemacht... Während sie noch immer vor den Spiegeln stehen, und nur sich selbst darin sehen.«

»Madame, bitte sprechen Sie nicht so laut. Bart hat die Angewohnheit, sich überall zu verstecken und zu lauschen.«

Ihre durchdringende Stimme senkte sich ein wenig, so daß ich Schwierigkeiten bekam, alles genau zu hören. »In Ordnung, ich habe meine Rede gehalten und gehe. Ich glaube, daß dieses Haus nicht das richtige Heim für einen so sensitiven Jungen wie Jory ist, um darin aufzuwachsen. Die Atmosphäre hier ist so gespannt, als ob jeden Augenblick eine Bombe explodieren könnte. Dein jüngerer Sohn braucht ganz offensichtlich psychiatrische Hilfe. Er hat mich übrigens versucht zu erstechen, als ich ins Haus kam.«

»Bart spielt immer seine Phantasiespiele...«, sagte Mam schwach.

»Ha! Das sind mir vielleicht Spiele! Sein Messer hat mir fast den Mantel aufgeschlitzt. Und dieser Mantel ist noch fast neu. Es wird mein letzter Mantel sein, denn ich werde ihn tragen bis zu meinem Tod.«

»Bitte, Madame, reden Sie doch nicht vom Tod, ich bin jetzt nicht in der Verfassung dazu.«

»Habe ich dich um dein Mitleid gebeten? Wenn es dir so vorkommt, dann sage ich es eben anders herum. Ich werde diesen Mantel tragen, solange ich lebe. Und bevor ich sterbe, muß ich dafür sorgen, daß Jory den Ruhm erringt, der seinem Vater Julian zugestanden hat.«

»Ich tue, was ich kann«, sagte Mam müde und klang furchtbar erschöpft.

»Was du kannst? Zum Donnerwetter! Du lebst hier mit deinem Bruder zusammen, riskierst jederzeit öffentlich an den Pranger gestellt zu werden, und früher oder später wird deine schöne Seifenblase einfach – plop – geplatzt sein. Jory wird darunter am meisten leiden. Seine Klassenkameraden werden ihn hänseln. Die Sensationspresse wird ihn verfolgen, dich, jeden aus diesem Haus. Das Gericht wird dir deine Kinder wegnehmen...«

»Bitte setzen Sie sich doch und hören Sie auf, so herumzulaufen.«

»Verdammt, Catherine, hör gefälligst zu. Ich habe schon vor langer Zeit geahnt, daß du eines Tages der hingebungsvollen Bewunderung deines Bruders erliegen würdest. Ich dachte mir, daß du und dein Bruder, selbst als du deinen Dr. Sheffield geheiratet hattest... Na, kann dir egal sein, was ich dachte. Aber du hast einen Mann geheiratet, der schon fast tot war. War es ein schlechtes Gewissen?«

»Ich weiß nicht. Ich dachte immer, ich habe es getan, weil ich ihn liebte und ihm soviel verdankte. Ich hatte tausend Gründe, ihn zu heiraten, und der wichtigste davon war, daß er mich haben wollte. Das reichte mir.«

»Na gut, du hast deine Gründe gehabt. Aber du hast meinen Sohn verletzt. Du hast ihm nicht gegeben, was er brauchte, und ich habe niemals verstanden, wie du ihm widerstehen konntest. Er weinte und erzählte, du würdest ihn nicht genug lieben. Er sagte immer, daß es da einen geheimnisvollen Mann geben müßte, den du mehr liebtest – und ich habe ihm damals nicht geglaubt. Ein Idiot war ich. Aber er war auch ein Narr, oder? Aber wir waren alle Narren, was dich anging, Catherine. Du warst so schön, so jung und wirktest so unschuldig. Bist du schon so raffiniert auf die Welt gekommen? Woher hast du so gut und so früh gelernt, wie man einen Mann dazu bekommt, daß er einen sinnlos liebt? Bis zum Wahnsinn liebt?«

»Liebe ist manchmal nicht genug«, sagte sie dumpf, während ich von diesen furchtbaren Informationen, die ich da mit anhören mußte, fast gelähmt wurde. Herzschlag für Herzschlag,

Wort für Wort, verlor ich die Mutter, die ich liebte. Ich verlor auch den einzigen Vater, den ich jemals lange genug gehabt hatte, um ihn zu lieben. »Wie hast du das über Chris und mich herausgefunden?« fragte Mam, und diese Frage ließ mich noch mehr schaudern.

»Spielt das eine Rolle?« fuhr Madame sie an. »Ich bin nicht taub, Catherine, wie ich schon gesagt habe. Ich stellte ein paar Fragen, ich hörte mir Jorys Antworten genau an, und ich verglich sie mit den bekannten Tatsachen. Es ist Jahre her, seit ich Paul zum letzten Mal sah – aber Chris war immer da. Bart ist am Rande des Wahnsinns, weil er begreift, was Jory unschuldig durchblicken läßt – niemals mit Absicht, nur aus Sorglosigkeit, denn er liebt dich hingebungsvoll. Glaubst du, ich würde in aller Ruhe mit ansehen, wie du und dein Bruder auch noch das Leben meines Enkels zu zerstören? Ich weigere mich zuzulassen, daß du seine Karriere und seine seelische Gesundheit ruinierst. Du gibst mir Jory mit, und ich gehe mit ihm zurück in den Osten, wo er in Sicherheit und weit weg sein wird von der Bombe, die hier bald explodiert und dein Leben auf die Titelseite jeder Zeitung in diesem Land katapultiert!«

Mir war schlecht. Ich hatte die Tür einen kleinen Spalt geöffnet, weit genug, um zu sehen, daß meine Mutter leichenblaß war. Sie begann zu zittern, so wie ich zitterte – aber sie hatte keine Tränen in den Augen wie ich. Mammi, wie konntest du nur mit deinem Bruder so zusammenleben, wenn die ganze Welt weiß, daß so etwas verboten ist? Wie konntest du Bart und mich so täuschen? Wie konnte Chris uns das antun? Und die ganze Zeit dachte ich, er wäre so perfekt, so der richtige Vater für uns und der richtige Mann für dich. Sünde, nichts als Sünde. Kein Wunder, daß Bart durch die Gegend lief und ständig von Sünde und dem Fegefeuer schwatzte. Irgendwie hatte Bart schon vor mir alles herausgefunden.

Ich sank auf die Knie und lehnte meinen Kopf gegen die Tür, schloß die Augen und versuchte tief durchzuatmen, um meinen Brechreiz zu unterdrücken.

Mam sprach wieder. Es war herauszuhören, daß es ihr nicht leicht fiel, die Beherrschung zu bewahren.

»Bart auch nur für ein paar Monate in eine Anstalt geben zu

müssen, macht mich schon fast verrückt. Aber Jory auch noch zu verlieren, darüber würde ich wirklich wahnsinnig. Ich liebe meine Söhne, Madame, alle beide. Auch wenn Sie mir nie zugestanden haben, daß ich Julian mein Bestes gab, ich habe es doch immer versucht. Er war kein Mann, mit dem man es leicht hatte. Sie und Ihr Mann haben ihn zu dem gemacht, was er war, nicht ich. Ich habe ihn nicht dazu gezwungen, zu tanzen und auf alles andere zu verzichten, was ein Kind sich wünschte. Ich habe ihn nicht damit bestraft, jedes Wochenende trainieren zu müssen, so daß er nie ein privates Vergnügen hatte – Sie und Georges haben das getan. Aber ich habe dann den Preis dafür bezahlen müssen. Er hätte mich am liebsten lebendig gefressen, verbat mir alle Freunde, jeden Umgang, ich durfte niemanden haben außer ihm. Er war eifersüchtig auf jeden Mann, der mir nachsah, und jeden, den ich ansah. Wissen Sie, was es bedeutet, mit einem Mann leben zu müssen, der ständig vermutet, betrogen zu werden, wenn er nur ein einziges Mal nicht zu Hause ist? Und ich war es nicht, die fremdging – er war es. Ich war Julian immer treu. Ich habe nie zugelassen, daß mich ein anderer Mann auch nur anfaßte, aber er konnte das von sich nicht sagen. Er wollte jedes hübsche Mädchen haben, das er sah. Er wollte sie benutzen, sie verführen, sie sich unterwerfen, und dann kam er zu mir zurück und wollte in den Arm genommen werden und erzählte mir, wie wunderbar er doch war ... und ich konnte ihm das einfach nicht bestätigen, solange noch der Geruch eines fremden Parfüms an seinem ganzen Körper haftete. Dann schlug er mich, wußten Sie das? Er mußte sich selbst immer etwas beweisen. Damals wußte ich nicht, was er sich da beweisen wollte, aber jetzt weiß ich es – er mußte die Liebe finden, die Sie ihm verweigert haben.«

Ich fühlte mich noch elender und schwächer, als ich mit ansah, wie meine Großmutter jetzt erblaßte. Nun verlor ich auch noch meinen leiblichen Vater, den ich immer wie einen Heiligen verehrt hatte.

»Du schaffst es, Catherine, deine Mitmenschen zu verletzen. Du hast deine Anklage vorgebracht, aber jetzt hör meine Verteidigung. Georges und ich haben Fehler mit Julian gemacht, das gebe ich zu, und du und unser Sohn mußten dafür zahlen.

Aber willst du Jory auf die gleiche Art bestrafen? Laß mich ihn mit nach Greenglenna nehmen. Wenn wir dort sind, werde ich für ihn eine Vorführung in New York arrangieren. Ich habe gute Verbindungen. Ich habe es geschafft, zwei brillante Tänzer aus meiner Schule hervorgehen zu lassen, einer hieß Julian, die andere Catherine. Ich war nicht nur schlecht, und auch Georges war das nicht. Vielleicht haben wir uns von unseren Träumen blenden lassen, so daß wir die Bedürfnisse anderer nicht mehr erkennen konnten und uns zu sehr bemühten, in unserem Kind weiterzuleben. Das ist alles, was wir wollten, Catherine, durch Julian weiterleben. Nun ist Julian tot, und er hat ein Kind zurückgelassen, nur eins – deinen Sohn. Ohne Jory gibt es für mich keinen Grund mehr weiterzuleben. Mit Jory habe ich jeden Grund weiterzumachen. Nur ein einziges Mal in deinem Leben, gib etwas, nimm nichts fort!«

Nein! Nein! Ich wollte nicht mit Madame fortgehen.

Ich sah zu, wie Mam den Kopf senkte, bis ihr Haar ihr in zwei weichen, goldenen Wellen vor das Gesicht fiel. Ihre zitternden Hände flogen zu den Schläfen, als hätte sie einen Migräneanfall. Ich wollte sie nicht verlassen, sündig oder nicht. Das war mein Heim, meine Welt, und sie war noch immer meine Mutter, und Chris war noch immer mein Stiefdaddy, und da waren Bart, Cindy und Emma. Wir waren eine Familie – ob gut oder böse, ob richtig oder falsch, wir gehörten zusammen.

Schließlich schien Mam eine Lösung gefunden zu haben. Hoffnung erfüllte mein Herz.

»Madame, ich liefere mich Ihnen aus, ich gebe mich in Ihre Hand und hoffe, daß Sie Gnade kennen. Ich erkenne an, daß Sie recht haben in allem, aber ich kann trotzdem meinen erstgeborenen Sohn nie aufgeben. Jory ist das einzig wirklich Gute, was bei meiner Ehe mit Julian herausgekommen ist. Wenn Sie ihn mir wegnehmen, dann nehmen Sie mir einen Teil von mir selbst, einen sehr wichtigen Teil, den ich niemals aufgeben könnte, ohne zu sterben. Jory liebt mich, er liebt auch Chris so sehr, wie er seinen eigenen Vater geliebt hätte. Auch wenn ich seine Karriere riskieren muß, ich kann es nicht wagen, seine Liebe zu verlieren, indem ich ihn mit Ihnen gehen lasse...

Deshalb verlangen Sie nichts Unmögliches, Madame. Ich kann Jory nicht gehen lassen.«

Madame starrte sie lange und hart an, während mein Herz so laut hämmerte, daß ich sicher war, beide mußten es hören. Dann stand Großmutter auf und wollte gehen. »Ha«, schnaubte sie, »ich will jetzt ehrlich mit dir sein, Catherine, und vielleicht sage ich dir jetzt zum ersten Mal die ganze Wahrheit. Seit dem ersten Tag, an dem ich dich getroffen habe, habe ich dich um deine Jugend beneidet, deine Schönheit und vor allem dein Genie als Tänzerin. Ich weiß, daß du Jory deine außerordentliche Begabung vererbt hast und deine Geschicklichkeit meisterhaft beigebracht hast. Du bist eine hervorragende Lehrerin gewesen. Ich sehe so viel von dir in ihm, aber auch so viel von deinem Bruder. Die Geduld, die Jory hat, sein fröhlicher Optimismus, seine Hingabe und seinen Schwung – das hat er aus deiner Familie, nicht von Julian. Aber es ist auch etwas von Julian in ihm. Er sieht aus wie mein Sohn. Er hat das Feuer meines Sohnes und seine fleischliche Begierde nach Frauen. Aber, wenn ich dich verletzen muß, um ihn zu retten, dann werde ich das tun. Ich werde weder deinen Bruder noch deinen Jüngsten schonen. Wenn du mir Jory nicht übergibst, dann werde ich tun, was ich kann, um dein Haus zu vernichten. Das Gesetz wird Jory unter meine Obhut stellen, und es wird nichts geben, was du tun kannst, um mich aufzuhalten, wenn ich erst einmal mit allem zur Polizei gegangen bin. Und wenn du mich dazu zwingst, es auf diese Art zu tun, die für mich nur der allerletzte Ausweg ist, dann werde ich Jory mit in den Osten nehmen, und er wird dich niemals wiedersehen.«

Mam sprang auf die Füße und baute sich vor meiner Großmutter auf, größer und noch energischer als sie. Ich hatte sie noch nie so groß, so stolz und so stark gesehen. »Nur zu, tu das, was du tun mußt. Ich gebe keinen einzigen Zentimeter nach und werde dir nie erlauben, mitzunehmen, was mir gehört. Niemals werde ich eines meiner Kinder aufgeben. Jory gehört mir. Ich habe ihn geboren, nachdem ich achtzehn Stunden unter Qualen gelitten habe. Wenn ich mich der ganzen Welt und ihrer Verachtung entgegenstellen muß, dann werde ich es mit hocherhobenem Kopf tun und um meine Kinder kämpfen, solange ich lebe. Keine Macht dieser Welt, weder du, das Gesetz, noch irgend etwas sonst gibt es, die mich zwingen kann, meine Kinder aufzugeben.«

Madame wandte sich zum Gehen und warf noch einen Blick durch den Raum. Ihre Augen ruhten lange auf dem dicken Stapel von Papier auf Mams Schreibtisch. »Du wirst schon noch lernen, die Dinge wie ich zu sehen«, sagte sie mit einem weichen, katzenhaften Schnurren. »Du tust mir leid, Catherine, dein Bruder tut mir auch leid. Selbst Bart tut mir leid, auch wenn er so ein wildes, kleines Ungeheuer ist. Mir tut jeder hier im Haus leid, denn alle werden schwer davon getroffen werden. Aber ich werde meinem Mitgefühl für dich und meinem Verständnis für euch nicht erlauben, sich mir bei dem, was ich tun muß, in den Weg zu stellen. Jory wird bei mir sicher sein, mit meinem Namen, nicht mit deinem.«

»Raus hier!« schrie Mam, die dabei war, jede Beherrschung zu verlieren. Sie nahm eine Vase mit Blumen und warf sie Madame an den Kopf! »Du hast das Leben deines Sohnes ruiniert, und jetzt willst du Jory ruinieren! Du willst, daß er glaubt, es gibt kein Leben ohne das Ballett, nur den Tanz, Tanz, Tanz – aber ich lebe! Ich war eine Tänzerin, und ich überlebe noch immer! Trotzdem!«

Madame sah sich noch einmal im Raum um, als suche sie nach etwas, mit dem sie zurückwerfen könne. Dann bückte sie sich langsam und hob die Scherben der Vase auf. »Die habe ich dir einmal geschenkt. Was für eine Ironie, daß du sie mir ausgerechnet an den Kopf wirfst.« Etwas Hartes, Gnadenloses schien in ihr zu zerbrechen, als sie Mam jetzt milde ansah, und sie sprach mit seltener Sanftheit. »Als Julian ein Junge war, habe ich für ihn versucht, das Beste zu tun, genau wie du versuchst, für deine Kinder das Beste zu tun ... und wenn mein Bestes auch falsch gewesen sein mag, so tat ich es doch mit den besten Absichten.«

»Wird nicht alles mit bester Absicht getan?« sagte Mam bitter. »Die Absichten sind immer so gut, so vernünftig – und am Ende greift man nach ihnen als Entschuldigungen, wie nach dem legendären Strohhalm, an den sich der Ertrinkende klammert. Es kommt mir vor, als hätte ich mein ganzes Leben nach

Strohhalmen gegriffen, die nicht existieren. Ich sage mir selbst jeden Abend, bevor ich mich zu meinem Bruder ins Bett lege, daß ich für ihn geboren wurde und daß ich für alles Falsche, was ich getan habe, darin Trost finden kann, daß ich es gegen meine richtigen Entscheidungen aufwiege. Ich habe meinem Bruder am Ende die einzige Frau gegeben, die er lieben kann, die Frau, die er so verzweifelt brauchte. Ich habe ihn glücklich gemacht – und wenn das in deinen Augen falsch ist und in den Augen der Welt, dann ist mir das verdammt egal. Ich gebe keinen Pfennig darum, was die Welt denkt!«

Meine Großmutter stand einfach da, während sich in ihrem alten Gesicht die Qual widerstreitender Gefühle spiegelte. Ich konnte sehen, daß auch sie tief verletzt war. Ich beobachtete, wie ihre hagere, von dicken Venen überzogene Hand nach dem Haar meiner Mutter griff, um darüber zu streichen. Aber Mam zog sich zurück, mit leeren Augen, aber ihre Haltung wieder ganz unter Kontrolle. Ruhig sagte Madame Marisha: »Ich sage es noch einmal, du tust mir leid, Catherine. Ihr tut mir alle leid, aber am meisten trauere ich um Jory, denn er ist derjenige, der am meisten verliert.«

Schnell warf ich mich zur Seite und versteckte mich, als sie aus Mams Zimmer stürmte und den Flur hinunterrannte, vorbei an Bart, der mit seinem nicht aufgeklappten Messer nach ihr stach.

»Hexe, alte schwarze Hexe!« zischte er, dabei zog er die Oberlippe auf furchterregende Art hoch. »Ich hoffe, du kommst niemals wieder, niemals, nie!«

Mir war so elend, daß ich mich am liebsten in einem Loch verkrochen hätte und gestorben wäre. Meine Mutter lebte mit ihrem Bruder zusammen. Die Frau, die ich mein ganzes Leben geliebt und respektiert hatte, war schlimmer als jede Mutter, von der ich je gehört hatte. Keiner meiner Freunde würde mir das glauben, aber wenn man es dann doch glaubte, wäre ich so furchtbar bloßgestellt, so lächerlich, daß ich es nie ertragen würde. Dann kam mir der Gedanke, daß Dad ja mein richtiger Onkel war, nicht nur Barts, sondern auch meiner. O Gott, was sollte ich nun tun? Wohin sollte ich laufen? Es war keine platonische Liebe zwischen Bruder und Schwester, keine Scheinehe des äußeren Anscheins wegen, es war Inzest. Sie waren ein Liebespaar. Ich wußte es! Ich hatte es gesehen!

Plötzlich war alles zu schmutzig, zu häßlich, zu schockierend. Warum hatten sie nur zugelassen, daß sie sich ineinander verliebten? Warum hatten sie die Sache nicht von Anfang an verhindert?

Ich wollte aufstehen und hingehen und sie fragen, aber ich konnte Mam einfach nicht ansehen, und ich konnte auch Dad nicht in die Augen blicken, als er nach Hause kam. In meinem Zimmer warf ich mich aufs Bett, die abgeschlossene Tür hinter mir gab mir ein kleines Gefühl der Sicherheit. Als sie mich zum Essen riefen, sagte ich, ich hätte keinen Hunger. Ich, der sonst immer halbverhungert war! Mam kam zu meiner verschlossenen Tür und flehte: »Jory, hast du irgend etwas von dem mitgehört, was deine Großmutter mir gesagt hat?«

»Nein, Mutter«, antwortete ich steif. »Ich fühle mich krank, das ist alles. Morgen geht es mir vielleicht wieder besser.« Ich mußte irgend so etwas sagen, um zu erklären, warum meine Stimme so heiser klang.

Irgendwie weinte ich mit all den Tränen den Jungen aus mir heraus, der ich noch am Morgen gewesen war. Nun war ich ein Mann geworden. Ich fühlte mich alt, als würde nichts mehr etwas ausmachen, nichts in der Welt mehr wichtig sein. Und zum ersten Mal wußte ich, warum Bart sich so seltsam benahm und bestimmte Dinge tat – er mußte auch Bescheid wissen.

Ich schlich mich an Mams Tür und beobachtete sie, wie sie in ihr blau eingebundenes Tagebuch schrieb. Als ich dann eine Gelegenheit hatte, stahl ich mich in ihr Zimmer und las jedes Wort, das sie geschrieben hatte, so ungehörig das auch war. Ich wurde genau wie Bart. Aber ich mußte es einfach wissen.

> Madame Marisha besuchte mich heute und brachte mir all die Alpträume, die mich tagsüber heimsuchen. Während der Nächte habe ich andere Alpträume. Als sie fort war, hämmerte in mir die Panik so laut, daß mein Herz wie eine Urwaldtrommel klang, die für die letzte Schlacht trommelt. Ich wollte weglaufen und mich verstecken, wie wir uns auf dem Dachboden versteckten, als wir noch in

Foxworth Hall eingeschlossen waren. Ich lief zu Chris, als er nach Hause kam, klammerte mich an ihn, nicht in der Lage, ihm irgend etwas zu erzählen. Er bemerkte meine Verzweiflung nicht. Er war müde von einem langen, anstrengenden Tag im Krankenhaus.

Dann küßte er mich und brach schon wieder zu seiner Abendvisite auf, und ich saß allein in meinem Zimmer, meine beiden Söhne stumm und hinter verschlossenen Türen, jeder in seinem Zimmer. Wissen Sie, daß unsere gemeinsamen Tage gezählt sind?

Hätte ich Jory ihr überlassen und ihn so vor dem Skandal und der Demütigung bewahren sollen? War es selbstsüchtig, daß ich mich so an ihn klammerte? Und Bart, was war mit Bart? Und was würde aus Cindy werden, falls unser Geheimnis ans Tageslicht kam?

Plötzlich hatte ich das Gefühl, ich wäre wieder in Charlottesville mit Chris und Carrie, und wir würden wieder in den Bus nach Sarasota steigen. Mein Gedächtnis ließ mich alles deutlich wie in einem Film sehen. Da stieg diese riesige schwarze Frau mit ihren unzähligen Taschen und Bündeln langsam in den Bus. Henriette Beech. Liebe, liebe Henny. Es ist schon so lange her, daß ich zum letzten Mal an sie gedacht habe. Es genügt, mich an ihr breites, strahlendes Lächeln, ihre freundlichen Augen, ihre sanften Hände zu erinnern, und ein gewisser Frieden erfüllt mich, als würde sie uns wieder zu Paul bringen, der uns alle retten würde.

Aber wer wird uns diesmal retten?

Tränen standen in meinen Augen, als ich ihr Tagebuch aus der Hand legte. Ich schlich mich in Barts Zimmer und fand ihn auf dem Boden sitzend im Dunkeln, die Schultern hochgezogen wie ein alter, krummer Mann. »Bart, geh ins Bett«, sagte ich. Aber er stand nicht auf. Er schien mich gar nicht zu hören.

Die Tore der Hölle

Wußte es, wußte es einfach. Jory hatte mal wieder zu spionieren und rauszufinden, was für eine Teufelei ich plante. Tat so, als würde ich ihn gar nicht bemerken. Sobald in seinem Zimmer das Licht ausging, zog ich die letzten Seiten von Mammis Geschichte heraus. Wußte, es war das Ende, denn sie hatte ihre Initialen und ihre Adresse an den Fuß der Seite gesetzt.

Wußte gar nicht, warum ich jetzt weinte. Malcolm hätte mit ihr und meinem Daddy kein Mitleid gehabt. Nun mußte ich hart werden, böse, so tun, als würde mich nie etwas so verletzen, wie es andere verletzen konnte.

Der Morgen kam, und ich ging in die Küche, wo Mammi Emma dabei half, aufzuräumen, Plätzchen zu backen, und dazwischen redeten sie dauernd über Kuchen. Mammi dachte wohl, das Böse könnte für immer vor den Menschen verborgen werden. Niemals bestraft werden. Sie hätte es besser wissen müssen.

Ich saß in meiner Ecke, kauerte mich auf den Boden, die Knie zum Kinn gezogen, die Arme um die Schienbeine geschlungen. Knochige Arme. Wurde in letzter Zeit immer dünner. Ich starrte Mammi an, starrte Daddy an, wünschte mir, ich könne in ihre Köpfe sehen und herausfinden, was sie wirklich von mir dachten, von sich selbst und von dem, was sie taten. Ich schloß die Augen. Hinter meinen geschlossenen Lidern sah ich Mammi tanzen, wie sie es getan hatte, bevor sie diesen Sturz erlitt. Im Sommer, kurz nachdem ich aus dem Krankenhaus zurückgekommen war und immer Schwierigkeiten beim Einschlafen hatte, hatte ich mich in die Küche geschlichen, um nachts in Ruhe den Kühlschrank auszurauben. Ich wollte, daß niemand etwas davon bemerkte, damit alle Angst hatten, ich könne verhungern. Aber bevor ich all die kalten Hühnchenreste herunterschlingen konnte, tanzte Mam draußen durch den Flur. Sie trug nur ein kleines weißes Ballettröckchen, und Daddy lief hinter ihr her. Selbst er sah mich nicht. Außer ihr sah er sowieso nichts.

Sie sah hübsch aus in ihrem Ballettkostüm, tanzte und wirbelte herum, während sie ständig lächelte und mit dem Mann flirtete, der ihr aus dem Schatten zusah. Sie neckte ihn, zog ihn an seiner Krawatte, wollte ihn zwingen, mit ihr ein paar Runden zu drehen. Aber er griff nach ihren Armen und preßte seine Lippen auf ihre. Ich hörte das Geräusch, feucht und schmatzend. Dann legte sie die Arme um seinen Nacken. Ich sah genau hin, wie er ihr das Ballettkostüm auszog, bis sie ganz nackt war. Nackt. Er hatte sie ganz entblößt. Danach nahm er sie in die Arme, und während er seine Lippen noch immer auf ihre preßte, trug er sie in ihr Schlafzimmer – und die ganze Zeit war er ihr Bruder.

Oh, kein Wunder, daß John Amos immer von ihrer Strafe sprach. Sie mußten bestraft werden. Kein Wunder. Hure! Flittchen! Sünder von meinem eigenen Fleisch und Blut! Sie würden niemals ungeschoren davonkommen. Sie mußten verbrennen, brennen – brennen wie mein Daddy, mein richtiger Daddy Bartholomew Winslow.

Ich las ihre ganze Geschichte. Ich wußte, wie häßlich und gemein einige Mütter sein konnten. Versteckte ihre vier Kinder, zwang sie, oben in einem einzigen Zimmer zu leben, mußten auf diesem heißen, furchtbaren Dachboden spielen, auf dem man im Winter erfror. All die Jahre eingeschlossen, ausgepeitscht auch noch und ausgehungert – und dann der Teer in dem wunderbar goldenen Haar meiner Mutter. Ich haßte Malcolm, der seinen eigenen Enkeln so viel Böses angetan hatte. Ich haßte diese alte Lady nebenan, die Arsen über die Berliner gestreut hatte. Was für eine Verrückte war das eigentlich? Hatte sie auch mein Eis vergiftet? Meinen Kuchen und meine Plätzchen? Ich bekam eine Gänsehaut, und mir wurde ganz komisch im Magen. Warum hatte die Polizei sie nicht verhaftet und dafür gesorgt, daß sie auf den elektrischen Stuhl kam, um zu verbrennen, brennen, brennen?

Nein, flüsterte eine heimliche Stimme in meinem Kopf, man läßt schöne Damen nicht auf dem elektrischen Stuhl sterben, solange raffinierte Anwälte alle Mörder für verrückt erklären lassen können. Sie kommen in hübsche Paläste, schön abgeschieden auf einsamen Hügeln. Diese verrückte Frau war dieselbe, die mein Daddy jeden Sommer besucht hatte. Die Mutter meiner Mutter war sie auch. Oh, die Sünden meiner Mammi und meines Daddy türmten sich ins Unendliche. Sicher würde Gott sie jetzt dafür strafen – und wenn er das nicht tat, würde Malcolm dafür sorgen, daß ich es übernahm.

Ging früh ins Bett an diesem Abend und versuchte zu schlafen. Mußte aber immer weiterdenken. Daddy war eigentlich Mammis Bruder – und das machte ihn in Wahrheit zu meinem Onkel und auch zu Jorys Onkel. O Mammi, du bist nicht die Heilige oder der Engel, für den Jory dich hält. Du erzählst ihm immer, er solle dies oder das nicht mit Melodie tun, aber die ganze Zeit gehst du dabei mit deinem Bruder ins Schlafzimmer und schließt die Tür hinter dir. Erzählst uns, nie ohne anzuklopfen in euer Zimmer zu kommen, wenn die Tür geschlossen ist! Schande, Schande! Das war die Privatsphäre, brauchtet immer eine Privatsphäre, um zu tun, was Schwester und Bruder niemals tun dürfen. Inzest!

Verdorben, beide waren sie verdorben und böse, genauso böse, wie ich manchmal war. Genauso verdorben, wie Jory mit Melodie und mit anderen Mädchen sein wollte – wollte immer all die schändlichen Dinge tun, die Eva mit Adam trieb, nachdem sie in den Apfel gebissen hatte. Diese furchtbaren Sachen machen, über die die Jungen auf dem Schulhof tuschelten. Wollte nicht mehr mit ihnen zusammenleben. Wollte Mammi oder ihren Bruder nicht mehr liebhaben.

Jory wußte es auch. Ich wußte, daß Jory es auch wußte – er war dabei, so verrückt zu werden, wie Mammi glaubte, daß ich wäre. Aber ich kam nur langsam zu Verstand, gesundem Verstand, wie Malcolm ihn besaß. Die Kinder von Inzest treibenden Eltern verdienten so zu leiden, wie ich litt und wie Jory litt. Cindy mußte auch leiden, obwohl sie noch zu jung und zu dumm war, um solche Worte wie Inzest zu verstehen.

Doch warum betete ich bloß zu Gott, daß er es nicht mehr morgen werden ließ? Was würde ich denn morgen tun? Was hatte ich für morgen vor? Warum wollte ich heute nacht sterben und mich selbst davor retten, etwas noch Schlimmeres zu tun als »Inzest«?

Wieder ein Frühstück vor mir. Haßte diesen widerlichen Fraß. Starrte auf die Tischdecke, die bald schon wieder dreckig sein würde, wenn ich versehentlich etwas umgestoßen hatte. Jory sah genauso verloren aus, wie ich mich fühlte.

Tage kamen, Tage gingen, und niemand war glücklich. Dad lief herum und sah krank aus. Ich vermutete, er wußte, was wir wußten, und Mammi wußte es auch. Keiner von ihnen konnte uns jetzt noch in die Augen sehen oder Jorys Fragen beantworten. Ich stellte nie welche. Ich hörte Mammi eines Tages leise an Jorys verschlossene Zimmertür klopfen: »Jory, bitte laß mich zu dir. Ich weiß, du hast mitgehört, als Madame Marisha hier war – laß mich dir doch erklären, wie es war. Wenn du es erst verstehst, wirst du uns nicht hassen.«

Doch, das würde er. Ich hatte dieses verdammte Buch gelesen. Es war einfach nicht fair vom Leben, uns mit solchen miserablen Eltern zu bestrafen.

Erntedankfest und die olle, fiese Madame Marisha tauchte wieder bei uns auf, obwohl sie doch wirklich nicht die Stirn haben durfte, sich hier blicken zu lassen. Mammi hätte sie nie einladen dürfen. Kam mir vor, daß sie richtig sauer war, wie Madame so dasaß und Dad beim Aufteilen des Puters zusah. Kein einziges Mal lächelte er, einmal sah er kurz zu Mammi, deren Augen rot und verschwollen waren. Sie hatte geweint. Da hatte sie auch allen Grund zu. Mochte sowieso keinen Puter, war nicht halb so gut wie Hühnchen. Ich runzelte die Stirn und wollte nichts von Daddy annehmen. Seine Stimme klang so heiser, als hätte er eine Erkältung, aber er hustete oder nieste nie, und er hatte auch keine glasigen Augen, wie ich sie immer bei einer Erkältung bekam. Daddy war nie krank.

Nur Emma war glücklich und Cindy, die widerliche Cindy.

»Kommt«, sagte Emma mit ihrem breitesten Lächeln, das nun wirklich nichts half, »es ist Zeit, sich zu freuen!«

Stumm säbelte Dad an seinem Stück Puter herum, niemand lächelte, und ich starrte ihn genau wie alle anderen an, weil er vergessen hatte, mir etwas von dem Fleisch aufzulegen. Ich sah zu Mammi, die verärgert zu sein schien, obwohl sie sich immer noch Mühe gab, so zu tun, als wäre alles in Ordnung. Sie schaffte auch ein oder zwei Bissen, dann sprang sie auf und lief aus dem Zimmer. Ich hörte, wie sie hinten im Flur ihre Zimmertür zuschlug. Daddy entschuldigte sich und sagte, er müsse nach ihr sehen.

»Großer Gott, was ist denn los mit euch allen?« fragte Emma, während die alte Madame Marisha schweigend dasaß und jetzt auch düster dreinsah. Sie war schuld an der ganzen Mißstimmung. Ich funkelte sie an, haßte sie, haßte meine eigene Großmutter aber noch viel mehr – haßte jeden und auch Cindy, und die ganze Zeit dachte ich mir, daß auch Emma vielleicht etwas Böses getan hatte, weil sie immer den Mund hielt und diese furchtbaren Sünden vor ihrer Nase passieren ließ. Jory versuchte zu lachen und Cindy zu kitzeln, damit sie auch lachte und ein wenig aß. Aber ich wußte, daß auch ihm im Inneren das Herz blutete, genau wie es mir blutete, und ich weinte stumm um meinen wirklichen Daddy, der bei diesem Brand ums Leben gekommen war. Und vielleicht weinte Jory auch um seinen richtigen Daddy, den Mammi niemals genug liebgehabt hatte, weil sie immer einen Bruder um sich duldete, der sie zu sehr liebte.

Ich wünschte mir, ich hätte das alles nicht herausgefunden. Warum mußte Mammi sich auch hinsetzen und dieses Buch schreiben? Ich hätte wirklich gar nichts von dem geglaubt, was mir John Amos über sie erzählt hatte, denn ich hielt ihn für einen Lügner, einen, der sich Geschichten ausdachte wie ich. Jetzt wußte ich, daß er die einzige Person in der ganzen Welt war, der man Vertrauen schenken konnte – der einzige, der mich hinreichend respektierte, um ehrlich zu mir zu sein und mir die Wahrheit zu erzählen.

Schluchzend stand ich auf und lief vom Tisch weg. Aus einer Ecke starrte ich Cindy an, die jetzt auf Jorys Schoß saß und lachte, während sie mit einem Spielzeug herumfummelte, das er ihr gegeben hatte. Mir gab er nie irgend etwas. Niemand außer einer verlogenen, schwarzgekleideten Großmutter gab mir je Geschenke ... niemand.

Dann kam ein Sonntag, an dem Mammi sich nicht so »miserabel« fühlte, vielleicht weil sie glaubte, Madame Marisha würde uns jetzt in Ruhe lassen und vielleicht sogar dorthin zurückgehen, wo sie hergekommen war. Ich wußte dann, daß Mammi so etwas auch nur spielen konnte, so wie ich, so wie sie und Daddy ihre Ehe spielten. Aber vielleicht ging es ihr wirklich besser.

Ich versteckte mich in den Schatten neben der offenen Schlafzimmertür und beobachtete sie, wie sie auf den Knien ihr Gebet aufsagte. Stummes Gebet. Fragte mich, ob Gott jemals zuhörte.

Unten im großen Zimmer versteckte ich mich in einer meiner Ecken und zündete ein Streichholz nach dem andern an. Ich hielt mir die Flamme dicht vor das Gesicht, so daß ich die Hitze spüren konnte, wie furchtbar es doch war, durch Feuer gereinigt zu werden und zu sühnen. Wie furchtbar es gewesen sein mußte, als die Seele von meinem richtigen Daddy in schwarzem Rauch zum Himmel fuhr. Und ich war da noch ein winziges Ding gewesen, im Bauch meiner Mutter versteckt, ein »Embryo« und nicht Bart, und vielleicht war ich damals sogar noch ein Mädchen gewesen, was das Schlimmste von allem war.

Wünschte mir, Daddy würde mir nicht so viel von Dingen erzählen, die ich gar nicht verstehen wollte.

Mein Kopf begann mir weh zu tun. Meine Hand zitterte so sehr, daß ich ein Streichholz fallen ließ. Mußte es schnell austreten, bevor jemand den verbrannten Teppich riechen konnte. Sie würden mir sowieso die Schuld geben, wie sie mir ja immer die Schuld gaben, ohne auch nur daran zu denken, daß Jory vielleicht gerade draußen etwas genauso Schlechtes machte.

Was war's, das John Amos da immer sagte? »Deine Mutter hat all diese bösen Dinge geschehen lassen. Sie ist an allem Bösen schuld – so sind die Frauen, besonders schöne Frauen. Böse und verdorben bis ins Mark, hinterlistige, sündige schöne Frauen, die nur darauf aus sind, den Männern alles zu nehmen.«

Klar, dachte ich, meine Mammi, meine Großmutter, alles hinterlistige, sündige schöne Frauen. Erzählte mir Lügen, verbarg vor mir, wer sie wirklich war, zeigte mir ihr Portrait, als sie jung und schön gewesen war und meinen richtigen Vater verführt hatte, der damals viel zu jung für sie gewesen war. Mein Kopf tat mir noch mehr weh. Verdammte miese Mammi hatte dann meinem richtigen Daddy noch einmal das gleiche angetan.

Ich seufzte und dachte mir, es wäre wohl besser, jetzt mit meiner eigenen Aufgabe weiterzumachen und wieder der Engel des Herrn zu sein, der gesandt worden war, um an Malcolms Stelle zu handeln.

Schließlich war ich ja sein Urenkel und schon fast so clever wie er. Handelte immer mehr und mehr wie Malcolm, bekam davon aber so ein müdes Gefühl in den Knochen. Meine Muskeln wurden davon alt und schmerzend, bekam so richtig das Gefühl, ein alter Mann wie Malcolm zu sein, als er auf dem Höhepunkt seiner Weisheit stand. War aber doch richtig schmerzhaft, mein Herz immer so schnell schlagen zu lassen. Angeekelt von allen Frauen, allen. Mußte sie alle wieder in Ordnung bringen, jede. Mammi dachte, ich wüßte nichts, dachte nur, Jory wüßte Bescheid ... Aber ich war auch dagewesen, als die alte Madame Marisha alles herausgeschrien hatte und zwar so laut, daß jeder es im Haus hören konnte, und ich hatte auch ihr Buch gelesen.

Kopf tat immer schlimmer weh. Wußte gar nicht mehr, wer ich nun eigentlich war. Malcolm? Bart? Ja, war jetzt Malcolm, schwaches Herz, müde Beine, kaum noch Haare, aber so verdammt clever und weise.

Dumme Tochter, ihre vier Kinder im zweiten Stock zu verstecken und zu glauben, ich würde nicht früher oder später dahinterkommen. Närrin. Sie hätte wissen müssen, daß John mir alles erzählen würde. Sie hätte so viele Dinge wissen müssen, die sie nicht beachtete oder vergaß. So, sie glaubt also, ich würde bald sterben und niemals diese Stufen hinaufsteigen, aber warum sollte ich das auch, wenn doch John es für mich tun kann. Sieh dich um, habe ich John gesagt, beobachte meine Tochter, finde heraus, was sie tut, sobald sie mir aus den Augen ist. Sie glaubt, ich werde bald sterben, John, und ich werde mein Testament zu ihren Gunsten ändern, aber ich werde zuletzt lachen. Sie wird niemals an mein hart verdientes Geld kommen. Klimper, klimper, klimper, hörst du das Geld in meiner Tasche klimpern wie Musik, die beste Art von Musik? Niemals zu alt, um sie alle auszutricksen – und ich werde gewinnen, wie ich am Ende immer Sieger geblieben bin.

Schlurfend machte ich mich auf den Weg zu ihrem Schlafzimmer, das nach ihren sündigen Liebesakten roch. Ich blieb genau vor der Tür stehen, die geschlossen war. Im Innern fühlte ich mich wie ein kleiner Junge, der leise vor sich hinschluchzte, aber ich mußte Malcolm sein – der stärkere, ältere, klügere Teil von mir. Wo waren die in blauen Nebel gehüllten Berge? Dies war kein großes Haus, das hoch auf einem Hügel stand. Wo waren die Dienstboten, der große Ballsaal, die geschwungene Freitreppe?

Verwirrend, war so durcheinander. Kopf tat wieder weh. Knie begann zu pochen. Rücken schmerzte, bekam bald einen Herzanfall.

»Steh gerade, Bart«, sagte der Mann, der eigentlich mein Onkel war, erschreckte mich. Sprang hoch und war noch mehr durcheinander. »Du bist zu jung, um wie ein alter Mann durch die Gegend zu humpeln, Bart. Und dein Knie ist wieder ganz in Ordnung.« Er gab mir einen freundlichen Klaps auf den Kopf und öffnete die Tür zum Schlafzimmer, wo ich meine Mutter im Bett auf ihn warten sah. Ihre Augen waren weit aufgerissen und starrten zur Decke. Weinte sie? War er gerade aus diesem widerlichen Krankenhaus mit all seinen ansteckenden Keimen gekommen?

»Ich hasse dich!« flüsterte ich wild und versuchte ihn mit meinem Blick zu durchbohren. »Du wähnst dich in Sicherheit, nicht wahr? Du glaubst, ein Arzt könnte nicht bestraft werden – aber Gott hat seinen schwarzen Engel der Rache ausgesandt, damit du und deine Schwester für die Sünde bestraft werden, die ihr begangen habt!«

Er erstarrte und sah mich an, als hätte er mich noch nie in seinem Leben gesehen. Trotzig starrte ich zurück. Er schloß die Tür zu ihrem Schlafzimmer, dann führte er mich den Flur hinunter, so weit weg, daß sie nichts hören konnte. »Bart, gehst du noch immer jeden Tag deine Großmutter besuchen?« Sein Gesicht sah besorgt aus, aber er bemühte sich, freundlich und sanft zu klingen. »Du mußt lernen, nicht alles zu glauben, was du hörst. Manche Menschen erzählen Lügen.«

»Satansbrut!« zischte ich. »Böser Samen in verdorbenes Fleisch gelegt, um des Satans Brut zu zeugen.«

Diesmal packte er meinen Arm so fest, daß es weh tat und schüttelte mich. »Laß mich das, was du da gesagt hast, nie wieder hören! Du wirst niemals deiner Mutter gegenüber so etwas erwähnen. Wenn du es doch tust, dann werde ich dir so den Hintern verprügeln, daß du dich nie wieder setzen kannst. Und das nächste Mal, wenn du diese Frau nebenan siehst, dann erinnere sie daran, daß sie es war, die diesen Samen gepflanzt hat. Beobachte ihr Gesicht dabei, wenn du ihr das sagst... und dann überlege dir, wer hier schlecht und böse ist.«

Ich wich zurück und wollte nicht hören, was er mir zu sagen hatte. Ich lief davon, knallte gegen einen Flurtisch und warf eine teure Lampe auf den Boden.

In meinem Zimmer ließ ich mich auf mein Bett fallen, am ganzen Körper zitternd, keuchend und nach Atem ringend. In meiner Brust war dieser furchtbare klopfende Schmerz, als würden sich Eisenbänder um mich legen, mich zusammenpressen und mir die Luft aus der Lunge quetschen.

Fühlte mich wie eine Tube Zahnpasta, aus der der letzte Rest gequetscht wird, dann rollte ich mich so eng zusammen, wie ich konnte. Schließlich drehte ich mich wieder auf den Rücken und starrte die Decke an, während ich zu weinen begann. Große, dicke Tränen rollten mir über das Gesicht und auf mein Kissen. Wenn ich das Bett aus einem anderen Grund naß gemacht hätte, hätte ich mit meinen zehn Jahren Prügel bekommen, denn ich war zu alt für solche Babysachen.

Wollte ich zehn sein oder achtzig? Wer machte mich so alt? Gott? Waren es diese Kinder, die sich auf dem Dachboden versteckten und versuchten aus dem Schlimmsten das Beste zu machen, was mich dazu trieb zu beweisen, wieviel cleverer Malcolm am Ende war und daß sie niemals davonkommen würden, selbst nachdem er schon unter der Erde lag?

Schlief ein und warf mich unruhig von einer Seite auf die andere. Der kleine Junge weinte immer weiter, als der alte Mann ihn in die Mülltonne warf, so daß ich jetzt bald auf die große Müllhalde hinter der Stadt kam – nur noch zum Verbrennen gut.

Denn Sünder von Sündern, jene, die aus dem Inzest geboren, auch sie müssen bestraft werden, selbst ich, selbst ich, der da in der Mülltonne starb.

Der Zorn der Gerechten

Der Regen prasselte herunter, als würde Gott auf die Erde schießen lassen. Ich stand am hinteren Fenster, sah zu, wie der Regen auf die Gesichter dieser Marmorstatuen schlug, sie dafür bestrafte, daß sie so nackt und sündig waren. Ich wartete, daß Jory nach Hause kam und nach mir sah.

Schlecht. Wir waren beide schlecht, weil wir mit Eltern gelebt hatten, die nicht Eltern hätten sein dürfen, und uns so verdorben hatten.

Hinter mir kam Mammi jetzt herein, gerade zurück von einem Einkaufsbummel, mit rosigen Wangen und lachend. Sie schüttelte sich den Regen aus dem Haar und begrüßte Emma, als wäre alles in Ordnung. Sie setzte ihre Tüten ab, zog sich ihren Mantel aus und meinte, sie hätte eine Erkältung in den Knochen.

»Ich hasse es, wenn es so regnet, Emma. Hallo, Bart – ich hab' dich ja noch gar nicht gesehen. Wo warst du denn? Hast du Sehnsucht nach mir gehabt?«

Wollte nicht antworten. Mußte nicht mehr mitsprechen, jetzt nicht mehr. Brauchte nicht mehr höflich, nett oder auch nur sauber zu sein. Konnte alles tun, was ich wollte. Taten sie auch. Gottes Gesetze bedeuteten ihnen nichts. Bedeuteten mir jetzt auch nichts mehr.

»Bart, es wird dieses Jahr so ein wunderschönes Weihnachten geben«, sagte Mammi, und sie sah dabei nicht mich an, sondern Cindy, die sicher wieder neue Kleider brauchte. »Dies wird unser erstes Weihnachten mit Cindy sein. Die schönsten und besten Familien sind immer die, in denen es Kinder beiderlei Geschlechts gibt, denn so können Jungen von den Mädchen lernen und umgekehrt.« Sie drückte Cindy. »Cindy, du weißt gar nicht, welches Glück du hast, zwei so wunderbare ältere Brüder zu haben, die dich absolut hinreißend finden werden, wenn du erst zu einer richtigen Schönheit herangewachsen bist – falls sie nicht jetzt schon von dir hingerissen sind.«

Junge, wenn sie nur wüßte. Aber wie Malcolm gesagt hatte, schöne Frauen waren dumm. Ich sah in der Küche nach Emma, die nicht schön war und es auch nie gewesen sein konnte. War sie klüger? Konnte sie mich durchschauen?

Emmas Augen hoben sich und kreuzten meinen Blick. Ich schauderte. Ja, häßliche Frauen waren cleverer. Sie wußten, daß die Welt nicht schon deshalb schön war, weil sie selbst etwas Schönheit mitbekommen hatten.

»Bart, du hast mir noch gar nicht gesagt, was du dir vom Weihnachtsmann wünschst.«

Ich starrte sie an. Sie wußte, was ich mir am meisten wünschte. »Ein Pony!« sagte ich. Ich nahm das Taschenmesser, das Jory mir geschenkt hatte, heraus und begann, mir die Nägel zu säubern. Daraufhin mußte Mammi mich immer wieder ansehen, ihr Blick wanderte zwischen mir und Cindys kurzem Haar hin und her, das gerade wieder begann, einigermaßen hübsch auszusehen.

»Bart, steck das Messer weg. Es macht mich nervös. Du könntest dich versehentlich damit verletzen.« Dann nieste sie, einmal, zweimal, dreimal. Sie nieste immer dreimal hintereinander. Sie zog aus ihrer Handtasche ein Papiertuch und putzte sich die Nase, dann schneuzte sie hinein. Verseuchte mir meine schöne saubere Luft mit ihren Schnupfenviren.

Jory kam nicht nach Hause, bis es fast dunkel wurde. Dann marschierte er tropfnaß und mit einem elenden Gesichtsausdruck herein, ging direkt in sein Zimmer und knallte die Tür hinter sich zu. Ich grinste, als ich Mammis Stirnrunzeln sah. So, ihr Liebling liebte sie also auch nicht mehr. Das kam davon, wenn man nur Böses tat.

Noch immer regnete es. Sie sah mich an, große Augen, ein blasses Gesicht, ihr Haar in leuchtenden Locken, die Augen einrahmend, und ich wußte, daß manche Männer sie für eine Schönheit halten würden. Ich riß mir ein Haar aus und nahm das eine Ende zwischen die Zähne, während ich es mit der anderen Hand spannte. Leicht hackte ich es dann mit meinem Messer durch. »Gutes Messer«, sagte ich, »scharf wie ein Rasiermesser. Gut, um damit Haare abzuschneiden, Beine, Arme ...« Ich grinste, als sie erschrocken aussah. Mächtig. Ich fühlte mich so mächtig. John Amos hatte recht. Frauen waren nur ängstliche, verschreckte Imitationen von Männern.

Der Regen prasselte noch lauter. Der Wind wehte ums Haus und heulte über die Hügel. Kalt draußen, dunkel und kalt. Die ganze Nacht regnete es, und auch am nächsten Morgen hatte es nicht aufgehört. Emma fuhr weg, weil es Donnerstag war, und sie wollte einen Besuch bei einer Freundin machen, wie sie es immer donnerstags tat. »Machen Sie sich einen ruhigen Tag, Madam«, sagte sie zu Mammi in der Garage. »Sie sehen nicht gut aus. Nur weil Sie kein Fieber bekommen haben, heißt es noch lange nicht, daß Sie nicht eine Erkältung ausbrüten. Bart – benimm dich und mach deiner Mutter keinen Ärger.«

Ich lief aus der Garage in die Küche, und irgendwie schlug mein Arm, der eigentlich zu einem Flugzeug als Flügel gehörte, etwas auf dem Frühstückstisch an. Und schon lag der Teller auf dem Boden. Mehrere Teller. Ich sah meine Schüssel mit Müsli dazwischen, Müsli mit Rosinen, die jetzt wie Käfer auf einem Milchmeer schwammen ...

»Bart, das hast du mit Absicht getan!«

»Ja, Mammi, du sagst immer, daß ich alles absichtlich tue. Diesmal wirst du sehen, wie recht du hast. Ich werde es dir zeigen.« Ich nahm mein Glas Milch, von dem ich noch kaum getrunken hatte, und warf es ihr ins Gesicht. Ich verfehlte sie nur um wenige Zentimeter, weil sie sich so schnell bückte.

»Bart, wie kannst du das wagen! Wenn dein Vater nach Hause kommt, werde ich ihm davon erzählen, und er wird dich streng bestrafen.«

Klar, ich wußte ja schon, was er tun würde. Er würde mir den Hintern versohlen. Mir einen Vortrag über Gehorsam halten und darüber, daß man vor seiner Mutter Respekt haben muß. Und diese Schläge würden nicht weh tun. Bei seinem Vortrag würde ich weghören. Ich konnte einfach abschalten und Malcolm sein.

»Warum schlägst du mich nicht, Mammi? Los, komm her ...

Laß mich mal sehen, ob du mir weh tun kannst.« Ich hielt mein Messer stoßbereit, falls sie es doch wagen sollte, näher zu kommen.

Fiel sie mir in Ohnmacht? »Bart, wie kannst du nur so häßlich zu mir sein, wo ich mich heute doch so elend fühle. Du hast deinem Vater versprochen, daß du dich benehmen würdest. Was habe ich getan, daß du mich so wenig magst?«

Ich grinste vielsagend.

»Woher hast du dieses Messer? Das ist nicht das Messer, das Jory dir geschenkt hat.«

»Die alte Frau von nebenan hat es mir gegeben. Von ihr bekomme ich alles, was ich haben will. Wenn ich ihr erzähle, daß ich ein Gewehr haben möchte, ein Schwert, was auch immer, sie besorgt es mir, denn sie ist wie du – schwach, so begierig, mir zu gefallen, wo es doch keine einzige lebende Frau gibt, die mir je gefallen wird.«

In ihren Augen stand jetzt echtes Entsetzen. Sie rückte näher zu Cindy, die noch in ihrem Kinderstühlchen saß und eine große Schweinerei mit ihren Keksen und einem Glas Milch veranstaltete. Tauchte die Kekse in die Milch, bis sie ganz matschig wurden, dann versuchte sie, das Zeug in den Mund zu stecken, bevor es ganz auseinanderfiel. Und sie wurde nicht ausgeschimpft.

»Bart, du gehst sofort in dein Zimmer. Schließ die Tür hinter dir und verriegel sie von innen, und ich werde sie von außen abschließen. Ich will dich nicht mehr sehen, bis dein Vater nach Hause kommt. Und da du ja auch von deinem Frühstück so wenig gehalten hast, verdienst du auch kein Mittagessen.«

»Du kannst mir nicht sagen, was ich zu tun oder zu lassen habe. Wenn du es wagst, dann erzähle ich der ganzen Welt, was du und ›dein Ehemann‹ tun. Bruder und Schwester, die in Sünde zusammenleben. Ihr treibt Unzucht!« Ein gutes »Malcolm-Wort«.

Schwankend hob sie die Hand zum Gesicht und wischte sich über die laufende Nase, stopfte sich das Taschentuch dann in ihre Jeans und nahm Cindy auf den Arm.

»Was hast du vor, Unzüchtige? Willst du dich hinter Cindy verstecken? Sie als Schutzschild nehmen? Das hilft dir nicht, hilft dir nicht, denn ich werde euch beide kriegen ... Und die Polizei kann mir nichts anhaben. Ich bin erst zehn Jahre alt, nur zehn, nur zehn, nur zehn ...« Weiter und weiter sagte ich das, als wäre ich ein Plattenspieler mit einer hängengebliebenen Nadel.

In meinen Ohren flüsterte John Amos' Stimme, die mir sagte, was ich zu tun hatte. Ich sprach wie im Traum: »Es war einmal vor langer Zeit in London ein Mann, den man *Jack the Ripper* nannte, und er brachte Prostituierte um. Ich bringe auch Dirnen um, und böse Schwestern, die nicht Gut und Böse unterscheiden können. Mammi, ich werde dir jetzt zeigen, wie Gott dich für deinen Inzest bestraft.«

Zitternd und bebend stand sie da, sah schwach aus wie ein weißes Kaninchen, zu verängstigt, sich auch nur zu bewegen, Cindy fest an sich gepreßt. So wartete sie, während ich näher heranschlich ... näher, immer näher, mein Messer erhoben.

»Bart«, sagte sie mit einer etwas kräftigeren Stimme, die sie wieder etwas besser unter Kontrolle zu haben schien, »ich weiß nicht, wer dir solche Geschichten erzählt hat, aber wenn du mir oder Cindy etwas antust, wird Gott dich dafür strafen. Selbst wenn die Polizei dich nicht einsperrt oder auf den elektrischen Stuhl schickt.«

Drohungen. Leere Drohungen. John Amos hatte mir längst erzählt, daß ein Junge in meinem Alter alles tun konnte, was er wollte, ohne daß die Polizei ihn daran hindern würde oder bestrafte.

»Ist der Mann, mit dem du lebst, dein Bruder? Ist er das?« schrie ich. »Wage es, mich anzulügen, und ihr sterbt beide.«

»Bart, beruhige dich. Du weißt doch, daß bald Weihnachten ist. Du möchtest doch nicht in eine Anstalt kommen und all die schönen Geschenke verpassen, die der Weihnachtsmann dir unter den Baum legen will.«

»Gibt keinen Weihnachtsmann!« kreischte ich noch wütender – glaubte sie wirklich, daß ich so einen Unsinn für wahr hielt?

»Du hast mich doch immer liebgehabt. Du hast es dein Leben lang nie in Worten gesagt, aber ich konnte es dir an den Augen ansehen, Bart, was hat dich so verändert? Was habe ich getan, daß du mich so haßt? Sag es mir, damit ich mich ändern kann und besser werden kann.«

Man sehe sich das an, versuchte sie mich doch noch Augenblicke vor ihrem Tod für sich zu gewinnen ... vor ihrem Tod und ihrer Erlösung. Gott würde Mitleid mit ihr haben, wenn sie so abgeschlachtet und in jeder möglichen Art verstümmelt wurde.

Kniff die Augen zusammen und hob meine rasiermesserscharfe Klinge, die ich nicht von der Großmutter bekommen hatte – es war ein Geschenk von John Amos, das er mir kurz nach der Ankunft dieser alten Hexe Marisha gemacht hatte.

»Ich bin der schwarze Engel des Herrn«, sagte ich mit meiner zittrigen alten Stimme, »und ich bin hier, um Gericht über dich zu halten, denn die Menschen haben deine Sünde noch nicht entdeckt.«

Geschickt drehte sie Cindy und hielt sie so, daß ich die Kleine nicht verletzen konnte, falls ich zustieß. Dann, während ich noch beobachtete, was sie da machte, trat sie mit ihrem rechten Bein zu und erwischte mein Handgelenk voll mit der Fußspitze. Das Messer flog weg. Ich rannte hinterher, aber sie war schneller und trat das Messer unter den Küchenschrank. Ich warf mich auf den Boden, um danach zu tasten, und in diesem Augenblick mußte sie schnell Cindy auf den Boden gesetzt haben, denn plötzlich war sie hinter mir und drehte mir die Arme auf den Rücken. Mit einer Haarsträhne von mir in der anderen Hand riß sie mich hoch und zwang mich aufzustehen.

»Jetzt wirst du sehen, wer hier der Boß ist, und wer bestraft wird.« Sie schob und zerrte mich und ließ mein Haar die ganze Zeit nicht los, während sie mich in mein Zimmer führte und auf den Boden warf. Schneller als ich aufspringen konnte, hatte sie die Tür zugeschlagen und von außen abgeschlossen. Ich war eingesperrt.

»Du Hure, laß mich raus. Laß mich raus, oder ich setze das ganze Haus in Brand. Und wir werden alle verbrennen.«

Ich hörte ihren rasselnden Atem, als sie sich keuchend von außen gegen meine Tür lehnte. Ich suchte nach den Streichhölzern und Kerzen, die ich in meinem Zimmer bereithielt. Weg.

All meine Streichhölzer, meine Kerzen, sogar das Feuerzeug, das ich John Amos gestohlen hatte.

»Dieb!« brüllte ich. »Niemand in diesem Haus, außer Dieben, Lügnern, Huren und Betrügern! Ihr seid alle nur hinter meinem Geld her! Du glaubst, ich sterbe noch heute oder morgen, oder nächste Woche oder nächsten Monat – aber ich werde leben, um dich im Grab zu sehen, Mammi! Ich werde leben, bis auch die letzte von den Dachbodenmäusen tot ist!«

Sie rannte den Flur entlang. Ich hörte das Klappern ihrer Sandaletten. Jetzt hatte ich mir selbst Angst eingejagt, und ich wußte nicht mehr, was ich tun sollte. Hatte John Amos mir nicht erzählt, ich sollte bis Heiligabend warten, so daß alles mit dem anderen Feuer in Foxworth Hall zusammenfiel. Mache es auf die gleiche Art, nur ein bißchen anders.

»Mammi«, flüsterte ich auf den Knien unter Tränen, »ich habe nichts von diesen bösen Sachen gemeint. Mammi, bitte geh nicht weg und laß mich alleine. Mag nicht alleine bleiben. Mir gefällt nicht, was mit mir passiert, Mammi. Warum mußtest du auch so tun, als ob dein Bruder dein Mann wäre? Warum konntest du nicht einfach mit ihm und uns zusammenleben und anständig sein?« Ich schluchzte und fürchtete mich vor dem, was sein konnte, wenn ich böse war.

Sie brauchte doch nicht die Tür abzuschließen, wenn sie Cindy bei sich hatte. Niemals konnte sie mir auch nur ein bißchen vertrauen. Aber das war wohl, weil sie sich selbst auch nie zu helfen wußte, traute sich nichts zu, genausowenig wie mir. Sie war schon schlecht geboren und schön, und nur durch den Tod würde ihre sündige Seele vor Gott Gnade finden. Ich seufzte und stand auf, um zu tun, was ich konnte, um sie vor diesem Chaos zu retten, das sie aus ihrem Leben gemacht hatte und unserem. »Mammi«, schrie ich. »Schließ die Tür auf! Ich bringe mich um, wenn du das nicht tust. Ich weiß jetzt alles über dich, was du und dein Bruder tun – die Leute nebenan haben mir alles über deine Kindheit erzählt und aus deinem Buch habe ich den Rest erfahren. Schließ die Tür auf, wenn du nicht willst, daß ich gleich tot hier liege.«

Sie kam tatsächlich zu meiner Tür und schloß auf. Sie sah mir forschend ins Gesicht, sogar während sie sich die Nase putzte und das Haar ordnete. »Was hast du damit gemeint, die Leute nebenan hätten dir alles erzählt? Wer sind die Leute nebenan?«

»Du wirst es schon merken, wenn du sie besuchst«, sagte ich hinterhältig, denn plötzlich war ich wieder böse. Diese verdammte Cindy, die sie immer mit sich herumschleppen mußte. Mich hatte sie doch auf die Welt gebracht, nicht diese Cindy. »Dort drüben ist ein alter Mann, der von dir und dem Dachboden weiß, geh nur hinüber und sprich mit ihnen, Mammi, und du wirst dich nicht mehr so glücklich fühlen, eine Tochter zu haben.«

Der Mund stand ihr offen, während ihre blauen Augen eisiger Schrecken erfüllte. Ganz dunkel wurden diese Augen. »Bart, bitte erzähl mir keine Lügen.«

»Erzähle nie Lügen, bin nicht wie du«, sagte ich und beobachtete, daß sie so zu zittern begann, daß Cindy ihr fast aus dem Arm glitt. Ein Jammer, daß sie das Balg nicht fallen ließ. Aber auf dem Teppichboden hätte sie sich bestimmt nicht sehr weh getan.

»Du bleibst jetzt hier und wartest auf mich«, sagte sie, während sie zum Garderobenschrank lief. »Bitte, tu einmal in deinem Leben, was ich dir sage. Setz dich vor den Fernseher, iß alles, was du an Süßigkeiten finden kannst, aber bleib im Haus und lauf nicht in den Regen.«

Sie ging nach nebenan. Ich spürte Panik in mir aufsteigen und fürchtete mich, daß sie nicht zurückkommen würde. Fürchtete mich, daß sie am Ende nicht gerettet wurde, fürchtete mich vielleicht sogar, daß dies am Ende kein Spiel war, das John Amos spielte – überhaupt kein Spiel. Aber ich konnte nicht sprechen, denn Gott stand auf der Seite von John Amos, er mußte mit ihm sein, denn er sündigte nicht.

In ihrem wärmsten Wintermantel und mit weißen Fellstiefeln nahm Mammi Cindy auf den Arm, die auch warm angezogen war. »Sei ein guter Junge, Bart, und denke immer daran, daß ich dich liebe. Ich bin in zehn Minuten zurück, auch wenn der Himmel allein weiß, was diese Frau in Schwarz über uns erfahren haben kann.«

Ich warf ihr einen schnellen, verschämten Blick zu. Ihr Gesicht war so blaß und besorgt. Mammi würde völlig durchdrehen, wenn sie meine Großmutter traf, die ihre eigene Mutter war. Mammi würde in eine Zwangsjacke gesteckt werden müssen, und ich würde sie niemals wiedersehen.

Warum freute ich mich nicht darüber, daß Gott jetzt mit ihrer Strafe begonnen hatte und auch mit ihrer Erlösung? Mein Kopf schmerzte wieder so. Im Magen war mir komisch. Die Beine wollten mir nicht mehr gehorchen, sondern bekamen das Gewicht von Blei und einen eigenen Willen. Sie zogen mich mit sich zum Garderobenschrank, kaum daß Mammi die Tür zugeschlagen hatte.

Mammi, schrie meine Seele, geh nicht und laß mich nicht allein. Ich will nicht allein sein. Niemand wird mich lieben außer dir, Mammi, niemand je wieder. Bitte geh nicht dort hinüber – laß John Amos dich nicht sehen. Hätte nichts sagen sollen. Hätte wissen müssen, daß du nicht hiergeblieben wärst, wo es sicher ist. Ich zog meinen Mantel an und lief zum vorderen Fenster, wo ich sehen konnte, wie sie Cindy in den Regen und den kalten Wind hinaustrug. Ganz so, als könne sie, eine gewöhnliche Frau, sich Gott und seinem Zorn entgegenstellen.

Sobald sie außer Sicht war, schlüpfte ich nach draußen und begann ihr zu folgen. Bedeutete dieser neue Mantel, daß sie mich am Ende wirklich liebte? Nein, sagte der weise alte Mann in meinem Kopf, das bedeutet gar nichts. Geschenke, Spielsachen und Kleider waren einfach nur dazu da, um Kinder bei der Stange zu halten – selbst wenn die Eltern ihnen gleichzeitig Arsen auf die Berliner streuten. Was am allerwichtigsten war, das gaben die Eltern nicht – Sicherheit.

Ich seufzte schwer und hoffte, daß ich eines Tages irgendwo die Mutter finden würde, die für immer bei mir blieb, die Mutter, die für mich die richtige war – die immer verstehen würde, daß ich nur mein Bestes tat, so gut ich konnte.

Draußen wehte mir der Wind die Kapuze vom Gesicht und trieb mir den Regen in die Augen. Zwanzig Meter vor mir konnte ich Mammi sehen, die ihre Schwierigkeiten hatte, Cindy festzuhalten. Denn Cindy strampelte und wollte sich befreien, um nach Hause zu laufen, während sie schrie: »Mag keinen

Regen! Bring mich nach Hause! Mammi, will nicht dahin gehen!«

Versuchte, sie zu trösten, während sie weitermarschierte und sich gleichzeitig bemühte, die Kapuze über dem Kopf zu behalten. Schließlich gab sie die Anstrengungen auf, sich selbst vor dem Regen zu schützen, und konzentrierte sich darauf, Cindy so trocken wie möglich zu halten. Schon klebte ihr Haar so platt am Kopf, wie mein Haar immer aussah.

Mammi rutschte auf dem Schlamm aus, der aus den Hügeln auf die Straße gespült wurde, und verlor fast das Gleichgewicht. Aber dann schaffte sie es, auf den Beinen zu bleiben. Cindy kreischte und schlug ihr mit den kleinen Fäusten ins Gesicht. »Nach Hause! Ich will nach Hause!«

Rannte schnell hinter ihr her, denn sie sah sich nicht um. Mußte sich ganz auf den Weg konzentrieren. »Hör auf, so herumzustrampeln! Cindy!«

Hohe Mauer. Eisernes Gitter. Großes, starkes Tor. Magische Kästen, in die man hineinsprach. Eine Stimme antwortete – und wie der Wind heulte. Gott und dem Wind bedeutete die Privatsphäre nicht viel, überhaupt nichts.

Hörte die Stimme von Mammi, als sie versuchte, den Wind und den Regen zu übertönen: »Hier ist Catherine Sheffield. Ich wohne nebenan, und Bart ist mein Sohn. Lassen Sie mich herein, damit ich mit der Dame des Hauses sprechen kann.«

Schweigen, nur der Wind.

Dann rief meine Mammi noch lauter: »Ich will sie sofort sehen, und wenn ich über diese Mauer klettern muß. Ich komme herein, so oder so – also öffnen Sie das Tor, und ersparen Sie mir die Mühe.«

Ich hielt mich im Hintergrund und wartete. Dabei mußte ich keuchen, als hätte ich tatsächlich ein schwaches Herz. Langsam, ganz langsam öffnete sich jetzt das große, schwarze Eisentor.

Einen Augenblick lang wollte ich laut schreien: Nein! Geh nicht in diese Falle, Mammi! Aber ich war nicht einmal sicher, ob es hier überhaupt eine Falle gab. Ich hatte nur Angst, daß zwischen John Amos und dem Malcolm in mir, daß mit diesen beiden ... jedenfalls würde nichts Gutes dabei herauskommen, wenn Mammi in Großmutters Haus ging. Schnell huschte ich zwischen den Torflügeln durch, die sich leise hinter mir schlossen. Klack. Klang wie eine Gefängnistür.

Vor mir kämpfte sie sich zum Haus, während Cindy den ganzen Weg schrie und weinte. Als die beiden beim Haus ankamen, schienen sie naß bis auf die Haut zu sein. Ich war das jedenfalls, und ich hatte zwei Hände frei, mit denen ich mir den Kragen zusammenhielt.

Mammi stolperte die Stufen hinauf, preßte Cindy an sich, die sich noch immer losreißen wollte. Sie hob den losen Unterkiefer des kupfernen Löwenkopfes und klopfte laut.

John Amos hatte sie erwartet, denn er schwang eine Seite der Doppeltür sofort weit auf und verbeugte sich tief, als müsse er eine Königin begrüßen. Rannte, rannte dann so schnell ich konnte los, damit ich nicht das geringste verpaßte. Schnell zum Seiteneingang und den Kellerkorridor entlang zum Speiseaufzug – hoffte, sie wären in dem anderen Raum, denn hinter den Topfpalmen war kein besonders sicheres Versteck. Jory hatte mich dort schon einmal gefunden, und es konnte mir wieder passieren.

Ich kroch in den Aufzug, nachdem ich meinen Mantel auf den Boden geworfen hatte, dann schob ich oben die Tür einen kleinen Spalt auf. Mammi war wahrscheinlich noch in der Eingangshalle, um sich ihren nassen Mantel und die schmutzigen weißen Stiefel auszuziehen.

Dann erschien sie in der Tür, ohne ihren Mantel und ihre Stiefel. Ich hatte nicht einmal Zeit gehabt nachzusehen, ob meine Großmutter tatsächlich in ihrem Schaukelstuhl saß – aber da war sie.

Steif erhob sie sich und trat meiner Mutter entgegen, die zitternden Hände hinter ihrem Rücken verborgen, den Schleier so um den Kopf geschlungen, daß er fast ihr ganzes Gesicht und ihre Haare verbarg.

Etwas Kleines, Schwaches und Junges in mir wollte losweinen, als ich Mammi so in ›ihren‹ Raum treten sah, noch immer Cindy auf dem Arm, nur daß man Cindys Mäntelchen ausgezogen hatte. Sie war völlig trocken, wohingegen Mammis Haar ihr im Gesicht klebte und in Strähnen vom Kopf hing. Ihr gerötetes Gesicht wirkte so fiebrig, daß ich schon wieder weinen wollte. Was, wenn Gott sie in diesem Augenblick tot umfallen ließ? Was, wenn er sie in Wahrheit lieber im Höllenfeuer schmoren lassen wollte?

»Es tut mir leid, daß ich so bei Ihnen hereinplatze«, sagte meine Mammi. Es kam mir vor, als würde sie gleich auf sie einschlagen. »Aber ich brauche einige Antworten auf meine Fragen. Wer sind Sie? Was erzählen Sie meinem jüngsten Sohn? Er hat mir furchtbare Dinge erzählt, von denen er behauptet, er hätte sie von Ihnen. Ich kenne Sie nicht, und Sie kennen mich nicht, wie können Sie also etwas anderes als Lügen über mich erzählen?«

Bis jetzt hatte meine Großmutter kein Wort gesagt. Sie starrte bloß Mammi und dann Cindy an.

Meine Großmutter wies auf einen Stuhl, dann beugte sie den Kopf, als wolle sie damit sagen, daß es ihr leid täte. Warum redete sie nicht?

»Was für ein hübsches Zimmer«, sagte Mammi und ließ ihren Blick über die kostbaren Möbel wandern. Dann erschien ein besorgter Ausdruck in ihren Augen, und selbst ihr Lächeln wurde gezwungen. Sie stellte Cindy auf die Füße und versuchte sie an der Hand zu halten. Aber Cindy wollte all diese schönen, neuen Dinge erkunden.

»Ich werde nicht länger als unbedingt nötig bleiben«, fuhr Mammi fort, während sie ständig ein Auge auf Cindy hielt, die alles anfassen mußte. »Ich habe eine schwere Erkältung und möchte gerne nach Hause in mein Bett, aber vorher muß ich herausfinden, was Sie meinem Sohn erzählt haben, daß er nach Hause kommt und furchtbare Dinge sagt. Er respektiert mich nicht mehr als Mutter. Wenn Sie mir das erklären können, werde ich wieder gehen.«

Großmutter nickte und hielt ihre Augen gesenkt, als wäre sie tatsächlich so eine Araberfrau. Aus der Art, wie Mammi sie ansah, konnte ich ablesen, daß Großmutter für eine Ausländerin gehalten wurde, die unser gutes Englisch nicht verstand.

Mammi setzte sich unaufgefordert zum Feuer hinüber, woraufhin Cindy angelaufen kam und sich zu ihren Füßen auf den Boden kauerte.

»Dies ist eine einsame Gegend. Als Bart nach Hause kam und mir erzählte, daß die Lady nebenan ihm dieses und jenes gesagt hat, wußte ich, daß nur Sie das gewesen sein können. Wer sind Sie? Warum versuchen Sie, meinen Sohn gegen mich aufzuhetzen? Was habe ich Ihnen je getan?« Sie fragte weiter, denn die Frau in Schwarz sagte kein Wort. Mammi beugte sich vor, um Großmutter noch eingehender zu mustern.

Hatte Mammi schon einen Verdacht? War sie doch so clever, daß sie trotz des schwarzen Schleiers und des langen schwarzen Kleides hinter die Verkleidung sehen konnte? »Also los, ich habe Ihnen meinen Namen gesagt. Seien Sie bitte so höflich, mir jetzt Ihren zu nennen.«

Keine Antwort, nur ein schüchternes Nicken des schwarzverschleierten Kopfes.

»Oh, ich glaube, ich verstehe«, sagte Mammi mit einem überraschten Stirnrunzeln. »Sie sprechen wohl kein Englisch.«

Die Frau schüttelte wieder den Kopf. Mammis Stirnrunzeln vertiefte sich. »Ich verstehe wirklich nicht. Sie scheinen zu verstehen, was ich sage, doch Sie geben mir keine Antwort. Sie können doch nicht stumm sein, sonst hätten Sie meinem Sohn nicht so viele Lügen erzählen können.«

Die Zeit lief davon. Niemals hatte ich die Uhr mit dem Marmorgehäuse lauter ticken hören. Meine Omi schaukelte bloß auf ihrem Stuhl, als ob sie niemals sprechen oder den Kopf heben würde.

Mammi wurde langsam aufgebracht. Plötzlich sprang Cindy auf und rannte zu einem Tischchen, auf dem ein Porzellankätzchen stand. »Cindy, stell das wieder hin.«

Widerstrebend gehorchte Cindy und stellte die Katze vorsichtig zurück. Sobald die Katze aus ihrer Hand war, sah Cindy sich nach etwas anderem Interessantem um. Sie entdeckte den Torbogen zum nächsten Raum, und schon war sie unterwegs. Mammi rannte sofort hinterher, um Cindy von ihrem Streifzug abzuhalten. Cindy hatte auch so ihre Art wie ich, alles untersuchen zu wollen – auch wenn sie dabei nicht so viel kaputtmachte.

»Nicht dort hinein!« rief meine Großmutter, als auch sie aufsprang.

Völlig schockiert drehte meine Mutter sich langsam um. Cindy war vergessen. Ihre Augen öffneten sich weit, und das Blut wich aus ihrem Gesicht, während sie die Frau in Schwarz anstarrte, die ihre nervösen Hände nicht daran hindern konnte, jetzt zum Kragen des schwarzen Kleides zu fahren. Schon hatte sie die Perlenkette zwischen den Fingern und knetete daran herum.

»Ihre Stimme, ich habe diese Stimme schon gehört.«

Großmutter sagte nichts.

»Diese Ringe an Ihren Fingern habe ich auch schon einmal gesehen. Woher haben Sie diese Ringe?«

Hilflos zuckte meine Großmutter die Achseln und ließ schnell die Finger unter ihrem schwarzen Kleid verschwinden. »Modeschmuck«, sagte sie auf eine fremde, rauhe, ausländische Art. »Ausverkauf.«

Mammis Augen zogen sich zusammen, während sie weiter auf diese Frau starrte und starrte, die keine Fremde war. Ich saß mit angehaltenem Atem da und wunderte mich, was wohl passieren würde, wenn sie es herausfand. Oh, Mammi würde dahinterkommen. Ich wußte, daß man meine Mutter nicht so leicht täuschen konnte.

Als wären ihre Knie plötzlich weich geworden, sank Mammi auf den nächsten Stuhl, vergaß, wie naß ihre Kleider noch immer waren, vergaß, daß Cindy irgendwo durch das Haus wanderte.

»Sie verstehen ein wenig Englisch, merke ich«, sagte sie ruhig und sehr langsam. »In dem Augenblick, als ich in dieses Zimmer kam, hatte ich das Gefühl, die Zeit wäre zurückgedreht und ich wäre wieder ein Kind. Meine Mutter hatte denselben Geschmack bei Möbeln und mochte dieselben Farben. Selbst die Ringe an Ihren Fingern sehen aus wie die Ringe, die sie zu tragen pflegte. Sie haben sie in einem Schmuckgeschäft gekauft?«

»Viele Frauen mögen solche Zimmer ... und Schmuck dieser Art«, sagte die Lady in Schwarz.

»Sie haben eine seltsame Stimme ... Mrs.?«

Wieder ein Schulterzucken von der schwarzen Gestalt.

Mammi stand auf und ging nach nebenan, um Cindy zu holen. Ich hielt die Luft an. Dort hing das Portrait, sie mußte es sehen. Aber sie schien Cindy gleich gefunden zu haben, ohne sich umzusehen, denn schon war sie wieder zurück. Sie setzte sich neben den Kamin und hielt Cindy fest an der Hand.

»Was für eine bemerkenswerte Einrichtung Sie hier haben. Wenn ich die Augen schließe, könnte ich schwören, ich wäre in Foxworth Hall und sähe mir alles von der Freitreppe aus an.«

Dunkel, dunkel waren die Augen meiner Großmutter hinter ihrem Schleier.

»Tragen Sie Perlen? Es schien mir, als hätte ich eine Perlenkette an Ihrem Hals gesehen. Diese Ringe sind so schön. Sie zeigen Ihre Ringe, warum dann nicht auch Ihre Perlen?«

Wieder ein Achselzucken von meiner Großmutter.

Cindy hinter sich herziehend trat Mammi näher zu dieser Frau, die ich nicht länger als meine Großmutter ansehen mochte. »Wenn ich hier stehe, steigen alle möglichen Erinnerungen in mir auf«, sagte Mammi. »Ich erinnere mich an eine Weihnachtsnacht, in der Foxworth Hall bis auf die Grundmauern abbrannte. Die Nacht war so kalt und es schneite, aber das Feuer brannte hell wie am Sonnwendtag. Ich riß all die Ringe von meinen Fingern und warf die Diamanten in den Schnee. Ich dachte mir, daß sie nie wieder jemand finden würde. Aber, Madam, sie tragen den Diamantring, den ich in den Schnee warf! Später hat Chris all diesen Schmuck aufgesammelt, weil er seiner Mutter gehörte! Seiner kostbaren Mutter!«

»Ich bin auch krank. Gehen Sie«, flüsterte die einsame Gestalt in Schwarz und schritt in die Mitte des Zimmers, weil sie Angst hatte, in dem Schaukelstuhl gefangen zu werden.

Aber sie saß schon in der Falle.

»Du!« schrie meine Mutter. »Ich hätte es wissen müssen! Es gibt keine andere Perlenkette mit einem diamantbesetzten Schmetterling als Schloß außer deiner.«

»Natürlich geht es dir schlecht!« brüllte meine Mutter. »Was sollte es dir auch sonst sein als schlecht! Ich weiß, wer du bist! Jetzt bekommt alles einen Sinn. Wie konntest du es nur wagen, noch einmal in mein Leben zu treten! Nach allem, was du uns angetan hast, bist du also zurückgekommen, um noch mehr anzurichten. Ich hasse dich. Ich verabscheue dich für alles, was du getan hast, aber ich hatte niemals die Chance, es dir wirklich heimzuzahlen. Dir Bart wegzunehmen war noch lange nicht genug. Jetzt habe ich endlich die Chance, noch mehr zu tun.«

Cindy loslassend sprang sie vor und packte meine Großmutter, die versuchte fortzulaufen und sie abzuschütteln, aber meine Mutter war stärker. Atemlos und aufgeregt sah ich zu, wie die beiden Frauen aneinander zerrten.

Meine Großmutter schien unter dem wütenden Angriff zusammenzuschrumpfen, sie wehrte sich kaum und schien nicht zu wissen, was sie tun sollte. Dann brach Cindy in lautes Angstgeheul aus. »Mammi, laß uns nach Hause gehn.«

Die Tür öffnete sich, und John Amos hinkte rasch herein. Als meine Mutter gerade zum nächsten Angriff überging, legte er meiner Großmutter seine große, knotige Hand auf die Schulter. Ich hatte noch nie gesehen, daß er sie berührte.

»Mrs. Sheffield«, begann er mit seiner winselnd zischenden Stimme, »Sie wurden höflich in diesem Haus empfangen, und nun fallen Sie über meine Frau her, die schon seit mehreren Jahren krank ist. Ich bin John Amos Jackson, und das ist meine Frau Mrs. Jackson.«

Verblüfft konnte Mammi ihn nur anstarren.

»John Amos Jackson«, wiederholte meine Mutter langsam den Namen langgedehnt. »Ich habe diesen Namen schon einmal gehört. Gestern habe ich mein Manuskript Korrektur gelesen, und ich habe daran gedacht, wie ich diesen Namen leicht abändern könnte. Sie sind der John Amos Jackson, der früher Butler in Foxworth Hall war! Ich erinnere mich an Ihre Glatze, wie sie im Licht der großen Leuchter schimmerte.« Sie tastete neben sich nach Cindys Hand, dachte ich jedenfalls. Aber dann riß sie statt dessen blitzschnell den Schleier von Großmutters Gesicht.

»Mutter!« schrie sie. »Ich hätte schon vor Monaten wissen müssen, daß du es bist. Vom ersten Augenblick an, als ich dieses Haus betrat, spürte ich deine Gegenwart, dein Parfüm, die Farben, die Möbel. Du warst intelligent genug, dein Gesicht und deinen Körper in Schwarz zu hüllen, aber du warst so dumm, deinen Schmuck weiterzutragen. Ist das Verrücktheit oder ist es Dummheit, daß du geglaubt hast, ich könnte dein

Parfüm und deine Juwelen je vergessen?« Sie lachte, wild und hysterisch, wirbelte im Kreis herum, schneller und schneller, so daß John Amos, der sie an einem weiteren Angriff hindern wollte, unbeholfen herumstolperte, um sie zu fassen zu bekommen.

Das mußte man gesehen haben – sie tanzte ja! Überall um meine Großmutter wirbelte sie herum, schlug mit ihren Händen blitzschnell nach ihr – und selbst während sie mit ihren Beinen durch die Luft peitschte, schrie sie: »Ich hätte wissen müssen, daß du es warst. Seit du hier eingezogen bist, benimmt sich Bart verrückt. Du konntest uns nicht in Ruhe lassen, niemals! Du mußtest hierherkommen und versuchen, wieder alles zu zerstören, was Chris und ich aufgebaut haben. Das erste Mal, daß wir glücklich waren. Und nun ist es dir wieder gelungen. Du hast es geschafft, Bart so verrückt zu machen, daß er eingesperrt werden muß wie du selbst. Oh, wie ich dich dafür hasse. Ich habe so viele Gründe, dich zu hassen. So verdammt viele. Cory, Carrie und jetzt Bart – hast du uns nicht schon genug Leid zugefügt?« Sie sprang, trat meiner Großmutter ans Knie, so daß sie aus dem Gleichgewicht gerissen wurde. Schon lag sie als Bündel schwarzer Lumpen auf dem Boden und meine Mutter war über ihr, riß ihr die Perlenkette mit dem Schmetterlingsschloß herunter.

Mit beiden Händen riß sie daran, bis die Kette nachgab und die Perlen sich über den dicken Orientteppich verteilten, der sie lautlos schluckte.

John Amos packte meine Mutter rauh und riß sie auf die Beine. Er schüttelte sie, bis Mammis Kopf hin und her pendelte. »Heben Sie die Perlen auf, Mrs. Sheffield«, befahl er mit einer harten, bösen Stimme, die plötzlich sehr kräftig klang. Ich war überrascht, daß er meine Mutter so grausam behandelte. Ich wußte, was Jory jetzt getan hätte – er wäre hingelaufen und hätte gegen John Amos gekämpft, um Mammi zu retten. Aber ich, ich wußte nicht, was ich tun sollte. Gott da oben wollte Mammi doch für ihre Sünden leiden lassen, und wenn ich sie jetzt rettete, was würde Gott dann mit mir tun? Abgesehen davon war Jory auch wesentlich größer, und Daddy sagte immer, alles hatte seinen guten Grund und am Ende kam immer das Beste heraus – deshalb mußte das hier wohl so sein, obwohl ich mich sehr elend dabei fühlte.

Aber Mammi brauchte auch gar keine Hilfe. Sie warf den Kopf zurück und knallte ihm ihren Schädel gegen die falschen Zähne. Ich hörte sie knirschen, als sie sich losriß. Dann war er mit noch größerer Entschlossenheit hinter ihr her. Er wollte sie umbringen, und er wollte selbst Gottes Zorn vollstrecken!

Schneller, als ich mich bewegen konnte, kam Mammis Knie hoch und traf ihn voll zwischen den Beinen. John Amos kreischte, knickte zusammen und stürzte zu Boden, wo er sich stöhnend herumrollte. »Zur Hölle mit dir!«

»Fahr selber zur Hölle, John Amos Jackson«, schrie meine Mammi zurück. »Faß mich ja nicht noch einmal an, oder ich kratze dir die Augen aus.«

Inzwischen war meine Großmutter wieder auf die Beine gekommen und stand unsicher schwankend mitten im Zimmer, während sie versuchte, sich den zerrissenen Schleier wieder ums Gesicht zu hüllen. Da bekam sie eine Ohrfeige von meiner Mutter, so daß sie rückwärts in ihren Schaukelstuhl taumelte. »Zur Hölle mit dir, Corinna Foxworth, mit dir auch! Ich habe gehofft, nie wieder dein Gesicht zu sehen. Ich habe gehofft, du würdest in diesem ›Sanatorium‹ sterben und mir die Qual ersparen, dich noch einmal ansehen zu müssen und diese Stimme wieder zu hören, die ich einmal geliebt habe. Aber ich habe nie Glück gehabt bei meinen Wünschen. Ich hätte wissen müssen, daß du nicht einmal anständig genug bist, Chris und mich bis zu deinem Tod in Ruhe zu lassen. Du bist wie dein Vater und klammerst dich verzweifelt an ein Leben, das zu leben nicht wert ist.«

Oh, ich hatte bisher gar nicht gewußt, daß meine Mutter so furchtbar wütend werden konnte. Sie war genau wie ich. Ich fühlte mich schockiert und erschrocken, als ich jetzt mit ansehen mußte, wie meine Mutter wieder auf meine alte Großmutter losging und sie mitsamt dem Schaukelstuhl zu Boden warf. Dort wälzten sich die beiden, während John Amos noch immer stöhnte, als würde er nie wieder auf die Beine kommen. Einen Augenblick später saß meine Mutter schon auf der Großmutter und riß ihr all die teuren glitzernden Ringe von den Fingern.

Schwach versuchte meine Großmutter, sich und ihren Schmuck zu verteidigen.

»Bitte, Cathy, tu mir das nicht an«, flehte sie.

»Du! Wie lange habe ich mich danach gesehnt, dich so vor mir auf dem Boden zu haben. Dich betteln zu hören. Ich hatte vorhin unrecht – das ist mein größter Glückstag. Meine Chance, noch einmal meine Rache für all das, was du getan hast, zu bekommen. Sieh nur zu, was ich mit all deinen kostbaren Ringen mache.« Sie hob den Arm und schleuderte mit einer wilden Geste all die Ringe in das lodernde Kaminfeuer. »Da, da! Jetzt ist es passiert!« schrie meine Mammi, »das, was schon vor langer Zeit in der Nacht von Barts Tod hätte passieren müssen.«

Mit einem bösen Lachen rannte sie zu Cindy, hob sie in die Arme, dann lief sie zum Garderobenschrank draußen, um ihre und Cindys Sachen herauszuholen.

John Amos hatte sich endlich aufgerafft und murmelte etwas über eine Satansbrut, die längst hätte sterben müssen, als sie noch eingesperrt und hilflos war. »Verdammte Furie, dich hätte man schon totschlagen müssen, bevor du noch mehr von deiner Satansbrut zeugen konntest!«

Ich hörte es. Vielleicht bekam Mammi es nicht mit.

Ich kroch aus dem Aufzug, ohne daß meine Großmutter mich bemerkte, die weinend auf dem Boden saß.

Mammi hatte jetzt ihre Stiefel an und ihren weißen Mantel, trotzdem zitterte sie, als sie jetzt wieder zur Tür hereinkam und zu der Frau sah, die noch immer am Boden war. »Was hast du gesagt, John Amos Jackson? Habe ich gehört, daß du mich Furie genannt hast, Satansbrut? Sage mir das noch einmal ins Gesicht! Los, sag es mir! Jetzt, nachdem ich eine Erwachsene bin und kein verängstigtes Kind mehr, jetzt, nachdem meine Arme und Beine stark geworden sind und deine schwach. Glaub ja nicht, daß du mit mir jetzt noch so einfach fertig wirst – denn ich bin nicht alt und schwach, und ich habe keine Angst mehr.«

Er kam auf sie zu mit einem Schürhaken in der Hand, den er sich vom Kamin geholt haben mußte. Sie lachte und schien ihn für einen Narren und einen leichten Gegner zu halten.

Schnell wich sie aus, dann trat sie ihm mit ihrem gesunden Bein kräftig in den Hintern, daß er der Länge nach aufs Gesicht fiel und vor Wut brüllte.

Ich schrie auch. Das war falsch! Dies war nicht die Art, wie John Amos und ich es geplant hatten, die Rache Gottes über alle zu bringen. Er sollte ihr nicht weh tun.

Mammi sah mich. Ihre blauen Augen weiteten sich, ihr Gesicht wurde wieder blaß und sie schien zusammenzuschrumpfen. »Bart.«

Ich flüsterte: »John Amos hat mir alles erzählt, was ich tun sollte.«

Sie wirbelte zu meiner Großmutter herum. »Sieh nur, was du angestellt hast. Du hast meinen eigenen Sohn gegen mich gehetzt. Und immer kommst du mit allem durch, sogar mit Mord. Du hast Cory vergiftet und Carries Gedanken vergiftet, so daß sie sich selbst umgebracht hat, hast Bart Winslow umgebracht, als du ihn zurück in das brennende Haus schicktest, um das Leben einer furchtbaren alten Frau zu retten, die niemals zu leben verdient hat – und jetzt hast du auch noch den Kopf meines Sohnes mit bösen Geschichten vergiftet. Und du entkommst der Gerechtigkeit jedesmal, indem du dich für verrückt erklärst. Du warst nicht verrückt, als du Foxworth Hall in Brand gesteckt hast. Das war die erste wirklich raffinierte Idee, die du je in deinem Leben gehabt hast, aber heute habe ich meine Gelegenheit zur Rache.« Und mit diesen Worten rannte sie zum Kamin, nahm die kleine Kohlenschaufel, stieß den Funkenfänger zur Seite und schaufelte rotglühende Kohlen auf den Teppich.

Als der Teppich zu rauchen begann, rief sie mir zu: »Bart, zieh deinen Mantel an, wir gehen nach Hause, und wir werden so weit von hier fortziehen, daß sie uns niemals wiederfinden wird!«

Ich schrie. Meine Großmutter schrie. Aber meine Mutter war so eifrig damit beschäftigt, Cindys Mantel zuzuknöpfen, daß sie nicht sah, wie John Amos wieder zum Schürhaken griff. Erstarrt bemühte ich mich, einen zweiten Warnruf herauszubringen – da landete der Schürhaken auf ihrem Kopf. Sie brach stumm zusammen und stürzte zu Boden wie eine Puppe.

»Du Narr!« schrie meine Großmutter. »Du kannst sie umgebracht haben!«

Alles passierte viel zu schnell. Alles lief falsch. Mammi sollte nicht verletzt werden. Ich wollte das alles sagen, aber das Gesicht von John Amos war verzogen, die Lippen grinsten böse, während er sich meiner Großmutter näherte.

»Cathy, Cathy«, flehte sie auf den Knien und nahm den Kopf meiner Mutter in die Hand. »Bitte stirb nicht, ich habe dich immer geliebt. Ich wollte nie, daß irgend jemandem von euch etwas passiert. Nie wollte ...«

Der Hieb war so hart, daß sie über den Körper meiner Mutter fiel.

Wut raste in mir. Cindy brüllte. »John Amos!« schrie ich. »So hat Gott es nicht geplant!«

Er wandte sich mir zu und lächelte zuversichtlich. »Doch, so wollte es Gott, Bart. Gott sprach letzte Nacht mit mir und hat mir erzählt, was zu tun ist. Hast du deine Mutter nicht sagen hören, daß sie weit, weit weggehen will? Sie würde keinen schwierigen kleinen Jungen mitnehmen, der ihr nur Ärger bereitet, oder? Würde sie dich nicht erst in diese Anstalt stecken? Dann will sie weggehen, und du würdest sie nie wiedersehen, Bart. Genau wie dein Urgroßvater wärst du dann für immer verlassen. Genau wie deine Großmutter würdest du eingeschlossen sein, und sie würdest du dann auch nicht wiedersehen! Das ist die grausame Art, in der das Leben jene behandelt, die ihr Bestes tun wollen. Und nur ich bin es, ich allein, der versucht, sich um dich zu kümmern und dir helfen wird, dieser schrecklichen Anstalt, die schlimmer als jedes Gefängnis ist, zu entkommen.«

Gefängnis, Gefängnis und Gift.

»Bart, hörst du mir zu? Hast du gehört? Begreifst du, daß ich tue, was ich kann, um sie beide für dich zu retten?«

Ich starrte ihn an. Begriff eigentlich überhaupt nichts.

»Ja, Bart, statt eines wirst du jetzt zwei Souvenirs bekommen.«

Wußte nicht, was oder wem ich glauben sollte. Ich starrte auf die beiden Frauen am Boden – meine Mammi, meine Großmutter, die über den schlanken Körper meiner Mammi gefallen war. Da kam es wie eine Sturzflut über mich – ich liebte diese beiden Frauen. Ich liebte sie mehr, als ich es je geahnt hatte. Würde nicht mehr leben wollen, wenn ich eine von ihnen verlor, oder sogar alle beide. Waren sie so schlecht, wie John Amos gesagt hatte? Würde Gott mich strafen, wenn ich sie von der Erlösung durch das Feuer bewahren würde?

Und da stand er vor mir, John Amos, der einzige, der mit mir wirklich ehrlich gewesen war von Anfang an, der mir erzählt hatte, wer mein wirklicher Vater, wer meine wirkliche Großmutter war und wer Malcolm, der Weise und Mächtige, war.

Ich sah in seine kleinen, zusammengekniffenen Augen und suchte nach Anweisungen. Gott stand auf John Amos' Seite, sonst hätte er ihn ja sicher nicht so alt werden lassen.

Er lächelte und stieß mich leicht unter das Kinn. Mich schauderte. Mochte es nicht, wenn man mich anfaßte, wo ich doch gar nichts davon spüren konnte.

»Nun hör mir genau zu, Bart. Du bringst jetzt erst einmal Cindy nach Hause. Dann läßt du sie schwören, nichts davon zu erzählen, oder du schneidest ihr die kleine rosa Zunge ab. Kannst du sie zwingen, das zu versprechen?«

Ich nickte abwesend. Mußte Cindy zwingen.

»Du wirst meiner Mammi und meiner Großmutter nichts tun?«

»Natürlich nicht, Bart. Ich werde sie nur dorthin bringen, wo sie sicher sind. Du wirst sie immer sehen können, wenn du willst. Aber kein Wort davon zu dem Mann, der sich dein Vater nennt, kein einziges Wort. Denk daran, daß auch er dich zu Hause weghaben und in eine Anstalt sperren will. Er hält dich genauso für verrückt wie die anderen. Weißt du nicht, daß sie dich deshalb immer zu diesem Klapsdoktor schicken?«

Ich schluckte. Das Schlucken tat weh. Wußte nicht,was ich tun sollte.

John Amos wußte es. »Jetzt gehst du mit Cindy nach Hause, sorgst dafür, daß die Kleine den Mund hält, schließt dich in deinem Zimmer ein, spielst den Dummen und weißt von nichts. Und denk dran... du jagst deiner kleinen Schwester so eine Angst ein, daß sie sich nicht traut, auch nur ein Wort zu sagen.«

»Sie ist nicht meine kleine Schwester«, flüsterte ich schwach.

»Was macht das schon?« fuhr er mich leicht verwirrt an. »Tu, was ich dir gesagt habe. Folge den Anweisungen, wie Gott von den Menschen verlangt, daß sie seinen Befehlen, ohne zu fragen, folgen – und laß weder deinen Bruder noch deinen Vater wissen, daß du ihr Geheimnis kennst oder daß du eine Ahnung hast, wohin deine Mutter gegangen ist. Spiel den Dummen. Das dürfte dir ja wohl leichtfallen.«

Was sollte das heißen? Wollte er sich über mich lustig machen?

Ich zog die Augenbrauen zusammen und setzte meinen finstersten Blick auf. Ich wurde zu Malcolm. »Hör genau zu, John Amos. Der Tag, an dem du mir über bist, wird der Tag sein, an dem der Elefant durch das Nadelöhr geht. Also spotte meiner nicht und halte mich nicht für dumm ... am Ende gewinne ich immer. Ich war immer derjenige, der zuletzt gelacht hat, im Leben oder aus dem Grab.«

Ich spürte, wie die Macht mich erfüllte. Niemals hatte ich mich so clever und überlegen gefühlt. Ich sah auf die beiden Frauen hinab, die ich liebte. Ja, Gott hatte es so gewollt und mir zwei Mütter gegeben, die ich nun immer für mich alleine haben würde... so daß ich nie wieder einsam war.

»Du hältst jetzt deinen Mund. Erzähl Daddy oder Jory kein Wort, oder ich schneide dir mit meinem Taschenmesser die Zunge ab«, sagte ich zu Cindy, als wir wieder zu Hause in unserer Küche waren, »du willst doch nicht die Zunge abgeschnitten bekommen?«

Ihr kleines Gesicht war naß vom Regen und den Tränen und ziemlich schmutzig. Ihr Mund stand offen und die Augen wurden groß vor Schreck, während sie wie ein kleines Baby wimmerte. Widerstandslos konnte ich sie in ihren Schlafanzug stekken und ins Bett legen. Dabei schloß ich die ganze Zeit fest die Augen, damit ihr nackter Mädchenkörper mich nicht so beschämte, daß ich sie noch mehr haßte.

Wo ist Mammi?

Da war jemand, dem ich endlich in den Arm fallen mußte. Jemand, der einen Tornado losgelassen hatte, der nun ewig weiter stürmte und unser Leben zerstörte. Dad und ich hatten viel darüber gesprochen, aber die Lage zu Hause war noch immer sehr angespannt, und ich war so konfus. Warum mußte sie hierherkommen und mit all dem anfangen? Schließlich konnte ich meinen Zorn nicht länger beherrschen, und sobald der Ballettunterricht vorbei war, rannte ich in Madames Büro.

»Ich hasse Sie, Madame, für all die Gemeinheiten, die Sie zu meiner Mutter gesagt haben. Seit diesem Tag ist alles furchtbar geworden bei uns zu Hause. Von jetzt an lassen Sie sie in Ruhe, oder ich werde fortgehen, und Sie werden mich nie wieder zu Gesicht bekommen. Sind Sie denn hierhergekommen, nur um Mammi krank vor Kummer zu machen? Sie kann jetzt nicht mehr tanzen, und das ist schon schlimm genug. Wenn Sie nicht endlich damit aufhören, uns allen solche Schwierigkeiten zu machen, schmeiße ich das Ballett auch hin. Ich gehe ganz fort von hier, und Sie werden nie wieder von mir hören. Denn Sie haben es geschafft, mit dem Leben meiner Eltern auch das von mir und Bart zu zerstören.«

Sie wurde blaß und sah sehr alt aus. »Du klingst so sehr wie dein Vater. Julian funkelte mich mit seinen schwarzen Augen genauso an wie du jetzt.«

»Ich habe Sie einmal geliebt, Madame.«

»Einmal...?«

»Ja, früher einmal. Als ich noch glaubte, meine Eltern und ich würden Ihnen etwas bedeuten. Damals glaubte ich, der Tanz wäre das Wunderbarste von der ganzen Welt. Jetzt glaube ich nichts mehr.«

Sie sah verletzt aus, schwer getroffen, als hätte ich sie ins Herz gestochen. Sie taumelte gegen die Wand und wäre gestürzt, wenn ich nicht vorgesprungen wäre, um sie zu stützen. »Jory, bitte«, keuchte sie, »lauf niemals fort. Gib niemals den Tanz auf. Wenn du das tust, dann ist mein ganzes Leben sinnlos gewesen, und auch Georges hat für nichts und wieder nichts gelebt und Julian dazu. Nimm nicht denen, die ich geliebt und schon verloren habe, noch alles weg.«

Ich konnte nicht sprechen, ich war so durcheinander. Deshalb rannte ich raus, rannte weg, wie Bart immer fortlief, wenn ihm etwas zu schwierig wurde.

Hinter mir rief Melodie: »Jory, wo rennst du denn hin? Wir wollten doch zusammen eine Cola trinken.«

Ich rannte hinaus. Mir war jeder und alles gleichgültig geworden. Mein Leben war ein einziges Chaos. Meine Eltern waren nicht einmal verheiratet. Wie sollten sie auch? Welcher Pfarrer hätte schon einen Bruder mit seiner Schwester getraut?

Als ich auf dem Bürgersteig war, wurde ich etwas langsamer und ging schließlich in einen Park, wo ich mich auf eine der grünen Bänke setzte. Dort saß ich und saß und starrte meine Füße an. Die Füße eines Tänzers. Stark und mit vielen Schwielen, jederzeit bereit für die großen Bühnen. Was sollte ich nach all dem tun, wenn ich erwachsen war? Ich wollte kein Arzt werden, auch wenn ich das einige Male gesagt hatte, aber nur um dem Mann, den ich wie einen Vater liebte, eine Freude zu machen. Was für ein Unsinn. Warum sollte ich versuchen, mir selbst etwas vorzumachen – es gab für mich kein Leben ohne das Ballett. Wenn ich Madame bestrafen wollte und meine Mutter und meinen Stiefdaddy, der eigentlich mein Onkel war, dann bestrafte ich mich nur noch viel mehr als sie alle.

Ich stand auf und sah all die alten Leute, die hier einsam im Park saßen. Würde ich eines Tages so sein wie sie, fragte ich mich. Doch dann dachte ich, nein! Ich werde wissen, wann ich einen Fehler gemacht habe und wann ich sagen muß, daß es mir leid tut.

Madame Marisha war noch in ihrem Büro, den Kopf auf die Hände gestützt, als ich leise die Tür öffnete und eintrat. Ich mußte ein leises Geräusch gemacht haben, denn sie sah auf, und ich bemerkte Tränen in ihren Augen. Freude blitzte dann darin auf, als sie mich vor sich sah, aber sie sagte nichts von dem, was vor einer halben Stunde zwischen uns gewesen war.

»Ich habe ein Geschenk für deine Mutter«, begann sie in ihrer üblichen schrillen Tonlage. Sie öffnete eine Schublade und zog eine goldene Schachtel heraus mit einer roten Seidenschleife darum. »Für Catherine«, sagte sie steif, ohne mir in die Augen zu sehen. »Du hast recht mit deinem Vorwurf. Ich war bereit, dich deiner Mutter und deinem Vater wegzunehmen, weil ich glaubte, so das Beste für dich zu tun. Jetzt sehe ich ein, daß ich es nur für mich selbst tun wollte, nicht für dich. Söhne gehören zu ihren Müttern, nicht zu ihren Großmüttern.« Sie lächelte bitter, während sie auf die hübsche goldene Schachtel sah. »Lady Godiva – Bonbons, deine Mutter war ganz verrückt nach ihnen, als sie noch in New York lebte und in Madame Zoltas Truppe tanzte. Damals durfte sie nie Süßigkeiten essen wegen ihrer Linie – auch wenn sie die Art von Tänzerin war, die jede zusätzliche Kalorie bei einem einzigen Tanz wieder los wurde. Mehr als eine Praline in der Woche habe ich ihr nie erlaubt. Nachdem sie jetzt nicht mehr tanzen kann, kann sie sich wenigstens diesen Herzenswunsch erfüllen.«

Herzenswunsch war eines von Barts Lieblingswörtern.

»Mam hat eine böse Erkältung«, erklärte ich genauso steif, wie sie grade angefangen hatte. »Vielen Dank für die Süßigkeiten und für das, was Sie gerade gesagt haben. Ich weiß, daß Mam sich sofort besser fühlen wird, wenn sie erst erfährt, daß Sie mich ihr nicht mehr wegnehmen wollen.« Ich grinste und küßte ihr die runzelige Wange. »Abgesehen davon, meinen Sie nicht, daß ich genug für zwei bin? Wenn Sie nicht zu geizig mit ihrem Enkel sind, wird sie es auch nicht mit ihrem Sohn sein. Mam ist wunderbar. Sie hat nicht ein einziges Mal darüber gesprochen, daß sie mit Ihnen irgendwelche Spannungen hat.« Ich setzte mich auf ihren einzigen Bürostuhl und schlug die Beine übereinander. »Madame, ich habe Angst. Bei uns zu Hause läuft alles daneben. Bart wird von Tag zu Tag verrückter. Mam schleppt sich seit Tagen mit einer Erkältung herum. Dad lacht nicht mehr. Clover ist tot. Emma hat ihr breites Lächeln aufgegeben. Weihnachten steht vor der Tür, und nichts ist für das Fest vorbereitet. Wenn das so weitergeht, drehe ich auch bald durch.«

»Ha!« schnaubte sie, ganz wieder die alte. »So ist das Leben immer – zwanzig Minuten Elend für zwei Sekunden Glück. Sei also ewig für die zwei Sekunden, so selten wie sie sind, dankbar und genieße sie. Genieße, was du Gutes mitbekommen kannst, egal was es dich später kostet.«

Mein Lächeln war nur aufgesetzt. Dahinter fühlte ich mich furchtbar deprimiert. Ihre zynischen Worte waren keine echte Hilfe. »Muß das immer so sein?«

»Jory«, sagte sie und näherte mir ihr altes Bratapfelgesicht, »denk an eins. Wenn es keine Schatten gäbe, wie sollte man dann das Licht sehen können?«

Ich saß da in ihrem düsteren Büro und versuchte, mit dieser Art von bitterer Philosophie ein wenig inneren Frieden zu finden. »Okay, ich habe verstanden, Madame. Und wenn Sie nicht sagen können, daß es Ihnen leid tut, ich kann es.«

Als wäre sie wirklich verletzt, flüsterte sie: »Es tut mir auch leid.«

Ich drückte sie fest, und so waren wir zu einer Art Kompromiß gekommen.

Den ganzen Weg nach Hause hielt ich die Schachtel mit den Süßigkeiten auf dem Schoß und starb fast vor Verlangen, sie aufzumachen. »Dad«, begann ich zögernd, »Madame sendet Mam dieses Geschenk als eine Art Versöhnungsgabe, nehme ich an.«

Er warf mir einen Seitenblick zu und ein kleines Lächeln. »Das ist nett.«

»Ich finde es schon schrecklich merkwürdig, daß Mammi sich so lange mit dieser Erkältung herumquält. Ich habe sie noch nie länger als ein oder zwei Tage krank erlebt. Findest du nicht, daß sie sehr überanstrengt wirkt?«

»Es ist diese Schriftstellerei, dieses verdammte Buch«, knurrte er und konzentrierte sich auf den dichten Verkehr. Er schaltete die Scheibenwischer ein und beugte sich vor, um die

Ampel rechts besser sehen zu können. »Ich wünschte mir, dieser Dauerregen würde endlich aufhören. Regen drückt ihr immer sehr aufs Gemüt. Und dann bleibt sie jede Nacht bis vier Uhr morgens auf und ist am nächsten Morgen schon wieder früh an ihrem Schreibtisch, kritzelt und kritzelt auf ihre Notizblöcke, weil sie Angst hat, die Schreibmaschine würde mich beim Schlafen stören. Wenn man den Bogen so überspannt, dann muß er irgendwo brechen – und bei ihr ist es die Gesundheit, die dafür bezahlen muß. Erst ihr Sturz, jetzt diese böse Erkältung.«

Er warf mir wieder einen Seitenblick zu. »Dann ist da Bart mit seinen Problemen, und du hast deine. Jory, du kennst unser Geheimnis jetzt. Deine Mutter und ich haben darüber lange gesprochen, und du und ich haben auch Stunden um Stunden geredet. Kannst du uns nicht verzeihen? Habe ich es nicht geschafft, dir dabei zu helfen, uns zu verstehen?«

Ich senkte den Kopf und fühlte mich beschämt. »Ich versuche zu verstehen.«

»Versuchst es? Ist das denn so schwer? Habe ich dir nicht erzählt, wie es mit uns beiden war, dort oben auf dem Dachboden, alle vier in einem einzigen Raum eingeschlossen, wie wir nur uns beide hatten, als wir unsere sexuelle Reife erlebten ...«

»Aber Dad. Als ihr dann fortgelaufen seid und ein neues Zuhause bei Dr. Paul gefunden habt, konntest du denn da niemanden anderes finden? Warum mußte es immer nur sie sein?«

Seufzend verzog er den Mund. »Ich dachte, ich hätte dir erklärt, was ich damals gegen alle Frauen empfand. Deine Mutter war immer da, wenn ich sie brauchte. Unsere Mutter hatte uns betrogen und verraten. Wenn man jung ist, dann bekommt man leicht fixe Ideen, die man nicht mehr los wird. Es tut mir leid, wenn dich meine Unfähigkeit, eine andere Frau zu lieben, so verletzt hat.«

Was sollte ich dazu sagen? Ich verstand es trotzdem nicht. Die Welt war voll schöner junger Frauen, Tausenden, Millionen. Dann dachte ich an Melodie. Falls sie sterben würde, könnte ich dann losziehen und mir eine andere suchen? Ich grübelte darüber nach, während Dad schweigsam die Lippen zu einem grimmigen Strich zusammenpreßte und der Regen endlos auf unser Dach hämmerte. Es war, als könne Dad meine Gedanken lesen, denn ich mußte zugeben, daß ich weiterleben konnte und eine andere finden, falls ich Melodie je aus irgendeinem Grund verlieren sollte. Alles war besser –

»Jory, ich weiß, was du grade denkst. Ich hatte Jahre dafür Zeit, zu grübeln, warum es meine Schwester sein mußte und niemand sonst. Vielleicht war es, weil ich den Glauben an alle Frauen verloren hatte, nachdem unsere Mutter uns so behandelt hatte, und nur meine Schwester konnte mich jemals trösten. Sie war es, die mich in diesen langen Jahren der Verlassenheit davor bewahrt hat, den Verstand zu verlieren. Sie war für Carrie und Cory die Mutter. Sie machte aus diesem Zimmer ein Zuhause, schmückte unsern Tisch, machte die Betten, wusch unsere Kleider in der Badewanne und hängte sie zum Trocknen auf den Dachboden, aber mehr als alles andere war es ihre Art, auf dem Dachboden zu tanzen, wegen der ich sie so liebte und für immer mein Herz an sie verlor. Denn wenn ich in dem Schatten stand und ihr zusah, dann war es so, als tanze sie nur für mich allein. Ich dachte, sie würde mich zum Prinzen ihrer Träume machen, so wie ich sie zur Prinzessin meiner Träume machte. Ich war damals so romantisch, mehr noch sogar als sie. Deine Mutter ist aus einem anderen Holz geschnitzt als die meisten Frauen, Jory. Sie konnte nur für den Haß leben und trotzdem blühen und gedeihen, ich kann das nicht. Ich mußte jemanden lieben können oder ich wäre gestorben. Als wir dann aus Foxworth Hall entkommen waren, flirtete sie mit Paul, damit er sie mir fortnahm. Sie heiratete deinen Vater, nachdem Pauls Schwester Amanda ihr eine Lüge erzählt hatte. Sie war deinem Vater eine gute Frau, aber nach seinem Tod zog sie in die Berge von Virginia, um endlich ihre Rachepläne zu vollenden, zu denen es gehörte, daß sie ihrer Mutter den zweiten Mann stahl. Wie du herausgefunden haben wirst, ist Bart der Sohn des Mannes meiner Mutter und nicht der Sohn von Paul, wie wir es euch immer erzählt haben. Wir mußten euch anlügen, um euch zu schützen. Nachdem deine Mutter dann Paul Sheffield geheiratet hatte, er aber bald darauf starb, kam sie zu mir. Während all dieser Jahre hatte ich gewartet, denn ich wußte irgendwie, daß sie am Ende doch mir gehören würde, solange ich an sie glaubte und meine Liebe für sie bewahrte. Es war so leicht für sie, andere Männer zu lieben. Für mich war es unmöglich, irgendeine Frau zu finden, die dem Vergleich mit ihr standhielt. Sie eroberte mich für immer, als ich in deinem Alter war, Jory. Sei vorsichtig, wen du als erste liebst, denn dieses Mädchen wirst du nie mehr vergessen.«

Ich atmete tief aus, denn ich hatte lange den Atem angehalten. Das Leben war doch nicht ganz so, wie die Ballettmärchen auf der Bühne oder die Familienserien im Fernsehen. Die Liebe kam und ging nicht wie die Jahreszeiten, auch wenn ich es mir so gewünscht hätte.

Die Fahrt nach Hause schien ewig zu dauern. Dad war wegen des Wetters gezwungen, sehr langsam und vorsichtig zu fahren. Hin und wieder warf er einen schnellen Blick auf die Uhr am Armaturenbrett. Ich starrte aus dem Fenster. Überall sah ich Weihnachtsschmuck. In den Schaufenstern leuchteten fröhliche Weihnachtsbäume. Sehnsüchtig starrte ich zu diesen erleuchteten Fenstern einer heilen Welt und sah alles auf diese verschwommene Art, die bei Regen die Welt noch zehnmal romantischer erscheinen läßt. Ich wünschte mir, es wäre wieder letztes Jahr. Ich wünschte mir, wir wären wieder so glücklich, wie wir es damals für immer zu sein schienen. Ich wünschte mir, diese alte Frau nebenan wäre nie in unser Leben getreten und hätte alles verdorben, was ich bis dahin für perfekt gehalten hatte.

Ich wünschte mir auch, Madame Marisha wäre nie hierhergekommen und hätte in unser Leben hineingepfuscht und Geheimnisse enthüllt, die besser nie angerührt worden wären. Das Schlimmste war, daß diese beiden Frauen den Stolz auf meine Eltern zerstört hatten. Sosehr ich mich auch bemühte, empfand ich noch immer tiefe Ablehnung gegen das, was sie taten und getan hatten, den Skandal, den sie riskierten. Sie würden mein Leben und das von Bart und Cindy auch zerstören lassen, nur weil ein einziger Mann keine andere Frau lieben konnte. Und diese eine Frau mußte irgend etwas getan haben, um ihn so treu und überzeugt an sich zu binden.

»Jory«, begann Daddy, als wir in unsere Auffahrt einbogen,

»hin und wieder habe ich gehört, daß deine Mutter sich über fehlende Manuskriptseiten beklagt, die sie irgendwo verlegt zu haben glaubt. Deine Mutter ist eigentlich niemand, der nicht auf seine Sachen aufpassen kann. Ich nehme an, du hast dir diese Seiten ausgeliehen und liest sie...«

Sollte ich ihm die Wahrheit sagen?

Bart hatte damit angefangen, Seiten aus dem Manuskript zu stehlen. Aber ich hatte nicht genug Anstand besessen, sie nicht auch zu lesen. Doch bis jetzt hatte ich nicht alles zu Ende gelesen. Ich konnte mich nicht dazu zwingen, über die Stelle hinauszulesen, als ein Bruder seine Schwester verriet, indem er ihr Gewalt antat. Daß dieser Mann an meiner Seite seine eigene Schwester vergewaltigen konnte, als sie erst fünfzehn Jahre alt war, blieb mir völlig unbegreiflich und stand jenseits meiner Fähigkeit, für jemanden Mitgefühl oder Verständnis aufzubringen, ganz egal, wie verzweifelt er damals ein Mädchen gebraucht hatte oder welche Umstände ihn im einzelnen zu einer solchen Tat getrieben haben mochten. Und mit Sicherheit sollte sie jetzt nicht in ihrem Buch der ganzen Welt davon erzählen.

»Jory, habe ich dich verloren?«

Langsam sah ich zu ihm hinüber, fühlte mich elend und schwach und wollte mich vor der Qual verstecken, die ich so deutlich seinem Gesicht ablas. Und trotzdem konnte ich weder ja sagen – noch nein.

»Ich glaube, du brauchst mir nicht zu antworten«, sagte Dad gepreßt. »Dein Schweigen ist genug Antwort, und es tut mir leid. Ich liebe dich wie meinen eigenen Sohn, und ich habe gehofft, du würdest mich genug lieben, um zu verstehen. Wir hatten vor, dir alles zu erzählen, sobald wir dich für alt genug gehalten hätten, daß du in der Lage gewesen wärst, unsere Situation nachzufühlen. Cathy hätte ihre Seiten besser im Schrank eingeschlossen und nicht darauf vertraut, daß ihre zwei Söhne genug Diskretion empfinden, die Sachen nicht anzurühren.«

»Das ist doch alles nur ein Roman?« fragte ich hoffnungsvoll. »Sicher, ich weiß, daß es einer sein muß. Keine Mutter könnte das ihren eigenen Kindern antun...« Und ich sprang aus dem Wagen und rannte ins Haus, bevor er mir antworten konnte.

Ich hatte schon den Mund offen, um nach Mam zu rufen. Dann rief ich doch lieber nicht, denn im Augenblick wollte ich sie lieber nicht sehen.

Wenn ich nach Hause kam, lief ich sonst gewöhnlich gleich in den Garten hinaus, machte ein paar Übungssprünge und Ballettschritte. Wenn es regnete, wie heute, verbrachte ich die gleiche Zeit am Barren. Doch jetzt warf ich mich in den Sessel vor dem Fernseher, schaltete ein und versuchte mich mit einer albernen, aber unterhaltsamen Familienserie abzulenken.

»Cathy!« rief Dad, als er hereinkam, »wo bist du?«

Warum tönte es nicht wie sonst: »Komm in meine Arme, damit ich dich liebhaben kann.« Fühlte er sich jetzt schuldig, oder war es ihm einfach zu albern, so etwas noch zu rufen, nachdem wir jetzt wußten, woher dieser Spruch stammte?

»Hast du deiner Mutter schon guten Tag gesagt?« fragte er mich, als er ins Zimmer kam.

»Habe sie nicht gesehen.«

»Wo ist Bart?«

»Ich habe nicht nach ihm gesucht.«

Er warf mir einen flehenden Blick zu, dann ging er in das Schlafzimmer, das er mit seiner »Frau« teilte.

»Cathy, Cathy«, hörte ich ihn rufen, »wo bist du?«

Ein paar Sekunden später war er hinten in der Küche, suchte alles ab – und fand sie nicht. Er lief durch alle Zimmer und hämmerte schließlich an Barts verschlossene Tür. »Bart, bist du da drin?«

Nach einem langen Schweigen kam eine zögernde, verbitterte Antwort: »Ja, ich bin hier drin.«

»Dann schließ die Tür auf und komm raus.«

Ich saß weiter vor dem Fernseher und versuchte mich auf die glückliche Fernsehfamilie zu konzentrieren, Distanz zu allem zu gewinnen, während ich mich gleichzeitig fragte, wie ich das alles wohl überleben und jemals zu einem normalen glücklichen Leben zurückfinden sollte.

Dad hatte für alle Schlösser einen Zweitschlüssel, und als Bart draußen war, kam er in ein scharfes Kreuzverhör. »Wo ist deine Mutter? Warum schließt du dich ein?«

Bart grinste Dad irgendwie verschlagen an, sagte aber nichts.

Ich sah jetzt genau zu den beiden hinüber und empfand eine steigende Unruhe und Furcht.

»Bart, wenn du deiner Mutter irgend etwas Böses getan hast, bekommst du großen Ärger. Der Spaß ist ein für allemal aus, das ist mein Ernst.«

»Würde ihr überhaupt nie was Böses tun«, sagte Bart verunsichert. »Sie tut mir doch immer nur was Böses. Sie liebt nicht mich, nur Cindy.«

»Cindy«, sagte Dad, dem offenbar erst jetzt plötzlich unser kleines Mädchen einfiel. Sofort lief er zu ihrem hübschen Kinderzimmer. Kurz darauf kam er mit ihr auf dem Arm zurück.

»Ich frage dich noch mal, wo ist deine Mutter, Bart?«

»Woher soll ich das wissen? Sie ist weggegangen und hat Cindy und mich alleingelassen.«

Trotz meiner Anstrengungen konnte ich mich nicht länger aus der Sache heraushalten. »Dad, Mam hat ihren Wagen vor ein paar Tagen in die Stadt zur Reparatur gebracht. Madame hat uns nachher zurückgefahren. Sie kann also nicht weit weg sein.«

»Ich weiß, sie hat mir davon erzählt – mit ihren Bremsen ist was nicht in Ordnung.« Er warf Bart einen langen, forschenden Blick zu. »Bart, bist du ganz sicher, daß du nicht weißt, wo deine Mutter ist? Hat sie dir nicht gesagt, wo sie hingegangen ist?«

»Mir sagt überhaupt nie jemand was.«

Plötzlich piepste Cindy: »Mammi ist in ’n Regen gelaufen ... sind alle naß geworden ...«

Bart wirbelte herum und funkelte sie an. Sie erstarrte und begann zu zittern.

Lächelnd nahm Dad Cindy wieder auf den Arm und setzte sich mit ihr auf dem Schoß in einen Sessel. »Cindy, du bist unser Retter. Nun überleg mal genau und erzähl mir, wohin Mammi gegangen ist.«

Noch mehr zitternd starrte sie Bart an und brachte kein Wort heraus. »Bitte, Cindy, sieh mich an, nicht Bart. Ich bin hier und passe auf dich auf. Bart kann dir nichts tun, wenn ich bei dir bin. Bart, hör sofort auf, deine Schwester so anzustarren.«

»Cindy ist raus in den Regen gelaufen, Daddy, und Mammi mußte hinterher und sie wieder einfangen. Dann kam sie tropfnaß mit ihr wieder rein, keuchte und nieste, und dann hab' ich etwas gesagt, und deshalb wurde sie furchtbar wütend auf mich und schob mich in mein Zimmer und knallte die Tür hinter mir zu.«

»Na, jetzt wissen wir wenigstens, woher Cindy die strubbeligen Haare hat«, meinte Dad. Er sah nicht erleichtert aus. Er setzte Cindy auf den Boden und ging zum Telefon, um eine Reihe von Mams Freunden anzurufen, zuletzt auch Madame Marisha. Meine Großmutter sagte, sie wolle sofort zu uns fahren.

Dann rief er bei Emma an, die wegen des Sturms nicht vor morgen zurückkommen konnte. Ich stellte mir schaudernd vor, wie meine Großmutter bei diesem Wetter wohl hierherfinden sollte. Selbst bei Sonnenschein war sie alles andere als eine sichere Autofahrerin.

»Dad, laß uns noch mal überall nachsehen, auch auf dem Dachboden«, schlug ich vor, sprang auf und lief zur Bodentreppe. »Vielleicht ist sie hinaufgegangen, um zu tanzen, wie sie das schon mal getan hat, und hat sich dabei versehentlich eingeschlossen oder ist auf einem dieser Betten eingeschlafen ... oder sonst was.« Ich beendete den Satz nur mit Mühe, denn er sah mich so eigenartig an.

Als Dad mir die Dachbodentreppe hinauf folgte, ließ Cindy draußen ein Angstgeheul los. Schnell lief er zurück und nahm sie auf den Arm, als wolle er sie mitnehmen. Bart nahm ein neues Taschenmesser heraus und begann an einem langen Ast zu schnitzen, der in der Diele herumlag. Er schien die Rinde abschälen zu wollen und eine Rute zu schnitzen. Cindy wagte nicht, den Blick von dem Messer oder der Rute zu nehmen.

Dad, Cindy und ich, wir sahen uns noch einmal überall im Haus um. Auf dem Dachboden, in den Abstellkammern, unter den Betten sogar, überall. Mam war nirgendwo zu finden. »Es paßt einfach nicht zu Cathy, einfach so wegzurennen«, sagte Dad besorgt. »Auf jeden Fall weiß ich bestimmt, daß sie Cindy nie einfach mit Bart alleinlassen würde. Etwas stimmt da nicht.«

Und ob, dachte ich. Da schlich jemand durch das Haus hinter uns her, der humpelte und keuchte, und dieser kleine Halunke wußte bestimmt mehr, als er zugab.

»Dad«, flüsterte ich, als wir wieder im Schlafzimmer standen, »warum gehen wir nicht mal davon aus, daß Bart über ihr Verschwinden Bescheid weiß? Er ist nicht grade das ehrlichste Kind auf dieser Welt. Du weißt, wie verrückt er sich in der letzten Zeit aufführt.«

Wir machten uns zusammen auf den Weg, Dad noch immer mit Cindy auf dem Arm, und jagten Bart, der uns die ganze Zeit nachgeschlichen war. Aber jetzt war er verschwunden. Wir konnten ihn nirgendwo finden.

Dad und ich starrten uns an. Er schüttelte den Kopf.

Ich blickte noch einmal hinter alle Sessel und in alle dunklen Ecken, denn dort mußte Bart irgendwo kauern – oder vielleicht war er in den Regen hinausgelaufen und spielte wieder ein wildes Tier.

Aber der Sturm draußen wurde immer schlimmer. Selbst in seiner Höhle unter der Hecke konnte es jetzt nicht mehr trokken sein. Auch ein Junge wie Bart war mit zehn Jahren vernünftiger, als in dieser Kälte und Nässe zu spielen.

Meine Gedanken überstürzten sich und wirbelten so wild durcheinander wie der Sturm draußen. Ich hatte wirklich nichts getan, um all diese Katastrophen zu verdienen – und doch hing ich mitten drin und litt genauso wie Dad, wie Mam, wie Cindy ... und vielleicht auch Bart.

»Haßt du mich jetzt, Jory?« fragte Dad und sah mir direkt in die Augen. »Arbeitet es hinter deiner Stirn, und du sagst dir, deine Mutter und ich haben dies alles selbst über uns gebracht, und wir verdienen es nicht anders? Glaubst du, daß du nicht dafür zahlen solltest, nicht unseren Preis? Wenn du das denkst, dann denke ich genau das gleiche. Vielleicht wäre das Leben deiner Mutter besser verlaufen und deines und Barts auch, wenn ich einfach fortgegangen wäre und sie in Pauls Haus gelassen hätte, bis sie einen anderen Mann gefunden hätte. Aber ich habe sie noch immer so geliebt. Ich liebe sie auch im Augenblick, morgen und für immer. Gott helfe mir, aber ich kann mir kein Leben ohne sie vorstellen.«

Benommen wandte ich mich ab. So war also die große ewige Liebe, alles zerstörend, was sich ihr in den Weg stellte.

Ich streckte mich auf meinem Bett aus und schluchzte leise.

Schließlich stand ich auf und begann mich diesmal ernsthaft beunruhigt zu fragen, wo Mam stecken mochte. Zum ersten Mal kam mir der Gedanke, daß sie tatsächlich in Gefahr sein könnte. Sie würde Dad nie verlassen. Irgend etwas Furchtbares mußte passiert sein, oder sie wäre hiergewesen und hätte den Tisch gedeckt, wie sie es jeden Donnerstag tat, wenn Emma ihren freien Tag hatte. Der Donnerstag war aus Gründen, die ich erst jetzt zu verstehen begann, für sie ein ganz besonderer Tag.

Donnerstags hatte das Personal von Foxworth Hall Ausgang gehabt und war in die Stadt gefahren. Donnerstags konnten Mam und Dad aus ihrem Dachbodenfenster auf das Dach hinauskriechen und in der frischen Luft und im Sonnenschein liegen, während sie sich unterhielten und an diesem hohen einsamen Platz einander ansahen – damals mußten sie sich so sinnlos und unbeherrschbar ineinander verliebt haben.

Denn jetzt wußte ich, warum meine Mutter einen Mann nach dem anderen geheiratet hatte. Immer hatte sie versucht, der verbotenen Liebe zu entfliehen, die auch sie empfand.

Ich verließ das Zimmer und faßte meinen Entschluß. Es war meine Aufgabe, Bart zu finden.

Wenn ich Bart gefunden hatte, fand ich auch meine Mutter.

Meine Dachbodensouvenirs

In der großen Küche von Großmutters Haus hatte John Amos alles unter Kontrolle. Die Dienstmädchen und der Koch huschten aufgeregt umher. »Madame muß früh aufbrechen«, erklärte er ihnen. »Packen Sie jetzt die Kleider ein, die sie für eine Reise nach Hawaii braucht und beeilen Sie sich dabei. Lotti, du fährst ihre Koffer zum Flughafen und gibst sie dort auf. Steh nicht so da herum und starr mich an, als wärst du nicht ganz bei Verstand. Du verstehst doch Englisch. Also tu jetzt, was ich gesagt habe!«

Junge, er konnte schon ganz schön gemein sein, wenn er wollte. Wie aufgescheuchte Hühner rannten sie los, jede in eine andere Richtung, und schließlich waren wir beide ganz allein. Er grinste mich mit seinen falschen Zähnen an. »Na, und wie hat es bei dir geklappt?«

Genau wie im Film. Nur wir beide, er und ich, wir drehten alles. Ich mußte schlucken, weil ich einen Kloß in der Kehle hatte, den ich nicht loswurde. »Sie wissen nicht, wo Mammi ist. Sie machen sich Sorgen und fragen ständig, wo sie hingegangen sein könnte.«

»Mach dir keine Gedanken über sie«, sagte er mit seiner komischen alten Stimme, »ich werde mich um alles kümmern, bis Gott mir sein Zeichen gibt, daß deine Mutter und deine Großmutter erlöst und sicher vor dem Fegefeuer sind. Geh einfach nach Hause und halt dich ruhig.«

Feuer loderte in meinem Kopf, wurde größer, heißer, wütender. »Du hast mir erzählt, Mammi wäre mein Dachbodensouvenir. Und jetzt sagst du mir nicht, wo du sie hingetan hast. Ich bin auf dem Dachboden gewesen, und da oben sind sie nicht. Du rückst sofort damit raus, wo du sie hingetan hast, oder ich gehe nach Hause und erzähle allen, was du getan hast.«

»Was ich getan habe?« fragte er mich mit einem bösen Lächeln. »Du hast das getan, Bart Winslow Sheffield. Du bist dafür verantwortlich. Glaubst du auch nur einen Augenblick lang, daß man dir bei deiner psychiatrischen Vorgeschichte glauben würde? Das Gesetz wird dich schuldig finden, und man sperrt dich in eine Anstalt.«

Als er die rote Malcolm-Wut in meinen Augen aufblitzen sah, versuchte er ein beruhigendes Lächeln. »Komm schon, Bart, ich wollte dich nur auf die Probe stellen und sehen, ob du leicht den Mut verlierst und zusammenbrichst. Aber du bist stark und besitzt die wahre Macht, wie sie auch dein Urgroßvater Malcolm besessen hat. Alle Macht, die er hatte, ist jetzt in dir. Und nun hast du die Möglichkeit, diese Macht auch zu benutzen. Denn jetzt sind die Erwachsenen in deiner Hand – deine Mutter und deine Großmutter. Du bestimmst ihr Leben, du fütterst sie – wenn du das willst – oder läßt sie verhungern, wenn du es für richtig hältst. Aber du mußt vorsichtig sein. Du mußt alles geheimhalten, bis ... Nun, denk immer daran, daß dein Vater und dein Bruder dich in Verdacht haben, und sie würden dich verraten, wenn du ihnen auch nur den geringsten Hinweis darauf gibst, was du vorhast.«

Mich hatte man immer in Verdacht. Wenn irgendwo etwas zerbrochen war, war ich daran schuld. Wenn Mammi etwas nicht finden konnte, hatte ich es verlegt. Alles, was je in unserem Haus schiefging, wurde mir angelastet. Immer war ich an allem schuld. Aber ich würde ihnen jetzt zeigen, wie falsch es von ihnen war, mich nicht zu lieben.

»Wasser und Brot«, sagte ich. »Wasser und Brot ist gut genug für Frauen, die untreu gegen ihre Männer und ihre Söhne sind.«

»Sehr schön«, murmelte John Amos.

Tief, tief die schmale Kellertreppe hinab führte mich John Amos. Die Taschenlampe in seiner Hand warf unheimliche, tanzende Schatten auf die Wände. Alles klamm hier unten. Vor langer Zeit, als dieses Haus nur Jory und mir gehört hatte, hatten wir hier jeden Winkel und jede Ecke durchforscht. Aber hier unten lebten die Gespenster, und ich hatte mich hier nie wohl gefühlt, deshalb blieb ich John Amos jetzt dicht auf den Fersen und fürchtete mich davor, daß er auch nur einen Meter vor mir ging. »Sie werden kommen und hier unten nachsehen«, flüsterte ich sehr leise, denn ich hatte Angst davor, Dinge aufzuwecken, die man besser schlafen ließ. »Nein, sie werden nicht dort nachsehen, wo ich sie versteckt habe«, antwortete John Amos. Er hüstelte. »Dein Vater wird annehmen, daß sie auf dem Dachboden sind. Er wird davon überzeugt sein, denn das wäre die perfekte Rache. Aber man wird sie nie in diesem gemütlichen, kleinen Keller finden, den die Arbeiter hier unten gebaut haben, als sie eine neue Mauer zur Stütze des Weinkellers hochgezogen haben.«

Weinkeller. Das hörte sich nicht so gut an wie Dachboden. Ein Weinkeller war nicht so unheimlich, aber dafür war es hier unten sehr kalt und dunkel.

John Amos begann Spinnweben zur Seite zu fegen, dann schob er alte Möbel weg und gelangte schließlich zu einer Holztüre, die schwer zu öffnen war. »Geh jetzt dort hinein und späh unten durch die kleine Tür, die am Fuß der großen Tür gegenüber aufzuklappen ist«, sagte er. »Wir hatten einmal ein streunendes Kätzchen hier im Haus, das deine Großmutter aufgenommen hatte, aber es verschwand, kurz nachdem du zu mir kamst. Ich mußte für das kleine Biest eine Katzentüre in alle Kellertüren schneiden, damit es kommen und gehen konnte, wie es wollte.«

Mit dem Licht der Taschenlampe von unten angestrahlt, sah er aus wie jemand, den man gerade aus dem Grab geholt hatte. Traute ihm nicht, daß er die Tür nicht einfach hinter mir zuschlagen würde. Und durch die kleine Katzentür würde ich mich nie quetschen können.

»Nein. Du gehst zuerst da rein«, befahl ich, wie Malcolm es getan hätte. Einen Moment lang rührte er sich nicht. Vielleicht überlegte er, ob ich die Tür hinter ihm zuschlagen würde. Dann warf er mir einen langen Blick zu, bevor er langsam in den Weinkeller ging. Er stellte die Taschenlampe auf eines der Weinregale, bevor er an dem hinteren Regal mit vielen staubigen alten Flaschen darin zerrte.

Schließlich bekam er es von der Stelle. Ein schlechter Geruch stieg auf. Ich hielt mir die Nase zu und spähte genau hin, und dann starrte ich noch genauer hin. John Amos hielt die Taschenlampe so hoch, daß ich die beiden Frauen in ihrem Gefängnis besser sehen konnte.

Oh, oh. Mammi, Großmutter – wie erbärmlich meine Mammi jetzt aussah. Lag auf dem feuchten Steinboden, den Kopf in Großmutters Schoß. Beide hoben die Hände, um ihre Augen vor dem hellen Licht zu schützen, das so plötzlich in ihren finsteren, elenden Kerker drang. Ich konnte immer noch nicht viel sehen, weil es so düster war.

»Wer ist da?« fragte meine Mammi schwach. »Chris, bist du das? Hast du uns gefunden?«

War meine Mammi inzwischen blind? Wie konnte sie nur John Amos für meinen Daddy halten? Wenn meine Mammi nun blind und verrückt geworden war? Ob Gott das wohl als Strafe ausreichte?

Meine Großmutter meldete sich: »John, ich weiß, daß du es bist. Du läßt uns auf der Stelle hier heraus. Hörst du mich – laß uns sofort raus!«

John Amos lachte.

Ich wußte nicht, was ich tun sollte, aber Malcolm kam in meinen Kopf und sagte es mir: »Du gibst mir den Schlüssel, John Amos«, ordnete ich streng an. »Du gehst nach oben und läßt mich diesen Gefangenen ihr Wasser und Brot geben.«

Wunderte mich, warum er wohl so prompt gehorchte. Hielt er mich wirklich für so mächtig wie Malcolm? Ich wartete, bis er außer Sicht war, dann verriegelte ich die andere Tür von innen, so daß er mich nicht beobachten konnte.

Mehr Malcolm als Bart kroch ich auf allen vieren zu der Tür hinter dem Regal und schob das silberne Tablett mit dem Brot und dem silbernen Wasserbecher vor mir her. Es kam mir gar nicht weiter komisch vor, daß ich Gefangenen ihr Essen auf einem silbernen Tablett servierte, denn bei meiner Großmutter ging es immer sehr elegant zu.

Die Tür war jetzt wieder zu. Sah aus, als stünde da nur ein anderes Weinregal. Aber wenn ich mich auf dem Bauch unter dem untersten Brett durchschob und die kleine Tür dort in der Ecke nach innen drückte ... fragte mich bloß, warum die

Katze unbedingt hier unten in das finsterste Loch kriechen wollte?

»Wasser und Brot«, sagte ich mit einer harten, grimmigen Stimme und schob schnell das Tablett hinein. Ich schlug die kleine Tür schnell wieder zu und schob einen alten Ziegelstein davor, damit sie nicht von innen aufgedrückt werden konnte und sie mich sahen.

Ich blieb noch, um sie zu belauschen. Ich hörte meine Mutter stöhnen und nach Chris weinen. Dann überraschte sie mich. »Mammi! Wo ist Mammi geblieben, Chris? Es ist schon so lange her, daß sie uns besucht hat, Monate, viele Monate, und die Zwillinge wachsen gar nicht.«

»Cathy, Cathy, mein armer Schatz, denk nicht mehr an die Vergangenheit«, sagte meine Großmutter. »Bitte halte durch, iß und trink, damit du bei Kräften bleibst. Chris wird uns beide bald retten.«

»Cory, spiel doch bitte nicht immer das gleiche. Ich bin deine Lieder inzwischen satt. Warum schreibst du immer nur so traurige Lieder? Die Nacht geht zu Ende, ganz bestimmt. Chris, sag Cory, daß es bald Tag wird.«

Dann schluchzte jemand. Meine Großmutter?

»Oh, mein Gott!« jammerte sie. »Muß alles so enden? Kann ich denn nie irgend etwas richtig machen? Diesmal war ich so sicher, daß es gutgehen würde. Bitte, Gott, laß mich ihnen das nicht am Ende noch antun.« Ich hörte, wie sie jetzt laut zu beten begann. Betete dafür, daß es meiner Mutter wieder besser ging und daß ihr Sohn sie hier finden würde, bevor es zu spät war. Wieder und wieder sagte sie dieselben Worte auf. Während meine Mutter dazwischen verrückte Fragen stellte.

Ich lag auf dem Bauch und hörte lange Zeit zu. Schließlich wurde es zu kalt und ungemütlich, fühlte mich alt und müde, so als wäre ich mit ihnen eingeschlossen, verrückt, hungrig, verletzt und sterbend.

»Geh' jetzt«, flüsterte ich leise. »Gefällt mir nicht hier unten.«

Zu Hause war niemand, und es war dunkel. Jetzt konnte ich in Ruhe an den Kühlschrank gehen und mir die besten Sachen nehmen. Ich stopfte mir gerade noch ein Stück Schinken in den

Mund, als Madame Marisha aus der Garage in die Küche marschiert kam. »Guten Abend, Bart«, sagte sie. »Wo sind dein Vater und Jory?«

Ich zuckte die Achseln. Mir erzählte man ja nie was. Wußte nicht, warum Daddy und Jory einfach weggingen und Cindy mit mir allein ließen. Dann rief Emma plötzlich aus einem anderen Zimmer: »Hallo, Madame Marisha. Dr. Sheffield hat mir gesagt, Sie würden jeden Augenblick hier sein. Tut mir leid, daß Sie so viel Mühe hatten, bei dem Sturm hier heraus zu fahren, aber ich mußte auch zurückkommen. Nachdem ich wußte, daß Mrs. Sheffield verschwunden ist, konnte ich nicht länger wegbleiben. Ich muß wissen, was ihr passiert ist. Sie war so krank und fiebrig. Ich hätte sie nie hier alleinlassen dürfen.« Dann sah Emma mich. »Bart! Du schlimmer kleiner Junge. Wie kannst du deinem Vater noch mehr Sorgen machen, indem du auch noch verschwindest? Du bist ein böser Junge, und ich möchte wetten, daß du weißt, wo deine Mutter geblieben ist!«

Beide starrten sie mich drohend an, diese alten, häßlichen Weiber. Haßten mich mit ihren bösen, gemeinen Augen. Lief weg. Ich würde bald weinen, und ich wollte nicht, daß mich jemand weinen sieht – jetzt mußte ich doch so sein wie Malcolm – Malcolm der Gnadenlose.

Die Suche

Es war eine Nacht, in der man keinen Hund vor die Türe geschickt hätte. Es regnete wie bei einer Sintflut. Der Wind heulte und kreischte, als wenn er uns etwas zurufen wollte, wie wilde Musik, die einen um den Verstand brachte. Ich hielt mit Daddy Schritt, was mir nicht leichtfiel, denn meine Beine mußten erst noch etwas wachsen. Er hatte die Hände zu Fäusten geballt. Ich ballte meine auch und machte mich bereit, an seiner Seite zu kämpfen, falls es notwendig sein sollte.

»Jory«, sagte Dad, ohne langsamer zu werden, »wie oft geht eigentlich Bart noch hier rüber?« Wir standen jetzt vor dem schwarzen Eisentor, und er beugte sich rasch vor, um uns über die Gegensprechanlage anzukündigen.

»Ich weiß es nicht«, sagte ich nach einigem Überlegen unglücklich. »Bart hat mir früher immer alles anvertraut, aber jetzt vertraut er mir nicht mehr. Er vertraut niemandem, und er spricht auch mit niemandem mehr darüber, was er so treibt.«

Langsam, langsam schwangen die eisernen Torflügel auf. Mir lief eine Gänsehaut über den Rücken, denn ich mußte an die lockenden Hände eines Skeletts denken, als die Gitter sich bewegten. Ich war schon fast so morbide wie Bart. Dann mußte ich laufen, um Dad wieder einzuholen. »Ich muß dir noch etwas sagen«, schrie ich, damit ich den Sturm übertönte. »Als ich herausgefunden hatte, daß du Mams Bruder bist, da dachte ich zunächst, ich müßte euch beide hassen. Ich dachte, ich könnte keinem von euch beiden je verzeihen, daß ihr mich so beschämt und enttäuscht habt. Ich dachte, mein Herz würde sich versteinern, und ich würde nie wieder jemanden lieben und vertrauen können. Aber jetzt, nachdem Mam verschwunden ist, weiß ich, daß ich sie und dich immer lieben werde. Ich kann keinen von euch beiden hassen, selbst wenn ich das wollte.«

In dem prasselnden Regen und der Dunkelheit wandte er sich zu mir um und zog mich an seine Brust, seine Hand preßte meinen Kopf gegen sein Herz. Ich glaube, er schluchzte. »Jory, du weißt nicht, wie sehr ich mich danach gesehnt habe, von dir zu hören, daß du mich oder deine Mutter nicht haßt. Ich habe immer gehofft, du würdest uns verstehen, wenn wir dir unsere Geschichte erzählen – und wir wollten es dir sicher erzählen, sobald du älter gewesen wärst. Wir dachten, vielleicht zu unrecht, daß wir besser noch ein paar Jahre warten sollten, aber nachdem du es jetzt selbst herausgefunden hast und uns noch immer lieben kannst, wirst du uns vielleicht später sogar einmal verstehen.«

Ich hielt mich an Dad fest, während wir unseren Weg zu dem dunklen, riesigen Haus fortsetzten. Ein neues Band hatte sich zwischen uns entwickelt, das ich als stärker empfand als unsere alten Bande. Auf gewisse Art war er sogar mehr mein Vater geworden, weil er ja von meinem eigenen Blut war. Wir sind von einem Blut, dachte ich, blutsverwandt, mein Onkel und der von Bart, obwohl ich immer schon Barts Onkel in ihm gesehen hatte, was mich früher ein wenig eifersüchtig gemacht hatte. Jetzt gehörte er mir auch. Aber warum hatten sie nicht begriffen, daß ich schon reif genug dafür war und es verstanden hätte, wenn sie mir wenigstens über Barts Vater die Wahrheit gesagt hätten, daß Mam mit ihm eine Affäre hatte ...

Wir hatten die Haustür erreicht. Bevor Dad noch zum Türklopfer greifen konnte, schwang die linke Seite der Doppeltür auf, und da stand dieser Butler, John Amos Jackson.

»Ich packe gerade«, sagte er als eine Art Begrüßung mit gerunzelter Stirn und feindselig, »und meine Frau ist nach Hawaii abgereist. Ich muß mich um unzählige Dinge kümmern, und ich habe wirklich schon genug zu tun, ohne auch noch die Nachbarn einzuladen. Sobald ich hier fertig bin, reise ich meiner Frau nach.«

»Ihrer Frau?« fuhr Dad ihn an. Seine Überraschung war auch für mich nicht zu übersehen.

Etwas Hämisches blitzte kurz in den wäßrigen Augen des

Butlers auf. »Ja, Dr. Christopher Sheffield, Mrs. Winslow ist inzwischen mit mir verheiratet.«

Ich hatte das Gefühl, Dad war schockiert bis auf die Knochen. »Ich will sie sofort sprechen. Und ich glaube Ihnen kein Wort. Sie muß den Verstand verloren haben, falls sie Sie geheiratet hat.«

»Ich lüge nicht«, sagte der grimmige, häßliche Kerl. »Und sie hat sehr wohl den Verstand verloren, das wissen Sie ja wohl. Einige Frauen können nicht leben, ohne einen Mann zu haben, der sich um ihre Angelegenheiten kümmert – und genau das bin ich, derjenige, der sich um all die Dinge des Alltags kümmert.«

»Ich glaube Ihnen nichts« schrie Dad los. »Wo ist sie? Wo ist meine Frau? Haben Sie sie gesehen?«

Der Butler grinste. »Ihre Frau? Sir? Ich habe schon mit meiner eigenen genug zu tun, ohne mich auch noch um Ihre kümmern zu müssen. Gestern jammerte meine Frau, sie könne dieses schreckliche Wetter nicht mehr aushalten und verschwand mit einem unserer Mädchen. Sie wies mich an, ihr nachzureisen, sobald ich das Haus hier in Ordnung gebracht habe. Es soll verkauft werden. Nach all dem Ärger und den Kosten, die sie sich mit diesem alten Kasten bei der Renovierung gemacht hat, will sie jetzt von einem Tag auf den anderen umziehen!«

Dad stand da und starrte John Amos Jackson an. Ich dachte, wir würden jetzt wieder gehen, aber Dad schien wie angewachsen. »Sie wissen, wer ich bin, John? Leugnen Sie es nicht. Ich sehe es Ihren Augen an. Sie sind der Butler, der mit diesem Dienstmädchen geschlafen hat, während ich auf dem Boden hinter dem Sofa in der Bibliothek lag und mir anhörte, wie Sie ihr von dem Arsen auf den Berlinern erzählten, mit dem man die Dachbodenmäuse ausrotten wollte.«

»Ich weiß nicht, wovon Sie da reden«, wies der Butler alles von sich, während ich zwischen ihm und Dad hin und her sah; oh, verdammt, hätte ich doch bloß das Manuskript von Mammi zu Ende gelesen. Die Dinge waren offenbar noch komplizierter.

»John, vielleicht sind Sie tatsächlich mit meiner Mutter verheiratet, vielleicht lügen Sie. Wie dem auch sei, ich glaube, daß Sie wissen, was mit meiner Frau passiert ist. Und jetzt fange ich an, mir um meine Mutter genauso Sorgen zu machen. Also gehen Sie mir aus dem Weg. Ich werde dieses Haus jetzt von oben bis unten durchsuchen.«

Der Butler wurde blaß. »Sie können nicht hier herüberkommen und mir sagen, was ich zu tun habe«, murmelte er fassungslos. »Ich rufe die Polizei an...«

»Das werden Sie kaum tun, aber wenn Sie es gerne wollen, rufen Sie an. Ich durchsuche inzwischen hier alles. Und es gibt nichts, mit dem sie mich daran hindern könnten, John.«

Der alte Butler schlurfte davon und zuckte hilflos mit den Schultern. »Nur zu, wenn Sie sich nicht daran hindern lassen, aber Sie werden nichts finden.«

Zusammen suchten Dad und ich. Ich kannte das Haus viel besser als er, all die Abstellkammern, die Wandschränke, die Geheimzimmer. Dad sagte sofort, sie könnten nur auf dem Dachboden sein. Aber als wir dann dort oben suchten, fanden wir nur verstaubte Kisten und alten Trödel.

Schließlich kehrten wir in den Lieblingsraum der Frau, die er Mutter genannt hatte, zurück, und ich setzte mich in ihren harten Schaukelstuhl, den ich erstaunlicherweise recht bequem fand. Unruhig strich Dad durch das Zimmer, dann blieb er schließlich vor dem Durchgang zum nächsten Raum stehen, in dem das große Portrait in Öl hing. »Falls Cathy hier herübergekommen ist, muß sie das gesehen haben, und sie kann sehr gut hierhergekommen sein, wenn Bart ihr irgend etwas gesagt hat.«

Ich rückte mit dem Schaukelstuhl etwas näher zum verglimmenden Kaminfeuer. Etwas knirschte unter dem Stuhl. Dad hörte das Geräusch und bückte sich. Er fand eine Perle auf dem Boden.

Er prüfte sie mit den Zähnen und lächelte bitter. »Die Perlenkette meiner Mutter mit dem Schmetterlingsschloß. Sie trug sie immer, genau wie unsere Großmutter immer ihre Diamantbrosche trug. Ich kann mir nicht vorstellen, daß meine Mutter ohne diese Perlen irgendwo hingeht.«

Nach einer weiteren Stunde Hausdurchsuchung und Befragung der mexikanischen Dienstmädchen und des Kochs, die nicht viel Englisch verstanden, gingen wir frustriert nach Hause. »Ich komme zurück, John Amos Jackson«, sagte Dad, als er die Haustür öffnete, »und beim nächsten Mal bringe ich die Polizei mit.«

»Wie Sie wünschen, Herr Doktor«, sagte der Butler mit einem boshaften Lächeln.

»Dad, wir können doch nicht die Polizei benachrichtigen. Was meinst du?«

»Wir werden es tun müssen. Aber warten wir erst noch bis morgen ab. Er würde es nicht wagen, Cathy oder meiner Mutter etwas anzutun, denn sonst landet er im Gefängnis.«

»Dad, ich möchte wetten, daß Bart Bescheid weiß, was los ist. Er und John Amos stecken immer zusammen.«

Ich erzählte dann, wie Bart immer mit sich selbst redete, sobald er sich allein glaubte. Er redete auch im Schlaf oder wenn er bei seinen Phantasiespielen durch den Garten schlich. Es schien so, als verbringe Bart den wichtigsten Teil seines Lebens allein und in Selbstgesprächen.

»In Ordnung, Jory, ich verstehe, worauf du hinauswillst. Ich habe eine Idee und hoffe, daß sie uns etwas bringt. Diesmal mußt du deine bisher wichtigste Rolle spielen, deshalb paß genau auf. Morgen früh wirst du nur so tun, als ob du in die Schule gehst. Ich lass' dich auf der Straße direkt hinter der ersten Kurve aus dem Wagen. Du läufst zurück zum Haus und achtest darauf, daß Bart nichts davon merkt. Ich fahre zum Flughafen und finde heraus, ob meine Mutter wirklich nach Hawaii geflogen ist – und ob sie diesen gräßlichen alten Mann tatsächlich geheiratet hat.«

Flüsternde Stimmen

Fragen, Fragen, sie quetschten mich aus.

Wußte nichts. Warum fragten alle mich? Verrückte Kinder gaben keine vernünftige Antworten. »Mammi ist weggegangen, weil sie mich immer gehaßt hat, schon als kleines Baby.«

In dieser Nacht kamen Huren und Dirnen, um in meinem Kopf herumzutanzen. Wachte auf. Hörte den Regen auf das Dach hämmern. Hörte den Wind um mein Fenster heulen.

Schlief wieder ein und träumte, ich wäre wie Tante Carrie, die nie groß genug geworden war. Träumte, ich betete und betete, und eines Tages ließ Gott mich so groß wachsen, daß mein Kopf gegen den Himmel stieß. Sah auf die Erde hinunter, und all die kleinen Leute rannten herum wie Ameisen, hatten Angst vor mir. Ich lachte und schritt zum Ozean hinüber. Dort wühlte ich das Wasser zu einer großen Flut auf, die all die Städte hinwegspülte. Überall piepste und quiekte es. All die Leute, die ich nicht zertreten hatte, mußten ertrinken. Dann setzte ich mich in den Ozean, der mir bis zur Hüfte reichte, und begann zu weinen. Meine Tränen waren so groß, daß der Ozean von ihnen immer höher stieg – und überall um mich herum konnte ich jetzt meine Spiegelbilder sehen, und wie gut ich jetzt aussah. Jetzt, nachdem es kein Mädchen oder keine Frau mehr gab, die mich lieben und bewundern konnte, war ich endlich schön, groß und stark.

Ich erzählte John Amos von meinen Träumen. Er nickte und erzählte mir, daß er als Junge immer von Mädchen geträumt hätte und wie er sie lieben könnte, wenn sie nur nichts darum geben würden, daß seine Nase so lang war. »Ich hätte ihnen dafür etwas anderes Tolles an mir zeigen können, aber sie gaben mir nie die Chance, nie.«

Am nächsten Morgen fuhr Daddy mit Jory los. War einfach, Emma und Madame Marisha zu entwischen, denn sie mußten dauernd mit Cindy rumalbern. Bekam schnell eine Chance, mich nach nebenan zu stehlen. Ich schlich herum, um John Amos zu finden. Er ließ gerade all die schönen Lampen, Gemälde und anderen wertvollen Sachen in große Kisten packen. Das hübscheste Dienstmädchen war jung und runzelte die Stirn. »Mr. Jackson, warum müssen wir denn so plötzlich weg? Madame gefiel es hier doch. Sie hat nie etwas davon gesagt, daß sie wegziehen will.«

»Deine Herrin ist eine Frau mit sehr wechselnden Stimmungen. Es ist dieser kleine Verrückte von nebenan, der kleine Junge, der immer hier herüberkommt. Er ist inzwischen zu einer echten Plage geworden. Er hat den Hund umgebracht, den sie ihm geschenkt hat. Ich nehme an, ihr wußtet das gar nicht?«

Ich starrte in das Zimmer und konnte beobachten, wie die Mädchen erschrocken die Münder aufrissen. »Nein... wir dachten, der Junge hätte den Hund mit zu sich nach Hause genommen...«

»Das Balg ist gefährlich! Deshalb will Madame hier wegziehen – er hat sie schon mehrere Male richtig bedroht. Seine Eltern mußten ihn zu einem Psychiater in Behandlung schikken.«

Sie sahen sich gegenseitig an und machten bezeichnende Gesten. Tippten sich an den Kopf. Verrückt! Ich war mehr als entsetzt, John Amos so über mich reden zu hören.

Wartete, bis er allein war und sich vor den zierlichen Schreibtisch setzte, in dem meine Großmutter ihr Scheckbuch aufbewahrte. Er sprang auf, als ich neben ihn trat. »Bart, ich wünschte, du würdest nicht immer so herumschleichen. Mach ein Geräusch, wenn du hereinkommst. Räuspere dich... tu irgend etwas, damit man weiß, daß du da bist.«

»Ich habe gehört, was du den Dienstmädchen erzählt hast. Ich bin nicht verrückt!«

»Natürlich bissst du das nicht«, sagte er mit seinem zischenden s. »Aber ich muß denen doch irgend etwas erzählen, oder? Sonst schöpfen sie noch Verdacht. Im Augenblick glauben sie alle, deine Großmutter ist zu einer Reise nach Hawaii aufgebrochen ...«

Ich fühlte mich elend, wie ich da so stand, und meine Glieder verkrampften sich. »John Amos ... kann ich meiner Mammi und meiner Oma ein paar Sandwiches zu essen geben?«

»Nein. Sie können noch nicht hungrig sein.«

Wußte, daß er so etwas sagen würde.

Er vergaß mich dann. Er sah diese ganzen Banksachen durch, ihre Scheckbücher, ihre Kontoauszüge, und die ganze Zeit kicherte er dabei.

Ich ließ ihn in Ruhe, sollte er doch seinen Spaß mit den Sachen meiner Großmutter haben. Statt dessen schlich ich lieber tief in den Keller hinab, wo »die Mäuse« in ihrem Käfig saßen. Fühlte mich besser, wenn ich von ihnen als meinen Mäusen dachte.

Meine Mammi stöhnte und weinte fast, weil es ihr kalt war, als ich durch die kleine Klappe spähte. Sie hatten den Kerzenstumpf angezündet. Ich hatte ihnen die Kerze mit ein paar Streichhölzern hineingeschoben, damit ich sehen konnte, was sie taten. Mammi sah sehr klein und blaß aus, und meine Omi hielt sie noch immer auf dem Schoß und wischte ihr mit einem Fetzen über die Stirn, den sie von ihrer Unterwäsche abgerissen haben mußte, denn er hatte Spitzen an den Rändern.

»Cathy, meine liebe, meine einzige Tochter, bitte, hör mir zu. Ich muß jetzt mit dir reden, denn ich habe vielleicht nie mehr eine Chance dazu. Ja, ich habe Fehler gemacht. Ja, ich habe meinem Vater erlaubt, mich so lange zu quälen, bis ich Gut und Böse nicht mehr unterscheiden konnte. Ja, ich habe Arsen auf eure Berliner gestreut, weil ich glaubte, ihr würdet so nur ein wenig krank werden, damit ich euch nacheinander aus dem Haus schaffen konnte. Ich wollte nie, daß jemand von euch stirbt. Ich schwöre, daß ich dich geliebt habe, euch alle vier. Ich habe Cory in mein Auto hinausgetragen, wo er zu atmen aufhörte, gerade als ich ihn auf den Rücksitz gelegt und zugedeckt hatte. Ich geriet in Panik. Ich wußte nicht, was ich tun sollte. Ich konnte doch nicht zur Polizei gehen, und ich schämte mich und fühlte mich so furchtbar schuldig.«

Sie schüttelte meine Mutter, während ich auch zu zittern begann.

»Cathy, meine Tochter, bitte wach auf und hör zu«, flehte sie. Mammi war wachgeworden und schien zu versuchen, ihren Blick auf sie zu richten. »Liebling, ich glaube nicht, daß Bart den Hund umgebracht hat, den ich ihm schenkte. Er liebte Apple. Ich glaube, John hat es getan, um Bart die Schuld in die Schuhe zu schieben, damit man den Jungen für verrückt und gefährlich hält, und die Polizei Bart verdächtigt, wenn wir beide verschwinden. Ich glaube, John hat auch Jorys kleinen Hund umgebracht und mein Kätzchen.

Bart ist ein sehr einsamer, verwirrter kleiner Junge, aber er ist nicht gefährlich. Er tut gerne so, damit er sich wie ein mächtiger Mann fühlen kann. John ist es, der gefährlich ist. Er haßt mich. Ich wußte bis vor einigen Jahren nicht, daß John das gesamte Foxworthvermögen geerbt hätte, wenn ich nicht nach dem Tod deines Vaters nach Foxworth Hall zurückgekehrt wäre. Mein Vater vertraute John wie niemandem sonst, vielleicht weil die beiden sich so ähnlich waren. Aber als ich zurückkam, vergaß er John. Er änderte sein Testament so, daß ich seine Alleinerbin wurde. Cathy, hörst du mir zu?«

»Mammi, bist du das, Mammi?« fragte meine Mutter mit einer komischen piepsenden Stimme, als wäre sie ein verängstigtes kleines Kind. »Mammi, warum siehst du dir die Zwillinge nie an, wenn du uns besuchen kommst? Warum merkst du nicht, daß sie nicht richtig wachsen? Schaust du mit Absicht weg? Willst du sie ignorieren, damit du keine Schuldgefühle hast?«

»Oh, Cathy!« rief die Großmutter. »Wenn du nur wüßtest, wie sehr es mir weh tut, wenn du nach all den Jahren das Geschehene wieder aufrollst. Habe ich dich so tief verletzt, daß diese Wunde nie wieder heilt? Es ist kein Wunder, daß du und dein Bruder... Es tut mir so leid, so furchtbar leid, daß ich eigentlich gar nicht mehr leben möchte.«

Aber nach einem Moment riß sie sich wieder zusammen und fuhr mit dem fort, was sie die letzte Chance nannte.

»Selbst wenn du im Fieberdelirium bist und mich nicht mehr

richtig verstehen kannst, muß ich dir alles erklären, denn ich lebe vielleicht nicht mehr lange.

Als John Amos ein junger Mann war, ungefähr fünfundzwanzig, war er wild nach mir, obwohl ich erst zehn war. Er versteckte sich und spionierte mir nach, um zu meinem Vater zu laufen und aus meinen unschuldigen Taten furchtbare Geschichten zu machen. Ich konnte meinen Eltern nie erzählen, daß John log, denn sie glaubten mir nie – sie glaubten immer ihm. Sie weigerten sich wahrzunehmen, daß einem jungen Mädchen oft von älteren Männern nachgestellt wird, selbst von Verwandten. John war der dritte Cousin meiner Mutter, der einzige aus ihrer Familie, mit dem mein Vater zurechtkam. Ich nehme an, mein Vater kam nach dem Tod meiner Brüder auf den Gedanken, daß John alles erben sollte, falls ich seine Gunst verlor. Das war die Art meines Vaters, aus allen das meiste herauszuquetschen. Er hielt ihnen die Zuckerstückchen vor die Nase, um sie dann schnell wieder in der Tasche verschwinden zu lassen. John wollte auch das Vermögen meiner Mutter. Sie bestärkten ihn beide in dem Glauben an eine Erbschaft. Sie hielten ihn für einen Heiligen. Er gab sich die ganze Zeit so fromm, schien nach außen kein Wässerchen zu trüben, und in Wirklichkeit verführte er jedes junge Dienstmädchen, das je seinen Fuß auf Foxworth Hall setzte. Und meine Eltern kamen nie dahinter. Sie sahen immer nur das Böse in ihren eigenen Kindern, bei niemandem sonst. Begreifst du jetzt, warum John mich haßt? Warum er auch meine Kinder haßt? Er hätte davon ungeheuer profitiert, wenn ich damals nur in Gladstone geblieben wäre.

Eines Tages habe ich ihn im Flur deinem Sohn Bart zuflüstern hören, daß ich meine »Weiberkünste« benutzt hätte, um meinen Vater dazu zu bringen, den einzigen Mann zu enterben, der sein wirklicher Freund und Vertrauter war.«

Dann begann Großmutter zu weinen. Ich schrumpfte ganz klein zusammen und fühlte mich zutiefst betroffen von dem, was ich da alles mithören mußte. Malcolm, warst du etwa auch schlecht? Wem sollte ich jetzt trauen? War John Amos mit seinen »Männertricks« nur genauso ein Verführer wie meine Großmutter mit ihren »Weiberkünsten«? Waren alle genauso schlecht wie meine Großmutter und meine Mammi? War Gott auf meiner Seite, auf ihrer oder auf der von John?

»Mammi, bist du noch immer da, Mammi?«

»Ja, Liebling, ich bin da. Ich bleibe hier und kümmere mich um dich, wie ich mich noch nie um dich gekümmert habe. Diesmal werde ich die Mutter sein, die ich damals hätte sein müssen. Diesmal werde ich dich und Chris retten.«

»Wer ist das?« verlangte meine Mutter plötzlich zu wissen, richtete sich auf und stieß meine Großmutter von sich. »Oh«, kreischte sie los, »du bist das! Es hat dir nicht gereicht, daß du Cory und Carrie umgebracht hast. Jetzt bist du zurückgekommen, um mich auch noch umzubringen. Dann hast du Chris für dich ganz allein, ganz allein für dich.« Ihre Stimme versagte, und sie weinte. Dann begann sie wieder zu schreien, als wäre sie ganz verrückt, kreischte und brüllte wieder und wieder, wie sehr sie ihre Mutter haßte. »Warum stirbst du nicht, Corinna Foxworth – warum fällst du nicht tot um?«

Ging weg. Konnte das nicht mehr aushalten. Sie waren beide böse und verdorben.

Aber warum tat mir das alles so weh?

Detektivarbeit

Genau wie Dad und ich es geplant hatten, fuhr Dad mich am nächsten Morgen zur Schule, ließ mich dann aber direkt hinter der ersten Kurve aussteigen, so daß ich zurück zum Haus schleichen konnte. »Geh vorsichtig an die Sache ran, Jory. Tu nichts, was dein Leben oder das eines anderen in Gefahr bringen könnte. Paß auf, daß weder Bart noch dieser Butler dich erwischen – sie können gefährlich sein, vergiß das nicht.« Er drückte mich fest, als hätte er Angst, ich könnte etwas überstürzen. »Hör mir genau zu. Ich werde heute morgen mit Barts Psychiater sprechen, um ihm zu erzählen, was bei uns passiert ist. Dann fahr' ich zum Flughafen, um herauszufinden, ob meine Mutter tatsächlich irgendwohin gegangen ist. Daß beide Frauen am gleichen Tag verschwunden sind, ist einfach ein zu großer Zufall.«

Ich mußte es sagen. Sosehr mich auch schauderte, die Worte über meine eigenen Lippen kommen zu hören, es mußte heraus.

»Dad, hast du dir überlegt, daß Bart sie ... nun, du weißt schon. Clover wurde mit einem Draht erdrosselt. Apple ist verhungert und mit einer Heugabel erstochen worden. Wer weiß, was er noch angestellt hat?«

Er klopfte mir auf die Schulter. »Ja, ich habe natürlich daran gedacht. Aber ich kann mir einfach nicht vorstellen, daß Bart deine Mutter überwältigen konnte. Sie ist sehr kräftig, selbst mit ihrer Erkältung. Das macht mir eigentlich die meisten Sorgen, Jory. Sie hatte Fieber, und Fieber schwächt den Körper von jedem. Ich hätte zu Hause bleiben müssen, um mich um sie zu kümmern. Eine Frau sollte nie einen Arzt heiraten«, schloß er bitter, als hätte er meine Anwesenheit vergessen, und die ganze Zeit lief der Motor leise weiter. Er lehnte den Kopf gegen die Hände am Steuer.

»Dad... fahr jetzt los und versuche alles zu erfahren, was zu erfahren ist. Ich kümmere mich hier um alles.« Und mit etwas künstlicher Zuversicht fügte ich noch hinzu: »Und denk daran – Madame Marisha ist hier. Du weißt ja, wie sie ist. Mit ihr kann Bart nicht machen, was er will, da beißt er auf Granit.«

Als hätte ich ihm damit alles gegeben, was er zur Beruhigung brauchte, winkte er mir lächelnd zum Abschied zu und fuhr davon. Ich blieb zurück und überlegte mir, wie ich jetzt vorzugehen hatte. Der heftige Regen von gestern war einem leichten Nieseln gewichen, das zwar kalt und ungemütlich war, aber nicht mehr wild stürmte.

Wieder zu Hause, versteckte ich mich unter dem Garagendach neben dem Küchenfenster, während ich Bart drinnen am Küchentisch beim Frühstück sitzen sah. »Hasse alles, was du kochst«, sagte er finster. Ich war überrascht, daß ich ihn so deutlich hören konnte. Dann stellte ich lächelnd fest, was seiner Stimme diese ungewohnte Deutlichkeit gab. Die Sprechanlage war eingeschaltet. Mit ihr konnte man sich von der Garage im Haus ankündigen. Madames strenge Stimme klang auf. »Bart, was paßt dir an deinem Müsli nicht?«

»Mag kein Müsli mit Rosinen.«

»Dann iß die Rosinen nicht.«

»Sie kommen mir aber immer auf den Löffel.«

»Unfug. Wenn du dein Frühstück nicht ißt, dann gibt es für dich auch kein Mittagessen. Und wenn du kein Mittagessen ißt, gibt es erst recht kein Abendessen – und dann wirst du heute abend recht hungrig ins Bett gehen!«

»Ihr könnt mich hier nicht aushungern!« kreischte Bart. »Das hier ist mein Haus! Du gehörst nicht hierher! Raus hier!«

»Ich bleibe hier. Ich bleibe, bis deine Mutter sicher zurück ist. Und wage ja nicht, mich noch einmal anzuschreien, sonst lege ich dich übers Knie und versohle dir den Hintern, bis du laut vor Schmerz schreist!«

»Tut aber gar nicht weh«, triumphierte er – und das stimmte. Prügel auf den Hintern machten Bart, dessen Nervenenden nicht ganz bis zur Oberfläche seiner Haut reichten, nie etwas aus.

»Vielen Dank für diesen Hinweis«, sagte Madame sehr entschieden. »Dann denke ich mir eine andere Bestrafung aus – etwa dich hier im Haus zu behalten und in deinem Zimmer einzuschließen.«

Ich beugte mich vor und spähte genauer durch das Fenster. Da saß Bart mit einem verschwörerischen Lächeln auf dem Gesicht.

»Emma«, befahl Madame, »nehmen Sie Barts Teller weg und seinen Orangensaft auch. Bart, du gehst jetzt direkt in dein Zimmer, und ich will von dir kein Wort mehr hören, bis du an diesen Tisch zurückkommst und ohne jedes Meckern deine Mahlzeiten ißt.«

»Hexe, alte schwarze Hexe, die sich bei uns eingenistet hat«, murmelte Bart, als er hinauslief. Aber er ging nicht in sein Zimmer. Er schoß aus der Garagentür, als Madame nicht aufpaßte und dann direkt zur Gartenmauer, um an der alten Eiche hinüberzuklettern.

Ich lief so schnell ich konnte hinter ihm her. Aber als ich drüben im Haus ankam, war Bart verschwunden. Wohin hatte er sich verkrochen? Ich stand im Seitenflur und starrte nach rechts, nach links, die Treppe hinauf und hinunter. War er zum Dachboden oder zum Keller gelaufen? Ich haßte dieses Haus mit seinen irreführenden, langen Fluren, mit so vielen verborgenen Durchgängen in den Wänden, in denen Mam versteckt sein konnte. Normalerweise benutzte ein Architekt tote Räume, um Wandschränke oder Regale einzubauen. Aber in diesem Haus gab es überall versteckte Zimmer, die ich von unseren früheren Streifzügen kannte. Nur daß ich all diese Geheimzimmer schon untersucht hatte. Sinnlos, dort noch einmal nachzusehen.

Plötzlich hörte ich Schritte. Bart war direkt hinter mir. Er sah einfach durch mich hindurch, einen leeren Blick in den Augen, als gäbe es außer ihm niemanden mehr auf der Welt. Ich konnte gar nicht glauben, daß er mich nicht bemerkte.

Ich folgte leise und glaubte, er würde mich zum Versteck von Mam und ihrer Mutter führen. Unglücklicherweise war er auf dem Heimweg. Entmutigt und elend folgte ich ihm und hatte das Gefühl, versagt zu haben.

Zum Mittagessen kam Dad müde und abgespannt nach Hause. »Glück gehabt?«

»Nein. Hast du was?«

»Nichts. Meine Mutter ist nicht nach Hawaii geflogen. Ich habe sämtliche Flüge überprüft. Jory, Cathy und meine Mutter müssen beide in dem Haus da drüben sein.«

Ich hatte einen Gedanken. »Dad, warum führst du nicht noch einmal ein langes Gespräch mit Bart? Setze ihn nicht unter Druck oder schimpfe mit ihm, sei einfach besonders nett. Lobe ihn, weil er so gut auf Cindy aufgepaßt hat, sag ihm, wie sehr wir uns alle um ihn sorgen. Ich weiß, daß er inzwischen jenseits von Gut und Böse ist, denn er murmelt inzwischen nur noch von Gott dem Herrn und daß er ein schwarzer Engel der Rache ist.«

Dad fehlten die Worte, als er sich meine Informationen durchdachte. Dann suchte er schweigend Bart und tat, was er konnte, um einem ungeliebten kleinen Jungen das Gefühl zu geben, er würde gebraucht und geliebt – wenn es dazu nicht schon zu spät war.

Das letzte Abendmahl

Später ging ich wieder mit John Amos in den Keller. »Corinna«, rief John Amos sanft, während er sich steif bückte. Unbeholfen wie ich kroch er auf den Knien und spähte durch die kleine Katzentür. »Ich will, daß du und deine Tochter wissen, daß dies eure letzte Mahlzeit ist, denn ich habe euch etwas besonders Gutes mitgebracht.« Er hob den Deckel der silbernen Teekanne und spuckte hinein, dann goß er das dampfende heiße Zeugs in die kostbaren Chinatassen. »Eine für dich, eine für deine Tochter«, sagte er. Er schob erst die eine Tasse und dann die nächste in das Verlies. Danach nahm er einen Teller mit Sandwiches, die alt und irgendwie dreckig aussahen, wobei er es schaffte, sie auch noch auf den staubigen Kellerboden fallen zu lassen.

Er nahm die kleinen Brotdreiecke und wischte sie an seinem Hosenbein ab, legte das herausgefallene Fleisch zurück zwischen die Scheiben und schob den Teller mit den von Kohlenstaub schwarzen Sandwiches hinter den Tassen her. »Da kommt es, Corinna Foxworth«, zischte John Amos mit seiner heiseren Stimme. »Ich hoffe, diese gepflegten Sandwiches sind nach deinem Geschmack, du elende Hure! Ich habe dir geglaubt, daß du nach unserer Heirat wirklich meine Frau sein wirst – und auch, wenn du nie so meine Frau warst, wie ich es gehofft habe, werde ich nun erben, was mir rechtmäßig zusteht. Am Ende habe ich es geschafft, dich und die Deinen zu vernichten – genau wie Malcolm all deine Satansbrut ausrotten wollte.«

Mußte er meine Großmutter so hassen? Vielleicht war sie tatsächlich schuld, aber genauso wie ich manchmal, wenn ich Dinge tat, für die ich nichts konnte. Warum mußte er sich auf so häßliche Weise die »Erbschaft« erschleichen?

»Du hast mich mit deiner Schönheit an der Nase herumgeführt!« schrie der alte Mann jetzt richtig außer sich. »Gequält hast du mich, schon als du ein Kind warst, mich als junges Mädchen verhöhnt und geglaubt, du könntest deinen Spaß mit mir haben, und ich könnte dir nie etwas antun. Als du dann deinen Halbonkel geheiratet hast und zurückkamst, um mich zu enterben, hast du mich behandelt, als gäbe es mich überhaupt nicht – wie ein Möbelstück, das man bald aus dem Haus wirft. Na, Corinna Foxworth, wo ist deine Arroganz jetzt? Fühlst du dich endlich auch einmal schmutzig, wie du da in deinem Dreck hockst und den Kopf deiner sterbenden Tochter in deinem dreckigen Schoß hältst? Ich habe am Ende dafür gesorgt, daß du vor mir im Dreck kriechst. Ich habe dich mit deinen eigenen Mitteln geschlagen, dir Barts Zuneigung gestohlen, so daß er dir mißtraute und mir vertraut. Jetzt kannst du's ruhig mit deinem Charme und deinen Weiberkünsten versuchen. Es ist zu spät. Ich hasse dich jetzt, Corinna Foxworth. Du warst die einzige Frau, die ich mir je in meinen Träumen gewünscht habe, doch dafür bezahle ich jetzt nicht länger. Ich habe gewonnen, und auch wenn ich jetzt dreiundsiebzig bin, werde ich noch fünf oder sechs Jahre im Luxus leben, um mich für die Jahre zu entschädigen, die ich unter dir gelitten habe.«

Meine Großmutter schluchzte still vor sich hin. Ich weinte auch und fragte mich wieder, wer denn nun recht hatte, er oder sie?

John Amos sagte furchtbare Dinge. Ekelhafte, gemeine, häßliche Worte, die kleine Jungs auf die Wände der Schultoilette kritzelten. Erwachsene alte Männer sollten so nicht reden, nicht vor meiner Großmutter und meiner Mutter.

»John!« schrie Großmutter, »hast du denn noch nicht genug angerichtet? Laß uns heraus, und ich werde dir die Frau sein, die du haben willst, aber bitte bestrafe meine Tochter nicht länger. Sie ist sehr krank. Sie muß in ein Krankenhaus. Die Polizei wird dich wegen Mord verhaften, wenn du uns beide hier unten sterben läßt.«

John Amos lachte nur und schritt schwerfällig die Stufen hinauf.

Ich konnte mich nicht bewegen. Ich war wie festgefroren.

Ich war so verwirrt, daß ich gar nicht mehr wußte, was nun gut und was schlecht war.

»Bart!« flehte meine Großmutter. »Renn schnell zu deinem Vater und erzähl ihm, wo wir sind! Lauf, lauf!«

Mit leeren Augen stand ich einfach da. Wußte nicht, was ich tun sollte. »Bitte, Bart«, bettelte sie. »Geh, erzähl deinem Vater, wo wir sind.«

Malcolm – war er das da drüben in der Ecke, sah sein Geist mich stirnrunzelnd an? Wischte mir mit meinen klebrigen Händen über die müden Augen. Dunkel, alles so dunkel. Ich tat so, als würde ich gehen, aber ich schlich mich zurück. Ich wollte noch mehr Wahrheit hören.

Aus der Dunkelheit kam die dünne Stimme meiner Mutter. Sie schrie diese alte Frau an, die ihre Mutter war und meine Großmutter.

»Oh, ja, Mutter. Ich habe alles verstanden, was du gesagt hast. Wir hatten keine Chance, egal wer starb oder nicht starb, als du uns nach Foxworth Hall gebracht und eingeschlossen hast. Und jetzt werde ich Jahre später wegen dieses verrückten alten Butlers sterben, der nicht das Vermögen geerbt hat, das ihm vor Jahren von einem längst gestorbenen Mann versprochen wurde – und wenn du das alles glaubst – dann bist du genauso verrückt wie er.«

»Cathy, leugne die Wahrheit, nur weil du mich so sehr haßt. Ich habe dir nur die Wahrheit gesagt. Begreifst du denn nicht, wie John deinen Sohn benutzt hat, den Sohn von meinem Bart. Siehst du denn nicht, wie perfekt seine Rache ist? Den Sohn des Mannes, den er gehaßt hat, der ihm seinen rechtmäßigen Platz fortgenommen hat, zu unserer Vernichtung zu benutzen, denn es hätte doch John sein müssen, den ich geheiratet haben müßte, wenn es nach dem Willen meines Vaters gegangen wäre. Oh, du weißt nicht, wie mein Vater mich versuchte zu zwingen, endlich John zu heiraten, und mir immer wieder sagte, daß ich ihm diese Heirat schuldig sei. So würde ich ihm die Hälfte des Foxworthvermögens bringen – aber mein Vater ahnte nicht, oder vielleicht ahnte er es doch, daß John immer schon alles wollte. Und wenn du und ich sterben, dann wird man nicht John für den Schuldigen halten – man wird alles Bart in die

Schuhe schieben. Es ist John, der Clover getötet hat, dann den armen Apple. Es ist John, der von der Macht Malcolms träumt und von Malcolms Reichtum. Ich bilde es mir nicht ein, ich habe ihn wirklich immer wie Malcolm vor sich hin murmeln hören.«

»Wie Bart«, murmelte meine Mutter. Klang eigenartig. »Bart spielt immer, er wäre alt und schwach, aber gleichzeitig reich und mächtig. Aber was ist mit Jory – hat er Jory auch erwischt, wo ist Jory?«

Warum hatte sie mit mir Mitleid und nicht mit Jory? Stand auf und ging.

War ich auch verrückt – wie er? War ich im Herzen ein Mörder – wie er? Wußte überhaupt nichts mehr über mich. War neblig im Kopf. Alles verschwommen vor meinen Augen, aber irgendwie schaffte ich es, meine schweren Beine zu bewegen und diese alten Stufen hinaufzusteigen.

Warten

Er war der einzige Vater, an den ich mich richtig erinnern konnte, und ich liebte ihn nun mehr als je zuvor. Er streckte seine Hand nach mir aus und sagte mir, was wir zu tun hatten, und ich folgte ihm, wie ich ihm blind überall hinfolgen würde, wohin er mich führte. Denn auch aus der schrecklichsten Situation kam auch etwas Gutes, und ich wußte jetzt, wieviel er mir bedeutete.

Mit Dad in Führung gingen wir noch einmal zu dem Haus nebenan. Wir hatten Bart den ganzen Nachmittag nicht gesehen. Wie dumm von mir, daß er mich hereinlegen konnte und sich davonmachen in dem Moment, als ich nur ein einziges Mal den Kopf Cindy zudrehte, die so eine lustige kleine Ballettimitation aufführte.

Mam war jetzt schon über vierundzwanzig Stunden verschwunden.

Dieser alte Butler ließ uns herein und stand dann mit hochgezogenen Brauen vor uns. »Meine Mutter ist nicht nach Hawaii geflogen«, stellte Dad fest, einen harten, kalten Blick in den blauen Augen.

»So? Sie ist sehr launisch. Durchaus möglich, daß sie sich zu einem Besuch bei Freunden entschlossen hat. Sie hat keine Freunde hier.«

»Sie rauchen teure Zigaretten«, sagte mein Vater trocken. »Ich erinnere mich noch an diese Nacht, als ich mit siebzehn hinter dem Sofa lag, während Sie mit dem Dienstmädchen beschäftigt waren ... und damals rauchten Sie schon die gleichen Zigaretten, französische?«

»Richtig«, sagte John Amos Jackson mit einem hämischen Grinsen. »Die Marke des alten Malcolm Neal Foxworth ...«

»Sie geben sich ganz wie mein Großvater, nicht wahr?«

»Tue ich das?«

»Ja, es kommt mir so vor. Als ich dieses Haus zum ersten Mal durchsucht habe, fand ich einen Schrank voller teuerster Anzüge – ihre?«

»Ich bin mit Corinna Foxworth verheiratet. Sie ist meine Frau.«

»Wie konnten Sie sie zu dieser Heirat erpressen?«

Wieder lächelte der Alte. »Einige Frauen brauchen eben einen Mann im Haus, oder sie fühlen sich nicht sicher. Sie hat mich geheiratet, um nicht allein zu sein. Wie Sie sehen können, behandelt sie mich noch immer wie einen Dienstboten.«

»Sieht nicht so aus«, sagte mein Vater mit schmalen Augen, während sein Blick über den neuen Anzug des Butlers wanderte. »Ich denke, Sie haben sich schon Gedanken über Ihre Zukunft gemacht, wenn, oder besser, sobald meine Mutter stirbt.«

»Wie interessant«, erwiderte John Amos Jackson und trat seine Zigarette mit dem Absatz aus.

»Ich habe hier alles fertig«, fuhr er fort. »Ich fliege zurück nach Virginia, wo ich auf meine Frau warten werde. Ihre Tochter hat sie vor Jahren in Virginia gesellschaftlich ruiniert, wie Sie wissen dürften, aber trotzdem möchte sie noch immer dorthin zurückkehren.«

»Warum?«

John Amos Jackson grinste breit. »Sie läßt Foxworth Hall wieder aufbauen, Doktor Sheffield. Aus der Asche wird Foxworth Hall auferstehen – wie der legendäre Phönix!«

Dad zögerte und starrte auf die ausgetretene Zigarette. »Foxworth Hall«, sagte er in einem gequälten Ton, »wie weit ist der Wiederaufbau inzwischen gediehen?«

»Fast vollendet«, antwortete John Amos Jackson selbstzufrieden. »Bald werde ich wie ein König dort leben, wo einst Malcolm herrschte, und seine arrogante, schöne Tochter wird an meiner Seite herrschen.« Er lachte irre, als ob ihm die unguten Gefühle meines Vaters Freude bereiten würden. »Sie wird ihre Narben operieren lassen, und ihr Gesicht noch einmal liften. Ihr Haar wird sie sich blond färben, und sie wird am

Ende des großen Tisches mir gegenüber sitzen. Hinter mir wird einer meiner eigenen Cousins stehen, dort wo ich einst selbst gestanden habe. Es wird sein, wie es früher gewesen ist, nur daß diesmal ich der Herr und Meister sein werde.«

Hinter der Stirn von Dad arbeitete es. »Sie werden nirgendwo herrschen, es sei denn im Gefängnis«, sagte er, bevor er sich abwandte und ging.

»Dad«, sagte ich, als wir wieder zu Hause waren, »glaubst du, was dieser Butler da erzählt?«

»Ich weiß es noch nicht genau. Ich weiß jetzt, daß er wesentlich cleverer ist, als ich gedacht habe. Als ich damals als Junge in Foxworth Hall auf seine Glatze herabsah, wäre mir nie in den Sinn gekommen, daß er irgendwelche Macht haben könnte. Er schien einfach jemand vom Hauspersonal zu sein. Doch jetzt beginne ich zu begreifen, daß er schon lange einen Plan geschmiedet haben muß und jetzt glaubt, seine Zeit sei gekommen. Seine Zeit der Rache.«

»Rache?«

»Jory, merkst du nicht, daß dieser Mann verrückt ist? Du hast mir erzählt, daß Bart einen Mann imitiert, den er Malcolm nennt und der schon seit Jahren tot ist. Aber der Mann, den Bart wirklich imitiert, heißt John Amos Jackson, und dieser verrückte John imitiert meinen Großvater, Malcolm Neal Foxworth, tot und begraben, und doch beeinflußt er noch immer unser Leben.«

»Woher weißt du das? Hast du je deinen Großvater gesehen?«

»Ich sah ihn nur ein einziges Mal, Jory«, erklärte er in einem traurigen, nachdenklichen Ton. »Ich war damals genau in deinem Alter. Deine Mutter und ich versteckten uns hinter einem Lüftungsgitter im zweiten Stock, so daß wir in den großen Ballsaal hinabsehen konnten. Und da war Malcolm Foxworth in seinem Rollstuhl. Er befand sich ziemlich weit von uns entfernt, und ich habe nie seine Stimme gehört. Aber unsere Mutter pflegte uns davon zu erzählen, wie er immer nur über Sünder und die Hölle redete, aus der Bibel zitierte und mit dem Tag des Jüngsten Gerichts drohte.«

Es wurde Nacht. Wir schalteten überall das Licht an, in der

Hoffnung, daß es Mam und auch Bart den Weg nach Hause leuchtete. Emma und Madame Marisha brachten Cindy früh zu Bett. Emma ging danach in die Küche, aber Madame setzte sich zu uns ins Wohnzimmer, Dad gegenüber. Gerade in diesem Augenblick kam auch Bart herein und kauerte sich wie üblich in die Ecke beim Sofa. »Wo bist du so lange gewesen?« fragte Dad, setzte sich auf und fixierte Bart mit einem strengen langen Blick. Auch Madame Marisha richtete ihre schwarzen Augen auf Bart. Er ignorierte beide und fuhr fort, bizarre Schattenbilder mit den Händen vor der Lampe an die Wand zu werfen.

Der Fernseher hinter uns lief, ohne daß jemand einen Blick hineinwarf. Ein Kinderchor sang Weihnachtslieder. Ich fühlte mich erschöpft von der Jagd nach Bart. Noch erschöpfter war ich von den Sorgen um Mam, ganz zu schweigen von der Sorge darum, was nun aus uns allen werden sollte ...

Ich entschloß mich, ins Bett zu gehen, um wenigstens im Schlaf etwas Ruhe zu finden, und wollte gerade aufstehen, als Madame den Finger auf den Mund legte und Dad zuwinkte, damit er seine Aufmerksamkeit Bart zuwandte und dem, was mein Bruder murmelte, während er das unheimliche Bild eines alten Mannes, der mit einem Kind redete, als Schatten an die Wand warf.

»Böse Dinge geschehen denen, die den Geboten des Herrn nicht gehorchen«, intonierte er auf eine hypnotisierende Art. »Schlechte Menschen, die sonntags nicht in die Kirche gehen, die sich nicht um ihre Kinder kümmern, die Inzest begehen, sie alle werden zur Hölle fahren und über den ewigen Feuern brennen, wo die Dämonen ihre ewigen Seelen rösten. Böse Menschen können nur durch das Feuer erlöst werden und vor der Hölle und dem Teufel mit seiner Forke erlöst werden. Erlösung bringt allein das Feuer, Feuer, Feuer.«

Unheimlich, wirklich unheimlich.

Dad konnte seine Ungeduld und seine Wut nicht länger im Zaum halten.

»Bart! Wer hat dir all diesen Hokuspokus erzählt?«

Mein Bruder zuckte zusammen, und ein leerer Blick trat in seine braunen Augen. »Sprich nur, wenn du angesprochen wirst, sagte der weise Mann zu dem unschuldigen Kind. Das Kind aber erwidert ihm darauf, gottlose Menschen, die nicht von ihrer Sünde lassen, werden ein feuriges Ende finden.«

»Wer hat dir das erzählt?«

»Der alte Mann aus dem Grab. Der alte Mann mag mich mehr als Jory, der unzüchtig auf der Bühne tanzt. Der alte Mann haßt Tänzer. Der alte Mann sagt, nur ich bin berufen, an seiner Stelle zu herrschen.«

Dad hörte genau zu. Er ging ganz bewußt darauf ein, und ich dachte daran, was uns Barts Psychiater gesagt hatte: »Spielen Sie mit dem Jungen, gehen Sie auf seine Spiele ein, und glauben Sie ihm jedes Wort, egal wie lächerlich es klingen mag, tun Sie jedenfalls so. Denken Sie daran, daß er erst zehn Jahre ist, und in diesem Alter kann ein Kind fast alles glauben, deshalb erlauben Sie ihm, sich auf die einzige sichere Art auszudrücken, die er bisher gefunden hat. Wenn der ›alte Mann‹ spricht, dann redet ihr Sohn von dem, was ihn am meisten bedrückt.«

»Bart«, sagte Dad, »hör mir mal genau zu. Wenn deine Mutter nicht schwimmen könnte, und sie würde ertrinken, und ich wäre am Ufer, aber würde in die andere Richtung sehen – würdest du mir Bescheid sagen, damit ich ins Wasser springen und sie retten könnte?«

Jeder Sohn hätte sofort mit Ja geantwortet, aber Bart überlegte lange stirnrunzelnd, grübelte über die Antwort, die sofort spontan hätte kommen müssen.

Schließlich antwortete er: »Du würdest gar nichts tun müssen, um Mammi vor dem Ertrinken zu retten, Daddy, wenn Mammi rein und ohne Sünde wäre. Gott würde sie retten.«

Der Tag des Gerichts

Niemand verstand mich und mein Handeln. Hatte keinen Zweck, es jemandem zu erklären. Mußte alles selber tun. Ich schlich mich davon, weg von all diesen Menschen, die in mir nur ein schlechtes und überflüssiges Kind sahen. Ich war gekommen, und ich würde gehen können, ohne daß es jemand bemerkte. Sie wußten nicht, daß ich half, all ihre Sünden wieder gutzumachen, selbst diejenigen, die sie noch vor meiner Geburt begangen hatten, und auch die danach.

Sünde. Die Welt war voll von Sünde und Sündern.

War nicht mein Fehler, daß Mammi bestraft werden mußte. Doch ich machte mir ein wenig Sorgen, warum Gott Daddy wohl nicht mit in diese Strafe einbezogen haben wollte. Keine Erlösung für Daddy?

John Amos hatte mir erzählt, daß Männer für bessere Dinge geschaffen waren. Heroische Taten, wie in den Krieg zu ziehen und ein Held zu sein. Egal, ob Arme oder Beine abgeschossen wurden – war viel, viel besser, auf diese Art zu leiden, als so, wie Gott es den Frauen bestimmt hatte.

Mußte darüber noch einmal scharf nachdenken. Was, wenn sich die Himmelstore nun nicht für die gereinigte Seele von Mammi öffneten? »Gehe hin und sündige nicht mehr«, würde ich sagen, wenn ich Gott wäre. Ich stampfte mit meinem goldenen Stab auf den goldenen Himmelsboden und schlug mit dem Blitz in einen riesigen Stein, tief unten, der in zwei Hälften fiel, so daß ich meine zwanzig Gebote darauf schreiben konnte. Zehn reichten einfach nicht. Fragte mich, wie ich wohl den Pazifik teilen könnte, um all die Gerechten den Heiden entkommen zu lassen, die ihnen schon dicht auf den Fersen waren?

Mann, von solchen Gedanken wurde mir immer so komisch

im Kopf, meine Beine wurden schwer und meine Füße und Hände ganz kalt. Mammi, warum mußtest du auch so schlecht sein? Warum mußtest du hingehen und mit deinem Bruder in Sünde leben und mir die Last deines Todes aufbürden?

Jory stand vor meiner Tür. Spionierte mir nach. Wußte, daß er es war. Schlich schon die ganze Zeit hinter mir her, um herauszubekommen, was ich vorhatte. Ich ignorierte ihn und konzentrierte mich auf Mammis letzte Stunde. Sie und Großmutter sollten ein schönes, leckeres Essen als letztes Mahl haben. Jeder Gefangene in der Todeszelle bekam noch einmal sein Lieblingsessen. Mußte doch bei Mammi und Großmutter alles richtig machen. Was mochten die beiden wohl am liebsten? Ich mochte am liebsten Sandwiches, sie vielleicht auch. Sandwich, Kuchen und Eis würden sicher prima sein. Sobald alle im Bett liegen würden, wollte ich hinüberschleichen und ihnen ihre Henkersmahlzeit bringen.

Die schwarze Nacht kam. Alle Lichter waren ausgeschaltet. Schon war es überall still, sehr still. Was war das? Hörte ich da ein Schnarchen aus dem Gästezimmer neben Jorys Zimmer? Die alte Madame Marisha schnarchte, widerwärtig.

Ich legte Truthahnschnitzel zwischen Scheiben von Emmas selbstgebackenem Käsebrot. Mit zwei Stückchen Kirschkuchen und einem Töpfchen Eis im Rucksack machte ich mich dann auf den Weg zu dem Haus gegenüber, unterwegs war ich still wie ein Mäuschen.

Hinab, hinab, hinab, all die vielen Stufen in den tiefen, tiefen Keller, wo Ratten, Mäuse und Spinnen hausten und zwei Frauen seufzten und stöhnten und nach mir jammerten. Gab mir so ein Gefühl, wichtig zu sein. Ich hob das Katzentürchen hinter dem Weinregal und schob den Sack mit all den guten Sachen hindurch.

Das Licht von dem Kerzenstumpf, den ich ihnen gegeben hatte, flackerte nur noch sehr schwach und zeigte mir blasse Formen, dir nur noch Schemen zu sein schienen. Meine Großmutter versuchte, meine Mutter zu beruhigen, die noch immer tobte und tobte: »Nimm deine Hände von mir, Mutter. Eine Zeitlang habe ich mich wieder wie ein Kind gefühlt und war froh, daß du im Dunkeln bei mir warst, aber jetzt erinnere ich mich. Wieviel bezahlst du diesem alten Butler, damit er mir das hier antut? Warum bist du hier?«

»Cathy, Cathy, John hat mich genauso niedergeschlagen wie dich. Er haßt mich auch. Hast du nicht gehört, was ich dir alles erklärt habe?«

»Ja, ich habe es gehört. Es war wie ein böser Traum, all die Dinge, die Chris mir auch immer erklärt, wenn er versucht, dich in Schutz zu nehmen und zu entschuldigen. Selbst wenn er vorgibt, dich inzwischen zu hassen, weiß ich doch, daß er dich immer noch liebt wie früher, trotz allem, was du getan hast. Er hat noch immer etwas von seinem Glauben an dich bewahrt... aber er ist in seiner Loyalität Frauen gegenüber schon immer schwachsinnig gewesen. Erst bei dir, dann bei mir.«

Ich war froh, daß ich jetzt so viel große Worte kannte, denn eines Tages würde ich das alles in meinem Tagebuch aufschreiben und jedem erzählen, wie ich meine Mammi vor dem Höllenfeuer rettete.

Ich entdeckte Stroh in Mammis Haar, das jetzt überhaupt nicht mehr hübsch aussah. Etwas von dem alten Stroh aus Apples Stall. Sie hatten mir nicht einmal dafür gedankt, daß ich ihr Gefängnis mit diesem Heu etwas weicher und bequemer gemacht hatte – hatte es alles durch die Klappe geschoben, während sie schliefen.

»Cathy, liebst du deinen Bruder wirklich? Oder hast du ihn nur benutzt?«

Meine Mammi schien jetzt fast völlig verrückt zu werden, als sie nach meiner Großmutter schlug. »Ja, ich liebe ihn! Du hast dafür gesorgt, daß ich ihn liebe. Es war deine Schuld, und jetzt müssen wir in Schuld und Schande leben und dafür büßen. Und jetzt haben unsere Kinder davon erfahren!«

»Von John«, flüsterte Großmutter. »Ich bin doch nur hergekommen, um zu helfen, um nahe bei euch zu sein, nur ein kleines bißchen an eurem Leben teilzuhaben. Aber fühl dich doch nicht mehr schuldig, gib doch alle Schuld und alle Schande mir. Ich akzeptiere, daß ich alles verantworte. Du hast recht, alles ist meine Schuld, du hattest immer recht in deinem Urteil über mich, Cathy. Ich bin schwach und schaffe es immer, die falschen Entscheidungen zu treffen. Jedesmal, wenn ich sie treffe, erscheinen sie mir richtig, aber am Ende erweisen sie sich immer als furchtbar falsch.«

Mammi beruhigte sich etwas. Sie hockte sich auf den Boden und starrte ihre Mutter an. »Dein Gesicht, warum hast du dir dein Gesicht so verunstaltet?«

Meine Großmutter beugte den Kopf. Sie schien an diesem einen langen Tag zehn Jahre älter geworden zu sein. »Ich wollte sterben, nachdem Bart gestorben war. Ich wollte meine Schönheit zerstören, damit mich nie wieder ein Mann begehrte. Ich wollte nicht in einen Spiegel sehen und dich darin erblicken müssen, denn ich habe dich lange Zeit auch gehaßt. Es war Chris, der jeden Sommer kam und mit mir über dich sprach und mir half, die Affäre mit meinem Mann auch von deiner Seite aus zu sehen. Er erzählte mir, daß du Bart wirklich geliebt hast, daß du Barts Kind eigentlich hättest abtreiben müssen, weil du bei der Geburt dein Leben riskiert hast, aber du wolltest es nicht tun. Du wolltest sein Baby behalten. Cathy, ich danke dir dafür. Ich danke dir, daß du mir einen anderen Bart gegeben hast, denn er gehört mir, wie mir Jory nie gehören wird.«

Oh, sie liebten mich beide! Mammi hatte ihr Leben riskiert, um mich zur Welt zu bringen. Großmutter hatte aufgehört, Mammi zu hassen, nur meinetwegen. Ich war gar nicht so schlecht, wie ich immer gedacht hatte.

»Cathy, bitte verzeih mir«, flehte meine Großmutter. »Sag doch, daß du es tust, sag es doch wenigstens ein einziges Mal. Ich brauche es so sehr, dich das einmal sagen zu hören. Es war Christopher, der mich liebte und verteidigte, aber du warst es, die mir in den Nächten den Schlaf raubte und mich selbst auf meiner Hochzeitsreise mit Bart quälte – es ist dein Gesicht, es sind die Gesichter der Zwillinge, die mich noch immer verfolgen. Christopher wird immer mein sein – und dein, aber gib mir meine Tochter zurück.«

Meine Mutter schrie. Laut, schrill, verrückt schrie sie immer wieder und wieder. Sie hämmerte mit ihren Fäusten auf meine Großmutter ein. »Nein! Niemals kann ich sagen, was du hören willst!« Sie stieß dabei die Kerze um und das Stroh fing Feuer. Alte Zeitungen, mit denen sie sich warmgehalten hatten, flammten sofort auf, und meine Großmutter und meine Mutter schlugen mit den bloßen Händen nach den Flammen und versuchten sie auszudrücken.

»Bart!« schrie meine Großmutter. »Wenn du da draußen bist und uns zuhörst, hol Hilfe! Ruf die Feuerwehr an! Sag deinem Vater Bescheid! Tu schnell etwas, Bart, oder deine Mutter wird dir verbrennen – und Gott wird dir niemals verzeihen, wenn du John Amos hilfst, uns zu töten!«

Was? Half ich John Amos oder Gott?

Ich rannte wie verrückt die Kellertreppe hinauf und hinaus in die Garage, wo John Amos gerade seine Koffer in die letzte der großen, schwarzen Limousinen packte. Die anderen waren schon fort und brachten die Hausmädchen in Sicherheit.

Er schlug den Kofferraum des Wagens zu und wandte sich mir mit einem breiten Grinsen zu. »So, heute ist die Nacht der Nächte. Genau um zwölf Uhr – vergiß es nicht. Geh langsam die Treppe hinunter und zu ihnen hinein und steck das Bündel an.«

»Diese stinkenden Lumpen?«

»Ja. Ich habe Benzin darüber geschüttet.«

»Ich mochte diesen Gestank nicht, deshalb habe ich ihn fortgeworfen. Wollte nicht, daß sie ihr letztes Essen an einem so übelriechenden Ort verzehren müssen.«

»Wovon redest du denn da? Hast du ihnen zu essen gebracht?« Er holte aus, als wollte er mich schlagen, und dann sprang plötzlich Jory aus dem Nichts John Amos an. Der alte Mann stürzte auf den Rücken, Jory sprang über ihn, und dann kam Daddy in die Garage gelaufen.

»Bart... wir haben dich am Kühlschrank beobachtet, wie du das Essen eingepackt hast. Wo sind deine Mutter und deine Großmutter?«

Wußte nicht, was ich tun sollte.

»Dad!« brüllte Jory. »Ich rieche Rauch!«

»Wo sind sie, Bart?«

John Amos schrie zu Daddy: »Holen Sie dieses verrückte Kind hier weg – diesen kleinen Irren mit seinen Streichhölzern! Er hat wieder Feuer gelegt. Er und seine verrückten Streiche, wie diesen armen kleinen Bernhardiner umzubringen, der ihn so geliebt hat. Kein Wunder, daß Corinna verrückt geworden und fortgelaufen ist, ohne mir zu sagen, wohin.«

Er weinte richtige Tränen und wischte sich die laufende Nase. »Oh, Gott... ich wünschte bei Gott, wir wären niemals hierhergezogen. Ich habe Corinna immer gesagt, daß das nicht gut enden wird.«

Lügen! Er erzählt Lügen über mich! War kein Wort wahr!

»Du steckst hinter allem! Du hast das alles getan. Du bist der Verrückte, John Amos!« Und wie Malcolm es getan hätte, rannte ich zu ihm und versetzte ihm einen Tritt. »Stirb, John Amos! Stirb und finde Erlösung im Tod!«

Jemand hielt mir die Arme fest, und ich wurde weggezogen. Daddy hielt mich in seinen Armen und versuchte, mich zu beruhigen. »Deine Mutter... wo ist deine Mutter? Wo ist das Feuer?«

Wut funkelte in meinen Augen, aber ich griff in die Hosentasche und gab meinem Daddy die Schlüssel. »Im Weinkeller«, sagte ich dumpf. »Sie warten, daß sie ihr Ende im Feuer finden, so wie sie Foxworth Hall verbrannt haben. Malcolm hat es so gewollt – all die kleinen Mäuse vom Dachboden müssen verbrennen, damit sie ihren verdorbenen Samen nicht fortpflanzen können.«

Ich stand weit weg von meinem Körper und sah mich von außen an, sah den Schrecken in Daddys Augen, sein Entsetzen, als er versuchte, mir in die Augen zu sehen... aber ich wußte, daß diese Augen leer waren. Denn ich war nicht dort. Wußte nicht, wo ich war. Wollte es auch gar nicht wissen.

Erlösung

Feuer. Das Haus stand in Flammen.

Ich hielt John Amos fest, der mich abschütteln wollte – oder es jedenfalls versuchte, aber bald sah er ein, wer der Stärkere war. »Du kommst uns nicht davon, Alter. Du hast meinem Bruder den Kopf verdreht und ihn zu diesen furchtbaren Sachen angestiftet, ihm böse Gedanken eingegeben. Ich hoffe, daß du den Rest deines Lebens in einer Gefängniszelle büßt, für das, was du getan hast!«

Während John Amos und ich miteinander kämpften, rannte Dad los, um Mam und seine Mutter zu finden. Er war Bart auf den Fersen, der ihm den schnellsten Weg zum Weinkeller zeigte.

»Laß mich los, Junge!« brüllte John Amos Jackson schrill. »Dieser Bruder von dir ist verrückt – gemeingefährlich! Er hat seinen armen Hund verhungern lassen und dann mit der Mistgabel erstochen. Benimmt sich so ein normales Kind?«

»Warum haben Sie ihn nicht daran gehindert, wenn Sie ihn dabei gesehen haben?«

»Warum, warum...«, spuckte der alte Mann aus, »er hätte sich wie ein wildes Tier auf mich gestürzt. Der Junge ist so verrückt wie seine Großmutter. Meine eigene Frau hat ihn doch das Skelett ihres Kätzchens mit seinen bloßen Händen ausgraben sehen. Frag sie doch, geh hin, frag sie.«

Etwas von dem, was er sagte, beunruhigte mich. Bart war verstört. Aber – war er ein Mörder? »Bart redet im Schlaf, Alter. Er wiederholt wie ein Papagei, was er den Tag über zu Ohren bekommen hat. Er zitiert aus der Bibel und spricht Wörter aus, von denen er nicht einmal die richtige Aussprache kennen würde, wenn Sie sie ihm nicht beigebracht hätten.«

»Du dummer Junge! Er weiß nicht, wer er ist! Begreifst du das nicht? Er hält sich für seinen Urgroßvater Malcolm Foxworth. Und wie Malcolm treibt es ihn, jeden Überlebenden des Foxworth-Clan umzubringen!«

In diesem Augenblick sah ich meinen Vater mit meiner Mutter in den Armen in die Garage stolpern. Seine Mutter folgte ihm auf dem Fuß, verschmutzt und in einem zerfetzten Kleid. Ich sprang auf von John Amos und rannte zu ihm. »Mam, Mam!« rief ich überglücklich, daß sie noch am Leben war. Aber sie sah furchtbar aus, schmutzig, blaß und abgemagert... aber lebendig, Gott sei Dank!

Sie war bei Bewußtsein. »Wo ist Bart?« flüsterte sie.

Mit dieser Frage fiel sie in Ohnmacht und sank in Dads Arme zurück. Während ich mich nach Bart umsah, bemerkte ich, daß John Amos Jackson verschwunden war. »Dad«, rief ich, um ihn darauf aufmerksam zu machen. Und genau in diesem Augenblick erschien aus dem Schatten im Hintergrund der Garage der Butler mit einer schweren Schaufel. Er schlug diese Schaufel Dad mit aller Kraft auf den Kopf. Stumm, ohne jeden Laut, sank Dad mit Mam in den Armen zu Boden. Wieder hob der Butler die Schaufel, als wollte er Dad umbringen – und Mam vielleicht auch. Ich schoß los und trat mit meinem rechten Bein zu, wie ich noch nie in meinem Leben getreten hatte. Die Schaufel wirbelte davon, und als John Amos Jackson zu mir herumfuhr, traf ich ihn mit dem linken Fuß direkt in den Magen. Er keuchte und sackte zusammen.

Aber Bart – wo war Bart?

»Jory«, rief die Mutter meiner Eltern, »bring deine Eltern so schnell du kannst aus dieser Garage raus! Bring sie so weit weg, daß ihnen nichts passieren kann, denn die Garage fliegt in die Luft, wenn das Feuer den Benzintank hier erreicht. Schnell!«

Ich wollte widersprechen, aber sie wußte schon Bescheid. »Ich finde Bart. Bring du meinen Sohn und meine Tochter in Sicherheit.«

Es war leicht, Mam in den Arm zu nehmen und an einen sicheren Platz zu tragen, aber wesentlich schwerer, Dad am Arm dorthin zu zerren. Aber schließlich hatte ich sie beide unter einem Baum im Park liegen. Aus mehreren Fenstern des Hauses stiegen inzwischen Rauchschwaden. Mein Bruder war dort drin – und meine Großmutter auch.

John Amos Jackson hatte sich erholt, und jetzt rannte auch er in das brennende Haus. In der Küche sah ich John Amos mit meiner Großmutter kämpfen. Er ohrfeigte sie. Ich rannte ihr zu Hilfe, obwohl der Rauch mir fast jede Sicht nahm. »Damit wirst du niemals davonkommen, John!« schrie sie, als er ihr an die Kehle fuhr. Ich stolperte über einen umgestürzten Stuhl und kam gerade rechtzeitig wieder auf die Beine, um zu sehen, wie sie ihm einen schweren venezianischen Glasaschenbecher gegen die Schläfe schlug. Er stürzte wie ein Vogel, den man mit dem Jagdgewehr abgeschossen hat, zu Boden.

Dann sah ich Bart. Er war in dem Raum mit dem Ölbild, und er versuchte, das riesige Portrait in Sicherheit zu bringen.

»Mammi«, schluchzte er, »muß Mammi retten. Mammi, ich hol' dich hier raus, hab keine Angst, bin so tapfer wie Jory, ganz so tapfer... Laß dich doch nicht verbrennen. John Amos hat gelogen. Er weiß nicht, was Gott will, hat er nie gewußt...«

»Bart«, säuselte meine Großmutter. Ihre Stimme klang so sehr wie die von Mam. »Ich bin hier. Du kannst mich retten – nicht nur das Portrait.« Sie trat vor, mühsam hinkend, und ich nahm an, daß sie sich den Knöchel verstaucht haben mußte, denn bei jedem Schritt verzog sie schmerzerfüllt das Gesicht. »Bitte, Liebling, du und ich müssen jetzt aus dem Haus hier.«

Er schüttelte den Kopf. »Muß Mammi retten! Du bist nicht meine Mammi!«

»Aber ich bin es«, sagte eine andere Stimme von einer anderen Türe her. Mit aufgerissenen Augen entdeckte ich dort meine Mutter, die benommen und unsicher auf den Beinen gegen den Türrahmen lehnte, während sie Bart anflehte. »Liebling, laß das alte Bild, und wir alle gehen jetzt aus diesem Haus.« Bart sah von ihr zu seiner Großmutter und klammerte sich noch immer an das riesige, schwere Ölgemälde, das er niemals mit eigener Kraft aus dem Haus schleppen konnte.

»Muß meine Mammi retten, selbst wenn sie mich haßt«, murmelte Bart zu sich selbst, während er an dem Rahmen zerrte. »Macht mir nichts, ob sie Jory oder Cindy mehr liebhat. Muß jetzt eine gute Tat vollbringen, eine gute Sache, dann werden alle wissen, daß ich nicht schlecht bin und nicht verrückt.«

Mam rannte zu ihm und bedeckte sein kleines, schmutziges Gesicht mit Küssen, während um uns her das ganze Zimmer von Rauch erfüllt war.

»Jory!« rief meine Großmutter. »Ruf die Feuerwehr an! Trag Bart hier raus, und ich bring' deine Mutter hinterher.«

Aber Mam wollte nicht weg. Sie schien der Gefahr des brennenden Hauses völlig gleichgültig gegenüberzustehen, trotz des lodernden Feuers im Keller unter uns. Selbst als ich der Feuerwehr die Adresse durchgegeben hatte, kniete Mam noch immer neben Bart und drückte ihn an sich. »Bart, mein Schatz, wenn du Cindy nicht als Schwester haben willst und glücklich mit ihr leben kannst, dann schicke ich sie fort.«

Sein Griff löste sich von dem Bild, während seine Augen groß wurden. »Nein, das würdest du nie tun ...«

»Doch, ich schwöre dir, daß ich es tue, du bist mein Sohn, aus der Liebe zu deinem Vater geboren ...«

»Du hast meinen richtigen Daddy geliebt?« fragte er ungläubig. »Du hast ihn wirklich geliebt, obwohl du ihn verführt und umgebracht hast?«

Ich stöhnte auf, dann rannte ich und schnappte mir Bart. »Los jetzt, raus hier, solange wir noch können.«

»Bart, du gehst mit Jory«, rief meine Großmutter, »und ich kümmere mich um meine Tochter.«

Da war die Seitentür, durch die Bart sich immer ins Haus geschlichen hatte, und ich zog ihn dorthin. Unterwegs sah ich über die Schulter zurück. Mam wurde von ihrer Mutter mehr getragen als geführt, da sie einer Ohnmacht nahe war.

Als ich aus dem Haus rannte und Bart zwang, bei Dad unter dem Baum zu bleiben, bemerkte ich noch, wie Mam hinter mir in den Armen ihrer Mutter zusammensank. Die beiden Frauen taumelten nach hinten, und dann verdeckten Rauchschwaden sie.

»Oh, mein Gott, ist Cathy noch im Haus?« fragte Dad, der

noch immer versuchte, sich das Blut aus dem Gesicht zu wischen. Die Wunde an seinem Kopf wollte nicht aufhören zu bluten.

»Mammi stirbt. Ich weiß es!« schrie Bart und rannte zurück zum Haus, so daß ich sofort wieder hinter ihm herlaufen mußte. Mit einem Satz packte ich ihn von hinten und warf ihn zu Boden. Er kämpfte wie ein Verrückter. »Mammi, muß Mammi retten! Jory, laß mich, bitte laß mich!«

»Das brauchst du nicht, ihre Mutter wird sie retten«, sagte ich und sah über seinen Rücken zum Haus, während ich ihn zu Boden drückte und mit Gewalt festhielt, damit er nicht direkt in die Flammen rannte.

Plötzlich tauchten Emma und Madame Marisha im Garten auf, zogen mich hoch und nahmen Bart und mich in den Arm. Sie eilten mit uns zurück zu Dad, der jetzt auf die Beine gekommen war. Vom Blut aus seiner Wunde halb blind und mit ausgestreckten Händen stolperte er auf das Haus zu und rief: »Cathy, wo bist du? Komm aus diesem Haus! Cathy, ich komme!«

In diesem Augenblick wurde Mammi mit Gewalt durch eine der französischen Verandatüren, die in den Garten führten, befördert.

Ich stürzte zu ihr, um sie in die Arme zu nehmen und zu Dad zu tragen. »Keiner von euch beiden muß sterben«, sagte ich schluchzend. »Deine Mutter hat am Ende wenigstens eines ihrer Kinder retten können.«

Aber Schreie und Stimmen schallten durch die Nacht. Das schwarze Kleid meiner Großmutter stand in Flammen! Ich sah sie, wie man einen Alptraum sieht, als sie verzweifelt versuchte, die Flammen auszuschlagen.

»Wirf dich hin und roll dich auf dem Boden!« brüllte Dad und ließ meine Mam so plötzlich los, daß sie hinfiel. Er rannte zu seiner Mutter, packte sie und rollte sie auf dem Boden. Sie keuchte wild, als er das Feuer erstickte. Sie warf ihm einen langen wilden Blick des Entsetzens zu, bevor sich ein Ausdruck des Friedens über ihr Gesicht legte – und dann erstarrte. Warum blieb dieser Ausdruck einfach? Dad schrie auf, dann preßte er sein Ohr gegen ihre Brust. »Mammi«, schluchzte er,

»bitte stirb nicht, bevor ich dir gesagt habe, was ich sagen muß ... Mammi, bitte ...«

Aber sie war tot. Selbst ich konnte das an dem glasigen Blick ihrer Augen erkennen, die gebrochen in den Nachthimmel mit den jagenden Wolkenfetzen hinaufstarrten.

»Ihr Herz«, sagte Dad mit einem betäubten Blick. »Genau wie bei ihrem Vater ... es schien, als ob ihr Herz aus ihrer Brust springen wollte, als ich sie hin und her rollte. Und nun ist sie tot. Aber sie starb, als sie ihre Tochter rettete.«

Jory

All die Schatten, die sich über meine Jugend gelegt hatten, all die Fragen und Zweifel, die ich mich früher nicht auszusprechen gewagt hatte, alles war nun fortgewischt, wie Spinnweben aus einer dunklen Ecke.

Als wir von der Beerdigung unserer Großmutter zurückkamen, dachte ich, das Leben würde nun wie üblich weitergehen und nichts hätte sich grundsätzlich geändert.

Einiges hat sich doch geändert. Von Barts Schultern ist etwas wie ein Gewicht gehoben, und er wurde wieder der stille, schüchterne kleine Junge, der sich selbst nicht besonders mochte. Sein Psychiater sagt, daß er nach und nach aus dieser Krise herauswachsen wird, wenn er genug Liebe bekommt und genug Freunde in seinem eigenen Alter, die mit ihm spielen.

Gerade jetzt, als ich diese Zeilen schreibe, kann ich aus dem Fenster auf Bart sehen, der im Garten mit dem Shetlandpony spielt, das unsere Eltern ihm zu Weihnachten geschenkt haben. So hat er am Ende doch noch seinen »Herzenswunsch« erfüllt bekommen.

Ich beobachte ihn oft, wie er das Pony ansieht und seinen kleinen Bernhardiner, den Daddy ihm noch dazugegeben hat. Nach einer Weile drehte er dann immer den Kopf und starrte hinüber zu den Ruinen des Hauses nebenan. Er spricht nie von ihr, der Großmutter unseres verlorenen Sommers. Wir sprechen nie den Namen John Amos Jackson aus, oder erwähnen Apple oder Clover. Wir können nicht die Gesundheit und das Glück eines instabilen kleinen Jungen aufs Spiel setzen, der versucht, sich seinen Weg in einer Welt zu suchen, die nicht immer eine Märchenwelt ist.

Wir kamen gestern auf der Straße an einer richtigen verschleierten Araberin vorbei. Bart drehte sich um und starrte ihr mit einem sehnsüchtigen Verlangen in seinen dunklen Augen nach. Ich weiß jetzt, was für ein Mensch sie auch immer gewesen sein mag, Bart hat sie geliebt – deshalb kann sie nicht ganz so furchtbar gewesen sein, wie man meinen muß, wenn man Mams Buch liest. Sie sorgte dafür, daß Bart sie liebte, selbst als John Amos einen verwundbaren kleinen Jungen verführte.

Und so hat John Amos dann am Ende bekommen, was er verdient hat, und wie meine Großmutter liegt auch er tot in seinem Grab, weit fort, in Virginia, dem Land seiner Vorfahren, die sich an jenem Ort ansiedelten, den die Geschichtsbücher »die verlorene Kolonie« nennen. All seine Intrigen und Pläne haben zu nichts geführt. Wo immer er auch sein mag, falls er noch denken kann, frage ich mich, was er wohl darüber denkt und fühlt, wie meine Großmutter ihre Hinterlassenschaft geordnet hat. Ob er sich im Grab herumgedreht hat, als der Rechtsanwalt uns erklärte, daß unsere Großmutter den gesamten Foxworthbesitz an Jory Janus Marquet, Bartholomew Scott Winslow Sheffield und zur allgemeinen Überraschung auch Cynthia Jane Nickols vererbt hat. All das Geld wird treuhänderisch für uns verwaltet, bis wir fünfundzwanzig Jahre alt sein werden. Und mein Vater und meine Mutter sind die Treuhänder.

Wir könnten in Reichtum und Luxus leben, wenn wir das wollten oder meine Eltern es wollten, aber wir leben noch immer in dem gleichen Haus mit seinen Marmorstatuen in einem Garten, der jedes Jahr üppiger wächst.

Bart hält sich jetzt immer außergewöhnlich sauber. Er legt sich abends nicht schlafen, bevor in seinem Zimmer nicht alles sorgfältig aufgeräumt und präzise an seinem Platz ist. Meine Eltern sehen sich vielsagend an, und ich sehe Furcht in ihren Augen, die mir die Frage aufdrängt, ob Malcolm Neal Foxworth auch außergewöhnlich sauber und ordentlich gewesen ist.

Bald, nachdem Weihnachten vorbei war, und er sein Pony hatte, verkündete Bart meiner Mutter und meinem Vater eines Morgens sein Gesetz: »Wenn ihr Cindy behalten wollt, dann könnt ihr nicht länger wie Mann und Frau zusammenleben und mein Leben durch eure Sündhaftigkeit vergiften. Du hast in meinem Zimmer zu schlafen, Daddy, und Mammi muß für den Rest ihres Lebens alleine schlafen.«

Meine Eltern schwiegen. Sie sahen ihn nur an, bis er rot wurde und sich abwandte, während er murmelte: »Es tut mir leid ... ich bin nicht Malcolm, oder? Ich bin nur ich, nichts Besonderes.«

Bart ist ein echter Foxworth bis in die Knochen, denn er wird eines Tages wieder herrschen, so erzählte er mir, in dem neuen Foxworth Hall, das er eines Tages baut. »Und du kannst dir die Beine wegtanzen, bis du vierzig bist«, schrie er mich an, als er kürzlich wütend war, weil ich sein Pony gestreichelt hatte, »du wirst niemals so reich sein, wie ich es sein werde! Mit vierzig werde ich dich zehnmal aufkaufen können, denn Tänzerbeine zählen nicht, wenn man alt wird, Verstand zählt mehr, tausendmal mehr!«

»Ich werde der größte Schauspieler sein, den die Welt je erlebt hat!« verkündete er arrogant und verwandelte sich plötzlich aus dem schüchternen Jungen in einen aggressiven, nur weil er das rote Tagebuch in den Händen hielt. »Und wenn ich die Bühne und die Leinwand erobert habe, werde ich mein Talent der Finanzwelt zuwenden, und alle, die mich als Schauspieler nicht bewundert haben, werden mich dann als Finanzgenie bewundern.«

Schauspielerei, das war alles, was er konnte, denn er war nur ein kleiner Junge, der selten mit jemandem sprach, außer mit sich selbst. Und doch, manchmal liege ich nachts wach und denke über all das nach, was geschehen ist, bevor er und ich geboren wurden. Dann scheint mir, daß es einen Grund für all das geben muß. Aus den Ruinen sollen die Rosen blühen, nicht wahr? Mir tun all die Frauen leid, über die Bart auf seinem Weg hinwegschreiten wird. Würde er so skrupellos wie unser Urgroßvater sein, nur um ein noch größeres Vermögen aufzuhäufen? Und wie viele würden noch zu leiden haben, wegen dieses einen ereignisreichen Sommers, Herbstes und Winters in dem Jahr, als ich vierzehn war?

Ich nehme ihn morgen an der Hand und führe ihn in den

Garten hinaus, und gemeinsam werden wir vor der Kopie von Rodins »Der Kuß« stehen, so daß er vielleicht erkennt, daß Gott für Männer und Frauen die Liebe gemacht hat, ohne daß etwas Sündiges oder Unnatürliches dabei ist.

Ich bete, daß Bart das Leben eines Tages mit meinen Augen sehen kann, daß Liebe – in welcher Form auch immer, oder woher sie kommen mag – ihren Preis wert ist, wie hoch er auch sein mag.

Bei der Wahl zwischen Liebe und Geld werde ich immer die Liebe wählen. Aber vor allem anderen kommt der Tanz, und wenn Bart alt und grau ist und auf Foxworth Hall seine Milliarden zählt, werde ich mit meiner Frau und meiner Familie zufrieden mit den glücklichen Erinnerungen sein, wie es in meiner Jugend war, als ich graziös, hübsch und unwiderstehlich auf der Bühne stand, den Applaus ständig in den Ohren, und ich werde wissen, daß ich meinen Weg gegangen bin.

Ich, Jory Janus Marquet, werde die Familientradition fortsetzen.

Bart

Sie wußten nichts, und sie verstanden mich kein bißchen mehr, als sie mich vorher verstanden hatten. Jory sieht mich mitleidig an, als wäre ich nicht von der menschlichen Rasse. Es tut ihm leid, daß ich seine Art von Musik nicht mag, keine Art von Musik, und daß Farben in meinem Kopf keine Bilder produzieren oder Musik in meinen Ohren erklingen lassen. Er glaubt, daß ich nie an etwas Freude finden werde. Aber ich werde einen Weg finden, meine Freude zu haben. Ich kenne die Zukunft, die für mich richtig ist, denn ich weiß den wahren Grund, warum Gott meine Großmutter und John Amos und Malcolm zu mir gesandt hat, wie die Schicksalsgöttinnen einem den Weg weisen. Sie kamen, um mir zu zeigen, wie ich meine Eltern vor dem Feuer der Hölle bewahren kann.

Ich beobachte meine Mammi und meinen Daddy Tag und Nacht, schleiche nachts in ihr Zimmer und habe Angst, sie zu überraschen, wie sie etwas Böses tun. Aber sie schlafen nur engumschlungen, und zu meiner Erleichterung bewegen sich ihre Augen hinter den geschlossenen Lidern nicht schnell. Mammi hat keine Alpträume mehr. Ich sehe, daß Daddys Augen beim Frühstück blauer sind als jemals zuvor, denn er hat endlich aufgehört, sich sündig an seine Schwester zu klammern.

Ich habe sie gerettet.

Deshalb tut Jory mir leid. Aber eines Tages, wenn wir beide älter und klüger sind und ich die richtigen Worte gefunden habe, werde ich ihm etwas erzählen, das Malcolm in sein Buch geschrieben hat – es muß Dunkelheit geben, wenn es Licht geben soll.

Epilog

Ich erinnere mich noch an so vieles, was geschah, bevor wir nach Greenglenna flogen, um meine Mutter an der Seite ihres zweiten Mannes beisetzen zu lassen. Es war Bart, der darauf bestand, daß seine Großmutter in ihrem ewigen Schlaf neben seinem Vater, seinem wirklichen Vater Bartholomew Winslow, liegen sollte. Wir weinten alle, sogar Emma und Madame Marisha, und ich hätte nie zu hoffen gewagt, daß einmal der Tag kommen würde, an dem ich Madame um ein Mitglied meiner eigenen Familie weinen sehen würde.

Die erste Schaufel feuchter Erde, die auf den Sarg meiner Mutter prasselte, versetzte mich zurück in die Zeit, als ich zwölf Jahre alt war und Daddy in seinem Grab lag, und Mammi uns fest an der Hand hielt, Chris und mich, und wir beide wiederum unsere kleineren Geschwister. Und erst dann rief ich an ihrem Grab laut, was ich so lange zurückgehalten hatte – zu lange. Es kam tief aus mir, riß die Jahre fort und machte mich wieder zu einem Kind, das es so braucht, Eltern zu haben, das sich so nach seinen Eltern sehnt. »Mammi, verzeih mir! Ich verzeihe dir! Ich liebe dich! Liebe dich noch immer! Kannst du mich hören, wo du jetzt bist? Lieber Gott, bitte laß sie wissen, daß ich ihr vergeben habe.« Ich schluchzte und warf mich in die Arme meines Bruders.

Ich hätte noch mehr zu ihr auf ihrem Begräbnis gesagt, aber Bart war da, starrte mich mit seinen schwarzen Augen an, befahl mir stark zu sein und den Mann loszulassen, den ich liebte. Aber wie sollte ich, wenn das uns beide zerstören würde, mich und ihn.

Wir leben noch immer in dem Haus neben der Ruine des Anwesens, in der meine Mutter starb, als sie mir das Leben rettete. Aber es ist nicht mehr so, wie es war, bevor sie mit ihrem bösen Butler herkam, der Barts Herz mit seinen verrückten Vorstellungen vollstopfte und Bart das Tagebuch von Malcolm Foxworth gab. Ich liebe Bart, Gott weiß, wie ich ihn liebe, aber wenn ich aus dem Schatten diese dunklen, gnadenlosen Augen starren sehe, erschaudere ich, und ich frage mich, warum ich so sehr meine Rache brauchte, solange ich Chris hatte, der mich retten konnte.

Gestern abend tanzten Jory und Melodie eine erstaunlich hinreißende Vorstellung von »Romeo und Julia«. Ich zitterte, als ich Bart zynisch lächeln sah, als hätte er schon ein Jahrhundert oder länger gelebt und dies alles schon hundertmal geschehen sehen, und am Ende würde er es sein, der alles bekam, was er wollte, wie Bart immer einen Weg gefunden hatte, sich selbst in den Mittelpunkt der Aufmerksamkeit zu stellen.

Er schleicht sich nachts in unser Schlafzimmer, nachdem er sich selbst beigebracht hat, wie man Schlösser mit einem Draht öffnet. Dann starrt er auf Chris und mich herab, während ich mich schlafend stelle, den Atem anhalte und mich nicht rühre, bis er wieder gegangen ist. Dabei habe ich immer furchtbare Angst im Herzen, daß jenes Böse aus Malcolm in meinem jüngsten Sohn wieder zum Leben erstanden ist und daß sich die Geschichte früher oder später wiederholt.

»Heute brachte mir der Briefträger Post von meinem Agenten«, flüsterte ich Madame Marisha zu, während Jory und Melodie sich in der Garderobe abschminkten. »Sie haben einen Verlag gefunden, der ein Angebot auf mein Buch abgegeben hat, das erste. Es ist kein Vermögen, aber ich werde es annehmen.«

Madame sah mich wieder auf diese lange, abschätzende Art an, bei der ich mich früher so verwundbar und unwohl gefühlt hatte, als könne sie durch mich hindurchsehen. »Ja, Catherine, du wirst tun, was du tun mußt, egal wie die Konsequenzen sind.«

Ich weiß, was sie meinte, denn ihr Blick funkelte mich böse

an und sagte, daß ich meine Geheimnisse für mich selbst behalten und nicht der ganzen Welt zu lesen geben sollte.

»Du wirst reich und berühmt werden, wenn auch auf eine andere Art, als du sie dir mit fünfzehn erträumt hast«, fuhr Madame fort, die jetzt meine liebste Vertraute war, »denn alles kann der erreichen, der die nötige Entschlossenheit, die Hingabe, das Durchhaltevermögen und den Willen aufbringt.«

Ich lächelte unsicher, und ich fürchtete mich davor, Bart anzusehen, und richtete meine Augen auf meinen ältesten Sohn, der heute Star des Abends gewesen war. Ich wußte mit Sicherheit, daß mit der Veröffentlichung meines Buches alle Skelette aus den Foxworthschränken ans Licht gebracht waren und damit der Geist von Malcolm Foxworth ausgetrieben, so daß er sich niemals mehr erheben könnte, mein Leben zu beherrschen.

Nervös wanderten meine Hände zu meinem Hals, um nach den unsichtbaren Perlen zu greifen, die einmal den Hals meiner Mutter geschmückt hatten, aber niemals meinen, niemals meinen.

Ich sagte mir selbst, daß der Versuch nicht weh tun würde. Das Böse wucherte in den dunklen Schatten der Lüge. Das Böse konnte wohl kaum das helle Licht der ungeschminkten Wahrheit überleben, so unglaublich sie auch denen erscheinen mochte, die sie nicht glauben konnten.

Schaudernd rückte ich ein Stück von Bart ab und näher zu Chris, der seinen Arm um meine Schultern legte, während ich die Hand um seine Hüfte legte, und ich fühlte mich sicher. Nun konnte ich Bart ansehen und lächeln. Jetzt konnte ich nach Cindys Hand greifen und auch versuchen, die von Bart zu nehmen...

Aber er zog seine weg und weigerte sich, zu dem Kreis zu gehören, den ich aus unserer Familie formen wollte.

Ich möchte damit schließen, daß ich gestehe, ich weine nachts nicht mehr und habe keine Alpträume, in denen ich meine Großmutter die Treppe hinaufsteigen sehe, um sündige Dinge zu beobachten, die wir nicht taten. Ich möchte gerne schreiben, daß ich nur dafür dankbar sein kann, daß aus all den dornigen Stengeln der Blumen der Nacht, der Dachbodenblumen, am

Ende doch noch ein paar Rosen erblühten, richtige Rosen, wie sie in der Sonne blühen.

So würde ich gerne schließen, aber ich kann es nicht. Trotzdem bin ich inzwischen alt genug und klug genug geworden, um jede Goldmünze anzunehmen, und niemals, niemals mehr will ich sie herumdrehen, um nach der Kehrseite des Glücks zu suchen.

Denn wer sucht, der findet.

Aus irgendeinem Grund sah ich auf, Bart saß in einer dunklen Ecke und hielt in seinen Händen den roten Band, der in Leder mit Goldprägung gebunden schien. Stumm las er, seine Lippen lautlos zu den Worten eines Urgroßvaters bewegend, den er nie gesehen hatte.

Mich schauderte, denn Malcolms Tagebuch war in dem Feuer verbrannt, das Buch in Barts Händen war eine billige Imitation aus Kunstleder. Alle Seiten waren leer.